未
讀
UnRead
–
文艺家

WE
NEED TO
TALK
ABOUT
KEVIN

[美] 莱昂内尔·施赖弗——著
Lionel Shriver
李尧 李平——译

# 凯文怎么了

# we need to talk about kevin

北京联合出版公司
Beijing United Publishing Co., Ltd.

2000年11月8日

亲爱的富兰克林：

我也说不清为什么今天下午发生的一件小事让我提起笔来给你写这封信。不过，自我们分开以来，我最怀念的就是回家之后，把一天里发生的奇闻趣事都告诉你。就像一只猫把抓来的老鼠摆在自己另一半的脚旁——那是一对猫夫妻分别在两个后院草料堆中搜寻之后，为对方献上的小小的、不值一提的礼物。要是你现在还像往常那样在我的厨房里，肯定又在往格兰诺拉面包片上涂抹南乳花生酱，尽管马上就要吃饭了。我手里拎的袋子还来不及放下——其中一个还在往外流汤——就迫不及待地要给你讲点儿什么。晚上要吃意大利面，我甚至来不及责怪你把整个三明治都吃完了！

早些年，当然啦，我讲的尽是些异域风情的小故事，给你讲里斯本，讲加德满都。可是说实话，谁想听那些外国故事呢！虽然你很有礼貌地听着，但我还是觉察到，你打心眼儿里更愿意听听发生在家门口的一些奇闻趣事。比方说，在乔治·华盛顿大桥上与收费员非同寻常的邂逅什么的。平凡中出奇迹有助于验证你的观点，你认为我在异国他乡的所见所闻都是骗人的鬼话。我旅行带回来的"纪念品"——一包已经放了很长时间的比利时华夫饼，英国人称为"皮夫"（废话之意！）——仅仅因为距离遥远就被人为地涂上某种神秘色彩。就像日本人相互之间送礼物一样，盒子里装着袋子，袋子里套着盒子。我从遥远的地方带回来的礼物都不过是包装而已。若是仅仅在老纽约州还没有变质的垃圾堆里翻腾翻腾找到点什么，或者在到奈阿克[1]大联

---

1 纽约州的一个小镇。

盟超市的路上搜集点奇闻趣事，岂不是更了不起的成就吗?

我的故事还真发生在那里。这样看来，我终于学会了你一直想要教我的东西，那就是我自己的国家跟阿尔及利亚一样风情独具、危机四伏。我站在卖奶制品的货架旁边，用不着买多少奶酪，以后也没必要。现在没有你帮我干掉大半碗意大利面条，我再也不吃那玩意儿啦。哦，我真怀念你这个“嗜好”。

在大庭广众之下抛头露面，对我来说还很难。欧洲人向来把美国称为“没有历史感”的国家。你可能认为，在这里，我会因美国人著名的健忘症而受益。可惜运气不佳，这个社区没有任何遗忘的迹象。虽然到今天为止，我已经在这里生活了一年零八个月，但是家里的食物快吃完的时候，我还是得硬着头皮出门去买。哦，霍普韦尔大街上7–11便利店的售货员对我已经“司空见惯”，我可以买上一夸脱牛奶而不被一直盯着看。但是在我们常去的大联盟，我却依然是“众矢之的”。

在那儿，我总是不能理直气壮。为了增加点儿底气，我强迫自己挺直后背，端起肩膀。现在我总算明白人们常说的“昂首挺胸”是什么意思了。挺拔的身姿可以改变人的内心。这一点常常让我惊讶。当我气宇轩昂地站在那儿的时候，羞耻之感就稍微有所缓解。

正琢磨着该买大号还是中号鸡蛋的时候，我无意中朝摆放酸奶的冷柜处瞥了一眼。几步开外，站着一位顾客，她满头黑发枯杂不堪，发根处一英寸的地方已经开始泛白，发卷只在发梢依稀可见。显而易见，自上次烫发之后已经过去好长时间了。她淡紫色的上衣以及与之相配套的裙子也许曾经很时髦，可如今衣袖紧紧地箍着胳膊，短裙凸显着肥大的屁股。她这一身行头急需熨烫，垫肩处隐隐约约看得出金属衣架留下的锈渍。我由此想到，肯定别的衣服都穿脏了，或者堆在地板上，她才不得已从衣柜深处捞出这套衣服。那个女人向再制干酪[1]探过头去，我看见她的双下巴上满是皱褶。

别绞尽脑汁猜她是谁了。从我描绘的这幅图画里，你永远也认不出她。曾几何时，她苗条得有些过分，浑身上下充满骨感，像包装好的礼物，光鲜靓丽。尽管把失去亲人的人说成"形容枯槁"兴许比较浪漫，但是我觉得，哀伤时，吃巧克力和喝自来水没有两样。另外，有些女人保持苗条的身材，不是为了取悦配偶，而是为了跟女儿比美。不过，多亏我们，如今她失去了这份情趣。

她是玛丽·伍尔福德。我没有因为认出她而骄傲，恰恰相反，我无法面对她。一刹那，我头晕目眩。我双手直冒冷汗，在盒子里翻来翻去，察看鸡蛋是否完好无损。我装作突然想起要去旁边那个货架找东西的样子，先把鸡蛋放在推车的婴儿座上，不让它掉下来，然后就佯装去挑拣东西。又因为担心轮子会发出吱吱的响声，我干脆把推车扔到一边儿。那一刻，我连气也喘不过来。

我本来应该心里有所准备。事实上，我常常做了充分的准备，说全副武装也不为过，哪怕事后证明并无此必要。可是我不可能在出门做每一件小事的时候都"披甲戴盔"。再说，玛丽现在还能把我怎么样？她的招数已经用尽，她把我告上了法庭。话虽这么说，可我的心还是怦怦直跳，不敢马上回到摆放奶制品的架子那边，虽然想起了从埃及买的那个绣花手提包还在购物车里搁着，包里还装着钱包。

这是我当时没有逃离大联盟唯一的原因。我总得偷偷摸摸回到放包的购物车跟前呀。于是，我拿起一罐金宝汤公司的奶酪芦笋罐头，心不在焉地看着，漫无目的地想，假若沃霍尔[2]看到罐头盒上的图案被重新设计，该有多惊讶啊。

---

1 以熟化了的天然奶酪为原料再次利用的产品，所有蛋白质及其降解物都重复经受热处理，因此其营养性能也就差远了。

2 安迪·沃霍尔（1928—1987）：美国艺术家、印刷家、电影拍摄者，是视觉艺术运动、波普艺术最有名的开创者之一，并曾成功地担任金宝汤公司的罐头美工设计。

等我回来的时候，那个货架旁边已经空无一人。我立刻推起购物车，俨然一个行色匆匆必须三下五除二干完家务事的职业女性。你一定在想，你不就是这样一个角色吗？可是我很久没有这样看待自己了。我觉得，在那些排在我前面等待交款的人眼里，我这样不耐烦并非因为我是一名职业女性——她们帮助丈夫养家糊口，时间就是金钱，而是因为我像一个逃犯般，惶恐不安，恨不得马上溜走。

我把要买的那堆五颜六色的东西从购物车里取出来。鸡蛋盒子黏糊糊的，收银员打开查看。啊，玛丽·伍尔福德还是认出我了。

“十二个全破了！”那个姑娘惊讶地喊了起来，“我得让他们给您换一盒。”

我拦住了她。“不，不用了，”我说，“我着急走。就这样吧。”

“可是鸡蛋全都……”

“就这样吧！”在这个国家，要想让别人乖乖地听你的话，最好的办法莫过于让他们觉得你有点精神错乱。收银员用面巾纸擦了擦鸡蛋盒上的条形码，在机器上扫了一下，然后眼珠骨碌碌地转着，擦了擦手。

“哈查多琳……”我递上借记卡，收银员念着我的名字，声音很大，仿佛是说给排队的人听的。快到傍晚了，正好是学生放学后打工的时间。这个姑娘大约十七岁，没准儿是凯文的同学呢。当然，这一带有好几所中学，她家兴许刚刚从加州搬来呢。但是，看到她的眼神，我不再这么想。她直直地盯着我：“这个姓不常见呀。”

我不知道当时心里是怎么想的，不过这些事情真是让我烦透了。并非我没有羞耻之心，恰恰相反，我被所谓的羞耻弄得筋疲力尽，浑身上下宛如沾满黏糊糊的鸡蛋清。这是一种无处宣泄的情感。“全纽约州姓‘哈查多琳’的只有我一个。”我自我解嘲道，没好气地拿回借记卡。她把鸡蛋扔进一个塑料袋里，更多的蛋清流了出来。

我就这样回到了家——权且叫作家吧。你当然没有来过这里，那就让我给你描述一下吧。

你会大吃一惊。特别是当初我吵着闹着不想搬到郊区，而如今却选择继续留在格拉德斯通。我是觉得应该住在离凯文不远、开车就能到的地方。除此之外，尽管我渴望没有人能认出我是谁，但并不是想让邻居们忘记我是怎样一个人。我求之不得，但是又有哪个城镇能够给我这样的机会呢？全世界只有这个地方能完完全全感觉到我生活中经历的所有变化。如今人们是否喜欢我远没有是否理解我来得更重要。

付完律师费之后，剩下的钱虽然不多，但足够买一套小房子。只是租房子暂住在这里对我更为合适。我觉得，自个儿在这种积木玩具似的公寓套房里生活，就像琴瑟和谐的婚姻，再合适不过了。噢，你恐怕要吓一跳，这些用很不结实的纤维板做成的家具是对你父亲的座右铭“材料决定一切”的公然挑衅。可我喜欢的恰恰是这种“靠不住”的感觉本身。

这里的一切都不牢固。通往二楼的楼梯很陡，还没有扶手。我要是喝完三杯葡萄酒之后上楼睡觉，脚踩楼梯时就会感到头晕目眩。地板嘎吱作响，窗框走风漏气，整幢房子给人一种弱不禁风、摇摇欲坠的感觉，仿佛设计极差的危楼随时会轰然倒塌一般。楼下的卤素小灯泡用几个生了锈的衣架支撑着，连在天花板下的一根电线上，晃晃悠悠，忽明忽暗，为我的新生活平添了一种明灭不定的色彩。电话插座脱落，我与外部世界唯一的“联系”在两股焊接得十分糟糕的电线上不停地摇晃。晃来晃去，“联系”便常常被切断。房东倒是许诺给我换个好炉灶——炉灶上显示“开”的灯根本不亮，可是对我来说，换不换无所谓。前门的把手经常一拧就掉，我只好再设法把它塞回去。但是那一截锁轴似乎在嘲弄我，或者说，像母亲一样在提醒我：不能离开这个家。

我还发现，这幢二层楼的“大方向”是把资源利用到极致。供暖不足，暖气片半死不活，散发出一点点热气。尽管还是十一月初，我已经把阀门开到最大了。冲澡的时候我只用热水，不兑凉水。而所谓热水的温度只不过让我不发抖而已。洗澡的时候，我惴惴不安，生怕热水马上用完。冰箱的刻度已经调到最大，可是牛奶只能保存三天。

说到装修风格，这幢房子简直是对这个词的嘲弄。房子一楼刷成了亮黄色，活儿干得非常粗糙，作为底色的白涂料一条条依稀可见，似乎是用蜡笔胡乱画出来的。楼上我的卧室里，墙壁用海绵蘸着浅绿色涂料涂抹而成，俨然是小学生的涂鸦之作。这所摇摇欲坠的小房子——显得那样不真实，富兰克林，而我跟它没有两样。

可是我并不想让你为我难过。让你难过不是我的本意。如果我愿意，完全可以找到更体面的房子。从某种意义上来讲，我喜欢这里。这所房子没个正形，像个玩具。我住在一个“玩具之家”倒也不错。连家具都不合比例。餐桌齐胸高，让我觉得自己像个未成年人。而我用来放电脑的床头小桌用来打字又太矮——高度只够幼儿园的小朋友吃椰丝曲奇、喝菠萝汁。

也许这种歪歪斜斜、幼稚可笑的氛围能够解释为什么我昨天没有去投票选举总统。我把这件事儿忘得一干二净。周围的一切似乎都发生在遥远的地方。如今，这个国家非但没能为我的“错位”找到正确的“对位法”，反而将我带入了超现实的领域。选票正在统计当中，可是就如同发生在卡夫卡的故事中的那样，没有人知道赢家是谁。

现在我拥有的就是这一打破鸡蛋。我把已经所剩无几的蛋黄、蛋清倒到碗里，把碎蛋壳挑出来。要是你在，我会煎一份美味的菜肉馅蛋饼，再加上切成方块的土豆、芫荽叶。要想味道鲜美，秘诀就在于加上一茶匙糖。一个人嘛，我只能把剩下的这点玩意儿放到锅里，翻炒一下，拨弄拨弄，反正一样吃下去。我发现玛丽的姿势挺优雅，虽然还未做到位。

起初，看到食物我就恶心。去拉辛[1]看望母亲的时候，她做好的大米羊肉菜叶包一端上来我就想吐。她花了一整天的时间用热水烫葡萄叶子，把卷好的羊肉和米饭塞进去，做成一个个有棱有角的小包子。我提醒她，可以放到冰箱冷冻起来。在曼哈顿，去哈维律师事务所的路上，匆匆路过第七大街熟食店的时候，熏牛肉的辣味让我胃里翻江倒海。可是反胃的阶段已经过去了，对那种感觉我甚至有点怀念。四五个月之后，我肚子有了饿的感觉——事实上我开始狼吞虎咽。好胃口让我觉得很不体面，于是我继续扮演一名对食物失去兴趣的女人的角色。

大概一年之后，我开始面对现实——这个“舞台”、这场“表演”对于我毫无意义。即使我变得骨瘦如柴，也没有人会在意。我期待你用那双可以测量马的肥瘦的大手箍住我的胸腔，把我举过头顶，并严厉地责备道：“你太瘦了吧？”那口气西方女人听了都会暗自高兴。

于是我现在每天早上喝咖啡，吃一个牛角面包。用湿润润的食指把掉下来的面包渣都沾起来吃掉。我慢条斯理地切卷心菜，消磨漫漫长夜难熬的时光。如今打电话邀请我出去的人少得可怜。然而，即便如此，有那么一两次，我还是谢绝了他们的好意。来电话的一般都是外国朋友，平常通通邮件，好多年都没有见过面。特别是那些不知道实情的朋友，我唯恐避之不及。至于他们是否知情，我一般从电话里都能听得出来。不知情的人，打电话时粗喉咙大嗓门儿，说起话来无所顾忌。而知道内情的人，一开口就毕恭毕敬，结结巴巴，轻声细语，十分拘谨。我自然不想把那些不堪回首的往事复述一遍，也不期待能够得到朋友们无言的同情。他们不知道说什么才好，要想把谈话继续下去，还得我把那些事情和盘托出。而真正让我向他们不无歉意地说自己“太忙”的原因是，生怕两个人都点个沙拉，账单送来的时

1　美国威斯康星州东南部城市。

候，才八点半或者九点，我不得不起身回那个小窝。让人心悸的是，家里连可以用来消磨时间切的菜也没有了。

说来好笑，在为《飞行之翼与祈祷者》写文章而奔走了那么多年之后，我怎么能天天吃这种程式化的食物？那时候，我每天晚上换不同的餐馆，服务员说西班牙语或者泰语，菜单上写的是酸橘汁腌鱼或者狗肉。更糟糕的是，这让我想起母亲。但是我不能打破已然排列好的先后顺序（一长块奶酪，或者六七个橄榄；鸡胸、排骨或者煎蛋卷；热蔬菜；一块香草三明治饼干；半瓶葡萄酒），我仿佛是在走平衡木，一脚踩空就会摔下去。现在，我已经不得不放弃吃荷兰豆，因为那玩意儿做起来太容易了。

不管怎么说，即使我俩的关系变得疏远，我也知道你还是为我吃饭的事而担心。你向来如此。多亏了玛丽·伍尔福德今晚微不足道的报复，我吃得很饱。邻居们的种种古怪行为都不能像她这样起到"安慰剂"的作用。

比方说，我还住在帕利塞德大街我们那幢被人们誉为"暴发户平房"（富兰克林，不管你是否喜欢这个称呼，事实就是这样的，那是一座平房）的时候，有人把好几加仑深红色的油漆泼洒到房子前面的游廊上。窗户和门也都被弄得一塌糊涂。他们趁夜色"光临寒舍"，我第二天早上醒来的时候，油漆快干透了。哦，我该怎样称呼那个黑色星期四呢？当时——一个月或者更长一段时间之后——我心里想，我不会再害怕，也不会受到更多的伤害了。我认为，那可能是一种很常见的自负吧——觉得自己已经承受了那么多打击，而这些打击加在一起，会给人一种安全感。

那天早晨，我从厨房出来，拐了个弯儿走进起居室的时候，突然意识到，我以为自己已经平安无事、可以刀枪不入的念头简直是异想天开。我不由得倒吸一口凉气。阳光从窗户照进来，或者至少从没有被油漆污染过的那几扇玻璃窗流泻进来，从那几片油漆很薄的污渍透进来，在白墙上投下血红的光，宛如中餐馆里俗艳的装饰。

我以前总是硬着头皮面对自己害怕的东西，对此你颇为赞赏。不过，这个方针是因为害怕在异国他乡迷失方向想出来的——如同儿戏。现在，我多么想回到那些不知道下一步会发生什么事情的日子里啊（儿戏本身，比方说）。不过，积习难改，我并没有逃回到床上蒙头大睡，而是下决心去查看一下遭受了多大的损失。但是前门打不开，门框和门扇被黏稠的深红色的瓷釉牢牢黏在一起。瓷釉不像乳胶，不溶于水。而且瓷釉价格昂贵，富兰克林。为了这场恶作剧，有人花了不少钱。当然，我们那些老邻居有各种各样的不足，只是从来不缺钱。

于是，我穿着和服式晨袍从侧门出去，绕到前面。“观赏”邻居的“美术作品”时，我觉得脸上戴着“冷漠的面具”。那是《纽约时报》描绘我在法庭上的表现时说过的话。《邮报》更毫不客气地说我在法庭上自始至终“目中无人”，而我们当地的《新闻杂志》越发过分：“伊娃·哈查多琳板着面孔，仿佛她儿子只不过是把女孩儿的辫子在墨水瓶里蘸了一下而已。”（我承认自己在法庭上是板着面孔，目不斜视，吸着腮帮。我记得当时一直在心里念叨你的“硬汉”格言：“不要让人看到你出汗。”可是富兰克林，“目中无人”？那会儿我还有心思“目中无人”吗？能让自己不哭出声来就不错了。）

那效果确实惊人——如果你喜欢戏剧性场景的话。我那会儿当然没有心情欣赏如此“美景”！房子宛如人被割断喉咙，以罗夏克墨迹测验[1]般喷涌而出。油漆经过精心挑选——颜色浓重，质感很强，还带一点蓝紫色——可能是特意调制而成的。我不禁想，如果泼油漆的人是事先订购这种颜色的油漆，而不是从商场货架上取下来付款走人

1　一种心理投射测验。

的话，警察应该能够查出是谁干的。

除非不得已，我不会再跨进警察局半步。

我这件和服式晨袍非常单薄，那还是1980年我们第一个结婚纪念日时你送给我的，本来是在夏天穿的。这是你给我买的唯一一件晨袍，我不想再去找别的衣服。我丢掉了那么多东西，但是你给我的或者你留下的东西我一样也没舍得扔掉。我承认你留下的这些“护身符”很折磨人。而这恰恰是我视若珍宝、不肯丢掉的原因。喜欢骇人听闻的治疗学家肯定会说我凌乱的衣柜“不益于健康”。恕我不能苟同。与凯文、油漆、刑事和民事审判带来的叫人畏缩、感觉肮脏的痛苦相比，这种“痛苦”简直就是有益于健康！六十年代人们对所谓“有益于健康”不屑一顾，我却渐渐把它视为难得的法宝。

关键是，手里抓着柔软的蓝布晨袍，对邻居仓促间绘制又免费赠送的这幅“作品”评估时，我好冷。虽然已是五月，但是乍暖还寒，风像刀子一般。在我真正顿悟之前，我还以为经历了这场灾难，生活中一些微不足道的懊恼会化为乌有。可是事实上并非如此。你仍然会因为那些不尽如人意的事情而心寒，邮包丢了你仍然感到绝望，发现星巴克少找了钱你仍然觉得苦恼。在那种情况下，还想着去加件毛衣、戴双手套，或者因为被人骗走一美元五十美分而耿耿于怀，我会尴尬的。可是自那个星期四之后，我的全部生活都被这样的尴尬紧紧包裹着。我在转瞬即逝的小烦恼中寻求慰藉，以为那是礼节和得体幸存的象征。衣服穿得不合时宜时，或者因为在牲畜市场般大的沃尔玛超市里找不到一盒厨房用的火柴而生气时，我都会为这种情感上的平庸而自豪。

我又小心翼翼地走到侧门，心里疑惑不解。这帮人怎么能把我们这幢房子袭击得如此彻底，而我就在屋里睡着却浑然不知。我怪自己每天晚上服用过多镇静剂（什么话都不要说，富兰克林，我知道你不赞成）。后来，我才意识到自己完全错误估计了形势。事情已经过去一个月，不是一天。不再有人对你冷嘲热讽，或者大声吼叫，也没有人戴着滑雪面具来骚扰，或者手持锯短了的鸟枪来威胁。他们偷偷摸摸地来。仅有的动静是树枝折断的声音，装得满满的第一罐油漆倾倒在亮光闪闪的桃花心木门上发出的沉闷的声音，油漆泼洒到玻璃上的宛如浪涛拍岸的声音，以及流到地上发出的滴答声。那声音不会比大雨落地的声音更响。向我们这幢房子喷射而来的不是幻彩荧光漆，也没有喷洒油漆时那种天然的“愤怒”，而是带着一种发自内心的仇恨。这仇恨随着时间的推移积淀得越来越厚，越来越浓，就像上好的法国沙司。

你一定会坚持找人来清理。对于美国人精细的分工，你总是抱有极度热忱的态度。他们不管干什么活儿，都有“专家”。有时候你翻看电话号码本里的黄页，纯粹是为了好玩。“清理油漆：深红色瓷釉。”可是报纸上连篇累牍地讨论我们是多么有钱，说凯文是怎样被宠坏的。我不想让格拉德斯通人幸灾乐祸，对我冷嘲热讽：“瞧，她有的是钱，雇得起人替她收拾那个烂摊子，就像那位要价不菲的律师。”不，我要让他们日复一日地看着我，看我亲自动手清除那些油漆。我还特意租了一个喷砂器擦砖上的油漆。有一天晚上，劳累了一天之后，我朝镜子里看了一眼——镜子里的我，衣服污渍斑斑，指甲开裂，披头散发，我不由得叫了一声。以前有一次，我也是这个样子。

房门周围的几条裂缝可能还闪烁着红宝石般的光彩，那几块仿古砖的缝隙里也许还残存着几滴充满怨恨的油漆——因为太高，我站在梯子上够不着。我也不清楚。房子我卖掉了。民事审判之后，不得不卖。

我本来以为房子出手会很困难，以为讲迷信的买主知道房子主人是谁之后肯定会打退堂鼓。但是事实恰恰证明了我对自己的国家多么不了解。你曾经责备我，当人类历史上最不同凡响的帝国巍然屹立在我眼前的时候，我却把好奇心都用在“发展中国家的泥坑”上了。你是对的，富兰克林。没有什么地方像我们这个国家。

我们的房子一上市，竞价者纷至沓来。不是因为他们对房主是谁一无所知，反倒恰恰因为他们知根知底。结果，这幢房子卖了三百万美元，远远超过它的实际价值。我天真幼稚，根本不明白房子的卖点恰恰就在于其“臭名昭著”。那一对事业蒸蒸日上的夫妇在我们的食品间四处翻动的时候，一定在心里喜滋滋地幻想庆祝乔迁之喜的晚宴进入高潮时的情景。

（叮，叮！）静一静，各位。我提议大家干一杯，不过首先，也许你们压根儿就想不到，我们是从谁手里买下这幢大房子的。我说得对吗？伊娃·哈查多琳……听上去不陌生吧？那当然啦。你以为我们要搬到哪里去？格拉德斯通……对啊，就是那个哈查多琳。彼得，你认识几个哈查多琳呀？！天哪，伙计，太迟钝了吧。

没错儿，凯文。想不到吧？我儿子劳伦斯住他的房间。那天夜里，小家伙住进去试了试。结果说要跟我一起熬夜看《亨利：一个连环杀手的肖像》。因为“凯文·番茄酱”（*Kevin Ketchup*）在他的房间“闹鬼”。哦，得让那孩子失望了。对不起，我说，“凯文·番茄酱”不可能在你的房间里闹鬼。那个一文不值的小杂种在州北部某个儿童监狱里活得好好的呢。照我说，哥们儿，那个凶残的家伙该坐电椅……不，还比不上哥伦拜恩惨案[1]！你说什么……十个，宝贝儿？九个，对，七个孩子，两个大人。他杀害的那个老师，据说对这个浑蛋还不错。我可不知道这场血案是不是应该归咎于看录像、听摇滚乐。我们也是听摇滚乐长大的，对吧？可我们上高中的时候谁也没有疯狂到要杀人的地步啊。话说回来，就是别的喜欢看录像的孩子也并非个个凶残呀！

1　指1999年发生在美国科罗拉多州哥伦拜恩中学的枪击案，当时有12名学生被杀害。

拿劳伦斯来说吧。小家伙喜欢看惊悚片儿，无论多吓人，他都毫不退缩。可是那次他的兔子被车碾死，他哭了整整一个星期。他们知道电视和现实生活的区别。

我们不停地给他灌输什么是对的、什么是错的。也许看起来不公平，不过你真得搞清楚他父母是什么样的人。

伊娃

*2000年11月15日*

亲爱的富兰克林：

你知道的，我对人总是彬彬有礼。因而当我的同事们——对了，我在奈阿克一家旅行社上班，信不信由你，能在那儿上班我很感恩——义愤填膺、唾沫星子四溅，为帕特·布坎南在棕榈滩[1]获得的票数不成比例大发议论时，只有我耐心地等待他们平静下来，最后，我倒成了“香饽饽”。我是办公室里唯一允许他们把话说完的人。这个国家的气氛突然变得如同过“狂欢节”一般，各种极端的意见相互充斥，水火不容。不过我觉得这场“派对”并不欢迎我。我也不在乎谁当总统。

然而，透过心灵深处那副“潜望镜”，我把过去一周可能会发生的事情看得一清二楚。我把票投给戈尔，而你投给布什。选举之前我俩激烈交锋，但是那……那……噢，该有多么美妙！拳头把桌子砸得咚咚响，然后砰的一声，摔门而去。我背诵《纽约时报》上的评论，你在《华尔街日报》专栏文章上气呼呼地画线。这时候，大家都铁青着脸，一丝微笑也没有。可我多么怀念那些为琐事而忙碌的时光啊。

上封信一开头我就说，每天晚上我们聊天儿的时候，我总是把一天发生的所有事情向你和盘托出。其实，这样说不够坦诚。相反，我之所以给你写信，原因之一就是我心里装着那么多的小事，却从来没有告诉过你。

---

1　位于美国佛罗里达州迈阿密市以北65公里处的一个岛，西靠近岸内航道，东临大西洋。

别以为我喜欢保守秘密。事实上，我陷入其中，连气也透不过来。我早就想向你敞开心扉，吐露真情啦！可是富兰克林，你那时候不想听。我知道，你现在也还是不想听。也许当初我应该再给你施加点压力，硬让你听我讲。可是那时候，我们在好多事情上的看法都针锋相对。对于许多总是吵架的夫妻来说，可能并没有什么实质性的东西让他们意见相左。也许只是一条线，或者只是某种抽象的东西把他们分开——飘忽不定的积怨，不自觉的“权力”之争。它们会自生自灭，宛若蜘蛛网一般。等到夫妻和好，这条“线”因为并不真的存在，便也很快烟消云散。你瞧，我不无羡慕地看到，他们会发现屋子里原来什么都没有！他们之间只有空气，毫不费力便可以穿越。可是对于我们来说，把我们分开的东西是那样实在，假若不在屋子里，它也会自己走进来。

我们的儿子。关于他，说来话长，三言两语讲不完。讲故事的人一般都喜欢从头开始，我却不想如法炮制。我得追溯到更早的时候。许多故事还没有开始就已经注定了结局。

是谁对我们施了魔法呢？那时我们多么幸福啊！可后来，我们为什么要倾尽所有作为赌注，来玩这场生儿育女的疯狂游戏呢？你肯定觉得，提出这样的问题本身就是对人性的亵渎。没有生育能力的人有理由吃不着葡萄说葡萄酸，可等你真生了孩子，还费心劳神去想一去不复返的没有孩子的生活，就有悖常理了，对吧？可是，一种潘多拉式的任性驱使我打开了那个不应该打开的盒子。我一向爱幻想，喜欢挑战自己。生孩子之前我就很了解自己这种性格：我就是那种女人，明知事情不可逆转，还会为之后悔，比方说对于另外一个人的存在。然而后来，凯文长大之后并不觉得其他人的存在是不可逆转的，对吗？

对不起，但是你别指望我避而不谈。也许我不知道该怎样叙述那个星期四。那场暴行听起来就好像是从报纸上撕下来的一则新闻，事件被最小化到了这样几个字：令人发指的杀戮。可是对于我们，儿子犯下滥杀无辜的罪行的那一天又显得太长太长，难道不是吗？回回都要提起吗？是的，我是非提不可。我每天早上一醒来想到的就是这件事，每天夜里伴我上床睡觉的还是这件事。对我而言，它简直取代了一个丈夫。

于是，我绞尽脑汁去重新构建1982年那几个月发生的事情。那时我们郑重其事地决定生孩子。我们当时仍住在三角地[1]我那犹如洞穴般的阁楼里，周围尽是同性恋者、被你指责为“自我放纵”的单身艺术家以及没有负担的双职工夫妻。他们每天晚上都去美式墨西哥餐馆吃饭，在聚光灯酒吧喝到凌晨三点。在那个社区里，小孩子像墨西哥斑点猫头鹰或其他濒临灭绝的动物一样罕见。可以想见，我们的决心可谓曲高和寡，令人难以理解。说来可悲，因为不希望等到自己六十多岁时孩子还住在家里，我们甚至定下生孩子的最后期限——就在那年八月我三十七岁的生日之前。

六十多岁！那年月，六十多岁对于我们是一个和小宝宝一样不可思议的年纪。可现在，再过五年我就要踏上那块“陌生的土地”了。无须举行什么仪式，就像乘坐市区公共汽车一样顺理成章。1999年，我实现了岁月的飞跃，不是在镜子里，而是从别人眼睛里发现自己已经变老了。比方说，今年一月我去续驾驶证的时候，坐在柜台边的工作人员对我年满五十四岁没有丝毫的惊讶，而你应该记得我在这方面一向沾沾自喜。我习惯了人们连声感叹，夸赞我看上去比实际年龄至少年轻十岁。而今，这些感叹一夜之间都消失殆尽。还有一次，令我十分尴尬，“星期四”之后不久的一天，曼哈顿的一位地铁服务员特意提醒我，超过六十五岁的长者可以享受折扣。

我俩达成共识：为人父母是“我们这辈子一起做出的最重要的决

1　特里贝克地区，亦称三角地，指曼哈顿岛上的运河街以南，百老汇以西的三角地带。

定”。但是这个决定过于重大，显得不够真实，所以总会让人生出一些怪念头。每次只要你或者我提起要孩子的事，我就觉得自己似乎是个七岁的孩子，想要个会尿尿的拇指姑娘当圣诞节礼物。

我清楚地记得，那段时间我们之间的一些谈话总是变来变去，时而同意要孩子，时而反对当爹妈。最好玩儿的当属那个周日，跟布莱恩和路易斯在滨江大道共进午餐之后的谈话。那时候，他俩不再出来吃晚餐了，因为出来吃晚餐的话，两个人就不得不分开：一个人在外面吃喝玩乐，另外一个得待在家里，照看两个淘气的小姑娘，给她们洗澡，还要哄她们上床睡觉。而我呢，我一向喜欢夜生活——这无疑更近于花天酒地，尽管我已经无法再把放浪形骸和那个身为家庭影院频道编剧的狂放热情与眼下这个喜欢居家过日子的男人联系起来了。他现在自己做意大利面，还在窗台上种细长的欧芹。

乘电梯下楼的时候，我惊叹道：“他从前可是个瘾君子啊。”

“听起来，你挺向往他现在的生活嘛！”你说。

“啊，他肯定比原来更快乐。”

我不敢肯定。那些日子，我对所谓“有益于健康”仍然疑窦重重。事实上，我们的确度过了一段美好的时光，可如今这些回忆却让我挫败而心痛。有一次，州北部某户人家处理一些物品，他们买的一套纯橡木餐桌，令我赞不绝口，你却喜欢那个小女孩儿收藏的全套椰菜娃娃[1]，你表现出的耐心让我产生了强烈的兴趣。我们夸他们新式口味的沙拉做得好，在二十世纪八十年代，山羊奶酪和番茄干还挺流行的。

多年前我俩一致认为，你和布莱恩根本不能一起讨论罗纳德·里根。在你看来，里根是快乐的偶像，头戴明星的光环，财政政策灵活，重振了国家的自豪感。而对布莱恩来说，他全然是一个平庸的白痴，因为给富人减税而导致了国家破产。于是我们只好谈些比较保险

1 美国推出的一种玩具系列。

的话题。客厅里轻声播放着《乌檀木与象牙》[1]，小姑娘们跟着大声唱，虽然老是跑调，却还一遍遍地重复，弄得我心烦意乱又不好发作。你惋惜尼克斯队没能赢得季后赛，布莱恩就装作一副对体育感兴趣的样子，还挺像回事。情景剧《全家福》最后一个季度的播放就要结束了，我们虽然都有点遗憾，但也觉得该收场了。整个下午，你俩产生的唯一分歧是对电视连续剧《野战医院》的看法。这部电视剧也面临退出荧屏的命运。你明明知道布莱恩崇拜艾伦·阿尔达，却非要说他是个“假装神圣的讨厌鬼”。

不过，这种不同意见并无大碍，只是让人有点沮丧罢了。对于以色列，布莱恩有一个“知识盲点”。我试探性地提了一下“犹太—纳粹”，结果破坏了其乐融融的好气氛。于是我马上改口，问他的新剧本写的是什么，可是他根本没办法回答我的问题，因为大女儿把口香糖粘在芭比娃娃似的金黄色头发上了。用什么洗发剂才能洗掉那玩意儿呢？大伙儿七嘴八舌地出了一大堆主意，都派不上用场。最后布莱恩只得用切肉的餐刀割下那缕头发。路易斯让这事弄得有点不安。这算是那天唯一引起“骚动”的小插曲吧。除此之外，没有人喝醉，也没有人生气。他们家挺好，吃得挺好，女孩子们挺好——挺好，挺好，挺好。

我发现，跟和蔼可亲的人一起吃顿心满意足的饭似乎缺了点什么，还因此而感到失望。难道我宁愿吵一架不成？那两个小姑娘不是很可爱吗？她们没完没了地闹，我整整一下午都无法集中精力想一个问题又有什么关系呢？我不是嫁给了我所爱的人吗？可心里怎么会生出邪念，暗暗希望和布莱恩从厨房里端出哈根达斯冰激凌的时候，他会偷偷地把手伸到我裙子里摸一把呢？想起这些事儿，我觉得当时感

1 二十世纪世界最杰出的流行歌曲的作曲家兼歌手之一——英国著名歌手保罗·麦卡特尼和美国黑人歌手史蒂夫·汪德于1982年共同演唱的著名单曲。

到自责也是完全应该的。几年之后，我巴不得花钱办一个平平常常、开开心心的家庭派对，派对上发生在孩子们身上最糟糕的事情也莫过于头发上粘了口香糖。

刚走到楼下大厅，你就大声说："真不错。我觉得他俩都了不起。我们得抓紧回请他们来家里做客，要是他们能够找到人看孩子的话。"

我没吱声。你不会听我吹毛求疵，说什么"你不觉得今天的午宴淡而无味吗""你有没有觉得这次聚会自始至终都是《老爸知道》[1]"这类老生常谈又苍白无力的重复。要知道曾几何时，布莱恩那么喜欢胡闹（我终于可以向你坦白，结识你之前，我有过参加派对时在客房偷情的经历）。很可能你对这次午宴的感觉和我相同，看似无懈可击的聚会在你心目中也是缺乏情趣兴味的。但是你宁愿否认自己的感觉，替代心中对另外一种模式的渴望。你会说，我们又不是冲着吸食可卡因去的！他们都是好人，对我们不错，在他们家的那几个小时我们也很开心。这就够了。得出任何别的结论都很吓人，会让我们心头生出不可名状的恐惧。没有恐惧，我们无以遵循，可是这种恐惧又不能招之即来，挥之即去，尤其不能按照一个既定的道德模式行事。

你把救赎看成意志力的表现。你藐视有些人（像我这样的人），说他们总是怨天尤人，因为无法接受生活中简简单单的美好事物，性格上的弱点便暴露无遗。你向来讨厌那些过分讲究吃喝的人、患抑郁症的人以及仅仅因为流行就故作高雅而对电影《母女情深》嗤之以鼻的势利小人。吃得不错，地方挺好，朋友们也善良——我还奢望什么呢？除此之外，美好的生活不会找上门来。工作就是快乐。如果你发自内心认为，从理论上来讲，我们跟布莱恩和路易斯在一起很开心，那么事实上我们就真的很开心。实际上，如果你觉得这个下午太过劳

---

1　德森拍的一部电影，其内容都是好莱坞人对尼尔森式系列剧的重复，此系指剧中人说的话都是老生常谈。

累，不尽如人意，那就是因为你表现得过分热情。

我敢肯定，那天我们穿过旋转门向滨江大道走去的时候，我的忧虑尚未成形，便已稍纵即逝。后来，这些想法再度回来，在我脑海里萦绕盘桓。我未曾预料到你会强迫自己把难以驾驭的、奇形怪状的经历硬塞到一个整整齐齐的盒子里，就像有人试图把一团杂物硬塞进一只新秀丽的硬壳行李箱中一样。你倾向于把现实和理想混杂在一起，错把已经拥有的当成迫切想得到的。这种颇具悲剧色彩的倾向会带来灾难性的后果。

我提议步行回家。因为长期为《飞行之翼与祈祷者》撰稿，我徒步到处走。这样的冲动就成了老习惯。

“走到三角地得有六七英里呢！”你表示反对。

“你宁愿打车回家，然后一边看尼克斯队的比赛，一边跳七千五百下绳，也不愿意甩开膀子步行到你想去的地方，你认为走路太累。”

“没错儿，人各有志。”你锻炼身体毫不含糊，衬衫叠得有棱有角，对于这种一丝不苟的精神我很赞赏。可是富兰克林，在比这些琐事更加重要的事情上，我对你的所谓一丝不苟不敢恭维。时间一长，秩序井然就变成整齐划一了。

于是我威胁着说要一个人走回去。这一招还挺管用。三天后我要出差去瑞典，而你很想让我多陪陪你。我们嘻嘻哈哈地沿着小路走到滨江公园。银杏树花满枝头，斜坡草坪上，厌食症患者三三两两地打着太极拳。终于逃离了朋友家，我兴奋不已，走起路来趔趔趄趄。

“你喝醉了。”你说。

“只喝了两杯！”

你啧啧地说：“刚刚中午！”

“早知道我喝三杯好啦。”我回敬道。除了电视之外，任何一种娱乐你都要量化。我多么希望有时候你会稍微放纵一下自己，像我们热恋时那样，你拎着两瓶黑皮诺干红葡萄酒、六瓶圣保罗少女牌啤酒到我的住处，含情脉脉、频送秋波。不过，即使春心荡漾，不等到我俩都用牙线清洁完牙齿，你是从来不会开始亲热的。

“布莱恩的孩子们，”我郑重其事地说，“让你心动，想要生一个了？”

“嗯……嗯……也许吧。她们非常可爱。可是她们要吃饼干、玩班尼兔先生或者要喝五百万口水的时候，负责管教的那个人却不是我啊。”

我明白了。我们的谈话像是在开玩笑，你的开场白态度并不明确。我俩总得有一个人承担不愿意为人父母的角色。上一次就是否要孩子发生争论时我就大放厥词：“小孩子又哭又闹，弄得家里一团乱，把人绑得死死的，长大了也不懂得感恩戴德。”这一次，我要扮演更加大胆的角色：“反正，如果我怀孕的话，肯定会有什么事情发生。”

“那还用说吗？”你没好气地说，“你会生个宝宝。”

我拉着你从人行道走到河边：“我只是想翻开新的一页，仅此而已。”

“真难以想象。”

“我的意思是，我们很幸福，你不觉得吗？”

“没错，”你郑重其事地表示赞同，“我想是的。”对于你来说，我们的满足容不得仔细推敲——仿佛一只很容易受刺激的鸟儿，只要我们中有一个人人喊：“看那只天鹅多漂亮！”它就会展翅高飞一样。

“是啊，也许我们太幸福了。”

“嗯，我一直想跟你说这事儿呢。你要是能让我稍微痛苦一点就好了。”

“瞎说什么呢。我在说故事呢。童话故事里‘他们从此幸福地生活在一起’是最后一句话。”

“行行好，我听不懂。”

哦，你完全知道我是什么意思。并非幸福枯燥无味，只是故事讲得不好。随着年龄增长，你我的消遣娱乐之一就是叙述我们的故事，不仅对别人讲，还给自己讲。我本来应该知道，我每天都在逃避我的故事，可它却像一只忠诚的流浪狗紧紧跟随着我。相比之下，跟年轻时不同的一点就是，如今我觉得那些可讲的故事很少，或者压根儿就没有什么故事好讲的人真是幸运极了。

四月，艳阳高照。我们在网球场边慢慢走着，透过绿色防护网，停下脚步，欣赏一记有力的反手削球。“一切似乎都已经安排妥当，”我不无伤感地说，“《飞行之翼与祈祷者》已经起飞，在职场上唯一可能打击我的是公司破产。我总能挣更多的钱。可我属于那种逛旧货店类型的人，富兰克林。我不知道钱能做什么。钱让我觉得乏味，把我们的生活变得无所适从。很多人不要孩子是因为他们养不起，而对我来说，若能把钱花在某件重要的事情上，就是一种解脱。”

“我不重要吗？”

“你想要的东西太少了。”

“买根新跳绳？”

“才十美元。”

“噢，”你让了一步，“养个孩子至少完成了一件人生大事。”

我也挺倔强，故意问：“什么人生大事？”

“你知道的，”你学着电视台节目主持人那样，拖长声音淡淡地说，“一个自古以来就存在的难题。”

我没有追问为什么，但是你的所谓“人生大事”并没有打动我，我觉得我的“翻开新的一页”的说法要好得多。“我总是能够到一个新的国家去跋涉——”

“还有哪个国家没去过吗？你去过的国家跟大多数人穿过的袜子一样多。”

“俄罗斯，”我想了想说，“我可没有威胁你去俄罗斯航空公司交赎金，一次也没有过。因为最近……最近我觉得哪里都一样。各个国家都有不同的食物，但是他们都有食物，懂我的意思了吗？”

瞧，那时你有个习惯，只要我提到复杂的或者比较敏感的话题，你就装傻。这种装傻的策略一开始还只是逗我玩儿，后来就变得完全不能抓住我的要旨了。不是因为深奥，而是因为非常明显，你根本不愿意接受罢了。

那就让我说明一下吧：每个国家的天气都各不相同，建筑风格也千差万别。晚宴后坐在餐桌边打饱嗝可能是心满意足的表现，也有可能被看成是粗鲁之举。于是，我不再关注在摩洛哥应该把凉鞋脱下来搁在门口，还是放到别的什么地方，而是把更多的注意力放在所在国恒久不变的关于鞋子的文化上。看起来，经历了一大堆麻烦——安检、倒时差——之后，你还是会陷入天气呀，鞋子呀这些旧有的文化“统一体”中。这个“统一体”渐渐让我产生这样一种无奈的感觉：虽然身处不同的国度，却如同降落在同一个地方。不过，不管怎么说，尽管我有时会对全球化发一通牢骚，但如今在曼谷能够买到你喜欢的来自香蕉共和国的斯图夫牌褐色短靴，也是件好事。真正让我觉得乏味的是我头脑中那个世界，我的所思所想、我的感觉和我说的话。真正让我觉得有所变化的不是到一个新的机场，而是走向一种新的生活。

“当母亲，”在公园里，我一针见血地指出，“现在这就是我的新国度。”

仅有那么几次，当我似乎真的要采取行动时，你就紧张起来。“你对自己的成功或许十分满意，”你说，“我可没那么走运，给麦迪逊大街和客户选址拍广告没有给我带来实现自我价值的快乐。”

“那好吧。”我停了下来，靠在哈德逊河边温暖的木栅栏上，张开双臂坚定地看着你，“那么，会发生什么呢？对你而言，从事业的角度来看，我们在等什么呢？在期待什么呢？”

你摇晃着脑袋，盯着我的脸，似乎想弄清楚，我是否漠视你的成就，或者否定你工作的重要性。其实不然。“我也可以为拍摄故事片选景。”

“但是你经常说，都是一样的活儿：你找到画布，别人在上面画画。广告片的报酬更高。”

“娶了个富婆，这些都无关紧要了。”

对于你来说，这很重要。我比你挣的钱多多了，你的心胸还没有开阔到对此完全不以为意的地步。

“我在考虑做点完全不同的事情。”

“那……怎么，你想一切从头来，去开个餐馆？”

你微笑了：“那可不成。”

“是啊。你太现实了。也许你会做不同的事情，但总是在同一平面之上。我说的是地形学。情感上的、叙事上的地形学。我们住在荷兰。但有时候我渴望去尼泊尔。”

纽约人个个对成功趋之若鹜。但我认为，你没有什么追求。换了别人听到如此评价一定很受伤害。可是在这件事情上，你倒实事求是，根本没有生气。你也有追求——对自己生活的追求。比方说，早上起来，你想的是今天会是个什么样子，而不是这一天能有什么成就。和绝大多数年轻时没有选好职业的人一样，你把工作和生活分得很清楚，不管什么职业都只能让你终日忙碌，而不会占据你的心。我喜欢你这一点，喜欢极了。

我们又走了起来，我挽着你的手，晃来晃去。“我们的父母都年事已高，不久就会过世，”我接着说，“事实上，我们认识的每一个人都会借酒消愁，忘却烦恼。我们也会变老，到一定的时候，失去的朋友会比新结交的朋友多。当然啦，我们可以去度假，拉着带轮子的行李箱满世界跑。我们可以品尝更多种类的食物，喝更多牌子的酒，做更多的爱。但是，这并不意味着万事大吉，我担心生活会变得乏味。”

“没准儿我俩有谁会得胰腺癌。”你打趣道。

“没错儿。要是你再开着小货车一头撞进水泥搅拌车，就更热闹了。我就是这样想的。从现在开始，我能想到的发生在我们身上的每一件事情，都很可怕。你知道，我不是说我们收到一张从法国寄来的溢满深情的明信片，而是真实发生的事情。”

你亲吻着我的头发：“良辰美景，别说让人扫兴的话。”

我们彼此偎依着走了几步，有点踉踉跄跄。我用食指钩着你皮带上的圈玩。“你知道这个委婉的说法吗？——她有了！说得多好。生个宝宝，只要身体健康，的确是件喜事。天大的好事，大喜事。从孩子呱呱坠地开始，发生在他们身上的喜事也都是你的喜事。当然了，坏事也与你脱不了干系，”我迅速补充道，“还有，你知道，孩子们迈出人生第一步，第一次约会，第一次在套袋赛跑中取得名次。他们毕业了，结婚了，有了自己的孩子——从某种意义上来说，你得把所有的事情重新经历一遍。我们的孩子也会遇到困难，”我说话有点像白痴，“只是他们的困难不会是我们曾经有过的困难……”

哦，够了。想起这番对话我的心都要碎了。

回想起来，我说想有更多的“故事”，可能是指希望另有所爱。你我之间，从来没有开诚布公地聊过这些事情。我们羞于谈及。一想到要坦言你还不足以占据我的全部心灵，我就紧张。现在，我们分开了，我多么希望当初能够克服羞涩，常常对你说，爱上你是发生在我身上最惊人的事情啊。不只是坠入爱河的一刹那（老一套的说法），而是与你相爱的全过程。在我们分开的每一天里，我都会想起你宽厚、温暖的胸膛。你每天做一百个俯卧撑，发达的胸肌坚挺有力。不去赶飞机的那些早晨，我把头埋在你的锁骨沟里，感到多么幸福。有时我听见你在拐角处叫我：“伊——娃！”你有些不耐烦，用命令的口吻急切地唤我到你跟前，因为我是属于你的，你就像唤一条小狗，富兰克林！是的，我就是你的，我并不生气，我喜欢你这样叫我：

“伊——娃！”总是在喊到“娃”的时候声音上扬。有时候，夜色朦胧，我喉咙哽咽，无法回答。在准备做烤苹果奶酥的时候我不得不停下来，因为我泪眼迷离，连厨房也变得水汪汪的，闪闪烁烁。要是继续削苹果就会伤了手指。而我割破手指的时候你总会气得冲我大叫，你生气时的不理智又总是吓得我差点儿再把手指弄破。

我从来没有不把你当回事。我们相见恨晚，我根本不可能对你三心二意。那时候我差不多三十三岁，在遇见你之前，我宛如生活在一片荒漠里。我一直在苦苦追寻，绝对不可能不珍视终于找到伴侣的奇迹。然而，吃够情感餐桌上残羹剩饭的我被你宠坏了。你每天都奉献给我一场爱的盛宴——冷不丁送上一束鲜花让我大吃一惊，贴在冰箱上的字条，落款总是写着“爱你的，富兰克林”。与这场感情盛宴相比，任何派对都一文不值。而我也因此变得贪求更多。好像上了瘾，心里充满渴望和好奇。我总是在想，要是从同样一个角落传来一声清脆的叫声“妈——妈”，我会是什么样的感觉呢？一切都是因为有了你。就像有人送给你一件礼物——一只乌木雕刻的大象。突然你会想到，要是开始收集更多这种木雕的大象该有多好。

伊娃

附（凌晨 3：40）

我努力戒掉安眠药，因为我知道你不愿意让我吃。可是不吃药我就翻来覆去睡不着。明天在旅行社上班肯定什么也干不了，但是我还想再回忆一些那段时间发生的事情。

还记得那一次在阁楼上跟艾琳和贝尔蒙特一起吃软壳螃蟹吗？那天晚上的确荒唐。连你都顾忌全无，喝悬钩子白兰地，一直喝到凌晨两点，喝得走起路来摇摇晃晃。没有孩子打扰，非得让你看布娃娃的衣服漂亮不漂亮；也没有孩子第二天要上学，不得不草草收场，我们大嚼着水果、果汁蛋糕，挥洒着一杯杯明澈的、后劲十足的木莓白兰地酒，为彼此的故事喝彩。典型的人到中年却没有孩子拖累的狂欢，青春期似乎总也没有过完。

我们都在谈论自己的父母——其实恐怕是在数落他们的不是。大家都直言不讳：究竟谁的父母更加精神不正常。你没有什么优势。你的父母是不折不扣的新英格兰人，恬淡寡欲，循规蹈矩，没有什么可以戏说的。相比之下，我母亲为了避免出门而找的种种聪明的借口却让大家笑得前仰后合。我甚至成功地让大家听明白了为什么我和哥哥贾尔斯之间开玩笑常常会说“这可真方便”。在我们家，“这可真方便”是指代“他们送货上门”的口头禅。那时候（在他禁止他的孩子们接近我之前），我只要对贾尔斯说“这可真方便”，他就会大笑不止。不过片刻之后，我跟艾琳和贝尔蒙特说“这可真方便”时，他俩也开怀大笑了。

在这方面，我俩哪里是这对久经沙场的夫妻的对手呢？他们都是种族通婚的产物，十足的波希米亚范儿。艾琳的母亲神经兮兮的，她父亲是打牌作弊的老手；贝尔蒙特的妈妈当过妓女，到老了还打扮得像电影《兰闺惊变》中的影星贝蒂·戴维斯[1]，而他父亲算得上半个出名的爵士乐鼓手，跟迪兹·吉莱斯皮[2]一起合作演出过。我听得出他们以前肯定也跟别人讲过这类故事，不然不会讲得这样绘声绘色。在吃了一大堆螃蟹，喝了那么多夏敦埃葡萄酒之后，我笑得眼泪都出来了。我也想过把话题转到你我正要做出的重大决定上，但是思之再三，又怕说这些不妥，只好作罢。因为艾琳和贝尔蒙特至少比我们大

---

1　贝蒂·戴维斯（1908—1989），美国早期著名女影星，曾十次获得奥斯卡最佳女主角提名，两次得奖。

2　迪兹·吉莱斯皮（1917—1993）生于美国南卡罗来纳州的奇罗市，幼年时就学会了演奏长号，12 岁转学演奏小号。在摇摆乐大师罗伊·埃尔德里奇的鼓励和影响下，吉莱斯皮在费城加入了弗兰基·菲尔法克斯的乐队。迪兹是对 Bop 爵士乐有最大贡献的人之一。

十岁，我不清楚他们没有孩子是出于自愿不要还是另有原因。

他们直到凌晨四点才离去。不要误会我嫌他们走得太晚。当时我真的很开心。很少有这样的情形，让你觉得做这一切都很值得：跑到水产品市场购物，切那么多水果，而且还要费那么大力气收拾干净沾满面粉和黏糊糊的杧果皮的厨房。他们走了之后，我似乎有点失落，或者说酒喝得太多，头有点沉。这时候酒劲上来了，我双脚不稳，注意力无法集中，差点把酒杯都摔碎在地上。但这些都不是我黯然神伤的原因。

“怎么一言不发，”你把盘子摞起来的时候发现我情绪不高，“累坏了？”

我嘬着掉在锅里的一条螃蟹腿：“我们怕是花了四五个小时的时间来谈论我们的父母。”

“是吗？你要是因为说了母亲的坏话而感到内疚的话，恐怕得忏悔到2025年。这是你最喜欢的把戏。”

“我知道。这叫我不安。”

“她又没有听见。再说，坐在餐桌旁边的人谁也不会认为，你因为觉得她可笑就不认为她过得很惨，或者说你不爱她啊。”你又加上一句，“以你自己的方式。”

“可是等她去世了，我们还活着。我不能再那样做了。说那样刻薄的话，真像是出卖了她呢！”

“那就趁她还活着的时候使劲儿嘲弄她吧。”

“可是我们都这个岁数了，不应该花几个小时来谈论父母吧。”

“有什么不行呢？你笑得那么开心，怕是都尿裤子了吧？”

“他们走了之后，我脑海里浮现出这样一个场景——还是我们四个人，都八十多岁了，满脸老年斑，仍然坐在那里纵情狂欢，仍然讲同样的故事。也许因为父母们都已经作古而带点感伤，但是仍然谈论我们的父母有多么古怪。这岂不是挺可悲的？”

“你宁愿为萨尔瓦多[1]悲伤。”

“不是……”

“……或者晚餐后对不同文化品头论足，权当是给大家发了薄荷糖：比利时人粗鲁，泰国人不赞成在大庭广众之下卿卿我我，德国人爱胡说八道。”

冷嘲热讽中你的不满溢于言表。显然，我辛辛苦苦挣来的人类学方面的财富，只不过让你想起，你在新泽西郊外为百得公司寻找一个摇摇欲坠的车库时，我却在国外历险。我本可以回敬一句：很抱歉我的旅行故事让你觉得枯燥无味。但你还是用开玩笑的语气说话，而且天太晚了，我无心恋战。

“别傻了，”我说，“我跟别人都一样：喜欢对人品头论足，而不是对不同的民族说三道四。谈论我认识的人，和我亲近的人——那些叫我发疯的人。但是我觉得好像把家人都说完了。我还没出生的时候父亲就死在战场上了。一个哥哥和一个妈妈，没有多少好挑剔的。说实话，富兰克林，也许我们应该要个孩子，好再有个可以品头论足的对象。”

“又来了，”你把水槽里的锅弄得叮当作响，“太轻率了吧。”

我抓住你的手：“不是的。我们谈的就是我们所想的，也是我们生活的意义。我可不大想这样度过一生。回头望去，把一代人的血脉斩断了。不要孩子有点虚无主义的味道，富兰克林。就像你根本不相信整个人类这回事。要是每个人都像我们这样，那要不了一百年，整个人类就会消失。”

“得了吧，”你取笑道，“谁也不是为了传宗接代而生孩子的。”

“可能是无意识的吧。可是直到1960年，我们才能做出不进修道院的决定呀。再说，许多这样的夜晚以后，长大成人的孩子或许会在

---

1 中美洲北部的拉丁美洲国家，首都圣萨尔瓦多。

朋友面前花几个小时谈论我。他们的说法也许既浪漫又公正。”

那时候，我们把自己保护得多好啊！孩子们将来会仔细审视我们。这样的念头对我具有莫大的吸引力。妈妈那时候不是很美的吗？她不是挺勇敢的吗？天哪，她居然一个人去了那么多充满危险的国家！我的孩子们会在夜深人静时对他们的母亲做出何种评价呢？这些想法在我脑海里一阵阵闪过，带着爱意。而我对母亲冷酷的解剖，显然缺乏这层爱意。再想想看，他们或许会说：妈妈有点自命不凡吧？她的鼻子多大呀！她苦思冥想写出来的那些旅游指导真是枯燥无味啊。更糟糕的是，孩子们挑起刺来一针见血，而他们之所以能做到这一点，是因为与父母朝夕相处，是因为父母信任他们，什么都和盘托出，于是就有点双重背叛的意味了。

然而回想起来，渴望“有点别的谈资”一点儿也不轻率。没错儿，起初，我产生试着怀孕的想法可能是由一些充满想象的场景引起的。那些场景如同电影预告片：给我的女儿（我一直想要女儿）第一次喜欢上的男孩子打开大门，用善意的微笑冲淡他的尴尬。等他走了之后就没完没了地评价他——开玩笑似的、毫不留情地品头论足。我渴望跟艾琳和贝尔蒙特待在一起，晚上很晚还不睡觉，一起谈论那些刚刚走上生活道路的年轻人。他们创造新的故事，对这些故事我会有新的想法，这些故事还没有因为太多的转述而成为陈词滥调。这些渴望如此真实，真的不是一时兴起。

啊，可是我从来没有想过，当我终于有了渴望已久的新鲜话题的时候，我得说点什么呢？更没有预见到会是这种欧·亨利式的、充满讽刺意味的结尾。绝对新颖的话题猝不及防地出现在眼前，我却失去了最想要与之谈论的那个人。

*2000 年 11 月 28 日*

亲爱的富兰克林：

佛罗里达的狂欢节没有散场的迹象。办公室里，大家因某位州政府官员妆化得太重而群情激昂。我的同事疲劳过度，不少人都预测会出现一场“宪法危机”。我并没有关注太多细节，但我怀疑会有这样的事情发生。在小餐馆吃饭的人从前都是安安静静地吃，现在却站在柜台前互相攻击。我突然意识到，他们这样做并不是因为觉得有危险，而是觉得太安全了。只有一个让你觉得不会受到伤害的国家才有可能把政治舞台的风云变幻当成娱乐。

可是，亚美尼亚裔美国人对于灭顶之灾仍然记忆犹新（我知道你讨厌听这样的话）。他们之中几乎没有人能分享国人引以为荣的安全感。我一生中的诸多数字就充满末日启示的味道。我出生于 1945 年 8 月，当时，两团有毒的蘑菇云让我们所有人提前尝到了地狱的味道。这算是一个警告吧。凯文出生在 1984 年倒计时之际，当时很多人忧心忡忡，你一定记忆犹新。尽管我对人们如此在意乔治·奥威尔杜撰的小说题目感到不齿，这几个数字还是把我带进了暴政时代。“星期四事件”本身发生在 1999 年。在那之前，人们都在争论世界末日是否真的要降临。是呀，那不是世界末日又是什么呢？

自写完上封信后，我一直在心灵的阁楼里四处搜寻，想找出我为什么起初不愿意为人之母的原因。我还真的回忆起那时候自己担心的许多事情，尽管在今天来看都是错的。即使当初我对为人父母会遇到些什么麻烦做过一番全面的盘点，“儿子长大也许会杀人”也绝对不会出现在清单之上。相反，我的清单差不多应该是这样的：

1. 发生口角。
2. 二人世界的时间减少（还是写成没有时间留给我们俩的二人世界吧）。
3. 其他人带来的麻烦（家长会，芭蕾舞教师。叫人无法忍受的孩子的朋友们和他们叫人无法忍受的家长）。
4. 变成一头母牛（我个子小，希望能够保持身材。我嫂子怀孕时得了双腿静脉曲张，一直都没有恢复。一想到腿上布满蓝色的、树根一样的东西我就烦恼不已。只是我没有说出来罢了。我比较虚荣，或者说虚荣心曾经很强。喜欢打肿脸充胖子是我的一个弱点）。
5. 不自然的利他主义：被迫按照他人优先的原则做决定（我有些贪心）。
6. 减少旅行（注意是减少，不是停止）。
7. 枯燥无味得叫人发疯（我觉得带孩子实在没意思。从一开始，我就老老实实承认这一点）。
8. 没有价值的社交生活（只要五岁的孩子在屋子里，我和朋友从来都不能好好地跟谁说上几句话）。
9. 社会地位降低（我是深受尊重的企业家。可是，一旦我拖着个蹒跚学步的孩子抛头露面，我认识的每一个男人——还有每一个女人——都不会拿我当回事，想起来真叫人沮丧）。
10. 承担费用（为人父母就是还债。倘若有一笔债，本来可以逃脱，谁还愿意还呢？如此说来，不想要孩子的人就可以面对这笔债务溜之大吉。除此之外，倘若找错对象，还债又有什么用呢？只有最变态的母亲才会这样想，女儿的生活也变得这样糟糕，我当初自找的那些麻烦也算有了报偿）。

我搜肠刮肚，只想出这样一些鸡毛蒜皮的小事。决定要孩子之前，我还为这些事情掂量来掂量去呢！如今，这些天真的想法在事实面前叫人哑然失笑！显然，不生孩子（不生，让人想起“寸草不生”——多么吓人的字眼啊！）是因为生孩子会带来诸多麻烦，在不少问题上需要退让。如果连这样不值一提的牺牲都不愿意做，就显得我自私、小气、小心眼儿。任何列出这种清单，并且选择不受家庭拖累，保持自个儿貌似整洁却如一潭死水的生活的人不仅没有远见，而且让人觉得可怕。

而如今，面对这份清单沉思的时候，我觉得，无论你对为人父母的传统观念多么嗤之以鼻，那还是一种很实际的东西。毕竟，既然孩子们不帮你耕田犁地，或者你生活不能自理的时候没有人会把你接到家里照顾，要孩子还算得上是明智之举吗？而有效节育的时代已经到来，仍然有人选择繁衍后代，真让人吃惊。相形之下，爱情、阅历、对生活的满足、对人这“东西”的信心——这些现代激励机制像巨大而又难得一见的飞船在天上飘浮。乐观积极，慷慨大度，甚至意义深远，却无根无据，这可不是什么好兆头。

我常听人说，没有生过孩子的女人会像着了魔一样，被心里的渴望吸引着，情不自禁走到公园里陌生人的婴儿车旁边。多少年来，我一直在等待这种渴望降临。我希望被荷尔蒙排山倒海般的力量彻底征服，某一天醒来之后双臂搂着你的脖子，一边把手伸到下面抚摩你，一边在心里祈祷：“黑花开，宝宝来。”（怀宝宝：这是让你心里多么温馨的说法。虽然不是什么新词，却充满温柔，告诉你，在接下来的九个月里，无论你去哪儿，都有人陪伴着你。比较而言，“怀孕”这个词太沉重、太突兀。我听起来总觉得是个坏消息。“我怀孕了。”我脑海里本能地就会浮现出这样一幅画面：一个十六岁的女孩子坐在餐桌旁，面色苍白，心力交瘁。她交了个浑蛋男朋友，现在不得不硬着头皮对妈妈说出最叫她恐惧的话。）

无论这种魔力是由什么引发的，都不曾降临到我的头上。我有一种上当受骗的感觉。直到三十好几了，还没有进入渴望做母亲的状态。我担心自己有毛病，兴许缺点儿什么？直到三十七岁生下凯文的时候，我才开始感到苦闷，这不光是因为对这个欠缺的单纯接受，还因为我心里想，自己是不是把一个偶然的，也许只是化学反应上的不足放大成了莎士比亚式的缺陷？

那么是什么最终突破了我的防线呢？是你充当了启动器。按说我们那时很幸福，但你却仍然不太满足。这一点我心知肚明。你生命中有一个洞是我无法完全填补的。你有工作，对你来说很合适的工作。你四处寻找别人没有发现的马厩和军械库，找出一块场地，围上栅栏篱笆，建几座樱桃红的筒仓，养几头黑白花奶牛（卡夫公司——其奶酪片由“真正的牛奶”加工而成）。你花时间做自己喜欢的工作，对未来有自己的打算。你喜欢寻找拍摄外景的场地，但是你并不热爱它。你热爱的是人，富兰克林。于是，当我看见你跟布莱恩的孩子们一起玩，用玩具猴蹭她们的鼻子，夸奖她们的文身（可以洗掉的）多么漂亮时，我真想给你一个激情四射的机会，就像我曾经在《飞行之翼与祈祷者》——你称之为AWAP[1]里找到的那种热情。

记得有一次，你结结巴巴地想要把这种热情表达出来。那可不像你。不是情感上的差异，也不是语言上的问题。你一向对煽情感到不安，这跟对情感本身感到不安并不相同。你害怕过多地细想会伤害感情，就像用笨拙的大手玩弄火蜥蜴，虽然出于好意，却会给它带来伤害。

我俩躺在床上。那时还住在三角地的阁楼上。阁楼屋顶呈拱形，手动升降机总是动不动就坏了。那升降机像个大洞，落满灰尘，跟带茶几的方便小隔间没有什么区别，这常常让我想起在拉辛时和哥哥用波纹铁皮做成的隐秘的藏身之处。你和我刚刚做完爱。在正要进入梦

1 《飞行之翼与祈祷者》（*A Wing and A Prayer*）的英文缩写。

乡之际，我突然坐起身来，因为十个小时之后，我要赶上前往马德里的飞机，却忘记了设定闹钟。等我定好闹钟，却发现你两眼圆睁，仰面朝天。

“怎么啦？”

你叹了口气。“你怎么能这样？”我偎依在你身旁，等着你再次称赞我的勇气和冒险精神。你大概意识到我误会了你的意思，马上补充道，“出差。总是走这么长时间。离开我。”

“我也不喜欢离开你呀。”

“是吗？”

“富兰克林，我当初成立公司并不是为了逃脱你的掌控。别忘了，成立公司的时候，我还没有碰上你呢。”

“噢，我怎么会忘了呢。”

“这是我的工作！”我坐了起来，“你是……”

“没有啊。”你把我轻轻地按下去。这有点出乎你的意料，我知道你是精心设计过的。你转过身来，胳膊放在我身体两侧，额头轻轻地碰着我的额头。“我不是要夺走你的丛书，我知道这对你来说很重要。问题就在这儿。换了我，我就做不到。我不会明天早上起来飞往马德里，而且不会让你三个星期之后才来机场接我。一两次兴许还可以，却不可能一而再，再而三。”

“要是不得已，你也会这样做。”

“伊娃，你明白，我也明白，你并非不得已啊。”

我扭动了一下身子。你靠得太近了，我觉得很热，而且你的两条胳膊搂着我。“我们以前谈过这些……”

“没有经常谈。你的‘旅行指南’卖得那么火。你可以雇几个大学生去四处寻访廉价旅馆，用不着亲力亲为。他们不是已经承担你很大一部分研究了吗？”

我有些恼火。这件事一直把我搞得焦头烂额。“要是不经常敲打敲打他们，这些家伙就会骗我。他们说，已经确认过的某份名录没有变化，别费事，就这么定了。结果，那家带早餐的旅馆早就换了主人，而且搬到一个新的地方去了，房间里还到处都是跳蚤。跨国自行车赛的选手向我投诉，他们骑了一百公里，找到的却是一家保险公司，而不是一张可以让他们躺下来休息的床。他们非常生气。这气该生！没有老板娘的监督，有些学生就拿回扣。AWAP最有价值的资产不就是声誉吗……”

“你也可以雇人来监督啊。反正你明天去马德里是因为你自己想去。这没有什么不好的，只是换了我，不会这样做，我也做不到。你知道你不在家的时候我一直在想你吗？我时时在想，你在吃什么呢？你在见什么人呢……”

“可我也想你啊！”

你笑了，笑得很开心。你并不想挑起战事，于是把我松开，翻身躺下：“瞎说，伊娃。你想的是街角卖沙拉三明治的那个小摊儿到下次书出版时会不会已经垮掉，天空的颜色应该怎样描绘才好。好吧。不过即便如你所说，你对我的感觉和我对你的感觉也肯定不一样。我要说的就是这个。”

“你是在郑重宣告，你对我的爱比我对你的爱更深吗？”

“你对我的爱和我对你的爱不一样，跟深浅没有关系。你内心深处似乎还有个什么东西，”你努力思索着，“也许我嫉妒的就是这个。就像一个储备油箱，或者别的什么玩意儿。你离开家，这个油箱立刻派上用场。你在欧洲或者马来西亚闲逛，直到燃料用尽才会打道回府。”

而实际上，你对我的描绘更接近于我认识你之前的那个我。我曾像个小方便装，像一把可以折叠、装进小盒子里的旅行牙刷。我明白，我习惯于把那个时期过分浪漫化，尽管起初我内心深处的确燃烧着激情之火。哦，我真是个孩子。创办《飞行之翼与祈祷者》的念头是我第一次到欧洲旅行走到一半的时候想到的。我当时带的钱太少，想写一份波希米亚式的旅行指南，同时也为那次旅行平添了一种目的感。否则，只能坐在咖啡馆消磨时间。从那以后，无论我去什么地方都带着一个皱巴巴的笔记本，记下单人房间的价格，是否提供热水，员工是否会讲英文，马桶是否堵塞。

《飞行之翼与祈祷者》如今吸引了那么多的竞争者，人们自然容易忘记它当初是怎样起家的。在六十年代中期，全世界的观光客就只有一个《航空旅行指南丛书》，其目标读者还是中年人和中产阶级。1966年，当丛书的第一本《飞行之翼和祈祷者之西欧》几乎在一夜之间就再版的时候，我意识到我赶上了好时机。我喜欢用“精明”二字来形容自己，但是我俩都明白，这一次完全是靠运气，而不是靠精明。我不可能预见到那么多人会迷上背包游，我也并非像业余人口统计学家那样，具备相关知识，想得到出生于生育高峰期的一代人一下子就成年了。在经济繁荣的年代，他们花着爸爸的钱，十分乐观地计划着花几百美元就能去意大利玩一趟。他们迫切希望有人能够提出建议，怎样才能少花钱多办事，让爸爸一开始根本就不允许的旅行持续的时间最长。我编这套丛书的主要目的是：我认为我之后的探索者在异国他乡会像我一样心存恐惧，会像我一样惴惴不安。倘若我自个儿先食物中毒，至少可以确保刚刚开始长途跋涉的人不会在海外的第一个让人震惊的夜晚辗转反侧、无法入睡。我不是要把自己打扮成一个善人，我只是说，自己当时写指南是希望我要是有这样的一本指南就好了。

你一脸不屑。老话说，正是第一次把你吸引到某个人身边的东西日后会让你心烦，这一点大概真的无法避免。忍受我的一切吧。

你知道，我以前总是害怕有朝一日会变得像我母亲。有趣的是，贾尔斯和我都是在三十多岁时才知道“恐旷症”这个词的，而且常常对其严格的定义感到迷惑不解。我不止一次查过这种病症的定义：“害怕空旷的公共场所。”据我所知，这并不是对她的病症准确的描述。

我妈妈不怕空荡荡的足球场，她害怕的是离开家。我的印象是，她既害怕幽闭的空间——只要这个幽闭的空间不是威斯康星州拉辛市恩德比大道 137 号，也害怕空旷的空间。不过似乎没有一个词能定义她的恐惧（恋恩德比情结？），因此，我只得把母亲当成恐旷症患者，这样人们至少就能理解她为什么总是让人送货上门了。

天哪，多么具有讽刺意味啊！我无数次听人这样说："你去了那么多的地方？"别人对显而易见的两个极端之间的平衡都要回味一番。

还是让我把话说得更明白些吧。我和母亲太相似了。也许是因为在我还是个孩子的时候，就总是被派去做一些因为年纪太小而无法胜任的事情，所以被吓坏了。妈妈让我去看哪儿能买到厨房水池用的垫圈，那时我才八岁。在我还太小的时候，母亲就逼着我去帮她跑腿打杂。结果她在三十二岁和外部世界打交道时所感觉到的不应有的痛苦成功地复制到了我的心里。

回想起来，所有出国旅行，最终，没有哪一趟是我真正想去的。哪一次我都有点害怕，希望能够逃脱。我是被一些已经安排好了的事情绑架着，不得不一次次出门：机票订了，出租车叫了，许多的事情也已经再次敲定。甚至已经跟朋友们打过招呼，说我要走了，还故意炫耀似的告别。在飞机上，我巴不得宽体飞机永远在同温层里穿行。降落叫人痛苦，找到第一个夜晚的下榻之地叫人痛苦。想到能有什么地方暂时替代恩德比大道让我休息一下，对我而言都是一种慰藉。最终，我被越来越强烈的恐惧之感紧紧抓住，一头栽倒在那张不属于我但供我使用的床垫上。一生中我都在强迫自己去做事情。富兰克林，我去马德里从来都不是为了去吃肉菜饭。你以为我的那些研究之旅是为了摆脱家里平静的生活，为了摆脱种种的束缚？你想错了！事实上，对于我来说，没有哪一次远涉重洋的旅行不是将自己置身于交叉火力之下。我想放弃，但最终还是不得不强迫自己重蹈覆辙。如果说我曾经为去过那些地方而高兴的话，那么在我走出家门的时候却从未高兴过。

不过，随着时间的流逝，我对出门的反感越来越淡了，况且仅仅克服那种痛苦也不是什么难事。一旦习惯面对挑战，证明自己是一个独立、有能力、灵活机动的人，恐惧心理慢慢就发生了逆转。比再次去马来西亚旅行更让我害怕的事情就是待在家里。

于是，我不仅害怕变成母亲那样的人，而且害怕成为母亲。我害怕成为一只坚定的、一成不变的锚，给另一个年轻的冒险者提供出发点。他的旅行可能会让我嫉妒。他的未来尚未起锚，在地图上甚至还没有描画出来。我害怕变成站在门口送别的那种人——邋里邋遢、身材臃肿，当背包被塞进汽车的后备厢里时，挥手再见，递着飞吻。在渐渐远去的汽车的尾气中用围裙的褶边擦眼睛，转身怅然若失地插上门闩，站在水池旁边洗寥寥无几的盘子。屋子里一片寂静，像坍塌的屋顶一样落下来。比起离开，我渐渐更加害怕被留在家里。那时候我如此频繁地把你一个人留下来，面对告别晚餐剩下的法棍面包的碎屑，而我却一溜烟走向来接我的出租车。我从来没有对你说过，让你一次次面对被抛弃的感觉，我心里是多么内疚！你努力克制自己，脸上没有露出被遗弃的痛苦（你完全有理由这样做），只是偶尔说几句风凉话，我竟没有因此而感恩戴德。

富兰克林，我完全被要孩子这件事情吓坏了。怀孕之前，我对拉扯孩子的想象——睡前讲故事，往小嘴巴里喂吃的东西——都是别人留下的画面。我害怕面对这一切。有些事情会证明我生性封闭而无情，自私而狭隘。我害怕自己痛恨的那种巨大的、让你无法前进的力量。尽管迷上了“翻开新的一页”的想法，但我还是被完全陷入那些故事的前景吓坏了。而且我相信，曾经阻碍我的恰恰是这种恐惧，就像暗礁诱人跳下大海一样。正是因为这项任务有着不可逾越的困难，也正是因为其毫无诱惑可言，所以最终我会被吸引着去完成它。

伊娃

*2000年12月2日*

亲爱的富兰克林：

我正坐在查塔姆的一个小咖啡馆里，所以这封信是手写的。从前我寄给你的明信片，上面的字虽然龙飞凤舞，但你总能够辨认。因为我给了你那么多锻炼的机会。邻桌的一对夫妇为申请塞米诺尔县缺席选票的程序激烈地争论着。眼下，全县人都在忙这事儿，我周围的每一个人似乎都是选举程序方面的专家。我无法置之度外，感受着他们的热情，仿佛坐在火炉跟前。但我自己一点儿热情也没有，只觉得寒冷彻骨。

这家百吉饼咖啡店很温馨，我慢慢地呷着咖啡，旁边放着一沓便笺，女服务员大概不会在意。查塔姆这个地方也很温馨，颇具美国中部小镇的风情，像斯托克桥和雷诺克斯这样一些富裕的小镇不惜斥巨资来模仿它。这里的铁路仍然在运营，站台边停靠着火车。小镇的商业街上有一排排老式二手书店（摆满了罗伦·伊斯特曼[1]的全套小说，这些书你都如饥似渴地读过）。面包店里摆放着边上烤得焦黄的糠松饼。附近还有几家慈善寄售商店和一家电影院。电影院的招牌用英国英语的拼写方式写着“电影院”三个大字（这个小地方大概觉得按照英国拼写方式书写一定会显得更高雅吧）。此外还有一家酒店，除了卖给本地人大瓶装的泰勒酒之外，还存着一些异常昂贵的加州白仙芬黛葡萄酒，是卖给来到这里的外地人喝的，因为现在不少本地企业都关门大吉，外地人大都是来消夏避暑的。当然啦，镇子外面最近还建

1 罗伦·伊斯特曼（Laren Estleman，1952— ）：出生于密歇根州，美国冷硬派推理小说的重要作家。

了一座监狱。

毋庸讳言，开车来的路上，我一直都想着你，同时我也努力回忆，在遇到你之前，我想象之中的归宿又会是怎样的呢？毫无疑问，我心目中那个人综合了我历任男友的特征。你以前老是因为他们而嘲弄我。与我浪漫邂逅的男友中，有几位还是挺可爱的。不过，每当一个女人说一个男人可爱的时候，这段恋情就是短命的。

若是把在阿尔勒[1]或者特拉维夫[2]一起乘巴士游览的同伴也算上的话（抱歉——你会说“那些失败者”），我命中注定要嫁给一个瘦而结实的、理智的男人：他的新陈代谢快得很，胃口好得很，鹰嘴豆下肚立马消化；尖尖的胳膊肘，突出的喉结，瘦瘦的手腕，严格的素食主义者；属于愁苦类，喜欢读尼采，戴眼镜，与时代脱节，对汽车不屑一顾，热衷于骑自行车和走山路；从事边缘性职业——兴许是个做陶艺的，酷爱种植阔叶树和药草；渴望不矫揉造作的生活方式，对体力活儿和走廊不舍离去的落日余晖情有独钟。有时也会强忍怒火把做坏了的花瓶扔到油桶里；一根接一根地抽烟，喜欢沉思；不滥用自己极强的幽默感，常常发出干冷的笑声；愿意按摩后背；回收利用废物；弹西塔琴[3]，偶尔研习佛教让自己变得仁慈宽厚；喜欢维生素、纸牌、滤水器和法国电影；一个拥有三把吉他却没有电视的和平主义者。自孩提时代就难以入选团体性运动，于是这些运动总是带给他不快的联想；太阳穴旁边的头发日渐稀疏，让人觉得不堪一击，柔软的黑色长发束成马尾辫，垂在背后；面带菜色，一副病容；做爱时温柔多情，还爱呢喃细语；胸前挂满奇奇怪怪的木雕护身符，他既不向你解释那些玩意儿有什么象征意义，也从来不摘下来，哪怕洗澡的时候；他不

---

1 法国东南部城市。

2 以色列港市。

3 印度的一种大弦弹拨乐器。

许我看他的日记，里面贴着让人看了毛骨悚然的剪报，意在显示我们生活的世界多么糟糕（“恐怖的发现：警察在东京中心火车站的四个行李保存柜里发现了碎尸块，包括一双手和两条腿。他们在检查完全部两千五百个投币保存柜之后，又在一个黑色塑料垃圾袋里发现了死者的臀部”）。对主流政治愤愤然，对流行文化嗤之以鼻并且不遗余力地讽刺和疏离；最重要的一点是什么呢？是一位说一口流利（也许带点口音）的英语的外国人。

我们可能住在乡村——葡萄牙，或者中美洲的一个小村子里。从路边一个农庄里可以买到鲜奶、刚刚搅拌好的香喷喷的黄油，还有个头儿很大、籽也很多的南瓜。石头小屋里有昆虫爬行，摆在窗台上的花盆里正怒放着红色的天竺葵。我们为邻居们烤耐嚼的黑麦加胡萝卜布朗尼。我幻想中的丈夫是个学富五车的人，虽然我们过着理想的生活，他却仍然四处播撒不满的种子，在大自然慷慨的怀抱中，日渐残酷无情。

你是否已经开始咯咯笑了？后来当然就碰上了你：高大魁梧，喜欢吃肉，一头不羁的金发，在海边晒得红红的皮肤。胃口好得不得了。插科打诨，笑话不断。喜欢吃热狗——甚至不是东八十六街的德式香肠热狗，而是那种红得吓人的油腻腻的猪肠热狗；喜欢打棒球，有好多顶棒球帽；喜欢一语双关，看轰动一时的电影，喝自来水，练六块肌；一个无所畏惧，又轻信别人的消费者，看标签只为确保其中有足够的添加剂；喜欢开车在空旷的大路上驰骋，钟情于他的皮卡，觉得只有书呆子才会骑自行车；疯狂做爱，说脏话、私下里看黄片而全无愧色；喜欢悬疑片、惊悚片和科幻小说，订阅《国家地理》；7月4日那天会烧烤；期待着在适当的时候开始学打高尔夫球；喜欢各种各样稀奇古怪的小吃：妙脆角、咖喱粉、干奶酪、小麻花。你在笑吧，不过我从来不吃这些东西。在我看来，那些玩意儿更像包装材料而不是食物，至少和农产品有天壤之别。一打开车窗，车里就响起布鲁斯·斯普林斯汀[1]的老歌，伴随着音乐，你的头发上下翻飞，你喜欢跟着唱，可是老跑调；我怎么可能爱上这样一个听觉不灵的家伙呢？你爱听沙滩男孩、猫王，从来不会忘本，是吧；你总是喜欢朴素的老摇滚乐，比如“说大话乐队”，尽管不无低俗之嫌；我记得你也有点迷上珍珠酱乐队[2]，正好是凯文开始不喜欢他们的时候……（抱歉！）其实你只要音乐的声音大就行。我喜欢的艾尔加[3]和利奥·考特基[4]你都没有时间听，尽管阿伦·科普兰[5]的音乐是个例外，你在唐格尔伍德音乐节[6]时，匆匆地抹一下眼睛，就像在拂去些小虫子，其实是生怕我发现你在听《静静的城市》[7]时感动得落泪；你还有不少普通人都有的爱好：去布朗克斯动物园和植物园游览，到科尼岛玩过山车，到斯塔顿岛乘坐渡轮，还去帝国大厦参观。在我遇到的纽约人里，你是唯一乘坐渡船去看自由女神像的人。有一次，你还拽着我去了，记得船上说英语的游客只有我俩。你喜欢具象派艺术，喜欢爱德华·霍普[8]的作品。还有，天哪，富兰克林，你是共和党人。信奉强大的国防，支持小政府、低税收；从体力上来讲，你也叫人吃惊——你本身就是一个强大的防护体。有时候你会担心我嫌你太胖，因为我老是揪着你的体重不放。尽管你的体重不过一百六十五磅或者一百七十磅，但我总想让你把腰部多余的五磅赘肉减下去。不管怎么说，在我眼

---

1 布鲁斯·斯普林斯汀（1949— ）：美国二十世纪七十年代以来著名的摇滚乐巨星之一。

2 美国著名摇滚乐队。它的名字很有意思，本意是指主唱艾迪·威德尔祖母波尔（Pearl 珍珠）所酿制的果酱（Jam），所以准确地说，应该叫作祖母波尔做的果酱。

3 爱德华·艾尔加（1857—1934）：英国著名作曲家、指挥家。

4 利奥·考特基（1945— ）：美国著名歌手，作品有《贫穷的男孩》《最后的蒸汽机车》等，许多乐曲还被录制成吉他曲而广为流传。

5 阿伦·科普兰（1900—1990）：美国著名作曲家、指挥家。

6 美国著名音乐节，也为波士顿交响乐团的大本营。

7 美国著名作曲家阿伦·科普兰的代表作之一。

8 爱德华·霍普（1882—1967）：美国绘画大师，以描绘寂寥的美国当代生活风景而闻名。

里，你真是个庞然大物——健壮、魁梧、结实，跟我想象中纤弱的、细胳膊细腿的男人大相径庭。你宛如一棵粗大的橡树，我简直能拿个枕头靠在上面读书。早晨，我常常蜷缩在你弯曲的“树枝”中间，体会你的结实可靠。我没有嫁个自以为理想的、细胳膊细腿儿的老公，是件多么幸运的事情啊！如果没有这些，我该多么讨厌你那些傻乎乎的陶罐和严格节食的习惯，而且你那把西塔琴的呜咽会让我多么心烦意乱啊！

但是最让我吃惊的是，我居然嫁给了一个美国人，而且不是一个随随便便就能够找到的那种美国人。你是地地道道的美国人，生在美国，也心甘情愿做个美国人。实际上，你是个爱国者。我以前从来没有碰见过这样的人。你们这些土包子，目光短浅，哪里也没去过，以为美国就是整个世界，于是，说它几句坏话就像谴责了整个宇宙或者空气似的。当然，你去过一些地方，比如墨西哥。还有过一次糟糕的旅行，跟一位女士一起去意大利。她对许多东西都过敏，包括西红柿。最终你得出结论说，还是喜欢自己的国家。不，你热爱自己的祖国，爱其稳定，爱其高效，爱其讲求实效、胸怀博大，爱其朴实无华的口音和对诚实的崇尚。我会说——我也说过——你要么是醉心于老版的美国，要么是很久以前的或者从来没有存在过的一个美国。你醉心于一个想法、一种理念。而你会说——也说过——美国之所以成为美国，部分原因就是因为它有一个想法、一种理念。而大多数国家都不敢说自己有这样一个想法，它们拥有的只不过是好战的历史和地图上标明的国界。你说，这是一个绝妙的、美好的想法，而且你指出——我当时也同意这一点——一个国家，倘若以能够保护其公民做自己想做的任何事情为首要目标，就应该让我这样的人折服。我感叹，可是没有达到这样的效果啊！你反驳，不管怎么说，比别的任何地方都要好！然后我们就不再争论了。

我已经不再为此着迷了，这是事实。但我仍然感谢你，介绍我认识了自己的国家。我们不就是这样认识的吗？当时我们公司决定为《飞行之翼与祈祷者》在《琼斯妈妈》[1]和《滚石》杂志上登广告，可是我不知道需要哪些照片。扬·罗比凯广告公司把你叫来了。你走进我的办公室，穿着一件法兰绒衬衫，牛仔裤上满是灰尘，故意装作一副不拘小节的样子。我却努力装得像个专业人士，因为你宽厚的肩膀让我心猿意马。得去法国拍吧，我猜想。罗纳山谷[2]！想到这个项目需要的费用，我不寒而栗。我得把你派过去，还要找住处。你大笑，别傻了，你摆摆手，仿佛说，我能在宾夕法尼亚州帮你找到你要的“罗纳山谷”。后来你真的找到了。

在那之前，我总是把美国当成一个要随时离开的地方。在你厚着脸皮约我的时候——我可是跟你有工作关系的一个公司的头儿！你引诱我，让我承认，倘若我出生在别的地方，美国兴许是我迫不及待要去旅行的第一个国家，不管我对美国有什么看法。这是一个像喜欢玩牵线木偶一样，喜欢给这个世界定调子、拉绳子、发号施令的地方。它拍电影、卖可口可乐，把《星际迷航》一直输送到遥远的爪哇国。它是这个世界一切行动的中心，一个你必须与之保持某种关系的国家，即使那是一种相互仇视的关系。一个令你即使不接受也至少要反对的国家——反正你不可能忽视它。这个国家直面其他任何国家，无论你是否喜欢、无论你身处何方，它都会找到你的头上。哦，得啦，得啦，我表示反对。好了！我去参观还不行吗？

于是，我就开始了国内游。你还记得吗？起初，你不时惊叹——我居然没有看过棒球比赛，也没有去过黄石公园或者大峡谷。我对快餐嗤之以鼻，从来没有吃过麦当劳的苹果派（我承认，那玩意儿挺好吃）。你说，没准儿哪天就没有麦当劳了。尽管麦当劳随处可见，

---

1　美国旧金山一家非正统派杂志。

2　罗纳山谷北部是世界上品牌历史最长久的葡萄酒产地之一。其产品包括闻名于世的加香白葡萄酒和富含单宁、层次丰厚的红葡萄酒。

但这并不意味着苹果派也烂大街，不好吃没人买，或者说生活在花九十九美分就能买到一份苹果派的时代并非上帝给我们的恩惠。你最喜欢的话题之一就是：物质极大丰富、可以复制且流行并不意味着就会使司空见惯的这些东西贬值。时间本身使得一切都变得珍贵。你喜欢及时行乐，比我遇到的任何一个人都更懂得生活中的一切都会稍纵即逝。

而这也正是你对自己国家的看法：不会一成不变。毋庸讳言，美国是一个帝国，这没有什么令人惭愧的。历史就是由帝国组成的。到目前为止，美国是世界上最伟大、最富有、最公平的帝国。但它不可避免地要走向衰落。历史上哪个帝国不灭亡呢？你说，我们这一代人很幸运，能有机会参与到人类历史上最了不起的社会实验中来。你又补充说，当然它并非十全十美。我注意到，凯文出生前，你说过有些孩子当然“有这样那样的问题”。那时候，你也是这样匆匆忙忙说这番话的。但是你说，有生之年，要是美国灭亡或者失败了，经济上崩溃、遭到侵略者蹂躏或者因为内部腐败而堕落了的话，你会为之落泪的。

我相信你会的。但是在那些日子里，我经常有这样一种感觉：你带我去参观史密森尼博物馆[1]、教我按顺序背诵总统的名字、告诉我秣市骚乱事件[2]原因的时候，我似乎不是在了解这个国家。我是在了解你的国家！那是你为自己建造的国家，就像一个小孩儿用冰棒棍儿搭的一座木头小屋。一个很逼真的复制品。即使现在，我一瞥见《宪法》前言的摘录，“我们美利坚合众国的人民……”我脖子后面的汗毛就会竖起来，因为我听到了你的声音，《独立宣言》中的“我们认为下述真理是不言而喻的……”是你在念。

---

1 世界上最大的博物馆系统，下属16个博物馆、美术馆和国家动物园，由联邦政府资助。

2 指1886年5月美国芝加哥市警察镇压抗议群众的暴力事件。

讽刺。我常常想起你和“讽刺”之间的关系。当我的欧洲朋友来美国旅行，说美国人“没有讽刺感”的时候，你总是很生气。然而(具有讽刺意味的是）二十世纪中后期，美国太具有讽刺意味了。这讽刺意味强烈得令人痛苦。事实上，我对此感到厌烦，尽管直到认识你才意识到这一点。进入八十年代，一切都“向后转”，而且有一股险恶的潜流，依靠五十年代用餐者坐过的椅了和特大号的冰激凌沙士形成一种疏离感。所谓“讽刺意味”是“有”和“没有”同时存在。“讽刺意味”是一种半真半假的拨弄，一种否定。我们有些朋友用颇具讽刺意味的拙劣的工艺品来装饰自己的房间：黑人玩具娃娃，装在框子里的二十年代的凯洛格公司的爆米花广告（“看啦，一满碗！”）——他们拥有的所有东西都具有玩笑的意味。

你不愿意那样生活。哦，“没有讽刺感”也就是没有“幽默感”，换句话说——只有傻瓜才会那样。你知道那是怎么回事儿。贝尔蒙特挑选了一个铸铁做的形如黑色赛马师的灯座，放到家里壁炉台上当摆设。你笑了，出于礼貌，又马上收住笑容。你懂得了其中的幽默，只是并不觉得那有什么好玩儿。在工作和生活中，你的标准是，不只要真材实料，设计也要真诚。美国的标准注重个性，而你欢迎所有出色的东西。故意表现幼稚能称为幼稚吗？你会去野餐，你会在传统节假日去看国家历史文物。在纽约大都会比赛上，你会放开喉咙高唱“在自由的土地上飘舞”[1]。虽然跑调，你却满脸严肃。你说，美国处在最前沿。这个国家的富足前所未有，这里几乎人人都能填饱肚子。这个国家伸张正义，几乎拥有每一种娱乐、体育运动，每一种宗教、民族、职业和政治团体，有各种各样的地形、动物、植物和天气。如果在这里都不能拥有优雅、富裕而美好的生活，不能拥有一个美丽的妻子、健康成长的儿子的话，那在全世界任何别的地方都不可能拥有。

---

1 美国国歌《星条旗永不落》中的一句歌词。

时至今日我仍然相信，你可能是对的。然而，也许在任何地方都不可能把这一切变为现实。

晚9点（回到了家里）

尽管女服务员很是宽容，但是百吉饼咖啡店要打烊了，我只好回家。电脑打出来的字显然没有什么个人特色，但是看起来不太费眼。我担心你在看我刚才手写的那些文字时，会一目十行，一个劲儿往前读。我担心你看到开头部分“查塔姆”三个字的那一瞬间，脑子里什么也没有想。你更关心的是我对美国的感情。查塔姆。我去查塔姆干什么?

是的，我一有机会就去。克拉夫拉克少年教养所探视的时间有严格的规定，每两周一次。不能晚去一个小时或者换一天再去。我每次探视都是十一点半出发，因为这是每个月的第一个星期六，我必须在下午两点他们吃完午餐后到达。我不想过多地回忆我是多么害怕去见他，或者更准确地说，多么渴望去探视。我只是按时去。

你一定很惊讶。其实，你不必惊讶。他是我的儿子，身为母亲，当然应该探视坐牢的孩子。作为母亲，我有太多不足，但我总是按规则办事。如果一定要指出我有什么失策之处的话，或许按照不成文的为人父母之道行事则是我的不足之一。这一点在审讯——民事诉讼——时就暴露无遗。报纸刊登的照片上，我站得笔直，我看到也吓了一跳。玛丽的律师文斯·曼奇尼在法庭上指责我如此“忠于职守”，在孩子拘留审查期间总是去看他，只是因为害怕以没有履行父母职责的罪名而被起诉。他还说，我不过是装装样子而已。“诚然，法律体系存在问题，但它无法囊括所有的细节。曼奇尼的话并非无稽之谈。我去探视儿子确实有演戏的成分，但是在没有人关注的时候，我还是继续探视，因为我在努力证明自己是个好母亲。令人悲哀的是，我是要证明给自己看。

看见我这样坚持不懈，凯文很惊讶。但这并不意味着他愿意见我，至少刚开始的时候他似乎唯恐避之不及。1999 年，他十六岁，那是个男孩子让人看见跟妈妈在一起就感到尴尬的年龄。在制造了最令人发指的麻烦之后，青少年这种众所周知的特点在他身上还能找到，真让人哭笑不得。头几次探视的时候，他似乎把我来看他当作对他的指责，于是还没等我开口说话，他就发火了。他还好意思对我生气，这似乎有悖常情吧。

与之类似，要是有一辆汽车在人行道上差点撞到我，司机总是很生气——大喊大叫，指手画脚，骂声不断。他对我发火，而我是一个几乎被他撞倒，并且有不容置疑的走路权利的行人。碰到男司机更是这样，越是责任完全在他们身上，他们越是变得怒不可遏。我想情感推理（如果你给它下这样一个定义的话）具有传递性：你让我感觉很糟，而感觉糟糕使我生气。因此，是你让我生气。假若我可以追根溯源，顺藤摸瓜，抓住这个推理最初的证据，就可以在凯文发火的时候看到一线希望。可当时，他的烦恼只是让我迷惑不解。简直太不公平了。女人往往会感到委屈，不仅仅在交通问题上。于是我责备自己，他也责备我。我觉得所有的人都跟我过不去。

就这样，他刚刚被关起来的时候，我们根本无法交谈。一站在他的面前，我就双腿发软，连哭的力气都没有。这样的会面当然不会有什么好结果。五分钟之后，我可能会用沙哑的声音问他："吃得怎么样？"他呆呆地看着我，简直不敢相信自己的耳朵，似乎在这种情况下问他这样的问题太不可思议了。事实上也是这样。要么，我就问："他们对你还好吧？"尽管我自己也不知道所谓他们——那些看守——对他"好"是什么意思，或者是否应该对他"好"？他含混不清地回答说："没错儿，每天晚上，他们都会来亲吻我，道一声'晚安'。"用不了多长时间，当妈的该说的套话就都说完了，我俩似乎都如释重负。

假若只关心儿子是否吃了青菜，作为忠于职守的母亲，要不了多少工夫，我就能问完所有想问的问题。但是我们要讨论的是凯文——一个极其反社会的人。他的形象常人难以理解，而问题还在于我——一个母亲，无论儿子做了多么令人不齿的事情，都能对他不离不弃。我会表现得不动脑筋、不可理喻、盲目、愚蠢，因此，倘能摆脱这样一个角色，我求之不得。而凯文从他自己那些陈词滥调中汲取了太多的养分，以至于根本不肯悄悄地放弃他所充当的那个角色。他似乎仍然在向我显摆，从前在家里时他可能是个"被征服者"，不得不刷锅、洗碗，但是现在他大名鼎鼎，上过《新闻周刊》。他那很难念的名字——凯文·哈查多琳被所有电视台的新闻节目主持人责骂过。而在小报上他的名字被缩写成"KK"[1]，就像赞比亚的肯尼思·卡翁达。他的影响还席卷全国，引起关于死刑、判处少年犯死刑以及暴力节目过滤芯片[2]等方面强烈的呼吁。他还想让我知道，在监狱里他不是只会吹牛皮的少年犯，而是一个让那些不如他"成功"的少年敬畏的臭名昭著的魔王。

有一次（在他的话慢慢多起来之后），我问他："他们怎样看待你呢，别的男生？他们……他们对你干的那些事有没有说三道四？"我最多也只能问到这种程度。譬如，他们有没有在走廊里把你绊倒，或者故意对着你的汤咳嗽？你知道，我一开始非常犹豫，不敢随便问。他把我吓坏了，真的把我吓坏了，我竭尽全力不要再引爆他。当然，旁边就有监狱的看守，但是当初也有保安在场啊！他就读的高中也有治安保卫人员，格拉德斯通也有警察，可他们能派上什么用场呢？从那以后，我再也没有安全感了。

凯文发出一阵干笑，是那种从鼻子里发出来的、很使劲的、听上

---

1 即 Kenneth Kaunda 的缩写，指赞比亚总统肯尼思·卡翁达。

2 安装在电视中可阻挡如色情、暴力及污秽语言等的计算机芯片。

去一点儿也不开心的声音。他说："开玩笑吧？他们崇拜我，崇拜得要死，老妈。号子里哪个男孩儿不是这样！还没到吃早饭的时间，他们就已经干掉了五十个同龄人中的白痴，不过都是假想的。在现实生活中真刀真枪干的，除了我，没有第二个。"只要凯文说起"现实生活"，他就格外加重语气，仿佛原教旨主义者说天堂或者地狱一样，极力把自己说得很了不起。

当然这只是他的一面之词。但是毋庸讳言，凯文确实被那些仅仅劫持过小汽车或者和别的贩毒团伙"兵戎相见"的阿飞神化了。但是我渐渐开始相信，他虽然因为令人发指的罪恶行径被别的坏孩子奉若神明，但是今天下午他开始动摇了。

他说："你知道吗，总是讲同一个狗屁故事，我他妈的烦透了！"从他的言谈话语中，我听出，他那些狱友已经听腻了他的故事。已经过去一年半了，对于青少年来说，这时间太长了。凯文也早已成为过时的新闻。他已经长大，已经能够理解"披枷带锁的罪犯"（像警匪片说的那样）和报纸普通读者之间的区别是，后者有权利"烦透同一个狗屁故事"，并且能够自由自在地往前走；而罪犯身陷囹圄，只能一遍遍地复述同一个老故事。而凯文后半辈子也只能将自己的思维定格在爬上格拉德斯通高中体育馆的楼梯和走进有氧运动间里了。

于是他气愤不已，对自己的暴行感到腻味，或者嫉妒别人拥有放弃暴行的能力，我没有因此而责备他。今天，他又埋怨一位刚被送进克拉夫拉克少年教养所的年仅十三岁的"小矮子"。凯文特意加了一句："他的小鸡鸡只有一块巧克力软糖那么大。那种小的，你知道吧？"他晃动着小拇指说，"两毛五分钱三个的那种。"他津津有味地讲这个孩子是如何出名的——住在隔壁的一对老夫妇投诉他凌晨三点高声放门基乐队的唱片。第二个周末，老人的女儿发现父母死在床上，从胯部到喉咙都被人剖开了。

"太可怕了，"我说，"现在还有人听门基乐队的歌？我不信。"

他对我的话嗤之以鼻。接着，他继续讲，警察怎么也找不到死者的内脏，媒体对这个细节穷追不舍。男孩在克拉夫拉克少年教养所一夜之间成了个人物，不用说，“粉丝”们对这些事情更兴趣盎然。

“你的朋友挺早熟的嘛，”我说，“内脏不见了——你不是对我说过，要想让别人关注你做的那些事情，就必须让它更曲折、更起伏跌宕吗？”

富兰克林，听了这些，你可能被吓坏了。我也是花了快两年的时间才跟上他的思路，而且能板着面孔开这种阴郁的玩笑。这在和他的关系渐渐融洽的过程中也算取得些许的进展吧。但是凯文对我的玩笑并不满意，我说出了他想说的话，我让他嫉妒。

“我可不觉得他有多聪明，”凯文冷冷地说，“兴许他看着那些内脏，心想，不错啊，不要钱的香肠！”

凯文偷偷地看了我一眼。我没有反应，显然让他失望了。

“这儿的人都认为那个蠢货是条硬汉，”凯文接着说，“他们都说：‘老兄，你放《音乐之声》的时候，想放多大声音就放多大声音吧，我保证连屁也不放。’”他学黑人说话已经学得惟妙惟肖了，“可我不觉得有什么了不起。他只不过是个乳臭未干的小家伙。太小了，根本不知道自己在干什么。”

“你当初不也是这样的吗？”我单刀直入。

凯文双臂交叉抱在胸前，一脸得意。我又想起自己是为人之母者。“我对自己的所作所为清楚得很。”他两手托着脑袋，“如果有机会，我还会再干一次。”

“我明白为什么，”我神情呆滞地说。伸出手，指了指这间没有窗户、墙壁被镶嵌成朱红色和黄绿色的屋子说，我不明白为什么要把监狱装饰得像《儿童乐园》[1]中的游戏室一样，“看起来还挺适合你呀。”

---

1　美国学龄前儿童连续剧，从 1953 年一直演到 1994 年。

“都是他妈的鬼地方，没什么两样！”他挥了挥右手，两根手指头伸得挺长，一望便知，他已经学会抽烟了，“都他妈的太棒了。”

话说到这儿就打住了。但我还是注意到了这个事实——这个年仅十三岁的“暴发户”吸引了克拉夫拉克少年教养所所有人的注意。这事儿让我们的儿子倍感痛苦。由此可见，你我似乎不必因为他缺乏野心而担心了。

至于我今天是怎样和他分别的，我原本不想告诉你。但是正是因为我想隐瞒，才说明那是我最应该向你诉说的事情。

那位脸上长了一大块胎记的狱警提醒时间到了。我们谈了一个小时，这中间都没怎么看表。以前还从没发生过这样的事情。我和凯文站在桌子两边，我正要像平常一样，咕哝一句“过两周我再来看你”，突然意识到凯文一直在盯着我看，而他以前从来不正眼看我。我连忙把没说出来的话咽到肚里，不敢说下去，心里纳闷我以前怎么还想要他看着我的眼睛呢。

等我不再摆弄大衣了，他说：“你假惺惺地来看我，可能骗得了邻居、保安、耶稣和你的傻妈妈，可你骗不了我。如果你想得个小金星作为奖赏的话，你就继续来吧。不过，别再为了我扭着屁股到这儿来了。”接着他又补充一句，“因为我恨你。”

我知道小孩儿常常歇斯底里，老是说，我恨你，我恨你！眼里却含着泪水。可是凯文快十八岁了，而且他说这话的时候很平静。

我知道应该怎样回答——“我知道你不是故意的”，但我心里清楚他是故意的。或者说：“反正我喜欢你，小伙子，不管你愿不愿意听这句话。”但是我隐隐约约知道，正是因为一直念这样的“台词”，我才落到这样的下场。在这样一个阳光和煦的十二月的下午，我本该待在某个让人神清气爽的地方，结果到了这样一个俗不可耐、暖气过热、散发着长途汽车上洗手间味道的屋子里。于是我一本正经地说：“我也常常恨你，凯文！”然后转身离去。

你现在明白我为什么要喝杯咖啡提提神了吧。这样我就可以不去喝酒了。

开车回家的路上，我一直在想，这是一个鼓励人们去做“几乎他们想做的任何事情”的国家，于是它的国民就敢剖出一个老人的内脏。尽管我渴望离开这个国家，然而嫁给另外一个美国人还是完全可以理解的事。跟大部分人比起来，我更有理由发现外国人是“土老帽”，因为我已经看透了他们的“异域风情”，熟知他们待人接物的方式。除此之外，到三十三岁的时候，我已经累得精疲力竭。我一天到晚站着，只有在需要登记什么的时候才能坐一坐，真累得够呛。我自己永远是外国人，拼命背诵《短语集》里“面包篮子”用意大利语怎么说。就连在英国，我都要牢牢记住“人行道”这个单词英国人和美国人的说法有什么不同。从某种意义上来讲，我是个文化大使。意识到这一点，我就会避免无处不在的对外国的敌意和偏见，注意不要让自己显得傲慢无理、固执己见、专横跋扈、愚昧无知，或者在公共场合大声喧哗。

可是，我曾经把整个地球当成自己的后院，这种“厚颜无耻”正好说明我是一个彻头彻尾的美国人，就像我幻想着能把自己——来自威斯康星州拉辛这样一个具体得让人心悸的地方的人——重新塑造成一个充满热情的国际主义的“混合物”。我甚至毫不在乎地抛弃了自己的祖国，这和我们那些爱管闲事、咄咄逼人的同胞有什么两样呢？他们（除你之外）狂妄自大，认为美国永远坚不可摧。欧洲人对此心知肚明，知道历史变幻莫测，瞬息万变。就拿丹麦来说吧，他们的国民常常匆匆赶回去维护自己家园的安宁，以免它毁于一旦。但是对于我们之中的许多人来说，所谓“侵略”只不过是和太空有关系的事情。我们的国家是坚不可摧的基石，它将毫发无损，等待我们的归来。诚然，我不止一次对外国人讲过我的“逍遥哲学”，说我认为“美国根本不需要我”。

根据小时候看过的电视节目来挑选终身伴侣真叫人难堪。可是事实上，我差不多就是这样做的。我曾经想把某个精瘦的、不成功的小男人说成是“巴尼·法伊夫”，而不需要痛苦地加上一句：巴尼是一部叫作《安迪·格里菲思秀》[1]的温情脉脉、几乎没有出口到国外的电视剧中的角色。这部电视剧里有一个无能的副治安官，他常常因为傲慢而惹麻烦。我希望在看《蜜月》时哼唱主题歌，你在旁边喝彩：“真棒！”我还希望自己能说“简直太意外了”，而不必因为在国外看不到棒球比赛而自责。我希望不再假装成一个没有自己风俗习惯的文化上的畸形人；希望有一所房子，客人来了必须按照我们的规矩摆放鞋子。哦，你让我重新获得了家的感觉。

凯文从我这里夺走的正是这个家。如今，邻居们怀疑我，就像怀疑非法移民。跟我说话的时候，字斟句酌，就像对一个英语是第二语言的人说话那样。既然我被放逐到了“坏孩子妈妈”这个罕见的人群之中，和他们说话的时候，我也总是绞尽脑汁寻找合适的词汇，不知道怎样才能用“买一赠一”和开具违规停车罚单时使用的语言把游离于世界之外的思想表达出来。凯文把我重新变成一个外国人——生活在自己国家里的外国人。也许这些话可以把每两周一次的探视对你说得更明白一点。因为只有在克拉夫拉克少年教养所里，我不需要把自己作为外国人说的“暗语”翻译成郊区的俗世语言。只有在克拉夫拉克少年教养所里，我们才能做出暗示而不需要解释。我们才能理解并且分享已经成为过去的文化。

伊娃

1 美国电影与电视产业的先驱者谢尔顿·伦纳德导演的一部电视剧。

2000年12月8日

亲爱的富兰克林：

我是美联旅行社自愿留下来加班做扫尾工作的人。可是大部分的圣诞航班都已经预订完毕，今天下午我们都得到了“奖励”——可以早点回家，因为是星期五。还不到五点钟我就回到了公寓，开始了又一次在孤独寂寞中的“耐力”考验。这快把我逼疯了。

靠在电视机前，拨弄着盘子里的鸡肉，做着《纽约时报》上刊登的简单的填字游戏，我总觉得自己在等待着什么，不是那种满怀期望对新生活的等待，宛如没有听到发令枪的响声、傻乎乎地站在起跑线上不知所措的傻瓜。不是的，是某种特定的期许，等待有人敲门。这种感觉一直没有消失。今晚这样的感觉又一次降临。我竖起耳朵，似乎在等你回家，整夜都在等你，夜夜如此。

我不禁想起了1982年5月的那个夜晚。我盼望着你随时回到家里，走进厨房。那时候，这样的期盼并没有让人觉得不理智。你去新泽西州南部寻找松树满山的荒原，准备为福特汽车做广告，应该在晚上七点钟到家。为了更新《飞行之翼和祈祷者之希腊》，我出差一个月，刚刚回到家里。到了八点钟，你还没有走进家门。我心里不踏实，安慰自己：我自个儿乘坐的航班不是也晚过六个小时，结果让你从肯尼迪机场接我到联合广场咖啡馆吃饭的计划落空了吗？

到了九点，我坐不住了（就不要提我有多饿了）。我心不在焉地啃着一个从雅典带回来的阿月浑子芝麻蜜饼。为了配上这道颇具异国风味儿的点心，我做了一锅木沙卡[1]，想用它说服你，加上羊肉末和大

1　用肉和茄子做的希腊菜。

量的月桂，茄子真的挺好吃。

到了九点半，木沙卡上面那层奶油渐渐变成褐色，而且边儿开始变硬，尽管我已经把炉子的温度调低到二百五十华氏度。我把盘子从烤箱里取出来，既恼怒又难受，心里的火一股股往上蹿，取铝箔的时候，我把抽屉弄得哐当直响。我抱怨，那么好的茄子圈儿都烤煳了，现在变成一个又大又干的煳饼了！我气呼呼地从冰箱里取出已经做好的希腊橄榄沙拉，掏去橄榄核，却忘了把沙拉再放回冰箱，而是留在了操作台上，结果刚拌好的菜越来越蔫儿，最后痛苦占了上风。我不再生气，恐惧攫住了我的心。我慌忙查看两部电话的插头有没有脱落，又去检查电梯是否还能正常运作，尽管我知道你常常宁愿爬楼梯。十分钟之后，我又检查了一次电话。

我想，这就是人们为什么会抽烟的原因吧。

十点二十分，电话铃响了，我吓了一跳。听到母亲的声音，我的心不由得一沉，连忙告诉她，你晚了三个小时还没有到家，我得等电话，不能占线。她很体谅我的处境，对于我母亲，这可是一种少有的情感表达。她总觉得，我选择这样的生活方式，仿佛就是没完没了地指责她。我之所以再次冒险，又去另外一个国家旅行，似乎就是要提醒她：她又一天没离开院子一步了。我也应该记得，早在二十三岁的时候，她就有过类似的经历。她苦等了不是几个小时，而是几个星期，直到来自陆军部一个薄薄的信封被扔进家门口的信箱里。而我对她毫不客气，甚至到了残酷的地步——立刻挂上了电话。

十点四十分。新泽西州南部并不是危险之地——那里有的是木材和耕地，不像纽瓦克[1]。但是那里的汽车像装足了燃料的导弹，司机们愚蠢到足以杀人的地步。你为什么不来个电话？

那时候还没有手机，我没有责备你的意思。现在，我意识到这样

1　美国新泽西州港市。

的事情再普通不过了。丈夫、妻子或者孩子回家晚了，晚得太多，后来他们终于回来了，说明了晚到家的原因。而在大多数情况下，他们是和一个与之平行的世界擦肩而过。到了那个世界，他们便再也回不了家了。当然也是有原因的，但是这个原因从此把你的生活分成两部分——之前和之后——他们消失得无影无踪。几个小时的等待延长成一生的期盼，突然之间仿佛天塌了下来。我的齿龈觉到咸咸的，那是恐惧的味道，并不陌生。尽管这样，我却回忆不起在这之前有过这样的经历：我在阁楼里踱步，各种灾难萦绕在我的脑海里。会不会是长了个动脉瘤？会不会恰恰有一个受到不公正对待的邮政员工手持自动步枪冲进了“汉堡王”快餐店？

还不到十一点，我就开始许愿了。

我喝了一杯长相思[1]，像是在喝泡菜汁。没有你，酒的味道就变成这样了。阁楼里摆满了从世界各地搜罗来的篮子、木雕，像个杂乱无章的出售进口物品的商店。没有你，家就是这样的。家里从来没有显得这样了无生趣，每一样东西都无时无刻不在提醒我，没有什么能够填补你不在的空虚。你留下的东西似乎在嘲弄我：跳绳挂在钩子上，软塌塌的；脏袜子扔在那儿，硬梆梆的，就像你穿十一码鞋的脚丫子的模型。

噢，富兰克林，我当然知道，孩子替代不了丈夫。因为我看见过，我哥哥为了扮演好“家里小男人”的角色多么忍辱负重。摆在壁炉上的是父亲的照片，照片上的面孔永远不会老去。母亲的目光总是在哥哥脸上搜寻，寻找与照片上的面孔的相似之处。每逢这时，哥哥受到怎样的折磨，我心里都明白。这不公平。贾尔斯甚至不记得父亲。父亲去世时，他才三岁。从前那个会把汤滴到领带上的有血有肉的爸爸变成了一帧安放在壁炉台上的、晦暗不清的肖像——高高的个

1　一种白葡萄酒，又名白苏维浓。

子，穿着一尘不染的空军制服。那是完美的象征，别的男子汉身上没有的东西他都具备。时至今日，贾尔斯仍然缺乏自信。1999 年的春天，他强迫自己来看我。见面后，不知道该说什么才好，也不知道该为我做点什么。他一言不发，满脸通红，心里愤愤不平。因为我让他再次感受到自己的无能，而这种感觉浸淫着他整个孩提时代。他尤其憎恨我们的儿子引起的社会关注。凯文和“星期四事件”把他从“兔子洞”里拉了出来。他因被暴露在光天化日之下而对我气愤不已。他唯一想要的是默默无闻，因为贾尔斯认为一旦有人对他仔细审视，就会看出他缺了点什么。

我严厉地自责，头天晚上做爱的时候，不应该像以前一样心不在焉地戴上子宫帽。现在，我该拿你的跳绳、你的脏袜子怎么办呢？对于一个男人的念想，只有一种东西值得保存，那就是描绘“情人节”和学会拼写密西西比的礼物，难道不是这样吗？儿女取代不了你。但是如果我不得不怀念你、永远怀念你的话，就希望有一个人能跟我一起怀念。一个了解你的人。因为你是他生命中的一个巨大的裂缝，就像你是我生命中的裂缝一样。

将近十二点，电话铃再次响起，我犹豫着。这么晚了，没准儿是医院或者警察局有什么事不得已打来的。等铃声第二次响起，我才接电话，手放到塑料听筒上，暖着它，似乎那是个幻灯机，可以给我最后一次许愿的机会。母亲说，1945 年，那封信在桌子上放了好几个小时，她给自己泡了一杯又一杯又红又酸的茶。茶一次又一次变凉。上次父亲回来休假，母亲怀上了我。她一趟趟地去小便，关上卫生间的门，灭了灯，似乎要把自己藏起来。关于那个心绪难平的下午，她断断续续地给我讲过：想要去制服一个比自己更强壮、更凶猛的对手，但她心里清楚，自己会败下阵来。

电话里，你听上去累坏了，声音那么虚弱。一刹那，我居然以为是母亲在说话，真是糟糕透顶。你向我道歉，说不该让我担惊受怕。

皮卡在一个荒无人烟的地方抛锚了。你走了十二英里才找到电话。

那一刻再多说什么都没有任何意义了，但是挂电话让我非常痛苦。说再见的时候，我大声说："我爱你！"我满脸羞愧，因为自己小题大做，显得十分滑稽。

我总算放下心来。一个小时后你乘出租车到了曼哈顿。我又回到了原来的生活，享受旧有的世界，担心你不喜欢我做的菜，劝你吃茄子，唠叨着让你洗衣服。也就是在这个世界里，我可以把生孩子的计划再往后拖。再拖一个晚上。因为我们可以慢慢来，还有那么多个漫漫长夜等着我们。

但是我并没有马上放松，回到那种随随便便、漫不经心当中。而正是这种漫不经心使得日常生活成为可能。倘若没有这种安之若素的心境，我们就会像我母亲那样，永远把自己关在起居室里。事实上，在那短短的几个小时里，我饱尝了母亲战后生活的滋味。她所缺乏的可能不是勇气，她更多的是自欺欺人，这种不敢面对现实的自欺欺人或许非常必要。她的同胞惨遭杀戮，丈夫在战争中被人从天上打下来。母亲看到家门口一片混乱，而我们这些人都栖息在一个编造出来的模拟世界里，它的美好完全是一种集体的错觉。1999 年，我永远地进入了母亲的世界。在那里，什么事情都可能会发生，并且真的发生了。以前贾尔斯和我都觉得她神经质，可是慢慢地我不那么认为了。

你肯定会回家——这一次。可是放下电话的时候，我仿佛听见一个声音轻轻地说：没准儿哪天你就回不来了。

时间没有放慢脚步，也不会无限流淌，而是短暂得让人疯狂。你走进家门，累得连话都说不出来。你不想吃晚饭，我依了你，但是我不让你马上入睡。我有过欲火中烧的体会，可是我向你保证，那天晚上是一种别样的感觉。我想做个"备份"，为了你，也为了我们，就像往电动打字机里塞一张复写纸。我希望，假若你或者我出了什么事儿，除了袜子之外还能确保留下点别的什么东西。就在那个夜晚，我希望你用一个宝宝填满我生活的每一个缝隙，就像用钱塞满一个个存钱罐，或者给意志薄弱的酒鬼藏几瓶伏特加一样。

“我没有戴子宫帽。”完事儿后，我嘟囔着说。

你似乎吃了一惊：“有危险吗？”

“非常危险。”我说。的确，没准儿哪个未曾谋面的家伙九个月之后会出现，而我们有可能连门都没锁。

第二天早上，我们穿衣服的时候，你问我：“昨天夜里——你不是真的忘记了吧？”我摇了摇头，心里扬扬自得。“你拿定主意了？”你又问。

“富兰克林，我们永远都不可能完全拿定主意。我们根本不知道有孩子的生活会是什么样的。只有一种办法能弄清楚，那就是把孩子生出来。”

你把手放到我的腋下，把我举过头顶。就像跟布莱恩的女儿们玩“坐飞机”时那样神采飞扬：“太棒了！”

我听上去那么自信，可是当你把我放下来的时候，我心里又有点恐慌。人要是自鸣得意，自然就会“旧病复发”。我已经不再担心你是否能活过这个星期了。哦，我都干了些什么呀？后来，那个月我来了月经，我对你说，我很失望。那是我第一次对你撒谎，而且是个弥天大谎。

接下来的六个星期你夜夜不辱使命。你喜欢有件事儿做，在床上也发扬着你当初制作家里的书架时的那种一贯的一不做二不休的精神。我自己呢，对这种农民式的做爱不敢苟同。我总是向往那种缠绵悱恻的性爱，喜欢尽兴。亚美尼亚东正教首肯的做爱方式会让我觉得索然无味。

同时，我用新的视角打量着自己的身体。平生第一次，我把胸膛上的两个“小山丘”和将要给孩子喂奶的功能联系到了一起。它们和奶牛的乳房或者哺乳期的母狗肚子下面走起路来直晃悠的乳房不可避免的相似。说来可笑，连女人自己都会忘记乳房是用来做什么的。

我两腿之间的裂缝也发生了变化。它失去了某种蛮横、淫秽，或者说取得了另外一种淫秽的效果。两片张开的阴唇似乎不是通往一条狭窄、温暖的死胡同，而是通往一张正在打哈欠的嘴巴。阴道变成一条通往别处的道路，通往一个真实存在的地方，而不仅仅是我心中的黑暗所在。前面纠缠在一起的皮肉现出层层皱褶，公然掩饰背后的秘密，诱惑人们去做那颇为吃力的事情。为了让人在卖“苦力”的时候享受一点乐趣，就给他们一点儿甜头，宛如牙医曾经给我的一支棒棒糖。

哦，任何使事物变得美好的东西原来都是为做母亲而准备的。我希望男人觉得我有吸引力，不过是身体为了排出自己的替代品而设计的。我虽然不想装成第一个发现性的奥妙的女人，但是所有这一切对于我来说还真的格外新鲜。坦率地说，我对这方面的事不太了解。我觉得自己可以被牺牲，可以被扔掉，可以被一个大的生物项目吞没。这个项目既不是我启动的，也不是我选择的。它生产了我，但也会把我咀嚼之后再吐出来。我感觉自己被利用了。

你一定记得我们之间那些关于禁酒的口角。你觉得我根本不应该喝酒。我不同意。从发现自己怀孕开始——怀孕的是我，我不同意说这是我们的事情——我就得滴酒不沾。但是怀孕的过程仿佛有几年那么漫长。在此期间，我可受不了每天晚上只喝几杯牛奶。那样太煞风景了。一代代的女人怀孕期间都会高高兴兴地喝两杯，她们难道都生了傻子不成？

你耷拉着脸不高兴。要是我给自己斟第二杯酒，即便你一句话不说，你那责备的目光却让我扫兴（你的目的达到了）。你闷闷不乐地嘟囔说，换了你，你肯定会戒酒。是呀，如果有必要，你会多年不喝酒。我当然相信你能做到这一点。我可以允许父母的角色影响我们的行为，你却希望我们的行为听从为人父母的角色。这两者之间看似只有微小的差别，可实际上却是天壤之别。

电影里一演到怀孕就会拍在厕所里呕吐的场景。这样的事情没有在我的身上发生，但是电影制片人对有的女人压根儿没有晨呕的妊娠反应毫无兴趣。我去做尿检的时候，你主动要求陪我，我不让。“又不是去做癌症或者别的什么检查。”记得我说过这样一句话。就像人们开玩笑时说的那样，表示根本没那回事儿。

在妇科诊室，我递上泡着朝鲜蓟[1]的小瓶子，免得把散发着臊味儿的尿液递给陌生人时尴尬。之后，便坐在诊室里静静地等待。莱茵斯泰因大夫是个年轻女人，孤傲冷漠，一点儿也不热情，不大适合做医生，倒更适合在实验室拿老鼠做药物试验。十分钟后，她傲气十足走了进来，坐在桌子旁边写着什么。“是阳性的。”她斩钉截铁地说。

等她抬起头，才猛然回过神来，问我：“你没事吧？怎么脸色煞白？”

我真的觉得出奇的冷。

“伊娃，我以为你一直想怀孕呢！应该是件喜事啊。”她说得很重，不无责备之意。给我的印象是，假如我不显得高兴点儿，她就要把我肚子里的宝宝拿走，给别的已经拿定主意要孩子的人。他们会手舞足蹈，就像参加电视里的游戏节目赢得一辆小汽车似的。

“头都低到两腿之间去了。”我的肩膀似乎已经开始上下晃动。

等我强迫自己坐直身体，莱茵斯泰因医生似乎已经烦了。她给我列了一个长长的单子，哪些活儿不能干，哪些东西不能吃、不能喝，什么时候才能回去见下一位约好的客人。修改校订《飞行之翼与祈祷

---

1　形似百合果的绿果。

者之西欧》的计划自然连提都不必再提了——由于你的原因，同事们都管我们的西欧版本叫 WEEWAP。就这样，我被带到这条路上。而一旦跨过做母亲的门槛儿，突然之间，你就变成了“社会财富”，宛如一块生机盎然的公园绿地。“亲爱的，你现在是给两个人吃饭。”这种委婉的说法其实是一种鞭策。从此以后，晚餐对你来说已经不再是个人的事情。的确，随着自由之邦的强制色彩越来越浓，这个说法似乎等于“你是在给我们吃饭”。只要你敢说想吃个果冻炸面圈，或者哪一顿正餐不想吃囊括了五大食品系列的全麦面包和绿叶菜，两亿多个爱管闲事的家伙中谁都有权来干涉你。由此可见，周围所有人控制孕妇的权利，有朝一日肯定会被写进宪法。

莱茵斯泰因医生逐一列举了她推荐的维生素的品牌，还跟我说了一大通继续打壁球的危害。

我还有一下午的时间做准备，把自己装扮成一个心花怒放的准妈妈。凭直觉，我选择了一条朴素的纯棉太阳裙，样式比较别致，不那么性感。之后，我吃了一顿特别丰盛的午餐（不涂面包屑的炒海鳟，沙拉中有豆芽）。同时，苦思冥想，见到你的时候，应该做出怎样一副表情。害羞吗？为时已晚。不知所措吗？唐突做作。感情迸发，大叫一声：“噢，亲爱的！”似也不适合。我在阁楼上脚步轻快地跑来跑去，把新蜡烛放进蜡台中，努力地想哼唱点什么，但是只能想起像《你好，多莉！》[1]这种不惜重金排演的音乐剧中的歌曲。

我讨厌音乐剧。

通常，庆祝活动最后一个程序是选择合适的酒。我闷闷不乐地看着快要落满灰尘的琳琅满目的酒柜，心里想，总得庆祝一下吧。

1　最初由美国著名表演艺术家卡罗尔·钱宁在她主演的音乐剧《你好，多莉！》（1964）中演唱，后风靡全球，曾获多项大奖。

当电梯咣当一声在我们这层楼停下来的时候，我转过身去想，应该如何面对你。你一眼看出我脸上的肌肉在抽搐，不等我开口，就说：“你怀上了？”

我耸耸肩：“好像是。”

你亲吻着我，轻轻地，没有伸出舌头。“查出来的时候——你感觉如何？”

“有点晕，真的。”

你满怀柔情抚摩着我的头发：“欢迎你开始新生活。”

因为母亲害怕酒就像害怕去附近的街道一样，所以酒在我看来，既充满诱惑，又是禁忌之物。尽管我不认为自己有什么问题，但是劳累了一天，喝上一大口深红色的葡萄酒，早已成为我是成年人的象征，并且自诩那是代表美国自由的圣杯。然而，直觉告诉我，这种所谓的成熟其实跟孩提时代的幼稚没有什么大的差别。两种状态如果走了极端，其实都是在恪守某种规矩。

于是我给自己倒了一杯酸果蔓汁，举起杯子乐呵呵地说：“为生命干杯！”

自己酿下的苦果自己吃，真是可笑——最小的让步，对自己的情感四舍五入，或者做出细小的调整，让它变成另外一种稍微好一点的或者更符合别人口味的情感。我真正在乎的倒不是被剥夺了饮酒的资格，但是，像传说中那样，只要迈出一步，整个征程就开始了。现在，我已经迈出了让我厌恶的第一步。

那只是一件让我厌恶的小事，可是大多数让人厌恶的东西不都是这样的小事吗？一件事情，因为太小，我就觉得必须克制自己的情绪。正因为这样，这就成了令人厌恶的事情的特点——一种我们无法表达的东西。让这种情感变得充满毒性的是沉默而不是抱怨，就像身体不能通过撒尿排出毒素一样。说到底，在内心深处我还是个乳臭未干的毛孩子，尽管我努力把自己打造成一个大人，专门喝酸果蔓汁。

而实际上，我之所以选择这种果汁，是因为它像新酿出来的博若莱酒[1]。你开始给孩子取名字（男孩子的名字），我却绞尽脑汁地想，从所有这一切——尿布、无数个不眠之夜、开车带孩子去踢足球——当中，我究竟能得到什么好处呢？

你急于参与其中，因为我怀孕而主动戒酒。其实你原本也不怎么喝酒，只是吃饭前喝点啤酒。所以即使戒酒，我们的宝宝也不至于更加活力四射。于是，你举起一杯酸果蔓汁，向我表示祝贺，好像是为了炫耀。你似乎很高兴有这样的机会，证明自己其实喝不喝酒都无所谓。我很生气。

于是，你总是迷恋于自我奉献。然而无论这种精神多么让人赞赏，当你急于为另一个人奉献一切时，原因可能在于，你满肚子谎言，不知道该拿它怎么办。而自我奉献也是一种比较简单的宣泄。我知道这样说很不客气，但我相信，你的这种"殚精竭虑"——完全泯灭自我的一切特征——给了我们的儿子沉重的心理负担。

你还记得那个晚上吗？我们本来应该有说不完的话，但是那一刻却觉得十分尴尬，两个人欲言又止。我们不再是伊娃和富兰克林，而是妈妈和爸爸。这是我们作为一家人第一次在一起吃饭，"一家人"这个词、这个概念所包含的意义曾经让我不自在。而我脾气不好，你给孩子起的所有名字，像斯蒂夫、乔治和马克，都被我否决了，说是"太平常了"。你听了很受伤。

我不能跟你推心置腹地谈话。我觉得自己被限制住了，像是被关押起来了一样。我想说："富兰克林，我不知道这个决定是否正确。你知道吗，最后三个月我连飞机都不能坐！这一整套应该做的事——好好吃饭、做个好榜样、给孩子找个好学校，等等，我讨厌透顶……"

1 产自法国博若莱地区的一种葡萄酒。

太晚了。我们应该庆祝，应该兴高采烈。

我极力想重新找到支持我走到这一步的那种渴望。回想起那天晚上，你的车抛锚在长满松树的荒野——荒野。让我启动的就是这个吗？但是在五月的那个夜晚，匆忙之间做下的决定曾经只是一个幻想。我下过决心，但那是很久以前的事情了。当时我狂热地、义无反顾地爱上了你，爱上你毫不掩饰的美国式的微笑，爱上你对野餐令人心醉的忠诚。描写新的国家可能让我感到厌烦了，因为随着时间的推移，食物、饮品、颜色和树木，也就是说，活着的状态本身，不可避免地让我对新事物不再有新鲜感。虽然生活的光彩在渐渐消退，但是它仍然是我所热爱的生活，而在这种生活中，不适合要孩子。与此相比，我最爱的还是富兰克林·普拉斯基特。你的要求一点儿也不高，你想要的唯一的“大件儿”，我是有能力为你提供的。你把布莱恩的女儿们举过头顶，她们大声尖叫，你的脸在放光，我怎能忍心拒绝给予你那样的光彩呢？

没有酒过三巡的快乐，我们早早地睡了。你很紧张，不知道我们是否应该做爱、是否会伤着孩子。我快烦透了。我已经成了牺牲品，就像被豌豆大小的东西弄得睡不着觉的公主。我呢，几周来第一次真正渴望做爱，因为我们终于可以不必考虑繁衍问题，可以尽情快乐了。你勉强同意，但是轻手轻脚，叫人郁闷。

我以为自己的纠结会渐渐解开，但是这种复杂的感情却与日俱增，而且越来越秘而不宣。时至今日，我应该和盘托出了。我认为我的心结没有打开，是因为它看起来并未打开，其实不然。我感到不安不是因为害怕做母亲，而是因为我不想要。相反，你想要个孩子。这样一来就产生了矛盾。尽管我们是好夫妻，但是我们却不可能是同一个人，就像我从来都没能让你喜欢上茄子。

伊娃

2000年12月9日

亲爱的富兰克林：

我知道昨天才给你写过信，但是，我想在这封信里简单谈谈在查塔姆探视的情况。那时，凯文的抵触情绪十分强烈。他马上回敬我说：“你向来都不想要我，对吧？”

被当成咬人的宠物关起来之前，凯文不喜欢问有关我本人的事情。于是，我还真的因此而看到了希望。噢，他桀骜不驯，在笼中转悠，生活无趣，所以想随便问点什么，但是也可以说，是烦躁至极使他一反常态。以前，他可能已经意识到我有自己的生活，只是故意要把它破坏掉。可是如今他进一步认识到，我自己本来就有选择的权利：我选择了生孩子，只是同时还怀揣着别的梦想。他的到来，使这些梦想破灭。医生们诊断他患有“情感缺乏症”。可是这样的直觉和医生的结论太不相符了，于是我觉得应该诚实地回答他的问题。

“我觉得我想把你生下来，”我说，“还有你父亲，他想要你——渴望得到你。”

我的眼睛看着别处；凯文脸上立刻浮现出宛如昏昏欲睡的、讽刺挖苦的表情。可能我压根儿不应该提起你的热望。就我而言，我喜欢你的这种渴望，我从你得不到满足的孤独感中受益颇多。但是孩子们可能会觉得这种渴望让人不安，而按照老习惯，凯文会把不安转化成鄙视。

“你觉得你想把我生下来，”他说，“你改变了主意。”

“我觉得我需要有所改变，”我说，“但是没有人愿意把自己的生活变得更糟糕。”

凯文扬扬自得。许多年来，他一直想引诱我说出些不堪入耳的话。过去我总是就事论事。把感情当成事实呈现出来——它们不就是事实吗——并且以此为自己构建一道不堪一击的屏障。

“做母亲比我想象的要难，”我解释道，“过去我习惯了去机场、看海景、参观博物馆，突然之间被困在家里，除了乐高积木之外没有别的。”

“可是我费尽心机，讨你欢心。”他说，嘴角露出一丝微笑，那微笑活像是用钩子钩起来的，了无生气。

“我做好了思想准备：孩子吐了要打扫，圣诞节的时候要烤饼干。可是我全然没有料到……”凯文的眼神激怒了我，我硬着头皮继续说下去，“我没有预料到，仅仅对你产生一点怜爱，”我尽量用“外交辞令”说道，“就会那么费事。我以为……”我吸了一口气，“我以为这是自然而然的事情呢。”

“自然而然！”他嘲笑道，“连每天早上起床都说不上自然而然。”

“过去是，只是现在不再是这样了。”我悲哀地承认道。凯文和我对于日常生活的感受交会到一起。时间从我身上垂落下来，像蜕掉的一层皮。

“你有没有想过，”他顽皮地说，“也许我当时并不想要你？”

“换谁当你的父母，你都不会高兴。不管他们的职业是什么，你都觉得傻透了。”

“给吝啬鬼编旅行指南？再找一个上坡转弯处，给切诺基吉普车拍广告？你得承认，这尤其傻帽。”

“我没有说错吧？”我火了，“说实话，凯文——你会要我们吗？如果还有什么天理，哪天等你起床，看见旁边的小床里睡着的是你自己，让你尝尝那是什么滋味！”

他没有回嘴，也没有猛烈地抨击我，而是泄了气。在这样的时候，他的表情更像老人而不是孩子：眼睛无神地低垂着，肌肉耷拉下来。绝对的冷漠，让你宛如掉进冰冷的洞里。

或许你觉得我对他太狠，所以他才打了退堂鼓。但我并不认为自己做得过分。我觉得，他希望我对他狠一点，就像有些人掐自己一把，以便确信还清醒一样。如果我只是不痛不痒地说上几句无关紧要的话，他还是会无动于衷。另外，我希望这是他“自己醒来”的表现。因为这正是他经历的事情，也是他每天早上醒来就觉得那样难熬的原因。富兰克林，我从来没有碰到谁——自己的孩子也可以说是碰到的——觉得活着可以说是个负担，或者屈辱。如果你以为，儿子丧失自尊是因为我对他态度不好造成的话，你再好好想想吧。他才一岁的时候，我就在他的眼睛里看到过这样阴郁的表情。如果有什么不同的话，那就是，他现在自我感觉良好，特别是如此出名之后。不喜欢你自个儿和完全不想来到这个世界上之间，有着天壤之别。

分别的时候，我给了他一点儿甜头。“我费了很大劲才让你姓了我的姓。”

“是吧，嗯，没必要那么费事吧？老人家……”他含含糊糊地说，“因为我，全国人民都知道该怎样拼写这个姓了。”

你知道吗，美国人总是喜欢盯着孕妇看。发达国家出生率低下，怀孕是新鲜事儿。在这个每一家报刊亭都摆满了色情画报的时代，孕妇也成了真正的色情片——丰乳肥臀、大腹便便，会让人们怎样的想入非非。那时候，我的肚子一天天大起来，朝第五大道放眼望去，觉得难以置信:原来这里每一个人都是从娘胎里出来的啊！我在脑海里，用自己能够想起来的最粗俗的话来说明这样一个事实。比如，人为什么要长乳房呢？这是一个秘而不宣，却一目了然的事实。

有一次我穿了条短裙，“回头率”很高。擦肩而过的陌生人总是盯着我看，火辣辣的目光，让我如芒在背。在他们脸上，我看到吃惊甚至陶醉的表情，当然偶尔也有反感的抽搐。

或许你觉得我是小题大做。没有。你有没有注意过，有许多电影把怀孕描写成害虫侵袭，就像被偷偷殖民了一样？《魔鬼圣婴》[1]只是开了个头。在《异形》中，可怕的外星生物从约翰·赫特的腹部伸出爪子，爬了出来。在《变种DNA》中，一个女人生出了蛆虫，还长着两只脚。后来，在《X档案》[2]里，瞪着大眼睛的外星人从人的上腹部血淋淋地冒出来。在恐怖片和科幻片中，寄主被消耗掉，或者被租用，最后变成空壳或者残留物，以便让某种噩梦般的生物从躯壳中爬出来。

很遗憾，这些电影不是我编造出来的。任何一个牙齿变坏、骨质疏松、皮肤松弛的女人都知道，当九个月免费“搬运工”要付出多么大的代价！那些描写母鲑鱼的纪录片简直让我发疯。它们历尽千辛万苦逆流而上，产子完毕自己就解体了——眼睛变得蒙眬，鳞片脱落。在怀凯文的整个过程中，我的思想斗争其实一直都很激烈，拿不定主意是否应该把他生下来。我觉得自己从司机降级为交通工具，从户主变成了房子。

从身体上来说，怀孕的过程比我想象的要简单。头三个月最大的挑战是水肿，就像巧克力吃得太多一样。脸变大，原本棱角分明的轮廓，变成了女孩子柔和的曲线。虽然这张脸看上去更年轻了，却少了几分生气和活力。

真是难以置信，我居然花了那么长的时间才意识到，你觉得我们的孩子应该随你的姓是毋庸置疑的。甚至连小家伙该叫什么，我们俩的意见都不一致。你说要叫他伦纳德，或者彼得。可是当我表示，应当叫恩金或者加拉贝特，或者用我祖父的名字塞利姆时，你一脸的宽容。让我想起，布莱恩的女儿们把她们的椰菜娃娃拿给我看时，我脸上就是这样的表情。最后你说：“你怎么可以给我的儿子取名叫作加

1 美国恐怖片，由著名的波兰裔法国大导演罗曼·波兰斯基执导，1968年制作发行。

2 美国电视连续剧，1998年出品，风靡全球，共200集。

拉贝特·普拉斯基特呢？”

“哪儿呀，”我说，“是叫加拉贝特·哈查多琳。听上去更加响亮。”

“再响亮也跟我没关系。”

“多逗啊，如果叫他彼得·普拉斯基特，我也是这样的感觉啊。”

我们在湖滨餐厅吃饭，就是湖滨街拐角那家可爱的小酒吧。恐怕现在已经不存在了。我只能喝橙汁，真没劲，不过他们还真的送了一小碗红辣椒。

你打了个响指。“至少不能让他姓普拉斯基特－哈查多琳吧？倘若大家都这样干，两个姓氏不同的人通婚后生下的孩子的名字就会把电话本都占满了。反正总得有一个人要牺牲掉自个儿的姓。所以，最简单的办法还是按照传统来吧。”

“哦，按照传统，有些州的女人直到二十世纪七十年代才能拥有财产；按照传统，我们在中东要穿上黑袋子似的衣服才能出门走动；按照传统，在非洲，我们的阴蒂要被切掉，就像一块软骨一样……”

你用杂粮面包塞住了我的嘴巴：“演讲到此为止，宝贝儿。我们谈的不是女人割礼，而是我们的孩子姓什么。”

“男人总是什么苦差事都不干，却能够让孩子们继承自己的姓氏。”杂粮面包屑从我嘴里纷纷掉下，“该改革改革了。”

“为什么轮到我就要改革呢？天哪，可以说，美国男人已经够‘妻管严’的了，你就是那种得了好处还总抱怨的女人。”

我双臂交叉，使出“重炮”：“我父亲出生于代尔祖尔集中营。集中营里病魔肆虐，亚美尼亚人几乎没有食物，甚至连水都没有——父亲能活下来真是个奇迹。他的三个哥哥都夭折在集中营。他爷爷塞利姆被枪杀。我母亲的大家庭里三分之二的人——姓塞拉芬——都死在了那儿，谁也不知道他们是怎么死的。也许我这样分等论级不好，但盎格鲁－撒克逊人离濒临灭绝还很远，可我的祖先则被系统地灭绝了，却从来没有人提起这些来，富兰克林！”

“死了一百五十万人！”你插嘴道，比比画画打着手势，“你是觉得，希特勒对犹太人大屠杀是受了青年土耳其党1915年对亚美尼亚人暴行的启发？”

我怒目而视。

“伊娃，你哥哥有两个孩子。如今仅在美国，就有一百万亚美尼亚人。没有谁会消失的。”

“可是你关心你的姓氏，仅仅因为那是你的姓氏。我关心我的姓氏——嗯，似乎是出于更加重要的理由。”

“我父母会生气的，他们会以为我要跟他们断绝关系，或者我要受你支配。他们会觉得我是个浑蛋。”

“我就应该为了给普拉斯基特家添丁进口、传宗接代得静脉曲张吗？这个姓氏太难听了！”

你吃了一惊：“你从来没有告诉过我你不喜欢我的姓氏啊！”

“中间那个‘A’太重、太响亮、太难听了。”

“难听？！”

“只是太美国化而已。让我想起去尼斯玩的那些游客，胖胖的，鼻音很重。他们的孩子都喜欢吃冰激凌。他们喊，亲爱的，看那个‘普兰斯基特’，而法语中这个词实际上念普兰赫斯迪。”

“哪里是什么普兰赫斯迪，你这个反美情绪严重、自命不凡的家伙！是普拉斯基特，一个虽然小却古老、令人尊敬的苏格兰家族。我以能够传给我的后人这个姓氏而骄傲！现在我才明白你为什么在嫁给我的时候不愿意放弃娘家的姓了，原来你打心眼儿里讨厌我的姓氏！”

“对不起！从某种意义上来讲，我当然喜欢你的姓氏，仅仅因为那是你的姓氏——”

“这样吧，”你建议，在这个国家，受伤害的一方占很大优势，“要是个男孩，就姓普拉斯基特。要是女孩子呢，可以让她跟你姓哈查多琳。”

我把装面包的小筐推到一边，在你的胸口顶了一下：“那就是说，你不喜欢女孩子了。假如你是伊朗人，你就得把她关在家里，不能上学；假如你是印度人，你就有可能以一头奶牛的价格把她卖给陌生人；假如你是亚洲人，她就会被饿死埋葬在后院……”

你举起双手：“要是女孩子就姓普拉斯基特，行了吧！不过有一个条件：如果你生的是男孩儿，不能叫加拉－索瓦兰吉什么的。得是美国名字。一言为定？”

就这样“一言为定”了。我们颇有点先见之明，做出了一个正确的决定。1996 年，十四岁的巴里·路凯蒂斯在华盛顿州的摩西莱克市挟持了全班同学，杀死了一个老师和两个学生。一年后，十三岁的桑恩尼尔·曼格姆在他就读的中学枪杀了一个欠他四十美元的男孩子。第二个月，十六岁的埃文·拉姆齐在阿拉斯加州的伯特利市杀死了一名学生和他的校长，并且打伤另外两个人。那年秋天，十六岁的卢克·伍德姆在密西西比州的珍珠城谋杀了他的母亲和他的两个同学，打伤七个人。两个月后，十四岁的迈克尔·卡尼尔在肯塔基州帕杜卡市开枪打死了三个学生，打伤五个人。第二年春天，也就是 1998 年，十三岁的米切尔·约翰逊和十一岁的安德鲁·戈尔登在阿肯色州琼斯伯勒市他们就读的中学开火，杀死了一个老师和四个学生，并打伤十个人。一个月之后，十四岁的安德鲁·沃斯特在宾夕法尼亚州埃丁伯勒开枪打死了一名教师，打伤三名同学。第二个月在俄勒冈州斯普林菲尔德，十五岁的基普·金基尔谋杀了自己的双亲，杀死了两个学生，打伤二十五个人。1999 年，那个星期四之后仅仅十天，十八岁的埃里克·哈里斯和十七岁的迪伦·克莱伯尔在科罗拉多州李特顿市的高中放置了炸弹，大开杀戒，打死了一名教师和十二名学生，还打伤二十三个人，之后开枪自杀。就这样，小凯文——这个名字是你的选择——跟某个叫作史密斯或者韦森一样美国味儿十足的小伙子一起，荣登少年杀手的“金榜”。

对于我的家族，我们的儿子做出的贡献比任何一个成员都大。正因为他姓了哈查多琳，才使得这个姓氏尽人皆知。

就像我们许多邻居喜欢揪住那些悲剧色彩浓重的东西——奴役、乱伦、自杀——不放而觉得自己与众不同一样，为了给人留下良好的印象，我也夸大了自己种族的基因。我从中认识到，不应该把那些笼罩着悲剧色彩的东西掩藏起来。只有那些未被触动、酒足饭饱、志得意满的人才有可能渴望受苦，就像想要一件精心设计的夹克一样。我宁愿把我的故事捐献给救世军，这样一来，别的衣衫邋遢、面如土色的女人也许能靠它度日。

姓氏？当初，我只不过是想让他成为我的孩子。我无法摆脱被人利用的感觉。我在莱茵斯泰因医生那里做超声波的时候，她用手指指着屏幕上一个来回移动的块状物。我心想：那是谁呀？虽然他就在我的肚子里，在另外一个世界游泳，但这个东西在我看来还是那么遥不可及。胚胎会有感情吗？我没有想到，等凯文长到十五岁的时候，我还在问这样的问题。

我承认，当莱茵斯泰因医生指着那个小东西双腿之间的小点给我看的时候，我的心沉了一下。按照我们的约定，我肚子里怀的孩子应该姓哈查多琳。但是，仅仅冠以我的姓氏并不意味着就把这个孩子变成了母亲的附属物。如果说我愿意跟男人在一起的话——我喜欢他们讲求实际，我容易错把咄咄逼人当成诚实，而且我讨厌过分讲究——对于男孩子我却一无所知。

八九岁的时候，母亲又打发我去买某种大人用的、挺复杂的东西，结果受到一群比我大不了多少的男孩子的攻击。哦，强奸倒还不至于。他们恶狠狠地撩起我的上衣，脱下我的内裤，扔了几块脏土，就拔腿跑了。但我还是被吓坏了。稍微长大一些之后，我对公园里那些十一岁大的孩子仍然保持距离，免得受伤害——他们对准灌木丛拉开裤子拉链，摇头晃脑地淫笑着。在我自己生下这个男孩子之前，我对男孩子一直心存恐惧。而如今，我想，我对任何人都感到害怕。

尽管我们常常看着两种不同性别的孩子，想说他们没有什么区别，可是，当一群咯咯笑的女学生路过的时候，几乎没有什么人会感到害怕。但是，当一群雄性激素活跃的小玩闹与你擦肩而过的时候，任何女人都会加紧步伐，垂下眼帘尽量不看他们，以免碰上挑逗或者乞求的眼神，直到看见下一条街，才如释重负地叹一口气，除非她是一个如同行尸走肉的傻瓜。男孩子是一种危险的动物。

对于男人来说有什么不同吗？我从来没有问过。也许你能看穿他们，知道私下里他们会因为不知道拥有一个弯曲的阴茎是否正常而苦闷，知道他们愿意彼此炫耀（而这正是我所害怕的）。显然，你快要在自己家拥有这样一个神圣得叫人害怕的玩意儿了。知道这个消息，你心里乐开了花，以至于不得不稍微掩饰一下自己的热情。我们这个孩子的性别越发让你觉得，孩子是你的，你的。你的。

说老实话，富兰克林，你把孩子当成私有财产的态度让人如坐针毡。要是我过街的时候稍微不小心，你并不为我个人的安全担心，而是对我不为肚子里的孩子负责大发雷霆。我所冒的“险”——我觉得只不过是在过平常的日子——在你看来，却是对你的一件个人物品表现出的傲慢态度。我敢发誓，我每次出门你都是气鼓鼓的，似乎是我连招呼都不打，就带走了你的一件宝贝。

你甚至不让我跳舞，富兰克林。真的！有一天下午，我被想要跳舞的热情撩拨得坐卧不安，就放起“脸部特写合唱团”[1]的唱片《说方言》，踏着轻快的舞步跳了起来。我们的阁楼上并没有什么家具。第一首曲子《把房子烧掉》还没有放完，我还没有出一点汗，电梯哐当

1 美国摇滚乐合唱团，组建于1974年，解散于1991年。

一响，你就进了家门。你不由分说拔起唱针，结果在唱片上划出一道凹槽。打那以后，一放那首歌，唱机就会跳过开头几句，不停地重复“宝贝你想要什么”。倘若我不用食指轻轻地压一下拾音头，就永远都不可能唱到下一句——“就要火焰四起”。

“嘿！”我说，“干吗呢？”

“你他妈的说我在干吗呢？”

“我多久没有开开心了。这犯法了吗？”

你抓住我的胳膊：“你想流产是不是？或者你想冒冒险？”

我挣脱了你：“上次我看到书上说，怀孕不是被判了徒刑，关进监狱什么也不能干。”

“可你不能这样到处乱蹦，不停地撞在家具上……”

“哦，得了吧，富兰克林。过去，女人可没那么娇气，生孩子前还一直在地里干活儿，要生了，就在一行行大白菜之间蹲下，婴儿呱呱坠地。那时候，孩子们还真是从菜地里出来的……”

“过去婴儿和产妇的死亡率高得吓人！”

“你怎么会在乎产妇的死亡率呢？只要他们用钳子把孩子从我没有生命的身体里取出来，只要他的心还在跳，你就会高兴。”

“说这种话真是恶心人。”

“我就是要恶心人，”我闷闷不乐地说，扑通一声坐在沙发上，“不过在‘医生老爸’回来之前，我高兴得很呢！”

“再坚持两个月。难道为了另外一个人的福祉老老实实在家里待两个月，就是那么大的牺牲吗？”

天啊，老是什么为了另外一个人的福祉，我烦透了。“显然，我的福祉一文不值。”

“不是说你不能听音乐。我只是说别那么大的声音，弄得楼下的约翰都敲天花板了。”你把唱针放回到 A 面的开头，音量调得那么低，以至于戴维·伯恩的声音听上去像是米妮。“像别的孕妇那样，你可以坐下来，用脚打打拍子。”

“我可不知道行不行，”我说，“那该多震动呀！没准儿会传到小伯爵冯德罗[1]那儿搅了他的美梦呢！那我们是不是该听莫扎特呀？也许书上没有说可以听‘脸部特写合唱团’的曲子。也许放《心理杀手》这首歌会给他坏念头。最好查一查书。”

一直都是你在查阅怎样为人父母的书——呼吸、长牙、断奶。这期间，我却读了一本《葡萄牙历史》。

“别怨天尤人了，伊娃。我觉得为人父母其实就是要让自己长大成人。”

“要是我从一开始就知道怀孩子对于你来说意味着影响我作为成年人的正常生活，那我就会重新考虑是不是真的要这个孩子了！”

“别再说这种话了，”你说，脸涨得通红，“现在说什么都晚了。永远不要跟我说你后悔要孩子了！”

于是我哭了起来。我告诉过你我最肮脏的、完全违背异性恋常规的性幻想。说出这些话后我极为不安，你却没有给出回应，更没有和我分享你自己让人脸红的心理污秽。哦，在这里再提这些事儿，太难为情。不知道从什么时候开始，有些话我俩在对方面前永远说不出口。

“宝贝你想要什么……宝贝你想要什么……”

唱片又跳到这一句。

伊娃

---

1 美国电影《小伯爵》的主人公。

*2000年12月12日*

亲爱的富兰克林：

噢，我今天不想在旅行社多待。员工们告别尚显宽容的较量，投入白刃战。小小的办公室里，眼看着他们纷纷摊牌，我却只能冷眼旁观、保持中立，仿佛他们的一言一行都是没有声音的电视画面，有点滑稽，却对我产生不了丝毫的影响。

“佛罗里达”怎么就变成了一个种族问题呢？我有些茫然，唯一的感觉是，在这个国家，所有事情迟早都会演变成种族问题——按照常理，很快就会这样。办公室里三个“民主党人”一直都在围攻两个“共和党人”，甚至甩出“黑鬼”之类的字眼。而那两个“共和党人”则躲在屋子的后面，凑在一起小声研究对策。其他人觉得，他俩嘀嘀咕咕是负隅顽抗的表现。真逗！大选之前，大家都认为这场竞选必定索然无味，同事们谁也不曾对此表示任何兴趣。

不管怎么说，最高法院应该在今天做出判决，收音机开了一整天。员工们像吃了枪药，动不动就发火，不止一个顾客在柜台边备受冷落，结果都拂袖而去。最后我也一走了之。两个“保守分子”不遗余力地为他们那派争辩，而“自由派”总是把自己当成真理、正义或者人性的代言人。我也曾是个坚定的民主党人，但很早以前就放弃了为人性辩护，而且经常连为自己辩护都做不到。

我真心希望写给你的这些信不会沦为苍白无力的自我辩解。但也尽量，不要一股脑儿地把凯文的错误都揽在自己身上。有时候我还真的沉湎于这样的想法，像一个渴极了的人，将自责的苦酒一饮而尽。我的确说过“沉湎于”这个词。把一切罪责归咎于自己，有一种自我夸大的意味，是虚荣心的表现。责备带来叫人敬畏的力量，不仅仅是对于旁观者和牺牲品，最重要的是对于罪犯。这是一种简化，将杂乱无章化为秩序。责备传达出可以给他人提供慰藉的教训：要是她当初没有……该多好。暗示倘若那样，悲剧就可以避免。假如你觉得自己该负全部责任，甚至能让别人找到一种脆弱的平静（在凯文那儿，我有时候就看到了这样的平静），可看守他的那些人却把这种平静当成了悔恨。

但是我无法不无贪婪地把所谓的责任一口吞下。我不可能把整个事件塞进口中。它比我要大得多。它毁了太多人的生活，还有他们的婶婶、表亲以及最好的朋友的生活。那些人我永远都不可能认识，即使迎面走来也不会认识。那么多的家庭聚餐时都摆着一把空椅子，我无法同时盛下所有人的悲伤。钢琴上摆的那张照片永远失去了光彩，因为这就是那张登在报纸上的快照，或者因为摆放在这张照片两旁的兄弟姐妹的照片在继续记录着他们成长的历程——大学毕业、婚礼——而这张高中年鉴上的照片却一成不变，在阳光下渐渐褪了色。我呢，还没来得及为此而感到痛苦。我还没有体会到，随着时光的流逝，曾经琴瑟和谐的婚姻每况愈下；我还没有闻到从前兢兢业业，如今正午刚过就喝得醉醺醺的房地产经纪人嘴里呼出的扑鼻的酒气。一个接一个的纸箱沉甸甸地搬到小货车上，驱车前往橡树葱茏之地。那里流水潺潺，河床铺满光滑的石子，活蹦乱跳的孩子们嬉戏着，给大地带来生机。可那是别人家的孩子，一夜之间变得无法忍受，而我却充耳不闻。对于我来说，要想把负罪感以一种有意义的方式表达出来，就不得不把所有这些失落感都暂时悬置于脑海之中。然而，就像你背诵“汽车脱口秀”一样：我去旅行，带上甲、乙、丙、丁……在二十六个字母数完之前我肯定会忘记一两个。于是，我开始在心里默念自个儿的“脱口秀”：玛丽的女儿，美如玉；弗格森家的电脑神童，近视眼；考比茨家的红发男孩儿，把戏演；英语老师达纳·洛克，好亲切，朝她扔去的球落到地板上……

当然啦，仅仅因为我无法把所有罪责都一口咽下，并不意味着其他人不会继续把责任推给我。要是我觉得这样做对他们有好处的话，我也乐意给他们提供一个承载罪责的地方。我常常提到玛丽·伍尔福德。她总觉得正义得不到伸张，仿佛行驶在特别不方便的只有单行线的街道上。我想，没准儿我会说，那孩子被她宠坏了。女儿虽然漂亮，体力却不好，不是当运动员的料。可是当她进不了田径队时，做母亲的却大闹一场。有的人一辈子一帆风顺，你说人家性格有缺陷吧，似乎有失公允。另外，她是一个难以驾驭的女人，就像我那些民主党人同事一样，义愤填膺是她的天性。在那个星期四之前，她习惯靠政治运动来发泄自己的愤怒，不然的话，我觉得她的怒火足以把自己点着。她参加各种活动给镇委会施加压力，以达到开辟一条人行道，或者禁止在格莱斯顿为无家可归者提供庇护场所的目的。后来，开辟十字路口的资金没有申请到，小镇边缘依然聚集着一群胡子拉碴的流浪汉。于是，在她看来，世界末日就要来临。这样一个小小的交通问题就能把她搞得精疲力竭，真正的灾难降临之时她又会如何面对呢？不得而知。

于是，我明白，一个一直躺在撒满豌豆的床上，在焦躁不安中入睡的人，如今让他躺在铁砧上睡觉，该是一件多么困难的事情。人们常常因为无法理解反倒能够保持平静，可惜她不能永远待在没有一丝涟漪的井水之中。噢，我意识到，你不可能总是一头雾水，你太需要弄明白，或者至少装明白。但是，我发现自己心底有一个地方十分平静，真是上天的赐福！那个地方苍茫辽阔，白雪皑皑，非常神秘。而玛丽恐怕不是这样。她心里只有愤怒，只有福音派要把罪人绳之以法的狂热。她不停地大声疾呼，创造出这样的一幅幻景——上蹿下跳，不达目的绝不罢休。说实话，在民事法庭上，我努力克服自己的冲动，才没有把她拉到一边，小声责问：“想想看，难道打赢这场官司，你心里就好受了？”法庭后来判我犯了轻微的、忽视子女教育的过失。我觉得，事实上，当初如果撤诉，玛丽兴许能得到更多的慰藉。因为倘若那样，她就能够从理论上为自己营造另外一个世界。在那个世界，她可以成功地把痛苦发泄到一个冷漠无情、罪有应得的母亲身上。玛丽似乎不明白问题的症结在哪里。问题不在于谁要受到惩罚，因为什么而受到惩罚，问题在于她的女儿死了。虽然我对她十分同情，但也不能把痛苦发泄到其他人头上去啊。

此外，我或许更愿意接受一种极端的、世俗化的观念：如果小小的、清白无辜的光环套在某些人的头上，而且这些人以为自己处于邪恶势力的包围之下，那么只要有坏事发生，就一定得找个替罪羊来承担责任。比方说，他们会因为建房子的人没能保护他们免受地震之苦，就去起诉建房子的人。他们会说，儿子之所以数学不及格，是因为患有多动症，而不是因为他头天晚上本该学习繁分数却去了录像厅。此外，如果把让人震怒的关系当作造成灾难的基础——美国中产阶级的特征——就会生出这样一种观念：坏事根本不应该发生。我可能认为天真幼稚一文不值。然而，义愤填膺的人，那些伸长脖子看州际公路连环事故的人有一个核心信念，那就是，坏事根本就不应该降临到他们头上。最后还有，如你所知，尽管小时候我被灌输了许多东正教的思想(幸运的是，十一岁的时候，母亲再也没有走进教堂一步。因为教堂远在四个街区之外，我们只能在家里举行半心半意的“仪式”)，我却从来都不笃信宗教。可是我仍然纳闷，人类为什么会变得如此以自我为中心，竟然认为从火山爆发到全球气候变化，所有坏事都应该由某些人来承担责任。这个物种本身就是上帝（因为没有一个更好的词来表示）的行为所致。就我个人而言，我要说，那些给别人带来灭顶之灾的孩子降临到这个世界也是上帝所为。我还是讲讲法庭上发生的事情吧。

哈维从一开始就觉得我应该庭外和解。你应该记得哈维·兰兹唐。你曾觉得他狂妄自大。没错，但他讲故事总是绘声绘色。现在他去参加别人家的晚宴，给他们讲我的故事。

哈维把我弄得有点紧张，因为他是那种喜欢一针见血的人。我在他的办公室里说话结结巴巴，注意力老是不集中。他摆弄着文件，暗示我在浪费他的时间，或者说在浪费我的钱——反正都是一回事。应该怎样理解事实真相，我们未能达成一致。他需要的是要点。而我呢，我觉得，倘若把各种各样并不起决定作用的事情放到一起，摆到桌面上，孤立地去看，它们之间似乎并不相干。只有集中到一起才能看出其中的联系。也许我想向你诉说的就是这一点，富兰克林。我尽最大的努力直截了当地回答他的问题，可是只要我用简短的、声辩自己无罪的陈述句说“我当然爱我的儿子啊”，我就觉得自己在撒谎，似乎无论是法官还是陪审团都能一眼看穿。

哈维不吃这一套。他属于那种律师——把法律当作游戏而不是道德剧。人家告诉我，就是要请这样的律师。哈维喜欢说，站在正义一方替谁都打不赢官司，他甚至还让我隐隐约约感觉到，正义的一方甚至处于微弱的劣势。

当然，我根本就不清楚正义是否在我这一边，而哈维觉得我歇斯底里，很烦人。他命令我马上停下来，不要再哆哆嗦嗦地问这问那。不要总想打探倘若承认自己是个“坏母亲”会怎么样。而事实上我是否真的是个“坏母亲”他显然毫不在乎。（富兰克林，我是个“坏母亲”。我当母亲当得太糟糕了。不知道你是否能够原谅我。）他纯粹出于经济上的考虑，而我觉得恐怕很多案件都是这样决定的。他建议，最好庭外和解，这样一来，付给那些家长的赔偿金要比让感情脆弱的陪审团做决定少得多。关键在于，即使我们打赢了官司，也无法保证一定能拿回要支付的昂贵的诉讼费。我慢慢弄明白了，这就意味着，在这个可以做出“无罪假定”的国家，任何人都可以拍拍脑袋想出个罪名来控告我。倘若那样，我就得花几十万美元，哪怕仅仅为了证明这个指控完全是无中生有的。“欢迎来美国。”他调侃道。我多么想念你啊！要是你在，我可以向你发发牢骚。对我的恼怒，哈维根本没兴趣。他觉得法律上的事儿具有讽刺意味，十分有趣。那当然，他的公司并非靠一张网上打折机票起家的。

回过头来看，哈维完全正确——我是说在钱这一方面的考虑。我之后也反思过，是什么原因让我不听律师中肯的建议，而要让玛丽把我告上法庭呢？可能是因为我生气了。要是做了什么错事，我已经受到了应有的惩罚。没有哪个法庭的判决会比我现在痛苦郁闷的生活更糟糕。住在简陋的公寓里，吃着鸡胸脯肉和卷心菜，白炽灯泡闪闪烁烁，每两周一次例行公事般地去查塔姆探监。更糟糕的是，将近十六年，我和一个压根儿就不想让我成为他母亲的儿子在一起生活。这当儿，他还几乎天天给足了理由，说他不想为人之子。同样，我当初真的应该想明白，假若陪审团该死的判决永远不能抚平玛丽的痛苦，一个更为仁慈的判决也同样永远不能减轻我觉得自己是同谋的感觉。这样说真叫我难过，在很大程度上，我的动机可能是巴不得让众人判定我有罪才好。

唉，我真正渴望的并不是众人给我定罪，否则我也许就不会每天夜里坐在这里，努力记下每一个控告我有罪的细节。看看这个可怜的女人吧：一个成熟的、婚姻幸福的女人，快三十七周岁了，被告知怀上了第一个孩子，吓得差点儿昏了过去。为了向乐开花的丈夫掩饰自己的不安，她买了一件别致的棉布太阳裙。因为新生命奇迹般地降临，她告别了过去的生活，选择了戒酒，也不在乎腿上是否会出现静脉曲张。她听着俗丽的流行音乐，在起居室里翩翩起舞，完全不考虑肚子里的孩子。她本来应该首先弄明白，“腹中的胎儿是我们的”到底是什么意思，可她却为即将到来的宝宝是不是她的而烦恼。她本来应该学会早该懂得的知识，可她还在那里大谈某部电影把人类的生育和排出超大的蛆虫混为一谈。她是个伪君子，很难讨好。她承认，在全世界飞来飞去并不是什么充满魔力的神秘之旅，从前，她只是装模作样而已。那些旅行从表面上来看逍遥自在，实际上已经变得难受而单调。后来，当这种“满天飞”因为另外一个人的需要而受到威胁时，她又开始怀念当初平静的生活。那时候，她在笔记本上记录约克郡的青年旅馆是否提供厨房用具。最糟糕的是，还没有等到她的“倒霉儿子”从子宫里出来（那里气氛一点都不友好，充满了紧张和踌躇不前），她就已经做出了你——富兰克林——觉得最最难于启齿的事情：任性的她改变了主意，似乎把孩子当成了在家里试穿的小外套——十分挑剔地看着镜子，几次转身之后得出结论说，不行，抱歉，实在是不太合适，真遗憾——然后又塞回到衣橱里。

我明白，我勾勒出来的这样一幅图画并不吸引人，而且我也压根儿不记得，什么时候觉得我能吸引自己，或者吸引别人。我怀孕之前很多年的某一天，在白马村碰到在格林贝上大学时的一位同学。自大学毕业后，我们一直没有见过面，更没有机会交谈。她当时刚刚生了第一个孩子，我俩刚打了个招呼，她就开始诉说自己有多么绝望。从前的丽塔光彩照人，亭亭玉立，肩膀很宽，满头黑发卷成细细的鬈发。那天，我还没有说什么刺激她的话，她就不停地说，怀孕之前自己的身材多么苗条。那时候，她每天都健身，曲线优美，轮廓分明，脂肪与肌肉的比例好得让人难以置信。在有氧训练方面她名列前茅。后来就怀孕了，唉，真可怕！继续健身感觉很不合适，后来只好放弃。现在呢，她简直是一团糟，连一个仰卧起坐都做不了，腹部练习连三组都完成不了。得一切从头开始，不然就会每况愈下——！这个女人简直是气不打一处来，富兰克林。沿着那条大街走的时候，她还在抱怨原本弹性十足的腹肌现在都成了赘肉。而至于她的孩子叫什么、是男是女、几岁了、或者孩子的父亲是谁，她一句都没有提。记得我退了几步，找了个借口，说要去买点饮料，就逃跑了，甚至没有跟她告别。最让我害怕、最让我不得不逃之夭夭的并非她听起来无情无义、自暴自弃，而是跟我一模一样。

我已经记不清楚，是不是我们的第一个孩子出生之前我就已经后悔要他了。对我来说，很难如实再现那个时期发生的事情。因为在后来的岁月里，太大的遗憾破坏了那些记忆。遗憾冲破时空的限制，涌到凯文还没有出生的时日。那时候，因为尚未降临人世，他自然不会希望自己随风而去。而我最不愿意做的事情就是粉饰我在这个可怕的故事中所扮演的角色。也就是说，我认为承担自己应当承担的责任，为自己每一个任性的想法、每一次使小性子、每一个自私的瞬间负责，不是为了把所有责任都揽到自己身上，而是要承认，这是我的错，那也是我的错，但是还有，还有……我正是要划一条界限，在界限另外一边，那个，那个……富兰克林，那不是我的错。

可是，要划那条界限的话，我恐怕必须走到界限的边缘处。

到最后一个月，怀孕几乎成了一件有趣的事情。我变得如此难看，那样子傻乎乎的，不过也挺新鲜。对于一个向来在意外表，煞费苦心打扮得利利索索的女人来说，让人觉得自己变得越来越像一头奶牛，心里是什么滋味儿可想而知。可不可以这么说，另一半美国人就是这样活着的——我觉得有一多半儿吧。那是在 1998 年，正是那一年，美国人中一多半儿正式加入肥胖的行列。

凯文比预产期晚了两个星期才出生。回想起来，我有点迷信，更加确信早在子宫里的时候，他就在拖延——他在躲避。也许在这个"试验"中，我并不是唯一有保留意见的一方。

面对不祥之兆，你为什么不为所动呢？孩子出生之前，你准备了那么多儿童用品和衣帽鞋袜，我不得不劝你少买一点。我指出，要是出了问题怎么办呢？你到时候会不会因为落差太大而接受不了这个现实？你嗤之以鼻，说总往坏处想，就会招来坏事。（于是，你满心期待得到一个健康、活泼的男孩儿。我却担心会生出一个丑八怪、低能儿。）因为我是年龄超过三十五岁的孕妇，急切地想要给胚胎做个唐筛。你坚决反对。你说，那些医生只能告诉你有多大的风险。你是想告诉我，如果这个概率是一比五百，你就继续要这个孩子；如果是一比五十就算了，下次再来？“当然不会。”我回答说。要是一比十呢？一比三呢？那该怎么办？干吗要强迫自己做那样的选择呢？

你的话很有说服力，但是，说这话的时候，你私下里是否想过，拉扯一个残疾儿童将会是个什么样子：上帝把一个笨拙但是好脾气的使者派来，告诉他的父母，生活中除了聪明之外，还有很多更重要的东西。这个简单的灵魂将得到没完没了的爱——把宠物的毛弄得乱糟糟的那种爱。无论我们的 DNA 酿造出让人多么心惊胆战的鸡尾酒，你都会一饮而尽。你一定想过自我奉献会带来的所有“红利”：要是我们的傻孩子花六个月的时间才能学会系鞋带的话，你的耐心就堪比超人。你会发现自己无比慷慨，具有强大的保护力。你觉得自己像一口无底的慷慨之井，而你的我——明天去圭亚那的妻子——从来没有喝过这口井里的水。而最终你会放弃为拍广告选址的工作，以便把所有的时间都用来照顾我们那个身高五英尺，智力却只相当于三岁孩子的怪儿子。邻居们都会啧啧连声，称赞你坦然接受生活的一切安排，并且努力争取做得最好。换上同属于我们这个种族和阶级的其他人，谁都无法承受这样毁灭性的打击，你却逆来顺受，表现得十分成熟。你其实只是不管不顾地想要投入抚养孩子的工作之中，不是吗？哪怕跳下悬崖，哪怕爬上火葬的柴堆也在所不惜。难道我俩的生活就那样让你无法忍受，那样让你倍感凄凉吗？

我从来没有告诉过你，其实我偷偷去做了检查。结果比较乐观（大概是一比一百），所以我才没有因为你我之间巨大的分歧而再和你争吵。我呢，很挑剔。我为人母是有条件的，条件还非常严苛。我可不想养一个弱智或者四肢瘫痪的孩子。每次看到疲惫不堪的妇人推着患肌肉萎缩症（四肢无力、不能行动）的孩子去奈阿克医院做水疗时，我不是深受感动，而是心往下一沉。当然，许多种不健康的孩子我都不想要，从普通的痴愚症患儿到过分超重的孩子。要是列个清单的话，恐怕一页都写不完。然而回想起来，我的错误不在于偷偷地做了测试，而是发现测试结果令人放心。莱茵斯泰因大夫测试的不是那个胎儿与生俱来的恶意、令人厌恶的冷漠，或者天生的卑鄙。要是能测出这些玩意儿，不知道有多少条“鱼”会被扔回到水中。

说说生孩子的事儿吧。我以前不管哪儿疼都忍着一声不吭，其实这是因为我从来没有得过让人吃不消的病，比方说骨折，或者从四车连环相撞的汽车残骸中爬出来。老实说，富兰克林，我不知道我认为自己如此坚韧的念头是从哪儿来的。我好比物质世界中的玛丽·伍尔福德。我对疼痛的了解仅仅来自脚指头被人踩了、胳膊肘破了皮和经期腹痛。我在壁球赛季的第一天之后会浑身疼。被机器夺去一只手或者被第七大街的快车撞断一条腿是什么感觉，我却不得而知。但是，我们彼此多么容易就相信了对方创造的神话啊，无论那神话多么荒诞不经。我在厨房切菜切了手指时故意装作若无其事，你便信以为真，还颇为羡慕，亲爱的。以为这足以证明我会同样若无其事地把一块里脊肉那样大小的东西从一个小孔里挤出来。而那个小孔以前最多只能容纳法国小香肠那样大的东西。不用说，从那个小孔挤出来的时候，我肯定不会使用麻药。

那时候，我们想要证明什么呢？我一辈子也搞不懂。就你而言，你可能希望我保持勇敢的形象，因为你想娶的就是这样的人。对我来说，我可能想跟别的女人比试比试，看谁生孩子的时候更勇敢。连布莱恩漂亮的老婆路易斯都吹牛说，她生儿子基利时花了二十六个钟头，其间只喝了点悬钩子叶茶。这段宛如传家宝似的故事，她在三个不同的场合讲过。我遇到过许多这样的女人，把准妈妈学校教授的自然分娩课中的方法说得神乎其神。实际上我敢打赌，那些说“我想尝试一下”的学员当中，许多人第一次宫缩的时候就崩溃了，立即请求无痛分娩。

我没有像她们那样。我并不勇敢，但是我既顽固又骄傲。出于纯粹的顽固比凭借勇气能够忍耐更长的时间，尽管“凭借勇气”要好听些。

于是，当身体内部像拧湿床单那样绞疼的时候，我咬着嘴唇，瞪着眼睛，眼皮因为吃惊而张开。我的平静让你折服。我故意要取得这样的效果。那天，我们是在湖滨餐厅吃午饭，眼前那盘辣椒还没吃完，我就起身要走。你也同样镇定，吃完一个玉米饼后才去洗手间，还从那儿拿来一大叠刚刚装上的卫生纸。羊水破了，流出好多，或者只是感觉很多，椅子都弄湿了。你付了账，还没有忘记给人家小费，之后一边看手表，一边拉着我回到阁楼上。在我的子宫口开大前的几个小时就跑到贝斯犹太人医院去？我们可不想这样做，省得到时候弄得自己很尴尬。

那天下午晚些时候，你开着浅蓝色皮卡车带我穿过运河大街时，嘴里嘟囔着“一切都会好的，一切都会好的”。好不好，你怎么知道呢？办理入院手续的时候，我吃了一惊。原来我的情况在他们那里再平常不过了。护士打着哈欠，这让我坚定信心，要做病人的表率。我要用自己不折不扣的实际行动来让莱茵斯泰因大夫感到震惊。我知道，生孩子是一个自然过程，我不会小题大做。于是，当第二次宫缩袭来，犹如无意之中被一记右勾拳击中时，我只是长长地呼了一口气。

这样做多么可笑啊，又有什么意义呢？！干吗要让莱茵斯泰因大夫震惊呢？我又不是对她情有独钟。为了让你骄傲自豪，我给你生个儿子。你对我大声尖叫或者行为不雅表示宽容也是值得的啊。再说这样做对你也有好处，让你意识到你娶到手的只是一个平常人，喜欢舒适，讨厌痛苦，于是理智地选择使用麻药。而我呢，恰恰相反，在走廊的担架上，我用微弱的声音跟你开了些玩笑，还拉着你的手。后来你告诉我，就是这只手差点让我给弄断了。

哦，富兰克林，现在再装也没有用了。那时，真是太可怕了。在某些疼痛面前，我也许能表现得坚强。倘若真是那样的话，所谓坚强也只是在我的小腿和胳膊上，而不是两腿之间。我身体的这个部位从来不曾与坚韧、锻炼这样可怕的东西联系到一起。时间一个小时一个小时地过去，我开始怀疑自己是不是年纪太大，孩子生不下来了。我都快四十岁了，没有足够的弹性来把自己的身体拉开，好让新的生命出来。莱茵斯泰因大夫目光呆滞地说我个子太小，仿佛这是我的错。过了差不多十五个小时之后，她气坏了，神情严肃地说："伊娃！你真得加把劲。"我还想让她震惊呢，结果居然是这样。

二十四个小时之后，几滴眼泪流到太阳穴附近，我匆匆抹去，不想让你看到。大夫不止一次说，还是无痛分娩吧，但是我坚决不要，几乎到了发狂的程度，目的似乎就是要经受住这个小小的考验，而不是要生出一个孩子。仿佛只要我拒绝打那一针，就会赢。

最后，医生威胁说要剖宫产，我才不再坚持。莱茵斯泰因大夫毫不犹豫地说，她的诊室还有别的病人，我表现不佳，让她非常失望。我对切开身体某个部位格外恐惧。和丽塔一样，我不想要那道伤疤，但我羞于说出是因为担心自己的腹肌。手术过程让我想起所有的那些恐怖电影。

于是，我加了把劲儿。那一刻，我不得不承认，我一直在抵制分娩。那个巨大的肉块一接近狭窄的通道，我就把它吸了回去。因为疼痛。太疼了。在那个准妈妈学校上课的时候，他们向你灌输说，疼痛好，你应该因势利导，越是疼痛越要使劲。而只有事到临头，我才明白，这个方法多么愚蠢。疼痛，好？我嗤之以鼻。我以前从来没有告诉过你，事实上，我完全是因为厌恶，才迈出关键的一步。我不愿意像牲畜一样摊开四肢，让陌生人朝我倾斜的双膝之间张望。我讨厌莱茵斯泰因大夫尖尖的、老鼠一般的小脸和她总是责备人的、尖刻的态度。我恨自己为什么要答应扮演这样一个丢尽脸面的角色？我先前不是好好的吗？要不是为了生孩子，这时候我说不定在法国呢。我责备所有的女性朋友。从前，她们总是跟我讨论供应经济学政策，告诉我，她们对这些政策有何保留意见。至少会心不在焉地问我，上次出国有什么见闻？可是这几个月以来，她们只是唠叨些关于妊娠纹、治疗便秘的方法或者添油加醋地讲些孕期高血压和自闭症孩子的故事。她们说，那些孩子除了整天前后摇晃脑袋、咬手指之外什么也不做。而你永远都是信心百倍，不停地鼓励我。我听了，心里真难过。你当然容易啦，一心想当爹，买了那么多兔子娃娃。而我胖得像头母猪，还得装成伪善的戒酒者，天天吃维生素片，任凭自己原先的软玉酥胸肿胀生疼。我还不得不撕裂了身体，硬是把一个西瓜大小的东西从宛如浇花水管那样狭窄的通道里挤出来。我恨透了你，恨你在那里喃喃低语。你一直用湿毛巾擦我的额头，好像那样做对我有什么帮助。我却巴不得你赶快住手，而且我心里知道，当时一定把你的手弄得生疼。还有，我甚至恨那个孩子——到那时为止，他没有给我带来对未来的希望，没有任何故事和内容，没有“翻开新的一页”，更谈不上满足感。他带来的是笨拙和尴尬，是隆隆的隐秘颤抖——撼动了我原以自己所拥有的那块大洋底。

可等跨过那道门槛，遭遇了极度的疼痛之后，我连怨恨下去的力气都没有了。我不顾一切地尖叫起来。那一刻，宁愿付出一切代价让它停下来。把公司典当出去，把我们的孩子卖为奴隶，让我的灵魂下地狱。“请——”我大口呼气，“给我——无痛分娩！”

莱茵斯泰因大夫责备我说：“来不及了，伊娃，想无痛分娩早点说啊。孩子的头已经出来了。行行好，现在再也别停下来了。”

突然之间，一切都结束了。后来我们开玩笑说，我坚持了那么久，该结束的时候反倒开始求饶，可是当时一点也不好笑。他出生的那一刹那，我把凯文和自己的局限联系起来——不仅仅是受苦，还有挫败。

伊娃

2000年12月13日

亲爱的富兰克林：

今天早上一进办公室，我就看见那几个“民主党人”闷闷不乐。我顿时明白“佛罗里达事件”结束了。两个阵营都感到沮丧，仿佛刚刚分娩完毕。

如火如荼的战事就这样结束了，同事中的两派都因此而失望。我郁郁寡欢，共同的失望之感把他们联系在了一起，我越发觉得自己被排除在外。倘若乘以许多倍，我的这种孤独也许堪比我母亲在战争结束时的经历。我的生日8月15日恰逢对日战争胜利日。那天，裕仁天皇对他的臣民通过广播发表讲话宣布投降。护士们欣喜若狂，叫她们来掌握妈妈宫缩的时间成了难事。大厅那边传来开香槟酒的声音，母亲当时肯定觉得十分悲哀，觉得被人遗忘了。许多护士的丈夫都会回家，但是我的父亲不会。如果说这个国家赢得了战争胜利的话，那是其他人的事情，生活在威斯康星州拉辛市的哈查多琳家却失败了。

后来，虽然她去商业贺卡公司(绝对不是庄臣公司[1]）工作，但肯定会觉得那里的气氛和她格格不入。多么怪诞啊，整天为别人的结婚周年纪念日包装礼品，而自己呢？自己的结婚纪念日来临时，却压根儿就没有必要往自己的包里装一份这样的礼品。对于这份工作，我该感到高兴，还是不高兴呢？我也说不清楚。后来，因为这份工作给了她灵感，她自己开了一个手工制作贺卡的作坊。但是也让她永远蜷缩于恩德比大道。不过我得说，她专门为我做了“祝贺你们喜得贵子”

1　1886年由山姆·庄臣先生创建，位于美国威斯康星州的瑞辛市，是一家有着120多年历史的家族性企业。庄臣公司是主要经营家庭清洁用品、个人护理用品和杀虫产品的领先世界的制造商之一。

的卡片——用一层层蓝色和绿色的餐巾纸折叠而成——嗯，虽然那纸有点褪色，但挺美的。

事实上，在贝斯犹太人医院头脑清醒之后，我想起了母亲，觉得自己连一点感恩之心也没有。我生孩子的时候，你握着我的手；妈妈生我的时候，我的父亲却无法握着她的手。上苍赐予我一个还活着的丈夫，让我痛苦之时去紧握他的手，我却险些把这只手捏碎。

不过，我们都知道，女人分娩的时候可能会变得粗暴。我承认，在我情绪最激烈的时刻，或许还会带点敌意，对此我应该忏悔。好在过了一会儿我就感到窘迫，亲吻了你。那时候，医生还没有把呱呱坠地、身上沾着血污的宝宝马上放到母亲胸脯上吮吸的习惯。他们给孩子剪脐带、擦拭身体的时候，我们有几分钟独处的时间。我非常兴奋，抚摩着你的胳膊，把脑袋放到你的臂弯里。我还没有抱过自己的孩子。

但是，我却不能轻易脱离苦海了。

1983 年 4 月 11 日之前，我总认为自己是个非同寻常的人。可是自凯文出生后，我渐渐意识到，我们大家都是彻头彻尾的普通人。（或许正是这个原因，谁都觉得自己与众不同。）在某些特定的情况下，我们对自己有着非常明确的期待。那是对自己的要求。有些要求不高：如果有人为我们准备了一场惊喜派对，我们应该感到高兴。还有的要求比较高：比方说，父亲或者母亲死了，我们应该悲痛欲绝。可是，跟这些期待如影随形的是，私下里我们会感到害怕。因为我们可能无法按照惯例行事。比如，接到一个重要电话，说母亲去世了，我们却什么感觉都没有。我怀疑，这种难于启齿的恐惧是否比对坏消息本身的恐惧更强烈？你会发现，自己简直是个怪物。如果这还不太吓人的话，还有更让人寝食难安的事情：自我们结婚后，我一直生活在恐惧之中，生怕你有什么不测。我心里想，倘若那样的话，我肯定会崩溃。但是，与此同时，又总有一团奇怪的阴云，一种暗暗的担心——我这样说你不介意吧——担心我或许压根儿就不会崩溃。我也许当天下午就会高高兴兴地跑去打壁球。

事实上，这种私下里的恐惧感极少变得过于自负。这来自一种天然的信任。你必须保持这样的信念，如果不可想象的事情真的到来，绝望不请自来，悲痛也不需要你特意召见，这更不是一种你需要训练的技巧。约定俗成的快乐不也是这样吗?

因此，与悲剧相伴的甚至会是一种如释重负的感觉。倘若发现伤心之事真的能让我们伤心，那就会让我们觉得自己还保有人性（尽管考虑到人们的所作所为，把它等同于同情或者情感能力有点怪异）。我正好有个例子，富兰克林。有一次去上班，我正在9W公路上开着车，一辆嘉年华汽车右转弯时在马路牙子边撞上了一辆自行车。右侧车门把自行车的前胎挤扁了，骑车人被甩过车顶。那人以一种很难想象的姿势摔到地上，就像一个笨手笨脚的学美术的学生画的画。我的车已经开过去了，但是从后视镜中可以看到，随后驶来的三辆车都停了下来，靠在路边施救。

从这样的不幸中寻求安慰似乎有点变态。这些下车打电话叫急救车的司机很可能谁都不认识这个骑自行车的人，也没有义务非得为他忙前忙后。但他们仍然对他表示出足够的关心，全然不顾这样做会给自己带来麻烦，要去法庭做证。对我而言，这一幕让我浑身发抖——双手在方向盘上抖动，嘴角下垂，口干舌燥。但为了开脱自己，我还是找到了足够的理由。对陌生人的痛苦，我仍然感同身受。

然而，我知道不按常理出牌是什么滋味。惊喜派对？我居然会提到这玩意儿，真是挺有意思。快满十岁的那个星期，我感觉到会有什么事情降临。他们压低嗓门儿说话，关起门不让我听见，还频频使眼色，点头不语。贾尔斯嘟囔着说：“你会大吃一惊！”到了8月的第二个星期，我知道他们说的那天就要到来。等那一天终于到来的时候，我焦急不安到了极点。

生日那天下午，时间还早，他们叫我到后院去。

“有惊喜哦！”我被叫回到屋子里的时候听到大家这么说，我发现就在我试图从厨房窗帘外面偷看的时候，我的五个好朋友悄悄地从前门溜了进来。起居室被挤得水泄不通，他们围坐在一张牌桌边，上面铺着镶蕾丝花边的纸桌布，摆放着五颜六色的纸盘子，旁边放着写着母亲娟秀字迹的座位卡。干这个她可真是内行。还有从商店买来的最受欢迎的聚会用品：小竹伞、会发出雁叫声的噪声制造器，还有从面包房买来的蛋糕。她还把柠檬水染成漂亮的粉红色，看起来更富有节日气氛。

我的脸一下子沉了下来，这无疑没有逃过母亲的眼睛。小孩子不会掩饰自己。派对上，我郁郁寡欢，沉默不语。我把小竹伞打开又合上，一会儿就没了兴致，真怪！以前，一些女孩子参加派对（我不在受邀之列），回到学校之后，带回来的正是这种粉蓝相间的阳伞。那时候，我多么羡慕又嫉妒啊！现在我知道了，这种阳伞一包十个，装在塑料袋子里，轻而易举就能买到，甚者连我们这样的小孩子都能去买，于是我对它们的喜爱大打折扣。有两位客人我不怎么喜欢。父母永远搞不懂你的朋友。蛋糕上面有一层糖衣，像个塑料小怪物，除了甜没有别的味道，还不如我母亲自己烤的好吃。礼物比平时多，但是我只记得，每一件礼物都让人失望。而我尝到了成年的滋味，那是一种无法诉说的“没有退路”的感觉。这种感觉孩子们都能体会到。我们坐在一间屋子里，无话可说，也无事可做。晚会结束了，蛋糕屑和包装纸撒落一地，我顿时放声大哭。

听上去我是个被宠坏了的孩子，其实我并没有被宠坏，以前我过生日都没怎么庆祝。如今回想起来，真觉得自己可耻。母亲费了那么多的心血。她的小本生意不太挣钱，这种情况持续了很长一段时间。她得花一个多小时画一张卡片，只卖两毛五，顾客还嫌贵。就我们家微薄的收入而言，这次生日聚会的开销已经够大了。母亲对于我这种表现可能疑惑不解。换了别的家长，可能会因为孩子不领情而在屁股上狠揍一通。我脑子里到底想了些什么让我觉得自己的惊喜派对这样令人失望呢？

什么也没想，或者说没有什么特别的想法，脑子里没有什么具体的印象。问题在我身上。我一直期待着某种宏大的、无形的东西，铺天盖地、妙不可言，甚至想象不出来。母亲给我办的派对上的活动都在我的意料之中。正因为这样，即使她请来一支管乐队，请来几个魔术师，我也照样垂头丧气。无论多么奢华都不过分。因为那些东西都是有限的，按照固定的程式，不是这样，就是那样，只是些事实而已。

关键在于，他们第一次把凯文送到我胸前的时候，我并不知道有什么事情会发生在我的头上。我并没有具体想到什么。我在想象自己无法想象的东西。我想脱胎换骨，我想激动不已。我期待打开一扇门，让一道全新的风景展现在我的面前，那风景我从未目睹。我期待着某种启示，而这种启示本质上是不可预知的。它许诺了一种我们还不曾亲身经历的东西。如果说十岁生日教会我什么的话，那就是：期待越高，危险越大。

我可能没有说清楚自己的想法。我当然有过担忧。我对做母亲的期待非常高，否则我不会答应去尝试。我曾经迫不及待地听朋友们说：“有了孩子，你才知道做母亲是怎么回事。”每次我表现出不喜欢婴儿或者小孩子的时候，都会有人劝我：“以前我也是这样！忍受不了别人的孩子！但是等你有了孩子，一切就都变了。”我希望能出现另一个国度，在那片神奇的土地上，如你所说，傲慢的卑鄙行为会奇迹般地转化成“大问题”的答案。我可能没有说清楚对外国的感觉。没错，我是有些旅行疲劳。没错，登机前我总是要跟莫名的恐惧作斗争。但是一旦踏上纳米比亚或者中国香港，甚至卢森堡的第一步，我便开心得像风筝在天上高高飘起了。

那时候，我没有意识到的是，你热恋上了自己的孩子。不仅仅是爱。你是坠入爱河。就在那一瞬间，在你第一次见到他们的时候——那种感觉无法形容。布莱恩跟我说过这样的话。我真希望他能描述一下，真希望他已经尝试过这样的爱。

莱茵斯泰因大夫把婴儿放到我的胸前。她小心翼翼地把小东西放下——我很高兴终于看到她的这份柔情。凯文浑身上下湿漉漉的，四肢耷拉着，脖子上还沾着血迹。我伸出手，怯生生地搂住他的身体。他懒洋洋的，皱巴巴的小脸露出愠色。我只能把他的疲乏解释为缺乏热情。吸奶是人与生俱来的本能之一，但是当他的嘴巴对着我胀大了的褐色乳头时，小脑袋却鄙夷地歪到了一边。

尽管事先他们就告诉我，说我不可能像咖啡厅的牛奶机那样马上就能分泌乳汁，可我还是不停地尝试。他呢，不停地抵制。另外一个乳头他也不喜欢。而我一直在等待。我浅浅地呼吸，静静地等待。可是大家都说……我暗自思忖。接着，心里闪出这样一个念头：要当心"大家都说"的事情。

富兰克林，我觉得……心不在焉。一直在心底寻找这种新的、无法形容的感情，就像在一个装满银器的抽屉里找土豆削皮器，无论怎样乱翻、无论多么费力，还是找不到。土豆削皮器总是在抽屉里放着的啊。在小铲子下面，肯定是滑到摞在一起的餐具下面了……

"他多么好看呀。"我低声说，我说了一句电视里经常说的话。

"我可以抱抱他吗？"你怯生生地问。

我把孩子举起来。刚刚出生的凯文一直在我胸前痛苦地扭动，可是他却伸出一条胳膊挽住你的脖子，似乎这才找到了真正的保护神。我看着你的脸，看见你闭上一双眼睛，脸颊贴在儿子身上。我意识到——如果你不觉得听起来过于轻率的话——我会说，土豆削皮器找到了。眼下的情景显得如此不公。显然你在哽咽，喉头涌动着无法用言语表达的惊奇，就像眼巴巴看着你吃蛋筒冰激凌而不肯与我分享一样。

我坐起身来。你迟疑了一下把他还给了我。这时凯文开始尖叫。我抱着仍然不肯吃奶的孩子，十岁生日聚会时的感觉又向我袭来。我们在这里，坐在屋子里，似乎没有什么可说的，也没有什么可做的。时间慢慢过去，凯文有时咧嘴哭号，有时有气无力地停下来，有时焦躁不安地扭动着。我第一次不无恐惧地感觉到，这才是只能称之为令人厌烦的东西。

哦，别。我知道你会这么说的。我累坏了。经历了三十七个小时的分娩，除了疲倦、麻木之外，倘若还能有别的什么感觉的话，那太可笑了。这时候幻想什么美丽的烟火那才怪呢！孩子就是孩子。你会让我想起给你讲过的小故事。我在格林贝上大学三年级的时候第一次出国。飞机进入马德里的机场跑道时，我莫名其妙地感到不爽，原来西班牙也有树啊！“西班牙当然会有树！”你取笑道。我很尴尬。我当然知道它有树——以某种方式明白这个道理——有天空、大地，还有人走来走去。噢，没有什么两样啊。后来你又借这个小故事解释说，我的期待总是太高，高到荒唐的程度。我对外国情调的渴望本身就具有自我毁灭性，因为一旦抓住了这个世界本来不存在的东西，它就成了这个世界的一部分，就一文不值了。

另外，你还劝我说，为人父母不是一蹴而就的事情。事实上，孩子——最近才成为现实——让人感到不安很可能是因为我还没有真正面对这件事情。我把自己弄得头晕眼花。对，我确实给弄得头晕眼花。我不是没心没肺，也不是缺乏感情。另外，有时当你过于严格地审视自己，审视自己的感情时，它们就会悄悄溜走，让你捕捉不到。我觉得大概我是努力过度，把自己弄得情感瘫痪了。难道我不明白这种强烈感情的自然涌现是信仰所致吗？当时我的信念不太坚定，竟然让潜在的恐惧暂时战胜了自己。我只需放松，任其自由发展。天哪，休息一下吧。我知道你会这么说，因为我对自己也是这样说的。而一切都还没有开始。我没有按照常理出牌，我如此阴郁地让我们和我们新生的孩子失望。坦率地说，我就是一个怪人。

医生为我缝伤口的时候，你主动要求抱走凯文。我知道我应该拒绝，却没有这样做。终于摆脱他了，我感激不尽。你知道吗，我当时很生气。我害怕，我为自己感到羞愧，但是我也有一种被欺骗的感觉。我期待我的惊喜派对。我想，要是一个女人不能靠自己的力量达到这样一个境界的话，那她还有什么用？从这一刻起，世界发怒了。沮丧透顶、双腿打开的我发誓：虽然我已经学会了暴露自己的“隐私”部分让全世界看，但我永远不会对这个世界上的任何一个人说：分娩一点儿都没有令我激动。有一句话你不能说：“永远不要告诉我，你后悔要了我们的孩子。”现在我也有了自己难以启齿的话。后来在公司里回想起这一刻，我终于找到了那个词——“难以名状”。布莱恩是个了不起的父亲。为了那一天，我宁愿向好朋友借用他的温柔。

伊娃

2000 年 12 月 18 日

亲爱的富兰克林：

今天，我们旅行社开了圣诞派对。欢乐的气氛并没能让六个恨不得卡住对方喉咙的家伙消除敌对立场。我们之间基本上没有什么共同点，但是总的来说，我还是很高兴有他们做伴的——我们一起一边吃三明治，一边闲聊。倒不是推心置腹地交流思想，而是谈些日常的关于巴哈马群岛旅游的成套服务（有时候我对订飞机票繁忙的业务非常感激，甚至感激到想哭）。同样，大家温暖的身体相互靠近，也可以给心灵以慰藉。

经理雇用了我，她真是个好人。“星期四事件”伤害了住在这一带的那么多人，旺达一开始的确有些担心，怕一旦勾起对这件事的回忆，人们便不再来预订旅行。平心而论，邻居们还算不错。一般来说，当有顾客特别真诚地对我道一声“节日快乐”时，我马上就能分辨出他是否认出我了。对我感到失望的是那些同事。他们一定以为接触各种各样的名人就能够让自己也多少有点与众不同。他们希望我能提供一些惊悚故事，这样一来，和朋友外出就餐时就有个话题能聊了。可是他们的圈子离我太远了，我怀疑那些朋友未必觉得我有什么了不起。我的故事绝大多数都平平淡淡。他们只想听一个故事，而这个故事早在我加盟旅行社之前他们就已经了如指掌了。

旺达是个离了婚的女人，体形肥硕，笑起来简直震耳欲聋。她本以为能和我成为“铁姐们儿”。我俩第一次在一起吃午饭的时候，饭还没吃完，她就已经告诉了我许多秘密：她的前夫一看见她小便就会勃起；她刚刚做了个痔疮手术；还有，以前她老是不能控制自己在商店里偷东西，直到三十六岁那年差点被萨克斯服装店的一名保安抓住才戒掉这一恶习。我回报她说，在那个玩具般的公寓住了六个月之后，我终于去买了窗帘。你不难看出，听了我的话，她的积极性会大打折扣，因为她付出甚多却回报寥寥。

于是，今天晚上旺达把我拦在传真机旁边。她说，她并不是想打听别人的隐私，但是我是否找到“帮助”了呢？我当然明白她的意思。格拉德斯通高中全体学生都由校董会提供了免费的心理咨询。就连今年才进校、1999 年还没有注册的学生中也有人声称自己心里有阴影，并且参加了心理治疗。我并不想表现出对这些做法怀有敌意，于是十分诚恳地告诉她，我不大相信仅仅依靠反复对一个陌生人倾诉就能减轻烦恼，哪怕一点点。心理咨询只能为那些人在逻辑上提供出路。因为他们的问题是一时的幻想，而不是历史事实问题。于是，我提出不同意见，说我以前也跟搞心理咨询的人打过交道，只是结果并不理想。我更没有提到，我儿子心理保护的失败已经成了全国所有报纸的头条新闻了。而且，倘若我告诉她，目前我能找到的唯一的“帮助”是给你写信的话，恐怕也不是明智之举，富兰克林。因为，不知怎的，我十分肯定，给你写信不在别人给我开出的“处方”之中。我需要“跨越”以便“了结”的核心恰恰是你。想起来真让人不寒而栗。

早在 1983 年，我就困惑不解，为什么人们认为产后抑郁症这样标准化的精神病学标签能对病人起到安慰作用？我们的同胞似乎特别看重给微不足道的病痛贴上一个标签。假如一种疾病很普遍，给它取个名儿，说明得病的不只是你一个人，就可以像在互联网聊天室和社区互助团体里一样，在几种可能中做出选择。这种情形甚至渗透到美国人的聊天之中。我不记得有谁曾经对我说他“睡了好久才醒来”，只记得人家对我说，他不是一个早起的人。所有那些旅行伴侣，倘若说自己喝上几大杯咖啡才能彻底醒过来，你就必须让他说明白，是不是给他几棒子，他也不想起床跑上十英里？

对于自己符合规范的倾向，我可能重新欣赏，包括并非不理智的期待。那就是怀孩子的时候我真的有所感觉，甚至是一种很美妙的感觉。但是我并没有那么大的改变。我从来没有从跟别人一模一样中得到安慰。莱茵斯泰因大夫说这是产后抑郁症，仿佛是给我送了个礼物。仿佛仅仅有人对你说你不开心，就会让你开心起来似的。我花钱请医生又不是为了这些显而易见的、仅仅是描述性的结论。这个术语根本不是什么治疗疾病的方法，而是一个啰唆的“同义反复”：我在凯文出生之后很抑郁，因为我在凯文出生之后抑郁。多谢啦。

她还告诉我，因为凯文一直对我的奶水不感兴趣，所以我可能因为被拒绝而情感受挫。我脸红了。我还会在意这个还没有完全成形的小不点儿莫名其妙的偏好吗？真是令人尴尬。

她说的当然没错儿。起初，我觉得是自己什么地方做得不对，没有对他的嘴巴进行合理的引导。可是我没做错什么呀！我把乳头放到他的双唇之间，还能往哪儿放呢？他吮吸了一两次，把小脑袋转到一边，带点蓝色的乳汁顺着他的下巴流了下来。他咳嗽起来，甚至要呕吐。后者也许是我想象出来的吧。我去看急诊时，莱茵斯泰因大夫只是说了句“有时候难免出现这种情况”。天哪，富兰克林，为人父母之后，你发现的事情居然是有时候难免会出现！我简直要发疯。她的办公室里到处都是宣传页，告诉你怎样建立起宝宝的免疫系统。我尝试了所有的方法。我不喝酒，不吃任何奶制品。我还戒掉了洋葱、大蒜和辣椒，做出了巨大的牺牲。我不再吃肉和鱼。我给自己建立了一个无麸质的王国，结果能吃的只有一碗米饭和一份没有加调味品的沙拉。

最后我饿坏了，而凯文仍然坚持他单调的饮食习惯——用奶瓶喝冲泡的奶粉，是用微波炉加热过的，而且只有你喂他才行。把我的奶挤到奶瓶里喂他，他也不喝，连吸都不吸就挣扎着要摆脱奶瓶。他能闻见。他能闻见我的味道。我带他去做了测试，他并不过敏。至少从医学意义上来讲不过敏。我的乳房以前那么小巧，现在却变得肿胀、疼痛，还往外漏奶。莱茵斯泰因大夫十分坚决，说我不能让奶干枯了，因为有时候情况会出现逆转——富兰克林，她用的就是这个词“逆转”——会有好转。我一直都没有掌握好使用高速泵的诀窍，真叫人难堪而痛苦，不过你真好，出去给我买了那个电动吸奶器。我越来越讨厌那玩意儿，因为它不是一个吮吸乳汁的婴儿，抱在怀里十分温暖，而是一个冰凉的塑料替代品。我煞费苦心，想给他饱含人类慈爱的母乳，他却不想要，或者说，他是不想要我的乳汁。

我不应该有情绪，但是我怎样才能做到不带情绪呢？他排斥的不是母亲的乳汁，而是母亲本人。事实上，我开始相信，这个尚在襁褓之中的我们的快乐之源已经把我看透了。婴儿有非常强的直觉，因为他们除了直觉一无所有。我抱起他的时候，我敢肯定，他会发觉抱他的是我，我的双臂僵直就是证据。我相信，当我和他咿咿呀呀说话的时候，他能够听出我的声音中带着气恼。因为咿咿呀呀对我来说不是自然而然发自内心的。他早熟的耳朵能从无休无止的爱抚的声音中听出一种阴险的、控制不住的讽刺意味。还有，我在什么地方看到过——抱歉，是你看到过——对婴儿微笑十分重要，这样才能引出他对笑的反应。我不停地对他微笑，直到脸僵硬发疼。我的脸发疼时，我敢肯定他能感觉到。每次我逼迫自己微笑，他清楚地知道我并不想笑，因为他从来没有回报过我，冲我笑一下。自打来到这个世界，他没有见过多少微笑，但是他见过你的微笑，这足以让他认识到，相比之下，母亲的笑有点问题。嘴角翘起来的样子有点假。从他在婴儿床上学着翻身的时候，我的笑容就消失得太快。凯文就是这样学到的吗？在看守所，他那种木偶似的笑，似乎有人用线牵着。

我知道你不大相信我说的这些话，但是我的确做出过艰苦的努力，想跟儿子建立起良好的感情。不过，以你为例，我对你的感情从来不需要训练，从来不需要像在钢琴上练习音阶那样弹来弹去。但当我越努力想跟儿子接近，就越意识到我的努力本身令人憎恶。温柔应该是由心而发的，而我最终都是靠模仿学来的。于是，让我陷入抑郁的并不仅仅是凯文，或者是因为你的感情越来越多地转移到凯文那边。是我令自己压抑。是我犯了精神渎职罪。

凯文也让我压抑。我说的是凯文，而不是那个小宝宝。从一开始，这个孩子对我来说就非常特别。你常常问“孩子怎么样？”或者“我儿子怎么样？”或者“宝宝呢？”对我来说，他从来就不是“宝宝”。他是一个非凡的、不同寻常的个体，十分狡猾，他来到人世，和我们待在一起，只是一个非常小的小人儿罢了。对你来说，他是“我们的儿子”——噢，你曾经把我排除在外，只说是“我的儿子”。你对他一往情深，不离不弃。我敢肯定，他能感觉到这一点。

你得到你的“备份”后——我说这些话没有丝毫批评的意味，要呵护他（她），不管他（她）是好还是坏。这种压倒一切的忠诚，其对象实际上是一个幻想，是一个孩子的抽象概念。这种不管不顾的爱一定比把他们当作活生生的、难缠的人来对待时更为强烈，而且还会支撑着你，在日后等他们作为个体的人让你感到失望时，还会继续去爱他们。而我呢，我不可能跟理论上的孩子立下这种泛泛之约。而且最终，当凯文在“星期四事件”对我的母爱做出挑战（“完美”到无以复加的挑战）时，我也没有诉诸于这样的立约。从前选举的时候，我不是投票给哪个党派，而是投给候选人。我的意见很普通，就像我的食品柜，仍然摆满了来自墨西哥城的欧芹酱、巴塞罗那的凤尾鱼、曼谷的柠檬叶。我以前不反对堕胎，但是痛恨死刑。我想这大概说明，在我看来，只有成年人的生命是神圣的吧。我的环保习惯比较怪异。为了节省水，我会在抽水马桶的水箱里放一块砖，但是在经历了欧洲可笑的水压以及无数漏水的喷头之后，我又会在哗哗哗的热水下面美美地洗上半个小时的淋浴。那时候，我的储藏间里飘着印度的纱丽、加纳的紧身衣和越南的奥黛。我说话的时候常常冒出几个进口的词语——“gemutlich”“scusa”“hugge”“mzungu”。我把地球上各处的东西都混在了一起。你以前有时候担心，觉得我从来都不热衷于任何事物、任何地方。但是你错了，我只是热衷的事物太广泛而显得不具体而已。

基于同样的理由，我不能爱上某个孩子，但是，我会迫不得已爱这个孩子。我与这个世界有着千丝万缕的联系，而你与之只有坚韧的“纲领性”的联系。爱国主义也是同样的道理。你喜欢美国的理念远远胜过这个国家本身。正是你对美国的渴望，使你能够无视这样的事实：在纽约史瓦兹玩具店外面，美国的父母们彻夜排队，等着买限量版的任天堂游戏，他们随身带着的保温瓶里装着杂烩好让他们充饥。在不同凡响之中蕴含着俗丽。抽象概念之中蕴含着豪华、卓越和永恒。世俗的国家和某些恶毒的小男孩会下地狱，而国家的概念和儿子的概念会天长地久。尽管我俩都从来不去教堂，但我得出一个结论，你天生是个具有宗教感的人。

最终，我患上了乳腺炎。（我曾试图找出到底是哪种食物让凯文拒绝喝我的乳汁，现在这一令人绝望的研究总算是告一段落。）也许因为营养不良，我的免疫力下降？也许为了让凯文吃奶，不停地尝试，直到弄破乳头，被他嘴里的什么细菌感染？不管怎么说，他对母乳的敌意，让我感染了。似乎从诞生之日起，他就是我们两个人中更老于世故的一方。

乳腺炎早期，人只是感觉到疲倦乏力。因此，从一开始我没有发现任何症状就不难理解了。短短几个星期，他就把我累坏了。我想，你一定到现在也不相信，他一阵阵发脾气，一发起来就持续六到八个小时。因此，与其说那是一阵阵，还不如说是他的自然状态。虽然你见到他也有安静期，但那只不过是他对自然状态离奇的偏离而已。所以，更准确地说，我们的儿子是一阵阵地安静。听上去这完全是疯话，但事实确实如此。我和凯文单独在一起的时候，他凭借早熟的意志力无休止地尖叫。而你一踏进家门，尖叫声立马停止，那样迅速，似乎是关掉了一个重金属摇滚乐的广播频道。天哪，像是故意的。而这安静“震”得我仍然耳鸣不已。那时候，你会在我们熟睡的天使面前弯下腰。你哪里知道，他只是刚刚开始睡觉，靠睡眠来缓解他号叫了一天的疲劳。我忍着剧烈的头痛，却从来没有因此怪罪于你。让我不能忍受的是，这个小东西在你我面前判若两人，结果造成你我之间的不信任。那种不信任日积月累，非常微妙。回想往事，我有时候会有这样的错觉：还在婴儿床上时，凯文就已经在学习如何分裂和征服了。他想出坏主意，凸显强烈对比的性格，让你我之间产生争执。凯文的脸型轮廓分明，完全不像婴儿；而我自己呢，还是一张娃娃脸，像马洛·托马斯[1]那样容易轻信。似乎当他还在子宫里时，就已经像水蛭一样把我的精明全都吸走了。

没孩子的时候，我以为婴儿的哭泣没有多大的差别。无非有时声音大，有时声音小。当了母亲之后，我的听觉变得敏锐了起来。有时候婴儿大哭是因为他有说不出来的需要。那其实是孩子对语言的首次探索，寻找表示太湿了、肚子饿了或者被针扎了的声音。有时候是因为恐惧而尖叫——旁边没人，也许永远不会再有人了。也有那种无精打采的哭声，有点像中东地区让人们进寺庙朝拜的召唤，或者即兴唱起的歌。也有颇具创意的哭喊，开心的哭喊，因为婴儿没有不开心的时候。他们不懂得，对于哭，大人是有节制的，只有悲痛时才哭。所有这些哭声中，婴儿习惯性的无声的啜泣最让人难过。他也许痛苦至极，但是因为被忽视或者因为有先见之明，不再期待这痛苦会有所消减。襁褓之中，他就已经死心，接受了活着就是受苦的观点。

噢，我想，新生儿跟长大的孩子一样有很多哭的理由。但是凯文

---

1 美国知名女演员，曾荣获艾美奖、金球奖及格莱美奖等。

没有采用任何一种合乎标准的流泪模式。没错，你回家之后，有时候他会像正常婴儿要吃或者要换尿布时那样哼哼几声。你满足了他的要求，他就会闭上嘴巴。然后你就会看着我，似乎在说，瞧，他难道不乖吗？我真想给你一拳头。

一旦你不在家，凯文跟我单独在一起的时候，就不会被诸如牛奶或者干尿布这样美好而又转瞬即逝的东西收买。假如害怕被遗弃会导致哭声的分贝值达到工业用的电锯水平的话，他的孤独就表现得十分纯粹，那是一种可怕的、切实存在的纯粹。一头形如槁木的母牛在旁边不停地打转转，满身的白色液体散发着让人恶心的味道，而那哭声丝毫不会因之而减弱。而且，从这哭声中，我听不出诉求、绝望或者无名的恐惧。相反，他的哭声像武器一样抛出来，犹如棒球棒猛击公共汽车候车亭，足可以把我们的阁楼四壁给拆毁。他一边哭，一边用拳头打着婴儿床，踢着小毯子。有时候，我拍一拍，摸一摸，换了尿布之后，会后退一步，欣赏他的表演。他可真像个运动员。毫无疑问，推动这样了不起的内燃机的就是提纯过的、可以永远更新的燃料——愤怒。

“有完没完？”你可能会说。

他刚换了干尿布，他吃饱了，睡足了。我一会儿把毯子给他盖上，一会儿又撤掉。他既不冷也不热，十分惬意地打了个饱嗝。我凭直觉知道，他并没有患上疝气。所以，我知道凯文不是因为疼痛而哭，而是因为愤怒而哭。他仰面朝天躺着，脑袋上方挂着各式各样的玩具，床上还有橡胶块。他的母亲休假六个月，每天陪在他身边。我一次又一次地把他从床上抱起来，以至于胳膊都疼了。你不能说他缺乏关注。就像十六年之后报纸上常常说的那样——凯文要什么有什么。

我总结出一个道理，其实可以用最原始的坐标尺来衡量大多数人的生活。他们在这个坐标尺上的位置和其他所有特质相关。他们对这把尺子喜欢的程度，决定了他们在这个世界生活的状态。我想，那时候凯文憎恶自己的生活。我想，他不在这把尺子上，他无比憎恨生活在这个世界里。他可能还保存着些许的精神记忆，还记得被我怀上之前的某些东西。跟我的子宫相比，他更怀念前者。可是它们气象万千却不复存在。令凯文无比愤恨的似乎是，没有人问过他是否愿意日复一日地躺在婴儿床里，而那个婴儿床里的任何东西都提不起他的兴趣。他是我见到过的最没有好奇心的小男孩，只有几次例外，而这几次例外让我想起来都要打冷战。

一天下午，我比平时更加疲惫不堪，还有点头晕眼花。好多天来我都觉得冷飕飕的。那是5月末。大街上，纽约人都穿着短裤。凯文已经开完了他的“名家演唱会”。我蜷缩在沙发上，盖着毯子，想起你比以前揽了更多的活儿就一肚子气。真无公平可言！作为一个自由职业者，你不希望你的老顾客找别人选外景，而我自己的公司却可以交给下属打理。你会说，那玩意儿，反正跑不了。但是，不管怎么说，这意味着我整天陷入无奈与无助之中；而你呢，快快乐乐地坐在浅蓝色皮卡里，透过车窗眺望辽阔的田野，看是否正有颜色合适的母牛。我想，如果颠倒一下，掌管一个蒸蒸日上的公司的是你，而我只是一个自由职业者，干选外景的活儿，你一定说，伊娃，快别干了！

电梯咣当一声颤颤巍巍地停下来时，我恰好注意到我右乳上有一小块地方变得通红，一摸就疼，还有些发硬。左乳上也有一个硬块，而且面积更大。你推开栅栏门，连招呼也不打，就径直走到婴儿床前。我很高兴你变成一个如此专注的父亲，但是你该记得，在我们这个阁楼里的另外两个人里，还有你的妻子明白“哈罗”这个词的意思。

“拜托别把他弄醒，”我压低嗓门儿说，“他刚躺下二十分钟，比昨天还糟糕。我怀疑他不是睡着，而是哭晕过去了。”

“是吗，他吃了吗？”你根本不听我的请求，已经把他抱在怀里，轻轻抚摩着他熟睡的脸。他看起来似乎心满意足，也许已遗落在沉沉的梦里。

“吃过了，富兰克林，”我有点控制不住自己，“小凯文哭闹了四五个小时，简直要把房顶掀翻，我哪能不把他喂饱呢？你干吗打开炉灶？”

“微波炉会破坏营养成分的。”那是你在麦当劳吃午餐的时候从婴儿书上看到的。

“有些东西他想要又不能开口去要，要弄明白他的意思可没那么简单。绝大多数时候，他根本不知道自己想要什么。”我看见你的一双眼睛望着天花板，似乎在说，天哪——老兄——你又来这套了！“你觉得我在夸张？”

“我可没那么说。”

“你觉得他有点‘性急’。他有时是有点‘过头’，因为他饿……”

“听我说，伊娃，我知道他脾气有点不好……”

“瞧瞧，脾气有点不好。”我披着毯子步履蹒跚，向厨房走去，“你不相信我！”我出了一身冷汗，脸上红一阵，白一阵。走起路来脚后跟生疼，疼痛感一直蔓延到左胳膊。

“我相信，你是想开诚布公地谈谈，说你觉得很艰难。但是你当初是怎么想的呢，像在公园里遛弯儿那么轻松？”

“这可不是在公园里轻轻松松地遛弯儿，简直像是在公园里被人打劫了一样！”

“瞧瞧，他也是我的儿子。我天天看着他。有时他哭上几声。那又怎样呢？要是不哭我还担心呢。”

显然，你不相信我的话。我得拿出新的证据。“你知道吗，楼下的约翰威胁要搬出去住。”

“约翰是同性恋，同性恋者都不喜欢孩子。整个国家都反对孩子——我刚刚注意到。”你语气凝重，一点儿也不像平常的样子。除此之外，这也是你第一次谈论真正的美国，而不是你头脑中的那个飘扬着星条旗的英烈祠[1]。“看见了吧？”凯文在你肩膀上醒来了，然后就老老实实地开始喝奶，连眼睛都没有睁开。“很抱歉！但是在我看来，大多数时候，他脾气都还不错。”

“他现在可不是脾气好，而是精疲力竭了！我也一样。我累坏了，浑身难受，头晕眼花，一阵阵发冷。我怀疑是发烧了。”

“哦，那真糟糕，”你一本正经地说，“你休息吧。我来做晚餐。”

我瞪了你一眼。这样冷漠的话哪里像是你说的呢？！这么一点点不适，我应该尽量克服才是，干吗要大惊小怪呢？为了让你像从前那样对我的身体表示关切，我接过奶瓶，把你的手放到我的额头上。

“摸上去有点热。”你说着马上把手拿了下去。

我有点支持不住了。我的皮肤和毛毯接触的地方都疼得要命。于是，我踉踉跄跄地回到沙发上，头晕目眩，似乎是因为一下子明白了这个道理：你在生我的气。孩子没有让你失望，让你失望的是我。你本以为自己娶了个“铁娘子”。结果呢，你的妻子是个“怨妇”，就是她自个儿从前谴责的那种乖戾的美国人。吃得太饱，总是愤愤不平。对于这种人来说，一连三次没有接到联邦快递送来的物品，仅仅需要到库房去取，这样稀松平常的小事就让她觉得是无法承受的“压力”了。他们将大把大把的钱花在治疗和药物矫正上。甚至连凯文不愿意吃我的奶这件事，你都觉得责任在我。因为我，你没能让头脑中母爱的画面变成现实。在你的想象之中，温馨的星期天早晨，你懒洋洋地坐在床上，吃着涂了黄油的吐司，儿子在吃奶，妻子红光满面，乳汁多得滴滴答答流得满枕头都是，然后你下床去取相机，拍下这其乐融融的景象。

此刻，我觉得自己成功地掩盖了为人之母的真实感觉。也许掩盖

---

1　也叫瓦尔哈拉殿堂，北欧神话中死亡之神奥丁款待阵亡将士英灵的殿堂。

得太过分，几乎到了弃绝的边缘。婚姻中这么多的谎言只是为了保密而已。我本想开诚布公、得意扬扬地告诉你，医生诊断我得了产后抑郁症。那不是明摆着的事情吗？但是后来又强忍着没有这样做，而是把这个正式的诊断当作秘密，守口如瓶。同时，我带了许多编辑工作回家做，但是只翻了几页，就干不下去了。我吃不好，睡不香，最多每隔三天才能冲个澡。凯文的愤怒没法让世人接受，我不跟任何人见面，几乎不出门。每天，我所面对的就是一个猪肝色的搅拌器，搅拌着无休无止的愤怒。与此同时，我只能对自己默默地念叨："我应该爱这一切。"但因为心情郁闷，我并没意识到自己在说什么。

"要是你觉得应付不了，可以雇一个女孩子来帮忙，我们不缺钱。"你抱着儿子伫立在沙发旁边，就像苏维埃壁画中身材魁梧的农民，为了家庭和祖国勇于献身。

"哦，我忘记告诉你了，"我低声说，"我要跟办公室里的同事开个电话会议。我们正在研究非洲版的需求有多大。电话好像响过了。"

"由此可见，"你俯下身，声音低沉，热气灌进我的耳朵，"你可以去刚果寻找大蟒蛇，而由别人来抚养我们的儿子。"

"那个国家叫扎伊尔。"我说。

"这是我俩的事情，伊娃。"

"那你为什么总是跟他站在一边？"

"他生下来才几个星期！他还没有大到能够有自己'一边'的时候！"

我挣扎着站了起来。你以为我哭了，不过，我的眼睛的确在自顾自地流泪。我跌跌撞撞地走进卫生间，与其说是去取体温计，倒不如说是为了强调你没有帮我拿的事实。我回来的时候，嘴里插着体温计，你的一双眼睛再次望着天花板，我都不知道这是我想象出来的，还是真的。

我凑到灯下，仔细看着水银柱。"这里……你看看吧。怎么模糊不清。”

你心不在焉地把体温计对着亮光看了一眼：“伊娃，你弄错了。你可能把体温计放到灯泡或者别的什么东西旁边了。”你甩了甩体温计，又把它塞进我的嘴里，然后去给凯文换尿布了。

我慢慢走到换尿布的台子前，说“让我来换吧”。你看了一下体温计的刻度，白了我一眼说：“别闹了，伊娃。”

“你说什么？”这次，眼泪真的流了下来。

“你给体温计加热。这个玩笑可开得太过分了。”

“我没有给体温计加热！我只是把它放到舌头底下……”

“瞎扯，伊娃，真的是104℉。”

“哦。”

你看了看我又看了看凯文，第一次不知道该忠于谁。但你很快把他从桌子上抱起来，三两下放到婴儿床里。小家伙甚至忘记严格的“演出时间”，开始了他只有在白天才上演的“我恨这个世界”的尖叫。你一派令我倾倒的大丈夫气概，没有理睬他。

“对不起！”你突然把我抱起来放回沙发上，“你真的生病了。我们得给莱茵斯泰因大夫打电话，送你去医院……”

我困极了，渐渐失去了知觉。但是我的确记得，当时心里想，是不是有点小题大做了？要是体温计上刻度只是101℉的话，你会不会也这么做呢？你还会把凉凉的毛巾敷在我的额头上，在我的身旁放上冰水和三片阿司匹林，然后着急忙慌地给莱茵斯泰因大夫打电话吗？

伊娃

2000 年 12 月 21 日

亲爱的富兰克林：

刚才电话铃响了，不知道那个叫杰克·马林的人怎么会弄到我的电话号码。我的电话号码并不在邮局的黄页上啊，真叫人恼火。他自称是国家广播公司的纪录片制片人，要拍一个暂且叫作《课外活动》的节目。这个滑稽的名字听起来真够新鲜。但他很快就声明，这个名字和《格拉德斯通高中的痛苦》截然不同。那个节目是福克斯电视台仓促拼凑出来的。贾尔斯告诉过我，电视播出的大部分镜头都是哭泣或者祈祷活动的画面。我问马林，他明明知道对于我来说，那一天好比死亡，为什么还认为我愿意去录制这样一个节目，并且愿意对那一天的轰动效应进行事后剖析呢？他回答说，我也许想“从我这一边”讲讲这个故事。

“那会是哪一边呢？”在凯文出生七个星期时，我就认为他站在和我对立的那一边。这一点可是有据可查。

“比方说，你的儿子不是性侵害的牺牲品吗？”马林提示道。

“牺牲品？我们说的是同一个孩子吗？”

“那有关百忧解[1]的事情呢？”那种故意压低嗓门儿，显得同情心十足的声音一听就是装出来的，“庭审的时候，他就是拿这个为自己辩护的，而且有不少证据。”

“那是他的律师的主意。”我说得比较含糊。

“总体上来讲……也许你觉得凯文被误解了？”

真抱歉，富兰克林。我知道本来应该立刻挂断电话，但是除了办

1　一种抗抑郁药。

公室里的人之外，我极少跟外人说话……我说什么来着，似乎是“恐怕我不太理解我的儿子”。我还说：“要是这么说的话，凯文大概算得上整个国家得到最多人理解的青年了。行动胜于语言，对吧？我觉得他很好地表达了自己的人生观，比大多数人表达得都好。我觉得，你不如去采访一下别的孩子，那些在自我表达方面做得远不如他成功的孩子。”

“你觉得他想要表达什么呢？”马林问，他显得十分兴奋，好不容易找到一个如今已经难得一见的、活生生的精英母亲。这些父母非常奇怪，居然对在电视上露脸十五分钟根本不感兴趣。

我明知道，和他通电话是被录音的，我应该管住自己的舌头才对。可是我却脱口而出：“不管他想表达什么样的想法，马林先生，那个想法也是让人厌恶的。你为什么要给他一个旧事重提的场合呢？”

那位电话采访者开始胡诌，说理解陷入困境的孩子十分重要。如果能做到这一点，在类似的事情发生之前，“我们就能够预料得到……”我没等他把话说完，就打断了他：

“差不多十六年里我都能预料到会发生什么，马林先生，”我回击了一句，“确实大有帮助。”我挂了电话。

我知道他只是在工作而已，但我不喜欢他的工作。我讨厌寻找新闻的人在我的门口嗅来嗅去，就像闻到了肉味的狗。我厌倦了被他们拿来说事儿。

莱茵斯泰因大夫发表了一大通医学演讲，表明根本没有听说过这样的事情。后来，她被迫承认，我的两个乳房的确都患上了乳腺炎。她的诊断令我十分满意。我在贝斯犹太人医院待了五天，天天打抗生素，非常痛苦，但我开始慢慢珍视身体上的痛苦。因为这种痛苦我了解，这跟最近为人母的那种不可理喻的绝望完全不同。医院里简单而安静的生活让我如释重负。

你仍然不能摆脱养家糊口的狂热，或者也可能是——请允许我这样说——不想去验证我们儿子的“好脾气”，你趁机雇了一个保姆。或者应该说是两个保姆，因为等我回家的时候，第一个已经辞职不干了。

你其实不想主动告诉我这个消息。你开着皮卡接我回家的时候，不停地说希尔伯罕多么棒。我只好打断你：“她的名字不是叫卡洛塔吗？”

“哦，她呀。你知道的，好多这种女孩子是移民，一旦签证失效就擅离职守。她们根本不是真的喜欢孩子。”

皮卡被什么东西颠了一下，把我的乳房颠得火辣辣的疼。我并不想一到家就挤奶，那将是一个痛苦的过程。因为乳腺炎的缘故，医生要我每隔四个小时就挤一次奶，哪怕最终只是把奶倒进下水道。“卡洛塔应付不了吧。”

“我事先告诉过她要照顾的是个婴儿。一个很累人的孩子，会放屁，会打嗝……”

“……还会尖叫……”

“……婴儿嘛。可她似乎希望照顾一个……比方说，具有自我清洁功能的炉灶或者别的什么玩意儿。”

“于是，你赶她走了？”

“也不是。但是希尔伯罕简直是个圣人。大老远从北爱尔兰来的。也许经常遭受轰炸和各种苦难的人懂得，孩子是会哭的。”

“你是说卡洛塔辞职不干了。只干了几天。因为凯文有点……那个词怎么说的……‘古怪’？”

“只干了一天，要是你肯相信的话。中午我打电话问家里是否一切正常，她居然口口声声要我早点下班回家，好把她从照顾我儿子的苦难中解救出来。我本想一分钱都不给她，但又不想让她的公司把我们列上黑名单。”（颇有点先见之明。两年之后，我们真的上了她那个公司的黑名单。）

希尔伯罕的确是个圣人，乍看其貌不扬，一头桀骜不驯的乌黑鬈发，典型白皙的爱尔兰人皮肤。她的身材有点像布娃娃，关节处没有变窄，仿佛只是有点皱褶而已。尽管她还算苗条，但四肢呈筒状，没有腰身，给人胖乎乎的感觉。随着时间的流逝，因为善良的缘故，我觉得她越来越漂亮了。不过，当她对我说，她是学习启发课程[1]的基督教团体中的一员时，我有点害怕。我那时觉得这种人是狂热的信徒，担心每天都会面对他们的狂热。然而，这只是偏见而已。希尔伯罕不是那样的人。她后来几乎再也没有提起这个话题。也许就是靠这条不同寻常的宗教道路，她才摆脱了安特里姆郡老家的天主教与新教之争。她从来没有提到过自己的家乡。濒临大西洋，她似乎因此而与家乡进一步疏远。

你取笑我说，我这样喜欢希尔伯罕，只不过因为她是一个《飞行之翼与祈祷者》的忠实粉丝。她在欧洲旅行时，用的就是这本手册。她说，她还不知道上帝要叫她做哪一行，她想象不出比以全球旅行为职业更有意思的工作。这勾起了我对日渐远去的生活的怀念。她还点燃了我的自负，渴望有朝一日凯文也能这样想。当他长到足够大的时候，就能够欣赏父母的成就。我常常想到这样的一幕：凯文凝视着我的老照片，屏住呼吸问，这是哪儿啊？那是什么？你去过非洲？哇！可是，事实证明，希尔伯罕的赞赏有误导之嫌，而且误导得可怕。有一次，凯文的确面对我的一盒子老照片凝视良久，然后把煤油倒在了盒子里。

打了第二个疗程的抗生素之后，乳腺炎痊愈了。既然凯文不吃母

---

1　专为基督教外人士、慕道者、初信者和有心传福音的人而设的基督教信仰课程，整个课程为期十周。

乳，只吃配方奶粉，我就不再为他吃奶的事费心劳神，也就听任我的奶水干涸了。因为有希尔伯罕坚守阵地，那年秋天我最终回《飞行之翼与祈祷者》上了班。这让我如释重负。能够打扮得漂漂亮亮，手脚麻利地做事，用缓慢的、显得胸有成竹的语调说话，能够发号施令并且确保下属会严格执行，真是一件令人惬意的事情。我在日常工作中，找到了新的意义。我责备自己，不该说凯文故意在你我之间挑拨离间，不该把这种充满恶意的动机强加在一个混沌未开的小东西身上。对我来说，适应新生活比预想的要难得多。我不但渐渐恢复了元气，还惊喜地发现身材又变得苗条了，心想最糟糕的时期已经过去，我暗下决心，下次我的某个朋友生头胎的话，一定要表示同情。

下班回家之后，我常常要希尔伯罕多待一会儿，和我一起喝杯咖啡。能跟一个差不多只有自己一半年龄的女孩子聊聊天我很开心。倒不是因为我们之间没有代沟，而是因为跟谁唠叨唠叨我都挺高兴。我跟希尔伯罕吐露心声，因为这些话不能跟丈夫说。

“你肯定想孩子想疯了吧，”有一次希尔伯罕和我聊天时说，“周游世界，见到那么多了不起的人，享了乐还能挣钱，真让人难以置信！我无法想象你会放弃那样的生活。”

“我没有完全放弃，”我说，“一两年之后，我还会重操旧业。”

希尔伯罕呷了一口咖啡：“富兰克林也这样想吗？”

“他应该想到的。”

“但是他说过……”她有点吞吞吐吐，“你一出去就是好几个月……这种日子好像已经结束了。”

“有一阵子，我是有点腻味了——总也没有干净的内衣穿，法国火车工人老是罢工。可能因为这个，他误以为我真的不想做了。”

“哦，唉，”她不无遗憾地说。我怀疑她是不是意识到机会来了，想拨弄点是非，“你走了，他可能会很寂寞吧。要是现在你再去旅行，我不在的时候就只有他一个人照顾凯文了。当然了，美国不是有些丈夫在家看孩子，妻子出去工作的吗？”

“美国人各式各样，富兰克林不是那种类型。”

“可你是管理一个公司的头儿，当然能够承担……”

“那只是在经济上。一个男人，老婆上了《财富》杂志，自己却只能为插页上的广告寻找拍摄地点，已经够难为他的了。”

“富兰克林说，你从前一年有五个月在旅行。”

“可不是吗，”我说，语气有点沉重，“以后，我得缩短时间。”

“要知道……可能你已经发现，凯文这孩子不大好带。他是个……很不安分的孩子。这种孩子有时候长大点就好了。”她似乎是大着胆子毫不掩饰地说，“可有时候长大也好不了。”

你以为，希尔伯罕对我们的儿子忠心耿耿，但是我觉得，她是对你我忠心耿耿。除了照顾孩子的话题，她很少谈起凯文。她似乎只会说，新奶瓶已经消过毒，一次性尿布快用完了。对于这样一个充满热情的女孩子来说，这种机械的、就事论事的作风和她本人的性格并不一致。（尽管有一次她说：“他的眼睛像珠子一样亮晶晶，真的！”她笑得有点紧张，但是又立刻平静下来，“我的意思是——挺热情的。”）但是她喜欢我俩。你我都不受人雇用，她为这种自由所倾倒。而且，尽管不无福音派对“家庭价值”的浪漫，她心底显然有一种不安。不明白我们为什么要生个孩子拖累自己，危及令人炫目的自由。也许我俩给了她关于未来的希望。我们都人到中年，但是仍然听“汽车与乔·杰克逊”。即使她不喜欢骂人的话，但是听到一个年近四十岁的怪人指责一本不靠谱的婴儿手册是狗屎时，她没准儿还会感到极为振奋。还有，我们给她的工资不菲，还帮她承担教会的义务。我送给她一些像泰国丝巾这样特别的礼物。她反复感谢我的好意，弄得我有些尴尬。她觉得你帅呆了，体格强壮，亚麻色的头发披下来令人心动。我怀疑她有点“迷恋”你。

我们完全有理由相信，希尔伯罕对在我们家工作很满意，但是随着时间的流逝，她变得无精打采，这很怪，我迷惑不解。希尔伯罕虽然皮肤细腻，额头上却出现了那么多深深的抬头纹。我知道，爱尔兰人老了之后不禁看，但她太年轻，应该不至于这样。我从办公室回来的时候，她会显得焦躁不安。倘若我稍微表示出一点儿惊讶——婴儿食品又快吃完了？她会马上回敬道："啊，你知道，他可不只是把食物填进肚子里！"转眼之间又会连连道歉。过了一会儿，又一把鼻涕一把眼泪，但是不愿意解释原因。后来，留她喝杯咖啡越来越难，她似乎总是急不可耐，要逃离我们的阁楼。我答应让她搬到我们家住，她的反应很冷淡，这让我迷惑不解。你还记得吧，我曾经提出，在那个没有好好利用的、堆放杂物的角落砌一堵墙，再修一个单独的卫生间。我心里想，这比她在东村租的小房间宽敞多了。而且她还不喜欢跟她合租的那个女孩儿。那是一个放纵无度、喜欢喝酒、不信上帝的女招待。我也不会减少她的工资，这样一来，她还可以省下房租。然而，想到要住在雇主家当保姆，她退缩了。她表示反对，说在C大道租的小屋子的合同没法解除。哦，真是一派胡言，只有鬼才相信。

后来，她开始打电话请病假。起初是一个月一两次，后来，至少每个星期一次。她在电话里说，嗓子疼或者胃疼。听起来够可怜的。她一定没有好好吃饭，胖娃娃般的笑脸不见了，她变得弱不禁风。而且，当爱尔兰人脸色苍白时，看上去就像从坟墓里爬出来的一般。我当然不能说她是装病，就很委婉地问她，是不是跟男朋友闹别扭了？她在卡里克弗格斯的家人都好吗？或者她是不是想念北爱尔兰了？"想念北爱尔兰？"她不无讽刺地重复我的话，"你开什么玩笑。"她开玩笑的时候越来越少，那恐怕是绝无仅有的一次。

她动不动就请假，让我陷入被动，因为按常理，你是自由职业者，工作辛苦，而我当CEO志得意满，工作稳定，该待在家里的是我。我不但需要重新安排会议时间，或者改成那么麻烦的电话会议，而且还得跟我们的小宝贝多待一天，打破内心的平衡。凯文似乎对自己的存在感到恐惧，只要哪天我不得不面对他的这种恐惧，夜幕降临时，我都会急得发疯，就像小保姆说的那样。然而，正是因为每周额外加上的这一天让人无法忍受，我和希尔伯罕才开始彼此理解。起初，当然是心照不宣。

显然，上帝的孩子们应该平心静气地享受他辉煌的礼物。希尔伯罕非同寻常的忍耐力只可能来自《教义问答》。没有哪个“人”能哄骗她付出那么多的努力，以至于每到周五她都累得筋疲力尽瘫倒在床上。似乎是怂恿她可以抱怨，我自己先抱怨起来。

有一天晚上，时间尚早，希尔伯罕正要离开，我对她说：“我从来没有因为曾经四处旅行而后悔。遗憾的是，我与富兰克林真有点相见恨晚的感觉。四年的时间里就只有我俩，我对他还一点都没有感到厌烦！我想，一个人要是能在二十多岁的时候遇到自己的另一半该多好啊！一时半会儿不着急要孩子，两个人有足够的时间单独相处，尽管我不知道彼此会不会有点厌烦。等到三十多岁，你就做好了换一种活法的准备，孩子就很受欢迎了。”

希尔伯罕目光炯炯地盯着我。我以为她会指责我，但我看到的却只是她突然之间变得有些警觉。“当然啦，你并不是说凯文不受欢迎。”

我明白，那一刻，我应该马上说不是，但是我做不到。后来的日子里，类似的事情偶尔也会发生在我身上。我会准确无误地说我应该说的话，做我应该做的事情，年复一年，日复一日，直到有一天，我弄砸了。我会张开嘴巴，明明知道应该说：“画得真不错，凯文！”或者说：“要是我们把花从地里拔出来，它们就死了，你不希望它们死掉，对吗？”或者：“是啊，我们为我们的儿子感到特别骄傲，卡特兰德先生！”可这些话就是说不出来。

“希尔伯罕，”我吞吞吐吐地说，“我一直有点失望。”

“我知道我做得不够好，伊娃……”

“不是对你失望。”我觉得她完全理解我要说什么，只是装糊涂罢了。我不应该让自己的秘密成为这个年轻姑娘的负担，但是连我自个儿也奇怪，怎么就非说不可？“整天哭叫，还有那些讨厌的塑料玩具……我不知道我究竟想要什么，但是肯定不是这个。”

“你肯定有点产后……”

“不管叫它什么，我就是不开心。而且凯文好像也不开心。”

“他只是个婴儿！”

“他已经一岁半了。你知道，人们常常满怀爱意地轻声说，他是个多么快乐的孩子啊！照这么说，就有不快乐的孩子。我无论做什么都没用。”

她一直在摆弄她的背包，心不在焉地把她为数不多的几样东西放到里面去。她常常带本书来，准备凯文睡午觉的时候看。我终于注意到，她很久以来往包里塞的都是同一本书。如果是本《圣经》，我可以理解，但那是本畅销书——薄薄的，封面脏兮兮的——有一次，她说，她非常喜欢看书。

“希尔伯罕，我在小宝宝面前一点儿用都没有。我跟小孩子相处向来都不成功，但是我以前希望……嗯……希望为人母之后，能够显示出自己的另外一面。”她用犀利的目光看看我。“可是没有。”

她不好意思地扭动着身子：“你有没有跟富兰克林谈过这些感受呢？”

我干笑了一声：“看起来我们得想点办法了。比方说？”

“你难道不知道头一两年比较困难，之后会好一些吗？”

我舔了舔嘴唇：“我知道，虽然这样说听起来不太好，但我一直期待情感上的回报。”

“但是，只有付出才会有回报。”

她让我觉得难堪。我想了一下，接着说：“我把每个周末、每个晚上都给了他。我甚至献出了丈夫。现在除了儿子，跟他谈什么他都没有兴趣。除了推着童车在炮台公园的小道上来回走之外，跟他一起干什么他都没有兴趣。可是凯文用什么回报我呢？他用那双邪恶的小眼睛恶狠狠地盯着我，我抱一下他都不能忍受。在我看来，他什么都忍受不了。"

这样的谈话让希尔伯罕焦躁不安，好像都是异端邪说。不过，似乎有什么东西让她屈服，不能继续鼓励我。于是，她没有展望美好的未来，没有预言凯文长大成人之后，我就能享受多少快乐，而是神情阴郁地说："哦，我懂你的意思。"

"告诉我，凯文他——对你有反应吗？"

"反应？"其中的讽刺意味前所未有，"可以这么说吧。"

"你白天跟他在一起的时候，他大笑吗？高兴得咯咯笑吗？睡不睡觉？"我意识到这几个月以来我一直没有问过她这些事情，而我这样做是在利用她慷慨大度的秉性。

"他扯我的头发。"她静静地说。

"但是所有的孩子都……他们不懂……"

"他真的使劲扯。他已经不小了，知道这样揪扯我会很疼。对了伊娃，你从曼谷买的那条丝巾都成了碎片。"

梆——梆！凯文醒了。他把你带回家的金属木琴敲得梆梆响(唉)，却没有表现出任何音乐天分。

"只有他跟我们两个人在一起的时候，"尽管很吵，我还是说，"富兰克林说他是任性……"

"他把玩具都从护栏里扔出来，然后就大叫。直到我把它们都捡回去，才停止。接着再扔出来。是投掷出来。"

梆——梆——梆——梆——！哐啷！哐啷！哐啷啷！声音很大。估计凯文正把两只小脚从婴儿床护栏的板条中间伸出去猛踢乐器。

"真是没有办法！"希尔伯罕无可奈何地说，"他总是这个样子，不管是坐在高椅子上，还是吃早餐燕麦圈、喝粥、吃饼干的时候……都要把吃的东西全都弄到地上。真不知道他哪儿来的那么多精力！”

“你是说，”我抚摩着她的手，“你不知道你自己从哪儿可以获得那么多精力。”

哇……哇……哇哇哇哇……他开始像个剪草机似的叫了起来。希尔伯罕和我对视了一下。哇——咦咦！咦咦咦咦！咦咦咦咦咦！咦咦咦呀咦咦咦咦！我俩都没有从椅子上站起身来。

“没错，”希尔伯罕满怀希望地说，“我猜，如果是自己的孩子可能就不同了。”

“可不，”我说，“完全不同。”

咦咦咦呀——咦咦咦呀——咦咦咦呀——咦咦咦呀——咦咦咦呀！

“我以前想多生几个孩子，”她说，转过身，“现在我拿不准主意了。”

“我要是你，”我说，“就会三思而后行。”

我们沉默着，只有凯文在尖叫。我极力排遣心底升起的恐慌。我得说点什么，好先发制人，但是不知道说什么才好。不知道说什么才不至于为我一心希望避免发生的事情提供正当的理由。

“伊娃，”她开口说话了，“我筋疲力尽了。我觉得凯文不喜欢我。我不停地祈祷直至沮丧　　为了耐心，为了爱，为了心灵深处的力量。我想，上帝在考验我……”

“当耶稣说你们让小孩子来吧！[1]”我冷冷地说，“我想他心里想的不是保姆。”

“我真的不愿意让他失望！或者让你失望，伊娃！不过，你觉得

1　这句话完整的说法是：“耶稣说：‘你们让小孩子来吧！不要阻止他们到我跟前来，因为天国正属于这样的人。’”

有可能……你觉得你可以让我去《飞行之翼与祈祷者》工作吗？你说过，那些指南有许多都是大学生搞的。能不能……能不能请你，请你把我派到欧洲，或者亚洲去？我会干得相当好的，我向你担保！”

我像泄了气的皮球：“你是说要辞掉这儿的活不干了？”

“你和富兰克林对我都非常好，你们可能觉得我这样做太没有良心。可是，等你们搬到郊区，还是得再找别人，是吧？因为我是打定主意要住在纽约市的。”

“我也是这样的啊！谁说我们要搬到郊区去？”

“当然是富兰克林。”

“我们不会搬到郊区去。”我斩钉截铁地说。

她耸了耸肩。她已经退出我们这个小家了，她觉得我们是否要搬去郊区已经跟她无关了。

“再给你加点钱行吗？”我可怜巴巴地问。我长期居住在这个国家的弊端开始显露出来。

“工资够高的了，伊娃。只是我再也不能干了。每天早晨我一醒来……”

我完全知道她醒来会有什么感觉。我也不能再这样对待她了。我觉得自己是个不合格的母亲，你也一直这样认为。但是，在我内心深处那稀有的母性在萌动。希尔伯罕已经到了极限。尽管跟我们的利益完全背道而驰，她是否能早点解脱还是在我的掌控之下的。

“我们正要更新《飞行之翼与祈祷者之荷兰》，”我闷闷不乐地说，预感到希尔伯罕马上就会辞职，“你乐意干吗？去阿姆斯特丹给旅馆分等级，那里的印尼餐还是不错的。”

希尔伯罕喜不自禁，张开双臂抱住我：“要不我再试一试，想办法让他安静下来？”她主动请缨，“也许他的尿布……”

“我觉得不是。这种推测太合乎理性了。不用了，你已经累了一天了。这周余下的时间你休假吧。你快要散架了。”我已经开始讨好她了，好让她待到我们找到接替她的人来的那天。机会渺茫。

“最后一件事，”希尔伯罕把一张纸装进双肩包。那张纸是我给她的，上面写着《飞行之翼与祈祷者之荷兰》的编辑的名字。“虽然小孩儿跟小孩儿不一样，可我觉得凯文真的到了该说话的时候了。哪怕蹦几个字。也许你该问问大夫这是怎么回事，或者多逗逗他，跟他说说话。”

我答应了她。送她到电梯的时候，她可怜巴巴地朝婴儿床瞥了一眼：“你知道，如果孩子是你的，情况就真的不同了。你不能回家。”我确实经常渴望回家，而已经在家的时候这种渴望却最强烈。

我俩朝对方淡淡一笑，她在门外向屋里挥挥手。我从前面的窗户看见她沿哈德逊大街走去，甩开两条不匀称的腿，以最快的速度逃离了我们的阁楼和小凯文。

我转身继续接受儿子的耐力考验，看他在“地牢”里扭动。我不会抱起他。没有人强迫我这样做，我也不想这样做。我不会像希尔伯罕说的那样去查看尿布，也不会给他热一瓶牛奶。我要让他哭了又哭。我把两条胳膊肘放在婴儿床的护栏上，十指交叉，托着腮帮。凯文四肢蜷缩着趴在床上，用的是准妈妈学校推荐的分娩姿势中的一种：准备使劲。绝大部分小孩子哭的时候双眼紧闭，可是凯文的眼睛睁着一条缝。四目相对时，我觉得我和儿子最终开始交流了。他的瞳孔几乎都是黑的，我仿佛看见它们冷冰冰地记下了这一幕——母亲这一次没有像平常那样，无论发生什么事情都焦虑不安。

“希尔伯罕觉得我应该跟你谈谈，”我托着腮帮，全然不管他大吵大闹，“你把她赶走了，谁还会管你呢？对呀，你尖叫着，把她赶出家门。你有什么毛病啊，小浑球儿？因为毁了妈妈的生活而得意扬扬，是吧？”我刻意用专家推荐的假声说话，“你骗过了爸爸，可是妈妈发现了你的真面目。你是个小浑球儿，对吧？”

凯文继续哭闹着站了起来。双手抓着护栏，就在几英寸之外对我尖叫。我的耳朵震得生疼。他的脸皱巴巴，像个老人，做出一副“我要抓到你啦”的表情，就像一个用指甲锉挖地道的犯人。正如在动物园和野生动物相处那样，太靠近他会招致危险。希尔伯罕说他抓头发可不是开玩笑。

“小凯文到来之前妈妈开心着呢，你知道的，对吧？现在妈妈每天早晨一起床，多么希望自己是在法国啊。现在妈妈的生活一团糟了。妈妈的生活不是一团糟吗？你知道吗，有时候妈妈恨不得死了算了！有时候妈妈宁愿跳下布鲁克林大桥，也不想听你大哭大叫……”

我转过身来，脸色苍白。我从来没有见过你那样板着面孔。

“小孩儿在学会说话之前都能听得懂话了，”你说着把我推到一边抱起他，“我真不明白，你怎么能站在那儿看着他哭，无动于衷？”

“富兰克林，别那么紧张，我只是跟他开个玩笑！”我偷偷瞥了凯文一眼，表示再见。因为刚才他大声哭叫，所以我没有听到电梯门开的声音，“我发泄一下，不行吗？希尔伯罕不干了。听见了吗？希尔伯罕不干了。”

“是的，我听见了。太糟糕了。我们再找一个。”

“原来她一直把这份工作当作《约伯记》[1]的现代版……瞧着吧，我要改变他。”

你抱着他躲到一边：“在你脑子恢复正常之前待一边去，或者从桥上跳下去。怎么着都行。”

我紧紧跟在你身后：“对啦，你说搬到郊区去是怎么回事？什么时候的事情？”

“从……按你的说法……从‘小浑球儿’学会走路时开始。电梯危险得很。”

---

1　出自《圣经·旧约》，写的是一个好人遭遇了种种大灾难，丧失所有的子女和财产，身上又患了令人厌恶的疾病。在三篇诗体的对话中，作者描述了约伯的朋友们和约伯本人对这一连串灾难的反应。

“我们可以把和电梯相连的门封上！”

“他需要一个院子，”你一本正经地说，把湿尿布团成一团扔到垃圾桶里，“我们可以在那儿投掷棒球，或者玩水。”

你说的话让我一下子明白了，我们面对的是你的童年——对你的童年的理想化——就像你对美国的幻想一样，会是一记漂亮的击球。与想象中的东西开战注定要失败。

“可是我喜欢纽约！”这句话听上去像是汽车保险杠上的标语。

“纽约那么脏，疾病肆虐，小孩子的免疫系统要到七岁才能完全建立起来。而且我们可以搬到一个好的校区里去。”

“市里头有全国最好的私立学校。”

“纽约的私立学校势利得很，而且竞争激烈。这座城市里的孩子从六岁就开始为进哈佛操心了。”

“那么你妻子不想离开这座城市这样一件小事该怎么办呢？”

“你做你喜欢的事情已经二十年了。我也是。除此之外，你说希望把钱花在有价值的事情上。现在机会来了。我们应该买座房子。有院子的，还带一个轮胎做的秋千。”

“我母亲从来没有为了我做过任何一个大的决定。”

“你母亲把自己锁在一个小屋子里都四十年了。你母亲是个疯子。她根本就不是为人父母的榜样。”

“我是说，在我还是个孩子的时候，父母说了算。现在我当母亲了，孩子们说了算。身不由己的永远是我们。我可不信这个邪。”我一屁股坐在沙发上，“我要去非洲，而你要去新泽西州。”

“这跟非洲有什么关系？你为什么总要提起非洲？”

我们得继续推进非洲版。《独孤星球》和《旅行概览》已经开始严重挤压我们的欧洲市场了。

“这个新版跟你有什么关系？”

“非洲那么大。总得有人先去对各国做个调查。”

“别人谁去不行吗？你还是不明白，是吧？也许你不该把为人之母想作‘另外一个国家’。那不是海外度假。而是严肃的……”

“我们谈论的是人的生命，吉姆！”

你连笑一下都没有：“要是他被电梯门挤了，伤了一只手你会怎么想？要是在这么脏的空气里生活他得了哮喘怎么办？要是有坏蛋把他从你的购物车里绑架了怎么办？”

“事实的真相是，你想要座房子，”我顶了他一句，“你想要个院子，你想做诺曼·洛克威尔[1]式的傻爸爸，你想要当少年棒球联合会的教练。”

“没错。”你在换尿布的台子那边得意扬扬地直起身来。凯文穿着干净的纸尿裤坐在你的怀里。“我们和你是二比一。”

我命中注定要一次又一次面对这样的“比分”。

伊娃

1　诺曼·洛克威尔（1894—1978）：美国二十世纪早期的重要画家，作品横跨商业宣传与爱国宣传领域，还有一系列以孩子为主题的作品。

*2000年12月25日*

亲爱的富兰克林：

我答应圣诞节跟母亲一起过，所以现在是在拉辛给你写信。知道我要来妈妈家过节，贾尔斯在最后一刻决定，他们一家不来了，要去他老丈人家凑热闹。我有理由觉得受到了伤害。我也真的挺想念哥哥。要是有人跟我一起和母亲开开玩笑就好了，但是她已经七十八岁高龄了，身体虚弱，我们要是再在她面前做出一副屈尊俯就，而且大失所望的样子就太不公平了。另外，我也理解他。在贾尔斯和他的孩子们面前，我从来不提凯文，也不提玛丽和我打官司的事儿。我也从来没有提起过你，这样做也可能有点背叛你的意味。尽管我们很亲切地聊这场雪，聊是否应该在萨尔玛[1]中放松仁，但我仿佛是恐惧的具象化。虽然母亲所有的门都锁得死死的，窗户也密封着，恐惧却穿堂入室。

我成了家里的悲剧人物，对此贾尔斯十分憎恨。他住在离母亲家不远的密尔沃基[2]。离家近的孩子总是像剁碎的肝那样不受重视，所以几十年来我总是尽最大可能在离家远的地方谋生。就像戴比尔斯公司[3]控制钻石供应一样，让自己变得稀有。在贾尔斯看来，这是个卑劣的勾当，是在人为制造稀缺的假象。如今我更下贱了，借儿子来“囤积居奇”，以博得人们的怜悯。他在百威啤酒公司埋头工作，对任何见诸报端的人物都有点景仰之情，即使心里不大情愿。我一直在

---

1　一种菜卷。

2　威斯康星州最大的城市，美国中北部运输中心，位于密歇根湖西岸。

3　全球最大、历史最悠久的钻石矿业公司。

想办法告诉他，靠这样的方式出名毫无意义。最不起眼的父母都能在六十秒钟内获此殊荣。也就是自动步枪打一百发子弹的时间。

你知道，我母亲那所房子里有一种奇怪的味道。我以前觉得那是一种臭味。还记得我以前总是说那里空气稀薄吗？我母亲几乎从来不开门，也不开窗户通风。我每次一进家门，就有一种很特别的头痛袭来。我认为那是二氧化碳中毒的前兆。而如今，这种陈羊油、灰尘和霉菌混杂在一起的味道，再加上她各种彩色颜料的药味儿，却在某种程度上给了我安慰。

许多年来，我否认母亲对我的影响，觉得她根本不懂我的生活，但是在“星期四事件”之后我接受了这个现实。我根本没有想办法去理解她的生活。几十年来，我俩感情疏远，不是因为她患有广场恐惧症，而是因为我不去亲近她。还有，我太无情。现在，我因为自己需要关心，也变得关心人了，于是我们相处得非常融洽。在我周游世界的那些年里，我可能看起来高傲自大，而如今我渴望安全感。这让我回到一个女儿应有的状态。我渐渐意识到，所谓地域，实际上是相对的。对于胆小的母亲来说，她可以把起居室想象成东欧，而我在家里的卧室则是喀麦隆。因为任何一个世界按照其定义都是自我封闭的，而对于其居民而言，所有一切都囿于其中。

当然，对于她来说，互联网是最好也是最坏的东西。现在她可以在网上订购从弹力长袜到葡萄叶在内的所有东西。过去只要我在家，就得替她跑腿打杂，而现在这些事情通过网络都解决了，我觉得在家里没有什么用了。我想，科技给她带来了独立——如果说那就是人们所说的独立的话。

顺便说一句，母亲并不忌讳谈论凯文。今天早上，我们打开她纺锤形圣诞树（网上订的）旁边为数不多的几件圣诞礼物。她突然想起，凯文很少干人们认为是淘气的事情。这一点，一直让她心存疑虑。“所有的孩子都淘气。”她说。他们要是真淘气，也就罢了，你会更幸运。她想起凯文十岁的时候我们去看她那次发生的事情。“他已经不算太小了，不该那么做。”她说。那天，她刚刚画完二十五张一沓的圣诞卡，每张都不一样。那是某个有钱的庄臣公司总裁的订货。我们正在厨房用糖粉做糖饼干，他把圣诞卡一张一张地撕成了雪片大小的碎纸（你会含含糊糊地说，他“只是想帮点忙”）。“那孩子缺点儿什么。”她大声说，用的是过去时，似乎他已经死了。她尽量不让我难受，而我担心的却是，凯文缺的是一个像我母亲那样的母亲。

实际上，我现在的“孝顺大爆发”可以追溯到“星期四事件”晚上一通上气不接下气的电话。除了母亲，我还能向谁寻求安慰呢？母女之间那种原始的血缘关系开始复苏。在我的生活中，我压根儿就不记得凯文给我打过电话，哪怕是在膝盖弄破了，或者和小朋友吵架之后特别生气的时候。

“你好，我是桑娅·哈查多琳。”从她冷静而正式的问候语中，我听得出她还没有看《晚间新闻》。

“妈妈？”除了这两个字，我什么也说不出来——语气悲哀，就像还在上小学时那样。接下来，只有沉重的喘息声，听起来一定像是骚扰电话。突然之间，我觉得妈妈像一只老母鸡般张开翅膀保护着我。然而，她一生连去趟超市都害怕，怎么能面对外孙杀人这样可怕的事情呢？我可怜起她来，心想，她七十六岁了，已经经历过从邮局送来的父亲阵亡的噩耗。打那以后，她就一直笼罩在噩耗之中。

但是，亚美尼亚人似乎天生就有应付悲痛的力量。你知道吗，她甚至都没有吃惊。她很痛苦，但是很镇定。破天荒头一次，她的声音、她的表现算得上一个真正的母亲，尽管她已是风烛残年。她安慰我说，她是可以依靠的。换个场合，这样的话肯定会遭到我的耻笑。似乎她所有的恐惧最终都得到了自我救赎，似乎在某种程度上，她如释重负。她将自己封闭起来的生活方式最终被证明并非没有理由。她几乎足不出户，但是在我所有家人里，只有她最清楚，与你相邻的人漫不经心的生活会对你所钟爱的一切构成威胁。在她的大家庭中，大多数人都惨遭杀戮。敌人像摘取飞碟一样夺去了她丈夫的生命。凯文的疯狂正好可以与这些令人发指的行为相提并论。这件事情似乎把她内心深处的某种东西解放了出来，不仅有爱，还有勇敢。二者在很多方面并不是完全一致。我知道，警察肯定不会让我走远，就婉拒了她让我回到拉辛家中的邀请。总是把自己关在家里的母亲居然非常郑重地主动提出坐飞机来看我。

希尔伯罕跳槽之后不久（她再也没有回来，最后一次工资我只好用快件寄到阿姆斯特丹），凯文停止了尖叫。完全停止了。也许他觉得把保姆打发掉，自己的使命就完成了。也许他最后得出结论，这些高分贝的测试并没有让他告别关在家里的、漫长而又寂寥的生活，所以他不值得费那么多力气继续号叫。或者，也许他在想什么新的花招，因为母亲现在已经习惯了他的号哭，就像汽车警报响得太久而没有人理睬了一样。

尽管我没有抱怨什么，但凯文的安静让人十分压抑。首先是完完全全的安静——嘴巴完全闭起来，大多数孩子在三平方英尺宽的尼龙网做成的婴儿护栏中做无穷无尽的、令人着迷的探索时，嘴里会发出咿咿呀呀的自言自语，可是他总是一声不响；其次，什么活动都没有。尽管现在他会走了——像其每一种技能那样，他都是偷偷学会的——但没有哪个地方他特别想去。于是，他会在婴儿护栏中或者在地板上一个小时一个小时地坐着，两眼无神，偶尔散发出不满的情绪。要是他不愿意把五颜六色的环套在塑料钉子上，或者拨弄玩具中的响声器，他至少可以在我们的亚美尼亚地毯上漫不经心地揪下来点绒毛啊！可是他什么也不干，我真的不明白他为什么会这样。我在他身边放了各种各样的玩具（你几乎没有哪一天回来的时候不带一样新的玩具），而他只是盯着它们或者把其中的一个踢开。他根本不玩玩具。

想起那段时间，你大概只记得我们在为是否搬家、我是否能去非洲长时间出差而争吵。但我记得的是，保姆又一次走了之后，我在家里待的日子仿佛一天比一天漫长。奇怪的是，悄然无声的日子和凯文整天哭号的日子相比，并没有好过一点点。

在做母亲之前，我想象着，有个小孩儿在身边应该像养只聪明的、适合做伴的小狗一样。可是跟任何一种宠物相比，我们的儿子更让你无时无刻不感觉到他的存在。每一秒钟，我都能无比深切地意识到他就在那儿。尽管他新近开始的沉默让我在家校稿更为方便，但我总觉得有人在盯着我，这令我浑身不自在。有一次，我想逗他玩儿，把球扔到他脚边，他把球扔了回来，我高兴坏了，又把球扔过去，他又把球扔回来。可是，等我第三次把球扔到他双腿之间的时候，他就没有反应了。他无精打采地瞥了一眼，就让球停在他的膝盖边上。我真的开始觉得，富兰克林，他很聪明。六十秒钟之内，他就明白，要是我们继续玩这个游戏，球就会继续没完没了地按照同一条线路滚来滚去，这种练习显然没有任何意义。从此，我再也没能吸引他把球扔来扔去。

他整天无精打采，我竭尽全力仍然无计可施。他的年纪早已超过了所有育儿书中提到的学习说话的时间，他却仍然保持沉默。我不得不带他去看儿科大夫。福克大夫安慰了我，当然还是那些老生常谈。他说“正常”的成长行为有时候也会出现一些特殊的滞后或者跳跃式的过程。不过，他还是让凯文做了一套简单的测试。我告诉过他我的担心，也许凯文没有反应是因为他听力有问题。无论我什么时候叫他，他都是一副沉浸在自己世界里、面无表情的样子。至于他是否听见了我的声音，我根本无从判断。不过，事实证明，尽管他对我说的任何话都不一定感兴趣，但他的听力却没有问题。我曾担心婴儿期大声尖叫会震坏他的耳膜，但医学科学证明这种推测并不成立。我甚至还向大夫说了我的担心，凯文的孤僻是不是自闭症的早期症状呢?

但是，很显然，他没有前后摇摆，也没有什么重复性的行为。那是那些可怜的孩子陷入自我世界，患上自闭症的典型症状，一眼就能看出来。如果凯文真的陷入“自我世界”不能自拔的话，那也是被困在一个你我都在的世界。实际上，尽管我费了好大劲儿，也没从福克那得到什么有效信息。他只是在沉思：“凯文总是打不起精神，对吧？”他指的是体力上的慵懒。医生把儿子的胳膊举起来，然后放下。那条胳膊像一根湿面条一样垂落下来。

我坚持要福克大夫给我们的儿子冠以一种残疾的名义，在凯文的前额盖上一种新的“美国综合征”的印章。这位儿科医生可能把我归为神经质的母亲之列。这些母亲渴望自己的孩子与众不同。但是在我们这个文明堕落的时代，除了想到用“缺陷”或者“痛苦”这样的字眼儿之外，拿什么去定义这种“不同寻常”呢？老实说，我真的希望他能够找出凯文有什么毛病。我渴望，我们的儿子有某种小缺点或者小毛病来引起我的同情心。我不是铁石心肠，在医生的候诊室里，每当我看到一个脸颊长了斑马纹或者手指畸形的小男孩在耐心等候的时候，我就对他充满了同情。想起他私下里要遭多少罪，我就心里直发抖。至少，我想要同情凯文，这似乎是一个开端。我真的希望我们的儿子手指畸形吗？嗯，真的，富兰克林。如果这是必须付出的代价的话。

他体重不达标，别的两三岁的孩子胖乎乎、圆滚滚的，哪怕长得不好看，也能装装门面显得很可爱。他却不是这样。相反，他从小下巴颏就尖尖的，像雪貂的脸。我多么希望，现在看到的是一个敦敦实实的小胖子的照片，然后自问，这个让人心碎的冤家，究竟出了什么问题？然而，我手头的所有照片(你照了好多好多）都记录着他冷静、谨慎、叫人担心的自持。尖尖的橄榄色的脸，一看就能认出是谁：深陷的眼睛，笔直的鼻子，鼻梁挺宽，鼻尖带一点点鹰钩，薄薄的嘴唇显出某种朦胧的决心。那些照片之所以容易辨认，不仅因为和所有报纸上刊登的班级合影相似，而且因为像我。

那时，我多么希望他能长得像你啊！他所有的轮廓都是三角形的，而你是四边形的。锐角给人狡猾、阴险的感觉，而直角让人觉得稳定、可靠。我并不是说，要一个从你身上克隆的小富兰克林·普拉斯基特在家里跑来跑去，但是我真的希望，从儿子的轮廓一眼就能欣喜地看到，他像你一样天庭饱满，而不是眼睛上方只有那么一溜狭窄的脑门儿。这双眼睛，起初只是明显有点凹陷，但到了一定年龄，看上去就会深深地陷进眼眶里（我应该知道的）。他的长相具有明显的亚美尼亚人的特点。这一点我倒很满意，但是我希望，你浑身洋溢的盎格鲁－撒克逊人的乐观主义，能让我的土耳其帝国缓慢的、存有芥蒂的血液流得更快一些；我希望他菜绿色的皮肤能因秋天的足球比赛而变得红光满面；我希望他乌黑的头发能增添点7月4日满天闪烁的烟火的颜色。另外，他总是鬼鬼祟祟地盯着我，沉默寡言，似乎保守着什么秘密。这些特点仿佛在向我挑战：你不也是言行虚伪吗？他只不过是我自己的微缩版。他在监视我，我也在监视着自己。在这样的双重监视下，我的自我意识翻了一倍，我的虚伪也翻了一倍。也许我觉得儿子的面容太破碎、太沉静。刷牙的时候，镜子里盯着我看的不也是这样的一张脸吗？那张脸不停地上下移动、模糊不清。

我不愿意把凯文一个人扔到电视机前让他看电视。我讨厌儿童节目。动画片太闹，教育类节目又虚伪做作、居高临下，纯属浪费时间。他呢，似乎也不为所动。有一天下午我不停地说：“该喝果汁啦！”直说得口干舌燥，随手打开给放了学的孩子们看的卡通节目。

“我不喜欢那个。”

我正在择豆角，准备做晚饭，从这无精打采、没有抑扬顿挫的语调中断定，这句话不是电视节目中A队的台词。我冲过去，把电视的音量调低，在儿子身边蹲了下来：“你说什么？”

他一副不为所动的样子，重复道：“我不喜欢那个。”

我和凯文的关系真是叫人崩溃，我比以往任何时候都更急迫地抓住他的双肩，摇晃着问：“凯文，你喜欢什么？”

他不知道该如何回答这个问题。直到十七岁的今天，他还是没有办法给出一个自己满意的，更别说让我满意的答案。于是，我回到他不喜欢什么的问题上，但很快就发现，这个问题的答案无穷无尽。

“宝贝，你想叫什么停下来？”

他用一只手猛敲着电视机屏幕：“我不喜欢那个，关掉。”

我站起身，惊叹不已，一下子关掉了卡通节目，心想：天哪！我家的小孩子挺有欣赏水平。好像我自己才是个孩子，不得不拿迷人的新玩具做试验，按着按钮，看看哪个会发亮。

“凯文，你想吃饼干吗？”

“我讨厌饼干。”

“凯文，等爸爸回家了你能跟他说说话吗？”

“我要是不喜欢，就不说。”

“凯文，说‘妈咪’，好吗？”

那时我一直弄不明白儿子叫我什么才好。“妈咪”听起来太幼稚，“妈”有点土，“姆妈”有点奴性，“妈妈”像电动布娃娃叫的，“嬷嬷”听上去很急切，“母亲”在1986年显得太正式。回想起来，我不喜欢把任何一种流行的、对母亲的称呼用在自己身上。嗯，也许因为我对为人之母还感到不自在。这不过是小事一桩，因为预见得到，他的答案会是“不”。

等你回到家，凯文拒绝重复他口齿流利的表演，我只得逐字逐句地引导他背诵。你一阵狂喜。“完整的句子，一下子都出来了！我在书上看到过的，迟说话的孩子可能特别聪明。他们是完美主义者。他们要等到能完全说对的时候才开始试着说。”

私下里，我有另外一个能与之媲美的理论：那就是，凯文好几年前就已经偷偷地学会了说话，但他不让人知道，好偷听别人的谈话。

他是个间谍。我关注的不是他的语法，而是他说的话。我知道这样说会让你生气，但是我有时候的确在想，你我之间，对凯文有更多兴趣的是我而不是你（我心里明白，你要气疯了）。我的意思是，对凯文感兴趣就是要把他当成他本来的样子，而不是当成你的儿子。这个凯文不停地与你脑海中想象出来的那个强大、完美的形象较量。这种较量比他曾经跟西莉亚的较量要激烈得多。例如，那天夜里我说："很久以来我一直在等待，想要找出那两只犀利的小眼睛背后打的什么主意。"

你耸了耸肩："蛇呀，蜗牛呀，小狗的尾巴呀。"[1]

你明白吗？对于我来说，凯文一直是（仍然是）个谜。你像个大男孩儿，漫不经心，甚至不无开心地认为，你也当过男孩子，那双眼睛后面没有隐藏什么东西。也许因为你我对人的性格的本质这个深层次的问题理解不同。你觉得，孩子只是不完整的生物，是更简单的一种生命，成年之后就会变得复杂起来，这是明摆着的事情。但是，自他被放到我乳房上的那一瞬间起，我就把凯文·哈查多琳看作是一种早已存在的、变化着的、巨大的生命力，其微妙和强度绝对不会因为岁月的流逝而减少。最重要的是，他似乎总在躲着我，而你却觉得能够走进他的内心，充满阳光，轻松自如。

不管怎么说，有两三个星期的时间，他白天跟我说话，你一回家，他就闭上嘴巴。一听到电梯哐啷一声，他就会心地瞥我一眼，仿佛在说，我们哄一下爸爸玩吧。儿子只跟我说话，我从中发现了一种充满负罪感的快乐。也正因为他开口说话，我才知道他不喜欢米饭布丁，加不加肉桂都一样。他不喜欢苏斯博士[2]系列丛书，不喜欢我从图书馆借来的配乐童谣。凯文对词汇的理解和掌握非常奇特：他对以"N"开头的词汇掌握得极好。

---

1 来自传说中的英国童谣："男孩子是什么做成的，蛇呀，蜗牛呀，小狗的尾巴呀。"

2 美国最受欢迎的儿童文学作家。

这段时间里，可以称得上他童年时代“快乐”的事情我只记得一桩。事情发生在给他过三岁生日的时候。我忙着往他带吸管的杯子里倒酸果蔓汁，你正用丝带装饰给儿子的大礼包，虽然几分钟之后就要解开。你从第一大街的维尼罗甜品店买回一个三层高的、有大理石花纹的蛋糕，上面装饰着黄油凌做的以棒球为主题的图案。你不无得意地把它放在凯文防护座椅前面的桌子上。你和我一转身，不到两分钟，凯文就表现出神奇的天赋。这种天赋前几天他就有所表现。那天，他从一个小洞里一下子就扯出我们以为他最喜欢的玩具兔肚子里的填充物。此刻，一声干笑吸引了我的注意力。我只能说，那是他刚刚学会的窃笑。凯文的两只小手就像泥水匠的手，沾满奶油。他一脸坏笑，高兴得要命。

这样一个小不点儿过生日，根本不明白生日的概念，更不理解把蛋糕切成一块一块是什么意思。看到他的“杰作”，你大笑起来。你为这个生日蛋糕费了那么大的劲，居然还会把他的恶搞看成一出好玩的“喜剧”，我真高兴。但是，当我用一块湿布给他擦手的时候，扬扬得意的笑戛然而止。凯文把双手插入蛋糕，像一个做手术的外科医生，只轻轻一掰，就把那么大的一个蛋糕弄成了两半。这样的技术让我不快。我想起医学节目中那些可怕的镜头。病人还没弄清楚怎么回事，某位医生就大叫：“打开！”世纪末的电视节目越来越血淋淋的，不给人留任何想象的余地。胸膛用电锯锯开，肋骨被扒开。英俊潇洒的急诊大夫“投入”一片红色的海洋。凯文不仅仅是在玩蛋糕。他把它的心剖了出来。

最终，你和我不可避免地完成了交易：我允许你在哈德逊河对面给我们找一所房子；你允许我去非洲勘察旅行。我们的交易非常原始。但是，绝望的人们不是常常用短期的释然换来长期的损失吗？于是，我为了一碗红豆汤出卖了“长子权[1]”。

我并不是说，我为那趟非洲之旅后悔，尽管从本质上来讲，选择的时间欠妥。为人之母把我拖向我们一般认为比较低级的事情：吃喝拉撒。而说到底，到非洲旅行，你关注的也不外乎这些事情。其实，哪个国家都一样。我一向欣赏那些隐瞒事实的做法。我应该去那些装饰得更加华丽的国家旅行。那里的洗手间里放着玫瑰色的肥皂，食物中至少有菊苣来点缀。布莱恩说过，孩子是治疗倦怠的良药。他说，透过他们充满敬畏的眼睛，你会重新欣赏这个世界。你一度厌倦的东西会突然充满活力。是啊，这种包治百病的良药听起来那样振奋人心，比做美容手术和吃安定片的效果还要好。可是，我只能非常沮丧地对你说，透过凯文的眼睛看世界，一切都显得不同寻常的沉闷。从凯文的眼里看过去，整个世界都像非洲，人们磨面，找吃的，蹲着排泄，躺下来死去。

尽管非洲那么贫穷，我却找不到一个能够称得上是“经济型”的旅行社。大部分旅行社每天要价几百美元。同样，住宿的价格差别也特别大，挤压了我的目标市场：要么是豪华型的，价格昂贵。要么是脏兮兮的，档次太低。那里有不少意大利和印度餐馆物有所值，但是大部分真正的非洲餐馆里只卖羊肉，而且还不加任何作料。交通状况糟糕得吓人，火车几乎停止运营，飞机老化，飞行员刚刚从航空学校毕业，司机开车堪比神风特攻队，公共汽车三倍超载，乘客高谈阔论，手里提着的鸡不停地拍打着翅膀。

我知道，我的评价听起来太挑剔。我二十多岁时来过一次非洲，当时就迷上了这块大陆。非洲看起来的的确确像另一个世界。但是，从那以后，野生动植物数量急剧下降，人口大量膨胀，干预性的痛苦呈几何级数上升。这一次，以专业的眼光来审视这一区域，我对所有

1　典故出自《圣经·创世纪》，以扫是长子，由于饥饿，他为了一碗红豆汤而答应把长子权给予弟弟雅各。

国家的评价都大打折扣，都不可能成为自助旅行目的地。在乌干达，还能从鳄鱼的口中捡到不少由阿明[1]和奥博特[2]抛弃的尸体。利比里亚由白痴杀人犯塞缪尔·多伊把持。即使在那些日子里，胡图人和图西人仍然在布隆迪把彼此砍成碎片。扎伊尔掌控在蒙博托手中，门格斯图继续洗劫埃塞俄比亚，莫桑比克全国抵抗组织杀气腾腾。倘若我再列上南非的话，就会冒着整个系列在美国被抵制的风险。至于剩下的为数不多的地区，你也许会说我没有多谈，但是我非常犹豫，不愿意承担这样的责任，让乳臭未干的西方年轻人成群结队地跑到那些危险的地方去，手上唯一的武器只是一本天蓝色封面的《飞行之翼与祈祷者》。那样的话我肯定会读到不少发生在察沃[3]的抢劫案——三个年轻人只因为两千先令、一个相机和一本旅行指南而在阴沟里毙命。果真如此，我肯定会觉得是自己的错。我对此应该负有责任，真正的或者想象的责任，就像凯文后来“举例说明”的那样。

于是，我得出这样一个结论：市场推广者只关心他们自己。他们只研究需求，不研究供给。我不相信，我们那些无畏的大学生大军和我的细致的员工可以制定出一个“指南”，保护使用者不会出现明显的失误。这种失误的代价如此昂贵，以至于一个充斥着便宜货的大陆仍然看起来要价过高。仅仅这一次，我觉得自己像个母亲——像是希尔伯罕这样的顾客的母亲。我最不希望发生这样的事情：肤色像糨糊一样、相信所有人都善良的希尔伯罕，最终找到的住处是一个闷热的、毫无同情心可言的内罗毕贫民窟。《飞行之翼与祈祷者之非洲》根本没有成功的希望。

---

1　二十世纪七十年代乌干达的独裁者，是奥博特的副手，被称为乌干达食人魔。

2　米尔顿·奥博特（1924—2005）：乌干达政治家，1962 至 1966 年出任该国总理，1966 年至 1971 年及 1980 年至 1985 年两度出任总统。1962 年，他带领乌干达脱离英国殖民统治，走向独立，因而被视为现代乌干达的国父。

3　肯尼亚地名。

可是，我最大的失望莫过于对自己的失望。放弃了编撰《飞行之翼与祈祷者之非洲》的计划之后，我得以自由自在地在整个大陆徜徉，而不需要做笔记。然而，我已经养成习惯，靠做研究寻找旅行的意义所在。完成一段旅程，以便把它写成“指南”中的一个章节。现在，没有了这个必要，我便觉得旅行失去了目的。非洲是那么糟糕的一个地方，你会不停地追问自己，待在那儿究竟要做什么？尽管那些臭气冲天、令人失望的城市也有某种东西可以大书特书。

我不能忘记你和凯文。我特别想念你。这种思念之苦提醒我，自凯文出生，我就一直在想念你。离开家，我非但没有觉得自由，反而认为自己在渎职，这是怯懦的表现。因为除非雇上保姆，否则你就不得不每天都把凯文带在身边，爷儿俩坐在皮卡里一起去勘察。在我旅行过的每一个地方，我都有负重之感。在拉格斯坑坑洼洼的街道上，我宛如腿上绑了五磅重的沙袋艰难跋涉。我已经开始在纽约做事，但无论怎么努力也做不完。我越来越力不从心。更有甚者，我做的那些事情进展极其缓慢。我要面对的事情那么多，我孤军奋战也能派点用场。在非洲，毕竟有一件事情你无法摆脱，那就是儿童。

三个月旅行的最后几站（你应该记得，我缩短了行程），我下定了决心。这次多余的旅行（这次旅行不是以探险精神开始的，而是仅仅想证明我的生活没有改变，我还年轻，还有好奇心，还是自由的）只能证明，毫无疑问，我的生活真的改变了。四十一岁的我已经不再年轻。我的确对其他国家有过某种油嘴滑舌的好奇心，的确有过各种各样的自由，但是，我再也没有能力给予自己这样的自由，再也不会弄沉一座永远存在的、有持久意义和无穷欲望的小岛。我已经设法把这个小岛附着在这片跨国的、冷漠的海洋之中。这片海洋无边无涯，独来独往。

在哈拉雷[1]的机场大厅里，因为没有座位，我只能躺在到处都是沙

1　津巴布韦首都。

子的油毡上休息。飞机晚点八个小时，整架波音737都被某位政府部长的妻子占用了，因为她想去巴黎购物。我似乎无可解释地失去了原有的平静。以前我相信，“不方便”（只要不是天塌地陷的灾难）几乎是每一次境外探险的“跳板”。我已经不觉得每一本《飞行之翼与祈祷者》的引子都应该用那句所谓颇具说服力的话了。那句话放在一个锯齿形的框子里，说的是，“每一次旅程中发生的最糟糕的事情莫过于一切顺利”。相反，像任何一个标准的西方游客那样，我焦急地等待着开空调，对唯一能买到手的饮料是“芬达”而不满。我不喜欢这种饮料。退一步来说，能冰镇也会好一点，可是冰箱坏了，饮料都要沸腾啦。

飞机晚点让我度过的那段辛苦的时光令我陷入沉思。到那时为止，我当母亲的决心还只是试探性的，只有脚指头没入水面。我以一种好笑的方式下定决心，不得不重新做出1982年做的那个费劲的决定——双脚跳入做母亲的角色之中。我不得不再怀一次凯文。就像怀他一样，把儿子养大也可能会让我洗心革面，但是前提条件只能是我不再抗拒。在后来的许多年里，我努力地教凯文（没有什么效果），而你却很少觉得你所关注的目标天生就无趣或者具有强烈的吸引力。要是你没有兴趣的话，就不会觉得什么东西有意思。我曾经一直苦苦地等待，双臂交叉站在那里，等凯文来证明。证明他值得我付出那么多的热情。可是没用。这样要求一个小孩子太过分了。对于我来说，他可爱的程度只在被允许的范围之内。我至少努力迎合了一下凯文，但那已经是过去的事情了。

飞往肯尼迪机场的途中，我下定了决心，充满信心和好意。但是，回想往事，我得说，儿子不在身边的时候，我对他的好感最强烈。

圣诞节快乐！

伊娃

2000年12月27日

亲爱的富兰克林：

今天，母亲趁假期请几位女性朋友在家里办了个小型聚会。事先她轻声细语地征求过我的意见，不过，现在我觉得她肯定后悔了，因为她选错了时间。昨天，在马萨诸塞州的韦克菲尔德市，一个剽悍的、郁郁寡欢的人手持一支短枪、一支自动步枪和一把手枪，走进厄奇沃特科技公司，谋杀了他的七个同事。此人名叫迈克尔·麦克德莫特，是个软件工程师。现在全国人民都知道他是个科幻小说迷，就像街上大多数人都清楚我们的儿子偏爱短小的衣服一样。我听说，麦克德莫特先生心烦意乱。我还知道他的经济状况，甚至知道他开了六年的汽车马上就要被收回去，雇主还扣了他的工资充作欠缴的税款。

我不禁想起你的父母，他们住的地方离韦克菲尔德不远。你父亲家里的各种用具都是最高配置的“极品”。他总是要求它们比例协调。这种癖好肯定会延伸到他对日常生活的态度。比方说，有了怨气就得发泄。我们的父辈肯定在想象，这个不尊重物质的荒谬世界，正向他们走来。

回请桑娅·哈查多琳参加黄昏时的聚会真是一件难事。她总能凭空想出各种理由来搪塞，要让她来得费半天口舌。当年，她为了不参加我们学校戏剧队的首演式，也找了一堆这样那样的理由。精明老练的老太太们以前经常吃我妈妈做的亚美尼亚肉馅饼和芝麻饼，现在她们对那些小点心没有多大兴趣了，都特别想谈迈克尔·麦克德莫特的事，尽管我在场会让她们有点忐忑不安。一位多年寡居的老妇人悲戚地说，她能理解那个年轻人为什么总感觉遭人遗弃，不管谁被叫作“垃圾”，都会产生这种感觉的。我的姨妈艾琳脾气暴躁地抱怨道，这些年和国税局打了一场持久战——1991年，她少交了十七美元的税。她不服，拒绝补交。如今利滚利，欠税已经超过一千三百美元了——要不了多久，她也要拿起武器，找人拼命了。不过，她们都巧妙地表示，尊重我的意见，因为我对痛苦的心灵颇有研究，堪为专家。

最终，我被迫板着面孔提醒这些女士，我从来没有见过这个缺少朋友、负担太重、内心孤独的人。我的话似乎切中了要害。如今，这个国家再也没有人能称得上是笼统的谋杀手段的专家了，就像没有任何一个律师会研究笼统的法律一样。如今，有“工作场所大屠杀”，有“校园枪击案”，二者完全不属于同一个领域，侧重点截然不同。我意识到整个屋子的人都觉得十分尴尬，就好像本该打电话问客服部，她们却打到了销售部一样。因为尚不确定每个人是否都能讲话得体，提起“佛罗里达”事件还太危险，为了慎重起见，有人便把话题又转回到妈妈做的肉馅儿饼上了。

谁说犯罪没有代价呢？我寻思，美国税务局永远得不到“垃圾”的税款了，连一毛钱都别想。而起诉这位四十二岁的骗税者注定要花费山姆大叔[1]一大笔钱，比能从他工资单里榨出来的要多得多。

我现在就是这样思考问题的，因为在我的生活中，公正的代价不再是抽象的事物，而是真金白银的精明算计。我的确常常回想起那次庭审——民事审判。而刑事审判在我脑海里则几乎是一片空白。

“哈查多琳女士，”我听见哈维用洪亮的声音开始询问，“控方再三强调这样一个事实，您在曼哈顿经营一家公司，把儿子托付给陌生人照看。他快满四岁的时候，您远在非洲。”

“我并不知道拥有自己的生活是非法的。”

---

1 美国政府的绰号。

“但是当您出差回来之后，您雇用别人管理公司的日常事务，目的是给您的孩子当一个更好的母亲，对吗？”

“对。”

“您是否开始接手成为他的主要照顾人？实际上，除了偶尔请人看看孩子之外，您不再雇外人来看管孩子？”

“坦率地说，我们之所以不雇保姆，是因为找不到人。没有人能够忍受凯文。雇来的保姆顶多能坚持几个星期。”

哈维一脸愠怒。他的委托人简直在自取灭亡。我以为这种品格让我显得特别。但是，律师疲惫的表情说明，在他眼里，我跟其他无可救药的人没有两样。

“但是，您觉得需要持续不断地关注他，而这恰恰是您为什么不再走马灯似的换年轻姑娘来照顾他的原因。您不再朝九晚五地去办公室工作了。”

“对。”

“哈查多琳女士，您喜欢您的工作，对吗？它给了您很大的自我满足感。于是，这个决定是一个相当大的牺牲，都是为了您的孩子吧？”

“牺牲巨大，”我说，“但也没用。”

“没有别的问题了，法官大人。”我们之前演练过，说完“巨大”之后，马上结束询问，不再多说一个字。他对我怒目而视。

早在 1987 年，我就已经在设计有朝一日该怎样为自己辩护了吗？尽管我因为《飞行之翼与祈祷者》而得以无限期的离开，还在很大程度上得到了补偿，但那只是装装样子而已。我当时觉得，看上去不错。我向来不在乎别人怎样看待自己，但是，做贼心虚的人，秘密终究会被揭穿。

于是，你俩在肯尼迪机场接我的时候，我蹲下来先拥抱凯文。他仍然像个布娃娃，打不起精神，叫人担心。他没有拥抱我。但是，我的拥抱如此有力，持续的时间那么长，把我在哈拉雷发生的重生般的巨变反映得淋漓尽致。“我想死你了！”我说，“妈妈要给你两个惊喜，宝贝！我给你带了礼物。我也答应你，妈妈永远不会再离开你这么长时间了！”

凯文变得更无精打采了。我站起来，理理他乱成一团的浓密头发，十分尴尬。我把自己的“角色”演得那么投入，但是我的孩子却显得疲惫不堪，极不自然。路人大抵会以为，我此前一直把他的手铐放在地下室的热水器上了。

我亲吻了你。我以为孩子们喜欢看父母彼此亲热，凯文却不耐烦，又跺脚又叫喊，不停地拽着你的手。我可能犯了个错误。我从来没有见过我的母亲亲吻我的父亲。我真希望，自己要是见过该多好。

你草草地中断了亲吻，喃喃地说：“过一阵子就好了，伊娃。对于这个年纪的孩子来说，三个月就跟一辈子那么长。他很生气。他觉得，你永远不会回来了。”

我正要开玩笑说“看见我回来，凯文似乎更加生气了”，但是话到嘴边，却没说出口。在家庭生活中，我们首先牺牲的就是轻松的心情。“老这样啊啊叫是什么意思？”我问道，凯文继续拽你并且大叫。

“他要吃炸芝士条，”你乐呵呵地说，“刚喜欢上的玩意儿，非要不可。好的，小家伙！我们一起去给你找一袋子在黑暗中闪闪发光的‘石化产品’去，老兄！”你俩沿着候机厅慢慢走去，留下我自己推着行李箱。

在皮卡上，我不得不从副驾驶座位上取下两三个黏黏的、正在融化的芝士条。凯文虽热衷于这种小吃，却并不是真的把它咽下去。他只吮吸，把外面一层五颜六色的东西吮干净，然后用足够多的口水融化它们。

“大多数孩子都喜欢吃甜食吧？”你津津乐道，“我们的孩子喜欢咸的。”显然，在你眼里，不管从哪方面看，喜欢咸口儿都要强过爱吃甜食。

“日本人认为，这两种人恰恰相反。”我边说边把收集到的黏黏的东西扔到窗外。尽管车上有后座，凯文的儿童椅却装在你我之间。我不能像过去那样把手放在你的大腿上，心里觉得很遗憾。

“妈妈放屁了，”凯文说，他现在对我的称呼介于妈咪和母亲之间（听起来挺可爱的。应该是的）。“好臭。”

“这种事儿不用声张，凯文。”我说，居然有点紧张。在上飞机之前，我在诺福克吃了豆泥和香蕉。

“他又不是大人，怕什么？”你说，“这是在路上嘛，小孩子说说无妨的。”

这还真不是你一贯的做法。你连想都没想，我从内罗毕转机花了十五个小时，会不会有点累？在飞机上腿都坐肿了，吃的全是丹麦航班的盒饭加切达干酪[1]。哪里有心情找家经济餐馆吃点什么。那里面人声鼎沸，灯光刺眼，唯一说得过去的食品就是芝士蛋糕。那时候，我多么希望，你能找个人看孩子，一个人来机场接我，把我带到一个安静的地方喝一杯。在那里，我可以满脸通红、不无羞涩地告诉你，我做母亲的生活从此翻开了新的一页。换句话说，我想摆脱凯文，以便更好地告诉你这个秘密：我打算如何在他身上花费更多的时间。

“那好吧，”我轻声说，“凯文，要么吃芝士条，要么妈妈就把它们扔了。别把碎屑弄得到处都是。”

“小孩子都这样，伊娃！”你开心地说，“别那么紧张！”

凯文冲我狡黠地一笑，把一个芝士条握碎后扔到了我怀里。

在小餐馆里，凯文坚决不坐婴儿椅。做了父亲之后，你一夜之间

---

1　一种原产于英国的黄色硬干酪。

就变成一个叫人难以忍受的“老好人”，我只好用教训的口气对他说：“那行，凯文。但是要记住，你只有像大人那样规规矩矩，才能像大人那样坐着。”

“耶——耶——耶！”他模仿我，像跳华尔兹似的，把我严厉、抑扬顿挫和说教的口吻以完美的音调模仿了出来。看来他是当歌星的料。

“行啦，凯文。”我努力做出一副漫不经心的样子。

“耶——耶——耶！”

我转过脸问你：“他这样有多久啦？”

“耶——耶——耶？”

“一个月了吧？小孩子都有这么一个阶段。他会好的。”

“耶——耶——耶！耶——耶——耶！”

“我等不了那么久。”我越来越生气，什么话都不想说，省得这个小东西鹦鹉学舌，“耶”个没完。

你想给凯文点份洋葱圈，我表示反对，他不是一下午都在吃咸的东西吗？“你瞧，”你说，“和你一样，只要他吃点东西，我就比什么都高兴。没准儿他天生缺这些东西，比如碘。我得说，顺其自然吧。”

“换换吧。我知道你也喜欢吃零食。给他点个汉堡小馅饼。他需要蛋白质。”

女服务员念我们点的饭菜时，凯文不停地“耶——耶——耶”！他显然在“翻译”我的话：“蔬菜沙拉，加特调酱汁。”

“这小男孩多可爱。”女服务员一边说一边看了一眼墙上的钟，显得非常绝望。

小馅儿饼一送上来，凯文就抓起盐瓶子，在上面撒了一层盐，堆得高高的，像雪后的富士山。我受不了，拿起餐刀要刮下去，你却抓住我的胳膊。“干吗不让孩子玩点有意思的东西，或者找点乐子呢？”你轻声责备我，“喜欢盐也有阶段性，会过去的。等他长大一点，我们再告诉他。那时候，他会觉得自己小时候也有些古怪的个性。这就是生活啊。美好的生活就是如此。”

“我觉得，凯文要想找些怪癖，易如反掌。”在过去的两个星期里，使命感给了我做母亲的力量，可如今，这种使命感在迅速消退。尽管如此，我还是给自己许下了诺言——一见到凯文就给他许诺了，那也是间接地给你许诺。我深深地吸了一口气：“富兰克林，我离开家的这段时间做出了一个重大决定。”

恰巧这时，女服务员送来了我点的沙拉和你点的芝士蛋糕。外出吃饭的时候总会遇到这样的巧合。她的脚如同走在沙砾上一般——凯文把一整瓶盐都撒在地板上了。

“那个女的脸上有臭臭。”凯文指着女服务员左边脸颊上的一块胎记说。那胎记有三英寸见方，形状有点像安哥拉地图。瘢痕呈褐色，虽然她往上面涂了一层遮斑霜，但是现在大部分的化妆品已经被蹭掉了。事情往往就是这样，与其努力掩饰，倒不如光明正大地露出缺陷。这个教训我自己也要吸取。我还没有来得及拦住凯文，他就问：“你为什么不洗脸呢？你脸上有臭臭。”

我连声向女孩子道歉。她不超过十八岁，毫无疑问，这辈子她都因为那块胎记而痛苦。她勉强做出一个微笑，答应马上送特制酱汁来。我把椅子挪到儿子跟前：“你知道那个点点不是‘臭臭’，对吧？”

“耶——耶——耶！”凯文躲在桌子底下，眼睛半睁半闭，熠熠闪光。他把手指放在桌子上，鼻子靠在桌边儿。但是从他小眼儿眯缝、目光闪烁的样子中，我发现了他的秘密——他在桌子底下偷偷地坏笑。那一丝笑分明已经在脸上绽开，他却使劲闭着嘴巴，一副怪模样。

“凯文，你知道，你的话会让她伤心的，对吧？”我说，“要是我对你说，你脸上有‘臭臭’，你会高兴吗？”

“伊娃，大人忌讳别人说他们的长相，小孩子可不懂。”

“你真的认为他们不懂吗？你又是在哪本书上看到这种奇谈怪论的？”

“我们第一次一家三口出来玩儿，你别把这个下午毁了行吗？”你用乞求的语气说，“你怎么总是把他往坏处想呢？”

“这是从何说起？”我迷惑不解地问，“听上去更像是，你常常把我往坏处想。”

在随后的三年里，天真无辜的“神秘化”仍然是我的行动方针。同时，谁都没有心情听我大声宣告什么。于是，我总是不拘“礼仪”，尽快把自己想说的话一口气说完，我担心自己看起来目中无人，指手画脚，又心想，喜不喜欢我的看法是你们的事情，反正我说完了。要是你们觉得我就是一个糟糕透顶的母亲，我也没有办法。

“哇，”你说，“真的吗？那可是很大的改变。”

“我记得，关于凯文说话的事情，你说过，他那么长时间都没有开口说话，也许是因为他想说得一点儿错都不出。嗯，我也是个完美主义者。我没有管理好《飞行之翼与祈祷者》，也没有做好一个妈妈。在公司，我老是请假，一请就是许多天，事先连招呼都不打，出版的刊物常常给耽误了。与此同时，凯文一觉醒来，根本不知道今天谁会来照顾他，是母亲呢，还是保姆？而雇来的人注定不到一周就会‘逃之夭夭’。我想等到凯文上小学再说吧。对于丛书来说，这没准儿也是件好事呢，也许会出现新的视角，以及新鲜的想法。这个系列丛书可能被我控制得太严了。”

“你，”你一脸惊愕，“控制？”

“耶耶耶——耶耶耶——耶耶耶！”

“凯文，别叫了！够了。让妈妈和爸爸说说话……”

“耶耶耶——耶耶耶——耶耶耶！”

“我说的是真的，凯文，你再‘耶耶’，我们就离开这儿。”

“耶耶耶——耶耶耶——耶耶耶！”

我不知道为什么要威胁他马上离开，压根儿就没有证据表明他想继续待在那儿啊！这是我第一次面对，今后我也将长期面对这样的难题：怎样惩罚这样一个男孩子——他对你不想给予他的任何东西都保持一种淡泊的态度，像进入禅定一般。

“伊娃，你这样只会让事情更糟糕……”

“那你说，怎样才能让他闭嘴？”

“耶耶耶——耶耶耶——耶耶耶！”

我给了他一记耳光，并不是很重。他看上去很开心。

“你从哪儿学了这一招？”你沉着脸问。这招儿还真灵。这顿饭，只有这句话没有被“翻译”成“耶耶”。

“富兰克林，他的声音越来越大。人们都在看我们呢。”

凯文哭了起来。在我看来，他的眼泪出来得晚了点儿。我不为所动，由着他哭。

“他们看，是因为你打他，”你低声说，把儿子抱起来放到膝盖上，小东西的哭泣升级为号叫，“你再也不能这样干了，伊娃。不能在这儿这么干。我想，立法部门已经通过一项法律，或者什么规定，或者他们会通过的。法律上被认为是‘加重攻击罪’。”

“我打自己孩子一巴掌，就能把我抓起来？”

“人们一致认为——暴力完全不可能帮你解决问题。这一点确凿无疑。我希望你下次别这样做，伊娃。永远不要。”

就是说：我打凯文，你打我。我明白你的意思。

“我们可以离开这里吗？”我冷冷地提议道。凯文的哀号已经变成了低低的抽泣，但是，他仍然可以毫不费力地把这种渐弱音保持十分钟以上。天啊，真是个小可人儿，多么会表演啊。

你打手势让服务员来结账。“没想到，我要在这样的场合大声宣示我的看法，”你一边说一边用一张纸巾擦凯文的鼻子，“不过我还有个新闻。我给咱家买了幢房子。”

我惊愕片刻，恍然大悟："你给咱家买了幢房子。你不是说选了幢房子给我看，而是说已经成交了。"

"我要是不快点买到手，别人就抢走了。再说，你又没有兴趣。我以为你会挺高兴的呢，谢天谢地已经都搞定了。"

"哦。只是很高兴事情搞定了，反正从一开始也不是我的主意。"

"可不是吗！反正也不是你喜欢的事情，你怎么会支持呢？要不是你想弄个《飞行之翼与祈祷者之郊区》，你是不为所动的。你有多幸运啊，坐在办公室里就能派人去把事情干了。这可不是谁都能弄好的呀。"

你留下不菲的一笔小费。我估计，多余的那三美元是为了弥补凯文说服务员脸上有臭臭给她心里留下的伤痕的。你的行为是下意识的。看得出来，你受到了伤害。你四处找房子，等着告诉我你的重大消息，你一定觉得那处房产不错，否则不会买下来的。

"对不起，"走出餐馆的时候我轻轻地说，其他用餐的人都在偷偷打量我们一行人，"我只是累了。我挺高兴的。我等不及要去看看。"

"耶耶耶——耶耶耶——耶耶耶！"

我想：餐馆里的人看见我们走了都会松一口气。我想：我已经变成了他们——过去我常常为之感到遗憾的那些人中的一员。我想：我仍然为他们感到遗憾。

比以往任何时候更甚。

伊娃

2001年1月1日

亲爱的富兰克林：

就把它称作新年的决定吧。多年来我一直想告诉你：我讨厌那座房子。第一眼看见它就讨厌它。从来就没有喜欢上它。每天早上醒来，看见光溜溜的墙面、俏皮的设计、时髦的轮廓，厌恶之情便油然而生。

我承认，奈阿克一带位置选得不错，绿树成荫，紧临哈德逊河。出于好意，你选择了纽约州的洛克兰县，而不是新泽西州的某个地方。我相信，新泽西州有很多适宜居住的好房子，但是一提到这个州就像要杀了我。奈阿克本身体现了种族融合。放眼望去，档次不高的市场，像查塔姆一样凌乱不堪。跟查塔姆不同的是，其破烂、不装腔作势的样子其实只是个假象。因为几十年来搬到这里来的住户都富得流油。主干道上行驶的都是奥迪和宝马之类的名车，价格昂贵的墨西哥烤肉店和酒吧总是人满为患，地处偏僻的、低矮的两居室板房标价七十万美元，奈阿克的自负就是缺乏自负。这些跟格拉德斯通形成了鲜明的对比，格拉德斯通是奈阿克向北的一个相对较新的住宅区。小小的市中心体现了英国人称为“可爱”的特点——街道两旁装饰着假的汽灯、木栅栏以及“三明治老字号”等商业机构。

实际上，当你第一次开着皮卡车，带着我们沿着长长的、华而不实的帕利塞德大街骄傲地行驶时，我的心就不由得往下一沉。你为了给我一个更大的“惊喜”，没有向我透露有关房子的任何信息。是啊，我吃了一惊。一座平顶建筑物，由玻璃和砂砖砌成的一层楼。第一眼看上去，像是某个有钱没处花的、华而不实、乐于公益事业、愿意解决矛盾的机构总部，犹如他们给玛丽·罗宾逊和纳尔逊·曼德拉颁发

“和平奖”的地方。

我们从来没有讨论过我想要一所什么样的房子吗？你应该知道的。我心目中的房子是维多利亚式的老房子。如果必须是大房子的话，那应该是一幢高高的三层楼房，还带一个阁楼。到处都是隐蔽之处，还有不引人注意的犄角旮旯。原先的设计目的已经不为人知了。仆人的住处、工具间、地窖和熏制室、送饭菜上楼的小升降机、房顶的眺望台应有尽有。一幢快要散架的房子，散发着漫长的历史气息。一条条石板脱落下来，迫切需要能工巧匠周六来修理的摇摇晃晃的栏杆。飘窗的阳台上晾着各式各样刚做好的馅饼，散发着阵阵香气。屋子里摆放着二手沙发，花布沙发套已经褪色、磨损。窗户上挂着从旧货店买来的带挂钩的窗帘。华丽的桃花心木餐具柜上镶嵌着疵斑点点的镜子。游廊的秋千架旁边，旧铁皮奶桶里长出一株株盛开的天竺葵。我们的棉被粗糙，是难得一见的早期美国样式，价值上万美元。但是，没有人会把它们裱糊起来或者拿去拍卖。我们把那被子胡乱扔在床上，直到用破为止。这幢房子就像羊毛毡软麻布一样，装满了与之相称的破烂货：一辆自行车，闸皮破了，胎也瘪了；几把屏式靠背椅，榫接处急需重新黏合；一个老式角柜，用上好的木材做成，却被漆成了难看的亮蓝色。我老是说，要重新刷漆，却总也没有去做。

不必再说下去了，因为你完全明白我在说什么。我知道这样的房子供暖不好。我知道这样的房子走风漏气。我知道化粪池会渗漏，要交昂贵的电费。我知道，你会叫苦，说后院那口老井很危险，会招来附近的顽童。因为在脑海里，我能如此逼真地描绘出这幢房子的模样，闭着眼睛也能走过杂草丛生的院子，径直掉进那口井里。

从卡车里爬出来，走上新住处前面的半圆形的弯道时，我心里想：“住处”，这个词不是恰到好处吗？我理想中的家应该是温馨的，与世隔绝。远眺哈德逊河（我得承认，风景美极了），这些宽大的厚玻璃板窗户向人昭示，这是一所永远对外开放的房子。石板路镶着粉红色鹅卵石，像一块大的擦鞋垫一样铺开。房子的正面和中心人行道两旁排列着低矮的灌木丛。没有深绿色的胡桃树，没有放任其疯长的秋麒麟和苔藓，只有灌木丛。环绕它们的是什么呢？一片草地，虽然并非令人心旷神怡的那种草坪，而是一块蓬松的、会刺痛人的草坪，就像粗糙的绿色洗碗布，但是闪亮的草尖依然引诱你带着柠檬水懒懒地坐上去，招来蜜蜂在头上盘旋。

你打开大门。客厅连着起居室，足有篮球场那么大。走上两级低矮的楼梯就到了餐厅。餐厅跟厨房连在一起，中间只隔着一道屏风用来传递食物——所谓食物大概也就是番茄干调制而成的什么东西吧，毫无疑问，是的。我还没有看到一扇门。想到这里，我心生恐惧。无处可藏。

“觉得很震撼吧。”你说。

我坦率地回答：“我目瞪口呆。”

我以为，凯文到了一个还没有摆放任何家具的大房子里——地板光滑、阳光明亮——会像别的小孩一样，穿着袜子跑来跑去，或者在客厅里来回滑动，傻笑着，乱蹦乱跳，根本不会为这片“消过毒的荒原”而担忧——荒原，富兰克林。他被扔进了一片荒原。然而，凯文懒懒地倚靠着你，把整个身体的重量压在你的手上。你只好叫他去“到处看看”。他拖着步子走到起居室中央，一屁股坐在地上。我因和儿子疏远而感到难过已经不是一时半会儿的事情了，但是此刻他的眼睛活像小孤儿安妮[1]，如蜡像一般无神，双手耷拉在地板上，就像码头上捞上来的鱼。我看了心里很难受。

“你得去看看主卧，”你抓着我的手说，“天窗很特别。”

“天窗！”我惊呼。

---

1　依据1924年白报纸连载的四格幽默的诙谐画改编而成的美国电影，讲述了一个11岁孤儿安妮遇到亿万富翁奥利夫·瓦伯克的故事。

主卧里，所有的角都是歪的，天花板也是斜的，效果极不和谐。设计师显然对标准的平行线和垂直线不信任，对房间的概念也与众不同，身处其间不安全之感油然而生。

“还有吗？”

“有啊！”到二十世纪九十年代的某个时候，柚木的大量使用会让人觉得过时。当时还没有，但是我已经有了预感。

你给我展示了嵌入墙内的洗衣篮，设计十分灵活，折叠起来能当凳子用，上面有一个黄色靠垫，图案是个笑脸，眼睛眯成了一条缝。你把储藏室的门沿滑道推开。整所房子可以活动的部分没有一点声响，表面都是平的。储藏间的门都没有把手。每一件木头家具都可以拆卸，没有固定装置。抽屉没有把手，都是做工精细的凹槽。厨房的柜子啪的一下就可以开合。富兰克林，整座房子就像是服用了治疗强迫症的左洛复[1]。

你带着我穿过一道道玻璃滑门走到露天平台上。我心想：我有个露天平台了。我永远不会大叫着说：“我在门廊上！”而是“我在平台上”。我跟自己说，这不过是一个词而已[2]。还有，这个平台特别适合跟我并不喜欢的邻居们一起吃烤肉野餐用。旗鱼排刚刚还是生的，一会儿就烤煳了，我会很担心的。

亲爱的，我知道，我听上去毫无感谢之意。你四处搜寻，把给我们找一处房产的任务看得比给吉列公司搜寻拍广告的场所还重要。如今，我对这一带房地产的紧俏有了更多了解，所以我相信，你看过的其他房子一定太普通、太难看。而这一处不是。建筑师们不惜一切代价(不惜一切代价的人要倒霉了。我应该知道，他们是些憎恶使用《飞

1 美国首屈一指的抗抑郁处方药，左洛复对六种情绪焦虑症有疗效，是所有抗抑郁剂中治疗范围最广的。

2 原文为：on the dock，这是一个双关语，意思是“甲板”和“一文不名”。因为一语双关，主人公才会发出“这不过是一个词而已”的感叹。

行之翼与祈祷者》的旅行者，他们在“外国”的假期如此舒服，可以称得上醉生梦死）。这幢房子用的都是很珍贵的木材，就连水龙头都镀了金。前任房主对房子的各个细节都做出了严格的规定。你买来了另一户人家的“梦之屋”。

看得出，前任房主——一对勤劳的夫妇不停地改善自己的居住条件，先是租了个很糟糕的房子，后来搬进一幢普普通通的错层式住宅。最后，继承了一大笔遗产，又赶上房地产市场搞促销活动。他们便有能力平地建起梦想中的房子。这对夫妇凝视着房子的蓝图，思忖着把每个储藏间都藏在什么地方，想象着怎样在起居区域和私密空间之间自然过渡（“装上一扇门不就行了！”我想对他们大叫，可是我这个庸俗的建议为时太晚）。所有那些创意在图纸上看都充满活力，甚至只有四分之一英寸高的灌木丛，看上去也挺可爱的。

但是对于“梦之屋”我有自己的理论。“folly”这个词毫无疑问有两个意思：一是有勇无谋的错误，二是耗费巨资却中看不中用的建筑。我从来没有看到过一个想要建设“梦之屋”的人真正实现了自己的梦想。就像我们这样的房子，差不多会让人梦想成真吧，但也很难说不会招致灾难。部分问题在于，无论你在橡木护壁板上砸进去多少钱，从另一个维度上来讲，一所没有历史的房子无疑没有多大的价值。麻烦似乎源于美本身的特性，这是一种难以琢磨的特性，你几乎不可能完全相信它的存在。花费太多的精力去找寻常常适得其反，不经意中却有可能得到。大多数时候，一时兴起就唾手可得。我在旅行之中，渐渐养成寻找艺术、发现艺术的习惯：一个破败的1914年枪支制造厂里的一束亮光；一个被抛弃的贴过无数次广告的广告牌——一层层内容不同的广告画已经磨损，形成了具有欺骗性的可口可乐、雪佛兰和柏玛牌剃须膏的抽象拼贴画。不知不觉间，打折的膳宿公寓里褪了色的沙发靠垫与被太阳晒白了的上下翻动的窗帘相映成趣，也成了一幅艺术品。

叫人大惑不解的是，这座格拉德斯通的华厦，一砖一瓦，都物化成了足以摧毁人灵魂的失望之情。是不是建筑工人偷工减料了？或者一个傲慢的建筑师改动了那些费尽心机的设计？不会的，不会。就连叫人难受的、空空如也的橱柜都一丝不苟地遵循了视觉设计。那座帕利塞德大街上的陵墓按照设计者的意愿一丝不差地建好了，那就是叫人如此压抑的原因。

公平地讲，大多数人设计一种美丽的东西的能力，和看见时认识到其美丽的能力之间相去甚远，简直像隔着个大西洋。而所有的证据都可以从相反的方向来证明这一点。两个原先拥有这所房子的人可能具有相当高的欣赏水平。要真是这样就更惨。当然，那对夫妻建成了一座令人恐怖的房子，这个事实并不能推翻我的理论。他们也非常清楚地知道自己建成了一所令人恐怖的房子。我越发觉得，无论是丈夫还是妻子，彼此都没有坦诚相告。这种索然无味的“暴行”，其结果让人多么沮丧。而且他们都勇敢地自欺欺人，说这是他们梦寐以求的家。与此同时都心怀鬼胎，自搬进来的第一天起，就计划着要逃离这个鬼地方。

你说这幢房子只有三年的历史。三年？光建成这座房子大概就花了那么长的时间！谁会在费了那么大力气之后匆匆搬走呢？可能前任房主工作调动到了辛辛那提。话说回来，即便那样，也未必非得卖房子走人呀！除了对自己的“作品”强烈反感之外，有什么东西能够把他赶出那扇发出沉闷响声的大门呢？谁会日复一日地忍受自己苍白的想象力变得如同砖头一样实实在在呢？

“为什么建房子的人这么快就出手了呢？”你带着我到摆放着雕刻作品的后院看的时候，我问道，“建房子的时候他们显然……野心不小啊！”

“给我的感觉是，他们分道扬镳了。”

“离婚了。”

“哦，即使这样，这幢房子也不会不吉利呀。”

我好奇地望着你：“我又没有这样说啊。”

“要是房子能够把这样的事情都传给下一任住户，”你忍不住咆哮起来，“那整个国家连一座能够带来幸福婚姻的小屋都找不到了。”

不吉利？显然，直觉告诉了你这一点，尽管理智告诉你这里拥有郊区生活的所有优点——大公园、新鲜的空气、好学校——我们却被引入歧途了。这真的叫人担心。然而现在让我痛心的不是你的先知先觉，而是你对此不予理睬。

就我个人而言，没有一点不祥之兆。我只是感到迷惑不解，在经过拉脱维亚和赤道几内亚之后，我的飞机居然又降落在了纽约州的格拉德斯通。物质上十足的丑陋像一个又一个的海浪散开，我好比身处于法洛克卫[1]，站在冲浪板上，向我袭击而来的海浪是未经处理的污水，令我几乎无法控制自己的平衡。你当时为什么就看不出来？

也许因为你总是喜欢四舍五入，在餐馆吃饭，如果百分之十五是十七美元的话，你会给二十美元的小费。假若我们跟新近认识的人一起度过了一个无聊的夜晚，我会说以后再也不想见他们了，而你却要再给他们一次机会。那位我几乎不认识的意大利女孩玛丽娜在我们的阁楼住了两个晚上，你的手表就不见了，我怒不可遏，而你却坚信，自个儿把表忘在体育馆里了。跟布莱恩和路易斯一起吃饭有意思吧？挺有意思的。你似乎总能对不如意的事情视而不见。你带我参观新家的时候，犹如营地顾问一般，强买强卖。而与之形成鲜明对比的是，你眼中充满深情，乞求我也配合你做戏。你喋喋不休，似乎因上了快速车道而不能自持。令人遗憾的是，那种歇斯底里把你心中的怀疑暴露无遗，你觉得帕利塞德大街 12 号根本不是什么建筑史上的奇迹，而是一个装腔作势的败笔。可尽管如此，你还是要把信心、渴望和虚

1　美国纽约皇后区的小镇名字。

张声势糅合在一起，并且四舍五入。倘若给这个过程一个不太体面的称谓的话，应该称之为撒谎。我们也可以说那种错觉是变相的慷慨吧。不管怎么说，从凯文出生的第一天起，你就开始对他四舍五入。

而我是个固执己见的人。我喜欢我那些对准焦点、十分清晰的照片。这样说有点同义反复。我喜欢人，只喜欢我喜欢的那些人。我过着一种数学意义上准确的感情生活（保留到小数点之后两到三位数），我甚至愿意让自己对儿子只喜欢到一定的程度。换句话说，富兰克林，我只给正好十七美元的小费。

但愿当时我做到了，让你相信我觉得房子很漂亮。那是你单独做出的第一个重大决定。想到要住在那里我简直想割腕自杀，可是，我不能仅仅因为自己的感受与你不同就把它说得一无是处。私下里，我这样解释——并不是因为你的审美观点与众不同，或者说根本没有审美眼光，只是因为你耳根子软。我当时不在身边，没有凑近你的耳朵说，楼上楼下送饭菜的小升降机以及别的诸如此类的东西多么不合时宜。因为我不在，你就回归了你父母的癖好。

或者说是对他们的癖好更新换代。帕利塞德大街的房子费尽心机要“跟上潮流”。你父母建在马萨诸塞州格洛斯特的房子是传统的新英格兰盐盒式建筑。毫无疑问，他们对美好的信念至诚至真，认为盖房子要不惜代价。

我欣赏你父亲的座右铭“物质就是一切”，并非完全因为他的缘故。到了一定的时候，我便看到了那些能够制造出某些东西的人的价值。他们要达到最高的标准。赫布和格拉迪斯自己盖房子，自己熏制三文鱼，自己酿造啤酒。但是我从没有见过这两个人。他们完全存在于三维空间之中。我见过你父亲激动的时刻为数不多。他会欣赏一个由弯曲的枫树枝做的壁炉架，或者浮着一层乳白色泡沫的烈性啤酒杯。而我觉得，令他赞叹的纯粹是静态的外表上的完美。在炉火前坐着，喝那瓶啤酒，只是事后想到而已。你母亲像化学家那样，“配料”精准地做饭。每次我们去拜访他们，看到老夫妇俩吃得都很好。她做的盖着蛋白和糖的混合物的悬钩子馅饼就像从杂志上剪下来的图片一样好看。可是我总有这样的感觉，她做馅饼的目的就在于做馅饼本身，而吃馅饼就是咬坏了她的创造物，完全是一种破坏艺术的行为（你枯瘦干瘪的母亲是一个了不起的厨师，却没有任何胃口，这就是一个证明啊）。如果说像流水线一样保护商品听起来有点机械的话，那感觉就是机械的。每次走出你父母的家，我都如释重负，而他们对我那么好，如果说那是在物质上的好的话，我觉得自己太无礼了。

还有，他们家里每一样东西都擦拭得锃锃发亮、熠熠生辉，要保护的却是表面之下什么都没有的事实。他们并不看书。家里只有几本书，一套《百科全书》（书脊是深红色的，让书架显得温暖起来）。但是，真正翻看较多的则是说明书、教人自己动手做东西的书、烹调书，还有一套薄薄的《万物运转的秘密》的第一册和第二册。他们完全不懂，为什么有人想看一场结局不好的电影，或者买一幅不好看的画。他们拥有最昂贵的家庭音响，每个扬声器都价值千元，却只有十来张比较流行的《名曲精选》光碟。听上去他们似乎挺懒，反映出的却是无可救药：他们根本不知道音乐是干什么用的。

你会说，你们家就是那么回事儿。父母不知道生活的目的是什么。他们把生活中的技巧看得很重，知道如何让齿轮互锁，却觉得自己是为了做饰品而做饰品，就像咖啡桌上摆的小玩意儿。镀银的小金属球不停地来回转动，发出滴答声，直到摩擦力让它停下来。你父亲在房子建好之后特别不满意，不是因为哪儿出了毛病，而是因为没有出任何毛病。高压淋浴头和玻璃淋浴房装饰得无懈可击。看到他兴师动众地出去买光盘，放进高级立体声音响里面时，我情不自禁地想，这和你父亲仅仅为了证明淋浴存在的价值，就跑出去在沙土里打几个滚如出一辙。正因为这样，他们家一尘不染、有条不紊，装配了那么多小发明，能够揉面、切丝、切片，让你的百吉饼解冻，以至于似乎根本不需要住在里面的人干活儿。事实上，只有住在房子里的人才会因为呕吐、拉屎、晃动咖啡而破坏了其整洁。要不然，那就是一个完美的、自给自足的生物圈。

以前去看你父母的时候，我们聊了不少这些事情。酒足饭饱，聊得也很透彻。因为离最近的电影院也有四十分钟的路，我俩便以分析你的父母为乐。问题是，当凯文……哦，“星期四事件”……发生的时候，唉，他们没有任何思想准备。就像没有买到合适的机器，譬如德国造悬钩子去籽机那样，能够处理这类事情并且弄懂它。凯文做的事情完全没有理性。不能让马达转得更安静，滑轮效率更高；不能酿啤酒也熏不了三文鱼。不能计算；如同脑残的白痴。

具有讽刺意义的是，尽管你的父母常常哀叹凯文不具备新教徒的勤奋，他俩和凯文之间却有着比我认识的任何人更多的相似之处。如果他们不知道生活的意义是什么，该拿生活怎么办，那凯文也不知道。有意思的是，你的父母和你的头生子都憎恶闲暇时光。你的儿子常常迎头痛击他所憎恶的东西。细想一下，其中有某种勇敢的成分。他从来不欺骗自己，仅仅靠填满时间来把自己的时间投入了生产性的使用。噢，不——你会想起来，他星期六下午一个小时一个小时地枯坐在那儿，不闻不问，怒目而视，也不做任何别的事情，只是诅咒每一分钟中的每一秒。

当然啦，对于你的父母来说，想到没有事情可做是很吓人的。他们没有凯文那种面对空虚保持淡定的性格。你父亲永远在混日子，为日常生活中的各种机械上油。尽管一旦完成，机械设备带来的方便只不过给他增加了更多可憎的闲暇时光。这在他看来是加重了负担。还有，虽然装上了软水机，或者修建了花园的灌溉系统，他却压根儿就不知道自己这番努力是要改善什么。水质硬为他提供机会，让他高高兴兴地为厨房水槽旁边排水沟板子定期清除水垢，而他宁愿手持水龙头去花园浇水。区别在于，你父亲宁愿依靠自己的聪明才智装个软水机，不需要任何理由，而凯文却不愿意。你父亲从来不会因为做某件事情没有什么意义而烦恼。对于他来说，生活就是一堆细胞和电脉冲，是物质的，这就是为什么物质即是一切的原因。而且这种平淡无奇的想法让他满意——或者说曾经让他满意。于是形成了鲜明的对比：凯文，也怀疑物质就是一切。只是凑巧，他不在乎物质。

我永远忘不了在“星期四事件”之后第一次去看望你父母的情形。我承认我拖延了一段时间才去看望他们。这显示出我的软弱无力。我相信，即使当时有你陪我一起去，也会困难重重。当然，无可挽回的事实永远阻止了这样的情形发生。而我——独自一人，没有他们的儿子——面临着一个严峻的现实：我们再也没有血肉相连的纽带了，而我认为他俩也都感觉到了这种断裂。你母亲开门的时候，脸一下子变成了死灰色。但是她让我进去，就像彬彬有礼地请直立式吸尘器销售代表进家门一样。

说你母亲呆板有些不公平，但是她的确喜欢循规蹈矩。她乐于知道现在该干什么，接下来该干什么。这就是她为什么如此钟爱郑重其事地一日三餐。在固定搭配的一道道菜肴中她找到了寄托。上鱼之前先上汤，而且她也不反感准备饭菜、端上饭菜、三餐之后洗盘子刷碗等叫人麻木的过程。这样的过程把做饭人的时间从早到晚占据殆尽。我曾经也可能像她那样，但她不像我这样把习俗当成束缚。她大概是那种好心但是缺乏想象力的人，对各种规定感恩戴德。啊，好像没有这样的录像带——还没有呢——关于在孙子杀了很多人之后，怎样与曾经的儿媳一起喝下午茶才合乎礼节。

她让我坐在起居室，而不是小书斋，实在是犯了个错误。翼状高靠背椅坚硬无比，仿佛只是为了强调自由落体定律。平庸的颜色——海绿色和浅灰蔷薇色，与我此次来访的灰头土脸差别巨大，像发霉了一般令人作呕。这是霉菌的颜色。你母亲逃到厨房里去了。我本来要叫住她，让她不要费力准备饭菜，因为我根本吃不下任何东西。但是我意识到，能够因为忙碌而暂时拖延面对我的时间是她求之不得的。要是我不给她这个机会就太残忍了。我甚至还逼迫自己吃了一个她做的格鲁耶奶酪辫子面包，尽管我吃得有点恶心。

格拉迪斯总是高度紧张、容易兴奋，她的“脆性”——我不是说她不可能对人热情或者和蔼——她身体的“脆性”让她的表情没有什么变化。真的，她前额上的皱纹让她总是显得迷惑不解。她的眼神飘忽不定，显得比平时更加狂躁，特别是没有注意到我对她的注视。她的脸上有一种迷茫——尤其是她没有注意到我看她时流露的那种迷茫，让我不禁联想到，在她还是个小姑娘的时候大概就是这样的表情。看上去的总体效果是，这个女人被灾难击中了，但是造成这种效果的因素如此微妙，相机可能拍不下来。

你父亲从地下室走出来（我能够听到他一步步踏上台阶，仿佛在与恐惧作斗争。他已经七十五岁了，以前一直体格健壮，可是现在步伐太慢、太沉重），他的变化很大，棉布工装瘪了下去。才短短六个星期的时间，他却瘦了那么多，我简直无法相信。他饱经风霜的脸上肌肉前所未有的松弛。下眼帘翻着，形成带红边的眼袋。他的面颊耷拉着，看上去活像猎犬的脸颊。我觉得自己是个罪人，受到玛丽·伍尔福德强烈的信念影响，觉得肯定有人应该承担罪责的。而且，那也是你父亲的信念。他并不是一个热衷于报复的人，而是一个退休的电子机械精密工具制造者（太完美了，他从前制造生产机械的机械），他的工作要负共同责任，秉承用最大限度的认真才能生产出好产品的原则。凯文已经被证明是个次品，而我正是那个次品的生产者。

我摆弄着放在镀金茶碟里的有凹槽的茶杯，发出清脆的响声，觉得自己非常笨拙。我问你的父亲花园怎么样了。他看上去有些不解，似乎已经忘记了自己还有个花园。“蓝莓，”他想起来了，十分悲哀地说，“就要结果了。”“结果”这个词悬在半空中。灌木丛可能还要结果，而你的父亲不能再结出任何果实、承受任何痛苦了。

“那豌豆呢？你种的甜豆荚总是那么好吃。”

他眨了眨眼睛。座钟敲了四下。他没有谈豌豆的事。我们都沉默着，让人觉得窒息。一切都昭然若揭。从前我也问到过他的豌豆，可实际上只是随便问问，并不真的在乎。而他虽然每问必答，实际上根本不屑于跟我谈这些事。

我眼帘低垂，向他们表示歉意。说我应该早点来看他们。两个老人没有搭话，也没有礼节性地说：“没事儿，可以理解。”他们一言不发，说点什么都可以啊，于是我只好继续说下去。

于是，我跟他们说起塞尔马·科比特——你应该记得，她的儿子丹尼瘦高个儿，红头发，是个崭露头角的悲剧新秀——她那么有风度，令我相形见绌。我斗胆告诉你母亲，这个悲剧似乎把各种令人意想不到的不同品格都展示出来了。我说，就像有些人（我心里想的是玛丽）和背包客一起，吃塑料真空包装的食物却也会像喝醉酒一样，除了在自己独立的苦境中出汗之外没有任何办法。而其他人的问题却恰恰相反，灾难如同酸一样滴在他们身上，褪去了他们的外皮。从前他们用这层外皮来保护自己不被别人暴虐的毒箭伤害。对于这样的人来说，哪怕是走在街道上，听说某位陌生人遭了厄运——这个人新近离婚了，那个女人得了晚期喉癌，都是一件令人痛苦的事情，不得不绕过这些不幸，踯躅前行。他们也是置身于苦境当中，但那是每个人的苦境——巨大的、无边无垠、有毒废物涌动的苦海。

我怀疑自己是否用了这样华丽的辞藻，但是我的确告诉了她，塞尔马·科比特这种人把个人的痛苦变成了他人痛苦的导管。我当然没有向你父亲叙述给她打电话的全过程，但是我们的谈话从头到尾都回到了我的脑海中。塞尔马马上表示钦佩，说我拨她家电话肯定是鼓起了很大的“勇气”。她马上邀请我去参加丹尼的葬礼，但条件是不会让我感觉到太痛苦以至于无法参加。我告诉塞尔马，这样做可能有助于让我对她儿子的过世表示哀悼。我第一次意识到自己并不仅仅是在走过场，而是必须说点应该说的话。塞尔马没有多说什么，而是向我解释起丹尼名字的来历。那是她和丈夫第一次约会的那个连锁餐馆的名字。我很想打断她。因为就我个人而言，对于她儿子的情况，我还是知道得越少越好。但是她却坚信，要是我知道儿子谋杀的究竟是个什么样的人，对她、对我都会更好。她说丹尼当时正在为学校的春季戏剧比赛排演节目——伍迪·艾伦[1]的《别喝生水》。她一直在帮他记台词。“他把我们逗得忍不住大笑。”她说。我说，我看过去年他在《欲望号街车》中的表演，他棒极了（这样说有些夸大其词）。她显得特别高兴，原来对于我来说她的儿子并不仅仅是个数字，报纸上的一个名字，或者是一种折磨。于是她问，我受到的打击是否比他们中任何一位家长都更沉重？我不知道该说什么好。我说：“这样说不公平啊！毕竟，我这个儿子还在呀。”接下去她的话叫我无法忘怀。她说：“是吗？真的吗？”我没有回答那个问题，只是感谢她的好意。接下来我俩都被彼此相互感激的情绪冲垮———种几乎并非局限于个人的感激，而是感到世界上并不是每个人都那么可怕——于是我俩大哭起来。

于是，我去参加了丹尼的葬礼，我也是这样跟你的父母说的。我坐在最后一排，穿着黑色长裙，尽管如今葬礼上穿黑衣已经太过时了。后来排队过去向她表示哀悼的时候，我向塞尔马伸出手说：“很遗憾我失去了他。”我就是这么说的，是口误，有些失态，但是我觉得要是马上改口说“你失去了他”就更糟糕了。对于你的父母而言，我简直是胡扯。他们瞪着我。

最后，我只得拿所谓“后勤学”做“挡箭牌”了。法律系统本身

---

1　伍迪·艾伦（1935—）：美国优秀电影人才的代表，集编剧、导演和演员于一身，另外，他还是爵士乐迷和单簧管演奏者。

是一台机器，我可以描述其运转，就像你父亲曾经用诗一般的简明扼要的语言向我解释催化式排气净化器的工作原理一样。我说凯文被传讯，被关起来，不能假释。我希望电视上耳熟能详的术语能让他们好受些，结果并没有（那个屏幕的硬玻璃面多么重要啊。看电视的人谁都不愿意让节目中的情形乱糟糟地跑进他们家，就像没有人愿意让别人的污水从他们的厕所里漫出来一样）。我说我雇用了我能够找到的最好的律师。意思是，当然啦，最贵的。我以为你父亲会表示同意。他自己总是买最贵的东西。可我错了。

他有些迟钝地问道："为什么？"

在他的一生中，我从来没有听他问过"为什么"。我钦佩他的"飞跃"。你和我过去常常在背后嘲笑他们精神上多么匮乏。

"我也搞不清楚，不过好像应该这样做……好让凯文的罪行得到最大限度的开脱，我想。"我皱了皱眉头。

"你希望如此吗？"你母亲问。

"不是……我希望时光能够倒流。我希望自己不曾来到这个世界上，要是需要的话。但是，我得不到我想要的。"

"你希望看到他被惩罚吗？"你父亲追问道。记住，他听上去并不愤怒，他没有力气愤怒。

我笑了。只是不无沮丧的一声哈！这仍然不合适。"我很抱歉，"我解释说，"但愿他们好运吧。在过去的十六年里，我花了那么大的气力想要惩罚凯文。我不想让他得到的东西，实际上对他来说都毫无用处。纽约州的青少年司法体系能拿他怎么办呢？把他关进自己的屋子？我试过。对他来说，关不关都一个样儿，没区别。他们也别想让他感到羞耻。你只能让有良心的人感到痛苦。你只能惩罚那些有希望让你挫败，或者有感情让你切断的人，那些担心你会如何看待他们的人。你只能惩罚那些本身就有点善良的人。"

"至少可以让他不再伤害别人。"你父亲说。

一件次品被召回，退出了市场。我不服气地说：“哦，有些人在力争把他当作成年人来审判，判他死刑。”

“你对此有什么感觉？”你母亲问。天哪，你的父母问过我《飞行之翼与祈祷着》是否会上市，他们问过我是否认为那些蒸汽熨斗既能够压平又能够熨好裤子，但他们从来没有问过我有什么感觉。

“凯文尚未成年。可是等他成年了会有所不同吗？”（他们在技术上可能有不同的专长，但是工作场所谋杀不正是校园枪击案的成人版吗？）“老实说，有些天，”我满怀伤感，向他们对着海湾的窗户外望去，“我希望他们会判他死刑。一切就都了结了。但是那样可能会让我自己也逃脱了。”

“你怎么能够责备自己呢，亲爱的！”你的母亲连声说，尽管带着些紧张。看来要是我真的责备自己的话，她是不愿意听我说下去的。

“我从来都不太喜欢他，格拉迪斯。”我直直地盯着她的眼睛，那是一个母亲和另外一个母亲的凝视，“我意识到，这样做司空见惯。做父母的会严厉地对自己的孩子说：‘我爱你，但是我并不总是喜欢你。’但那是一种什么样的爱呢？对于我来说不如说是：‘我没有忘记你——也就是说，你仍然可以伤害我的情感——但是我忍受不了你在我的身边。’谁愿意得到那样的爱呢？要是能够选择的话，我宁愿改变那深刻的血缘关系，而只求有人喜欢。我不知道，要是我自己的母亲把我揽入怀中说‘我喜欢你’，我是否会更感动呢？我想知道享受孩子的陪伴是不是并不重要。”

我让他们无比尴尬。再说，我做的恰恰是哈维警告我不要做的事情。后来他俩都被召到法庭做证，这次谈话的片断将被逐字逐句地引用。我不认为你的父母这样做是因为讨厌我，而是因为他们是诚实的新英格兰人，我不能苛求，更没有要求他们保护我的理由。我想我也并不希望他们那样做。

我起身准备离开，放下了冰冷的茶。他俩如释重负，但是仍然眼神迷乱，直勾勾地盯着我。他们可能已经意识到，我们在一起一边喝下午茶一边聊天的温馨时刻已经不多了。也许那天夜里他们无法入睡，想起了一些他们本来应该问却没有来得及问的问题。当然啦，他们真诚地邀请我随时去看他们。你母亲对我说，尽管发生了这样的事情，他们仍然把我当作家庭成员。若是六个星期之前他们这样说会显得更加慈祥。那时候，一想到自己属于任何一个家庭，我都像被困在两层楼之间的电梯中一样。

“最后一件事。”你父亲在门口碰了一下我的胳膊，再一次问了他大半辈子都在躲避的那种问题，“你明白为什么吗？”

我害怕我的回答只会让他从此不再提这种问题，因为答案常常很难叫人满意。

新年快乐，亲爱的！

伊娃

2001 年 1 月 6 日

亲爱的富兰克林：

总统选举团[1]刚刚做出决定，批准了一位共和党总统，你应该很高兴吧。但是，尽管你摆出一副男性至上主义的架势，俨然一个狂热的爱国主义分子，作为父亲，你却有点太自由放任。你顺应时代的潮流，对体罚和玩具是否带有暴力色彩等方面管控十分严格。我不是取笑你，只是想知道，倘若你也会回想起那些防范措施的话，会不会也感到纳闷：我们究竟做错了什么？

我自己的看法是，在抚养凯文的过程中，我们仿佛受到了经过严格训练的有法律头脑的人的援助。“哈查多琳女士，”在法庭上，哈维劈头盖脸地问我，“你家里是否有规矩，不允许孩子玩玩具枪？”

“是的，无论是玩具枪，还是真枪，都不许玩。”

“你也对孩子看电视和录像严加控制？”

“我们尽量不让凯文看暴力色彩太重或者过于性暴露的节目，特别是在他小的时候。遗憾的是，这样做意味着我的丈夫也不能看大多数他喜欢的节目。但是，我们的确不得不允许一个例外情况存在。”

“什么例外？”又让他心烦了。这个问题不在计划之列。

“历史频道。”有人吃吃地笑。我在对牛弹琴呢。

“关键是，”哈维咬牙切齿地继续问道，“你尽最大努力确保儿子不会受到不良影响，对吧？”

“我的家，”我说，“跟整个社会相比，不过是沧海一粟。即使在这个地方，我也没法保护自己不受凯文给我施加的不良影响。”

1　由各州选举人选出的 538 名选举人组成的选举团，履行选举总统和副总统的职责。

哈维停下来做了个深呼吸。我意识到，这是他从某个用偏方治病的人那儿学的招数。

“换句话说，当凯文去别的小朋友的家里时，他玩什么或者看什么你无法控制，对吗？”

“坦率地讲，其他孩子很少会邀请凯文第二次。”

法官打断了我们：“哈查多琳女士，请你只回答问题，不要谈别的。”

“哦，好吧。”我懒洋洋地说完，觉得很没劲。

“那互联网呢？”哈维接着问，“你的儿子有上他想上的任何网站的自由吗，包括，比方说，暴力或者色情网站？”

“哦，我们采取了家长能采取的一切控制措施，可是要不了一天，凯文就能突破‘防线’。”我挥了一下手，显得无可奈何。哈维警告过我，不要让人觉得我不把这个程序当回事儿，而这个案件的确暴露出我性格中古怪的一面。可是更大的麻烦在于我显得不够专注。回到被告席上，我眼帘低垂，歪着脑袋，似乎只是想让自己醒着。我还不时加上几句没有来由的评论，就像法官（那是一个一本正经的聪明的女人，让我想起莱茵斯泰因大夫来）刚才警告过的那样。

“你看，”我继续说道，“等他到了十一二岁的时候，就为时已晚了。不许玩枪的规矩，电脑的密码都化为云烟……孩子们跟我们生活在同样的世界里。我们自欺欺人，以为可以保护他们不受危害。这不仅仅是天真，而且是虚荣心的表现。我们想要告诉自己，我们是多好的父母啊，我们尽了最大的努力。要是能重新生活一次，我宁愿让凯文想玩什么就玩什么。他的爱好够少了。而且，我会让看电视的规矩和录像的分级都见鬼去。它们只不过让我们看上去像个傻子。只不过凸显了我们的无能为力，让他看不起我们。”

尽管我可以用司法术语长篇大论地讲点什么，但我还是在脑海中将其简化。现在，我不再受法律学上那些玩意儿的限制，就让我细说下去吧。

让凯文看不起我们的并不是像我前面所总结的那样。很明显，我们无法保护他不受这个“大坏世界”的影响。不是的，对于凯文来说，可笑的是我们那些禁忌话题本身，而不是禁忌的不成功。性行为？哦，这个武器他使用过。那是他发现我对此，或者说对他的性行为表示恐惧的时候。可是除此之外呢？性行为完全让他厌烦。你不要生气，我俩的确水乳交融，但是性行为确实没有任何稀奇。跟凯文两三岁时不愿意玩的工具箱玩具没有什么两样。一个圆钉子钉到一个圆洞里。秘密就在于没有秘密。事实上，在他上的高中里，纯粹的性交如此司空见惯，我怀疑这根本不会让他有多大的兴致。换些别的圆洞，能够带来的只是稍纵即逝的新鲜感，这样的幻觉他一眼就能够看穿。

而暴力呢，其秘密不过是没有价值的勾当。

你还记得吧，有一次，我们为了看几场好电影而把分级系统撇在一边，看了一盘《勇敢的心》[1]的录像带。可以这样说吗？是全家一起看的。电影快要结尾的时候，映入眼帘的是一幕幕令人发指的场景：梅尔·吉卜森被绑在架子上，四肢被绑在罗盘的四角。每当俘虏他的英国人把绳子拉得更紧时，剑麻绳在呻吟，我也在呻吟。行刑者用带刺的刀插进梅尔的肠子往上剜的时候，我用两个手掌挤压着太阳穴，发出呜咽的声音来。可是，我从臂弯处偷偷看凯文，发现他盯着屏幕，目光冷漠。嘴巴半张着，似乎觉得屏幕上的场景索然无味，那是他平时没事可做时的表情。他在做《纽约时报》的填字游戏，并没有全神贯注，但是，他掌握了诀窍，漫不经心便把所有的空白处都填满了。

只有在某种程度上认为那些酷刑正作用在你身上的时候，电影中

---

1 美国电影。1995 年的影坛几乎完全被这部电影所占领。梅尔·吉卜森成为该年度的最大赢家。《勇敢的心》一举夺得了当年奥斯卡最佳影片、最佳导演、最佳摄影、最佳音乐、最佳化妆五项大奖。

的分尸镜头才让人难以接受。事实上，《圣经》卫道士们对这些场景深恶痛绝，真是太具讽刺意味了。因为可怕的特技效果是否能够起作用，完全依赖于观众是否具有积极的基督徒冲动，去为他们的邻人设身处地着想。而凯文发现了这个秘密：那不仅不是真的，而且根本没有发生在他自己身上。多年来，我观察到，当凯文观看砍头、掏肠子、分尸、剥皮、刺刑、剜眼睛和把人钉死在十字架上的时候，他向来连眼睛都不眨一下。因为他掌握了诀窍。要是你拒绝把屏幕上的人当成自己的话，即使眼巴巴看着他被大卸八块，也不会比看你母亲做俄罗斯酸奶牛肉时要感觉到更难受。如此说来，我们究竟要努力保护他不受什么侵害呢？暴力的实用性只不过是基础几何学，它的原理就是语法的原理，如同小学对介词的定义："暴力是飞机能够对云层做出的一切。"我们的儿子对几何学和语法的掌握比一般人都要好。《勇敢的心》——或者《落水狗》，或者《鬼娃Ⅱ》——里那些场景凯文自己大概都能制作出来。

归根结底，那就是凯文永远不能原谅我们的原因。他所憎恨的，可能不是我们费尽心机，要在他和成人隐藏着的恐惧之间设立屏障。但是，他的确十分厌恶我们把他领到了园中之路上——我们诱骗他说，有奇异的东西在等着他。（我过去不是常常怀抱这样的幻想，以为我最终会在某个国家着陆，那里有另一番风景吗？）我们觉得凯文还太小，便把成年人的秘密遮挡起来，不让他看。这样做，无形之中是在向他承诺，等时机成熟，那个屏障会挪走，他就会看到。看到什么呢？我曾经设想，生完孩子之后的生活是个模棱两可的情感世界。我也怀疑，对于我们不让他知道的事情，凯文的脑海中有没有栩栩如生的画面？但是，令他始料不及的是，我们不让他看到的东西其实根本就不存在。在我们愚蠢的规则的另一边，什么都不存在，什么都没有。

我在法庭上曾经说，父母一心保护子女是虚荣心在作祟。事实上，他们的虚荣远远超出了“看哪，我们是多么负责任的监护人”的限度。我们不让孩子们做某些事情，借此保护自己自命不凡的心理。这样做似乎有利于加固我们这些大人的心理构造，我们都是始作俑者。借着这种狂妄，我们赢得了通往某种不成文的塔木德[1]的权利。我们发誓，要为“幼稚者”本身好，而隐匿于其中能摧毁人的灵魂的内容不让他们看见。通过迎合这个幼稚者的神话，我们提供了自己的传说。大概是，我们曾经直面这种叫人恐惧的东西，就像盯着耀眼的太阳。看它的烈焰变成混乱不堪、浑浊的各种生物，连我们自己都莫名其妙。深受启发之后，我们巴不得能让时光倒流。但是，退回到了解这种可怕的“经典”之前的日子已经不可能了。回到孩提时代平淡而充满喜悦的世界中也不可能了。别无选择，只好承担起黑色智慧的重负，最大的目的莫过于保护我们冥顽不化的孩子，绝不给他们窥探这个深渊的机会。这种牺牲悲剧性十足，而且让人受用。

我们最不想承认的是，进入魔力四射的二十一岁之后，我们一直都在为之犯愁的禁果居然与我们塞在孩子们午餐盒中粉红色的金冠苹果没有两样。我们最不想承认的是，操场上的争吵预示着会议室里的诡计。等级社会不过是谁被先挑选进入球队的延伸而已。成年人也会分成三六九等：以强凌弱者、胖子和软弱爱哭的人。孩子们从中还能发现什么新东西呢？性大概是我们唯一能够“专横跋扈”地把他们排除在外的东西吧。可是事实上，这一定是某种出于阴谋的集体健忘症的产物。在这样的事实面前，这个假定也就不攻自破，灰飞烟灭了。直到今天，我自己最激动人心的性记忆还是发生在年满十岁之前。这事儿，我在被窝里向你透露过的。不，他们也有性行为。事实上，我们仍然是一群吃饭、拉屎、发情的人，只是个子更大、更加贪婪而

---

1　以色列的口传律法典，它从传抄中引出了总体含义和各种含义。其表达本身就歧义纷呈，众语喧哗，但又不是任意妄为。

已，装得人模狗样，不像三岁孩子。实际上，我们干的事儿就是不外乎吃饭、拉屎和发情。秘密在于没有秘密。那就是我们真的不想让我们的孩子们知道的事情，不让他们知道这个秘密就是成年人真实的共谋，那就是我们制定的公约，是我们捍卫的“塔木德”。

确实，等他长到十四岁，我们就不再努力控制他看什么录像，保持什么作息以及看什么书了。看那些愚蠢的电影，登录到那些愚蠢的网页，喝那些愚蠢的私酒，舔那些愚蠢的屁股，操那些愚蠢的女学生，凯文一定觉得蒙受了巨大的欺骗。而发生在“星期四事件”的事情呢？我敢肯定，他也觉得上当受骗了。

同时，我从哈维敢怒不敢言的表情中看出，他把我的几次“迷你型演讲”看成是更具破坏性的自我陶醉。我们的案子——他的案子，真的——核心在于陈述。我是一个正常的母亲，有着正常的母爱，采取了正常的防护措施来确保能养育一个正常的孩子。至于我们是不是厄运、不良基因或者不良文化的牺牲品，只有巫师、生物学家或者人类学家能够解释清楚，与法庭无关。哈维的目的在于引起每一位父母的恐惧，没有做错任何事情，仍然有可能打开电视看到永远无法从中醒来的噩梦。回想起来，他的这一招真的不错。一年多后的今天，我为自己当时那样刚愎自用而感到羞愧。

还有，就像使人个性泯灭的橡皮图章“产后抑郁症”一样，我们用“一切都是天意”来进行自我辩护，帮我把责任推卸得干干净净。我觉得，必须把我和所有那些再正常不过的妈妈区分开来，哪怕说我是个资产相当丰厚的妈妈，有六百五十万美元的潜在价值（那是原告调查出来的《飞行之翼与祈祷者》的市场价值）。我已经失去了一切，富兰克林，只剩下这个公司了。在当时的条件下，继续拥有它让我觉得是一件愚蠢的事情。从此以后，有时我真的会想念它，它就像我的孩子，如今被陌生人领养了。但是当时，我一点也不在乎。我不在乎是否会输掉官司。只要在打官司的时候，我至少还是清醒的，我就不在乎是否会失去所有的钱财。我甚至祷告，希望能被迫卖掉我们那幢丑陋的房子。我什么都不在乎。冷漠中掩藏着自由，那是几乎会让你陶醉的、狂野的、令人头晕目眩的自由。你什么事都可以去做。不信的话去问问凯文吧。

像平时一样，我因为反对辩护律师而给自己背上了十字架（他们喜欢我。他们喜欢把我称作他们那一边的证人），于是，法官叫我下去。还没有离开被告席，我停下脚步说："对不起，法官大人，我想起了一件事情。"

"你想修改你的证词吗？这会记录在案。"

"我们的确给过凯文一把枪（哈维叹了口气）。一支水枪，在他四岁的时候。我丈夫小时候很喜欢水枪，于是我们就破了这个例。"

这确实是个例外，我想以此作为开始，说明那些毫无意义的举措。不让他们拿玩具枪，孩子们会用棍子对准你。我觉得，挥舞着装有电池的塑料枪"嗒嗒嗒"扫射，和用木头棒子对准目标喊"梆梆梆"，在危害程度上没有什么差别。至少凯文喜欢上了水枪，因为他发现这玩意儿招人烦。

从三角地搬家的时候，他用水枪弄湿了帮我们搬家的工人们的裤裆，还"诬陷"他们"尿湿了裤子"。我觉得他的"诬陷"挺荒唐。要知道，我们很不好意思地暗示，让他"像妈妈和爸爸那样上厕所"，可这个小家伙就是置之不理。而比他小两岁的孩子都已经毫不费力地使用抽水马桶了。他戴着我从肯尼亚买的木头面具，上面带有乱蓬蓬的稀稀拉拉的剑麻毛，只留了小小的眼洞，周围漆成了巨大的白色空洞，可怕的牙齿有三英寸长，是用鸟的骨头做的。那个面具在他瘦骨嶙峋的身上，显得无比巨大，他看上去像个穿着纸尿裤的伏都教[1]玩

1　一种原始的西非宗教。

偶。真不知道我给他买这个面具的时候在想什么。那个孩子根本不需要面具，他的脸上没有任何表情，已经叫人无法捉摸的了，而这个礼物上阴森森的睚眦必报的愤怒令我毛骨悚然。

那些搬运工裤裆湿漉漉的，痒痒的，还要搬运箱子，根本不像野餐似的轻松。他们都很善良，不但没有抱怨，还很认真地干着活。于是，一旦发现他们的脸色不对，我马上制止了凯文。这时候，他把戴着面具的脸转向我，知道我正在看他，就用水枪射向那位瘦长结实的黑人搬运工的臀部。

“凯文，我跟你说了，马上停下来。不要射这些好人，他们只是努力帮我们再搬一次，我是认真的。”自然我只不过是暗示他，第一次我没有说到做到。聪明的孩子把“这次我会来真格的，所以上次说的不算”推而广之，于是得出结论——妈妈的所有警告连个屁都不如。

于是，我俩展开了拉锯战。咯吱——咯吱——咯吱。凯文，马上给我停下来。咯吱——咯吱——咯吱。凯文，最后一次警告了。接下来（咯吱——咯吱——咯吱）。我大声说：“凯文，要是你再射任何人一次，我就没收你的水枪！”回答我的是：“耶——耶——耶！”

富兰克林，你读那些怎样为人父母的书有什么用啊？接下来我就看见你蹲在儿子身边，借他可恶的玩具枪用。我听见压低的笑声，似乎在说妈妈什么，然后你就向我喷水。

“富兰克林，你那样做一点儿也不可爱。我叫他停下来。你不但不帮忙，还跟他一起捉弄我。”

“耶——耶——耶！”简直令人难以置信，这“耶耶耶”的叫声是从你的牙缝里发出来的。你射中我的眉心。凯文发出像雁一样的叫声（你知道的，时至今日，他也没有学会如何大笑）。等你把水枪还给他之后，他就把我的脸喷成了小瀑布。

我一把夺过水枪。

“噢！”你大叫，“伊娃，搬家把我们累得屁滚尿流（屁滚尿流，这正是我们现在谈话时的状态）。我们就不能寻点开心吗？”

这下子水枪到了我的手里。绝处逢生，当时完全可以有另外一种处理办法——我扣动扳机，乐呵呵地朝你的鼻子喷水。我们展开一场混乱的“家庭大战”。你夺过水枪扔给凯文……我们哈哈大笑，滚到彼此身上。多年之后还不能忘怀。忘不掉搬到格莱斯顿那天，我们进行了一场传奇的水枪大战。然后，你或者我，把水枪还给凯文，他继续去弄湿那些搬家工人的衣服。我没有理由让他停下，因为我也喷湿了别人。另外一种处理办法则大煞风景。哦，那天我就是那样做的——把水枪装进我的包里。我那天就是这样做的！

“搬家的人尿湿了裤子，”你对凯文说，“妈妈扫了大伙儿的兴。”

我当然听别人家的父母说过，夫妻二人教育孩子的时候，一个唱红脸，一个唱黑脸不公平。唱红脸的博得了孩子的欢心，而唱黑脸的则让孩子敬而远之。而我想的是，什么陈词滥调，我算什么角色呢？我对这些根本没有任何兴趣。

戴着伏都教面具的凯文发现水枪在我包中。在这种情况下，大多数孩子会又哭又闹。可他只是戴着鸟骨头做的狰狞面具对着妈妈，一言不发。从还没有上学的时候开始，凯文就善于玩弄阴谋。他知道应该如何等待时机。

因为小孩子的情感容易受到伤害，又没有什么特权，即使父母富有，他也没有财产，所以我以前一直认为惩罚自己的孩子是一件无比痛苦的事情。可是事实上，当我拿走凯文的水枪之后，一阵狂喜涌上心头。我们坐在皮卡车里，紧跟在搬家公司的卡车后面。继续占有凯文钟爱的玩具令我喜不自胜。我把它从包里取出来，食指扣在扳机上面，扮成武装押车的样子。凯文的座椅在你我之间。他的目光从我的膝盖抬起来投向仪表盘，带着夸张的冷漠，一言不发。他的身体松松垮垮，可是面具泄露了心中的秘密：怒不可遏。他恨我，而我却开心极了。

我想他感受到了我的快乐，便下定决心，今后再也不让我快乐。凭直觉，他已经意识到喜欢什么东西——哪怕只是一支水枪——会让他软弱。既然他想要的总是我不想给的，欲望就越少越好。似乎为了向这个顿悟表示敬意，他把面具扔到皮卡车的地上，用穿着网球鞋的脚漫不经心地踢着，弄断了上面几颗牙齿。我没有想过他这样早熟——是这样一个怪物——仅仅四岁半就战胜了自己任何一个世俗的欲望。他还想要回水枪。但冷漠不期而至，最终成为无坚不摧的武器。

我们一路开过去，那幢房子比我记忆中的样子还要面目可憎。我不知道那天夜里该怎样度过，我肯定会大哭一场。我从车里跳下来。凯文这时已经会给自己解安全带了，他不喜欢别人帮他。他站在踏板上，我关不了车门。

“把水枪还给我！”这可不是跟妈妈软磨硬泡的呜咽，而是最后通牒。根本不给我第二次机会。

“你真是个小浑蛋，凯文，”我轻轻地说，托着他的腋窝把他举起来，放到地上。“小浑蛋是得不到玩具的。”我心想，嘿，我有点喜欢上为人父母了。挺好玩儿。

水枪漏水，我不想再把它放回到包里。搬家公司的人开始卸家具，凯文跟着我走进厨房。我紧靠工作台，踮着脚，手指尖抓着水枪，放到碗橱的最上面一格。

我一直忙着指挥工人如何摆放家具，二十分钟之后才回到厨房里。

“放在这里就好，先生，”我说，“别动了。”

凯文把一个箱子放在另外两个箱子旁边，做成台阶爬上了工作台。工作台上有位搬运工已经放了一箱盘子，他正踏着那个箱子继续往上爬。但是，他是在听见我的脚步声之后才开始往碗橱上爬的（在凯文的脑子里，做坏事没人看见，纯属浪费）。等我走进厨房，他的网球鞋已经安放在碗橱的第三格了。他左手抓着碗橱摇摇晃晃的门，右手在够水枪，只有两英寸之遥。我根本不必大叫“别动”，他似乎已经摆好姿势等着别人给他拍照了。

“富兰克林！”我大声叫喊，“过来，快点！马上来！”我不够高，没有办法把他抱下来。只能站在下面，怕他万一掉下来好接住他。凯文和我四目相对。他的瞳孔里闪烁的也许是骄傲，或者开心，或者是对我的怜悯。天哪，我心里想。他还只有四岁，就已经打败了我。

“嘿，你这个坏小子！”你大笑着把他抱下来。这时他已经拿到水枪了。富兰克林，你的双臂真美啊。“小东西想学飞翔啊！”

“凯文真的，真的坏透了！”我咕哝道，“我们得把水枪拿走，很长很长时间不给他！”

“哦，他该得到它，不是吗，小家伙？天哪，爬那么高需要勇气的。真是个小猴子，对吧？”

他脸上掠过一道阴影，可能在想，你把他当成小孩子和他说话。但是，果真如此的话，这样的“屈尊俯就”正好合乎他的目的。“我是个小猴子。”他说，脸上没有任何表情。他挎着水枪，大步流星走出厨房，那种傲慢和冷漠让我想起了劫机犯。

“你刚才让我丢尽了脸面。”

“伊娃，搬家对于我们来说是件费心劳神的事儿，对于孩子更没乐趣。就让他轻松轻松吧。听着，我有个坏消息，那个摇杆……”

第二天晚上，为了庆祝乔迁之喜，我们买了牛排。我穿上心爱的白底白花锦缎长袖裙，那是我在特拉维夫买的。也是在那个晚上，凯文学会了用他的水枪装康科特葡萄汁。你觉得很好玩。

我无法接受那幢房子。看见它我就闹心。什么都不合适。几乎没有哪个角是直角。把五斗橱放在某个角落吧，总是留下一块三角形的空地，令人十分尴尬。家具也都遭了难。虽然那个手工制作的玩具箱已经变形，小钢琴也走了调，睡上去很舒服的有些凹陷的沙发床的枕头往外跑鸡毛，但它们却与特里贝克地区的阁楼公寓相映成趣。现在，在这个华而不实的新家里，那些用惯了的家具都成了垃圾。我为它们遗憾，就如聚会时，我对来自拉辛的单纯、善良的高中同学深表同情一样。他们不得不和艾琳、贝尔蒙特这样老于世故、伶牙俐齿的新英格兰人纠缠。

厨房用具也没有什么两样。我那个二十世纪四十年代生产的搅拌器放在光滑的绿大理石工作台上，全无古香古色之感，而是怎么看怎么不顺眼。后来，你带回家一个子弹头式的厨宝牌搅拌器，我立即把那个老古董送到二手店，仿佛有人拿枪对着我似的。我把带齿槽的厨具从箱子里取出来时，上面都结着厚厚的一层污垢，断了的把手都用胶带粘在一起，活像某个无家可归的流浪汉钻进了一座豪宅，其住户是坐着喷气式客机到处旅游的富豪，此刻正在里约热内卢度假。后来，那些锅也扔掉了。你在梅西百货公司找到一套与新厨房相配的厨具，红磁漆，时下十分流行。我以前从来没有注意那些旧的厨房用具变得那么惨不忍睹，尽管我压根儿就不愿意注意。

总的来说，我虽然也算得上有钱，但是，从来都没有多少东西。这回，除了从东南亚买的丝绸帘子，从西非带回来的雕刻和我舅舅送的亚美尼亚小地毯，我们扔掉了原来在三角地时的大多数东西。丢得那样彻底，让我有些惊慌失措。即便是那些具有“国际色彩”的东西也显得很不真实，活像从一个名不见经传的进口货购物中心一股脑儿地拉来的。我们审美观念的革新正好赶上我在《飞行之翼与祈祷者》休假之际，我觉得自己似乎在蒸发。

这就是书房的装饰对于我来说如此重要的原因。我意识到，在你看来，那件事情说明我不宽容、太古板、对小孩子不通融。但是，对于我来说完全不是的。

我选择的书房是那栋房子里唯一的一个没有被树木遮挡的屋子，只有一个天窗，而且几乎是方方正正的。这个房间无疑是最后设计的，真得感谢那对设计“梦之屋”的夫妇，他们的锦囊妙计终于快用尽了。大多数人都会认为，在那样好的木材上糊墙纸真是没有品位，可是我们看着那些柚木都有点头晕目眩。我也想让自己觉得舒适些，哪怕只有一间房子能让我看着顺眼也好。我要把各种地图贴在书房的墙上。我有成箱成箱的地图。波尔图或者巴塞罗那的城区地图，上面用红笔标着所有的旅馆和膳宿公寓。我本来要列在另一期的指南上。隆河谷的地理勘察图，上面用黄色字体歪歪斜斜地记着我的火车旅行日记。各个大洲的地图，上面布满野心勃勃的用直尺和圆珠笔画的航空路线。

你知道，我一向对地图情有独钟。我有时候会想，在核袭击或者有敌军来袭的紧急关头，真正有本事的不是那些荷枪实弹的白人至上主义者，也不是捧着沙丁鱼罐头的傻瓜，而是那些有地图概念，知道哪条路通往山里的人。于是，我每到一个新地方，第一件事就是找地图。不过，我只有在登机之前，无法去市中心的兰德·麦克纳利出版社买地图的情形下才会这样做。没有地图，我就觉得一头雾水，很容易上当受骗。只要有了地图，我对一个城市的了解程度会胜过许多当地居民。他们中的大多数人只要走出由蛋糕店、熟食店和路易莎饭馆组成的有限的范围之后就会迷路。我一直为自己的导航能力感到骄傲，因为我具有比一般人更强的从二维到三维的转换能力。我也学会了利用河流、铁路和太阳来辨别方向（对不起，我说多了，可是时至今日，我还有别的什么东西值得吹牛的呢？我老了，长得也显老，在一家旅行社上班，儿子还是个杀人犯）。

所以，我把地图同掌控能力联系起来，可能心存幻想，通过这些地图过去常常能够给我提供的字面意义上的方向感，我也许能象征性地让自己适应这种在郊区当全职母亲的陌生的生活。我渴望有某种东西能够切实代表早年的自我，哪怕只是让我想起我自主选择抛弃的生活。也许有一天，我仍然能随心所欲地回到那种生活里。我希望有一天，等凯文长大些，他好奇心大发，指着地图角落上的马略卡岛，问我岛上是什么样子。我为我的生活自豪，我告诉自己，通过这样一个事业有成的母亲，凯文也许会感到自豪。也许我只是想让他为我骄傲吧。我仍然不明白，对于任何一位家长来说，这是个多么艰巨的任务。

糊墙的工作对体力要求非常高。地图大小不一，我设计了一个式样，既不对称，也不系统，但是看上去是个让人耳目一新的拼贴画，颜色搭配不错，把市中心与大洲很有智慧地混合在一起。我不得不学着用糊墙的胶水，很容易弄得一团糟。而那些旧的、破破烂烂的地图需要熨平。纸很容易变色。在新家里有那么多别的事情要做，我还得时不时跟路易斯·罗尔商量公司的事。她是我《飞行之翼与祈祷者》的新的编辑主管。就这样，我花了两三个月的时间才糊完书房的墙壁。

我说的等待时机就是这个意思。在书房糊墙的整个过程中，他都跟着我，知道我有多么辛苦。但他还是添乱，把糊墙纸的胶水弄得到处都是。他自然还不明白地图上那些国家是什么意思，但是，他的确明白，它们对于我来说意义非同一般。

等我把靠窗户的最后一个四方形贴好，挪威地形图跟海峡正好连成一体。我爬上梯子，环顾四周，那效果棒极了！富有动感、离奇，叫人感动不已。打了洞的火车票、博物馆的楼层图、旅馆的收据，赋予了这幅拼贴画以个人色彩。我终于为这个光秃秃的、了无生气的房子的这一块地方增添了某种意义。我挂上乔·杰克逊的《大世界》，盖上胶水瓶，揭起铺在六腿拉盖书桌上的帆布，窸窸窣窣地打开。把最后一个箱子里的东西倒出来，在用老弹药筒做的架子上摆放好笔、红色和黑色的墨水瓶、透明胶带、订书机和别的小玩意儿——微缩的瑞士母牛脖子上戴的铃铛、西班牙忏悔者陶俑。

与此同时，我还向凯文嘟嘟囔囔，完全是弗吉尼亚·伍尔芙式的意识流。“每个人都需要一个属于自己的房间。你知道该怎样打理自己的房间吗？嗯，这是妈妈的房间。每个人都喜欢把自己的房间弄得很特别。妈妈去过许多许多不同的地方。这些地图让我想起我的那些旅途。你会明白的。也许哪天你也想把自己的屋子弄得很特别，要是你愿意我可以帮你……”

“你说‘特别’是什么意思？”他抱着一只胳膊肘问。握水枪的那只手耷拉着。水枪漏得越发厉害了，水滴滴答答直往下流。尽管就年龄而言，他个子很小，但我却很少见到谁能比他占据更多形而上的空间。一种愠怒让你永远忘不了他的存在。他很少说话，总是在观察。

“就像你的个性。”

“什么样的个性？”

我觉得自己以前给他解释过这个问题。我一直在给他灌输词汇，或者莎士比亚是什么人之类的知识。教育性的唠叨可以填补空虚。我有一种感觉，他希望我闭嘴，他根本就不想听那些似乎没完没了的信息。

“就像你的水枪，那是你性格的一部分。”我不想继续说，就像你弄坏了我最喜欢的长袖裙，那是你性格的一部分。或者你都快五岁了，还在纸尿裤里拉屎，那也是你性格的一部分。“不管怎么说，凯文，你挺固执的。我觉得你懂我的意思。”

“我得往墙上糊些乱七八糟的东西。”他听上去似乎觉得自己有点上当受骗。

“除非你不想糊。”

“我懒得糊。”

“好，我们又找到了一件你不想做的事情，”我说，“你不喜欢去公园，也不喜欢听音乐。你不喜欢吃饭，也不喜欢玩乐高玩具。我敢打赌，你拼命想也想不出一样你不喜欢的事情了。”

“所有这些一块块怪怪的纸，”他马上加上一句，“都没劲。”继“我不喜欢”之后，“没劲”是他最喜欢的词。

“你自己的屋子就是这个样子，凯文。跟别人没有关系。要是你觉得我的地图没劲，我根本不在乎。我喜欢它们。”我记得自己曾经举起挑衅的大伞。尽管他不可能在“游行”的时候“下雨”。我的书房看起来很棒，它是我的，我要坐在我的书桌前，做成年人做的事情。我迫不及待要添上最后一笔，装上个门闩。对，我已经请来一个木工加了一扇门。

但是，凯文不想就此罢休。他想告诉我点什么。“我不知道怎样弄。黏糊糊的。老也弄不完。干什么都没劲。有什么不同呢，你干吗在乎？”他跺着脚，“真没劲！”

凯文跳过了为什么阶段。孩子一般都是在三岁左右经历这个阶段。而那时候，他还几乎不会说话。尽管为什么阶段像是想要理解因果关系的一种无法满足的欲望。我在操场上听到的对话足以让我更好地理解其中的原委。（该回去做晚餐了，宝贝！为什么？因为我们要饿了！为什么？因为肚子告诉我们该吃饭了！为什么？）三岁孩子感兴趣的不是关于消化的知识。他们只是没完没了地说这个词。这个词有魔力，总会让人回答。可是，凯文有一个真正的为什么阶段。他觉得我糊墙纸纯粹是不可理喻的浪费时间。成年人做的每一件事情在他看来都荒唐。这不仅让他迷惑不解，而且惹怒了他，迄今为止，事实证明，凯文的为什么阶段根本不是成长中的一个过程，而是一个永恒的状态。

我跪下来。他气呼呼的，脸上显得十分痛苦，我看着他，把手放在他肩膀上。“因为我喜欢我的书房。我喜欢地图。我喜欢它们。”

我的话简直是天书。“真没劲。”他冷冷地说。我站起身，垂下手。电话铃响了。

我书房里的电话线还没有装好，于是我去厨房接电话。是路易斯打来的，又遇到一个关于《飞行之翼与祈祷者之日本》的棘手问题。要想做出决定得花点时间。我确实叫过凯文出来，让他走到我能看见的地方。我不止一次催促他。我还要负责公司的业务。你知道日复一日、每时每刻照看一个小孩子有多辛苦吗？我无比同情那种勤劳的妈妈。她把孩子留在澡盆里去开门签收一个包裹，刚刚转身，不过一眨眼的工夫，再跑回去的时候，却发现小姑娘头撞在水龙头上，淹死在两英寸深的水里了。才两英寸深的水。有谁夸奖过这个女人，说她一天二十四小时差三分钟都在像只鹰一样盯着那个孩子吗？日复一日，年复一年地说别把那个放进嘴里，宝贝！说哎哟，我们差点儿摔倒了！这些都有什么价值呢？噢，没有。我们起诉这些人，我们说他们作为父母犯了“渎职罪”，把他们拖上法庭，一路上，他们还一把鼻涕一把眼泪地伤心欲绝。因为只有那三分钟重要，那悲惨的三分钟就足够了。

我终于放下电话。大厅那头，凯文发现了房间有门的乐趣。书房的门紧闭。“嘿，孩子，”我叫着，拧着门把手，“怎么这么安静，弄得我都紧张了……”我的墙纸上满是一条条红色和黑色的墨水印迹。吸水性强些的纸上，斑点在扩散。天花板也不例外。我也糊了天花板，站在梯子上仰着脖子，后背都快断了。此刻，墨汁从天花板滴到地毯上。那是我舅舅最喜欢的一块亚美尼亚地毯，是他送给我们的结婚礼物。屋子像被人用鞭子抽过一般，留下一条条印迹。仿佛是火警报警器响了，触发了洒水系统，只不过，从管口喷出的不是水，而是电动机润滑油、鲜红的夏威夷潘趣酒和紫红色的果子露。

水枪喷出淡紫色液体，我事后可能得出结论，他用完了那瓶印度墨汁之后改用了深紫色的果子露。但是，凯文根本不需要我的推理。他正把红墨汁瓶里最后剩下的一点往水枪枪筒里装。就像他摆好姿势从橱柜的顶格拿回水枪一样，他为了等我进来，特地留了一茶匙墨水。他站在书房的椅子上，弯着腰全神贯注，甚至连眼睛都不眨一下。装水的孔很小，尽管他很小心地倒，但锃亮的橡木书桌上还是溅满了墨水。就连他的双手都染得一塌糊涂。

“这下子，”他轻轻地宣布，“才特别。”

我一把夺过水枪扔到地板上，用脚踩得粉碎。我穿着漂亮的鹅黄色意大利无带浅口轻便鞋。现在溅满了墨汁，这双鞋算是完蛋啦。

伊娃

*2001年1月13日*

亲爱的富兰克林：

没错，今天是这个月的第二个星期六，我又在百吉饼咖啡店给你汇报。那个保安的形象在我脑海里挥之不去，他长着满脸的胎记，今天，和以往一样，用悲哀夹杂着厌恶的眼神看着我。我对他的那张脸的感觉和他看我的眼神如出一辙。胎记很大，并且弥漫开来，像是爬满了扁虱，斑驳不清。又像是伞菌，从很窄的根基长出来的，四处延伸，有些已经开始枯萎，耷拉下来。我怀疑，他是不是痴迷于自身的缺点，在克拉夫拉克加班加点地工作，好让这胎记不会遭到被切除的危险，或者对它渐渐形成变态的喜爱之情。人们似乎能够习惯于任何事情，从适应到依恋，只有一步之遥。

我最近读了一篇文章，说现在可以做一种神经系统的手术，治愈帕金森综合征患者的病。手术相当成功，以至于不止一位被治愈的患者自杀了。对，你没有看错。是自杀了。他们不再颤抖，不再需要眼睛瞪得像母鹿一样大的陌生人的叫人心痛的同情，不再需要配偶随时对他们流露出温情。这些配偶慈悲为怀，简直到了病态的程度。于是，被治愈的人郁郁寡欢，离群索居。他们无法面对这样的现实——自己跟别人没有两样。

而你我之间呢，我开始担心自己是否在以某种间接的方式沉湎于生活中的缺憾。这些日子，我可谓臭名远扬。仅从这一点出发，我开始理解我是谁了。在他人的戏剧中，我扮演的是什么角色？我是“在学校开枪杀人的孩子”的母亲（而凯文知道李特顿市已经赢了格拉德斯通，十分伤心）。这个事实，无论我说什么、做什么都改变不了，我真想不再抗争、束手就擒。这种心理一定能够解释，为什么像我这样的妈妈们会一个个放弃了原来的生活，不再担任营销经理或者建筑师，而去巡回演讲，或者在百万母亲大游行中当开路先锋。也许，这就是希尔伯罕所说的“得到主的召唤”的意思吧。

我渐渐开始尊重事实本身，这有益于健康，因为它比表演更有优势，令人肃然起敬。无论我就各种事情怎样向你一遍遍地做出解释，都是徒劳，都不可能掩盖“星期四事件”的的确确发生了的事实。也许这就是凯文在那个下午发现的有关事实本身的奇迹吧。我可以不断地给出评论，哪怕累得瘫倒。业已发生的事实就静静地摆在那里，就像三维必定战胜二维一样。无论那些搞破坏的人往我们的窗玻璃上倾倒多少油漆，房子本身并没有改变。而“星期四事件”也有着同样的不可改变性，就像我可以给一个物体上色，但是它庞大的形体依然存在，无论我上的是什么颜色。

富兰克林，今天，我恐怕已经向克拉夫拉克探访者等候在大厅的人投降了。顺便说一句，我对它整体上的设施没有半点可抱怨的。这座少年犯监狱是为了适应不断扩大的市场需求而新近落成的，还没有到人满为患的地步。屋顶不漏水，马桶也能冲；《〈飞行之翼与祈祷者〉之青少年看守所》会吸引不少眼球。克拉夫拉克的课堂提供的基础教育比新潮的教区高中还要好。后者的课表充斥着“因纽特文学”和“性骚扰意识训练”之类的课程。然而，探视区的主色调像个游戏室，显得极不相称。除此之外，克拉夫拉克在审美上非常粗糙——显得光秃秃的，一旦你把生活中没有多大用途的东西都去掉，剩下的简直少得可怕。用煤渣空心砖做的墙壁煞白煞白的，淡绿色的油毡铺得乱七八糟。探视室里没有任何可以分散注意力的东西。这一点太残酷了，似乎是故意要打消自欺欺人的念头！其实，挂一张伯利兹城的旅行广告画有何不可呢？哪怕放一份《魅力》杂志也好啊！这个屋子似乎不想让人引起错觉，不想让它跟任何能起点安慰作用的地方混淆，比方说像飞机票售票处或者牙医等候室。只有一张宣传画，讲如何预防艾滋病。不能算作装饰，而是一种无声的控诉。

今天，坐在我旁边的是个黑人女人，娇小而沉静，比我要年轻一代，但显然是位母亲。她的长发从头顶起编成一条复杂的盘旋着的辫子。我不停地、好奇地看着，既羡慕，又忍不住像许多中产阶级人士那样心里犯嘀咕。这样的辫子好久没有洗了吧。她宁静，听天由命，是经常来探视亲属的黑女人的典型样子。我经过一番考察才得出这样的结论。

少年犯的白人母亲们在数量上微乎其微，她们常常战战兢兢。也有人比较平静，但一个个呆若木鸡，咬紧牙关，脖子僵直，仿佛在等着做 CAT 扫描。只要等候室不拥挤，白人妈妈们都喜欢独自坐着，座位左右至少有两把空椅子。她们常常报纸不离身，不愿意跟任何人搭讪。这样做的意思明明白白：有什么东西破坏了时空的一致性。她们根本就不属于这里。我常常发现一种玛丽·伍尔福德式的愤怒。似乎这些母亲在扫视整个屋子，极力想找出一个声讨的对象。或者说，我能够从“这不可能发生”的态度中找到答案——一种充满强烈的好斗性的怀疑，可以在等候大厅里制造出一个全息式存在的并行不悖的宇宙。在那个宇宙里，约翰尼或者比利那天像平常一样，放学后按时回到家里，喝牛奶、吃蛋糕，然后写作业。我们这些白人抱着持久的权利意识不放。身处于逆境，也不肯放弃顺利时我们应该拥有的这个幽灵世界，而这个我们的分身所存在的世界，阳光灿烂得刺眼，让人开心得像个傻子。

相比之下，黑人母亲们会挨着坐在一起，哪怕屋子里空空荡荡。她们也许并不总是在攀谈，但是，让你感觉到一种伙伴关系，一种团队精神。就像在读书俱乐部，所有成员都在同时费力地读一部长篇经典一样。她们看上去从不愤怒，或者怨恨，或者吃惊——自己怎么会出现在这里？她们坐在自己常常坐着的同样的宇宙空间之中。“平行宇宙”只不过是科幻小说描绘的世界，而约翰尼或者詹米利那天不是没有回家吗？这便是故事的结局。

在我们这个圈子里，大家都心照不宣。不要去询问细节，邻座的儿子到底干了什么坏事被关在这里呢？尽管不清楚别人的孩子犯了什么法，但是在大多数情况下，那件事情已经让这家人在公众面前丢尽了脸。但是，在等候大厅里，我们一致认为，《纽约时报》的“大都会新闻”和《华盛顿邮报》的头版上所登载的只不过是私事而已。噢，有些妈妈会时不时地对着邻座的耳朵悄声说“泰伦根本就没有偷过那张唱片”，或者“他只是给朋友保管了一千克”。接下来，别的妈妈就会彼此对视、会心一笑。某位妈妈会说“我们要因法庭不公正而上诉”，然后就此打住。（凯文说，在里面，没有人说自己是无辜的。相反，他们都向彼此吹嘘，说自己犯过多么可怕的罪行，却从来没有被抓住。“要是这些傻瓜中的一半说的是真的，那这个国家就没有什么人能活着了。”上个月他说。那时候，他觉得无聊，很瞧不起他的那些难友。事实上，凯文不止一次宣称“星期四事件”是他干的，而这些新来的小子不信：“那我就是西德尼·波蒂埃，你这家伙。”显然，他只好抓着头发把一个怀疑他的男孩子拖到图书馆，找来一份旧的《纽约周报》，向他证明自己的身份。）

于是，我为这位年轻妇女的从容淡定所折服。她没有剔指甲，或者从手提包里拿出旧收据整理，而是端端正正地坐着，双手放在膝盖上，一直看那张让人关注艾滋病的宣传画，起码看了一百遍。我希望，这样说话不会有种族主义之嫌——这些天，我不知道说什么会让人反感——但是，黑人似乎特别擅长等待。似乎他们在继承镰状细胞的同时也继承了叫人耐心的基因。我注意到，在非洲也是如此。几十个非洲人在路边坐着或者站着，等公共汽车，或者什么也不等（那样应该让人更难受），可是，他们从来都不会显得不耐烦或者生气。他们并没有拔起几根草，用门牙咬嫩的一端。他们也不会漫无目的地用塑料凉鞋的鞋尖儿在坚硬的红黏土上乱画。这种能力是与生俱来的。

他们天生就具有安之若素的能力，深沉、宁静。我发现，这种能力在许多受过良好教育的人身上并不具备。

有一阵子，她走到放在角落里的糖果自动售货机那儿。上面一定是亮着“不设找赎”的灯，因为她折回来时问我是否有一美元的零钱。我翻遍了大衣口袋、手提包夹层想凑够这一美元。等我终于搜罗到一些硬币的时候，她肯定觉得还不如不问我要的好。如今，我跟陌生人说话的机会太少了——我宁愿坐在旅行社里给人订机票——哪怕跟人说上几句话，我都会惊恐万分。也许，我迫切希望能够给他人的生活带来一点积极的影响，哪怕只是给他们买一块巧克力。至少这种令人尴尬的交流打开了僵局，虽然我刚才的善举显得那样费劲。她回到座位上之后，开始和我攀谈，再三道谢。

“也许我该给他带点水果来。”她看着放在膝盖上的巧克力豆，有些抱歉地说，“可是天哪，他从来不爱吃水果。”

我们交换了同情的目光，彼此都感叹，这些孩子虽然犯了成人的罪，却仍然保持着小男孩爱吃甜食的习惯。

“我儿子说克拉夫拉克的饭简直是‘猪食’。”我说。

“哦，我家的马龙一个劲儿地抱怨。说不是‘人吃的’。你听说他们烤面包卷的时候放硝石了吗？”（这种老掉牙的夏令营的谣言无疑源于青春期的虚荣。一个十几岁的孩子欲火中烧的时候，只好通过某种秘密的方式去扑灭。）

“那倒没有，我只听他说过‘猪食’，”我说，“但是，凯文对饭菜从来都没有兴趣。他在还很小的时候，我就担心他会饿死。后来我发现，只要我不看着，他就会吃。他不喜欢被人看出他需要吃饭——似乎饥饿是弱者的标志。于是，我放个三明治在他肯定能够发现的地方，然后走开。就像喂狗似的。从角落里，我会看到他三两口就吃了下去，同时环顾四周，确保没有人看到他吃东西才行。有一次，他发现我在偷看，就吐了出来。他把嚼了一半的面包和干酪捏碎，涂在厚玻璃板门上，黏在上面弄不下来。我一直没有处理它，直到最后不处理不行了。我也弄不清楚，自己为什么要这样做。”

那位同伴的目光先是表现出吃惊的神情，后来蒙上了一层雾。她没有理由对我儿子的饮食爱好感兴趣。现在看上去，她有些后悔，不该跟我攀谈。真抱歉，富兰克林。这只是因为，我好多好多天几乎没有跟人说过话了，话匣子一打开，就像呕吐似的喷涌而出了。

“不管怎么说，”我继续说，稍微克制了一下，“我警告过凯文，一旦他被转到成人监狱，那里的饭菜只会更差。”

那个女人的眼睛眯成了一条缝。“你儿子到十八岁还出不去吗？多遗憾啊。”她触及到了等候大厅的禁忌话题。她的意思是，他肯定做了什么可怕的事情。

“纽约州对十六岁以下的少年犯挺仁慈，”我说，“但是，即使在这样一个州，因为谋杀，孩子至少也得坐五年牢——特别是犯了杀害七个高中生和一位英语老师的重罪。”她脸色大变。我又加上一句，“哦，还有一个餐厅工作人员。也许凯文对食物的态度比我想象得更激烈。”

她喃喃地说：“KK。”

我甚至能够听见，她在脑海里重新盘算。刚才我说话的时候她并没有专心听，如今一下子全都明白了。现在，她有理由对我儿子的林林总总感兴趣了——他偷偷摸摸地吃东西，他喜欢的“音乐”是电脑随机合成的不成调的刺耳的声音。以前在写学校布置的作文时，他经常只用三个字母组成的单词。这个小游戏还挺有创意。我刚才所做的只是一种晚会上的小把戏。突然之间，她不知道说什么才好，不是因为我让她感到索然无味，而是她感到害羞。倘若她能从我的谈话中搜罗到一点点有用的细节，就好比从倒掉的烂水果里找到几个因为匆忙而不小心倒掉的水果，只破了的皮，还能吃。明天她会把它们当成一个圣诞节果篮，在电话中送给她的妹妹。

“就是那玩意儿，”我说，“真逗，以前‘KK’这个缩写指的是一种甜甜圈。”

“那一定……”她欲言又止。这让我想起那次我升到头等舱，恰好坐在肖恩·康纳利[1]身边。我不知道说什么才好，除了一句：“您是肖恩·康纳利吧？”他大概听到了。

“你一定很难过。”她结结巴巴地说。

“是的。”我说。我不再努力吸引她的注意力了。我已经达到目的了。在几分钟之前，我唠唠叨叨的，像呕吐一般，令我十分尴尬。现在，我能够控制住自己了。仿佛一块石头落了地，我觉得这把黄色椅子很适合我的身材，坐上去十分舒适，简直不可思议。好奇心消失殆尽，我不想打听这个年轻女人的儿子究竟犯了什么罪。如今，平静的是我，有人向我献殷勤。我觉得自己仿佛是个女王。

“你的儿子，”她结结巴巴地说，“在这里还好吧？”

“嗯，凯文挺喜欢这儿。”

“怎么会呢？马龙不停地咒骂这个鬼地方。”

“凯文的兴趣爱好很少，”我说，心想，他几乎没有什么兴趣爱好。“他从来都不知道该拿自己怎么办。放学之后，还有周末，这些闲暇时光让他无所适从，就像一个特大型的车罩从他身上耷拉下来。对啦，现在，他每一天，从吃早餐到熄灯，都被严格管理。如今，生活在这样一个世界里，他整天都被人烦，却显得十分正常。我觉得，他找到了一种集体归属感，”我继续说，“也许不是与其他少年犯一起形成的集体归属感。而是大体上，他们臭味相投：彼此厌恶、彼此仇视、嘲笑对方。这些让他们宛如老友重逢。”

别的探视者显然在偷听。因为他们都把目光投向我们的椅子，但又马上移开，动作如同蜥蜴的舌头，又快又贪婪。我本该声音小些，

---

1　肖恩·康纳利：苏格兰电影演员，代表作为《007》。

但是，我喜欢有人听我说话。

“回过头来看自己做过的事情，他觉得是不是……要知道……”

“后悔？”我冷冷地补充道，“他怎么可能后悔呢？如今他成了名人，对吧？而且他找到了自我，就像以前人们说的那样。如今，他不用担心自己是怪物还是小丑，是用功的学生还是运动员或者书呆子。他也不用担心自己是不是同性恋。他就是个杀人犯。这一点清楚无误，简直妙极了。而且，最好的一点在于，”我深吸了一口气，“他摆脱了我。”

“听上去也有好的一面啊。”她开始跟我保持距离，比一般热烈交谈的女性之间的距离要远一到两英寸。她的眼光不是直盯着我，而是形成了大约三十度的角。这些微妙的变化似乎很科学：我是个标本。

“比方说，你也摆脱他了。”

我对着探视大厅做了个无可奈何的手势：“也没有完全做到。”

瞥了一眼手腕上的表，她似乎越发意识到，这是个千载难逢的机会。她得问一下一直想当面问 KK 的母亲提的问题，事不宜迟。我知道，接下来会是这个问题：“你有没有弄明白是什么让他……有没有弄明白为什么？”

这是每个人都想问的问题——我的哥哥，你的父母，我的同事，纪录片制片人，凯文的心理咨询师，格拉德斯通大屠杀网站的设计者。然而有意思的是，我母亲从来没有问过。塞尔马·科比特在她儿子葬礼一周之后，亲切地邀请我和她一起喝咖啡（尽管她从来没有大声问过，她和我在一起的大部分时间都在给我读他写的诗，给我看丹尼在学校演戏时拍的几百张照片）。完全是出于本能，这个问题脱口而出。她牢牢地抓住我的衣服，那是一种迫切地想要理解的渴望，濒临歇斯底里的边缘。就像所有那些父母一样，她被这样的忧惧打击得粉碎。那个血淋淋的场面完全没有必要发生，而其中黏糊糊的碎片，我俩都要花整个下半辈子去一点点拾起来。是的。“星期四事件”是一门选修课，就像版画复制术，或者西班牙语。但是，这种没完没了的纠缠，这种为什么，为什么，为什么的不停的询问简直太不公平了。“为什么？”难道仅仅因为他是我生的，我就该为这血腥和混乱负责吗？即使不承担他们所认为的这种没有理由的责任，我也承受了这些事实的冲击，我受的苦还不够吗？我相信那位在克拉夫拉克碰见的年轻女人没有恶意，但是，这个太熟悉的问题让我愤愤然。

“我觉得是我的错，”我抢白了她一句，“我不是个好妈妈——冷漠，爱批评人，自私。尽管你说不出口，指责我没有尽到责任。”

“哦，那……”她慢慢地说，同时挪过来两英寸的距离，视线转移了三十度，直视着我的眼睛。“你可以责备你的母亲，而她也可以责备她的母亲。至少最终能够找出问题出在某个死人身上。”

我因自己的负罪感而麻木，就像一个女孩子抓住一个玩具兔子般，我紧紧抓住自己的负罪感而听不懂她的话。

“格林利夫？”保安叫道。我的同伴把巧克力豆放进手提包里，然后站起身。我能够看出，她在盘算是否有足够的时间向我提一个简短的问题，或者表示一下临别的感想。跟肖恩·康纳利坐在一起的时候，我也曾经这样进退两难：是要吸取点信息，还是倾倒出点信息呢？我觉得她最终选择了后者。

“总是做母亲的错，对吧？”她轻轻地说，整理了一下大衣，“孩子没有养好，是因为他妈妈是个酒鬼，或者是个废物。她让他到处乱跑，她不教他什么是对，什么是错。他放学回家的时候，她总也不在家里。从来没有人说他爹是个酒鬼，或者说他爹在孩子放学的时候不在家。而且没有人会说，有些孩子就是坏透了。你别信那些胡说八道。别让他们把杀人的罪过都加在你头上。”

“洛伦塔·格林利夫！”

“当妈妈不容易。没有人会通过一项法律说‘怀孕之前你就得是完美的。我相信你尽了最大的努力。你跑到这个垃圾堆里，在这样一个美好的周六下午，你还在努力。如今你得照顾好自己，亲爱的。你再也别瞎说了。”

洛伦塔·格林利夫握住我的手，握得紧紧的。我的眼睛一热。我也握住她的手，握得紧紧的，久久不放，她肯定以为，我永远不肯松手了。

哦，天哪，咖啡凉了。

伊娃

晚上 9 点

我现在回到了公寓里，羞愧难当。我没有必要向她说出我是凯文的母亲。洛伦塔·格林利夫和我可以只是简单地谈谈克拉夫拉克的伙食供应。谁说硝石能够压制性冲动？或者甚至是，怎么会放硝石在里面呢？

我本来想写：“我不知道心里在想什么。”但是，恐怕我是知道的，富兰克林。我渴望有人陪伴，而且，我觉得她并不愿意跟这个饶舌的白人女性继续交谈。可是只要想把她的兴趣锁定，我就有这个本事，于是我就这样做了。

当然啦，在“星期四事件”刚刚过去的时候，我恨不得找个下水道钻进去，并且盖上井盖。我渴望不为人知，就像我哥哥那样。或者说被人遗忘，如果可以把它当成痛不欲生的近义词的话。在这个世界上我最不担心的就是觉得自己与众不同。然而，精神的弹性让人震惊。我已经提到过，我如今饥肠辘辘，不仅仅想吃鸡肉。我并不愿意回到从前，坐在陌生人身边，给他们留下深刻的印象。因为我曾经执掌一个非常成功的公司，或者四处旅行，连老挝都去过。我渴望回到那个时候——希尔伯罕为我鼓掌叫好，非常羡慕地告诉我，她去欧洲旅行时看过《飞行之翼与祈祷者》。那是我为自己选择的最为显赫的时候。但是，我们大家都有那么多资源，可以信手拈来。如今没有了公司、财富和英俊的丈夫。我放下架子，利用毫无疑问可以成为名人的这个捷径。

如今，我是臭名昭著的凯文·哈查多琳的母亲。这个身份给儿子带来另一个小小的胜利。《飞行之翼与祈祷者》和我们的婚姻已经降级为脚注。让人感兴趣的理由只有一个，那就是更好地解释，作为每个人都恨得咬牙切齿的这个孩子的母亲，我究竟是个什么样的人？私下里，我最痛恨的莫过于对于我曾经是个什么样的人提出疑问的这种母子间的哑剧。我的前半生，我是自己的造物主。孩提时代阴霾笼罩，成年的我却被自己塑造成一个活力四射、阅历丰富的人。我掌握了几十种语言，能够在任何一个外国城市的陌生街道上开拓前进。你是自己的艺术品！而你肯定会马上指出，这是一个美国化的说法。现在，我的视角已经欧洲化。我是他人历史的集合，是情境的造物。执行自我包装的这种具有攻击性的、美国式任务的是凯文。

我被围追堵截，人人都提出那个为什么的问题。但是，我不知道自己是否曾真的努力想要回答。我不确定是否想要了解凯文，是否想在自己身上找出一个漆黑的深井，从它的深处理解凯文的所作所为。然而，渐渐地，经历磨难之后，我明白了“星期四事件”发生的原因。马克·戴维·查普曼[1]如今能够收到约翰·列侬都不可能收到的粉丝的邮件；“黑夜狂魔”理查德·拉米雷斯也许毁掉了几十个女性享受幸福婚姻的机会，但是，尽管他本人身陷囹圄，却仍然接到无数女人的求婚。在一个著名和臭名昭著之间不加区分的国家，后者显得更容易实现。于是，令我感到惊讶的不再是大众对装满子弹的自动步枪多么频繁的暴跳如雷，而是生活在美国的有远大抱负的公民中，没有哪一位不是身处于摆满子弹的购物中心。凯文在“星期四事件”和我今

1 杀害约翰·列侬的枪手。

天在克拉夫拉克等候大厅里的所作所为，只是五十步笑百步而已。我渴望与众不同，决心吸引别人的注意力，甚至不惜靠那个谋杀了九个人的杀人犯获此“殊荣”。

难怪凯文在克拉夫拉克有一种宾至如归的感觉。如果说，上高中的时候，他一肚子不满是因为在那里有太多的竞争，许多别的男孩子都争得不亦乐乎，都想坐在教室后面充当满脸阴沉的小阿飞的角色。如今，他为自己赢得了无人能比的地位。

他还有“同僚”，分布在李特顿、琼斯伯勒、斯普林菲尔德等不同地方。在大多数领域，拥有对手与拥有共同使命感之间存在着紧张的竞争关系。许多知识渊博的人会“文人相轻”。他也对他们吹毛求疵。他嘲笑帕杜卡[1]的迈克尔·卡尼尔[2]是个“眼泪包”，对自己的所作所为感到后悔，是个十足的胆小鬼，玷污了崇高的事业。他羡慕有派头的人——比方说，埃文·拉姆齐在阿拉斯加州伯特利市自己的数学课上，一边噼噼啪啪地开枪一边说：“这肯定比代数管用，对吧？”他欣赏周密的计划，在扣动22毫米口径鲁格尔手枪的扳机之前，卡尼尔戴上了射击专用的耳塞。摩西湖的巴里·路凯蒂斯让母亲带自己到七个不同的商店，最后才挑选到了合适的黑色长大衣，好把30毫米口径的猎枪藏在里面。凯文还是个颇具讽刺意味的人。他非常看重这个事实，被路凯蒂斯枪杀的老师只在这个优等生的成绩回报卡上写了这样一行字：“很高兴班上有这样一名学生。”和所有从业人员一样，他看不起专业太差的人。比方说身处于加州雷德兰兹[3]的约翰·塞罗拉。这位十四岁的少年于1995年枪击了他的校长，逃离现场的时候绊倒在地，饮弹自尽。在通往最负盛名的专家之路上，凯文怀疑有些

1 美国肯塔基州西部城市，在田纳西河与俄亥俄河汇合处。

2 美国十四岁的枪手，受暴力游戏的鼓动，犯下枪杀多名无辜者的罪行。

3 美国加利福尼亚州西南部城市。

人是“暴发户”，想用最不值一提的方法来跻身于其中。比方说，得知那位十三岁的少年取出两位老人的内脏时，他表现得愤愤不平。要想让他佩服还真不容易。

正如约翰·厄普代克[1]不齿地称汤姆·沃尔夫[2]为冒牌货一样，凯文一直特别看不起卢克·伍德姆，说他是来自密西西比州珍珠城的爆炸式的人物。他赞成对意识形态的聚焦，但是瞧不起华而不实的道德说教以及不能自始至终坚持自己观点的任何一个校园枪击野心家。伍德姆在用30毫米口径短枪干掉他名义上的前女友之后，忍不住给班上的一个朋友写了个便条说（你应当听听你儿子呜咽着表演的声音）：“我杀人是因为像我这样的人每天都受到不公正的待遇。我这样做是为了昭示世人，社会逼迫我们。我们要反戈一击。”伍德姆在黄金时段的现场采访中痛哭流涕，哈喇子流到了橘黄色的衣裤上。他说：“我也是个人！”“我不是暴君。我并不邪恶，我也有颗心，我也有感情！”凯文对此深表谴责，觉得太没有范儿了。伍德姆承认，自己事先演练时用棍子痛打他那条名为闪闪的狗。他用塑料袋裹住这条杂种狗，先用少量的水折磨它，听它呜咽，然后把它扔到池塘里。经过深思熟虑之后，凯文得出结论说，折磨动物太老套了。最后，他尤其谴责这位“眼泪包”试图通过责备某个魔鬼教派来推卸责任的做法。这个故事本身显得非常华丽，但是凯文觉得，不能一人做事一人当，不仅仅是有损尊严的事情，而且还是对所有同仁的出卖。

我知道，亲爱的，你不耐烦了。你不想听我啰唆，只想知道探访本身进展如何——他情绪怎么样，脸色好不好，都说了些什么。好的，我马上汇报。但是别怪我，这是你主动要问的。

他看上去挺不错。尽管脸色发青，太阳穴周围的毛细血管显得十

---

1　约翰·厄普代克（1932—2009），美国小说家、诗人、散文家和评论家，普利策奖得主。

2　汤姆·沃尔夫（1931—2018），美国记者、作家、新新闻主义的鼻祖。

分脆弱。他把头发剪得犬牙交错。我觉得，那是他对自己外表关心的结果，说明他的心理还算健康。他右边的嘴角总像是想说点什么，仿佛在脸颊上形成了一个永久的单引号。当他嘴巴紧闭、满脸怒容时，也总是合不上。而左边的嘴角却没有这样的引号，两边的不对称叫人十分不安。

这些天来，在克拉夫拉克再也见不到无处不在的橘黄色连衣裤了。于是，凯文又可以坚持他从十四岁开始形成的、叫人迷惑不解的着装方式了。他那令人费解的品位很可能是故意做出来的，试图与风行一时的“大尺寸”时尚分庭抗礼。哈林区那些“小玩闹”四角内裤露在外面，宽松的牛仔裤裤腰肥得可以塞进去一艘小帆船，裤脚挽到膝盖，四处游逛，招摇过市。凯文另类的样子显得鹤立鸡群，到底是什么意思呢？我只能做出最大胆的猜想。

他这种另类的装扮在八年级的时候闪亮登场。当时，我以为，那些在腋窝处勒得紧紧的、在胸前箍得硬梆梆的短袖上衣是他最喜欢的旧衣服，他不舍得丢掉，于是特意给他买了相同样式的大一号的衣服。可他连碰都不碰。如今我明白了，那些连拉链都拉不上的粗布衣服是他精心挑选的。同样，袖子勉强到手腕的上衣，腰带以上三英寸处晃荡的领带（那是我们为了好看，逼他系上的），纽扣扣眼快要爆裂的衬衫，所有的衣服都是如此，概莫能外。

我要说，这些小衣服说明大问题。乍看，他似乎穷疯了。我一次又一次地忍住没有说“人家会认为我们挣钱太少，连给正在长身体的儿子买条新牛仔裤的钱也没有”。青少年总是渴望显示父母地位显赫。另外，细看就会发现，他那些紧紧箍在身上的衣服其实都是名牌，使得别人很难去效仿他这身打扮。如果说洗衣服的时候不小心用太热的水把衣服烫得变了形，那穿在身上就显得滑稽可笑，在肩膀上勒着个童装似的外套，把双臂拉到身体两侧，更是傻乎乎的像个狒狒。他牛仔裤的褶边吊在袜子上面，让人觉得像根干草棍儿。他还喜欢扮哑巴，这跟他的性格倒十分相配。他那副打扮太像彼得·潘了——拒绝长大——尽管我搞不清楚，他为什么那么留恋当小孩子。整个孩提时代他都好茫然。那些日子，他四处碰壁，就像我在我们那座迷宫似的家中四处乱撞一样。

克拉夫拉克允许犯人们穿街头流行的服装。这种实验性的做法使凯文在看守所里重申他的服饰宣言。纽约市的游荡者穿着大号衣服，从远处看，活像走路还不稳的一两岁孩子。凯文的缩水版服饰却取得了相反的效果，让他显得更大，更像个成年人，似乎要喷薄而出。他的一位心理咨询师说，这副打扮具有挑衅性的性特征，叫人不安。凯文裤裆处睾丸的形状清晰可见，带色的短袖上衣也将乳头暴露无遗。也许吧，窄袖口、紧领口、把腰勒得紧紧的裤带，都让我自然而然地联想到了捆绑。

他看上去很不舒服，在这方面，他的衣服功不可没。凯文不舒服，小衣服复制了他深切体会到的限制。把他那些令人窒息的衣服比作苦行者的刚毛衬衣也许有些夸张，但是，腰带几乎勒破他的皮肤，领子在他的脖子上留下了印痕。当然了，自己不舒服会让别人也不舒服，而那也许正是他的目的之一。我常常发现，跟他在一起的时候，我也会不停地扯自己的衣服，小心地拉开压在屁股下面的皱褶或者解开上衣多余的扣子。

邻桌都在进行简短的交谈。看着他们，我发现，有些少年犯也开始模仿凯文古怪的着装癖好了。我想，特小号的短袖衫似乎已经成了战利品，而凯文自己也扬扬得意地说过，矮个子们的衣服都被扒了。他可能会嘲笑那些模仿他的人，但是，他似乎因为引领了这里的潮流而志得意满。但凡两年前他对创意有一点点关心的话，他用来练习射击的那七个学生现在已经开始准备申请他们心仪的大学了。

该说说今天的事情了。他懒洋洋地走到探视室，穿着大概是某个小矮个儿的运动裤。因为我认得出，那不是我买的。他穿着一件小小的、领尖钉着纽扣的格子花呢上衣，只扣了中间两颗纽扣，肚子露在外面。他的网球鞋太小了，鞋后跟都让他踩变了形。他可能不喜欢我把话说出来，但他确实很有风度。他的动作软绵绵的，跟他说话时那副无精打采的样子很相配。他还总是那样歪歪斜斜，走路的时候往两边歪，活像只螃蟹。而且是左边的胯骨先动，就像超级模特在走猫步。要是他知道我发现他有点女里女气的话，我想他也不会生气。他喜欢让你不停地猜想。

“真让人吃惊。”他抽出椅子很平静地说。椅子后腿上用来消音的塑料片不见了，铝合金与水泥地摩擦发出刺耳的声音，就像凯文用指甲在黑板上抓挠时发出的声音。他的胳膊肘在桌子上滑动，拳头放在太阳穴上，歪着脑袋坐在那里，和整个身体形成一种不无讽刺意味的对比。我试着纠正他这汇总坐姿。但是，只要他坐在我的面前，我就往后缩。

总是要我找话题，这一点让我苦恼。他已经够大了，可以跟人攀谈了。但是，他把我困在自己的生活中，就像他把自己弄进监狱一样。我们同样都缺乏新鲜的话题。我们常常像在念一成不变的台词：“你怎么样？”我一个多余的字都没有。“你指望我说挺好的，对吗？”“我希望你说点什么。”我回击道。“是你来看我的。”他提醒我。然后，他就一直枯坐着，整整一个小时都是如此。要是我俩之间比赛谁更无聊的话，我准没戏。从前，整个周六下午，他都会坐在天气预报频道跟前硬撑着，就像演戏一样。

于是，今天我甚至连你怎么样都省略了。这样做依据的理论是，不闲聊的人也可以放松自己，但是要学会让别人费劲。而我依然因为刚才和洛伦塔·格林利夫的谈话而激动。也许设法让母亲喋喋不休地说她和儿子丑恶的暴行之间的联系，会给他带来些许满足感。但是显然，我以救世主自居，把“星期四事件”的责任自个儿承担起来的冲动，在凯文看来完全是盗窃行为。

“好的，”我说，不想闲扯，“我想知道。你怪罪我吗？要真是这样想的话，说来无妨。你是这样跟你的心理咨询师说的吗，或者说他们是这样告诉你的吗？一切都可以追溯到你的母亲。”

他抢白我说：“干吗要把所有的功劳抢过去？”

我以为需要用一部小说才能完成的谈话就这样在九十秒钟之内结束了。

“你还清清楚楚记得你的童年吧，凯文？”我在什么地方读到一篇文章说，那些经历了痛苦的童年时代的人脑子里常常会一片空白。

“有什么需要记住的？”

“哦，比方说，你到六岁还垫着尿布。”

“那又怎么样。”要是我之前的担心会让他难堪的话，我完全错了。

“肯定很不舒服。”

“是你觉得不舒服。”

“你也会觉得啊。”

“为什么？”他很温和地问，“挺暖和的。”

“暖和的时间不长。”

“只要别老坐在上面就行。你当妈妈挺仔细的。”

“幼儿园里别的孩子没有笑话你吗？我当时挺担心的。”

“哦，我想你大概着急得连觉都睡不着。”

“我挺担心的。”我坚定地说。

“我只是纳闷，你比别人晚了许多，你可能明白为什么。你父亲向你演示了那么多次。”

“凯——文——？”他用假声学你说话，“我的小甜心！看看小爸爸！看他是怎样在尿盆盆里撒尿的？你也要这样做吗，小凯文？这样多好玩，往尿盆盆里撒尿？我只是在提醒你，你们有多么傻气。”

他吐字十分清楚，让我觉得有趣。他天生不想让别人知道自己脑子里在想什么。“对，”我说，“你不想自己上厕所，而且你和我——你不想为了我那样做。但是，为什么不为爸爸去做呢？”

“你是个大孩子了！”凯文装腔作势，学你说话，“你是我的大孩子！你是我的小大人！天哪，什么浑球儿。”

我站起身来。“不许这样说。再也不能这样说了。一次也不行，永远永远不要再说了！”

我坐下来，靠在椅背上。我不应该让他这样对待我。我一般都不让他这样。尤其是那样说你——

噢，也许我还算幸运，他并没有经常提这件事。可是，最近他常常以某种方式提及。也就是说，小时候他的脸一直都是瘦瘦的、尖尖的，像我。但是，在过去的这一年里，他的脸开始变圆、变宽，我开始看到你的轮廓了。的确，我一度在凯文脸上如饥似渴地寻找他与父亲的相似之处，如今我却一直要与这种印象抗争。他故意这样做，目的是让我痛苦。我不想看到这种相似之处。我不想在他身上看到跟你一样的习惯，比方说，当你觉得某件事不重要时，你会不经意地挥挥手。比方说，一个又一个邻居不让他们的孩子跟你的儿子玩，对这种不值一提的小事，你就会打这样的手势。看到你好看的下巴颏在他脸上被幻化出好斗，你朴实的微笑在他脸上被挤压成狡诈的奸笑，我仿佛看到我的丈夫被鬼魂附体了。

“要是换了你，你会做什么？”我说，“要是有个儿子上一年级了还要尿裤子的话？”

凯文放平胳膊肘，趴在桌子上，肱二头肌紧贴桌面。“你知道有的人是怎么对付猫的吗？猫在屋子里拉，他们就硬把它的脸插到自己的粪便中。猫不喜欢那样，就跑到猫盆拉屎去了。”他满足地坐直了身子。

“跟我做的也差不离吧？”我说，“你还记得吧？你还要我怎样？我最后是怎样让你用卫生间的？”

他顺着胳膊肘找到了手臂上的一个不太明显的白色伤疤，带着不乏温柔的占有欲，仿佛抚摩着一个宠物虫子，说："当然记得。"这个肯定的回答中有一种不同的意味。我觉得他真的记得，尽管其他记忆可能在此之后。

"我那时为你骄傲。"他嘟囔着说。

"你是为自己骄傲，"我说，"跟往常一样。"

"嘿，"他说，身子往前探了探，"那是你做过的最诚实的一桩事。"

我的心似乎被他的话触动了，不由得抓住手提包。我也许让他为我骄傲过一次，但不是因为这个，绝对不是。

"别紧张，"他说，"我回答了你的问题。我也要问你一个问题。"

这可是新鲜事。"好的，"我说，"快说。"

"那些地图。"他说。

"地图怎么啦？"我说。

"你为什么一直留在墙上？"

在许多年里，我都拒绝从书房的墙上撕下那些弄脏了的地图。为此你还迫不及待地想把墙重新粉刷一遍，但是我坚决不同意。凯文居然"记住"了那件事情。他那时还太小，就像你当时一再提到的那样。

"我把它们留在那里是为了不至于发疯，"我说，"我需要看到你对我的所作所为，要能够触摸得到才行。用来证明你的恶意不是我凭空想出来的。"

"对啊，"他说，再次摸着胳膊上的伤疤，"我懂你的意思了。"

我向你许诺过要向你解释的，富兰克林，但是，此时此刻我做不到。

伊娃

*2001年1月17日*

亲爱的富兰克林：

很抱歉，上封信没有写完，让你久等了，因为我一直都不敢向你做出解释。事实上，今天早上开车上班的时候，我又想起了庭审中的另外一件事情。从技术上来讲，我做了伪证。我只是觉得，这件事情我对自己的丈夫隐瞒了十年，没有必要把它告诉那位法官。她长了一双玻璃珠子似的眼睛(我从来没有见过这种先天性缺陷，眼珠非常小，目光浑浊、神采全无，似乎是卡通里的某个人物，脑袋刚刚被人用煎锅砸晕了似的)。

“哈查多琳女士，你或者你的丈夫打过你们的儿子吗？”玛丽的律师问道。他倚靠在证人席上，一副咄咄逼人的样子。

“打孩子只能教给他们一个道理——使用暴力就能得到你想要的东西。”我背诵道。

“法庭完全赞同这一点，哈查多琳女士。但是，我们需要明确无误地弄清这一点。这十分重要。凯文还在你们监护之下的时候，你或者你的丈夫是否虐待过他？”

“当然没有，”我肯定地说，然后又说了一遍，“当然没有。”我后悔不该重复这句话。不得不说两遍，会让人觉得此地无银三百两。

离开被告席的时候，我的鞋卡在了地板的钉子上，一使劲，就把黑色塑料鞋后跟拉断了。我一瘸一拐地回到座位上，萦绕在脑子里的不是一只弄坏的鞋子，而是一个长长的木头鼻子[1]。

1 源自意大利童话故事《木偶奇遇记》。书中的主人公木偶匹诺曹只要一说谎，鼻子就会变长。

但是，保密是纪律。我从来没有把自己当成善于撒谎的人，但是，经过一番练习之后，我采取了搪塞的信条：并不是因为喜欢才会编造谎言。一个成功的谎言不会被带到这个世界上，然后被莫名其妙地抛弃的，就像任何一种彼此忠诚的关系一样，它会一直被保持下来，更多是因为对它的投入，而不是其真实性，没有任何办法，它就这样在不经意之中保持着。相形之下，我的谎言需要我，就像我需要它一样，就像婚姻的恒久所要求的那样：到死不分开。

我意识到，凯文一直用尿不湿，你很尴尬，虽然凯文并没有因此而难堪。我们已经在用超大号的尿不湿了。再需要加长的话，就不得不邮购失禁病人专用尿布了。然而，尽管你读过很多包容性非常强的育儿书，但你还是形成一种早已过时的男性观念。我觉得十分有趣。你不希望儿子变得女里女气，成为同伴取笑的对象，或者总是戴着这个只有婴儿才会戴的“护身符”，显得那么与众不同。因为他裤子里的那个大鼓包是骗不了人的。“天哪，”有一次，凯文睡着了，你嘟囔着说，“他为什么不只是吮吸大拇指呢？”

然而，孩提时代，你一直为了冲马桶的事儿跟母亲抗争。她格外讲究，因为有一次马桶里的水溢了出来，之后每一次摁马桶按钮的时候，你都心惊胆战，生怕一团团大便会无休无止地漫到地板上，仿佛是《魔法师的学徒》[1]一个污秽的版本。我也同意，在大小便问题上，孩子们如果有一个神经质的、解不开的结的话，一定是件悲哀的事情。这一切会让人们多么焦躁不安呀！于是，我赞成这种新的理论，等小孩子“准备好了”再使用马桶。可是，我俩逐渐感到绝望。你开始一遍遍地问我，白天他是否看见我使用马桶了（我们搞不清楚他是应该看还是不应该看），或者我是否说了什么吓着他了，使他远离这

1 迪士尼魔幻影片，风靡美国。

个文明生活的御座。与之相比，叫人愉快的“请”和“谢谢”可有可无，只不过像小型装饰桌巾一样。而你不是说我太重视这件事情了，就是说我太不重视了，反正你是常有理。

我怎么可能不重视呢？我们的儿子似乎跳过了这个生长阶段，简直是在对我的生活施行暴政。你应该还记得，凯文没有被那家昂贵的奈阿克幼儿园拒之门外（当然还带着他的粪便一起），只是因为当时有了新的、不无病态的教育理念（没有更差或者更好这回事，只存在差异），因为幼儿园害怕会被告上法庭（这种恐惧让美国人越来越不愿意做许多事情，从给溺水的人做口对口的人工呼吸到开除傻乎乎的不称职的员工）。与此同时，女老师不给五岁的小男孩换尿布。她声称，那样做的话，她很容易被指控性虐待，而成为牺牲品。（事实上，当我悄悄告诉卡洛尔·法布里肯特，凯文有这个小毛病的时候，她瞥了我一眼，干巴巴地说，这种不规范的行为有时是一种寻求帮助的呼声。她没有明说，但是，第二个星期我一直生活在恐惧之中，担心有人敲门，担心我们的窗户里冒出闪烁不定的蓝光。）于是，我早上九点钟把他送到“爱与学”幼儿园；十一点半，我不得不带着尿不湿再去一趟幼儿园，因为那个尿不湿已经用得很旧了。

要是他的尿不湿还是干的，我就会找个借口，弄弄他的头发，说要看看他在画什么。尽管家里的冰箱上贴满了他的“艺术作品”，我完全明白他在做什么（当其他孩子画够了笨头笨脑直愣愣的小人和远山、带点蓝色的天空的时候，凯文还在用黑色和紫色的蜡笔乱涂乱画，没有形状且参差不齐）。然而，如果中午没有换尿不湿的话，我一回去，就会接到电话。是法布里肯特老师打来的，告诉我说凯文现在湿透了，其他孩子都在抱怨他臭。她问我是否可以再来一趟……我能说不行吗？于是，算上下午两点钟接他回家，我一天要去“爱与学”幼儿园四趟。我原本以为，一旦凯文开始上学，我就会有很多自己的时间，我还幻想着，也许很快就能回去当《飞行之翼与祈祷者》的总裁呢。现在想都不要想啦。

假若凯文是一个顺从、好学的孩子，只是有这么个叫人心烦的毛病，她可能会可怜他。但是，法布里肯特老师跟我们的儿子之间关系不好，其实还有别的原因。

我们可能犯了个错误，不该把他送进蒙特梭利式幼儿园。蒙特梭利的哲学认为，至少，人在天性上是乐观的。这种教育只是监督而不是组织——把孩子们放在“有刺激性”的环境中，有很多玩具，包括带字母的积木、数数用的珠子和豆类植物。假设孩子天生就是自学成才的料，就会起到很好的作用。可是依我的经验看，一旦让他们自行其是，势必会有两个结果：要么无事可干，要么就是一点好处都没有。

那年十一月，我们收到了凯文的第一份“成绩”报告单，其中提到他“有点不活跃”，而且“在主动性方面可能需要帮助”。法布里肯特老师对批评学生深恶痛绝。于是，费了很大的劲，仿佛是拔牙一般，才听到她的解释。头两个月，凯文呆坐在教室中间的一张凳子上，无精打采地看着同学们玩玩具。我知道他的那种眼神，如衰弱的老人，蒙眬地怒视，偶尔才会闪烁一下，带着讥讽、不信任的神情。要是叫他跟别的孩子一起玩，他会十分厌烦地回答说，他们做的任何事都“没劲”。后来上初中的时候，这样的厌烦之情让他的历史老师以为他喝醉了酒。她是怎么劝他去画那些乱七八糟的画呢？不得而知。

就我个人而言，要赞美这些用蜡笔乱涂乱画的创作可真费劲。我很快就用尽了溢美之词（很有力量感，凯文！）和能想象出来的解释（你画的是风暴吗，宝贝？你画的是我们从厕所下水道捞出来的头发和肥皂吧），他画画的时候永远用黑色、褐色和紫罗兰色。我努力控制住自己没有说三道四，只是怯生生地提议，抽象表现主义在五十年代已经走到了尽头，也许他应该尝试画点别的，比如接近鸟或者树的形状的东西。但是，对于法布里肯特老师来说，凯文画的那些酷似堵塞了下水道的静物，恰恰证明蒙特梭利教学法的优越之处。那就是，甚至能够让石头开花。

不管怎么说，即使凯文很有天分，维持抑郁的时间也只能这样长。他不会去做一点让生活稍微有点意思的事情，就像“星期四事件”最后表现出来的那样。等到学年结束，法布里肯特该多么想念凯文·哈查多琳什么都不做的那些日子啊。

不用说，豆类植物都死了。替代它们的是刚刚发芽的鳄梨树，但也未能幸免，而与此同时，不经意中，我发现丢了一瓶漂白剂。还发生了一些蹊跷的事情：一月的某一天，我牵着凯文的手刚走进教室，一个长着秀兰·邓波儿那样鬈发的小姑娘就开始哭。她的哭声越来越大，到二月某个时候，她就再也不上幼儿园了。还有个小男孩，九月的时候爱欺负人、很难控制，是那种喜欢打人的孩子，常常会踢你的腿，或者把别的孩子推到沙箱里。可是后来，这个孩子突然变得安静、内向，并且很快就患上了严重的哮喘病。他还对大衣柜表现出难以名状的恐惧。当离衣柜足有五英尺远时，他就开始呼吸困难。那跟凯文又有什么关系呢？我说不上来，也许压根儿就没有关系。有些事情没有什么大碍，比方说，小贾森双脚陷在红色塑料套鞋里拔不出来。后来才发现，里面装满了苹果味的蛋糕。那是加餐时吃剩的。孩子的把戏——真是孩子的把戏，我们都会异口同声地说。

当然啦，让法布里肯特老师最难过的是，在使用马桶方面，她班上的孩子一个个都开始退步。那一学年刚刚开始的时候，她和我都希望，凯文会在课间上厕所的时候受到同伴们的启发，但是恐怕适得其反，等他毕业的时候，他们班不是一个六岁的孩子戴尿不湿，而是三四个。

还有几件事情叫我越发不安。

有天早上，一个绰号叫作玛菲特[1]的小可人儿带了一套茶具来幼

1 《鹅妈妈童谣》中的小女主人公。

儿园炫耀。不是一套普通的茶具，而是华丽的、有很多茶杯的那种，每一件都安放在一个有天鹅绒衬里的桃心木盒子里。盒子里有按照尺寸做好的一个个小格子。她母亲后来怒气冲冲地说，那是他们的传家宝，只有在非常特殊的情况下才允许玛菲特带出来。无疑，这套茶具根本就不该带到幼儿园，可是这个小姑娘非常自豪，因为虽然茶具有那么多配套的茶杯，她却能十分自如地使用它们。等孩子们坐在齐膝盖高的凳子上的时候，她煞费苦心地走到十几个小朋友面前，把小杯子放在茶碟上，还放上了小勺。后来，她给每个孩子斟“茶”（无疑是菠萝—柚子汁），凯文举起茶杯和大家干杯——结果茶杯掉在地板上了。

十一个品茶的同伴都模仿他。等法布里肯特老师好不容易控制住局面，茶托、瓷勺子都已经稀里哗啦地落到地上了。玛菲特的母亲那天下午来接哭哭啼啼的女儿的时候，除了茶壶，那套宝贝茶具已荡然无存。

我也许曾经希望儿子有领导力，但这可不是我预期的结果。可等我这样说的时候，法布里肯特老师完全没有心情听笑话。我对她总体的感觉是，二十岁出头，信心十足，想要规范那些“言听计从”的小娃娃。想要把他们培养成具有多元文化理念、对环境负责的素食者。渴望纠正发展中国家的不公平。然而，随着时间的流逝，她的信心被消磨。那是她当幼儿园老师的第一年，要从眉毛上剥下广告颜料，夜里上床睡觉的时候，牙龈上还带有胶水的咸味。要让许多孩子同时去“休息”，结果根本没法进行任何活动。在 9 月的家长见面会上，她宣称自己“就是喜爱孩子”，对她的这份“宣言”，我持怀疑态度。像法布里肯特老师这样的年轻女性，她们冷鼻子冷脸，活像夏洛特的土豆，臀部翘翘的像爱达荷州的形状。从她们口里说出来的这个“宣言”不可能兑现，分明可以解读成“我想要结婚”。而我自己呢，与其说生了一个孩子，不如说生了这个孩子之后，根本就不相信会有爱孩子这种宣言。就像不相信某人说他爱人类，能够拥抱波尔布特[1]、唐·里科斯[2]，或者那位住在你楼上，凌晨三点钟做两千个跳爆竹[3]的邻居。

法布里肯特老师用演员对观众高声耳语一般的音调上气不接下气地向我讲完这个可怕的故事之后，清楚明白地告诉我，希望我能够赔偿整套茶具。经济上我当然没有问题，再贵我都赔得起，但是，我不能接受的是，为什么所有的责任都在我们？看看你的脸，富兰克林，你大发雷霆。你很生气，你认为不该单单挑出你的儿子来，或者你会说，为什么单单指控他？严格地说，他只摔坏了其中的一套，你只同意赔偿十二分之一的损失。我也说，要跟凯文谈谈，让他懂得要“尊重别人的财物”。可是，法布里肯特老师对我的话根本不以为意。也许凭直觉，她知道我这种老一套的说教注定没有分量。就像女孩子跳绳时用欢快的语调在数一个土豆、两个土豆一样。

“那样做不好，凯文，”我在车上说，“不应该摔坏玛菲特的茶杯。”我不明白，为什么父母总是相信孩子们渴望让人觉得自己好，因为如果我们评价一个熟人的时候，说这个人很好，实际上是说他们枯燥无味。

“她的名字真蠢。”

“那也不能把人家的杯子……”

“是滑落的。”他有些含糊其词。

“法布里肯特老师可不是这样说的。”

“她怎么知道呢？”他打了个哈欠。

“换了你，你会有什么感觉呢？孩子，要是你有个特别喜欢的东

---

1　波尔布特（1925 — 1998）：柬埔寨共产党总书记。从 1976 年至 1979 年出任民主柬埔寨总理。他的政权曾受到中国、泰国一定程度的支持，但他的极左政策普遍受到国际社会的谴责。

2　唐·里科斯：美国歌唱演员，以在歌曲中讽刺、怒骂所有人而著名。

3　一种运动项目。

西，你带到班上给人看，却被人弄坏了呢？”

“比方说什么东西呢？”他问，满脸的天真，还有点沾沾自喜。

我在心里琢磨，凯文特别喜欢什么呢？可是想不出来。我绞尽脑汁去搜寻他喜欢的东西，可是越搜寻越沮丧，就像拍遍了所有的口袋，却发现一向放钱夹的那个口袋空空如也。这太有悖常理了。虽然童年时代玩具少得可怜，但我却珍藏着一些最不值一提的纪念品，其中有一个名叫可怜的得得儿的三条腿的小毛驴，上发条的那种，还有洗得干干净净的装食用色素的瓶子，四个一套。

凯文可不是没有玩具，你给他买的玩意儿堆积如山。我这样说，还真有点儿过意不去。放在台子上的游戏男孩儿和唐卡自动倾倒车，他连看都不看一眼。你这样挥霍似乎只是在暗示，你已经意识到，之前送给他的所有礼物他都不当回事。也许你的慷慨起了副作用，让他觉得，你在他的游戏室里堆满了塑料垃圾。也许他看出，商业玩具没有什么意义。我们那么富有，无论多么贵重的玩具，不费吹灰之力就能买到。

但是，我也动手给他做过有特色的玩具，每次都要花好几个星期的时间，以为会有所不同。我还特意让凯文看着我做，这样他就知道，我这样辛苦都是出于对他的爱。可他却气急败坏地问我，为什么不干脆去买本故事书？这就是他的好奇心最好的表露。我还把手绘的故事书夹在涂上颜色的纸板封面之间，钻洞，用漂亮的线穿起来，然后读给他听。可他只是茫然地看着窗外。我承认，故事并不新奇，讲的是一个小男孩丢掉了他心爱的狗史尼比，万分着急，他四处寻找，史尼比最终当然出现了——我可能是借用了电视剧《新灵犬莱西》的故事情节。我从来没有假装自己是个天才的作家，而且故事书中的水彩画有些模糊。我深受这种错觉之害，以为真正算数的是你的想法。我一再提到，小男孩长着黑头发，褐色的眼睛深陷在眼窝里。可是无论我多么努力，都无法让他觉得，故事中那个因丢失小狗而痛苦的小男孩就是他自己（还记得你想给凯文买只狗吗？我请求你不要买。你从来没有让我解释为什么。我真高兴，因为我从来不向自己解释是为什么。我只知道，一想到我们会养一只活蹦乱跳的黑色赖伯狗，或者一条温驯的爱尔兰长毛猎犬，我心中就充满了恐惧）。他还是对那本故事书表现出了兴趣。我去端饭，让他独自待了一会儿，回来时发现，他用马克笔把每一页都涂得乱七八糟——似乎是一个早期的互动版。后来，他把嘴里塞着袜子、眼睛里塞着扣子的泰迪熊淹死在熊之湖中，处理得恰到好处。我的几张黑白两色的木头斑马拼图呢，被他塞到了下水道里。

我想起了很久以前发生的那件事。“还记得你的水枪吗？”

他耸耸肩。

“记得吗，那次妈妈发脾气，用脚踩，后来踩坏了。”我有个很奇怪的习惯，老是用第三人称来指代自己。我可能已经开始分离，“妈妈”如今指的是有道德的另一个自我，一个母性的“圣像”。高高兴兴，乐乐呵呵，胖胖的，满手面粉屑，火苗舔着放在炉灶上的大肚子锅的锅底，用引人入胜的故事和热乎乎的饼干来解决邻居孩子之间的纠纷。与此同时，凯文完全不再称我为妈妈了。于是，这个词就归我一个人来傻乎乎地称呼自己了。在车上，我意识到他对我不再用任何称呼，这让我感到不安。这似乎不可能，因为孩子们一般都会在有求于你的时候称呼你，也许只是为了引起你的注意。但是，凯文讨厌求我办任何事情，哪怕只需要我转过头去。“你并不喜欢我那样做，对吧？”

“我不在乎。”凯文说。

我的手在方向盘上的位置从十和二垂落到了七和五。他没有记错。你说，他把我的地图弄得面目全非是因为他想给我帮忙。于是，你马上给他买了支新水枪。可是，他把它扔到玩具箱中那堆不玩的玩具里，再也没有碰过。水枪的使命就这样完成了。当初我把枪筒放在地板上踩碎的时候，有一种奇怪的预感，他一定很高兴看到我那样做，虽然他曾经那么喜欢那玩意儿。

我告诉你茶具的事情时，你想置之不理。我向你投去警告的一瞥，我们谈过，在教育凯文的问题上需要保持一致。“嘿，凯，”你轻描淡写地说，“女孩子喜欢茶具，要轻拿轻放，不能摔碎了，对吧？那样不好。现在去玩玩飞碟怎么样？晚饭前我们还有点时间，去玩玩你的‘倾斜转弯’吧。”

“好的，爸爸！”看见凯文飞奔到储藏间里找出飞碟，我有点迷惑不解。他双手握拳，胳膊肘晃动着，看上去完全是个普普通通的淘气包，一听说能在院子里跟父亲一起玩，就开心得不得了。只是太过像个普通小孩了，仿佛是经过一番琢磨装出来的。甚至那句“好的，爸爸！”听上去都有点像练习过的耶——而我却无法让他做到这一点。周末，凯文“吹奏”出这支曲子时，我也有同样怪怪的感觉。对，是在吹奏：“哎呀，爸爸，都星期六了！我们再去找个战场吧？”你心花怒放，我都不愿相信他可能是在愚弄你。我从餐厅的窗户向外看去，简直不敢相信，练习了那么久之后，凯文还是扔不好飞碟。他仍然用中指钩住它的边缘，把飞碟扔到一边，扔到离你的脚足有十码远的地方。你很有耐性。我担心，正是因为你的耐心，他才一再这么做。

噢，我已经记不清楚那一年里所有的事情了。只记得有两三次，我和你谈起凯文，而你每次都说：“没什么，伊娃。每个男孩子都会揪几个女孩子的辫子的。”很多时候，我都没有跟你说，因为我觉得，只要告诉你我们的儿子做了什么坏事，都像是在告他的状。最终我会觉得，做错事的不是他而是我。要是我是他的姐姐的话还行，可是，母亲能当告密者吗？那是明摆着的事情。

可是，我看到了那幅景象——我想是在3月。对了，我弄不清楚为什么会让我觉得那么难受，但是我没法不说出来。我按时去接凯文，但是，似乎没有人知道他在哪儿。法布里肯特老师一下子紧张起来。那时候，要是凯文被人绑架了的话——我们受人蛊惑，怀疑每个灌木丛后面都有可能藏着个危险的“恋童癖”——我都会怀疑凶手肯定是她雇来的。不见了的居然是我们的儿子。过了好一阵子，她（或者是我）才想起来去厕所看一下，按说他不大可能选择这样一个地方避难呀。

“在这儿呢！”老师在女厕所门前高兴地喊道。接下来她就倒吸了一口气。

我觉得，你可能已经回忆不起来这些陈芝麻烂谷子的事情了，那就让我给你讲讲，好让你想起来吧。有个个子小小的黑头发的小朋友叫作维奥莱塔，凯文刚上幼儿园的时候，我可能提到过她，因为她给我留下了很深的印象。她很文静，性格内向，恨不得藏在法布里肯特老师的裙子底下才好。花了很长时间，我才哄得她告诉我她叫什么名字。她真的挺漂亮，但是要很仔细看才看得出她漂亮，大多数人都没有发现。他们只看到了她的湿疹。

湿疹可怕极了。她周身被湿疹覆盖，一大块一大块像鱼鳞一般，红红的，一片片黏在一起，有时候结了的痂还会破掉。她的胳膊上、细长的腿上都是。最糟糕的是满脸都有。皱皱巴巴，像爬行动物的皮。我以前听说过，皮肤的状况跟情感失调有关系。也许我自己容易相信那些流行的假说吧，因为我不禁在想，维奥莱塔是不是受到过某种虐待，或者她的父母是不是在进行离婚大战？不管怎么说，每次看见她，我心里都有一种难言的痛苦。我战胜了自己的冲动，把她抱了起来。我从来没有想过，极端的愤怒会对我们的儿子本人带来伤害。但是，我在法尔科医生的诊室里所渴望的正是这种叫人心碎的痛苦。某种暂时的不幸会结束，但是同时，会在内心深处引起无比的同情，就像看到自己儿子受苦一样。这种同情像是一个无底的深潭。那潭水只要维奥莱塔——一个陌生人的孩子——羞怯地出现在我面前就开始荡漾。

我自己只长过一次湿疹，长在下巴上，算是品尝了个中滋味，足以让我领略痒得让人发狂是一种什么样的感觉。我之前听到过她妈妈小声叮嘱她不要挠，心想维奥莱塔经常不好意思地揣在毛衣兜里那管乳膏应该是止痒的吧。如果那是药的话，就该是蛇油膏。我从来没有见到维奥莱塔的湿疹好过，只是越来越糟糕。但是，那些止痒剂效果都一般，而她的自控能力实在惊人。她会用手指甲在手臂上试探性地掐一下，然后就用另外一只手抓住这只淘气的手，似乎在用绳子捆住它。

当法布里肯特老师倒吸一口凉气的时候，我走到她跟前，站在门口。凯文背对着我们，正在悄声说着什么。我把门推开，他停下来后退了一步。洗手池前对着我们的是维奥莱塔。她抬起头来，脸上的表情我只能用蒙受了恩赐来形容。她双目紧闭，双手就像坟墓中的死人那样交叉着，一只手放在另一边的肩膀上。她似乎沉浸在狂喜中。我敢肯定，这个傻乎乎的小姑娘享受了早该得到的快乐。这一点，我们两个人谁也不会反对，可是事实上，她浑身都是血。

我可不是在这里夸张。法布里肯特老师马上大叫着，把凯文推到一边好去取纸巾。显而易见，维奥莱塔的损伤没有看上去那么吓人。我不让她用双手挠前臂，老师则蘸湿纸巾，擦她的四肢和脸，想要在她母亲到达之前把她弄得干净一些。我试着从她的海军毛衫上掸去挠下来的皮屑。但是，一片片皮屑黏在法兰绒上，就像维可牢牌尼龙搭扣一般。显然来不及清洗她脚腕处蕾丝花边上的斑斑血迹和白色泡泡袖上沾的东西了。虽然大部分伤口都很浅，但是斑斑点点全身都是。法布里肯特老师刚拭去一块湿疹——有的是暗红色，有的是亮红色的——上面又开始冒出血珠子，然后血就流淌下来。

听着，我不想再继续争执下去了。我完全同意，凯文可能连碰都没有碰她一下。我看得出来，是她用手把自己挠成那样的，根本不需要别人帮忙。痒得难受，她屈服了。我敢说，最终把手指甲伸到可怕的红痂里，那感觉简直舒服极了。我甚至觉得在损毁中有报复的意味。她或许受到了误导，坚信手术做好的话，她可能会一次性地永远摆脱给她带来痛苦的鳞甲。

可是，我仍然忘不了那张脸。我们找到她的时候，我看到她的脸似乎在诉说着什么，不仅仅是纯粹的开心，还有一种释然。更加狂野，更加原始，近乎异教徒的释然。她知道，这样做之后会给自己带来伤害，她的皮肤会疼得要命，她知道，妈妈就要来接她。而她的表情中弥漫着忧惧，给了这个仅仅五岁的女孩子淫秽的意味。她宁愿把自己沦为这种辉煌的、如饥似渴的、不论后果的行为的牺牲品。啊，这种后果的滑稽性——流血，刺痛，头发乱蓬蓬地回家，接下来几个星期都结着难看的痂——似乎就是她快乐的核心。

那天晚上你怒不可遏。

“一个小女孩给自己挠痒痒。跟我的儿子有什么关系？”

“他在场！这个可怜的女孩子，活活地剥了自己的皮，他却无动于衷。”

“他又不是照顾她的人，伊娃，他是被看管的孩子之一！”

“他可以叫人的呀，对吧！在事情发展得更糟糕之前！”

“也许吧，可是他下个月才满六岁呀。你总不能指望他足智多谋，或者弄明白那样做是‘太过分了’。她不过是在挠痒痒啊。你也无法解释凯文为什么一下午绕着房子走来走去。从他的眼神来看，他还带着臭烘烘的屎！”你很少这样说话。你忘记了说臭臭。

“多亏了凯文的尿不湿。要感谢凯文，他还戴着尿布湿。”怒不可遏的父亲给凯文洗完澡之后，凯文就待在自己的屋子里。但是我意识到，事实上，我的声音能够传到他的房间里去。“富兰克林，我实在没有办法了！我买了那么多书，讲什么臭臭不脏，应该从容面对。可是如今，他觉得那些书太傻了，是写给两岁孩子的。我们应该等到他对马桶感兴趣的时候，但是他不感兴趣，富兰克林！反正妈妈都会清理的，他干吗要自己去做呢？我们还要任其发展下去，等到他上大学吗？”

“好，我同意我们进入正面强化环节。让他注意……”

“这不是一个环节，而是一场斗争，富兰克林。我们的部队减员了。我们弹药匮乏。我们的边界被攻破了。”

“能够单刀直入吗？你的新的马桶训练理论是否就是让他带着自己的排泄物四处乱窜，然后全弄到我们雪白的沙发上？这是启发性的，还是惩罚性的？你似乎把这个最新的‘疗法’跟某个孩子挠痒痒让你难堪这个疯狂的念头完全混为一谈了。”

“他诱导了她。”

“噢，我的天。”

“她一直做得非常好，克制自己不去挠湿疹。可是我们突然发现，她和她的新朋友一起待在洗手间，他在她旁边跑来跑去，催她继续……我的天，富兰克林，你应该看看她当时的样子！她让我想起了六十年代流行的那个吓人的故事，一个男人被泼了酸，把手臂上的皮肤都挠开了，因为他觉得自己身上长满了虫子。”

“你有没有想过，要是那个场景真的那么可怕，凯文自己也会留下痛苦的记忆？也许他需要某种安抚和劝慰，需要有人跟他谈谈，而不是带着自己的排泄物被关在外面？天哪，他还不如让人领养了算了。”

“那我太幸运了。”我小声说。

“伊娃！”

“我开玩笑呢！”

“你出什么问题了？”你绝望了。

“他才没有‘痛苦的记忆’呢，他自鸣得意着呢。开车回家的时候，他两眼放光。自他把生日蛋糕剜心剖肝之后，我还没有见他那么高兴过呢。”

你一屁股坐在我们中看不中用的洁白的长沙发的一端，双手捧着头。我不能坐到你跟前去，因为沙发的另一端上面还沾着黄澄澄的东西。“我也实在是没有办法了，伊娃。”你摩挲着太阳穴，“但不是因为凯文。”

“是在威胁我吗？”

“不是威胁……”

“那你在说什么啊？！”

“伊娃，请冷静。我从来没有想过要拆散这个家。”从前你说的是：“我永远不会离开你”。你自以为有道德的宣言十分可靠，可是相形之下，对一个爱人发誓说永远不变心却要脆弱得多。这是谁都知道的事情。不知道为什么，你对我们这个家坚如磐石的承诺会让我伤心不已。

“我帮他穿衣，”我说，“只要他让，我就喂他吃饭。我不管到哪儿都开车带着他。我给他烤在幼儿园吃的小吃。从早到晚，我都听任他差遣，随叫随到。我一天给他换六次尿不湿，谁都没有说过我半点好。可是有那么一天下午，他让我烦透了，甚至把我吓坏了，以至于不敢靠近他。这时就有人指责我。我也不是要惩罚他。甚至在那个洗手间里，他看上去那么……啊……”我想到三四个形容词，可是觉得太有煽动性，最终还是放弃了。“给他这样换尿不湿，太亲密了。”

“听听你都说了些什么。我都搞不清楚你在说哪个孩子。我们的孩子又快乐又健康。我还觉得他特别聪明（我强忍着没有插嘴，我担心的就是这个）。要是有时候他不说话，那是因为他想法多，爱思考。除此之外，他跟我玩儿，拥抱我，说晚安。我给他读故事。只有我和他在一起的时候，他什么都跟我说——”

“你的意思是，他告诉你什么了？”

你举起手掌。“他画了什么画，他们吃什么点心……”

“你就觉得他什么都告诉你了？”

“你是不是发疯了？他才五岁，伊娃，他还能说什么呢？”

“给你来点开胃菜吧？去年那个幼儿园放学后的游戏小组是怎么回事，你知道吗？一个接一个，妈妈都把孩子带走了。哦，总是有理由的——乔丹老是感冒，蒂法尼不喜欢在这个小组年龄最小……最后，只剩下我和洛纳两个人带着孩子去。她说，人太少了，算不上游戏小组，干脆取消了吧。几个星期之后，我没有事先通知就去了洛纳家给他们送圣诞礼物，你猜怎么着？原来的游戏小组所有的孩子都聚集在她家客厅里。她十分尴尬。我们提都没有提这件事。不过，既然儿子跟你无话不说，你干吗不让他给你解释解释，为什么那些妈妈开溜之后，却偷偷地再次聚会？她们这样做，只是要把我们‘快乐而健康’的儿子排除在外。”

“我才不会问他呢，因为那件事情太丑陋，会伤害他的感情的。而且，我觉得没有什么好说的。勾心斗角，无事生非，小市民气一览无余。典型的闲得没事干的全职妈妈们的勾当。”

“我也是个全职妈妈。我告诉你，我可是做了不少牺牲的，而且我们哪里是闲得没事可干呢？”

“那他就是受到排挤了！你为什么不生她们的气呢？为什么会觉得是我们儿子的错，而不是某个吹毛求疵的神经病妈妈的错呢？”

“因为我太清楚了，虽然凯文没有告诉我一切。噢，你也可以问问他，为什么没有一个我们请来临时看他的人会来第二次？”

“我不需要问。这一带绝大多数的青少年每周都能从家里拿到一百美元的零用钱。十二美元一个小时吸引不了他们。”

“那你至少能够让你可爱的、信任你的小男孩原原本本地告诉你，他究竟对维奥莱塔说了什么。”

我们并没有经常吵架，而是恰恰相反。不过，那次吵架我记得很清楚。真有意思，普普通通的一天的性质在于让你淡忘最早的记忆。我也不是那种喜欢混乱的人——可是结果却更加让人遗憾。我可能喜欢挠开我们一天天和平相处的干燥的表皮，就像维奥莱塔用手挠开她四肢上结的痂，弄点鲜亮的东西出来，让某种液体继续流淌，去体会手指间滑溜溜的感觉一样。说罢这些，我对表皮下面的东西感到恐惧。我所恐惧的是，从根本上来讲，我痛恨我的生活，痛恨当母亲，甚至有时候会痛恨做你的妻子。因为你如此待我，把我的日子变成看不到尽头的流淌着屎尿以及凯文甚至都不喜欢的烤饼的溪流。

可是再多的吵闹也解决不了尿不湿危机。我俩也有角色转换的时候，虽然很少。你倾向于认为问题具有内在复杂性，而我觉得再简单不过了。我们想要让他用马桶，他就是不想这样做。而我们又无法停止让他使用马桶的要求，对此我一筹莫展。

毫无疑问，你觉得我满口胡言。但是把凯文关进换尿不湿的台子里——如今台子太小，已经装不下他这个“大小伙子”——他抬起双腿，在半空中晃荡着，常常让我想起那些零星的游击战争。装备不好、地位低下的人组成的叛军，给强大的政府军造成出其不意的重大损失。由于军队缺乏巨大而笨重的武器装备，叛军们只好靠计谋取胜。他们的袭击常常只是小打小闹，却十分频繁，持续不断，越来越强。最终在一段时间内，比几次带来重大伤亡的大规模战役更能摧毁敌人的士气。面对军火方面的劣势，游击队把手头能找到的任何东西都当成武器。有时把日常生活用品也改造成具有摧毁性的武器。我知道你会制造炸弹。比方说，用甲烷肥料。对凯文来说，他也进行着“裤子座位”战役，而且凯文也学会了用屎来作武器。

哦，换尿不湿的时候他够安静的。他似乎非常享受这种仪式，也许从我越来越快捷的动作中领略到一种令人满足的尴尬。他都快六岁了，擦他收紧的小睾丸时，开始让我觉得淫秽。

或许凯文喜欢这种“私会”，但我从来不相信婴儿的排泄物闻上去是“香甜的”。而上了幼儿园的孩子的屎尿更不会有这样的好名声。凯文已经长得很结实了，身上也有味儿了。育儿室里如今弥漫出一种流浪汉占领的地下通道的陈腐的酸味。我对自己为本地的垃圾填埋场贡献了堆积如山的、不能生物降解的纸尿布而感到羞怯。最糟糕的是，在某些日子里，凯文似乎故意不让他的肠道排空，好发动第二次袭击。如果他算不上蜡笔画世界的达·芬奇的话，他一定算得上是对自己的括约肌具有完美控制能力的艺术鉴赏家。

记住，我只是摆好台子，根本不是要为那个7月发生的事情给自己找借口。我知道你肯定只会被吓坏。我甚至不指望你原谅我。为时已晚，但是我迫切需要你的理解。

凯文6月从幼儿园毕业后，我们整个夏天都只有彼此相伴。（听我说，虽然我让凯文感到不安，但他也让我感到不安了。）尽管法布里肯特老师在教孩子绘图方面取得了些许成功，她的蒙特梭利教学法却没有给我们家带来奇迹。凯文仍然没有学会玩耍。要是让他自己玩，他就坐在地板上，一副气呼呼的样子，家里的气氛被他搞得十分压抑。于是我试图让他参与各种活动，找来毛线、扣子、胶水和色彩斑斓的织物碎片，在游戏室里做袜子木偶。我跟他坐在地毯上，我自个儿玩得很开心，一点儿也不骗你。最终我做了一个正在吃东西的兔子，红毡做的嘴巴，草吸管做的胡子，两只蓝色大耳朵垂下来。而凯文只是把胳膊放在膝盖上，任凭胶水从瓶子里面不停地滴下来。我并不希望我们的孩子一定要成为一个手工神童，但是他至少可以试着动动手。

我也试着通过教他一些基础知识让他跳过一年级。“我们来学数数吧！”我提议说。

“学那玩意儿干吗？”

“等你上学了，你就会比任何人的算术都学得更好。”

“算术有什么好的？”

“啊，你还记得昨天，妈妈付账的事情吧？你得会加、会减才会付账，知道你还剩多少钱。”

“你用的是计算器。”

“嗯，你算术好的话就能知道计算器算得对不对。”

“要是它算得不总是对的，你还用它干啥。”

“它总是对的。”我硬着头皮说。

“那你就用不着学算术啊。”

“用计算器，”我说，心里很慌张，“你还是得知道五美元是什么样子，对吧？来，我们来练习一下数数。三后面是几？”

“七。”凯文说。

我们就这样继续数下去。他一次又一次地信口说着，（“九前面是几？”“五十三。”）两眼无神地看着我，嘴里胡乱念着：“一、二、三、四、五、六、七、八、九、十；十一、十二……”停下来喘口气，然后一字不差地数到一百。“现在可以停下来了吧？”我觉得自己真是个傻瓜。

在认字方面我也提不起他的兴趣。“别跟我说。”我一提起阅读，他就不耐烦地说。我便耐心地解释：“干吗要阅读？有什么用？嗯，我告诉你。有时候你会觉得特别没意思，没事可干，那时候，你就觉得可以阅读。即使坐在火车上，或者在等公共汽车的时候，也可以看书。”

“要是书不好看呢？”

“那就换一本。世界上有好多书，你读不完的，永远不会没书看。”

“要是都不好看呢？”

“不可能，凯文。”我斩钉截铁地说。

“我觉得有可能。”他不同意。

“另外，等你长大了找工作的时候，你就会觉得读写必须得很好才行，否则没有人会雇用你。”当然啦，私下里，我心里想，要真是这样的话，这个国家大多数人都得失业。

“爸爸不写东西。他开车到处跑，拍照片。”

“有些别的工作……”

“我不想工作又怎么样？”

“那你就得靠福利生活。政府只给你一点点钱，让你饿不死，但是不够做任何有意思的事情。”

“我不想做任何事情又怎么样呢？”

“我想你会想做的。要是你自己挣钱，就可以去看电影、吃大餐，甚至去不同的国家，就像妈妈过去那样。”说“过去”二字时，我心里一紧。

我不知道那些在家里完成孩子教育的家庭是如何做到的。凯文从来不专心听讲，似乎听讲是对他的一种侮辱。但是，不知道他是怎样偷偷地学会了他需要知道的知识的。他学知识就像吃东西一样——偷偷地、秘密地，像在没有人看他的时候用铲子铲被握成拳头状的奶酪三明治一样拨弄信息。他不愿意承认自己不知道某样东西，总是装腔作势，狡猾地掩盖他教育中的任何不足。在凯文的心目中，装不知道并不可耻，我也从来分不清楚他是装糊涂还是真不懂。于是，当我在餐桌上谴责罗宾·麦罗林·威廉姆斯[1]在电影《死亡诗社》中的角色太“陈腐”的时候，我本以为需要给凯文讲讲这个词的意思是“就像很多人已经做过的一样”。可是他似乎早已知道这个词，还不以为然地哼了哼鼻子。他是不是三岁的时候就学会了“陈腐”这个词，却装作连话都不会说呢？你是怎么想的呢？

---

1　罗宾·麦罗林·威廉姆斯（1951—2014）：美国喜剧演员，曾赢得奥斯卡金像奖、金球奖、美国演员工会奖、格莱美奖等殊荣。

等我花了好几周的时间打仗似的给他补习完字母表（“‘R’之后是什么？”），他打断了我的责骂——我批评他一刻也坐不住，等着要学的东西自动灌到耳朵里——一口气从头到尾一字不差地唱了一遍字母歌，尽管跑调跑得离奇，即使耳朵不那么灵敏的人都觉得怎么会唱成这个样子？听上去就像在念犹太教的祈祷文。我想一定是老师在爱与学幼儿园教过，不是凯文自己装成那样的。他不无嘲弄地背诵完，一脸“现在我会说我的 ABC 了，告诉我你觉得我怎么样”的时候，我生气地说：“我觉得这个坏小孩成心想浪费妈妈的时间！”他笑了，还有点夸张，嘴角都笑开了花。

他也不是完全不听话，《星期天》披露的这一个细节并不正确。他可以一点儿不差地完成所有作业。仿写阶段写不好是不可避免的——歪歪扭扭，字母“P”不封口，倒在线下面，像是挨了枪子儿似的。过了这个阶段，老师就会要求他老老实实坐下来，在练习本的格子内准确无误地写下：“看，莎莉，看。走，走，走，跑，跑，跑，跑，莎莉，跑。”我说不出来究竟为什么那么可恶，只是觉得他向我展示出小学读本阴险的虚无主义。甚至他写那些字母的样子也让我不安。没有任何性格特征。我的意思是，没有形成我们所理解的手写体，也就是说没能在标准化的文本上留下个人的印迹。从这个意义上来讲，他承认他知道应该怎样做，因为他的书写体毫无疑问是复制了他的课本的例了，没有任何多余的尾巴或者花体。他写的字母“T”是交叉的“十”字，“I”有点，“B”“O”和“D”内部膨胀，似乎占了很多空间。

我的意思是，无论他看上去多么顺从，辅导他学习简直气死人。你回到家中可以欣赏他了不起的进步，我可从来没有享受过“尤里卡”[1]的瞬间。在大人经过数个小时的耐心哄骗和让人头脑发僵的重复

1　此处应为“灵感突发”的瞬间。

之后，即使看到他终于突破难关，也没有什么快乐可言。显然，教一个不爱学习的孩子，并不比靠在厨房留一盘食物喂饱他更让人有满足感。他显然故意不让我满意。他下定决心要让我觉得自己一无是处，他完全不需要我的帮助。我虽然不像你那样确信我们的儿子是个天才，但他的确是——噢，我觉得他现在还是。他十分聪明。但是，我日复一日辅导他学习的经历却是，教这样一个独一无二的孩子学习，似乎是每一年都在给傻瓜编造一个更加不诚实的名字。我会一而再，再而三地让他练习“二加三等于几”，直到他充满敌意，就是不说出五来。我让他坐下，潦草地写下：

12，387

6，945

138，964

3，987，234

然后在下面画一条线，说：“那好！把这些数字加起来吧！加完了之后乘以 25，你不是觉得自己聪明吗？”

整个白天我都在想你，就像想念过去的生活。那时候，我一整天都忙得没有时间想念你。从前我精通葡萄牙历史，能够记住历代王朝的顺序，也知道宗教裁判期间有多少犹太人被杀害，而如今我整天背诵的是字母表。不是西里尔[1]字母表，不是希伯来文字母表，而是我们的字母表。即使凯文是个好学的孩子，对于我来说，这个管理机构给人的感觉无疑像是只有在梦里才会被迫进行的急速降落——我坐在教室后面，用一支坏了的铅笔参加考试，连裤子都没有穿。然而，要是没有额外羞辱的话，我也许能忍受这个让人羞耻的角色。至今在超过六年的时间里，我生活中整天忙于应付的是大便。

好啦——和盘托出吧。

---

1 古代斯拉夫语字母。

七月的一个下午，跟往常一样，凯文弄脏了尿不湿。刚刚按照惯例抹了纸尿裤霜和爽身粉，不到二十分钟他又拉屎了，而且这一次更过分。那天下午，我坚持让他写一个和他日常生活有关的、有意义的句子，不要总是写什么“莎莉走”“莎莉跑”的废话。于是，他在练习本上写道：“友（幼）儿园里谁都说我妈妈看上去特白（别）老。”我气得满脸通红。恰好此时，就在我刚刚给他换了两次尿不湿之后，另外一股很说明问题的味道飘散开来。他盘腿坐在地板上，我搂住他的腰把他抱起来，拉开尿不湿看个究竟。结果，我被打败了。“你怎么回事？”我喊道，“你几乎什么都不吃，这都是打哪儿来的呀？”

一股热流冲上我的全身。我几乎没有注意到凯文的双腿已经离开了地毯。他似乎没有一点重量，似乎那个紧紧的、致密的、装着无穷无尽大便的小身体是用泡沫塑料花生填充的。没有别的解释了。我将他一把扔到育儿室中间。他“咣”的一声撞到不锈钢换尿不湿台子的边缘。他抬起头，似乎终于对什么东西有了点兴趣。他滑倒在地板上，看上去像是电影里的慢镜头。

伊娃

*2001年1月19日*

亲爱的富兰克林：

这下子你知道了。

我向他冲过去，心存侥幸，以为他会没事——他看上去没事——直到我把他的身体转过来，仔细察看他摔着了的那条胳膊。他的前臂肯定是撞上了换尿不湿用的台子的边缘了。你曾经打趣说，我们的儿子学会“飞翔”了，而他第一次“飞翔”就撞上去了。手臂在流血，中间有点弯曲、肿胀，有个白色的东西戳出来。我险些吐了出来。“对不起，对不起，太对不起了！”我喃喃着说。但是，无论自责让我变得多么脆弱，我仍然禁不住一时有些陶醉，也许正是这一刻让我对“星期四事件”发生的事情撒谎，说我无法理解。其实只是为了自我粉饰。回首往事，我当时真的吓呆了。但是，那个瞬间真正的核心是喜悦。把孩子扔出去，管他会上哪儿去，只要远远地待着就行。我不知不觉之中屈服了，就像维奥莱塔那样，去挠那无休无止的、折磨人的痒痒。

趁你把我臭骂一通之前，我请求你理解我。我真的十分努力，一直想要做个好妈妈。但是，努力想要享受做母亲的快乐并不等于真的能够拥有快乐。自护士把他放到我的怀里以来，我不信任自己任何一个冲动。我严格控制自己，几近虔诚。每天拥抱小孩三次，针对他做的事或说的话夸奖两次，像念经一般不停地背诵“我爱你，宝贝！”或者“你爸爸和我都非常爱你！”虔诚而一成不变。但是由于坚持得过于严苛，大多数“圣礼”都变得空洞。整整六年，我的每一句话都经过了检验，就像广播里的电话交谈节目奉行的延迟五秒播出的那种检验，只是为了确保我没有“播放”出任何淫秽、诽谤性的东西，或者与公司政策相违背的话来。这样的警戒是要付出代价的。它使我听上去遥不可及、断断续续而且十分笨拙。

在肾上腺素升高的同时，我举起凯文的身体，头一次觉得自己动作优美。因为我至少感觉到行为是一气呵成的，之间没有经过调整。家庭暴力能起到某种作用。承认这一点不太好。它未经加工、不受限制，撕毁了横亘在我们之间文明的面纱，宛如使生命成为可能一样。真正的爱也许只是我们乐于讴歌的那种激情糟糕的替代品。但是它与仇恨和愤怒——而非亲切或者礼貌之间，有更多的共同之处。在短短两秒的时间里，我觉得自己比较完整，像是凯文·哈查多琳真正的母亲。我觉得离他很近。我觉得像我自己——我的真实的、未经删节的自我——而且，我觉得我们终于开始交流了。

我从凯文潮湿的前额上撩起一缕浓密的头发，看到他一脸愤怒，瞪着双眼，嘴角扭曲着，有点近乎于微笑的神情。我跑去取来那天早晨的《纽约时报》，塞到他的胳膊底下。他没有哭。我确保报纸不会从他的胳膊底下掉下来。我还记得手肘处的标题是《波罗的海地区更多的自主导致莫斯科不适》。我帮他站稳，问他别的地方疼不疼，他摇了摇头。我试着把他抱起来，他又摇了摇头。他要自己走。我们一起拖着步子走到电话跟前。我没有看着他的时候，他可能抹去了一滴眼泪，但是看上去，凯文并不比让他学习数数更痛苦。

儿科大夫戈德布拉特医生在东阿克医院的急诊室里接待了我们。那个急诊室很小，极其私密。在那里，我觉得任何人都能一眼看出我干了些什么。挂号窗口旁边张贴着“纽约地方官受害者热线”的广告，似乎是专门为我的儿子设立的。我不停地说，却没有说出什么来；我对接待的护士一股脑儿地说出了什么事，却没有告诉她是怎么发生的。同时，凯文表现出鲜见的自制力，那忍耐精神只有一个自制力非常强的人才具备：他笔直地站着，下巴往上扬。自己托着垫在报纸上的胳膊，穿过大厅走进去，他让戈德布拉特医生扶着他的肩膀，而甩开了我的手。走进整形外科医生的检查室时，他在门口转过脸来精神抖擞地说："我可以自己去看大夫。"

"你不想让我陪你吗，万一疼呢？"

"你就在外面等我。"他命令我，咬紧牙关，腮帮上的肌肉在颤动，显然已经疼痛难忍。

"你儿子像个小大人儿似的，伊娃，"戈德布拉特大夫说，"他的命令你应该听见了吧。"让我恐惧的是，他关上了门。

我真的，真的希望能进去陪陪凯文。我渴望给自己重新树立形象，我是个值得他信任的母亲，而不是一个把他摔倒在屋子里的怪物，就像电影《吵闹鬼》中的报复幽灵。但是，对的，我也害怕凯文会把我的所作所为告诉外科医生或者本杰明·戈德布拉特。关于这种事情是有相关法律的。我会被抓起来。我的案子会登载在《洛克兰县时报》一个叫人胆战心惊的栏目里。司法部门真的会把凯文从我身边带走，应验了我开过的那个欢迎人们这样做的没有品位的玩笑。我将不得不向这样的屈辱低头。某个不赞成我的做法的社会工作者会每个月来访一次，看看儿子身上有没有伤痕。无论我多么该受到谴责，我仍然宁愿承受私下里自我谴责的缓慢的灼伤，而不是公众非难的火辣辣的抽打。

于是，我目光呆滞地盯着用玻璃围住的诊室往里看。他们将诊室围起来是为了保证医护人员的话不被患者家属听到。我搜肠刮肚地想要进行争辩。噢，大夫，你知道，小孩子说话夸大其词。把他扔出去？他自顾自地在厅里跑，我从卧室出来时不小心撞上了他……然后他，啊，当然就倒了。摔得重，撞到……撞到灯座上了……我自己都感到恶心，能想出来的每一句为自己开脱的话听起来都那么荒谬。坐在候诊室的一把硬梆梆的、海蓝色的金属椅子上，我有足够的时间责备自己。一个护士告诉我说，得给儿子做手术，把"骨头冷凝物清理一下"，得知这个处理措施我太高兴了，就没有多说什么。

可是，三个小时之后凯文才出来，带着炫目的白色石膏，戈德布拉特医生拍着我们儿子的后背，称赞说我们养了个勇敢的年轻人。而整形外科大夫面无表情地详细介绍了骨折的情况，感染的危险性，保持石膏的干燥有多重要，以及凯文应该什么时候再来复诊。两个大夫都很善良，没有提及医护人员不得不给我们的儿子换脏尿不湿的事情。凯文的身上不再飘出臭味了。我没有说话，只是不停地点头。后来，我偷偷瞥了一眼凯文，他凝视着我，目光明亮，分明在告诉我，他是个完美的共谋者。

我欠了他的债。他知道我欠他的。在相当长的时间内，我都会觉得欠了他的情。

在开车回家的路上，我不停地念叨着(妈妈做错了，大错特错了，她非常非常抱歉——尽管使用第三人称，拉开距离的做法让我的忏悔有些值得怀疑，似乎我把这个事故归罪于想象中的某个朋友)。凯文一言不发。他显得十分冷淡，简直有些傲慢，打了石膏的右手插到衬衫里，活像拿破仑，他在前排座位上坐得笔直，从右边的车窗向外张望，检阅着塔潘齐大桥上一束束明亮的灯光，俨然一位凯旋的将军，在战场上英勇受伤，此刻正享受着人群的高声喝彩。

我可无法享受这样的心理平衡。我也许已经逃脱了警方和社会工作者的声讨，但是，还有另一个交叉火力在等我。倘若被逼无奈，我可能会跟戈德布拉特大夫编出一个荒唐的故事，说撞倒了凯文。但是，面对你的时候，我无法想象自己能够说出这样的瞎话。

“嘿！你们到哪里去了？”我们走进厨房的时候你大声说。你转过身来，刚刚在一块乐之饼干上涂了厚厚的一层花生酱。

我的心怦怦直跳，不知道该说什么好。迄今为止，我还从来没有存心做过什么危害我们的婚姻——或者我们的家庭——的事情。但是我敢肯定，假若有什么事情会把我们的关系推到崩溃的边缘的话，非这件事莫属了。

“天哪，凯！”你大叫道，不顾嘴里满是饼干屑，都来不及咀嚼就使劲咽下去，“你出什么事了？”

你飞快地擦了把手，在凯文面前蹲下来。我浑身的皮肤刺痛，仿佛我是一个电网，有人刚刚通上电一样。我预感到再有一两秒钟一切就迥然不同了，就像看到有车迎面出现在你的车道上，却来不及转动方向盘时那种软绵绵的恐惧一样。

不过，在最后一刻避免了迎头相撞。无论出了什么事，你早就习惯了听儿子的解释而不相信你的妻子。于是你直接问凯文。这一次你错了。要是问我的话，我敢打包票——至少我乐于这样想——我会耷拉着脑袋告诉你真相的。

“我摔坏了胳膊。”

“我看见了。怎么回事？”

“我摔跤了。”

“在哪儿摔的？”

“我又在裤子里拉臭臭了。妈妈去取湿纸巾来擦。我从换尿不湿的台子上掉了下去。正好掉在……掉在我的唐卡自动倾倒卡车上了。妈妈带我去看金屁股大夫。”

他表现得十分出色。非常，非常出色。你可能还无法欣赏他有多出色。他编得很顺畅——故事信手拈来。没有哪个细节有漏洞，或者理由不充分。这个年龄的很多孩子会编些荒诞不经的故事。比方说饮料洒了，或者镜子破了，而他没有。他学会了骗子老手入行时所需的基本功——总是尽量拿真实情况说事儿。编滴水不漏的谎言，需要利用简单的事实做材料。只要有这些材料，造一座金字塔并不比搭一个平台更难。他的确会在裤子里拉屎。那天下午，我第二次给他换尿布的时候用完了已经打开了的那一盒湿纸巾，他也准确地记住了。他也从换尿不湿的台子上掉下去过。他的唐卡自动倾倒卡车也真的——那天夜里，我后来查看过——当时就搁在育儿室的地板上。还有，我不得不佩服，他凭直觉知道，仅仅从三英尺高的台子上跌到地板上不足以摔断胳膊。他还需要撞上了某种坚硬的金属物品的坏运气。而且，他的故事虽然短，却点缀得十分雅致：妈妈这个他编出来的、显得做作的称呼，他已经几个月都不用了，此时却用上了，赋予他的故事一种感情色彩，让人想要一把抱住他。这种感情色彩神奇般地掩盖了故事的真相。“金屁股大夫”这个称呼也很好玩，让你顿时释然——你的快乐的、健康的儿子已经回到正常状态了。也许，最叫人佩服的是，他没有像在急诊室时那样让自己朝我射来共谋的一瞥，那样会让这场游戏露出马脚来。

“天哪，”你惊呼，“肯定很疼吧？！”

“整形外科大夫说是开放性骨折，”我说，“刺破了皮肤。伤口很干净，很快就会愈合。”这时凯文和我对视了一下，时间非常短，算是把“合同”封上了。我把我的灵魂卖给了一个六岁的孩子。

“你打算让人在你的石膏上签名吗？”你问，“这是个传统，你知道。你的朋友和家人都在上面签名，希望你能够早日康复。”

“当然啦，爸爸！不过，我得先去趟洗手间。”他慢悠悠地走了，没有打石膏的那只手一甩一甩的。

“我没有听错吧？”你悄悄地问。

“好像没有。”浑身僵硬地站了那么长时间——恐惧是一种肌肉静力训练——我累坏了。仅此一次，我对我们儿子的使用马桶训练毫不关心。

你用一只胳膊搂着我的肩膀：“老兄，你肯定吓坏了。”

“都是我的错。”我说，只是嘴巴嚅动了一下。

“哪个妈妈能够分分秒秒地盯着孩子呢？”

我倒希望你没有这样善解人意。“是的，但是我应该……”

“嘘——嘘！”你抬起食指。从客厅的卫生间里传出细细的流水声。对于父母的耳朵来说，那像音乐般美妙。“你觉得是什么起作用了，是吓出来的吗？”你轻声说，“或者他害怕再上换尿不湿的台子？”

我耸耸肩。尽管看上去是如此，但我不相信仅仅靠对一块弄脏了的尿不湿大发雷霆，就能把儿子吓得开始使用马桶了。噢，反正总是跟发生在婴儿室里的纠纷有关系。我终于得到了报偿。

“应该庆祝一下。我得进去祝贺一下那个家伙……”

我把手放在你的手臂上。“别高兴过头了。让他安安静静地做吧，别太当回事。凯文喜欢在没有人看的时候做跟平时不一样的事情。”

说完这句话，我完全知道，不应该把在马桶里撒尿看作是凯文承认失败的表现。他赢得了更大的战役。同意使用马桶，是一个愿意屈尊俯就、宽宏大量的胜利者可以做出的微不足道的让步，目的是把一个手下败将扔出去。我们六岁的儿子成功地诱惑我违背了自己的行为准则。我犯下了战争罪——要不是因为儿子以宽容之心保持沉默的话，丈夫本人就会把我引渡到海牙，接受军事法庭的审判。

凯文一只手拎着裤子从洗手间走了出来。我建议晚餐吃一大碗爆米花，还拍马屁说，要加上好多好多盐！沉浸在正常生活的音乐之中（就在几分钟之前，我以为永远不会再听到）——你把瓶瓶罐罐弄得乒乓作响，不锈钢碗发出清脆的声音，玉米粒发出好听的咔嗒咔嗒的声音——我预感到，只要凯文守口如瓶，这种像爬行动物在我的肚皮上蠕动的生活方式就能够持续到永远。

他为什么不泄密呢？显然，他是在保护妈妈。好吧。就算是吧。然而，也许要考虑一下“资产负债表”。在遥远的终止日期之前，因为秘密被保守住了，利息就会增加。通过撒谎来配合，知道我的胳膊实际上是怎么摔的吗，爸爸？一个月之后，也许会有更为严峻的、爆炸性的后果。与此同时，只要在他的“账户”上保持发横财的原则，凯文就会继续从中获利。可要是他把真相一股脑儿地抖搂出来，他的“资产”就会回到一个六岁孩子的水平——每周区区五美元零花钱而已。

另外，在我所有那些假装神圣的、歌舞会一般的说教之后（你愿意……吗），我给他提供了一个鲜有的机会来占领道德上的高地。这个高度能让他看到几处新的风景，哪怕最终不能适合他对不动产的口味。也许凭直觉，“各个击破先生”知道，把秘密合并起来还是分开，要严格按照是谁在参与而定。我不停地向你絮叨，说凯文应该选择坐浴而不是淋浴，以便保持石膏的干燥，那是在强颜欢笑，显得极不自然。我问凯文爆米花上要不要放意大利干酪，那个问题中带着吁求、恐惧和奴性的感激之情。

有一点让我很感动，也一直让我感动。我觉得，他经历了与我的亲近，他不想轻易放手。不仅仅因为我们在合伙掩盖这件事情，而且凯文也许从我们所掩盖的袭击过程本身，体会到了完整性。他就是由脐带相连的、了不起的剑麻般的力量被猛拉到这个世界上来的。仅仅这么一次，我就知道自己是他的母亲了。所以，在像彼得·潘那样非常惊讶地飞过婴儿室时，他也明白，他是我的儿子。

那个夏天余下的事情公然挑衅了我所有的叙事本能。要是早先让我写一部电视剧，我会写一位脾气暴躁的老泼妇如何在漆黑的地牢里大发雷霆。在此期间，倘若她被赋予了超人的力量，我就会让她年幼的儿子在家里蹑手蹑脚地走，心惊胆战地朝她笑，拼命地向她打手势，让她不要那么生气。总的来说，他是拖着脚步走，畏缩不前，不停地说：“是的，主人，我愿意做任何事情。”只要不让他在毫无准备的情况下，双脚不沾地板地在他们家所有的屋子里转悠就行。

电视剧到此为止。是我在蹑手蹑脚。是我笑的时候胆战心惊。是我拖着步子、畏缩不前，似乎在参加一场游吟歌手表演的试听测验。

原因何在？让我们谈谈权力吧。在家庭中，按照神话里的说法，父母被赋予的权力大的不成比例。这一点，我不能确信。孩子们呢？

首先，他们会伤透我们的心。他们会给我们带来耻辱，会让我们破产。而我本人还可以证明，他们可以让我们希望自己根本不曾来到这个世界。我们能做什么呢？不让他们去看电影。但是怎样才能做到这一点呢？要是孩子不听话一定要向门外走，我们如何才能保证禁令得以实施呢？不可回避的事实是，父母就像政府。我们通过公然的或者含蓄的武力威胁维持权威性。孩子按我们说的去做。坦率地说，因为我们能够打断他的胳膊。

然而，凯文的白色石膏变成了一个令人炫目的徽章，不是标志着我能对他做什么，而是我不能做什么。因为诉诸于极端的权力，我剥夺了自己的权力。因为不能得到信任，恰到好处地使用武力，我陷入了一个无计可施的兵工厂之中，拥有虽然杀伤力巨大但毫无用处的武器，就像一堆堆核弹头。他胸有成竹，知道我绝对不敢再动他一根手指头。

于是，你不必担心在1989年我变得像尼安德特人[1]那样野蛮。在把凯文当成铅球扔出去的时候，我发现所有那些完整感、真实感和直截了当，在纽约的一分钟内荡然无存。我记得感觉自己矮了三分。我的体态恶化了。我的声音变得微弱。我要求凯文做什么事情的时候不敢直接说，而是用具有选择性的、建议的口吻："亲爱的，你想上车吗？""要是我们去商店你不会太介意吧？""你揭掉妈妈刚刚烤好的馅饼中间的皮，这样做也许不太好吧？"因为他觉得我教他学习简直是奇耻大辱，我回归了蒙特梭利教学法。

一开始，他用各种花招来折磨我，就像训练熊表演一样。他会提出要求，午餐要吃花很多时间才能做好的食物，比方说自制的比萨饼。等我花了整个上午的时间揉面团、煮沙司之后，他只是从给他端

---

1　简称尼人，也被译为尼安德塔人，常作为人类进化史中间阶段的代表性居群的通称。因发现于德国尼安德特河谷的人类化石而得名。

上去的几块饼上挑出两片意大利辣香肠吃，把剩下的面饼卷成一个黏糊糊的棒球形状的东西扔到水槽里去。后来，就像对待其他玩具一样，他很快就对玩弄妈妈感到腻味了，我觉得这是我的一大幸事。

事实上，我从前只放一盎司的盐，如今却让儿子吃非常非常咸的芝士条，我的恳请很快就令他不安起来。我常常在他附近徘徊，而凯文会向我投来敌意的目光。火车车厢里基本上没有什么人，一个陌生人却坐在你旁边的时候，你大概就会向他投去那种敌意的目光。事实证明，我是一个微不足道的对手，身为监护人却对儿子阿谀奉承，言听计从，他取得的任何胜利无疑都会让我觉得丢人。

尽管带着石膏很费劲，但他坚持自己洗澡。我若是“屈尊俯就”，非要给他披上新浴巾，他就会避开，自己裹上。事实上，在温顺地让人换尿不湿、擦睾丸之后不久，他开始变得十分羞怯。到了8月，干脆不让我进浴室，总是自己悄悄地穿好衣服才走出来。除了十岁那年，因为得病，有两个星期不得不让我照顾之外，十四岁之前，他再也没让我看见他的裸体。直到那时，我都希望能继续享有这个特权。

我的亲切关怀喷涌而出，像大小便失禁一般，其中夹杂着歉意。凯文对此根本不买账。我亲吻他的前额，他会随即用手擦拭。我帮他梳头，他把我轰走，还把头发故意弄乱。我拥抱他，他冷冷地拒绝，说我会弄疼他的胳膊。我说“我爱你，宝宝……”的时候不再用背诵使徒信条那种严肃的口吻，而是万福玛利亚式的狂热。他的表情马上变得刻薄，左边的嘴角老是翘起来，从那以后就一直保持着这种尖酸刻薄的样子。有一天，我再次公开宣布：“我爱你，宝宝！”凯文回敬我说：“耶——耶！耶——耶！”从此我再也不说了。

显然，他相信自己看透了我。他曾经躲在帘子后面偷看。第一次看到父母亲做爱给他留下了不可磨灭的印象。那种印象不是说多少爱他的话、给他吃多少零食能抹掉的。然而，让我吃惊的是，对母亲真面目的揭示——她的邪恶和暴力——似乎叫他非常开心。如果说他开始对我心中有数的话，应该就是通过这个“事故”激起了他的兴趣。与这之前我教他数数相比，他的兴趣要大得多。他开始用一种崭新的、我尊称为好奇的目光斜眼看他的母亲。就是这样的。

至于你我，那年夏天前，我已经习惯了向你隐瞒一些事情。但是，那主要是个人想法而已，比方说，凯文出生时我的脑子里完全是一片空白，我对新家充满了反感，等等。但是，从某种意义上来讲，我们都出于保护对方的目的，不让对方听见自己脑海中充满恐惧的杂音，虽然这些看不见摸不着的、没有说出来的话让我伤心。但是，该去幼儿园接儿子时，恐惧常常向我袭来。不告诉你这一点是一回事，不告诉你“哦，顺便说一下，我摔断了他的胳膊”却是另外一回事。这个念头无论多么邪恶，都不会在我的身体占一席之地，但是，保住一个真实的秘密的感受却宛如吞下了一颗炮弹。

你似乎离我很遥远。夜里，看着你脱衣睡觉，我心里充满了对旧日美好时光的怀念，如同鬼魅一般。我希望从你身旁经过去刷牙的时候，你能够像跨过月光那样轻而易举地跨过我的身体。看着你在后院教凯文如何靠他未受伤的右手戴着手套接球时——尽管事实上，似乎扔比萨饼才是他的拿手好戏——我会把手掌心压在被太阳烤热的窗玻璃上，仿佛它将我们阴阳两隔。如匕首般向我袭来的是令人眩晕的祝福。倘若我已经是鬼魂，那叫人心痛的、被排斥的感觉，一定会把我折磨得遍体鳞伤。即使我把手放在你的胸膛上，也难以真切地摸到你。每次你脱下衣服，下面仿佛还有另外一件宾永牌工作衫。永远脱不完，就像巴塞洛缪无穷无尽的帽子。

与此同时，你我再也没有外出享受过二人世界——去看场电影，比方说《罪与错》，去奈阿克的大河俱乐部吃顿饭，更不必说到城里的联合广场咖啡厅放松放松了。确实有请不到人看孩子的问题，但是，你情愿每天晚上闷在家里，在月光明亮的夏夜，教凯文第三次进攻四攻、三分球射门得分和内野高飞球的规则。对其中任何一项运动，凯文既没有兴趣也不能胜任，你却视而不见。我有些烦躁，但是，最让我失望的是，你根本不想跟你的妻子在一起享受黄金时光[1]。

现在再说这些还有什么用呢。当时我嫉妒，而且孤独。

那是8月末的一天，隔壁的邻居倚在我们的门前不停地按门铃，似乎有什么事情让他恼火。我在厨房里，听见你去开门。

“告诉你儿子，这可不是闹着玩的！”罗杰·科利大声说。

“啊，慢点讲，罗杰！”你回答道，“批评别人没有幽默感，你得先把笑话讲出来啊。”

你诙谐地打趣，但并没有请他进屋。我从厅里往外窥探，发现你只把门半开半掩着。

“特伦特刚骑自行车下帕利塞德大街那个大坡，失去控制，倒在灌木丛里！摔得可惨了！”

跟科利一家，我一直努力保持良好的邻里关系。他们的儿子比凯文大一两岁。一开始，莫伊拉·科利很热情，说要安排两家一起庆祝一下，后来不知道为什么就不提这件事了。但是，有一次他对我的亚美尼亚背景表现出热忱。头一天我还去他们家给她送去新烤好的凯斯——你想吃了吗？——那种我母亲教我做的多层的面包，带点甜味的，加了很多黄油。与邻居们搞好关系是郊区生活为数不多的规矩之，你没有把大门完全打开，我担心会显得不友好。

“罗杰，”我站在你的背后一边用洗碗的毛巾擦手，一边说，“干吗不进来好好谈谈！你好像很不开心。”

我们一起走到起居室，我注意到罗杰的衣服有点不合适。他穿弹力自行车短裤显得肚子太大，穿着骑自行车的专用鞋子让他走路时有点内八字。你坐在一把扶手椅后面。扶手椅像是故意放在你和罗杰之

1　父亲、母亲或双亲保留来专门讨论与家庭和小孩有关之事务的时间。

间的军事堡垒。“我听了特伦特受伤的事，特别难过，”你说，“也许这正是教孩子自行车安全知识的好机会。”

“他懂得基础知识的，”罗杰说，“比方说，倘若一个车轮爆胎，千万不要急刹车。”

“你觉得这就是事故的原因吗？”我问。

“特伦特说前胎开始摇摆。我们检查了自行车，车闸不仅仅被翻转，它被转动了很多次，闸皮都掉了。用不着福尔摩斯就能知道是凯文干的！”

“等一等！”你说，“这简直是瞎说……”

“特伦特昨天早上骑过车，一点儿问题也没有。你，还有伊娃带着你的儿子去我家之后，再也没有人去过。我还得谢谢你送去的饼，”他加上一句，声音变小了些，“真不错，我们感谢你的好意。但是，凯文乱动特伦特的自行车我们可不感谢。要是骑得再快一点，或者附近车多，我的孩子可能就没命了。”

“你纯属假设，”你吼叫起来，“特伦特出事没准儿是刹车惹的祸。”

“不可能。我自己也骑车，我也摔过不少次。可车闸绝对不会整个翻转过来……更不会连闸皮也丢了。”

“即使是凯文干的，”我说（你恶狠狠地看了我一眼），“也许是因为他不知道车闸是干什么用的。你们不把车收好挺危险的。”

“那是假设，”罗杰哼了一声说，“说你儿子傻。但是，特伦特可不是这样说的。”

“看吧，”你说，“也许特伦特自己玩过那个车闸，他怕挨骂。这并不意味着我的儿子就得挨骂。现在，我们要在院子里干点活儿，非常抱歉。”

罗杰走了之后，我的心往下一沉，觉得莫伊拉要回赠给我的爱尔兰苏打面包的诺言永远不会兑现了。

“伙计，我有时候觉得你是对的，”你一边来回踱步，一边说，“孩子膝盖破点皮都不行，非得是别人的错。乡下一点意外事故的概念都没有了。凯文摔断胳膊，我找你的麻烦了吗？非得是别人的错吗？不。倒霉的事有时候就那么发生了。”

“你要不要跟凯文谈谈特伦特自行车的事儿？”我说，“或者我去？”

“为什么呀？我觉得他什么坏事都没有干。”

我低声说：“你从来都不跟他谈。”

“而你总是找他。”你不动声色地说。

我俩真是标准的针尖对麦芒——即使不是特别对立。我不知道，那一刻，为什么会像打翻心中的五味瓶，会像打开了特伦特·科利的车闸一样。也许现在已经司空见惯，但那时不是这样。我闭上眼睛，抓着扶手椅靠背，似乎这样就可以抵挡住罗杰·科利古怪的指控。唉，说实话，连我自己也不知道，怎么会说出那样一番话。

“富兰克林，我想再要一个孩子。”

我睁开眼，眨巴了两下，连自己也吃了一惊。六七年来，我还是第一次想到什么后脱口而出。

你把椅子转了过来。你的回答也是脱口而出：“你开什么玩笑。”

开玩笑？我真想提醒你，你还哀叹过约翰·麦肯罗[1]是个糟糕的运动员呢，只不过似乎不是时候。“我希望马上着手让我怀上孩子。”

这件事情再奇怪不过了。我觉得有十足的把握，而且不难受、不揪心。倘若真的难受，就显得是一时兴起、荒诞不经，或者狂乱地抓住一个“战争秘方”不放。我很镇静，觉得这是一件很简单的事情。一再拖延，终于下决心要为人之母时，这种毫无保留的决心是我求之不得的。因为一直下不了这样的决心，我们只好拐弯抹角地用“翻开

1 约翰·麦肯罗：美国前职业网球手，曾获单打、双打世界第一。

新的一页”和“回到人生的大问题”这样抽象的话来搪塞。对生活中的任何事情，我都没有这样胸有成竹过，而你似乎觉得还需要讨论，这是为什么呢？对此我不安起来。

“伊娃，别提这事儿了。你都四十四岁了。没准儿会生出个三个头的蟾蜍或者什么怪胎。”

“如今，很多女性都是四十多岁生孩子。”

“瞎扯！我还以为凯文就要上学了，你会回《飞行之翼与祈祷者》上班去！你那些宏伟的计划怎么办？你不是说要早点动手，打败《孤独星球》吗？”

“我想过回《飞行之翼与祈祷者》上班去。我可能还是会回去的。但是，我一生余下的时间都可以工作。你观察得很仔细，只有这件事能做的时间很有限。”

“我简直不能相信。你是当真的？你是当真的？！”

“我铁了心想再怀孕，富兰克林。你不想让凯文有个伴儿吗？”说实话，我也想要有个伴儿。

“同学才是一起玩儿的人。两个兄弟姐妹总是彼此仇恨。”

“要是两个人关系好就可以的。她会比凯文至少小七岁。”

“‘她’，是吗？”这个人称代词让你大为光火。

我的眉毛往上挑了一下：“假设的。”

“就是因为你想要生个女孩子？好给她梳妆打扮？伊娃，这可不像你一贯的做法。”

“不是的，我可不是想给女孩子梳妆打扮的人。但是，我不明白为什么我想再次怀孕会让你那么生气。”

“这不是明摆着的事儿吗？”

“绝对不是。我还以为你喜欢当爸爸呢。”

“我喜欢，没错！可是伊娃，即使你真的有了这个幻想中的女儿，事情难道就真的会改变吗？”

“我不明白，”我坚持说，从我的儿子那里学来了装傻的好处，“我为什么要希望事情有所改变呢？”

“你不是着魔了吧，事情都成这样了，你还想再来一次？”

“成哪样了？”我不动声色地问。

你往窗外飞快地一瞥，以确保凯文还在拍绳球，一会儿从这边绕过柱子，一会儿又从那边绕过柱子。他喜欢单调。

“你从来不希望他跟着我们，对吧？你总是想找个人，把他扔给他，于是我们就可以开心地溜走。显然，你希望我们能够重归旧日的好时光。”

“我不记得说过这样的话。”我冷冷地说。

“你不需要说出口。可是每次只要我说，我们一起去做点什么，这样凯文也可以一起去的时候，你就失望极了。

“你我在昂贵的餐馆里度过无数漫长、沉醉于酒精的夜晚，我们的儿子却跟着陌生人一起受苦，这一定就是个中缘由。

“明白了吧！你讨厌现在的生活。今年夏天呢，你想去秘鲁。好啊，我说行。可是，我以为是全家一起去度假。于是我开始设想，一个六岁的孩子一天能够走多远的山路。你应该看看你那张脸，伊娃。像个铅做的气球那样沉下来。只要说去秘鲁要带凯文，你就兴趣全无了。啊，对不起。我只是举个例子。拉扯孩子不是为了尽可能经常性地把他扔到 边不管。”

我敏感地意识到，这样的谈话会有什么样的结果。我知道，最终我们需要把所有没有说出口的话讨论一下，但是，要进行这样的讨论，我还没有做好准备。我需要“压舱物”。我需要支持我的观点的证据，这样的证据我至少需要花费九个月的时间来搜集。

“我整天跟他待在一起，”我说，“这可以解释，为什么我比你更希望能够有点空闲……”

“很遗憾，带孩子对你来说没有意义。”

“对我是否有意义并不重要。对他来说应该更重要。

“富兰克林，我不知道哪里……”

“又来了，是吧？你为了他待在家里，是为了给我留下深刻印象。根本没他的份儿，对吧？”

“你瞎说什么呀？我只是想告诉你，我希望我们再要一个孩子，让你高兴高兴，或者让你至少对这样一个想法有所准备。”

“你总是挑他的毛病，”你说。你又看了一眼山坡上的绳球场，似乎话匣子刚刚打开，“家里无论什么事情弄糟了你都责备他。在幼儿园里也一样。在他成长的每个阶段你都抱怨他。一开始抱怨他哭得太多，后来抱怨他太安静。他发明创造自己的‘语言’，你觉得烦人。他总是做得不对——只要不按你的要求去做。他不珍惜玩具，没有像对待博物馆的藏品那样。每次学会拼写一个新词，他不会拍拍你的背。因为邻居们全都不喜欢他，你就觉得要把他说成是个无赖。是的，不得不进行马桶训练的确让他形成了严重的心理问题——这也不是什么稀罕的事儿，伊娃。但是，对孩子来说，这是一件很痛苦的事情。而你坚持认为，这是你和他之间某种卑鄙的个人竞赛。我觉得他已经过了这个阶段，我如释重负。然而，由于你对他的态度，这个问题持续了很长时间。对此，我一点儿也不吃惊。我努力地补偿他，因为你的——很抱歉这样说会伤害你的感情，但是我不知道还可以怎样表述——你的冷酷。但是，母爱是无法替代的，假如我允许你从我这里再弄出个孩子的话，我可真该死！”

我惊呆了：“富兰克林……”

“讨论到此为止。我不想说这些了，但我还是希望事情能往好的方面发展。我知道，你觉得自己已经很努力了——啊，也许在你看来，你的所作所为算是努力了——但是，迄今为止还不够。我们继续努力吧。嘿，运动员！”凯文从露天平台慢悠悠地走进来。你跑过去，把他高高地举过头顶，似乎是在为排演父亲节的广告摆姿势，

“球打完了？”

你把他放下来的时候，他说：“我拍了843次。”

“棒极了！我敢打包票，下次你能拍844次。”

你刚刚结束了与我的争论。这场争论让我觉得似乎是被卡车碾轧过一般。你随即努力进行着尴尬的转换。但是，我并不在乎这种好莱坞式的天真，对于现代父母来说，这是意料之中的事情。凯文自己的表情呢，看上去是在说“噢，哥们儿”。

“要是我真的很努力，”他面无表情地说，“就能够得分，是不是很棒啊？”

“凯文，”我把他叫过来，蹲下来跟他说，“你的朋友特伦特出了意外。不太糟糕，很快会好起来的。不过，也许你我可以给他做个‘祝你早日康复’的卡片——就像你摔坏了胳膊，桑娅外婆做的那种。”

“嗯，好的，”他说着跑开了，“他因为有辆自行车，就摆臭架子，神气着呢。”

这种测试也能说明点问题。我站起身来，搓了搓手臂。我记得，我压根儿就没有提自行车的事情。

伊娃

2001年2月1日

亲爱的富兰克林：

我还在订阅《时报》。我觉得告诉你这件事情你可能会高兴。但是，哪些版面值得阅读，哪些不值得阅读，我似乎已经违背了原来的评判标准。如今，饥荒和好莱坞明星的离婚案似乎同样重要，也同样不值一提。我非常随意，要么从头到尾读一遍，要么干脆扔到地板上置之不理。那些日子，我多么正常啊！没有我，美国不是一样毫不费力地往前迈进吗？

在过去的两周里，我把报纸扔在地上，连看都没有看。要是没有记错的话，即使在我曾经持有赞成或者反对立场的时候，对盛大的总统就职典礼我也一向无动于衷。今天早上，我来了个一百八十度大转弯，把报纸看了个遍，包括一篇写美国工人过度加班的文章——也许是因为的确挺有意思。尽管我会说，这个自由之邦把工作看得比玩乐重要。我读的文章讲的是一个年轻的电线保养工，马上就要结婚，为了给即将组建的家庭多攒一点钱，两天半里他只睡了五个小时。一连二十四个小时，他都在电线杆上爬上爬下。

星期天早上，他刚歇工吃早饭，又接到了一个命令。

大约中午的时候，他爬上三十英尺高的电线杆，系好安全带，向七千二百伏的电缆伸过手去，却忘记了要先戴上绝缘手套。一道电光闪过，丘吉尔先生一动不动地挂在安全带上。在装备云梯的消防车到达之前，他的父亲就赶到了现场。他觉得儿子可能还活着，在电线杆下面站了一个多小时，求人把他的儿子救下来。

对加班我没有强烈的反感。我也不认识任何电线维护工人。我只知道这个情景——一个父亲向跟他一样无能为力的路人求救，而他努力工作的儿子像一个被绞死的人那样在清风中晃荡。这叫我潸然泪下。父亲和儿子？悲伤和错置的勤奋？他们之间有联系。但是，我也为这个年轻人的父亲哭泣。

你明白吗，自从学会说话，我就被教会了这样的事实：我的 150 万同胞惨遭土耳其人屠杀；在一场反对人类最血腥的战争中，我的父亲被杀害。而在我出生的那一个月里，我们不得不用最糟糕的手段去消灭发动这种战争的败类。“星期四事件”正是这种蛇的盛宴黏糊糊的装饰品。因此，发现自己冷酷，我不会吃惊。然而，我很容易被感动，这甚至令人生厌。也许，我对我的同胞们的期望值已经降到如此低下，以至于最小的善意都会压倒我，因为我觉得——就像“星期四事件”本身，生命是如此无意义。大屠杀不让我吃惊。强奸和童工不让我吃惊。富兰克林，我知道你的感觉不一样。凯文也没有让我吃惊。叫我吃惊的是，我在街上掉了一只手套，一个少年跑了两个街区送还给我。叫我吃惊的是，一个在超市做收银员的姑娘手持给我找的零钱向我开心地一笑，而我脸上的表情却是那样淡然。丢失的钱包通过失物招领，物归原主，陌生人会十分耐心地给你指路，邻居们给彼此家里的室内植物浇水——这些事情叫我吃惊。西莉亚叫我吃惊。

按照你的指示，我再也没有提起那件事情。我并没有欺骗你的意思。但是从 8 月开始的那种令人奇怪的确信没有再动摇过，你让我别无选择。

两个星期前，凯文的石膏卸了下来。然而，像特伦特·科利骑自行车遇险的事情一样，我不再感到内疚。就是那样的。在我做过的事情和我想要做的事情之间不能画等号。那样做太缺乏理性了——但是，我似乎找到了完美的解药或者忏悔方式。我要考验我自己。我能够通过第二次生儿育女的检验吗？对此我没有十足的把握。

你的确注意到，我怎么就变成一个“头上长角的小动物”了呢？为此你感到高兴。尽管我们从来没有直截了当地提到性冷淡问题，但是，之前我的性欲的确大大下降了。睡觉之前，你或者我一边打着哈欠，一边戏剧化地“拍打几下”。我们做爱的频率从几乎每晚一次降到美国人的平均水平——每周一次。现在，我的激情被重新点燃。这并不是什么新发现。我的确想要你，比多少年以来更加急切，而且，做爱越多我白天越饥渴，无法安安静静地站着，常常在书桌前用一支铅笔摩挲大腿内侧。我很高兴，这证明我们还没有无可挽回地陷入睡觉前机械的例行公事中。这样的例行公事把不少配偶赶进了吃午餐时遇见的陌生人的怀抱之中。

自从有个小男孩睡在大厅那头以来，你在床上说话的声音就变得那样小。我不得不经常打断你：“你说什么……能再说一遍吗？”靠打手势“打情骂俏”太费劲，而最终我们都退而求其次——偷偷摸摸地做爱。再没有你的“即兴创作”点缀——你有堕落的天分，让这样的天分赋闲多么遗憾！我自己的性幻想变得越来越乏味。我听任脑海里飘过一些画面，严格地讲并没有多少爱欲的色彩。而且总是主要由某种特定的结构或者颜色组成。但是，渐渐地，那些性幻想会受到腐蚀，就像一个痂愈合了，或者像岩浆凝固形成的地质图案。有些夜晚，我满脑子闪过的都是脏尿不湿和绷得紧紧的、还没有降到阴囊的睾丸，不胜其烦。于是，你现在应该可以理解，我为什么会渐渐性欲减退，和你一起把做爱的频率降到每周一次。也许最糟糕的是，当年还没有孩子的时候，我们做爱时，我的脑海里弥漫着闪亮的猩红色和天蓝色，可是它们渐渐褪色，变成了泥浆一般。直到最后，我眼皮里的腾腾烟雾与挂在家里冰箱门上的那幅画里狂怒的沥青色和棕黄色的土搅拌在了一起。

一旦我把“光圈”放在天蓝色的框里，做爱时脑海中的景象就被照亮了。我视觉的周长一度被限定得死死的，如今我能够看到很远，似乎是从亚拉腊山[1]上往下看，或者乘坐滑翔机划过太平洋。我向下凝视着，一条条长廊灯光闪烁，无穷无尽。大理石地板锃亮，阳光从两边的窗户泼洒进来。在我的想象中，一切都是明亮的：婚纱、云彩、开满雪绒花的田野。请不要笑我——我知道，我描绘的景色像是卫生棉球广告。但是真的很漂亮。至少，我觉得自己脱胎换骨了。我的心灵敞开了。而在那之前，我的头脑像是被塞进一个越来越窄、光线越来越微弱的深洞里。这些宽银幕放映的也不是模糊不清的画面，而是鲜明生动的，做爱完毕我还能记得。我睡得像婴儿一般香甜。或者说，像有些婴儿那样。这一点，我很快就会发现。

我的生殖能力显然下降了。我花了一年的时间，等到第二年秋天，月经终于没有再来。我开始歌唱。这次唱的不是流行歌曲，而是亚美尼亚民歌。当年，我母亲在夜里就是唱着这些歌曲哄贾尔斯和我睡觉的——像《素德，素德》（“这是个骗局，这是个骗局，这是个骗局，一切都是骗局；在这个世界上，一切都是骗局”），我发现，有些歌词我已经忘记了，于是，给母亲打电话，问她是否能写下来。她很高兴地照办了，因为在母亲看来，我仍然是那个任性的小姑娘，总是说她的亚美尼亚功课是繁重的额外负担。她甚至还把我最喜欢的歌曲——科米塔斯·瓦达佩特的《克利，克利》《库靳·阿拉》和《吉纳，吉纳》里描绘的美丽风光用钢笔画在绿色的卡片上。那是山村景色和亚美尼亚地毯上的图案。

凯文注意到了我的变化，虽然他可能不喜欢母亲在家里卑躬屈膝地像个蠕虫，但他也不喜欢她破蛹而出变成一只蝴蝶。他沉着脸，远远地坐在一边，吹毛求疵地说：“你跑调了！”或者用命令的语气背诵他从供多民族使用的小学课本中学来的句子：“你为什么不说英

---

1 土耳其东部山脉，据《圣经》所载，大洪水后诺亚方舟曾停靠在此山。

语？”我轻轻地告诉他，亚美尼亚民歌是复调的。他假装听懂了，我问他是什么意思。“意思是笨极了。”他说。我要教他唱一两首歌，还提醒他说：“你也是亚美尼亚人，你知道的。”可是他不同意，断然说：“我是美国人！”用的是陈述显而易见的事实的那种不无讥讽的口吻，像是说“我是人”而不是土豚。

他一定觉得有情况。妈妈不再像以前那样手足无措，用细小的声音低三下四地说话了。她甚至没有回归到摔断胳膊之前那个妈妈的形象。像游行中的士兵那样，迈着正步做那个干脆利落、公事公办的女人。不，这个妈妈像潺潺流水一般流淌过她要做的事情，无论有多少石头扔向她的漩涡，都会沉到河底，扑通一声，不可能带来任何伤害。得知儿子觉得所有二年级的同学都是“弱智”，他们学的所有东西他“都已经知道”，这个妈妈并没有反驳。并没有告诉他，很快他就会明白他并不是什么都知道，也没有阻止他说“弱智”二字。她只是笑了。

国务院对伊拉克侵略科威特发出的威胁不断升级。对此我并没有过分担心，尽管我天生警觉。“你一向对这些事情小题大做，”11月的一天，你对我说，“你不担心吗？”不，我不担心。我什么都不担心。

我停经三个月之后，凯文开始说我长胖了。他戳着我的肚子笑话我：“你是个巨人！”一般来说，我挺在意自己的身材的，可是，我开心地应和道：“对啊，妈妈是只大肥猪。”

“你知道吗，你腰上可能长肉了，”12月的一个夜晚，你对我说，“不过也许没什么可紧张的，我自己也该减两磅才好。”

“嗯，”我支吾了一下，实际上，我不得不把拳头塞到嘴里以免笑出声来，“我不在乎稍微胖一点。只要别全长在一个地方就行。”

“天哪，怎么回事，这是成熟的表现吗？以往要是我暗示你体重增加了哪怕一盎司，你都会闹得鸡飞狗跳！”你刷了牙，就随我上床，还想继续说这件让你迷惑不解的事情。你用另外一只手摸了摸我肿胀的乳房。“也许你是对的，”你喃喃着说，“稍微胖一点，伊娃更性感了。”你任凭手中的书滑落到地板上，向我转过身来，一只眉毛往上扬了扬：“这是？”

“嗯。”我又支吾了一声，显得明确无误。

“你的乳头变大了，”你仔细观察，用鼻子在上面蹭了蹭，“该来例假了，是吗？好像有一阵子没来了。”

你的头静静地倚靠在我的双乳之间。你突然抬起头。盯着我的眼睛，一下子清醒过来，脸色变得煞白。

我的心往下一沉。我明白，这可能比我想象得更糟。

“你打算什么时候告诉我？”你冷冷地问。

“很快。应该说是几个星期之前就想告诉你。只是觉得时机不成熟。”

“我明白为什么时机不成熟，”你说，“你打算蒙混过关，说是个意外？”

“不，不是意外。”

“我们不是谈过了吗？”

“我们可没那么做，好好谈！是你发表了一大通演说。你不听我说。

“于是你就一意孤行……既成事实……像是冷不丁地抢劫。好像跟我没有任何关系似的。”

“跟你关系大了。只是我对了，你错了。”我正视你的目光。像你说的那样，我们是二比一。

“你从来没有这样专横……这样傲慢过。”

“对，我想是的。”

“现在，我心里怎么想，你根本就不在乎，你能解释一下你究竟是在干什么吗？我听你说。”你看上去并不想听我解释。

“我得弄明白一件事。”

“什么事情？在我反击之前，你能做到什么地步？”

“是关于……”我觉得不能因为这个字眼而感到愧疚，“关于我的灵魂。”

“在你的世界里，还有别人的存在吗？”

我垂下头：“我希望有人存在。”

“凯文呢？”

“跟他有关系。”

“他会挺难接受的。”

“我看过书上说，别的孩子都有兄弟姐妹。”

“你骗得了谁呀，伊娃。他习惯了我们只关注他一个人。”

“换句话说，他被宠坏了，或者会被宠坏。有个小妹妹，对他来说可能是再好不过了。”

“连小鸟也能告诉你，他不会这样看的。”

我过了好一会儿才明白，原来我们又是在为了儿子而争论不休。“也许对你来说也挺好。对我们。”

“听上去怎么像是‘读者来信’专栏回信人的口气啊。想要维持摇摇欲坠的婚姻，最糟糕的方法就是生个孩子。”

“我们的婚姻摇摇欲坠了吗？”

“被你弄得摇摇欲坠了。”你回击道，然后转身背冲着我。

我关了灯，躺下来，头枕在枕头上。我们俩谁都没有摸一下对方。我哭了起来。直到你伸出胳膊搂住我，心里才好受了点，于是我哭得更凶了。

“嘿，”你说，“你那么久不告诉我，难道就是为了拖延时间，到时候来不及做人流吗？你真的以为我会让你去做吗？那可是我们自己的孩子呀！”

“当然不是。”我带着浓重的鼻音回答道。

但是，等我平静下来之后，你的语气更加严厉了：“看，我又想起来了，因为我不得不说。你已经四十五岁了，伊娃。答应我，去做个测试。”

做个“测试”只有一个目的，那就是准备好迎接一个不好的测试结果。“那可是我们自己的孩子啊。”所以我才拖了那么长时间告诉你。

我没有去做测试。哦，我跟你说我做了。我又找了一位妇科大夫。她人挺好，让我去做这项测试。但是，跟莱茵斯泰因大夫不同的是，她并不觉得所有的孕妇都是公共财产，也不过分强调要去做这个测试。不过她的确说过，希望我做好心理准备。孩子生下来无论是什么样的，都要去爱他/她、关心他/她。她的意思是，不管有没有毛病。我说，我没有那么罗曼蒂克，觉得养个有残疾的孩子也令人高兴。但是，我可能太严格了，我爱什么样的孩子，爱谁，都太苛刻。于是，我想听天由命。只是这一次，我说。完全听从我自己，我故意没有说听从生活，或者命运，或者上帝的安排。

毫无疑问，我们的第二个孩子是属于我的。因此，你根本没有像我怀凯文的时候那样，把我当成你的私有财产那样横加干涉。买东西我自己背着，喝红酒也没有人冲我皱眉头。我没有戒酒，继续给自己斟一小杯，但从不过量。实际上，我逐渐提高了体育锻炼的量，包括跑步、体操运动，甚至还打打壁球。我们彼此心照不宣。我爱怎么做就怎么做，都是我自己的事情。这样正合我意。

凯文早就意识到了我的“背信弃义”。他比以往更加排斥我，看着我的时候眼角充满了愤怒，喝果汁的时候细细地品，好像在检查里面是否有砒霜。我盛好的任何食物，他都警惕地用叉子翻来翻去地查看，还常常把食物“肢解”，按照不同成分，在盘子里等距离地分开，好像是在寻找碎玻璃碴儿。他不让我看他的家庭作业，而且严密防守，宛如囚犯用密码记下被捕时遭受的种种虐待，期待有朝一日能够偷偷地送到国际法庭。

我的肚子已经开始显形，得告诉凯文妈妈怀孕的事儿，而且要尽快。于是，我建议抓住这个机会跟他谈谈性知识。你很犹豫，建议我告诉他妈妈怀孕就得了，没必要非得让他知道怎么会怀孕。他才不过七岁。我们不应该让他的天真保持得更久一些吗？我反对说，把不懂得性知识等同于不被罪过玷污，纯属无知，太落后了。况且书上说，低估孩子在性方面的理解力是最古老的错误。

的确如此。做晚饭的时候，我一边干活儿，一边跟凯文聊天。还没有进入正题，凯文就不耐烦地打断我的话："不就是说性交吗？"

看来没错儿，现在二年级的孩子和过去二年级的孩子不一样了。"最好称之为性行为，凯文。你说的那个词有些人觉得不好听。"

"别人都这么说的。"

"你知道是什么意思吗？"

凯文眼睛往上翻，背诵道："男孩子把鸡鸡插到女孩子的洞洞里。"

我给凯文讲了一遍有关"精子"和"卵子"的一大套理论，心里想，对小孩子来说，做爱跟种西红柿或者养鸡没有什么两样。凯文很不耐烦。

"我都知道的。"

"真没有想到，"我嘟囔着说，"你有什么问题要问吗？"

"没有。"

"真的没有吗？你随时都可以问我或者爸爸，比方说男孩子啊，女孩子啊，或者性行为，或者你自己的身体，你不明白的都可以问。"

"我还以为你要告诉我点新东西呢。"他不高兴地说，然后走了出去。

我感到一种不可名状的耻辱。我提高了他的期望值，又打破了这种期望。你问我跟他谈得怎么样，我说还可以。我好像就是这么说的。你问他是不是吓坏了，或者觉得不舒服，或者迷惑不解。我说实际上他根本不在乎。你大笑，而我落寞地说，要是他对这个都不在乎，那他还会在乎什么呢？

而“生命中的事实”的第二个阶段肯定会更难以进行。

“凯文，”第二天晚上我又开始了，“还记得昨天晚上我们说的事情吗？关于性行为？对了，妈妈和爸爸有时候也会做的。”

“为什么？”

“为了一件事情，为了你能有个伴儿。也许有个伴儿对你挺好。你想不想有个伴儿跟你在家里一起玩？”

“不想。”

凯文坐在游戏桌边上，把他的六十四色蜡笔一支支地折断，我蹲在他的身旁。“哦，你就要有个伴儿了。一个小弟弟或者小妹妹。你肯定会挺喜欢他/她的。”

他气呼呼地瞪了我好一阵子，尽管他看上去并不太吃惊。“要是我不喜欢呢？”

“那你会慢慢习惯的。”

“习惯不一定就喜欢。”他加上一句，把紫红色的蜡笔折断，“你习惯我了。”

“是的！”我说，“再过几个月我们就都会习惯一个新的家庭成员了！”

蜡笔变短之后更难折断。凯文的手指不得不对付这样难以折断的一截。“你会后悔的。”

终于折断了。

我开始和你商量给孩子取什么名字，但是你根本不在乎。那时，海湾战争已经开始，想不让你盯着有线电视新闻台播报的新闻根本不可能。凯文跟着你在小书房里一起歪坐着。我注意到男人们普遍喜欢的将军呀、战斗机飞行员呀，都跟字母歌一样吸引不了他。尽管他装出一副什么都懂的样子，似乎对“核弹头”之类的武器颇有研究。电视上捏造的战争进展如此缓慢，他感到不耐烦，于是嘟囔道：“我不知道鲍威尔为什么要在乎那些小废物，爸爸。用‘核’炸他们去。让伊拉克人知道谁说了算。”你觉得他的话真有趣。

为了公平起见，我提醒你原来定过协议，说让我们的第二个孩子姓你的姓。别开玩笑了，你一口拒绝，眼睛仍然盯着画面上出现的爱国者导弹。两个孩子，姓不同的姓？人家还以为有一个是领养的呢。至于名字，你也无动于衷。“想叫什么就叫什么吧，伊娃，”你挥挥手，“叫什么都行。”

于是我说，生男孩的话叫弗兰克。生女孩子的话，我执意不叫她卡茹或者索菲亚这些我母亲那边已经死去的亲戚的名字，要在你家里已经死去的亲戚中找名字。

你的小姨西莉亚是你母亲的妹妹，没有孩子，她在你十二岁的时候去世。当时你十分难过。丑小姨以前常常来看你们。她特别喜欢神秘的、超自然的事情，给了你一个能算命的魔术八字球，还带着你和妹妹到阴森森的降神会上去。你父母非常生气。我看过她的照片，她长得不太好看，大嘴巴，薄嘴唇，目光却深邃犀利，很有洞察力，显得既勇敢又有点惊恐。像我一样，她喜欢冒险，可惜，年纪轻轻就去世了。她没有结婚，跟一个她十分钟情的时髦的小伙子一起攀登华盛顿山，一行人遇上了可怕的暴风雪，被活活冻死了。但是，你对我的谄媚愤愤然，耸耸肩表示轻蔑，似乎我想要用西莉亚小姨的超自然方式引诱你上当。

跟第一次怀孕比起来，第二次怀孕轻松了许多。而且凯文已经上了二年级，我基本上可以全面参与《飞行之翼与祈祷者》的工作。怀了孩子之后我不再觉得孤单。你去公司、凯文去学校之后，我和自己说话的时候不觉得是在自言自语。

当然了，第二次总是比第一次来得容易。我完全知晓申请麻醉的好处了，尽管真正生产的时候，西莉亚非常小，几乎不用麻醉也可以。我也明白，我并不期待她出生的时候有一种令人炫目的伏尔甘[1]式的心灵融合。婴儿就是婴儿，每一个都很奇特。但是，期待着在分娩的那一刻有某种变化，对于一个什么都不懂的小不点儿和一个已是中年的精疲力竭的母亲来说，负担都过于沉重。6 月 14 日，西莉亚比预产期提早两周出生，她如此迫不及待，我无法拒绝她的诉求，就像当年凯文很不情愿地晚了两个星期才出生我也无计可施一样。

婴儿有感情吗？呱呱坠地之时就有吗？通过对这两个孩子有限的研究，我发现他们有感情。尽管还不知道感情为何物，也没有对其进行分门别类。对感情的经历可能就像炖牛肉时加了菜，各种不同的风味兼收并蓄。我容易焦虑，婴儿也许能够同时感觉到恐惧和轻松。不过，两个孩子降生的时候，我还是立刻发现了他们占主导地位的感情基调——就像和弦的主音符或者画布的前景颜色。凯文音调高，声音尖，像是别扭的尖叫，颜色是脉冲式的、动脉般的红色，情感是愤怒。他愤怒的尖叫不能持久，随着年龄增加，音调逐渐降到不变调的汽车喇叭的鸣响。他的“前景颜色”会逐渐变浓，凝结成紫红色的像肝脏一样的颜色，而且他的主要情感会从间歇的狂怒减弱到持续的、不变的厌恶。

而当我把西莉亚抱在手上的时候，视觉上，她可能是脸蛋儿粉红，肢体红润，但是，听觉上，她的颜色是淡蓝色的。那晴空的湛蓝和我们做爱时眼前浮现的颜色一模一样，让我为之倾倒。她出生的时候没有哭。假若她发出了一种象征性的声音的话，那是远离家乡的人漫步时发出的轻轻的、不无缠绵的声音，仿佛根本没有人能听得见。从这个盲目的小东西身上流溢出的情感越来越浓，带着感激。她的手

1　罗马神话中的火与锻冶之神。

没有在空中抓挠，而是在漫游，在赞叹，她的嘴巴，一旦被放到乳头边上，就马上开始吮吸。

我不知道你是否能马上看出差异。等西莉亚吃饱了，包好了，擦干净了，就被递给她的父亲。但是你很快就把她还给了我。也许因为我从一开始就假定她是个女孩子，现在应验了，你感到厌烦。也许刚刚诞生的女儿的完美让你沮丧。因为她清清楚楚地证明，我的欺骗是有理由的。不管怎么说，接下来的许多年会证明我从一开始的直觉。你能够知道差别在哪里，而且这种差别会让你生气。我想，在我们俗不可耐的“梦之屋”里住了多年之后，倘若你走进一幢门廊吊着秋千、餐桌边摆着送菜架、桃花心木栏杆锃亮的维多利亚式的房子，而且知道这房子正在出售，心里一定万分惆怅。你多么希望从来没有见过这所房子啊！你心里的某种东西甚至会让你恨它。再回到你那座平淡无奇的柚木教堂，你觉得一下子就掉了档次，看到的只是骄傲的垃圾堆，你勇敢的四舍五入的能力永远受到了损害。

对于你的无动于衷，我能做出的唯一解释是，你把她抱起来的时候动了一番心思。你尽量不用布莱恩说过的做父母的爱上自己孩子的那种热情久久地凝视着她。我觉得她把你吓坏了。我想，你觉得你被女儿所吸引是一种背叛。

分娩十分顺利，我在医院只待了一个晚上，你和凯文就来奈阿克医院接我出院了。我很紧张，对于一个连话都不会说的弱小的东西侵犯他的领地，不知道咱们的头生子会有多生气。不过凯文跟在你身后走进病房，并没有跳上床用枕头捂死我正在吃奶的女儿。他身穿一件写着“我是大哥哥”的 T 恤衫，上面有个笑脸。衣服四四方方的折痕还清晰可见，领口还挂着商标，显然，是最后一刻你在医院大厅的礼品店给他买的。他在床脚边懒洋洋地转来转去，转到另外一边，从你放在床边的花束里抽出一枝鱼尾菊，把花瓣一片片地揪下来。也许，西莉亚让他感觉到乏味是最安全的结果。

“凯文，”我说，“想看看小妹妹吗？”

“干吗要看她，”他无精打采地说，“她得跟我们一起回家，对吧。就是说，我得天天看她。”

“那你至少应该问问她叫什么，对吧？”我轻轻地把婴儿从凯文曾经不屑一顾的乳房上扯开，尽管她刚刚开始吃奶。在这种情况下，大多数孩子会哇哇大哭。可是西莉亚从一开始就把被夺走什么东西看作是她理所应当的。无论给她多么不值一提的东西，她都会害羞地睁大一双眼睛。我把被单弄好，把孩子举起来让凯文看。

“这是西莉亚，凯文。我知道她还不好玩，但是等她长大一点，她肯定会成为你的好朋友。”我怀疑他是否知道“朋友”意味着什么。他还从来没有把同学带回家过。

“你是说她会像个跟屁虫一样到处跟着我吧。我见过那种孩子。难受死了。”

你从后面拍了拍凯文的肩膀，亲密地摇了摇他。凯文的脸抽搐着。“对呀，当大哥就是这样的啊！”你说，“这个我清楚，因为我也有个妹妹。她们从来不让你单独待一会儿！你想玩卡车，而她们老是烦你，要你跟她们玩布娃娃！”

“我玩过卡车的。”我表示反对，瞪了你一眼。等回到家，我们得好好谈谈这种过时了的“不同性别扮演不同角色”的瞎话。你和妹妹瓦莱莉相继出世。那个谨小慎微的女孩子长成一个爱管闲事的女人，整天忙着弄窗帘什么的。每次我们去费城小住几天，她都得下好大的决心才组织大伙儿去“历史遗址”出游。很遗憾，你俩从来都不是很亲密。“谁知道西莉亚长大了喜欢干什么呢？就像我们也说不准，凯文会不会喜欢玩具娃娃一样。”

“胡说！”你大声叫着，挺像个父亲的样子的。

“《忍者神龟》？《蜘蛛侠》？动画片的人物都是玩偶。”

“没错，伊娃，”你喃喃着说，“让小家伙多看看这些玩意儿也好。”

这时，凯文悄悄走到床边，把手伸到床头柜上放着的一杯水里。他斜眼看着婴儿，把湿手举到她脸上，让水一滴滴地滴到她的脸上。西莉亚扭动着，惊恐万分，但是，这样的“洗礼”并没有让她烦。尽管后来我才知道，事实上，我的女儿从来不会抱怨或者大叫。凯文的脸上浮现出一种少有的、好奇的表情。他再次把手弄湿，把水洒在他妹妹的鼻子和嘴巴上。我不知道该怎么办。凯文“施洗”让我想起一则童话——一个觉得自己的权利受到影响的亲戚诅咒婴儿床上的公主。然而，凯文并没有真的伤害西莉亚，我不想因为责备他而把兄妹俩第一次见面弄得不愉快。于是，当他第三次把手弄湿的时候，我在枕头上躺下，用床单轻轻地擦了擦她的脸，小心翼翼，不让他够着婴儿。

“嘿，凯！”你搓搓手说，“你妈妈要穿衣服，我们到厅里的售货机那儿买你喜欢的又油又咸的东西吃吧！”

我们一起离开医院的时候，你说我为了这个新生的婴儿，一夜起来好多次，肯定累坏了。你提出看孩子，我趁机睡一会儿。

“不用，真是奇怪得很，”我小声说，“我夜里是起来喂了两次奶，但是我不得不定闹钟。富兰克林——她不哭不闹。”

“嗯，不过别指望她总是不哭不闹。”

“谁知道呢——他们都不相同。”

“婴儿就应该哭的，”你大声说，“要是孩子整天躺在床上睡觉，你会觉得自己养的是个木头人吧。”

等我们到家，我发现门厅里摆在小桌子上的相框里的那张照片不见了。那张照片是我二十多岁的时候拍的。我问你，是不是你动了？你耸耸肩说没有。我没有追问，以为以后会从哪儿冒出来，但后来我一直没找到。我心里很不舒服。我不会再像照片上那样漂亮。那些证明我们曾经年轻、脸上没有皱纹、清纯美丽的照片变得弥足珍贵。那张照片是在阿姆斯特丹的一艘游艇上拍的。我跟游艇的船长有一段非常短暂、戛然而止的恋情。我非常珍惜他捕捉到的我的表情——豪爽、自在而温暖。它定格了我对生活所求的一种简单的自豪：水上的光，明亮的白葡萄酒，一个英俊的男人。跟我的大多数照片比起来，那张照片显得不那么严肃。我的眉毛上扬，深陷的眼睛涂了眼影。照片是游艇的船长给我寄来的，我没有底片。哦，算了吧。可能是我在医院的时候，凯文取出照片，还扎上一枚大头钉了吧。

不管怎么说，我没有心情为那张傻乎乎的照片担心。事实上，尽管我害怕用军事方面的术语去比喻我们的生活，把西莉亚抱进家门的时候，我还是感到一丝欣慰。因为我们的“军事力量”重新集结，终于势均力敌了。我哪里知道，作为军事盟友，一个可以信赖的小姑娘还不如没有，那只是多了一处裸露的软肋。

伊娃

2001年2月18日

亲爱的富兰克林：

你知道吗，我在想，要是把西莉亚留给我的话，我也许可以应付一切——“星期四事件”，法庭的审判，甚至你我的分离。然而（这可能令你吃惊），我喜欢想象她和你在一起，设想你俩在一起的情形。要是你俩终于能够更好地相互了解的话，我会感到高兴。你是她的好爸爸。我不是批评你，但是，你以前总是怕冷落了凯文，总是要确保你仍然和凯文站在一边，不免做得有些过分。而对西莉亚呢，你总是保持一定的距离。她长大一点之后漂亮极了，不是吗？她有些怯生生的，羞答答的，漂亮的金发老是耷拉在眼前。别人都觉得她迷人极了，对凯文却都很警惕，尽管表面上装得十分热情。有时候如果我们去别人家拜访时没有带凯文，他们明显感到如释重负。我觉得，那时为了凯文，你对大家这种区别对待的态度很是厌恶。你觉得不公平。不过我认为，整体而言，并非如此。

也许要我爱西莉亚实在太容易了。也许用我自己的话来说，她有些欺骗性。整个一生我都努力克服困难，克服恐惧。西莉亚就是可爱。我想不起来有谁不觉得她可爱，尽管我怀疑她是否给人留下深刻的印象。邻居们很少有人喜欢凯文，虽然他们太注重礼貌，不好直截了当地表达出来，但是他们都把他的“劣迹”铭记在心。我们双方的家人对他也有看法。你妹妹瓦莱莉总是担心凯文会干出点儿什么出格的事。在她装饰得格外考究的家里，一旦凯文不在她眼皮子底下，她就感觉到不安。为了查看他有没有做坏事，她不停地给我们的儿子端去他不喜欢吃的三明治。只要他拿起一个装糖果的盘子，或者摆弄窗帘挂钩上的流苏，她就跳起来把它收好。在凯文的案子成为全国性的新闻之前，只要我的哥哥贾尔斯问起我们的儿子，他似乎都是为了探听到一些小故事来证明他的偏见。凯文很难喜欢上什么，更难爱上什么。在这方面，他本来应该与妈妈的风格完美契合。就像我总会挑剔在莫斯科难以找到好吃的，在伦敦难以找到便宜的住处，或者在曼谷难以找到一个正在营业的自助洗衣店一样。但是，我已经回到了美国，变得温和了一点。我有时会图方便，叫外卖的咖喱饭，而不是在自己的炉灶上花几个小时用姜黄炖鸡。与之类似，我会选择一个好对付的、听话的、已经调教好的孩子，而不是长时间用"温火"去调教一个淘气包。我大半生都在迎接挑战。我累了，没有力气了。就精神层面而言，我变了。

但是，只有最低限度加以抵制，感情才能够自然地流露。让我感到惊愕的是，我一把西莉亚放到床上她就睡着了。我想我们还真是养了个"受气包"。当初，凯文在所有能够想到的需要都满足了之后还尖叫不已；而西莉亚呢，哪怕任何物质需要都得不到满足，她也不哭闹一声。尿布湿了几个小时她还在里面泡着，直到我记起来才去换掉。她从来没有因为饥饿而哭泣，但是，只要喂奶她就吃。于是我不得不按照固定的时间表来喂奶。我可能是历史上第一个为孩子哭得太少而发愁的母亲。

凯文闷闷不乐的童年实在叫人厌烦透顶。而西莉亚呢，最不值一提的玩意儿都能让她开心。一片彩色的面巾纸，或者悬挂在她的小床上的价格不菲的珍珠母旋转玩具，都同样让她高兴。对于让麦迪逊大街[1]的雇主们分心的听觉世界，她也表现出同样的入迷。具有讽刺意味的是，这个女孩子如此容易满足，以至于给她买礼物倒成了一件困难的事情，因为她特别迷恋现有的玩具。等她稍微长大一点，她对那些破烂不堪的填充玩具仍然爱不释手。新给她买的带着长毛绒的小动

1 美国纽约广告业中心。

物反而让她很不安。就像当年你第二次做爸爸时一样，她害怕“小家庭”不断壮大会破坏她对老朋友们的爱。新的“家庭成员”只能在睡觉前被她拥抱一下，而且只有等到掉了一只耳朵，或者被从花椰菜中挤出来的汁水弄脏之后，才能得到她的关爱。学会说话之后，她告诉我说，自己很注意，每天都要跟她“动物园”里的每一个小伙伴玩一会儿，以免哪一个觉得自己受到冷落或者嫉妒了。她最喜欢的、得到她最多保护的是那些破旧的动物玩具（还得感谢凯文弄坏了它们）。

可能你觉得她太女孩子气了，而对于我来说，她缺乏自信，娇弱细腻，这种典型的女性特点也有些陌生。你也许更喜欢一个淘气的、无畏的假小子，能占领丛林体育馆中的制高点，在摔跤比赛中打败所有的男孩子，对客人们宣布她长大了要当一名宇航员，从而让你感到骄傲——穿着假小子的皮套裤，上面沾满了电动机润滑油，在家里上蹿下跳，弄得鸡飞狗跳。我没准儿也喜欢那样的女孩，但是，我们的女儿截然不同。

西莉亚喜欢穿带蕾丝花边的外衣，轻轻抹上我很少用的口红。而她的女孩子气不仅仅限于迷恋我梳妆台上的首饰，或者穿上我的高跟鞋摇摇晃晃地走路。她表现出来的是一种更重的柔弱、依赖性和信任感。她有很多可爱的品质，但是，她缺乏胆量，心里充满恐惧，不仅仅怕黑，还怕真空吸尘器，怕地下室，怕下水道。她急于讨父母的欢心，不到两岁就开始自己上厕所，但是，直到上了幼儿园，她还不敢独自去洗手间。有一次，她看见我打开一盒发了霉的科伦坡酸奶，从冰箱扔了出去。接下来的几个星期，她连走近冰箱都不敢，对任何像酸奶的东西，比方说香草布丁或者白色的广告颜料，她连碰都不敢碰。像很多孩子那样，她对一些东西的手感过于敏感。她对泥巴，尽管能容忍，但是一言以蔽之，将细细的淤泥、油布上的灰尘，甚至面粉，都斥责为“干巴巴的泥土”。我第一次教她卷馅饼皮的时候，她在厨房里吓得目瞪口呆，把沾满面粉的双手摊开，手指散开，眼睛瞪得大大的。感到恐惧时，西莉亚从来不出声。

至于食物，我花了好长一段时间才发现她最讨厌吃什么。她不愿意让人觉得她挑食，于是，给她什么，她都会逼着自己咽下去，除非我注意到她耸着肩膀，恶心得快要窒息。她反感任何“大块”的（木薯、带葡萄干的粗面包）、“黏糊糊”的（秋葵、西红柿、用玉米粉勾芡的汤），或者“带皮”的东西（果冻上橡胶似的托、热可可冷却后褐色的表皮，甚至没有削皮的桃子）。有一个善于品尝的孩子，我很放心。凯文的饭呢，哪怕用上了色的蜡做他都没有意见。那么多的食物都让她恶心呕吐，她吓得脸色发白，大汗淋漓，似乎食物摆好了架势要吃她。对于西莉亚来说，她周围的世界都是动画一般，每一个木薯块都有个小小的、致密的、叫人恶心的灵魂。

我知道这叫人很沮丧，总是得记住不要关客厅里的灯，或者半夜起床陪她上厕所。不止一次，你责备我，说我过分溺爱她，因为纵容她的恐惧会让她更加胆小。但是，凌晨三点钟，发现一个四岁的小女孩穿着睡衣，站在客厅，冻得瑟瑟发抖，紧紧地夹着两条腿，我请求她说，以后要上厕所的话一定要叫醒我。除此之外，我还能怎么办呢？西莉亚虽然害怕那么多不同的东西，但是也许她还真的像她自己说的那样挺勇敢的呢。还有多少东西或者阴暗的角落让她惊恐万分，而她却静静地面对，不曾告诉我们呢？

但是，你说西莉亚“黏糊”，并且为此感到绝望，我就不同意了。这个词太难听，不是吗？你是把“心灵之蜜”说成某种擦不掉的、黏在身上叫人懊恼的东西。而无论在多大程度上，“黏糊”不仅是对地球上最最宝贵的东西具有恶意的称呼，而且它需要得到一种令人难以接受的不断的关心、嘉许和热诚作为回报。但是，西莉亚从不向我们哀求任何东西。她从来不会烦我们，让我们去看她在游戏室搭建的房子，或者拉着、拽着不让我们看书。在她不经意的时候，我拥抱她，她总是会反过来拥抱我。她的拥抱充满感激之情，似乎她觉得自己不值得我这样拥抱她。我回《飞行之翼与祈祷者》工作之后，她从来没有抱怨过我不在家，尽管每次我把她送到幼儿园的时候，她都痛苦得面如死灰。我一回到家，她的脸就像过圣诞节一般熠熠闪光。

西莉亚并不“黏糊”。她只是充满了爱意。有时候，她会在厨房里用双臂抱住我的腿，用她的脸颊贴紧我的膝盖，并且惊呼：“你是我的好朋友！”她出生的时候，你觉得难以面对，但是，你不是铁石心肠，你也会觉得她的这些表现让你十分感动。诚然，回答她，说我们的确是她的好朋友，比露骨地、抽象地说作为父母我们是爱她的，更让她狂喜不已。当然，我知道，你觉得两个孩子中，凯文要聪明得多。他来到这个世界，仅仅在乎为什么，该怎么办。而西莉亚带着坚定不移的信念来到这个世界，她明明白白地知道自己想要什么，是什么东西让人值得活下去。那就是拂不去的感伤。显然，这也是一种聪慧。

是的，她在学校成绩不好。但是，那是因为她太用功。她一门心思想要得出正确答案，生怕让家长和老师们失望，结果，她适得其反。不过至少，她并不藐视他们想要教给她的知识。

我努力劝说她：你只要记住佛罗里达州的首府是塔拉哈西就行了。但西莉亚是个特别相信神秘现象的孩子。她觉得世界上没有那么简单的事情，她不相信根本就没有什么神秘的魔术。而且她对自己充满怀疑。于是，老师在测试州首府的时候，她马上会怀疑“塔拉哈西”这个答案是不是错了，仅仅因为她一下子就想到了这个名字。凯文却从来不会因为什么“神秘现象”而操心。在他看来，全世界都平淡得可怕，无一例外，而且，是否能学会什么从来不是问题，他是否愿意去学才是问题。西莉亚总是站在别人的立场上，为别人着想，很少考虑自己的利益，她坚信没有人会坚持让她学习明摆着没有用的东西。凯文却愤世嫉俗，同样笃信不疑：怀有恶意的、虐待狂般的教学法会把他变成傻子。

我不是说西莉亚不会让我生气。像凯文一样，我没有办法惩罚她，尽管没有多少惩罚她的理由，除非我以为她做了某件坏事，可是后来事实证明并不是她做的。她根本不在乎任何警示，于是，任何抗议就像是用大炮打苍蝇一样。只要稍微暗示一下，说她让我们失望了，还没有弄清楚我们想要她为什么事情而反省，她就痛苦不已，不停地道歉。一句重话就会让她坐立不安。我承认，倘若偶尔说句“西莉亚，我跟你说了，让你摆桌子！”她没有自责好长时间都恢复不过来的话，我就感到很开心了（她很少不听话，但是，有时候她会心不在焉）。

但是，我之所以感到懊恼，原因并不在于此。其实，倘若你对有些东西心存恐惧，也是一种有效的自我保护的工具。然而，对什么东西都害怕就没有道理了。譬如，下水道怎么会跳出来咬她一口呢？西莉亚对很多东西都充满了恐惧，因此不会去碰有危险的东西。可是，家里有一样危险，她本应该明智地躲避，她却偏偏喜欢。

这一点你不用跟我抬杠。我要充分利用是我而不是你在讲故事的这个事实。于是，我的看法你只能接受。我并不想装作对事情的来龙去脉一清二楚，因为我觉得，那件事情你我永远也别想完全弄清楚了。想起这一点我很不安。小时候我住在恩德比大道。跟我们的孩子相比，我和哥哥贾尔斯的关系更加反复无常。我们的生活几乎都是发生在母亲的视线之外。有时我们中的一个会跑到她那里去为我俩争取什么东西（她皱着眉头说是我们撒谎）。但是，我们的共谋、争斗和相互之间的折磨大部分是以“密码”的形式进行的，哪怕是在她的视线之下。于是，我完全沉浸在小孩子的世界里，以至于在我十二岁之前的记忆之中，大人的分量很轻。也许你和瓦莱莉有所不同，因为你俩不太合得来。但是，不少兄弟姐妹（也许是绝大多数）会分享一个私密的世界，其中充斥着仁爱、背叛、仇恨、和好以及使用或者滥用权力，而他们的父母对此一无所知。

尽管如此，我并不是瞎子。有些做父母的对孩子的情况一无所知，是因为完全不关心他们。要是我走进游戏室，发现女儿蜷缩着躺在地上，脚踝被长筒袜捆着，双手被她的发带捆在背后，嘴巴被胶带粘得牢牢的，儿子却不见踪影，我一定能够推断出发生了什么事情。她哭哭啼啼地解释说他们在玩“绑架游戏”，事实上一定远比什么“游戏”糟糕。我也许不知道孩子们私密的“共济会”口令，但是，我太了解我的女儿了。尽管她说是她干的，但我绝对不相信她会把自己最喜欢的塑料小马的脑袋放到火炉里炙烤。也许她很听话，把不爱吃的食物强咽下去，但她绝不是一个彻头彻尾的受虐狂。于是，当我发现她被人用皮带捆在她的高椅子上，餐桌上全是她的呕吐物时，我完全有理由推断，她面前那一碗蛋黄酱、草莓酱、泰式咖喱糊、凡士林油和卷成球状的一大团面包不可能是她自己想出来要放在一起吃的。

当然啦，你会说——因为你当时就是这样说的——大孩子总是会折磨小孩子的，而且凯文小小的迫害还是在非常正常的范围之内。你现在可能会反对，说我居心叵测，专门挑一些典型的、孩子气的“玩闹”说事儿。那样做也不过是马后炮而已，想从中得到好处。再说啦，无数的孩子都经历过打打闹闹、以大欺小的家庭生活，也许还会从中受益，变得更加聪明，懂得达尔文主义的长幼强弱次序。长大成人之后，他们就会很好地协商沟通。很多曾经像“暴君”的孩子，长大却成为了体贴的丈夫，记得妻子的各种纪念日。而一度是“牺牲品”的女孩子，长大后却雄心勃勃，勇敢好斗，觉得女人有权利选择。而我目前的位置给了我很少却足够的先决条件。而且，我的确得到了“马后炮”的好处。富兰克林，假若能用“好处”这个词来形容的话。

上个周末我去了查塔姆。我觉得，也许我也可以从我们害羞而脆弱的女儿基督徒式的谅解中得到好处。但是，西莉亚从一生下来就不记仇，这一点曾经让人懊恼不已。这也说明一个人能否原谅别人是秉性所致，不一定长大了就能够学会。另外，就我而言，我不清楚凯文是否值得“原谅”。诚然，我不是说要一股脑儿地故意把“星期四事件”也算在内，或者不再让他去负责。这从道义上说不过去。我无法设想，我会越过这条心理防线，就像跳过一道低矮的石墙。倘若“星期四事件”是某种障碍物的话，那么，它就是用带刺的铁丝网做的。我无法跳过去，只能迎头撞上去，弄得遍体鳞伤。而且只不过是暂时看到了某个东西的另外一面。我无法假装，也无法想象，她当初不是这样做的。我不能装作我不希望他当初没有这样做过。克拉夫拉克等候大厅里的白人同伴们坚持认为，一个快乐的“平行世界”存在于世。假若我放弃了这个“平行世界”，放弃了对不可能发生的事情的幻想，主要是因为想象力耗尽，而不是因为宁愿接受事实，做有益于健康的折中。哦，过去的事情就让它过去吧。说老实话，当卡罗尔·里夫斯在 CNN 正式“原谅”我们的儿子谋杀了她的儿子杰弗里的时候（他在古典吉他方面造诣颇深，已经被茱莉亚音乐学院看中），我不知道她在说什么。她是否在自己的头脑里装了一个和凯文有关系的盒子，说服自己愤怒只存在于那里？如今我的儿子会不会只是她不愿意去的一个地方？我顶多会给出这样一个理由：她成功地去掉了他的人格，把它变成了一个自然现象。像一场飓风降临到她的家里，或者像一场地震在她的起居室震开了一个像动物的胃一样的大洞。于是得出结论说，抱怨天气或者板块构造有什么用呢？抱怨任何已经发生的事情都是没有意义的。遗憾的是，我们中的大多数人还是要去抱怨。

然而西莉亚会这样做。那天，凯文以一种昆虫学家的细致入微将我们家后院白橡树上的一窝结草虫取下来，放进了西莉亚的书包，让它们在那里孵化，结果，西莉亚在一年级的教室里伸手拿拼写本时，上面布满了斑纹点点的毛毛虫。就是凯文碾碎黏在我们露台上的那种毛毛虫。还有两三条爬到她的手上，爬到她颤抖的胳膊上。我难以想象，西莉亚成功地在脑袋里装了一个盒子，或者她主动地给狂风暴雨降级。她没有尖叫，这真不幸。要是尖叫的话，很快就会有人来帮助她。相反，她连一声也喊不出来，只是大口大口地呼气，鼻翼翕动，瞳孔宛如茶碟那样大。而老师继续讲课，大谈写在黑板上的“candy”这个词里的“c”发“k”的音。最后，邻桌的女孩子们开始尖叫，教室里乱成一团。

然而，无论对结草虫多么记忆犹新，在事情发生时，这些记忆却起不到任何作用。两个星期后的一天，当他们爬那棵白橡树玩的时候，凯文答应让她骑在他的肩膀上往上爬。她紧紧地搂着哥哥的脖子，爬到树上。凯文催促她下来，自己却得意扬扬地趴在地上，让她一个人抖抖索索地坐在高高的树枝上。毫无疑问，她大吃一惊。事实上，当她呜咽着说“凯文？凯文，我下不来”的时候，没准儿她还真诚地相信，即使把她扔在离地二十英尺高的树上，凯文像跳华尔兹那样旋转着去取三明治之后，还会回来帮她从树上下来。那就是原谅吗？像查理·布朗和露西玩足球。露西一再让他扑空，摔到地上，他却还要再试一次那样，西莉亚从来没有丧失信心，她从心底里觉得哥哥是个好人。

你可以说那是幼稚，或者你可以称之为容易上当受骗。但是，西莉亚犯下的是善良人最普遍的错误：她以为别人都像她一样。相反的证据无法立足，就像不收藏物理书的图书馆里讲“混沌理论”的书无处安身一样。同时，她从来不告状。倘若没有人证，总是很难把她的不幸怪罪于哥哥。因此，自妹妹出生起，凯文·哈查多琳便开始了犯“谋杀罪”却依旧逍遥法外的日子，至少在修辞意义上讲是这样的。

我承认，在西莉亚还小的时候，凯文疏远我，就像“西蒙说”[1]那

1　英国传统的儿童游戏，一般由三个或者更多人参加，其中一个人充当“西蒙”。其他人必须根据情况对充当“西蒙”的人宣布的命令做出不同反应。如果充当“西蒙”的人以“西蒙说”开头来宣布命令，则其他人必须按照命令做出相应动作。例如：充当“西蒙”的人说：“西蒙说跳。”其他人就必须马上跳起。

样，往后退了两大步。小孩子很烦人，同时，他开始像军人那样独立。而你在空余时间总是带他参加各种球赛或者参观博物馆。我可以稍微少管他一些。那让我很感激你。正因为这样，我在那两大步之外观察到的结果更加惊人，令我尴尬不已。

富兰克林，我们的儿子渐渐形成宛如黑白混合饼干一般的人格。从幼儿园就开始了（也许更早），而且，越来越糟。叫人生气的是，在相当大的程度上，我们只了解跟我们在一起时，别人是什么样子。这就是为什么偶尔发现你爱的人走在大街上那副陌生的样子会显得弥足珍贵。于是，你不得不听我说——我知道你不肯听——你不在家的时候，凯文说话总是酸溜溜的，带着讥讽的口气。而且不是偶尔不开心的时候才这样。也许那不是唯一真实的情况，但绝非完全瞎编。

这跟凯文在你身边时的表现完全相反——富兰克林，我对此感到恶心，似乎我要努力把你珍视的某样东西夺走。你一进家门，他的脸色就发生了改观。他喜上眉梢，昂首挺胸，龇牙咧嘴，挂着微笑。他整个的容貌洋溢着永久的被唤醒了的喜悦，就像做了太多的美容手术的上了年纪的小明星的脸。“你好，爸爸！”他会大声叫道，“今天的工作怎么样，爸爸？你给某个真正的好东西拍照了吗？有更多的奶牛吗，爸爸？有没有别的土地，或者高大的建筑，或者有好多好多人的房子？”你会绘声绘色地讲你拍摄的那几段铁路是什么样的，他会充满激情地感叹：“天哪，多棒！又拍了一个汽车广告！我要告诉学校的每一个人，我爸爸拍了奥兹莫比尔汽车照片！”有一天晚上，你带回来一份新的《大西洋月刊》，很骄傲地翻开用我们家主卧浴室做背景的高露洁广告。为了这个广告，厂家还赞助了我们粉红色的大理石浴缸。“天哪，爸爸！”凯文惊叹道，“我们的浴室进了牙膏广告，会让我们出名吗？”“可能会出一点小名吧，”你脱口而出，“要想真的在这个国家出名，你得杀个人才行。”我发誓，我记得自己希望你没有说这句话才好。

噢，你并不是唯一轻信他的人。多年来，凯文蒙蔽了他老师们的眼睛。多亏了你，我还保留着一大堆他的作业本。作为一个美国历史的业余爱好者，你是家庭年鉴的编录者、摄影师。你把家里的很多事情都以剪贴簿的形式记录下来，而我却更倾向于把经历本身当作纪念品。于是，我弄不清楚我为什么要在搬家的时候，把搁物架和鸡蛋切片器等别的东西全都扔掉，却留下了凯文的作文夹子。

我留下“一年级”的作业本，只是因为上面有你漂亮的倾斜的草书吗？仅仅这一次，我觉得不是因为这个。我被人两次送上法庭（要是之前的一次不算的话），我学会了从证据的角度思考问题。为什么啊？我变得如此习惯于把对我的生活的控制权交给别人——给记者、法官、网站作者，给死去的孩子们的父母，还有凯文自己——即便现在，我都不愿意把儿子写的东西收起或者弄脏，以免构成篡改，让人有起诉的由头。

无论如何，一个周日下午，我强迫自己看了几页他写的东西。（你意识到了吗？我可以把这些都卖出去。我可不是为了换点零钱。显然，这在 eBay 上是抢手货，当然，这种热度很快会消退，但现在能卖上千美元，和阿道夫·希特勒那还算不错的风景画一起。）它们幼稚的外观能够打消人们的戒心。字迹肥肥大大的，没有个人特色，一丝不苟，写在易碎的发黄的纸上。一开始，我觉得再普通不过了。从中我唯一能得出的结论是，他写了家庭作业，像个好孩子。但是，等我继续读下去，越来越无法按捺心里的激动，仿佛受到了令人紧张的魔力的吸引，非要拨开并且挤压一个正在冒出来的囊肿，或者拔出一根向内生长的体毛。

我总结出一点，在我们下班回家时凯文装得热情洋溢。在老师面前，他却很可能不是那样，相反，他显得有点怪异，没有给他们留下多少印象。凯文的作文总是严格按照要求完成。他不增加任何东西，如果得分低，一般都是因为篇幅太短。没有任何做错的地方，拼写也很准确。仅有几次，老师留下了模棱两可的批语，说他也许应该“对材料采用更加个人化的方法”，至于文章中究竟缺什么，他们无法准确地指出来。

亚伯拉罕·林肯当过总统。亚伯拉罕·林肯留着大胡子。亚伯拉罕·林肯解放了非洲裔美国奴隶。我们在学校学习了整整一个月伟大的非洲裔美国人。有很多伟大的非洲裔美国人。去年我们在非洲裔美国人历史月中也学习了这些非洲裔美国人。明年我们会在非洲裔美国人历史月中再次学习这些非洲裔美国人。亚伯拉罕·林肯被射死。

我破天荒第一次站在凯文这一边。你大概不会在意吧，我要说，在他的整个小学阶段，你和他的老师们都觉得他在组织能力方面比较欠缺，需要帮助，但是我不同意。我觉得他的组织能力强得很。从一年级起，他的作业里就显示出一种本能的欣赏——对于武断专制，对于重复的麻木力量以及对于荒谬的、不合逻辑的可能性。更有甚者，他的机器人一般的陈述句并不表明他没有掌握写作散文的精妙之处。那就是他的散文文体，带有门肯[1]散文中所有那些一丝不苟的特点。在家长与老师的见面会上，老师们很不自在地告诉我们，凯文“做作业的时候似乎不太专心”，相反，凯文非常专心，他全心全意地写作业。你看看他四年级的作文吧，题目是《我的妈妈》：

我的妈妈去了别的地方。我的妈妈睡在不同的床上。我的妈妈吃不同的食物。我的妈妈回到家里。我的妈妈睡在家里。我的妈妈在家里吃饭。

我的妈妈告诉别人到别的地方去。别人睡在不同的床上。别人吃不同的食物。别人回到家里。别人在家里睡觉。别人在家里吃饭。我的妈妈挣了很多钱。

1 门肯（1880—1956）：美国散文家、风格幽默的新闻记者和评论家。

我知道你心里在想什么，或者说，我知道你当时是怎么想的。你觉得，凯文在我面前装成阴郁、生疏的样子，而在你面前他会很轻松，把快乐而爽朗的本性流露出来。他写作练习从头到尾表现得矫揉造作，说明在他的思想和他的表达能力之间存在着差距。这是常见的现象。说他在我面前的那种沉默不语、屈尊就范是一种伎俩，我欣然同意。他能够忍得一时之气是真的，可以回溯到我没收他水枪的时候。但是，无论是天真烂漫的顽童，还是学生模样的小丑，他都是装出来的。凯文是一个骗局。三个杯子都是空的。

我刚才扫了一眼我之前所写的，意识到我对我们共同生活的七年时间概括得有些过分；而且，在这个简略的概括之中，大量篇幅用在了西莉亚身上。我感到羞愧，真的，不过，那些年里我们给西莉亚祝贺生日的诸多情形都历历在目。但是，我对凯文从八岁到约莫十四岁的记忆却模模糊糊。

噢，我又想起些往事，特别是那次我带你和十三岁的凯文去越南（你应该记得，西莉亚年纪太小，暂住在我母亲那里），目的在于让你们分享一下我的职业生活中所热衷的事物，结果却事与愿违。我特意选择那个国家，因为它对于任何一个美国人（至少我们这一代人）都无疑具有特殊的意义。第一次去某个国家旅行，人们往往会觉得“不就是另外一个地方吗”“谁在乎呢”！而去这个国家，应该不会有这样的感觉。凯文自然也会迷上它的。越南刚刚向游客开放，我无法放弃这么好的机会。但是，我承认，对越南、对稻田和头戴圆锥形草帽的枯瘦的老妇，我有一种亲切而负罪的感觉。当然，主要是对你我而言。二十多岁的时候，我参加过在华盛顿举行的大游行，而你还真的去恳求过征兵局不要因为扁平足而拒绝你参战，只是无功而返罢了。我们相遇时，西贡已经陷落三年，国内正忙着对越战争的扫尾工作。凯文自然没有这些体验，于是，尽管我一片好心，事实上却真的把他拽到了“不就是另外一个地方吗”“谁在乎呢”这样的情绪之中。不管怎么说，当我们的儿子——如果不是因为别的，只是学得快的话——在河内的摩托车海洋中溜达，让“古克[1]们”闪开时，我羞愧难当，如芒在背，那种感觉永生难忘。

然而，尽管我对那些年的记忆比较模糊，另外一件事情却浮现在眼前，栩栩如生。富兰克林，我可不是要用另一个例子来诽谤我们的儿子，从而证明他从出生起就铁石心肠。

我指的是他生病的那两个星期。那年他十岁。有一阵子，戈德布拉特大夫担心他得的是脑膜炎，还给他做了极其痛苦的骨髓化验，事实证明他没问题。他一向胃口不好，但总的来说还挺健康。那是我们儿子唯一一次长时间卧床。

刚发病的时候，我注意到，他不愿意吃饭，但是没有对我做的饭菜不屑一顾。他只是看着盘子，意志十分消沉，像是被打败了一样。事实上，他习惯——像他的母亲一样——与自己的冲动作斗争，努力想咽下我做的羊肉莎尔玛，但最终还是放弃。他没有躲在阴影里，或者昂首挺胸走向客厅，而是步履蹒跚，老是撞到家具上。他冷峻的面庞变得柔和，不再歪着嘴角露出嘲笑的样子。最终，我发现他无助地蜷缩在我的书房里，就在那块染上墨汁的亚美尼亚地毯上躺着。我把他扶起来送到床上躺下，他居然没有反对，令我十分惊讶。富兰克林，他用两只胳膊搂着我的脖子。

在卧室里，他听任我给他脱衣服。我问他想穿哪件睡衣，他没有像平常一样，白我一眼说：“我不在乎。”而是想了一会儿，然后轻轻地说：“带太空人图案的吧。我喜欢火箭上的猴子。”他居然会喜欢他所拥有的衣服中的某一件，我还是第一次听他这样说。等我发现那两件带太空人图案的睡衣都还没有来得及洗，我有点着急，把它们抖

1　美军俚语，对外国人的贬义词，尤指东南亚人。如菲律宾人、朝鲜人、越南人等。

开，然后赶紧回去告诉他说“我第二天就把它们洗干净”。我指望他说“别费事了”。可是，生平头一次我听到的回答是：“谢谢。”我给他掖好被子，他老老实实把毯子拉到下巴下面，等我把体温计放在他绯红的嘴唇之间时——他烧得满脸通红——他把玻璃体温计含在嘴里，有规律地轻轻吮吸，似乎终于在十岁的时候学会了吃奶。他的体温对于一个孩子来说烧得很厉害——超过 101℉。我把一块湿布放在他的前额上，他低声呻吟着。

生病的时候，我们是把自我隐藏起来，还是更多地暴露出来呢？我说不好。但是，我的确发现，那超乎寻常的两周时间是一种启示。我坐在凯文的床边，他把头靠在我的大腿上。等我确信他不会拒绝，便把他的头放在我的怀里，他扯着我的毛衣。还有两次，他来不及去厕所便吐了出来。我收拾好之后，告诉他不要着急。他没有像垫尿不湿那个阶段那样，一副志得意满的样子，而是轻声说他很抱歉。尽管我一再说“没事”，他还是感到羞愧难当。我知道，人们生病的时候会出现这样或者那样的变化，但是，凯文并不只是暴躁或者疲惫不堪。他变成了一个截然不同的人。这也就是我如此欣赏他的原因。换个场合，他要把自己变成另外那个男孩（或者许多男孩子）该花多大的气力和意志力啊！连你都说，凯文对他的妹妹“有点敌对”，但是，当我们两岁大的女儿蹑手蹑脚地走进他的卧室时，他听凭她用湿漉漉的小手轻轻地拍打他的头。她把自己的画送给他，祝他早日康复。他没有说“真没劲”，或者没有以自己不舒服为由让她出去（他完全有理由这样说的），相反，他用微弱的声音费力地说：“画得真不错，西莉亚。再给我画一张吧？”我还以为他一贯的语调（从出生开始就如此明显，称之为愤怒或者怨恨都可以，只是程度上略有差异罢了）是不会改变的。现在，我惊奇地发现，在层层叠叠的愤怒之下铺着的原来是一层绝望的地毯。他没有发疯。他只是伤心。

另一件事情也让我吃惊——他居然不愿意要你陪他。你也许不记得了。你突然走进他的卧室，他说他要睡觉。你送给他一套少有的他觉得值得收藏的漫画书，他表现冷淡，随手扔在地板上。他拒绝了你一两次之后，你觉得备受伤害，扭头离开了。也许他觉得，没有足够的力气装出星期六下午和你一起扔飞碟时大声叫喊“了不起啊，爸爸”的样子。或许在那样的场合，他觉得自己必须在父亲面前装一个男子汉大丈夫的样子，连声喝彩才对。我安慰你说，孩子生病的时候一般都愿意要妈妈，不过你仍然有点嫉妒。凯文破坏了规矩，打破了平衡。西莉亚是我的，凯文是你的。你和凯文关系密切，他有话会跟你说，有问题的时候会依靠你。但是，我觉得正因为如此，他才会退缩。是你坚持、是你逼着他、是你想要、是你诱骗他要做他“铁哥们儿”般的父亲。这要求太过分。他却没有气力拒绝你想要的那种亲密。凯文自己补偿了你，在他过分的做作中，有一种讨好你的深深的、痛苦的欲望。可是，你有没有想过，当你把他的骗局当成真实，他也许会非常失望呢?

他无法继续演下去的还有冷漠的样子。尽管你会说，在不舒服的情况下，冷漠是自然的流露。相反，你可以看到一座座害羞的小岛开始出现，像潮水退去的冰冷海面上，一块块被太阳晒热的干地。他食欲减退，我问他想吃点什么，他说喜欢我做的蛤杂烩，甚至还说，他更喜欢加牛奶而不是西红柿。他甚至还要吃一片烤的凯斯，而此前，他尤其瞧不起亚美尼亚食品。他说想玩西莉亚那个做工粗糙的玩具（那个大猩猩）。西莉亚非常郑重地把它放到他的枕头上，似乎她的谦卑的灵长类动物被选中是一种殊荣。确实如此。我问他，在一个个漫长的下午，我应该给他读点什么——我向《飞行之翼与祈祷者》请假了——他有点不知所措。但是，我想那只是因为以前我俩无论谁给他读故事他都不愿意听。于是，凭直觉——似乎这个故事会让男孩子喜欢——我选择了《罗宾汉和他的快乐伙伴们》。

他喜欢这个故事，央求我一次又一次读给他听，直到整本书他都烂熟于心。至今我都不知道，这个故事对于他之所以和以往给他讲的故事不一样，是因为我读给他听时恰逢某个完美的化学“界点”——在那个“界点”上，他有足够的力气关注，却没有足够的力气来制造冷漠的力场——还是因为这个故事中有某种特点能够抓住他的想象力呢？文明自顾自地向前发展，而像许多在半道被塞到其中的孩子一样，他无法理解世界是如何运转的，但是，他也许在其中找到了些许安慰。一个十岁的孩子还是能够看懂马拉的车和弓箭的，这些也让他开心。也许他喜欢劫富济贫，因为他天生就喜欢绿林好汉（或者，就像你嘲讽的那样，他只是一个崭露头角的征税—花钱的民主党人）。

我永远不会忘记发生在那两个星期里的事情，尤其忘不了那天早上，他感觉好了些，可以下床，告诉我说他要自己穿衣服，我能不能离开他的房间。我照办了，费了好大劲来掩饰自己那种怅然若失的感觉。而后来，当我回到他房间问他是否要吃午饭，也许再吃点蛤杂烩时，他猛地一甩头：“随便。”他生气地说。那是他这代人的口号。吃个烤奶酪三明治吧？——“我关心个屁。”他说。无论人们说如今的孩子成熟得有多快，一个十岁的孩子这样说话仍让我觉得吃惊。我不敢再问，我也立刻发现，他的嘴角又变得歪斜。我告诉自己，我应该感到高兴才好。他的病好些了。好些了？噢，不是对我而言。

虽然他发了高烧，但是也没有高到能够把一丁点新生的兴趣烧成灰的程度。接下来的那个星期，我撞见他在自己阅读《罗宾汉》。后来，我帮助你俩在购物中心的体育用品商店给他买了第一副弓箭，还在我们后院的小山坡顶上建了个射击场。在建设过程中，我心里一直在祈祷，希望我们的头生子这朵小小的“狂喜之花”能够开到这项工程完工之际。我满心希望能够如此。

伊娃

2001 年 2 月 24 日

亲爱的富兰克林：

我今天见到凯文，看见他的左颊瘀青，下嘴唇肿胀，指关节结了痂。我问他怎么啦，他说刮脸的时候弄伤的。身陷囹圄的人，怎么可能呢，权当它是个笑话吧。这明显让他感到高兴，堵住了我的嘴，使我无法追问他在里面生活的细节。我算老几啊，他开心的事情本来就够少了，难道我还想干涉吗？我没有追问下去。后来，我也想过要向监狱负责人投诉，说他们没有保护好我的儿子，但是，考虑到凯文本人对自己的同龄人都干了些什么，现在仅仅因为他受到几处擦伤就要鸣不平，似乎实在说不过去。

我没有多说客套话。去探视的时候，我越来越不再刻意让他感到自在，因为他自己一门心思只想打败我。

“我一直百思不得其解……”我脱口而出，“当然，你在发怒的时候不管三七二十一，只要有人正好挡住你的去路，你就冲着他们发泄，我还多少可以理解。就像一两年前那个安静的、不装腔作势的来自夏威夷的孩子那样，他突然……”

“布赖恩·尤伊斯尼，”凯文回答说，“他养金鱼。”

“七个同事吧？”

凯文拍拍手，假装鼓掌。“两千条鱼。是复印的。他负责修理复印机。用的是 9 微米口径的格洛克牌手枪。”

“我很高兴，”我说，“这种经历让你成为专家。”

“他衣食无忧，”凯文说，“没有什么盼望。”

“我要说的是，尤希……”

“是——尤——伊——斯——尼。”凯文纠正我道。

“显然那些同事是谁并不重要……”

“那家伙是夏威夷鲤鱼协会的会员。也许他觉得那就意味着他有抱怨的资格。”

凯文在卖弄。我等待他把烂熟于心的东西背诵完毕。

“但是，你召集他们在体育馆开会，”我接着说，“只限于收到邀请的几个人。”

“我的所有同事对人选都很挑剔。比方说迈克尔·麦克德莫特吧，那事儿发生在去年的12月。马萨诸塞州韦克菲尔德市的厄奇沃特科技公司，用的是12毫米口径的猎枪。目标是他专门挑选的。都是会计。每一个参与扣发他两千美元工资的人。”

“我想讨论的不是迈克尔·麦克德莫特，凯文……”

“他是个胖子。”

“也不是埃里克·哈里斯和迪伦·克莱博尔德……”

“傻瓜蛋。给杀人狂们留下了恶名。”

我跟你说过，富兰克林，他满脑子都是这些坏孩子的故事。仅仅在“黑色星期四”发生十二天之后，他们便作了案，杀的人比他还要多六个。我故意提及这些孩子来激怒他。

“至少哈里斯和克莱博尔德挺懂礼貌，省了纳税人一大笔钱，早早就退场了。”我说话的时候显得十分沉着。

“‘小不点儿’只是想增加点他们的伤亡数目罢了。”

“你当时怎么没有这样做呢？”

他似乎并不生气：“为什么要让每一个人都痛快呢？”

“像我这样的每一个人吗？”

“包括你在内，”他不动声色地说，“没错。”

“但是为什么要打死达纳·洛克而不是别的老师呢？为什么单挑那些孩子呢？他们有什么特殊之处呢？”

“哦，啊，”凯文回答说，“我不喜欢他们。”

“你谁都不喜欢啊，”我指出，“怎么啦，他们球赛时打败你了吗？或者至少可以说你不喜欢星期四？”

在凯文“新专业”的背景下，我间接提到布伦达·斯潘塞，算得上一个典型的暗示。布伦达在她就读的加利福尼亚州圣卡洛斯高中杀死了两个大人，打伤九个学生，仅仅因为“我不喜欢星期一”。这后来成了“新城之鼠”朋克乐队名噪一时的单曲的名称。事实上，让她名噪一时的残暴行为发生在 1979 年，这个十六岁的女孩子超越了她的时代。我对他稚气未脱的“万神殿”点了点头，换了别的孩子会报以微笑。

“应当是件大工程吧，”我说，“整理这个名单。”

“无比庞大，”他连连点头，“一开始似乎是，五六十个正经八百的竞争者吧。挺有野心的，”他说，然后摇摇头，“但是不切实际。”

“对啊，我们还有四十五分钟，”我说，“为什么挑了丹尼·科比特？”

“……那个笨蛋演员！”他说，像是在付款之前清点一下买了些什么。

“你记得夏威夷一个复印件修理员的名字，但是，你却搞不清楚被你杀死的人的名字。”

“尤伊斯尼的确做了点什么。科比特，要是我没有记错的话，只是靠在墙上不知所措，仿佛在等导演下令让他拉下幕布似的。”

“我的意思是，丹尼演技有点烂。那又怎么样？”

“看到《欲望号街车》中斯坦利有多呆了吗？在水下面学南方口音，我都比他学得像。”

“你又扮演了什么角色呢？粗鲁，说大话。从哪里学来的？布拉德·皮特吗？你知道吗，你已经学会点儿南方口音了。不过，学得也不怎么样嘛。”

他的狱友中黑人多得很，而他说话的方式也开始因为他们而发生变化。他说话一向慢，而且怪怪的，显得很吃力的样子，似乎他不得不用铲子一字一句地从嘴里铲出来似的。于是，不难看出，像城里黑人区的人那样，说话时省掉辅音和动词的方式是他学来的。即便如此，我对自己的表现还是很满意。我似乎已经达到了激怒他的目的。

“我没有扮演角色。我就是那个角色，”他满怀热忱，“应该让布拉德·皮特扮演我才对。”

（看来他听说了：米拉麦克斯影业公司正在拍这样的一部电影。）

“别搞笑了，”我说，“布拉德·皮特扮演个小矮个儿的高中二年级学生，太老了吧。即使年龄相当，哪个观众能够接受这样的现实呢？看上去鬼机灵的一个人，怎么可能干出那么傻的事情呢？我在报纸上看到，他们找不到演员，你知道吗？好莱坞谁都不愿意去碰你那个肮脏的小角色。”

“只要不是迪卡普里奥就行，”凯文愤愤不平地说，“他太蠢了。”

“言归正传。”我坐直了身子，“齐格·伦道夫怎么啦？你总不能说，他像丹尼那样达不到你高尚的艺术标准吧。听说，他在芭蕾方面很有职业发展前途。”

“什么职业发展前途，”凯文说，“就是他的笑柄。”

“他做演讲说自己是同性恋者，在大会上还为此感到骄傲，受到热烈的欢迎。你无法忍受，对吧？所有的学生都在下面小声嘀咕，说他多么勇敢啊。”

“你喜欢吗？”凯文觉得很奇怪，“讲这种事情还给他长时间鼓掌欢迎。”

“可是我实在搞不清楚为什么格里尔·乌兰诺夫也在内，”我说，“那个脑子不大清楚的小姑娘，个子不高，牙齿有些突出。”

“牙齿像马似的。”他纠正道。

“一般来说，你不喜欢美人儿啊。”

“只要能够让她闭嘴，不谈什么‘巨大的右翼阴谋’，怎么着都不过分。”

“啊，她就是那个女孩子，”我明白了，“请愿的。”（我不知道你是否记得，当克林顿受到弹劾的时候，一份愤怒的请愿书在格拉德斯通高中学生们中间传签，准备呈给纽约州议员。）

“承认了吧，妈妈，喜欢这个总统完全是没有品位的表现。”

“我以为，”我赌了一把，“你不喜欢任何人对任何东西感兴趣。”

“有完没完啊？我觉得，”他回敬道，“你得有自己的生活。”

“我有过，但被你剥夺了。”

我们尽量不吵起来。“现在你就是我的生活，”我加上一句，“剩下的只有你了。”

他说：“也太可悲了吧。”

“不是你计划好的吗？只剩下你和我，终于能够互相了解了。”

“有完没完啊？我不是挺棒的吗？”

“索韦托·华盛顿。”我有一个很长的名单，要逐个问他，而且，我不得不按照安排继续下去，“我看报纸上说，他就要站起来行走了。你感到失望吧？”

“我为什么要在乎他呢？”

“你从前为什么在乎呢？在乎到想要杀死他的程度？”

“我没想杀死他。”凯文不松口。

“哦，我明白了，你在他的两条腿上都留下洞，那就是你的目的。哦，那个‘最棒的精神病患者先生’怎么会失手呢？”

凯文举起双手：“嘿，嘿！我犯了个错误！我最不想做的，就是让那个‘小傻电影迷’逃脱。”

“乔舒亚·鲁克龙斯基，”我记住了，尽管我们进展有点太快，“你听说了吗，你的朋友乔舒亚受到邀请加盟那个米拉麦克斯影业公司要拍的电影，让他当剧本顾问呢。他们希望做到准确反映历史。对于一个‘小傻电影迷’来说，那可是美梦成真了。”

凯文双目炯炯。他不喜欢小人物沾他的光。伦纳德·皮尤推出他的“kk’best friend.com”网站时，他也气愤不已。网站的点击率上万，声称只需双击就可以看见我们儿子最不可告人的秘密。“最好的朋友？狗屁！”网站建立的时候，凯文怒骂道，“不如说伦尼[1]像个宠物仓鼠。”

“没准儿你听了会开心点儿，”我酸溜溜地加上一句，“索韦托的篮球生涯不再是十拿九稳了。”

“是吧，那倒真的让我觉得开心点儿了。世界上最不需要的就是另一个黑小子想去 NBA 绕着篮球架子玩。陈芝麻烂谷子。”

“陈芝麻烂谷子！需要再来一个‘高中闹剧’吗？”

凯文清理了一下手指甲：“我宁愿称之为传统。”

“媒体说你之所以挑索韦托，是因为他是黑人。”

“还有点道理啊，”凯文哼了一声，“九个孩子被锁在体育馆里。其中只有一个是黑人，对啊，的确是个‘仇恨案件’。”

“噢，当然是个仇恨案件。”我轻轻地说。

凯文皮笑肉不笑：“完全正确。”

“至于米格尔·斯宾诺莎，他们也是这样说的。你之所以挑他，是因为他是拉丁裔。”

“美籍西班牙人？我要是不加上‘有色人种’几个字的话，他们会说我种族歧视。”

“可是，真正的原因是他学习太好了，对吧？跳了一级。在州成绩测验和学业能力倾向初步测验中，他都取得了很高的分数。”

“但凡他跟你说话，实际上只是想在句子中拽词，比方说‘梯次编队’。”

“可是，你知道‘梯次编队’是什么意思啊。各种各样的大词儿

---

1　伦纳德的昵称。

都难不倒你。这就是为什么你会觉得，整篇文章都用三个字母那样短的词来写是多么绝妙的讽刺啊。”

“对。所以说，我不是嫉妒他。要是我没有弄错的话，你这样枯燥地严刑逼供，就是想要弄清楚这个吧。”

我好半天没有说话。你知道的，在凯文看起来的确会觉得枯燥乏味。像杰克·马林那样的纪录片制片人，匆匆完成畅销书的犯罪学者，新闻里接受采访的校长、老师和牧师们，你的父母，塞尔马·科比特以及洛伦塔·格林利夫。所有这些人都急切地想要知道 KK 为什么要这样做，唯独我们的儿子对此不感兴趣。这是又一个凯文根本不感兴趣的话题——他自己。

“那个在餐厅工作的人，”我说，“他不属于这批人（我记不住他的名字，常常为此感到羞愧），名单上本来没有他，对吧？”

“附带损害。”凯文面露困色。

“那，”我决心说点什么，刺激一下他，让他清醒些，“我知道你和劳拉·伍尔福德之间的秘密。她挺漂亮，对吧？”

“省了她多大麻烦啊，”凯文不在乎，“反正只要长出第一道皱纹，她非杀了自己不可。”

“非常，非常漂亮。”

“对，我敢打赌，那个女孩子的镜子都照破了。”

“而且你喜欢她。”

即便我真的心存怀疑，凯文戏剧性的狂笑也将这疑虑一扫而光。他并不经常这样笑，但是，当时就是这样笑了一下。青春期的孩子总能让人一眼看穿。“相信我吧，”他冷笑道，“我的品位不止于此。那个芭比娃娃只不过是附加品而已。”

“她让你很尴尬，对吗？”我故意刺激他，“眼线膏、卡尔文·克莱牌的衣服、经过设计的发型、尼龙袜和乳白色的轻便鞋。与冷冰冰的、憎恶人类的 KK 不是一个类型。”

“我结束的时候，她看上去可没有那么火辣了。”

“这可是书上最古老的故事，”我刺激他说，“在满脸阴郁地向朋友们诉说自己的秘密——‘要是我得不到她，那任何人都别想……之后，笨蛋查理开了枪……’他造成的所有的令人遗憾的混乱局面就是为了掩盖这个事实吗？又有一个长满青春痘的青年因得不到校花而心碎，以至于发狂了？”

“你在幻想，”凯文说，“想要把这个案子变成充满滑稽色彩的传奇文学吧？那是你的想象，不是我的。”

“卢克·伍德姆[1]得了相思病，对吗？他喜欢上了珍珠，是不是？你知道的‘那个啜泣者’。”

“他只跟克里斯蒂·梅尼菲约会过三次，而且他们分手一年了！”

“劳拉回绝了你，对吗？”

“我从来没有靠近过那个骚货。至于那个肥猪伍德海曼，你知道吗，每次约会他妈妈都跟着！难怪他用一把杀猪刀刮她。”

“出什么事了？最后，吃午饭的时候，你鼓起勇气把她逼到一个储物柜边上，是吗？她有没有给你一记耳光，公开侮辱你？”

“那是你想讲给自己听的故事，”他说，挠挠敞开的衣襟下面的肚子，“我拦不住你。”

“也想告诉别人啊。不久前，一个纪录片制片人来找我。他特别想知道‘我这边的故事’。也许我该给他回个电话。我可以向他解释，是得不到回报的爱情所致。我的儿子热恋上了一个女孩子，可是爱错了人。毕竟，劳拉是怎么死的？凯文可能把其他人都射得一塌糊涂，却一箭洞穿了她的心脏。我们格拉德斯通高中的丘比特。所有其他那些倒霉蛋儿都不过是伪装而已，只是——他怎么说的？附带损害。”

凯文向前探探身子，压低声音推心置腹地说：“我喜欢哪种女孩

1 轰动美国的校园枪手。杀人过后说，校园暴力和校园枪击的产生是有必然接洽的。

子，不喜欢哪种女孩子，在杀掉那两个尤物之前，你关心过吗？没出这件事之前，我脑子里在想些什么，你关心过吗？”

那一刻我有点不知所措。“你想让我为你感到遗憾吗？”我提高嗓门儿说，脸上有块胎记的保安向这边张望。“嗯，我先要为塞尔马·科比特和玛丽·伍尔福德感到遗憾，为弗格森家、伦道夫家、乌兰诺夫家和埃斯皮诺萨家人感到遗憾。我的心都碎了，为一个想要千方百计弄懂你脑袋里到底装了些什么东西的老师，为一个如今几乎不会走路的篮球运动员，甚至为一个我素不相识的餐厅工作人员遗憾。然后我们再看看是否还有遗憾留下来分给你。也许有吧，该分给你的只是我桌子上的残渣，有点残渣留给你算你幸运啦。”

“耶，耶，耶，耶！”

然后他笑了起来。啊，富兰克林，我一发火，他就特别满意。

我承认，今天我是故意要气他的。我决心要让他感觉到自己的渺小，他不是我们当代社会一个深邃、黑暗、无法理解的难题，而是一个笑柄，咎由自取。因为每次弯弓搭箭，凯文都像罪恶的化身一般自我膨胀一次。反过来，对他的每一种斥责——虚无主义、缺乏道德、堕落、由社会造成的，或者下贱……都让他瘦骨嶙峋的身体越鼓越大，比我的奶酪三明治体积膨胀得还要大。难怪他自我膨胀得如此厉害。他以世人的一致谴责当早餐。哦，我可不想让他觉得自己深不可测，是一个一代人发泄不满的、巨大的、无限夸张了的寓言。我不希望让他用“今天的无舵青年”这个巨大的保护伞遮盖住他庸俗、令人讨厌、华而不实、没有创意的“小矮人”肮脏的特征。我想让他心里难受，觉得自己只不过是个谁都可以理解的、平平常常的、挺没劲的孩子，是个不知天高地厚的年轻人。我想让他觉得自己轻率鲁莽，会因为悔恨而涕泗横流。而我最不想做的是告诉他我每天花了多少时间想弄明白这个孩子怎么变成了这样。

我坚持说他喜欢劳拉却得不到回报，是整个事件的诱因，从而来激怒他。实际上只不过是猜测而已。我暗示他，可怕的残忍都来自得不到爱而心碎这种俗丽的事情，以为这样做肯定会激怒他。实际上，我并不清楚凯文喜欢劳拉·伍尔福德跟“星期四事件”到底有多大的关系。据我所知，他试图给她留下深刻的印象。

但是，我研究了所有那些牺牲品，无论他自己是否愿意好好检查一下他列出的名单与否。乍一看，那只是一个杂乱无章的群体，差异如此之大，似乎他们的名字是从帽子里随便取出来的：篮球运动员、勤奋的西班牙裔学生、电影迷、古典吉他手、煽情的悲剧演员、同性恋芭蕾学生、长相普通的政治活动积极分子、虚荣心强的美少女、兼职餐厅工作人员、敬业的英语教师。什么样的人都有。是从我的儿子恰好不喜欢的五十个人中随便挑出来的十一个人的随意组合。

但是，不被凯文喜欢，并不是那些受害者唯一的共同之处。好吧，不算那个餐厅工作人员，显然他是自投罗网，撞到枪口上的。凯文心里很清楚，他想要的是正好十个人。这十个人，每个人都有自己的兴趣爱好。先说乔舒亚·鲁克龙斯基，不管他的兴趣是否只是“稍纵即逝”，也不管他的父母怎样炫耀，我觉得他没有成为专业演员的可能。丹尼（原谅我这样说，塞尔马）演技拙劣，而格里尔·乌兰诺夫向纽约州的议员请愿，纯属浪费时间。因为无论怎样，他都会把票投给克林顿的。虽然没有人愿意承认，但是乔舒亚沉湎于电影，激怒的学生显然不止凯文一个。他老是引用昆汀·塔伦蒂诺[1]电影剧本中的大段对话。午餐时间还进行无聊的竞赛，而餐桌上别的孩子更愿意用烤牛肉三明治交换几块蛋糕而已。他考大家谁能按时间顺序说出十部罗伯特·德尼罗主演的电影。不管怎样，乔舒亚的确喜欢电影，哪

1　昆汀·塔伦蒂诺（1963—　）：美国后现代主义电影导演，被誉为“电影鬼才”，他同时还是一位演员和编剧。其代表作《低俗小说》曾经获得1994年戛纳电影节金棕榈奖。

怕他让人烦透了，凯文仍然嫉妒他的狂热。似乎对什么狂热没有关系。索韦托·华盛顿喜欢运动，至少有将来参加尼克斯队的可能性；米格尔·斯宾诺莎喜欢学习（没准儿能上哈佛大学）；杰夫·里夫斯喜欢泰勒曼的音乐；丹尼·科比特喜欢田纳西·威廉斯[1]的作品；"鼠标"·弗格森迷恋奔三处理器；齐格·伦道夫喜欢《西区故事》[2]，还不必说其他男人。劳拉·伍尔福德自恋；达纳·洛克喜欢凯文——这是最最不可以饶恕的。

我意识到，凯文没有把自己的反感当成嫉妒。对于凯文来说，他的十个牺牲品都太可笑了。他们各自对一些不值一提的东西兴奋不已。而他们的热情简直是滑稽。但是，如同我用来糊墙的地图一样，不可理喻的激情从来不会让凯文发笑。自孩提时代开始，它们都会激怒他。

诚然，大多数孩子都经历过掠夺。弄坏东西比制作东西要容易。为了准备"星期四事件"，他一定费尽心机，但是跟与那些人交朋友相比，他的付出仍然不值一提。剿灭只是一种懒惰的表现，但是它仍然提供了一种满足感——我毁坏，固我在。另外，对于大多数人来说，创造是困难的，需要专心致志，环环相扣，而破坏只是一种所谓的释放。要想给放弃一个理由，你需要非常有技巧。毁坏中有一种所有权，一种亲密感。凯文把丹尼·科比特和劳拉·伍尔福德抱在怀里，把他们的热量和爱好全部吸收进去。毁坏的动机也许比好奇心更复杂，是一种笨手笨脚的、受到误导的贪心。

我眼巴巴地看着凯文长这么大几乎都在破坏他人的快乐。记不清楚有多少次，我这个做母亲的只要提起"最喜欢的"这个词就一定会

---

1　田纳西·威廉斯（1911—1983）：美国戏剧家，其经典作品《玻璃动物园》中劳拉是一个颇具代表性的温柔而孤独的人物。

2　是由罗伯特·怀斯、杰罗姆·罗宾斯导演，娜塔利·伍德、理查德·贝梅尔、乔治·查金思主演的一部美国爱情歌舞片。

有不好的事情发生。他上幼儿园的时候，给詹森最喜欢的红色塑料套鞋塞满蛋糕。我最喜欢的那件长袖白色长裙被他用水枪喷洒上葡萄汁。由此可见，每一个走进体育馆、成为靶心的少年都是某位老师最喜欢的学生。

他似乎特别排斥别人的快乐，当初，我把他的这种行为称为幼稚。例如，只要别人摆好姿势准备照相，他就要故意走过去，挡一下人家的镜头。我不愿意带他去游览历史名胜。因为日本人喜欢在那儿照相，不安好心的凯文会害得他们浪费许多胶卷！世界各地应该散落着许多照坏了的照片，上面都有臭名昭著的 KK 模糊不清的头像。

还有更多的例子，简直数不清。我只想细说一件事。

凯文刚满十四岁的时候，他所在中学的“教师家长委员会”邀请我参加八年级的春季舞会，帮助老师管理一下学生。记得当时我还挺吃惊，凯文居然愿意参加这样的活动。因为学校组织的活动他一般都抵制（回想起来，也许吸引他参加的是劳拉·伍尔福德，她在舞会上穿的那件上衣闪闪发亮，长度只到腰部，肯定花了她母亲好几百美元）。这种岁末狂欢是整个学年的高潮，大部分同学从六年级起就盼望能够参加这种只允许高年级同学参加的仪式。举办活动的目的是让这些孩子锻炼锻炼。他们已经成为真正的“青少年”，应该学会像“山中大王”一样威风一阵子。等到上了中学，他们就又成了处于最底层、任人宰割的一年级新生了。

我答应一定去参加这次活动。并不是想去没收孩子们偷着喝的南方安逸酒。我非常珍惜自己在拉辛市威廉·霍利克上高中时的记忆。当时，我躲在舞台的幕布后面从小酒瓶里偷偷摸摸喝了几口酒，一种热辣辣的感觉穿肠而过。我向来不喜欢充当大煞风景的刻薄鬼的角色，心想，只要孩子们不要喝得烂醉，我就睁一只眼闭一只眼罢了。

我当然是太天真了，学校领导担心的远不止南方安逸酒。舞会前一周，我们参加准备会议，他们交给“陪护们”的第一项任务是怎样辨别爆炸瓶。老师们非常严肃，他们仍然在为那个学年开始时全国范围内发生的两起事故而痛心疾首。孩子们读完八年级可能只有十四岁。但是那年一月，年仅十三岁、就读于西棕榈滩中学的桑恩尼尔·曼格姆在学校门前射杀了一个同学。原因是那个男孩子欠他四十美元没有还。仅仅三个星期之后，在阿拉斯加州的伯特利市（富兰克林，真叫人难堪，所有这些故事都是我去克拉夫拉克探视时，凯文告诉我的——要是没有别的可谈，他就把这些他最喜欢的“睡前故事”讲给我听），埃文·拉姆齐弄到一把12毫米口径猎枪。先是在课桌旁边打死一个受人欢迎的运动员，然后在学校扫射，紧接着，尾随他就读的那所高中的校长，并且把他杀死。我上学的时候，老师教我们用“记忆法”区分“校长”（principal）和“原则”（principle）这两个词。“校长是你的朋友。”

当然，从数字上来看，在一个拥有五千万中小学生的国家，这样的枪杀案微乎其微，而且我还记得，开完预备会，回到家中，我还向你抱怨老师们小题大做。他们抱怨办学经费不足，无法购买金属探测器，只能训练所有参加陪护的家长，在孩子们入场的时候搜身。而我崇尚自由，对这样的行为感到义愤填膺（这经常激起你的反感）。

“当然，黑人孩子和西班牙裔的孩子长期以来都在底特律那种下三滥的初中里彼此对射。”我说。那天晚上晚饭吃得很迟。“这些都是很偶然的事情。少数几个白人孩子，中产阶级家庭的孩子，受到保护、有私人电话线、有闭路电视的郊区孩子舞刀弄枪，突然全国就进入非常时刻了。另外，富兰克林，你应该看看那些家长和老师，他们都信以为真呢。”我的炸百花鸡就要凉了。“你想象不到他们多么自以为是。我开了个玩笑，他们都转过来看我，一脸这可不是开玩笑的表情，就像你在机场过安检时弄出爆炸声似的。他们都愿意把自己想象成身处于最前线，做的是超级危险的事情，而不是陪护孩子们穿着袜子跳舞。天哪，他们觉得自己是在全国的聚光灯下，参加普通，但不无歇斯底里的政治活动。我发誓，在某种程度上他们都很嫉妒，因为摩西莱克、棕榈滩和伯特利都发生过校园枪击案，格拉德斯通怎么了？我们这儿就不能也发生一起吗？他们没准儿私下里都在想，只要自己家的孩子毫发无损地逃脱了危险，八年级的舞会变成一场搏斗才好呢！这样一来，我们都上电视了……”

想起那时我说的话真是有些恶心，但是恐怕当时我的确是这样说的。对啦，凯文也许也在听。但是毫无疑问，在整个美国不可能没有一家人对枪击案有这样或者那样的看法。他们很不安，也许会像我那样谴责“政治上的歇斯底里”。

我觉得这次舞会之所以让我记忆犹新是因为开舞会的场所。毕竟，那只是一个普通的记忆。不知道那些家长是否会感到失望，舞会开得极为顺利，恐怕只有一个学生会把那个夜晚当成灾难，记在心里，但我从来不知道她叫什么名字。

体育馆。就在那个体育馆里。

因为初中和高中共用一个校园，他们经常共享设备。挺好的设备，也是这所好学校吸引你在附近给家里买房子的部分原因。叫你失望的是，凯文根本不参加学校的体育活动，因此我们从来没有参加过他所在初中的篮球比赛，于是，这次“意义重大”的陪护孩子的工作就成了我见识体育馆内部设施的唯一经历。体育馆是一栋独立的建筑，像一个巨大的洞穴，不止两层楼高，华而不实，造价昂贵——我想甚至可以把它改造成一个冰球馆。（奈阿克学校董事会多么浪费啊，后来我看到报纸上说，他们决定把整座建筑拆掉。学生们显然不愿意上体育课，说那个体育馆闹鬼。）那天夜里，这个竞技场里回荡着主持人洪亮的声音。所有的体育设施都撤了，他们挂起一个带小玻璃镜片的球形圆灯，我还以为他们会像我那次参加的舞会那样，挂着气球和彩旗呢。

我可能是个糟糕的母亲——什么，应该是个十足的坏母亲——但是要陪同十四岁的儿子参加学校的舞会并不是那么可叹的事情。我站在体育馆里另一边，能清楚地看见他的侧面。他无精打采地倚靠着煤渣空心砖墙站着。我很好奇。我很少在社交场合看见他。站在他身边唯一的同学无疑是伦纳德·皮尤。这个小家伙有着黄鼠狼一般不怀好意的笑脸，即使与我相距一百码远，仍然看得出他一副油嘴滑舌、拍马屁的样子，和他身上那股死鱼一般的臭味道“相得益彰”。伦尼刚刚穿了鼻孔，孔洞周围发炎了。一个鼻孔红红的，只有另一个鼻孔的一半大。抹在上面的抗菌素膏熠熠反光。这个孩子身上不知道有什么东西，老是让我想起内裤里褐色的污秽。

凯文最近在学校引领了穿小衣服的风尚。他刚刚穿上，伦尼立即仿效（那是他的特色）。凯文的黑色牛仔裤十一岁时穿大概正合适。裤腿只到了小腿的中部，胫骨处冒出来的汗毛一览无余。裤裆的拉链拉不上去，凸显出他的那些“小零件儿”。伦尼赭色的棉布休闲裤破破烂烂，即使合身也一样吓人。他俩都穿着水果织布机牌的白色T恤衫，像平常一样露出三英寸的小肚子。

也许纯属我的想象，但是只要有同学经过，他们似乎都绕道而行，远远地离开这两个人。我也许应该警觉，想到我们的儿子也许是同学们回避的对象。我的确想到了，尽管同学们并没有把他当作一个被社会抛弃的人那样去耻笑。即使他们笑话过他，他们的笑也已经止住了。事实上，从这一对“尤物”面前走过时，同学们都闭上嘴巴，只有在这二位听不见了的时候，他们才继续聊天。在他俩面前，女孩子腰板儿笔直，似乎屏住了呼吸。没有人斜眼看这对“小衣帮”。相反，每一个同学都像足球运动员一样眼睛看着正前方，只是在走出去老远时才会回过头，飞快地一瞥凯文和他的“宠物仓鼠”。同时，随着八年级学生迟迟不进舞池，只有体育馆靠墙的地方零零散散站着一些孩子。我们的儿子和他的伙伴离站在两边的同学足有十英尺。同学们没有一个人冲他们点点头，微笑一下，或者冒险问一句无伤大雅的“你好吗”，似乎在犹豫这样做太冒险了——会冒什么样的风险呢？

我还以为音乐能让我觉得自己老了。我闻所未闻的乐队演奏的那些乐曲，震耳欲聋，让衰老的人退避三舍。但是音响系统开始工作时，我惊奇地发现，除了一些泡泡糖摇滚舞曲之外，都是些“老艺人”（我们当时就是这样自命不凡地称呼他们的）的曲子。你我二十多岁的时候就是踏着他们的音乐跳舞的。滚石乐队、克里登斯清水复兴合唱团、谁人乐队、吉米·亨德里克斯经验乐队、贾尼斯·乔普林乐队和乐队合唱团。富兰克林，还有平克·弗洛伊德乐队！我没有什么事情干，又不喜欢甜甜的红潘趣酒（要多加点伏特加才过瘾），不知道该做什么才好。凯文的同辈们仍然跟着克罗斯比、斯蒂尔斯、纳什和杨乐队[1]，感恩而死乐队，甚至甲壳虫队的音乐频频点头。到底是这些音乐让我们的时代显得富足，还是让他们的时代显得贫瘠呢？当《天国的阶梯》[2]响起来的时候——那个老手！——我差点笑出声来。

我从来没有指望凯文会跳舞。那多没劲啊！这个孩子从四岁起有些方面一点儿都没有变。别的孩子迟迟不进舞池是迫于形势。我们当年也是如此，谁也不想带头下去，让所有人的目光直愣愣地盯着自己看。我们那时候，大家你推我，我推你先下去，拖了好长时间。然后在幕布后面小啜几口，乘着酒劲儿，走向舞池。最后，只要舞池里达到十个人，大家就从舞厅的各个角落不约而同鱼贯而入。于是，我有些吃惊，舞池的中央除了从镶满玻璃片的球形圆灯斑驳投射下来的旋转着的光点之外空无一人，这时居然有一个孤独的灵魂出现了。她占据的并不是舞池某个阴暗的角落，而是中心。

女孩子皮肤白皙，几乎半透明。金发，连睫毛和眉毛都是金色

1 一支美国加州的民谣摇滚超级乐队，成立于 1968 年。

2 收藏在齐柏林飞艇乐队 1971 年推出的《齐柏林 4》专辑，在西方世界广为流传。

的。轮廓不大分明，五官缺乏活力，下巴也有点难看——很小，而且太平滑。因为绝对称不上古典的面部特征，她永远不会被人认为漂亮（那又关我们什么事呢）。她的另外一个问题在于着装。舞会上大多数女孩子都觉得穿牛仔装比较保险。也有极少数女孩穿裙子。但她们要么穿黑色皮裙，要么穿那种时髦的、上面装饰着亮片的短裙，显得不同凡响，就像劳拉·伍尔福德那样。但是这个十四岁的姑娘——为了方便起见，暂且称她艾丽斯吧——穿着长及膝盖的连衣裙，后面还有一个蝴蝶结。是茶色格子花呢的，泡泡袖。她头上扎着缎带，脚上穿了双黑漆皮鞋。显然是妈妈给她打扮的。这位母亲脑子里一定有一种与生俱来、一成不变的可悲的概念：一个小姑娘参加舞会应该穿什么，管它是什么年代。

即便是我，也马上意识到艾丽斯“不酷”——这个词从我们那一代流传到下一代，简直不可思议，说明这个概念是永恒的。酷到底代表什么，或许会改变，但是有某个被称为酷的东西却是不变的。不管怎么说，我们那时候，令人讨厌的人还会表现出为自己感到羞愧，有点难为情，眼睛盯着鞋子。这样一来，大家还会高看他们一眼。但是这个可怜的、没有下巴的流浪儿没有足够的社会知识为自己的泡泡袖、茶色格子花呢长裙和头上的缎带而感到羞愧。母亲买回这件衣服的时候，她毫无疑问会张开双臂扑向那个女人的怀抱，像个傻子似的充满感激。

吸引她大显身手的是《天国的阶梯》。然而，无论我们心里给齐柏林飞艇摇滚乐队的巅峰之作留下多么温暖的角落，那支曲子的节奏都特别慢。我还记得跟着那首曲子是没有办法跳舞的。可是这没有让艾丽斯屈服。她张开双臂，闭着眼睛，转的圈越来越大。她显然是陶醉于其中了，忘记这样快速旋转会露出内裤。她完全被低音电吉他迷住了，她的步伐完全不像跟着摇滚乐那样摆动身体，而是踏着没有受过正规训练的芭蕾和苏菲舞的舞步摇晃着身体。

我刚刚说得有些过分，实际上我被她迷住了。她像我们的小艾莎道拉·邓肯[1]的替身那样放荡不羁，那样叫人称奇！我甚至有点嫉妒她。记得在怀凯文的时候，我在我们的三角地阁楼公寓里随着传声头像乐队热情奔放的演奏晃来晃去。我如今不再这样做了，想起来有点伤心。尽管她比西莉亚大八岁，但是这个女孩从体育馆一端踏着舞步，旋转到另一端。她身上有某种东西让我想起我们的女儿。她不大像是个裸露症患者，被吸引到舞池似乎仅仅因为那是她最喜欢的歌之一，特别是那歌词。而且因为空旷的舞池更容易让人陶醉得四处狂奔。她可能在自己家的起居室听着这支曲子过火地表演过，觉得没有理由不用同样华丽的方式释放自己的感情，哪怕有两百个怀有恶意的青少年在旁观并且投去恶意的目光。

《天堂的阶梯》总是显得冗长，但是几乎要结束了。我以为还要拖上两分钟才结束呢。但是没有。凯文离开墙脚，拖着无力的脚步，毫无疑问径直朝艾丽斯走去，像爱国者导弹追踪飞毛腿导弹一样跟在她身后。然后他停下来，正好在球形灯的下面，他精确计算好了艾丽斯下一个脚尖旋转时的角度，知道她的左耳朵会对准他的嘴巴。然后，就在那一刻，他稍微侧身，轻轻地说了点什么。

我从未假装说我知道他说了什么。但是他当时的形象让我后来在心理上重构了“星期四事件”。艾丽斯一下子僵在那里。片刻之前她显然还一无所知，现在从她脸上的表情却可以看出，她全明白了。她飞快地左顾右盼，找不到一个可以喘息的空间，突然意识到有那么多观众，只好继续装傻。这首歌还没有完全结束，她只得继续往前挪动。在接下来的四十秒钟左右的时间里，她用令人心悸的慢动作，

1 艾莎道拉·邓肯（1878—1927）：美国著名舞蹈家，现代舞的创始人，世界上第一位披头赤脚在舞台上表演的艺术家。

往前或者往后跌跌撞撞地挪动着身体，就像电影《雌雄大盗》[1]结尾处费·唐娜薇一样。

主持人恰好在这时示意切换到了杰弗逊飞机乐队[2]的《大白兔》。她抓住茶色格子花呢裙，在两腿之间揪得紧紧的，蹒蹒跚跚，走到一个角落。艾丽斯用胳膊肘紧紧地压着自己的腰，一只手努力盖在另外一只手上。我意识到，就在前一分钟的瞬息之间，她一下子长大了。现在她知道了！知道她的礼服令人讨厌，知道她的下巴难看死了。接下来会觉得母亲背叛了她。还有，她不酷。她永远不会成为一个美丽的姑娘。而最重要的是，她明白永远、永远不要在别人还没有进入舞池的时候先去跳舞。也许她永远不会再进任何舞池。一生都会记住。

“星期四事件”发生时我不在现场。但是两年前，我在同一个体育馆里见证了此前的预兆。那时，一个格拉德斯通初中毕业生被暗杀了。

伊娃

---

1 电影，又名《邦妮和克莱德》，1967 年根据真人真事改编，被誉为二十世纪六十年代美国电影的里程碑。

2 美国摇滚乐队，1967 年该乐队的酸性摇滚代表作《大白兔》风靡一时，影响广泛。

2001年3月2日

亲爱的富兰克林：

我的同事里基快下班的时候过来找我，费了好大劲才吭吭哧哧说出他一直说不出口的话。他邀请我去他的教堂。我有些困窘，向他表示感谢，但还是含含糊糊地回答说："我可能不会去。"他不想就此放弃，问我为什么，我该怎么回答他呢？我能说"因为都是瞎说"吗？在信教的人面前，我一向觉得自己有点低三下四，而他们也觉得对我低声下气。于是我说，我倒也希望自己能去，希望信教。有时候我也非常努力，想让自己相信主宰万物的神灵。但是，过去几年里，我似乎找不到仁爱者眷顾我的生活的迹象。里基说，会以一种神秘的方式眷顾我，可我俩都心知肚明，那是不可能的事情。"太神秘了。"我说。现在你也会重复这个词的。

我常常回想起我们为人父母之前，你在滨江公园说过的那句话："至少生个孩子是对人生大问题的回答。"当时我感到不安，因为你老是给自己提出这个大问题。我们没有孩子的时候，或许也有不完美之处，但是现在回想起来觉得，那次对话也可以证明我们当时也许"过于开心了"，完全没有空虚得心痛之感，而是愉悦有加。也许我比较浅薄。对于我来说，有你就足够了。那些年，长时间外出的旅行之后，我一出海关就四处寻找你的面孔。那些旅行对于你比对于我来说要困难得多。第二天早上，你温暖的胸膛像一个茧，我躺在里面暖暖和和的，很晚才起床。那就足够了。但是，我们的二人世界对于你来说还不够。这样一来，你我之间就有了差距。你在精神上似乎更加老成，这让我觉得受到了伤害。

但是，如果不要孩子没有理由的话，要孩子的理由又是什么呢？

为了传宗接代？说来简单，实际上是把责任转嫁到下一代人身上。这种置换会造成一种懦夫般的、潜在的无限延迟。你的孩子大概也会给出同样的答案，说为了繁衍。与此同时把注意力从他们身上转移，把他们自己的漫无目的硬塞给后代。

我之所以提起这件事儿，是因为我觉得你当时的确在期待凯文来回答你的大问题，而且，他年纪很小就意识到你的期待。他是从哪里感知到的呢？从一些小事当中。你的语气显得诚实而咄咄逼人，但是也透露出一种羞涩的绝望之感。你那样用力地拥抱，也许会让他喘不过气来。你义无反顾，每个周末都腾出时间，一切听从凯文的差遣。而我怀疑孩子们其实希望父母忙自己的事情，别总去管他们那些琐碎的小事。孩子是希望父母告诉他们，还有别的事情要做，那些事情很重要。有时候，比他们还重要。

我这样说，并不意味着对孩子就应该不闻不问。但是，他只是个小孩儿，让他独自一人承担为困扰父亲的大问题提供答案，未免期望太高。对这个初来乍到的小生命来说，担子何其沉重！更糟糕的是，孩子像大人一样，在“宗教口味”上（我只能这样说）有着巨大的差别。西莉亚更像我。一个拥抱、一支蜡笔和一个小甜饼，她就心满意足了。而凯文似乎什么都不想要，但我现在意识到，在精神上，他非常贪婪。

我俩都逐渐背弃了宗教信仰。因此，我们抚养孩子的时候，既不让他们信亚美尼亚东正教，也不让他们加入长老会，是在情理之中的事情。尽管我并不想抨击《今日青年》的观点。他们认为，只需批评《旧约》就行了。我幡然醒悟，多亏了我俩，凯文才从未见过教堂里面是什么样子。事实上，你我都在宗教氛围中长大。后来我们抛弃宗教，也许使我们获得了某种优势，因为我们都清楚自己抛弃的究竟是什么。不过我不知道，当初这样做对凯文是否更有利。倘若我们也给他灌输很多云山雾罩的胡言乱语，他长大了就可以劈头盖脸地把我们批评一通，说都是胡说八道。对“贞女之子”“摩西十戒”的过分渲染，的确会让孩子们耿耿于怀。为了孩子去伪造一种信仰，这种想法可能不切实际。但他们一定知道，当爹妈的只是装装样子而已。然而，毫无疑问，对旅行指南和老爷车广告这些明摆着没有什么用的东西说三道四，一定无法让人满意。

凯文的老师——除了达纳·洛克之外——从来没有意识到凯文的饥渴。他们宁愿用流行的词语下结论说我们的儿子之所以学习成绩不好，是因为他注意力不集中。他们决心要从他身上找出点“机械故障”，因为出了故障的机器可以修好。对付被动地缺乏某种能力比较容易，而严重地缺乏兴趣却难以驾驭。那是个更加令人担心的问题。显然，凯文集中注意力的能力毋庸置疑。他煞费苦心地准备“星期四事件”，他能一字不差地背下枪击案肇事者的“荣誉名册”，甚至还能记住尤伊斯尼养了多少条宠物鱼，都是最好的证明。他有些作业没有完成，不是不会做，恰恰因为他会做。

也许在一定程度上，贪婪能解释他为什么那么残酷，解释他为什么不想参与任何活动。什么事情他都觉得没有意义，觉得自己被残忍地排除在外。辣妹合唱团没劲，索尼播放站没劲，《泰坦尼克号》没劲，逛购物中心没劲，我们又如何能够否认这一点呢？同样，给修道院艺术博物馆照相没劲，在二十世纪九十年代末伴着《天国的阶梯》跳舞没劲。等凯文快满十六周岁的时候，这样的信念开始变得具有暴力倾向。

富兰克林，他并不愿意一定要回答你的大问题。他期待你给他一个回答。自孩提时代起，凯文就觉得把虚度光阴看成富有成果来歌颂过于空洞。上周六他说，“星期四事件”，他其实是给劳拉·伍尔福德“帮了个忙”。这也许还真是他的肺腑之言呢。

但是，我是个肤浅的人。即使等周游世界的耀眼光芒褪去，我在余生仍然会回味那些陈旧的外国食品以及同样陈旧的外国天气，只要回家的时候，能在肯尼迪机场扑在你的怀抱中。我别无他求。是凯文向我提出了大问题。在生下他之前，我一直太忙了，忙于经营蒸蒸日上的生意和妙不可言的婚姻，以至于没有时间来想这个大问题到底是怎么回事。等我不得不在丑陋的房子里日复一日与一个乏味的孩子纠缠时，我才开始问自己到底为了什么。

而“星期四事件”之后呢？他夺走了我对“人生意义”自欺欺人、漫不经心的速记式的简单答案。

我们终于在凯文十四岁的时候，离开了他。我对此焦虑不安。我也许一直在想他小时候的那些事情，以便避开后来发生的、让你我痛苦分开的事情。无疑，我们都害怕回忆往事，唯一让人欣慰的是一切都已经结束。不，并没有结束。对于我来说还没有。

1997 年，凯文九年级的第一个学期，又发生了两起校园枪击案。一起发生在密西西比州的珍珠城，另外一起发生在肯塔基州帕杜卡市。这两个城市我以前都闻所未闻，如今却成了美国词汇中“青少年狂暴”的代名词。事实上，珍珠城的卢克·伍德姆不仅向十个孩子开枪，导致三个孩子生命垂危，还杀死了他的母亲——刺了她七刀，用铝制棒球棒打碎她的下巴。这样令人发指的暴行让我心里不禁咯噔一下。看到记者连篇累牍、大量报道，我不由得说：“瞧，他们只是喋喋不休地说他向那些孩子开枪。然后轻描淡写地说：‘噢，顺便说一下，他杀死了他妈妈。’顺便说一下！会那么简单吗？整个事件肯定跟他母亲有关系。”后来，这话成了对我自己的反诘，用法律术语来说，就是“不利于己的供认”。但是，我并不是说，那时候，我就看到与自己密切相关的不祥之兆，似乎从新闻一再播报的悲剧中看到灾难正一步步向我的家庭逼近。根本没有。和所有新闻报道一样，我觉得那些事与我无关。然而，无论喜欢与否，我已经摇身一变，从追求独立、云游全球的旅行家，变得更像一位衣食无忧、居住在郊区的白人母亲。像个刚会飞的幼鸟一样盲目地飞来飞去让我烦躁不安。底特律或者洛杉矶的黑社会枪击案仿佛发生在另外一颗星球上，但珍珠城和帕杜卡市的却是发生在我的星球上。

对于那些男孩子，我的确讨厌至极！他们心胸狭窄，不能忍受女朋友的背信弃义、同学的挑衅或者终日辛劳的单身母亲对他们稍微的疏忽。那些单身母亲可怜巴巴，无法像我们这些母亲那样，为在破破烂烂的公立中学里读书的儿子费心劳神。于是，那些孩子就不可避免地要把自己多如牛毛的问题转嫁到其他家庭的生活中去。也是因为同样小小的虚荣心，驱使这些男孩子稍微理智一点的同辈把他们的名字镌刻在国家历史文物上。那种自艾自怜！那个带着他父亲用来猎鹿的来复枪、名叫伍德姆的近视眼儿说："我一生都遭人耻笑。总是挨揍，总是被人怨恨。社会，你能够因为我的所作所为来责备我吗？"而我的想法是，是的，你这个小坏蛋！毋庸置疑！

帕杜卡市的迈克尔·卡尼尔也是一丘之貉——超重，备受嘲弄，沉溺于自己小小的苦难，如同在泥坑中洗澡。但是，过去他在纪律方面从未出过问题，最糟糕的一次是在看"花花公子"录像频道时被抓了个正着。卡尼尔不同凡响之处是，他是向一群正在祈祷的人开火。他杀死了三名学生，伤了五个。但是，从随后的祈祷纪念会和教室窗户上"慈悲为怀"的标语来看——其中一条标语用一个心形图案环绕着，里面不仅仅有受害者的照片，还有他本人的照片——人们似乎原谅了他。而这种"再生"起到了报复他们的作用。

有关珍珠城枪击案的新闻播出的那个10月的夜晚，你我在看电视节目《吉姆·莱赫新闻时间》的时候，我忍不住说："天哪，某个孩子叫了他一声'臭苦力'，或者在走廊里推了他一下，他就大发雷霆，怒吼道：'呵呵，我要扫射这所学校，在可怕的压力之下，我要爆发了！'从什么时候开始，美国的孩子们变得这样脆弱了？"

“是啊，得扪心自问，”你表示同意，“干吗不到操场上去一决雌雄呢？”

“可能是怕弄脏了手吧。”我对儿子说，他正悄悄地向厨房走去。他偷听我们的谈话，他喜欢这样做，不喜欢参与家人的讨论，“凯文，你们学校的男生不用老式的决斗解决分歧吗？”

凯文停下脚步看着我。无论别人问什么，他得先掂量掂量，看是否值得回答。“武器的选择，”最终他说，“决定了胜负的一半。”

“什么意思？”

“伍德姆软弱、优柔寡断、不讨人喜欢。决斗能赢的可能性太小。用30毫米口径的枪胜算更大。聪明之举。”

“不那么聪明吧，”我气呼呼地说，“他十六岁了。在很多州，到了这个年龄就按照成人来判了。他们不会心慈手软的。”（的确，卢克·伍德姆后来被判了三个终身监禁，外加一百四十年的额外徒刑。）

“那又怎样？”凯文脸上掠过一丝不易察觉的微笑，“那家伙的一生算是完蛋了。漫漫刑期，我们谁也不会活那么长，他肯定比大多数人都开心。对他来说不错。”

“别激动，伊娃，”我被他气得不知道该说什么才好，你打断我说，“儿子是在逗你玩呢。”

凯文长这么大，惹的只是些小麻烦。他很聪明，但是讨厌学校。他几乎没有什么朋友，我们知道的那个小家伙是个马屁精。还发生过那么多说不清道不明的事情，从维奥莱塔到权且称之为艾丽斯的那个女孩子，都敲响了警钟，但这警钟只有我一个人听得见。而人的性格的表现方式具有惊人的一致性，无论是在战场上还是在超市里。对于我来说，凯文干的每一件事都是有根源的。为了避免我对他的秉性的看法显得过于轻率、夸张，我们还是把统一的“黏合剂”归结为一个词："敌意"。结果，1997 年 12 月的那个夜晚，当两名橘镇的警察跟着凯文还有讨厌的伦纳德·普一起出现在我们家门口的时候，你感到震惊，而我觉得警察早就该光顾我们家了。

"怎么啦，警官？"我听见你说。

"哈查多琳先生吗？"

"我姓普拉斯基特，"你纠正他说，这已经不是第一次了，"我是凯文的父亲。"

当时我正在教西莉亚写作业。我蹑手蹑脚地走到大厅，站在你的身后，因为满足了偷窥欲而兴奋不已。

"有骑摩托车的人向我们投诉，您的儿子和他的这位朋友站在 9W 公路的过街天桥上，是您的儿子吧？我们不得不把他俩赶下来。他们显然在往路上扔碎石块。"

"朝汽车扔？"你问，"还是朝没有车的车道上扔？"

"要是冲没有车的车道上扔，谁会向我们报告呢？"第二个警官咆哮着说。

"我们扔的是水气球，爸爸！"凯文在警官身后大声说。我知道他的声音变了，只要是跟你说话，富兰克林，他的声音就会高八度。

"那个骑摩托车的人打电话说的可不是水气球。"第二个警官说，这个矮矮胖胖的警察听起来更加生气，"是石头。我们检查了天桥两边的道路，到处都是砖头碎块。"

我急切地插话道："有人受伤吗？"

"幸亏没有砸中谁，"第一个警官说，"这两个男孩子真够幸运的。"

"还幸运呢，"伦尼一边吸着鼻涕一边说，"被警察逮个正着。"

"算你走运，孩子，"那位气得满脸通红的警察说，"罗恩，我还是觉得我们应该……"

"跟你说吧，普拉斯基特先生，"第一个警察插话道，"我们在电脑上查看了你儿子的资料，他没有前科。据我所知，他家庭环境不错（当然，意思是指有钱）。于是我们打算放这个年轻人一马，只是警告一下。但是，我们对这样的事情还是很慎重……”

“该死，”第二个警察打断了他的话，“几年前，一位妇女以七十五英里的速度行驶，有个坏东西在她的车窗前扔了个二十五美分的硬币，还记得吗？把挡风玻璃打碎了，直接砸进了她的脑袋里！”

罗恩瞥了他的搭档一眼，希望赶快交差，好早点儿到唐肯甜甜圈店去。“希望您跟这位年轻人好好谈谈。”

“怎么谈呢？”我问。

“我想，当时他不知道会有什么后果。”你说。

“对啊，”第二个警察酸溜溜地说，“只是觉得从天桥上扔砖头很吸引人吧。根本不知道这样做会造成多大的伤害。”

“谢谢您的宽容大度，长官，”凯文向第一位警察说道，“我一定吸取教训，长官。绝对不会再犯了，长官。”

警察可能经常听人叫他们“长官”吧，并不觉得有多么受用。“我们的宽容大度是下不为例，朋友，”第二个警察说，“这可不是闹着玩的。”

凯文转向脸涨得通红的警察，直勾勾地看着他的一双眼睛，目光闪闪。他们似乎心照不宣。尽管是生平第一次（据我所知）被警车送回来，他却一点也不慌乱。“谢谢您送我回家。我一直想坐一回警车，长官。”

“没事，”那个警察快活地回答说，似乎在嚼口香糖，“但是我敢打赌，这不会是你最后一次在巡逻车上兜风，朋友。”

我俩又千恩万谢地奉承了他们几句，之后他们就扬长而去。而等他们一离开游廊，我就听见伦尼哼着鼻子说：“你们差点儿就追不上我们了，知道吗？你们这两个家伙，胖得完全走了样……”

你和警察谈话的时候显得稳重而谦恭，可是等你离开大门，我吃惊地发现，你脸色铁青，满脸怒容。你抓住儿子的胳膊，咆哮着：“你差点造成连环相撞，他妈的大灾难，知道吗？”

我心中涌起一阵病态的满足感，赶紧退到一边，让你继续发火。好好骂他一顿吧！即便如此，要是哪块砖头真的砸碎了某人的挡风玻璃的话，我肯定早就没有心思“幸灾乐祸”“庆祝”一番了。我会痛心疾首，就像后来多次经历的那样。但是因为没有大难临头，我还是能够自由自在地伴随着操场上的歌曲《你就要大祸临头了》苦思冥想。长久以来，为了他，我肺都要气炸了！在你看来，伴随凯文的无休无止的运气不佳的遭遇似乎都与他没有任何关系。最终，“告密者”不是我，而是警察。对于他们，你这位里根共和党先生别无选择，只能相信，他们当场抓住了我们受到迫害的、无辜的孩子，而我对此非常开心。让我高兴的还有，你居然也会经历这种无助之感。你原本以为自己是个无所不能的家长，如今却不知道应该如何实施惩罚，让它有哪怕一点点威慑作用，于是觉得自己完全被打败了。我希望你能够领会到，把一个十四岁的儿子关禁闭是完全没有用的。一来，那是一种毫不新奇的可以预见的“基础知识”；二来，事实上，他本来就哪儿都不想去，关不关禁闭，都一个样。意识到这一点应该感到恐惧。要是他真的不顾你的禁令，冲到射击场，练习他似乎唯一有点兴趣的射击活动的话，你将不得不做出决定，是否要把他按倒在草地上。哦，欢迎你尝试一下我的生活，富兰克林。好好享受吧。

西莉亚不习惯看你对哥哥动粗，开始号啕大哭。我赶紧让她离开大厅回到餐桌旁继续写家庭作业，并且安慰她说，警察是我们的朋友。他们只是想知道我们是否安全。而你则把我们那位具有高度自制力的儿子飞快地推到他的房间里去了。

我太激动了，很难专心辅导西莉亚继续复习初级读本上的农庄动物。你的叫喊声以惊人的速度停了下来。你对我生气的时候可没那么快就平息心中的怒火。也许你的情绪转换成了一种清醒的失望。对于许多孩子来说，这比发脾气更加吓人。尽管对于我们的头生子，我也做过种种努力，现在看到你再次品尝到无能为力的滋味，我打心眼儿里高兴。此刻，除了努力克制自己不要从大厅溜到房门口从门缝里偷听之外，我什么也做不了。

你终于出来了，十分庄重地把凯文的房门带上，走进餐厅时，脸上出奇的平静。我推想，你发泄了那么多的羞耻和恶心，也许是起到了涤荡胸怀的作用。你示意我到厨房。我以为你要解释你是怎样惩罚凯文的，希望我能和你站在同一条战线上。我希望你想出了一个新奇的、切实可行的惩罚办法，能够真正击中儿子的痛处——反正我从来没有找到他的软肋。我怀疑他现在并没有后悔扔砖头的行为本身，但是也许你说服了他，这种纯属青少年犯罪的行为是战术上的错误。

“听我说，”你耳语道，“他们到桥上瞎胡闹都是伦尼的主意。凯文跟着去，只是因为伦尼说扔水气球玩。他想，水气球只会爆炸溅水下去。孩子们觉得这样的事情很有趣。我告诉他，即便是一个小气球爆炸了，也可能会吓着开车的人，挺危险的。他说现在他意识到了。”

“什么？”我说，“那……砖头……是怎么回事呢？”

“噢……后来水气球用完了。凯文说，他还没有反应过来，伦尼就扔下去一块石头——也许是一块砖头——这时一辆车开过来了。凯文说他马上告诉伦尼别那样做，因为会伤着人的。”

“是啊，”我的声音有些嘶哑，“听上去倒挺像凯文说的。”

“我想伦尼又向边上扔了几块碎砖头，凯文一再吓唬他，才把他劝住的。可能就在这时，一个骑摩托车的人叫来了警察。显然他们还在桥上。你知道的，只是在那儿玩。这时警察过来，把车停在马路牙子旁。真够傻的……他也承认这一点……但是对于从来没有犯过法的孩子来说，警车闪烁的蓝光挺吓人的，连想都没有想一下……”

“凯文是个聪明孩子，你总是这样说。”我说出的每个字都沉重而含混不清，“我想他应该是事先考虑再三，才这样干的。”

“妈妈？”

“宝贝儿，”我说，“继续写你的作业，好吗？爸爸在给妈妈讲一个挺有意思的故事，妈妈想知道故事的结尾呢。”

“不管怎么说，”你接着说，“他们拔腿就跑。没有跑出多远，凯文意识到逃跑是一种愚蠢的行为，就抓住伦尼的夹克，让他停下来。这一点才是关键。似乎我们那位名叫伦尼·普的朋友已经有了前科——那种往油箱里放糖的恶作剧还是别的什么害人的把戏。伦尼被警告过，要是再被抓到的话，他们就要提起诉讼。凯文想自己没有前科，他们也许只会警告他一下了事。于是，凯文对警察说是他带的头，而且只有他一个人扔了石头。我得说，一旦整件事情摆上了桌面，刚才那样动手倒让我觉得有些不好意思了。”

我惊叹不已，甚至有点羡慕，睁大了一双眼睛看着你：“你向他道歉了吗？”

“那当然。”你耸耸肩，“家长犯了错误也得道歉。”

我摸索着找了把椅子在餐桌前坐了下来。我非得坐下不可。你给自己倒了一杯苹果汁，问我要不要，我婉言拒绝（你怎么回事啊，难道没有看出我需要一杯劲儿大的吗），你也给自己拉过来一把椅子，向我靠过来，显得挺亲密。似乎这场“误会”把我们紧密地团结在一起，成为彼此扶持的一家人。哦，记住发生在天桥上愚蠢的事情吧。

“我告诉你，”你说，然后喝了一口果汁，“我们刚才的谈话挺不错，都是讲‘忠诚’的复杂性，你知道吗？什么时候该忠于朋友？当你觉得他们做了明令禁止的事情时，应该如何划清界限？应该为朋友在多大程度上两肋插刀？我警告他，把责任全揽在自己身上没准儿打错算盘了呢。没准儿已经被记录在案了。他这样做我很佩服，但是我也跟他说了，是否值得为伦尼·普‘两肋插刀’还两说呢。”

“好家伙，”我说，“你也太没遮没拦了。”

你突然转过头：“是讽刺吗？”

好吧，要是你不打算送我去急诊的话，我得给自己倒杯葡萄酒了。我回到座位上，两口就喝掉了半杯。“故事讲得很仔细。你不介意我澄清几件事情吧？”

“说吧。”

“伦尼，”我说，“伦尼是个跟屁虫。伦尼实际上很蠢。我花了好长时间才弄清楚他们两个人为什么要在一起玩——我的意思是为什么凯文会跟他玩儿。后来我明白了。因为他很蠢，对凯文言听计从，是个下贱的跟屁虫。”

“打住，我也不大喜欢他，但是你说他下贱？”

“我告诉过你吧，我在院子后面碰上过他们，伦尼把裤子脱了……”

“伊娃，你应该知道青春期的男孩子。可能你觉得不对劲儿，但是有时候他们只是试验……”

“凯文的裤子没有脱。他衣服穿得好好的。”

“哦，那是要干什么呢？”

“我是说伦尼不是他的朋友，富兰克林！伦尼是他的奴隶！凯文让他做什么，伦尼就做什么，越是下贱越好！所以，说是那个可怜巴巴、一脸傻笑、专门拍马屁的卑鄙小子想出那样的馊主意，这也太荒谬了！他根本不可能是某个下流的、危险的恶作剧的‘领头人’，更不可能拖着可怜巴巴、毫不情愿、道德之心强而又强的凯文跟他干坏事。”

“消消气吧，你不能再喝了。”

“你说得对。我真正需要的是五分之一加仑杜松子酒，但是梅洛葡萄酒也凑合吧。”

“你看吧。他给出的理由也许值得怀疑，他和我讨论过。但是，敢于承担刑事责任还是需要点勇气，我他妈的替他骄傲……”

“砖头，”我打断他的话，“砖头挺沉的。还大。搞建筑的人不会在过街天桥上堆砖头。他们是怎样弄到那儿去的？”

“是碎砖头块。我说的是碎块。”

“好吧，”我耷拉着肩膀，无精打采地说，“我相信那也是凯文说的。”

“他是我们的儿子，伊娃。我们得相信他。”

“但是警察说……”我没有继续说下去的勇气了，我觉得自己像个顽固的律师，明明知道陪审团已经不再同情自己，但还得把工作做完。

“大多数做父母的，”你说，“都理解自己的孩子，而不是挑剔每一个细小的……”

“我是在努力地理解他。”我恶狠狠地说，声音可能大了些，厨房隔断的另一侧，西莉亚哭了起来。“我希望你也能这样做！”

“好吧，去照顾西莉亚吧，”我起身离开的时候，你嘟嘟囔囔地说，“去擦干西莉亚的眼泪，拍拍西莉亚漂亮的金发，帮她写作业吧！但愿她能够学会独立完成作业！我们的儿子刚刚因为一件他并没有做的事情让警察抓了，吓得屁滚尿流。不过没关系，因为西莉亚需要喝点奶、吃点饼干。”

“没错儿，”我回敬道，“我们的一个孩子在拼写农庄动物的名称，而另外一个朝开过来的汽车前灯扔砖头。你该学会看出其中的差别了。”

那天夜晚，我实在是太生气了。第二天在《飞行之翼与祈祷者》上班，我把大部分的时间都浪费了，不停地喃喃自语，我怎么嫁给这样一个彻头彻尾的傻瓜。对不起。我这样做有些卑鄙，因为我从来没有告诉过你，那天黄昏时分我偶然发现了什么。也许我当时只是觉得很尴尬，或者太骄傲了，才没有告诉你。

那天我太生气、太沮丧，什么也干不了，就利用公司总裁的特权早早下班回家了。回家之后，我就打发看护西莉亚的罗伯特走了。这时，我听见有声音从大厅那边传来。原来那个愚蠢下贱、对凯文言听计从的跟屁虫寡廉鲜耻，在跟警察一起出现在我们家门口之后，连隔几天不要露面都不知道。因为我听出从凯文一尘不染的小卧室里传出来的，正是他带着浓重鼻音的哭声。不寻常的是，房门开了条缝儿。因为我一般要再过两个小时才到家，他们就没有在意。我朝厕所走去，并不是故意要偷听，但是……噢，其实就是在偷听。昨天夜里我就想去那扇门口听听，这个想法一直萦绕在我心头。

“嘿，看见那个警察的大肥屁股在裤子里翘得老高吧？”伦尼在回忆，“那穷小子笑起来嘴巴从左耳朵咧到了右耳朵！我敢打赌，那个家伙跑的时候，要是摔个大马趴，他的屁股肯定会露出来，皮带可是系不住的！”

凯文似乎没有跟伦尼一起饶舌。“对啊，不过，”他说，“算你小子走运，我把普拉斯基特先生摆平了。可是你该听听这里发生了什么。就像电视剧《恋爱时代》在这里上演了。他妈的，真叫人恶心。我还以为在播放赞助商的广告之前我会哭鼻子呢。”

“嘿，我听见了！比方说吧，在那些警察面前，哥们儿，你太顺利了！哥们儿，我还以为那个该死的胖子要把你带到哪个小屋子里去踢死你呢！因为你把他们快弄疯了，他妈的！长官，我得说清楚，干的都是我……”

“都是我干的，你懂不懂语法啊。你给我记住，傻瓜，你欠我一次。”

“记住了，哥们儿。我欠你的太多了。你真是斗志昂扬，跟个超级英雄似的，就像……就像耶稣！”

“我说的是正经的，伙计。这一次你得还我，”凯文说，“因为你这个没有品位的矮子差点坏了我的名声。我是有品位的。谁都知道我有品位。这一次我救了你这个蠢货，但是下不为例，《救蠢货》（下篇）不会有了。我可不想跟这种狗屎事情有任何瓜葛。在过街天桥上扔石头。他妈的，没有一点新意。太低级了，他妈的，没有一点新意。”

伊娃

2001年3月3日

亲爱的富兰克林：

你现在都明白了吧。我错怪了儿子，羞愧难当，那是我做出决定要带凯文出去转转的唯一原因，母子游，就我俩。你觉得这个主意怪怪的，尽管你极力赞扬，并且说凯文和我应该多出去转转才好。我知道你心里不是那样想的，尤其当时你还加了一句，让我们最好避开过街天桥，“因为，你知道，凯文可能会控制不住，要把整个躺椅都扔到马路上”。

我去找他的时候很紧张，但是仍然硬着头皮去了，心想，要是你不主动跟处于青春期的孩子讲话的话，就别抱怨他从不跟你讲话了。而且我推断，前年去越南的那趟旅行可能还起了坏作用，“杀伤力过大”。整整三个星期与父母天天近距离接触，而哪个十三岁的孩子愿意让人看见他跟父母寸步不离呢？毫无疑问，在一起待一会儿还勉强能够接受。另外，我一直都向他灌输我自己对旅行多么热衷，却没有让他努力做他想做的事情——无论什么事情。

该怎样跟他说呢，我居然有点发抖，就像一个满脸绯红的女中学生加紧步伐要去请我们的儿子参加摇滚乐音乐会似的。我最终在厨房把他截住了——或者说是让自己无处可逃了吧。我冲动地说：“顺便提一句，跟我一起出去转转怎么样啊？”

凯文狐疑地看着我：“干吗？”

“只是一起出去做点什么，开开心。”

“比方说，做什么去？”

这正是让我紧张的问题。想出点“开心”的事情让儿子跟你一起去做，就像要带着你喜欢的石头一起旅行一样。他讨厌体育运动，对大多数电影都不感兴趣。精美的食品对他来说，跟谷糠差不多。大自然叫他心烦，不是太热就是太冷，或者苍蝇太多。于是我耸耸肩。“也许去买圣诞节礼物吧。带你去吃饭？”然后我拿出“撒手锏”，完全迎合凯文的荒诞不经，“再打一两轮迷你高尔夫？”

他酸溜溜地皮笑肉不笑。这下子我星期六有人做伴了。我不知道穿什么才好。

我们的角色转换让人联想起《王子与贫儿》。我承担悉心呵护凯文的角色，而你呢，这一天就成了西莉亚的保护神。“天哪，”你有点自我解嘲地说，“得想好做点什么事情，别吓着她才好。我猜吸尘器是用不了了。”

要是说我心甘情愿跟我那位吹毛求疵的、十四岁的儿子一起待一下午加一晚上的话，纯属瞎扯，但是，我真的非常希望，我要是喜欢这样就好了——听上去有点像废话。我知道跟那个孩子一起，时间很难打发。于是我事先安排好先打迷你高尔夫，然后去奈阿克大街买东西，最后我再带他去一家高档餐厅吃饭。事实上，他根本不喜欢圣诞礼物或者去高级餐厅吃饭，但是这也不是避而不做一般人都愿意做的事情的理由。至于说有点诡异的体育活动，谁也不一定真正喜欢高尔夫球。而这正是我选择它的原因。

凯文在大厅里“报到”，一脸的阴郁和忍耐，就像罪犯被抓去执行他的刑期一样（尽管两年之后这一天终于到来的时候，他的脸上却是镇定和骄傲）。他紧绷的Izod[1]牌的上衣小得可笑，是童装的尺寸，颜色是犯人运动装的亮橙色。我后来有很多机会看他穿这个颜色的囚服，对于他来说并不是很合适——衬衫太紧，把他的双肩往后拉，活像戴了手铐。他的低腰咔叽布休闲裤是七年级时候穿的，最流行的款

1 美国名牌男士休闲服装。

式：只盖住小腿肚子，预示着自行车赛车手的复兴。

我们爬上了我新买的亮黄色大众“露娜”。“你知道吗，我年轻的时候，”我开始唠叨，“这种大众小型车到处都是。破破烂烂的，常常被人超车，里面坐的尽是穷困潦倒的人，留着长头发、吸毒，在只有八车道的公路上行驶，车里放的歌曲是三犬之夜合唱团演唱的歌曲，震耳欲聋。我记得大概卖两千五百美元的样子。如今再次发行，价格是原来的十倍。仍然只能坐两个大人和一只猫，却成了豪华车。我不知道怎么回事——挺有讽刺意味，好笑得很。”

没有反应。最后，从牙缝挤出来的是：“那意味着，你得花两万五千美元来哄自己玩儿，似乎你仍然年方十九岁，可是车身还是那么窄。”

“哦，我大概真的厌烦所有这些复古潮之类的事儿了，”我说，“他们还重拍了电影《脱线家族》和《聪明笨伯》。但是我第一眼就喜欢上了这种造型的汽车。‘露娜’没有照搬原来的样子，只是让人想起原来的样子。老式的甲壳虫慢吞吞的。‘露娜’上路还是有点颠簸，但是这种车漂亮得令人称奇。”

“没错儿，”凯文说，“你以前都说过。”

我脸红了。是真的，我的确说过。

我把车停在斯帕克希尔一个叫作“9W 高尔夫”的小球场。这时我才注意到，凯文没有穿外套。天冷，而且阴沉沉的。“你怎么不穿外套呢？”我发火了，“你生怕不够难受，是吧？”

“难受？”他说，“跟自己的妈妈在一起还会难受？”

我摔上车门，但德国技术制造出来的车，只用一声闷响回应了我。

天知道我是怎么想的。玩迷你高尔夫简直蠢透了，也许我就是希望给我们共度的这个下午增添几分诡异吧。或者我是希望能有些情绪上的反转。因为每一件对于我来说有意义的事情对于凯文都没有任何意义。而对于我来说没有任何意义的事情没准儿对于凯文来说就有意义。不管怎么说，都是一个错误的选择。我们付了钱，朝第一个洞走去——那是个澡盆，里面有些枯萎的杂草，由一个石膏做的斑马把守。那玩意儿看上去像是一匹脖子被拧长的小马。事实上，整个球场的模型都华而不实、漫不经心，整个氛围用凯文的话来说就是："谁在乎呢？" 9W 公路上车声嘈杂，肆无忌惮，而与此同时，凯文的胳膊上满是鸡皮疙瘩。他冻僵了，我故意听之任之，因为是我想起这么个馊主意，妈妈带儿子"出来玩"，我他妈的就得玩得开心。

任何人都能把高尔夫球扔到浴盆爪子一样的两"脚"之间。因为两"脚"之间足有一码远。但是一旦球道变得越来越窄——从导弹下面、灯塔上面、悬浮桥下面、牛奶搅拌器周围和斯帕克希尔－帕利塞德消防局模型的几扇门里通过——凯文便不再像在后院扔飞碟时那样不称职，而是像弓箭教练一再表扬的那样，显示出惊人的手眼协调能力。然而，不知怎的，他越是擅长这项运动，就越显得没有意思。我不由得想起他两岁时，我们第一次做"游戏"——在地板上把球来回扔，一共扔了三次。在我看来，这样的锻炼蠢透了。我开始变得无动于衷，根本就扔不到洞里去。我们一言不发，几乎没有用多少时间就玩遍了整个球道，但是这只是钟表上的时间。我一再看表。凯文不就是这样吗？我心想。时间迈着沉重的脚步，一分钟一分钟地走过去。凯文向来就是这样啊。

最终凯文像一个衣冠楚楚的绅士那样，手里拿着球棒摆好姿势，仍然一言不发，但是表情是现在还要干什么呢？似乎在说，好啊，我做了你要我做的事情，我希望你满意。

"好吧，"我冷冷地说，"你赢了。"

我坚持先回去取他的外衣，但是那么快就回家让我有点尴尬。你看上去迷惑不解。从奈阿克回到格拉德斯通，再开回到奈阿克去购物更显得笨拙。然而，凯文已经把我为我们这个下午安排的那个有趣的、不寻常的计划搞得一塌糊涂。把它弄成一场机械的、冰冷彻骨的闹剧。他似乎因此而更加满意。等我们停下车（百老汇大街南面，因为 12 月中旬交通十分拥挤，车一辆接着一辆，我们找到了停车位算是非常幸运了），他主动说出了自己的想法。这让我非常惊讶。

“我不明白，你不是基督徒，干吗要庆祝圣诞节呢？”他把声音拖长，强调“基督”两个字。

“哦，”我说，“你的父亲和我都不相信，两千年前某个会吹牛的年轻人是上帝的儿子。但是有节日过总是挺好的，对吧？让一年当中的部分时间显得有点不一般，有某种东西叫人盼望。我在格林贝读人类学的时候学到，遵守文化仪式非常重要。”

“只要它们完全是空洞的。”凯文调侃道。

“你不是觉得我们虚伪吧。”

“那是你说的，我可没说。”他悄悄地从大街拐角处的三齿叉面包房走过，惹得在长岛鼓乐中心附近闲逛的比他年龄稍长的高中女生们回头看他。坦率地说，我觉得吸引她们注意力的不是他那烟青色的亚美尼亚人的面孔，而是他无精打采的优雅和他荒唐的着装如此不相配。他仿佛在同一个平面上不动声色地移动着，在轮脚上慢慢转动。这样一来，露在外面的髋骨就不会弄疼。

“那……”凯文在人群中穿行，总结道，“你是既想收到礼物，又能喝可口的蛋奶酒[1]，又不做祈祷，不参加枯燥无味的圣诞前夜仪式。换句话说，只想享受，不想付出，对吗？”

“可以这么说，”我小心翼翼地表示同意，“从广义上来说，我一生都在努力地这样做。”

“好吧，只要你能够逃脱惩罚，”他神秘兮兮地说，“是否总能这

---

1　圣诞节的传统饮品，十七世纪由英国人发明。蛋奶酒一直都是英国中上阶层的节日饮品，因为蛋奶酒需用新鲜牛奶及白兰地冲调，由于当时没有冰箱，只有农场主人或有钱人才能买鲜奶制蛋奶酒，普通人则得到大节日如圣诞节才难得一尝。

样就难说了。”他没再继续说下去。

交谈又进行不下去了，这时，一个骑着超薄铝制滑板车的孩子差点把我撞倒。我大声说“要不我们给西莉亚也买一个吧”，这种车最近突然变得如此流行。

凯文说：“你知道，两年前，要是给小孩买什么令人讨厌的滑板车当圣诞礼物的话，他会把眼珠子都哭出来。”

我抓住机会想要跟他套近乎：“你说得对，这个国家就是这个毛病，人们就爱赶时髦。当年轮滑鞋不也是这样吗？一夜之间，就成了必需品。尽管如此……”我停住了，看见又有一个男孩子站在狭窄的、银光闪闪的车身上呼啸而过，“我不希望西莉亚觉得自己落伍了。”

“老妈啊，面对现实吧，西莉亚会被吓得屁滚尿流。她不管上哪儿，你都得抓着她的小手，或者抱着她，连滑板车你都得一块儿扛着吧。你做好思想准备了吗？我敢打赌。”

好吧。我们没有买滑板车。

事实上，我们什么也没有买。凯文让我对自己有了如此清醒的意识，我考虑过的任何东西似乎都是瞎扯。透过他的目光，我看着那些丝巾和帽子，它们突然显得愚蠢而没有必要。我们不是有丝巾吗？我们不是有帽子吗？还费这个劲买它干啥？

尽管没有停车位置让我觉得很遗憾，但我还是很高兴有这个机会当一次合格的妈妈——哪怕只当这么一次。我坚决地宣布我们现在要回家去，他可以穿上正常尺寸的衣服去参观、吃饭。尽管他至少轻快地答应说“你说怎么办就怎么办吧”，令我更加清楚的却是我权威的局限性而非其威力。我们再次从面包房前经过回到车那儿时，一个肥硕的女人独自坐在窗前的一张桌子边，面前的巧克力圣代冰激凌是美国才有的大号，对此欧洲人既羡慕又蔑视。

“任何时候，只要我看见个胖子，他们就一定在吃东西，”等走到用餐人听不见我们说话的地方，我就开了腔，“别跟我说长胖是内分泌或者遗传基因的缘故，或者说是新陈代谢太慢，都是瞎说。胖是吃出来的。人胖是因为吃的食物不对，吃得太多，而且没完没了地吃。”

像平时一样，凯文没有接话，连吭一声都没有。最后，过了一个街区他才说：“你知道吗，你也挺刻薄的。”

我吃了一惊，停住了脚步：“你才经常待人刻薄。”

“对，我是刻薄。不知道我从哪里学来的呢。”

开车回家的路上，每当我想说点什么，譬如越野车司机多么咄咄逼人呀（或者，我故意说错，说成“吉普司机”），奈阿克的圣诞灯饰多么俗气啊，就赶紧把话咽到肚子里。因为我意识到这些话都是在损人。显然我属于那种类型的人——他们信奉要是说不出什么好话，就干脆闭嘴。坐在我的“露娜”里，我们沉默着，彼此之间十分生疏，似乎是对即将发生在克拉夫拉克的事情的预演，在那里，我俩经常无话可说，空气似乎停滞下来无法流通。

回到家里，你和西莉亚还在做圣诞树装饰品。你还帮她把金银丝编进她的辫子里。我从卧室匆匆走进厨房时，你正在往托盘里摆放冻鱼排。我让你帮我扣粉色丝绸长裙最上面的一颗纽扣。“哇，”你感叹道，“你看上去不太像个妈妈。”

“我是想创造点气氛，”我说，“我记得你以前挺喜欢这件衣服。”

“我现在也挺喜欢。不过，”你一边帮我扣扣子一边小声说，“大腿上的叉开得挺高的。你不想让他感到不自在吧。”

“显然，我让有的人不自在啦。”

我离开厨房去找耳环，然后喷了点香水，接着又回到厨房。这时，我发现凯文头一次一字不差地按照我说的去做了。因为如果我发现他穿的是一件“正常尺寸”的小兔子服装，也不会太意外。他背对着我站在水槽旁边，他那件华丽的黑色人造丝休闲裤裹在他瘦削的臀部上，长及红皮鞋，上面有一个不易发现的破洞。白衬衫不是我给他买的，长袖，有漂亮的褶皱，可能是击剑的服装。

我很感动，真的很感动。而我正要大声夸奖，不穿为八岁孩子设计的服装他的身材显得多么潇洒的时候，他转过身。他双手捧着一整只冷藏的鸡。或者说曾经是一整只，而今被他揪下胸脯和一条腿。他正在咬那条鸡腿。

我的脸色变得煞白："我正要带你去吃饭呢，为什么在临走之前还要吃大半个烤鸡呢？"

凯文用手掌靠近手腕的地方抹去嘴角的一点油脂，傻笑着："我饿了。"他很少承认肚子饿，可能又是要阴谋诡计，"你知道吧……男孩子长身体需要？"

"马上给我放一边儿去，穿上外套。"

于是，很自然，等我们在哈德逊饭庄坐下，我们"正在长身体"的男孩子这天"长够"了。他说没有食欲。我只是在名义上款待了我的儿子，因为他拒绝点菜，连开胃小菜都不点，宁愿在那里撕扯那一篮子硬梆梆的面包。虽然他把面包撕成越来越小的块儿，但我觉得他根本就没有吃到嘴里。

我有点对着干的意思，点了蔬菜沙拉、鸡胸开胃菜、三文鱼和一整瓶长相思白葡萄酒，我觉得自己能够喝完。

"嗯，"我在凯文"禁欲主义"的眼光之下拨弄着沙拉，努力跟自己的挫败感作斗争。我们坐在餐馆里，干吗要因为吃饭而感到抱歉呢？"学校里还好吧？"

"还好，"他说，"没有别的可问的了吗？"

"还可以问点细节呀。"

"要看我的课程表吗？"

"不必。"我最不想做的事情就是生气，"比方说，这个学期你最喜欢哪门课？"我想起来"最喜欢"对于凯文意味着什么，可是为时已晚，这个词仅仅指那些别人热衷而他喜欢去破坏的东西。

"你觉得会有我喜欢的吗？"

"哦，"我一边费劲地把一叉子芝麻菜切碎，以免把上面的蜂蜜芥末调料弄到下巴上，一边继续明知他不喜欢还是问他，"有没有想加入哪个课余兴趣小组呢？"

他用难以置信的眼光看着我，后来在克拉夫拉克我问他食堂提供什么样的饭菜时，他也是用那样的眼光看着我。也许实际上他根本不打算回答我这个问题，算是我幸运。

"那你的，啊，老师呢？有没有哪位，你知道，特别……"

"最近在听哪个乐队的歌呀？"他用非常诚挚的语气说，"接下来你就可以问问坐在前排的同学里，有没有哪个漂亮的小女生弄得我心里直痒痒啊？顺着这个话题你可以再问下去。我当然没戏，究竟怎么回事，也许需要做出决定，耐心等待。等做好准备，才能在走廊里干她。吃餐后甜点的时候你可以问问毒品的事儿。小心翼翼地问。你当然不想吓唬我，让我撒弥天大谎。于是你只好说，你当初是怎样尝试了一下，而这并不意味着我也应该尝试。最后，等你喝完了一整瓶酒，你会眼眶湿润，说跟我一起度过这么有价值的时光多么棒啊！你可以推开椅子走出来，用一只胳膊搂着我的肩膀，轻轻地捏一下。"

"好啦，骗子先生[1]。"我干脆不吃生菜了，"你想要谈点什么？"

"是你想谈。我他妈的从来没有说过想谈什么事情。"

隔着我的油浸鸡胸和红浆果，我们的战斗打响了，而且是拉锯战。凯文有办法把开心的事情变成苦役。为了成功地完成转换，他有三四分钟一言不发，我只能得出这样的结论：他在可怜我。之后在克拉夫拉克，我们也发生过类似的"战争"，那时的他绝不会再先眨眼睛了。然而在哈德逊饭庄的时候，他毕竟只有十四岁。

---

1 《卑劣的模仿者》的主人公。该影片发行于 1997 年，导演菲利普·莫亚，主演雷内·奥博诺伊斯。

“好吧，我找到一个话题，”他狡猾地建议道，他从餐桌上放着装免费赠送的蜡笔的玻璃杯里挑出一支深红色的蜡笔。如今每个餐厅都准备了蜡笔作为赠品，它们已经变得和滑板车一样，无处不在。“你总是抱怨这个国家，希望生活在马来西亚或者别的什么地方。你到底觉得这个地方有什么问题？真的，是美国的物质主义吗？”

跟凯文一样，当初我提议出来转转的时候，就已经猜想到了会有一个陷阱在等着我，但我还有一道主菜和三分之二瓶酒没有动，而且我也不想把时间花在一次性桌布上玩三连棋游戏。“不，我不同意，”我真诚地回答说，“毕竟，正如你爷爷说的……”

“物质就是一切。那你为什么要抱怨？”

你听了肯定会发愣，但是那时我一点儿也想不起来美国有什么问题，一项也没有想起来。我常常会出现这样的窘态，当我坐在飞机上，一位陌生人与我攀谈，我放下手中的书，陌生人问我还喜欢哪些小说，我头脑一片空白，以至于邻座以为我塞在放杂志的口袋里的那个平装本是我平生读过的第一本小说。对美国深邃的看法，对我来说十分宝贵。当然，还得感谢你，让我学会勉强承认，这个地方至少是一个英勇的、“即兴”形成的国家。尽管外表统一，实际上却培养出许许多多给人留下深刻印象的彻头彻尾的疯子。此刻，无法一下子举例说明这个国家如何把我逼疯，我似乎要崩溃了，担心也许我没有从老于世故的世界大同主义者的角度跟美国保持距离，而是出于小小的偏见才这样做的。

不管怎么样，在飞机上，我最终会缓过神来，说我喜欢保罗·鲍尔斯的《遮蔽的天空》。然后我想起来了奈保尔的《河湾》。这部作品常常让我想起保罗·瑟若克斯令人愉快的《游戏中的女孩子们》。离开美国后，我好像就恢复了读书识字的能力。

“太丑陋了。”我回答道。

“什么？稻谷翻着金浪太丑陋？”

“快餐什么的。到处都是塑料制品。像土豆枯萎病一样蔓延至全国。”

“你说过你喜欢克莱斯勒公司的大楼。”

“太老了。大多数现代美国建筑都可怕极了。”

“于是这个国家是个垃圾堆。别的地方难道就不是吗？”

“你几乎没有去过别的地方。”

“越南是个泥坑。河内的那个湖臭死了。”

“但是你不觉得那里的人民很棒吗？即使只是从身材上来说，多棒啊。”

“你把我带到亚洲去只是看那些妞儿吗？我自己也可以在网上订一揽子的假日旅游啊。”

“不好玩吗？”我冷冷地问。

“我见过更好的。”他往篮子里扔了一个面包团成的球，“再说，那儿的男人在我看来，都女里女气的。”

我坚持说：“在那个湖边——即使有味儿——越南人给小商贩几个盾[1]，用他们的秤称自己的体重，希望自己增加了几磅，这让我觉得太不一样了。从生物学意义上来讲，那才是健康的生活方式。”

“让那些家伙围坐在一大桶深不见底的炸薯条周围，多坐一段时间，他们的腰就都粗了，腰围超过身高了，就像新泽西州购物中心的老鼠一样。你以为只有美国人贪婪，是吧？我没有太认真学欧洲历史，但是我不认为只有美国人才这样。”

三文鱼端上来了，而我已经没有任何食欲。我敲了敲手指。哈德逊饭庄整面墙都是海景。在这样的背景之下，凯文穿的那件白衬衫，袖子像波浪一样飘逸，“V”字形领露出胸骨，活像电影《铁血船长》中埃罗尔·弗林饰演的风流剑侠。

1　越南货币单位。

“口音，”我说，“我恨死了。”

“也是你的口音啊，”他说，“即使你说‘土豆’这个词的时候用的是英音。”

“你觉得我是装腔作势吧？”

“不是吗？”

我笑了，微微一笑：“好吧，我的确装腔作势。”

我似乎松弛下来了，我想，我的，也许这次“出游”根本不是个坏主意。也许我们取得了一些进展。我开始真诚地投入谈话。“看吧，知道我真正无法忍受这个国家的一样东西是什么吗？是缺乏责任感。美国人生活中出现问题都是别人的错。烟民们得到烟草公司上千万元的赔偿，而他们知道风险所在已经四十年了。没法戒烟？对菲利普·莫里斯公司[1]再厉害点儿。你知道，接下来胖子们就要去告快餐公司，因为他们吃了太多的麦当劳巨无霸汉堡！”我觉得自己说漏了嘴，马上停下来。“记得你以前听我说起过。”

当然了，凯文把我当成一个玩具，在给我上发条呢。他脸上带着满意的顽皮表情。那副样子和我最近看到的一个小男孩脸上的表情一模一样。当时那个小家伙正在用遥控装置让自己的赛车猛地撞上托尔曼公园的岩石。“听过一两次吧。”他承认，使劲忍着不笑出声来。

“还有快步走的人。”我说。

“他们怎么啦？”

“他们简直让我发疯。”这种话他当然也听过。但是说散步让我发疯，他还没有听过，因为我直到那时才想明白的：“这儿的人不能只是去散散步，他们非得参加某个项目不成。你知道的，这也许就是问题的核心，我到底在抱怨什么呢？生活中所有这些无形的东西，所有让生活有价值的真正好的但是真正难以捉摸的东西，美国人似

---

1　当今世界第一大烟草公司，总部在美国。

乎相信通过参与一个群体或者交一笔会费，或者吃某种特殊的饮食，或者进行芳香疗法，就能够得到。不仅仅是说美国人认为他们什么都能够买到。他们认为，要是按照标签上的说明去做，产品就一定管用。然后，要是产品不管用，他们就到处打官司告个不亦乐乎。因为《宪法》规定公民都有权利享受幸福，如果你不开心，就可以奔走呼号。”

“你说‘无形的东西’，指的是什么？”凯文问。

“随便什么，你的朋友们会这样说。爱……开心……见识（对于凯文来说，我大概是在谈论月亮上的小绿人），但是你无法在网上订购，也无法在准妈妈学校的课程里学到，或者通过查阅《指南》找到。没那么容易……或者也许挺容易……太容易了，只要按说明去做，就行……我说不好。”

凯文用蜡笔在桌布上气呼呼地乱画：“还有吗？”

“当然还有。”我说，感受到了在飞机上与人交谈时，终于能用上脑袋里的图书馆的那种动力，这让我想起了《包法利夫人》《无名的裘德》以及《印度之行》。“美国人肥胖，不善言谈而且无知。他们苛刻、专横、被宠坏了。他们因为享有宝贵的民主而自以为是、沾沾自喜，对其他民族居高临下，一副屈尊俯就的样子，以为民主与生俱来，尽管有半数成年人并未参与投票。他们还特别爱吹牛。信不信由你。在欧洲，向刚刚认识的人立马兜售你上过哈佛大学、你有一所大房子、房子花了多少钱买的、哪些名人来吃晚饭都是不可取的。而且，美国人从来不懂得，在某些地方，跟鸡尾酒会上刚刚认识五分钟的人分享肛交癖好粗俗不堪。因为在美国，‘隐私’这个概念早就被人们扔到了一边。那是因为美国人轻信、幼稚到了愚蠢的地步。最糟糕的是，他们根本不知道世界上其他所有人都对他们无法忍受。”

在这样一个小小的场合、这样生硬粗暴的情绪中，我说话的声音太大了，但是我兴奋得出奇。这是我第一次在真正意义上跟儿子谈话，而且我希望“开弓没有回头箭”。至少我把自己真正信仰的东西说了出来，而不仅仅是在说教——请不要采科利家获奖的玫瑰。起初，我像个不称职的家长，不无孩子气地问他在学校怎么样，他却像个称职的大人那样“主持”我们的谈话，引得你说出实情。但是结果却是我为他而骄傲。我正要这样说，一直用蜡笔在桌布上乱画的凯文完成了他的杰作，抬起头，对着他的“涂鸦”点点头。

“哇，”他说，“好多形容词啊。”

他哪里是患了注意力不足症啊。只要想学，凯文是个能力很强的学生。而且他不是一直在乱涂乱画，他是在记笔记。

“看吧，”他说，用手里的红蜡笔比对他列的“清单”中的词，“被宠坏了。你是阔太太。我不知道你要是没钱会怎么办，但是我敢打赌你总是有钱可以付。专横。用来形容你刚才的一大通演讲正合适。如果我是你的话，我不会点甜品，因为可以肯定服务员会在你的悬钩子沙司里咳痰。不善言谈？让我想想……”他在桌布上一边找寻，一边大声念道，“‘没有那么容易，或者也许挺容易，我不知道。’我本人不会称之为莎士比亚的诗句。还有，我仿佛坐在一位女士面前。这位女士对一个‘真实的电视节目’发表了长篇大论、慷慨激昂的演讲，却从来没有看过这个节目。还有你最喜欢的那个词——老妈，“无知”。下一个：“吹牛”。如果不是卖弄，那些狗屁话又是什么意思呢？就像那些觉得自己什么都对，别人都错的大人物一样。‘轻信……不知道世界上其他所有的人都对他们无法忍受。’”他在这句话下面画上着重号，然后看着我，眼睛里是毫不掩饰的憎恨：“行啊。就我所知，你和其他美国人不完全一样的是你不肥胖。而且仅仅因为你瘦骨嶙峋，你就表现得自以为是——居高临下，屈尊俯就——而且沾沾自喜。也许我宁愿自己的母亲是个大胖子，她至少不会认为自己比他妈的这个国家里其他人优越。”

我付了账。直到凯文进了克拉夫拉克，我们都没再来一次“母子游”。

受到劝阻没有给西莉亚买滑板车之后，我费了一番周折去找一种“小耳朵的象鼩”给她作圣诞礼物。我们在布朗克斯动物园参观小哺乳动物展览时，她迷上了这种怪怪的小东西。它长得像是大象与袋鼠杂交生下的怪物，跟老鼠又杂交了几代之后形成的一个新物种。兴许是非法进口的。这种来自非洲南部的小动物即便不是濒临灭绝，也被动物园确认为“由于栖息地丧失而受到威胁”的珍稀物种。因为花了很长时间去找，你变得很不耐烦。最终我们达成共识。我在网上寻找专营“特殊”动物的宠物商店时，你置之不理，而你给凯文买那个弩的时候，我也听之任之。

我从来没有告诉过你给西莉亚买的礼物花了多少钱，现在也不会告诉你。这样说还是可以的，有钱终究不错。短耳朵象鼩——名字听上去笨笨的。其实既不是大象也不是鼩鼱。它的耳朵像两个杯子，边缘凸起，跟整个身体比，大得不成比例。这无疑是我送过的最成功的礼物。一卷薄荷糖就能把西莉亚感动得泪流满面，现在，大喜过望的女儿，拆开那个大玻璃笼子的时候，眼睛瞪得大大的，接着她一头扎到我的怀里，连声道谢。她在吃圣诞晚餐的时候一再起身去检查，看笼子是否暖和，或者去给它喂个悬钩子什么的。我已经开始担心了。小动物在陌生的环境里常常不好养。给敏感如西莉亚这样一个容易毁灭的礼物可能太鲁莽了。

就这样，我给西莉亚买了这个被她取名为“嗅嗅”的礼物，其实也差不多是给我自己买的。它那么乖巧，总是瞪着一双大眼睛，不堪一击，让我不由得想起西莉亚本人。它的长长的、柔软的皮毛让我想起女儿的秀发。这个重五盎司的“毛茸茸的小球”看上去似乎只要吹口气就会像蒲公英一样随风飘散。靠着苗条得宛如高跷似的腰支撑着，“嗅嗅”站起来，颤颤巍巍的。它标志性的猪嘴是喇叭状的，很适合抓在手里。它在填充了泥土的笼子里拱着，既动人又好笑。这个小东西不是跑而是单脚跳。它在被关起来的有限的空间里跳跃着，显露出西莉亚面对自己的局限性时，表现出来的那种愉快的、尽力而为的乐观主义精神。尽管象鼩不是严格意义上的食草动物——它们吃蠕虫和昆虫——大大的褐色眼睛给了“嗅嗅”一种充满敬畏的、受了惊吓的神情，根本不像食肉动物。从本质上来讲，“嗅嗅”像西莉亚一样，是被追逐的猎物。

鉴于宠物不能被过分玩弄，她会小心翼翼地用一根手指从笼门伸进去戳一下它的茶色皮毛。有朋友来家里玩的时候，她把卧室门紧紧关上，只让小朋友们玩更耐久的玩具。也许这意味着她从别人那里学到了点东西，我心里祈祷。大家都喜欢西莉亚，部分原因是她没有偏见。她把那些被别的孩子歧视的小朋友带回家。比如那个被宠坏了的、老是高声尖叫的小姑娘蒂亚。她的母亲居然觍着脸悄悄跟我说：“要是让蒂亚赢棋盘游戏的话就更好了。”西莉亚用不着教，自己就明白怎么回事了。在她那位喜欢控制人的玩伴离开之后，她焦虑地问我：“装输是不是不对？”在她护着“嗅嗅”的时候，我凝视我们的女儿，在她的表情中寻找也许标志着初始的自我保护能力的坚定与决心。

然而，我极不情愿地考虑着这样的可能性——虽然在我们自己眼中，西莉亚很可爱，但外人可能会容易忽视她。她才六岁，可我已经开始担心她永远也不会变漂亮，也不大可能有一种盛气凌人的气质。她的嘴巴长得像你，对于她的小脑袋来说太宽了。嘴唇很薄，而且没有血色。她那副唯唯诺诺的样子显得过于谨慎，挺让人烦。那头发，光滑而纤细，注定会变得稀疏。到十几岁的时候，那种金色会变成更加暗黑的金色。另外，真正的美人不是应该有点神秘？而西莉亚太朴实，不可能有任何隐蔽之处。她显得那么平易近人。一个人要是看上去你想知道什么她都会告诉你的话，就会让人觉得有某种说不出的没有意思的感觉。哦，我已经看出，她会长成那样一种少女，以为自己注定会喜欢上学生会主席，而人家根本不知道有她这么个人存在。西莉亚总是轻易让步。之后，她会搬出去——太年轻了——跟一个利用她慷慨的天性、比她大的男人住在一起，而那个男人最终会为了一个长于打扮、体态丰满的女人离开她。但是至少她总是回来跟我们一起过圣诞节，要是有机会的话，她会当个比我好得多的母亲。

凯文连碰都不碰一下“嗅嗅”。对于一个十多岁的男孩子来说，它的名字简直是一种侮辱。他更愿意去抓蜘蛛或者蟋蟀或者把活的食物扔进笼子里——标准的男孩子的做法。对于他来说，那是最好的工作，因为西莉亚太神经质了。但是那种冷冷的、面无表情的逗弄是无情的。你应该不会忘记，那天晚上我给大家吃鹌鹑，而他让她深信不疑，以为她盘子里骨瘦如柴的尸骸是“你知道是谁的”。

我知道，“嗅嗅”只不过是个宠物，一只昂贵的宠物，而某种不幸的结局是注定的。我应该在给她这个小动物之前就想到这一点。尽管毫无疑问，为了避免害怕失去而拒绝去建立感情就是拒绝生命。我曾经希望它能够活得长久一些，但是那并不会让西莉亚在灾难来临时更容易面对。

1998 年 2 月的那个夜晚，是我记得的西莉亚唯一一次不顾一切地掩饰自己。那天晚上，她不停地在家里跑来跑去，趴在地板上，揭开沙发罩往里看。我问她找什么？她尖声说：“没什么！”她继续趴在地上到处找，都过了她的睡觉时间了，还没有停下来，而且拒绝向我们解释她在玩什么游戏，但是求我们让她再玩一会儿。最后，我受够了，把她拖到床上。她一直在挣扎。这样不听话可不像她一贯的样子。

“‘嗅嗅’怎么样啦？”我问，开灯的时候我尽量分散她的注意力。

她的身体僵直着，我把她扔到床垫上的时候，她连看都没有看一下笼子。过了一会儿，她轻轻地说："它还好。"

"我从这里看不见它，"我说，"它是躲起来了吗？"

"它躲起来了。"她说，声音越发低下去。

"你为什么不替我找找它呀？"

"它躲起来了。"她又说了一遍，还是不看笼子。

象鼩有时候的确在角落或者树枝下睡觉，但是等我自己去笼子里找的时候，我发现无迹可寻。"你没有让凯文玩'嗅嗅'吧？"我一针见血地问，用同样的语调我也许会问，"你没有把'嗅嗅'放进搅拌机吧？"

"是我的错！"她喘着气，然后开始抽泣，"我以……以为我把笼子门关上了，但是我想我可能没……没……没有！因为等我吃完晚饭进来看的时候，笼门开着，它不见了！我已经四处都找遍了！""嘘，好了好了，会找到它的。"我轻声说。但是她不肯安静下来。"我真蠢！凯文说我愚蠢是对的。我真蠢！蠢，蠢，蠢！"她握紧拳头使劲打自己的太阳穴，我只好抓住她的手腕。

我以为哭喊会让她筋疲力尽，但是小姑娘的悲伤具有令人称奇的耐力。她如此自我嫌弃让我不得不做出虚假的承诺。我向她担保，"嗅嗅"不会走远，在早上之前它肯定会回到舒适的笼子里来。我的谎言仿佛一根救命稻草。西莉亚抓着这根稻草颤抖着，终于安静地睡去了。

我记得我们找到凌晨三点钟才放弃——而且，有一次，多亏了你的帮助。第二天你还得去工作，我们两个人都睡得很少。我想不出来还有哪个缝隙没有找，你把烘干机都挪动了，我把垃圾桶翻了个遍。好心地喃喃自语说："那个坏家伙上哪儿去了呢？"你把书架低层的所有书都掏出来了，我在垃圾桶里四处找那个毛茸茸的球。

"我不想用一句'我跟你说过'来雪上加霜。"我俩都瘫倒在起居室里，头发上都沾着一团团的灰尘，"而且我也觉得它挺可爱。那是个稀有的、娇弱的小动物。而她也才上一年级。”

“但是她一直都挺尽职尽责的呀。从来没有断过水，也特别注意不喂得太饱。然后她居然会，把笼门开着？”

“她有些粗心大意，伊娃。”

“不错。我想要不再订购一只……”

“算了。今年这么一个教训已经够惨痛的了。”

“你觉得它会不会是跑出去了？”

“要是那样的话它早就冻死了。”你说。

“谢谢。”

“比狗强些……”

第二天，我给西莉亚编了这样一个故事：“嗅嗅”去外面玩，那里空气新鲜，它交了很多动物朋友，特别开心。嘿，干吗不利用这一点呢？西莉亚什么都相信。

一切都是对等的。我会回忆起接下来的一个星期里，女儿面色苍白、闷闷不乐的样子，但是却回忆不起平常持家的琐事。但是在当时的情形下，我记得很清楚，那个周末孩子们洗手间的水槽堵住了，而贾尼斯要到周一才来。平时我在家里也会偶尔干点修修补补的零活。于是我在水槽里倒了些凝胶强力通渠剂，又在上面加了一杯凉水，静置等候。一切都是按照说明书做的。然后，我把凝胶强力通渠剂收起来。你以为，过了这么久我还有必要撒谎吗？我真的收起来了。

伊娃

*2001年3月8日*

亲爱的富兰克林：

天哪，又一个血腥的校园枪杀案。周一下午所有的同事突然开始躲着我，我该知道又出事了。

一个典型的案子。圣地亚哥城郊区，十五岁的查尔斯·安迪·威廉斯——一个瘦骨嶙峋、看上去十分谦逊的白人男孩，薄嘴唇，头发黯淡无光，有点像用旧了的地毯的颜色——把一支0.22口径的手枪藏在书包里带到了桑塔纳高中。他藏在男洗手间里，向两个人开枪，然后冲到走廊，见人就杀。结果两个学生被打死，十三个人受伤。等他再次退到厕所时，警察发现他蜷缩在地板上，手枪对准自己的脑袋。他瑟瑟发抖，呜咽着说："是我一个人干的。"他们逮捕了男孩，他束手就擒。事情的缘由是，这个男孩子刚刚跟女朋友分手了——她只有十二岁。

奇怪的是，周一《晚间新闻》播放这条新闻时，他的一些同学发表看法，照例把枪击案的凶手说成是"总是被人捉弄"，被人当成"怪里怪气的、无能的、失败者"而受到迫害。而另外一群孩子则说安迪有很多朋友，完全不是那种不受欢迎或者特别挨欺负的孩子，相反"挺招人喜欢"。后一种描述可能把观众弄得稀里糊涂。吉姆·莱勒今天晚上再重播这个新闻事件、探寻事件发生的原因的时候，所有说他"挺招人喜欢的"话都被抹去了。要是安迪·威廉斯没有受人"欺负"，他就无法支持现在流行的对这种案件的解释——"卑微者的报复"。这样的解释目的不是在于教我们更加严格地控制枪支，而是要关注那些受到排斥的未成年人的痛苦。

因此，虽然安迪·威廉斯如今差不多跟与他同名的“情歌圣手”[1]一样家喻户晓，我怀疑这个国家是否有一个新闻消费者能够告诉你，他打死的两个学生的名字，哪怕只是其中一个的也好。这两位少年从来没有做过什么错事，只是早上去了厕所，而他们那些更为幸运的同学决定在地理课上憋紧膀胱。他们是布莱恩·朱克和兰迪·戈登。我牢牢地记住了他们的名字，觉得自己只是在行使公民的职责。

我一生中听不少父母提到发生在孩子身上的可怕事故。滚烫的一锅炖火鸡劈头盖脸地浇到孩子身上，或者从开着的三层楼窗户边抢救任性的猫。1998 年之前，我漫不经心，以为我明白他们在说什么，或者他们避而不谈什么。因为这种故事周围有一道私人围栏，故事的来龙去脉像加护病房一般，只有直系亲属才被允许入内。我一向尊重那些“围栏”。别人的任何灾难都具有排斥性。我对“闲人免进”的牌子心存感激。牌子这边，我可以偷偷地松一口气。我自己心爱的人还算安全。但我想，牌子那边是个什么样子，我也大抵是了解的。无论是女儿还是祖父，痛苦总归是痛苦。然而，我如今为自己的假设而抱歉，我当时其实什么也不懂。

如果你就是那个家长，无论发生的是什么样的意外事故，无论你当时离现场有多远，你都会觉得孩子的不幸是你的错，即使你压根儿就没有能力避免事故的发生。你是孩子们拥有的一切。而他们认为，你能保护他们。这种想法是具有传染性的。或许你觉得，我只不过是举了另一个例子，为自己开脱。富兰克林，其实恰恰相反。从广义上来讲，我还是觉得自己有错，而且，当时我觉得完全是我的错。

至少，在照顾孩子的问题上，如果我坚持了自己的意见，该有多

1 这里指安迪·威廉斯。他是美国著名歌星，善于演唱乡村歌曲和电影抒情歌曲，嗓音甜美，富有魅力，表演纯朴自然。

好啊。我们请罗伯特（学地震学的大学生，在拉蒙特地球观测站做研究工作）接西莉亚回家，然后在家里陪她，等你或者我回来后再离开。这样的规定应该保持不变。我们费尽心机才留住了罗伯特——尽管他赌气说要辞职不干——因为我们许诺，一旦凯文能管理自己，他就能一个人照顾西莉亚了。其实你该为此负责。凯文十四岁了，跟我们左邻右舍许多给人家看孩子的小青年年纪相仿。要是凯文长大了能成为可以信赖的人，他首先应该被信任。是啊，听起来不错。于是你说，读九年级的凯文一回家，罗伯特就可以走了。不过在临走前，他一定要嘱咐凯文照顾好西莉亚。这样可以解决经常出现的问题——你被堵在路上，而我有时需要加班，回来晚一点：罗伯特因为走得晚，而被困在帕利塞德大街，急得要命，因为拉蒙特还有研究工作，他必须尽快赶回去，因此造成的损失，无论我们给予多少补偿，都无济于事。

我试图回忆那个星期一，心灵却在退缩，宛如在躲避急急飞过来的绳球一般。但是绳球借助离心力又弹了回来，就在我后退的时候，正好砸中我的脑袋。

有一天我又加了一会儿班。既然与罗伯特达成了新的协议，我在公司多待一个小时也不至于有那么重的负罪感，另外《飞行之翼与祈祷者》在经济旅行行业的领先地位开始动摇了。与我起步时相比，竞争更加激烈——《孤独星球》和《旅行概览》问世了。同时，整个国家在蓬勃的股市中大发横财，人们对我们擅长的真正廉价的旅行的需求大大降低。于是，尽管我心里没底，还是写了个项目申请，想弄一套全新的《飞行之翼与祈祷者之婴儿潮》。目标读者是那些因为互联网启动股而手头富足的人。这些人十有八九超重，怀念六十年代手持一本破旧的《飞行之翼与祈祷者》“跟着感觉走”，第一次到欧洲旅行的经历。他们相信自己还是大学生（事实上不是），“童心未泯”。虽然习惯了三十美元一瓶的红葡萄酒，但仍骄傲地宣称自己具有冒险精神，也就是说，只要不明说，他们还是想要舒适一些，绝对害怕像他们的父母那样回归到使用枯燥无味的《蓝色指南》的时代。这时电话铃响了。

你说，开车时小心点。你说，她已经进了医院，我现在做什么都于事无补。你说，她没有生命危险。你说了不止一遍。所有这些都是实话。然后你说，她会“好起来的”。这不是实话，尽管报告坏消息的人不可避免地要说这种没有根据的话来让对方宽心。

我别无选择，只能小心驾驶。乔治·华盛顿大桥上的车流基本上纹丝不动。最后我终于在候诊室里看到了你崩溃的表情，意识到你原来还是爱她的。我因居然对此有过怀疑而自责不已。凯文没有跟你在一起，这让我松了一口气。因为我没准儿会用手指甲把他的眼睛挖出来。

你的拥抱几乎没有给我多少安慰，这种事情以前可不曾发生。我继续拥抱着你，抱得紧紧的，想得到更多的安慰，就像挤一瓶用完了的护手霜那样，直到它发出沉闷的声响。

她已经进了手术室，你解释说。我开车来的时候，你把凯文送回家了。因为除了等待别无他法，而且这个事故已经让当哥哥的他很难受了，没有必要再加重他的负担。我却怀疑，你之所以把他从候诊室里赶紧转移走，是为了确保他的安全不会受到我的威胁。

我们坐在海蓝色的金属椅子上。那年我害怕凯文告诉医生是我弄断了他的手臂时，就是坐在同样的椅子上。我痛苦地想，也许在过去的八年里他一直在等待时机。我说：“我不明白发生了什么。”我声音很小，没有怒吼。

你说：“我觉得我告诉过你了。在电话里。”

“但是，让人一头雾水。”我没有大声嚷嚷，我把声音压得很低，“她为什么会……她动那玩意儿干什么呢？”

“孩子嘛，”你耸耸肩，“玩呗，我想。”

"可是，"我说，"她会，啊……"我脑子里一片空白。我得把原来想说的话重新组织一遍，重复我对自己说过的话，刚才说到哪儿了，然后该说什么……厕所。对。

"现在她会自己上厕所了，"我接着说，"但是她根本不喜欢那里。她从来都不喜欢。她不会在那里玩儿。"我强硬的态度听起来很危险。我们得从暗礁缩回来。西莉亚还在做手术。我们不能吵架，你会握着我的手。

似乎过了好几个小时，医生才走出手术室。你已经用手机往家里打过两次电话，在离我很远的地方打的，像是有话不想让我听到。你从大厅的自动售货机里给我买了咖啡，现在上面结了一层皱皱的皮。一个护士指了指我俩，朝外科大夫说了几句什么。我突然明白为什么人们崇拜医生，而且为什么医生易于以神灵自居。但是只看了一眼他那张脸，我就明白他并不觉得自己多么像神。

"对不起，"他说，"我们尽力了。但是损伤太大。那只眼睛恐怕保不住了。"

医生和护士建议我们回家。西莉亚服用了大量镇静剂，过一段时间才能醒来。恐怕多长时间都不够，我想。我们踉踉跄跄地离开候诊室。"至少，"你神情麻木地指出，"他说另外一只眼睛大概没事。"就在那天早上，我还以为我的女儿有两只眼睛是理所当然的呢。

外面的停车场非常寒冷。我匆匆离开办公室，忘记穿外套。我们有两辆车需要开回家，这让我觉得更加寒冷。我意识到，我俩此刻处在一个交会点，担心要是我们各自开着车向自己的世界出发，只会在最平凡的、地理意义上到达同一个地点。你也许同样觉得需要确认我们"在同一页上"[1]（像我公司的职员们最近喜欢一天说五次的那句话），

1　原文为：on the same pge，美国俗语，"意见一致"的意思。

因为你邀请我到你的卡车上坐几分钟，听你简单说几句，并且暖暖身子。

我怀念你以前那辆浅蓝色的皮卡车，总能把它和我们相恋的岁月联系在一起。那时我们在收费公路上驰骋，车窗大开，音响系统轰鸣，就像布鲁斯·斯普林斯汀在歌唱。那辆皮卡车与你更匹配（至少是原来的你）——古典、田园风格、诚实，甚至纯洁。爱德华·霍普[1]永远也不会画你这辆笨重的四驱汽车的巨幅画作。它有着超大号的宽车轮，车身架在上面显得极不协调，宛如充气小游艇那样毫无棱角。突出的挡泥板和胖乎乎的样子让我想起那些只能把炫耀当武器的小蜥蜴。在那样美好的日子里，这辆车的过分“张扬”和表现出的卡通画版的“阳刚之美”，让我忍不住打趣道：“要是你在底盘下检查检查，富兰克林，我敢打赌，一定会找到一个小‘鸡鸡’。”你听了哈哈大笑。

最后，你把头枕在靠垫上，直直地盯着车顶：“我不敢相信你会把它忘在外面，不收起来。”

我大吃一惊，没有回答。

“我本不想说的，”你继续说，“可是如果我强忍着不说，就不会再提起。而几个星期不说似乎只会更糟糕。”

我舔了舔嘴唇，开始颤抖：“我收起来了。”

你低下头，叹了一口气：“伊娃，不要逼我说出来。你星期六用了那瓶凝胶强力通渠剂。我记得清清楚楚。因为你说，孩子们卫生间的下水道发出怪味儿，那天下午你还特意告诉我，那个水槽一个小时之内不能见水，因为你往里面放了凝胶强力通渠剂。”

“我收起来了，”我说，“放回到高柜子里了，还上了锁，就怕小

---

1　爱德华·霍普（1882—1967）：美国绘画大师，出生于纽约州的奈阿克，以描绘寂寥的美国当代生活风景闻名。属于都会写实画风的推广者，他的门生日后几乎都成为了美国重要画家，并被评论家称为垃圾桶画派。

孩子拿到。西莉亚即使站在椅子上也够不着！”

“那它怎么跑出来的？”

“问得好。”我冷冰冰地回答。

“听我说，我觉得你通常对那些具有腐蚀性的东西非常仔细，用过之后总是马上锁起来，但是人不是机器……”

“我记得收起来了，富兰克林。”

“你记得今天早上穿鞋的动作吗？你记得离开房子之后锁门的动作吗？多少次我们已经进了车里，又返回家去检查炉灶是否还开着？而关炉子几乎成了我们的第二天性！”

“可是每次回去看，炉子都是关着的，对吧？这几乎是一条生活原则，就像幸运饼干中的一条警句：永远不要开着炉灶出门。”

“我会告诉你，什么时候没关火，伊娃。就是唯一一次你懒得再回去检查的时候。倒霉的房子就在那一次着火了。”

“我们为什么要讨论这个无聊的话题呢？女儿还在医院里呢。”

“我希望你能够承认。我不是说我不会原谅你。我知道你肯定难受极了。但是，为了更好地渡过难关，我们不得不面对……”

“詹尼斯今天早上来做卫生，也许她忘记了，没有收起来。”实际上，我从来都不认为詹尼斯会那么粗心大意。但是，一个画面开始在我脑海中形成。我迫切想要压制它，希望找到一个更为可信的嫌疑人。

“詹尼斯没有必要用凝胶强力通渠剂。所有的下水道都通了。”

“那好吧，”我说，努力让自己振作起来，“问问凯文那个瓶子是怎么放在外面没有收好的。”

“我就知道我们的谈话最终会是这个样子。首先说，噢，多么奇怪啊！然后说是钟点工的错。剩下的还有谁呢？而且，多么奇怪啊，伊娃！她自个儿从来没有做错过任何事情，居然会说是她的儿子干的！”

“他本来该照顾她的。你说他够大了……”

“是的，是该他看孩子。但是她在厕所里，他说门关着。我们从来不会鼓励十四岁的儿子在妹妹上厕所的时候闯进去。”

“富兰克林，这样解释不能自圆其说。暂时不要管到底有没有收好，行吗？暂时不管。我想知道的是，西莉亚为什么会往自己眼睛里倒凝胶强力通渠剂呢？”

“我怎么知道呢？也许因为孩子们不仅仅哑巴似的不说话，还富有创造力，二者结合就是死路一条。不然我们为什么要把那该死的东西锁起来呢？重要的是，凯文尽了全力。他说听到她惨叫，他就跑进去。明白怎么回事的时候，他就往她脸上泼水，还使劲揉她的眼睛。之后，他叫了救护车，再打我的手机。就该这样，轻重缓急，安排得当，他简直太了不起了。”

“他没有给我打电话。”我说。

“嗯，”你说，“我不知道为什么。”

“损伤……”我吸了口凉气，“很严重，对吧。应该是非常……非常严重！”我哭了起来，但是我强迫自己把眼泪咽到肚子里，因为我得把想说的话说出来：“要是大夫说她的眼睛保不住……那肯定是完蛋了。外科大夫如今比过去更有经验了。刚送到医院的时候肯定是……肯定糟透了。烧成那样，要……啊，要一会儿时间的！她遭了多少罪呀！”我又停下来，听着暖气出风口的声响。空气越来越干燥，我口干舌燥。“那玩意儿要过一段时间才能起作用。标签上写得清清楚楚，要静置等候。”

我忍不住把手指尖压在自己的眼睛上，放在像纸一样薄的眼帘上，让眼珠平滑而轻轻地转动。

“你在说什么？你指责他没有照顾好妹妹已经够糟糕的了……”

“医生说会留下疤痕！她被烧伤了，半边脸都烧坏了！时间，烧成这样需要时间！也许他真的给她洗脸了，但那是什么时候？等他弄完了？”

你抓住我的两条胳膊，举到脑袋两侧，盯着我的眼睛看：“弄完了什么？他自己的家庭作业？他的射击训练？”

“弄完了，”我呻吟着说，“西莉亚。”

“你敢再说一遍！对任何人都不许说！对我都不能说！”

“想想吧！”我扭动着，从你手里挣开，“西莉亚，把酸往自己脸上泼？西莉亚什么都怕！而且她已经六岁了，不是两岁。我知道你觉得她不太聪明，但是她不傻！她知道不能碰炉灶，她也不吃漂白剂。只有凯文能够得着那个柜子，即使睡着了他也能弄开柜子上那把锁。他不是在拯救她。是他干的！噢，富兰克林，是他干的……”

“我为你感到羞耻，羞耻，”我蜷缩在车门旁边，你对着我的后背说，“把自己的孩子妖魔化，因为你不肯承认自己疏忽大意。比懦夫还不如。真恶心。你四处乱咬，提出让人愤怒的指控，而且跟往常一样，没有任何证据。那个医生……难道他说过凯文说的话与她的伤情不相符合吗？没有。没有，他没有说。只有当妈的会发现她的儿子在掩盖某种不能启齿的邪恶，因为她是位多么了不得的医学专家，对腐蚀性化学物质如此精通，因为她偶尔会打扫一下房子。”

跟往常一样，我一哭你就无法继续对我怒吼。“听我说，”你哀求道，“你不知道自己在说什么，因为你太伤心。你失去理智。这件事搁到谁头上都挺难受，会难受一阵子的。因为你不得不面对事实。她会一直很疼，而且有很长时间会很难看。唯一能让你感到好受一点的是直面你的责任。西莉亚……就连西莉亚，在那只象鼩的问题上……都承认是自己的错。是她没有关笼门！可那只是部分原因，伤人的不只是发生了令人伤心的事情，还包括如果她不那么做，就不会发生这种想法。她承担了责任，而她只有六岁！你为什么不能？”

“我多么希望我能够承担责任啊。”我轻声说，车窗被我弄上了一层水雾，“我想说：‘噢，我真该死，把那瓶凝胶强力通渠剂放在她能够拿到的地方了！’那样我的心里会好受得多，你不明白吗？我为什么会这样难受？假若说是我的错的话，仅仅是我的错吗？那样的话，就不吓人了。富兰克林，这很严重，不再单单是一个小姑娘挠了她的湿疹了。我不知道他为什么会这样，但是他很可怕，而且他恨她……”

“够了！”你的一声怒吼具有结束一场仪式的意义，深沉而急促，像祈福结束时那句响亮的“阿门”。“我并不是一个喜欢发号施令的人，但是，你得向我保证，现在就保证，你要竭尽所能明确告诉他不是他的责任。凯文也经历了一场巨大的痛苦。他的妹妹永远回不到原来的样子了。危急关头，他保持了清醒的头脑，我希望他为此而骄傲，而不是担心应该为妹妹的受伤负责。”

我拉开门把手，把门开了几英寸。我想，我得出去，得离开。

“别走，还不能走，”你说，抓住我的胳膊，“我要你保证。”

“保证我闭嘴，还是保证相信他那站不住的谎言？我也许能够再加上一个。”

“我不能让你信任自己的儿子。尽管我他妈的努力过了。”

有一点你是对的：我没有任何证据。只有西莉亚的脸。我说得不错吧。她永远也不会漂亮了，对吗？

我爬出汽车，在敞开的车门边面对着你。冷风吹乱了我的头发。我立正站着，想起战场上两个互不信任的将军突然暂时停战的场面。

“好吧，”我说，“我们会把它说成是个事故。你甚至可以告诉他：‘恐怕你母亲周六忘记把凝胶强力通渠剂收好了。’毕竟，他知道我疏通了下水道。但是，你也得答应我：永远不要让凯文和西莉亚单独在一起了。哪怕只是五分钟。”

“好吧。我敢打赌，凯文对看孩子压根儿就不积极。”

我说“我们家里见吧”。为了把分别的场面弄得礼貌周全，颇费了一番周折。

“伊娃！”你在我背后叫道，我转过身来：“你知道我一般不大会退缩。但是也许你该跟谁谈谈。我想你需要帮助，而不是指责。只是……有一点你是对的。世态变得越来越严重了。恐怕不是我能帮你的。”

的确如此。

接下来的两个星期家里安静得可怕，西莉亚还在医院里慢慢恢复。你我几乎不说话。我问你晚餐想吃什么，你说“随便”。关于西莉亚，你我主要商量些后勤方面的事情——我俩谁在什么时间去探视。尽管两个人分开去看似更明智，这样她在一天中有人陪伴的时间会更多。而事实上，主要原因是我俩谁也不想再共同坐进你那辆供暖过热的四驱汽车了。在家里，我们会讨论她身体状况的细节，尽管那些细节令人沮丧——眼球摘除手术（我宁愿没有学会这个新词才好）之后的感染进一步毁坏了她的视觉神经。不可能进行移植手术了。谈话只限于就事论事。要找一个进行后续治疗的眼科大夫。我找到一个名叫克里科·萨哈谦、在上东城开诊所的大夫。亚美尼亚人挺抱团儿的，我向你保证。他对我们会格外认真些。“科沃基恩大夫也会啊。”你嘟囔着说，大概意识到那个帮人自杀的教父就是个亚美尼亚人，尽管我保守的族人不大乐意承认这一点。虽然如此——这次谈话几乎算是逗乐——我对此心存感激，显然这样的谈话太少了。

记得我一直努力克制自己，从来没有扯开嗓门儿和你说话。精心做好的饭菜你几乎连动都没有动一下，我也没有说什么。做饭的时候，我尽量不要发出太大的声音，把锅碗瓢盆碰撞的声音都降到最低。对于西莉亚在奈阿克医院显示出的不寻常的开朗性格，有很多表示欣赏的话我都没说出口，觉得不合时宜。似乎她那不可思议的好脾气是对那些不如她的人的公开冒犯。那些人因为疼痛而号哭、在康复期间变得暴躁都是有理由的。在我们家，我表扬女儿似乎跟自我夸耀混为一谈了。在她住院期间，我尽可能表现得正常。跟尽可能开心些、尽可能当个好妈妈一起，列入那张我们注定要做的事件清单。

你说我“需要帮助”，这话真的让我不安。放好那瓶凝胶强力通渠剂的场景像是一盘磁带，我一遍一遍地回放，结果磁带放坏了，我无法确信是不是真的放好了。我一遍遍重温我的怀疑，有时候心里想……哦，哪有什么毫无疑问的事情呢？我真的收好那个瓶子了吗？是不是西莉亚的伤势太严重了，凯文的说法不可能成立？我能够指出一个实实在在的、在法庭上站得住脚的证据吗？我不想“找人谈谈”，但是多么希望能跟你谈谈啊。

事故发生后两天，你召集我们三个人开了个圆桌会议。可以说，我俩已经吃完晚饭，凯文则是直接从灶上添了饭菜吃过了。为了讨好你，他在餐桌旁无精打采地歪坐着，显得有些悲哀。我被叫来开会也很不情愿。我觉得自己也像个孩子，似乎再次经历了我九岁时经历的事情。当时我因为偷偷捡了温特格林先生前院核桃树上掉下来的果子而被迫向他道歉。我暗暗瞥了一眼凯文，心里想说：收起你脸上的傻笑，这可不是闹着玩的。你妹妹还在医院里呢。我想说：去，把这件小了五码的T恤衫换了，仅仅跟打扮成这种样子的人待在一间屋子里我身上就发痒。但是我不能。在我们的家庭文化中，这些司空见惯的家长的提醒（只要是从我口中发出的）是不被允许的。

“别紧张，凯，”你开口说话了（尽管在我看来他一点都不紧张），“我们不是要审问你。我们主要是想要告诉你，你反应很快，让我们十分震惊。谁知道呢，要是你没有立刻叫医生，情况没准儿会更糟糕的。（怎么个更糟糕法儿？我想。她兴许还会用它来洗个澡吧。）你母亲有话要告诉你。”

“我要感谢你，”我开始说话，避开凯文的眼睛，“因为你把妹妹送到医院里去了。”

“告诉他你跟我说过的话，”你提醒道，“记住，你说过你担心，他可能会觉得，你知道……”

这几句话很简单。我盯着他：“我以为你可能觉得自己有责任。”

他毫不退缩，也直盯着我。我面对的是我自己鼻梁很宽的鼻子、瘦削的下巴、倾斜的眉毛和微微发暗的肤色。我似乎在照镜子，但是我自己的影子在想什么我却不得而知。“怎么会呢？”

“因为当时你应该是在照看她！”

“但是你想要提醒他的是，”你说，“我们从来没有指望他每时每刻都在看着她，而有时会出意外的，因此，那不是他的错。你跟我怎么说的来着。你知道的。在汽车里。”

和当年向温特格林先生道歉一模一样。九岁的我心里想：那些傻了吧唧的核桃不是被虫子咬了就是烂掉了，你这个老笨蛋！嘴上却向他保证，到时候给他打好多饱满的核桃，脱壳之后再还给他。

“我们不想让你自责。”我的语调活脱脱凯文和警察说话时的翻版——长官长，长官短。“有错的是我。我绝对不应该忘记把那瓶凝胶强力通渠剂收回到柜子里。”

凯文耸耸肩：“我从来没有说过我自责。”他站起身来，“我可以走了吗？”

“还有一件事，”你说，“你妹妹不再需要你的帮助了。”

“为什么呢？”他往厨房走，“只是坏了一只眼睛，对吧。不像需要导盲犬或者白手杖的瞎子。”

“对，”我说，“她还算幸运。”

“她需要你的支持，”你说，“她得戴个眼罩……”

“很酷啊。”他说，从冰箱里拿出一袋荔枝。那是2月，荔枝刚上市。

“往后她会装一只玻璃眼，”你说，“要是邻居的孩子取笑她，你要出来保护她，我们会很高兴的……”

“会怎么取笑她呢？”他一边说，一边仔细扒开荔枝鲜肉色的外皮，露出粉白的果肉来，“西莉亚像个小丑？”白嫩、透明的圆球剥好了，他一下子塞进了嘴巴里，吮吸，然后又拿出来。

“哦，不过你……”

“我的意思是，爸爸，”他慢条斯理地剥开荔枝，把光滑的果肉和褐色的核分开，“不知道你是不是还记得儿时的事情。”他把分开了的果肉斜扔进嘴里，“西莉亚得忍着点儿。”

你心花怒放，我可以感觉到。这是你十多岁的儿子在炫耀他典型的青少年的阳刚之气，把他对发生在妹妹身上的惨痛的事故的迷茫而复杂的感情都掩盖起来。富兰克林，这是为你表现出来的“花花公子”服饰掩盖下的残忍。他的确十分迷茫，处于感情冲突之中。但是，假如你向他的瞳孔看过去的话，就会发现它们像柏油一样漆黑而明亮。这种少年人的愤怒，可不是好玩的。

“嘿，塑料先生[1]，”凯文递给你一个，“吃吗？”你犹豫了一下。

“我还不知道你喜欢吃荔枝呢。”等他开始吃第二个，我冷冷地问。

“是啊，不过……”他一边说一边把荔枝剥开，用食指把果肉球在桌子上滚着玩。那是白内障可怕的奶白色。

“只是，荔枝很娇嫩。”我不安地说。

他用门牙把荔枝咬开。“对啊，你怎么说的来着？”他吸吮着说，“哦，是一种嗜好。”

显然，他打算把整袋荔枝都这样吃掉。我赶紧跑出去，他大笑。

那些天，我就在家里上班，下午稍早的时候去探视西莉亚。有一天，我从医院回来，正好碰上凯文从校车上下来。第一次看见他有气无力地从帕利塞德大街走过，我停下“露娜”，让他上来坐车回

1 原文为：Mr. Plastic，凯文父亲姓 Plaskett（普拉斯基特），这是对其戏仿。

家。你可能会觉得，跟儿子坐在车里回家是一件稀松平常的事情，特别是只有两分钟的路程。但是凯文很少和我这样近距离接触。气氛很沉闷，我记得一路上我都在没话找话说。街上还停着好几辆车，都是家长在等孩子放学，他们连几步路都不肯走。我评论说每一辆车都是SRO。话一说出口，就想起来凯文讨厌我取笑他们，还把SUV车说错了——显得装腔作势，好像我根本不是这一带的居民。

“你知道吗，这些东西是这整个国家的隐喻。”我继续说。我注意到这类谈话能把我的儿子气疯。但是也许这正是我乐此不疲的原因，就像后来我提起克拉夫拉克的迪伦·克莱博尔德和埃里克·哈里斯来故意气他一样。“他们在路上比任何人坐得都要高，位置更加显赫，好像他们的权力大得任何人都不知道该怎么办才好。即使他们的轮廓——他们常常让我想起那些肥胖的购物者，穿着板板正正的百慕大短裤和大号运动鞋，在购物中心蹒跚而行，脸上像塞了肉桂面包似的全是肉。”

“是啊，啊，开过这样的车吗？（我承认自己没有开过。）那你怎么知道呢？”

“我知道它们占道太多，太耗油，有时候还翻车……”

“它们翻不翻车关你什么事？反正你就是恨那些人。”

“我并不恨……”

“你一个人待着吧！”他摇摇头，下车后把我这辆大众汽车的车门狠狠地摔了一下。我第二次主动请他上车，省得他自己走上坡路时，他摆了摆手。

在你的四驱费力驶进车库之前，我和他有两个小时要单独相处。说来奇怪，这两个小时让人难以忍受。你可能觉得，那还不简单吗？不就是待在那个满是柚木家具的巨大的房子里吗？但是无论我俩在哪个房间里，我总是意识到他的存在，我怀疑他也能意识到我的存在。没有你和西莉亚做“缓冲器”，只有我俩待在家里，感觉像是……或许可以用“赤裸”这个词来形容。我们几乎不说话。要是他去自己的房间，我不问他有没有作业；要是伦尼来玩，我不问他们在做什么；要是凯文离开家，我不问他去哪里。我告诉自己，做母亲的要尊重处于青春期的孩子的隐私，但是我也清晰地知道，我是个懦夫。

这种“赤裸”的感觉有事实根据。我知道十四岁的男孩子荷尔蒙丰富，等等。我知道手淫很正常，是一种重要的宣泄手段，没有什么害处，是一种令人开心的消遣方式，不应该被当成坏事来谴责。但是我觉得，对于青少年来说——老实说，应该是对每一个人来说——这种消遣都该私底下进行。我们都这样做（或者说我过去做过——对，偶尔会做，富兰克林，你觉得呢），我们都知道我们会这样做，但是一般不会这样说：“亲爱的，你能看着点锅里煮着的意大利面调味料吗？我去手淫一下。”

我最终向你提及了这件事，还不止一次。自从在医院停车场吵架之后，我两三个月都没怎么跟你说话。

“他把房门开着，”有一天深夜我犹豫不决地说，这时你正专心致志地从电动剃须刀上把毛发清除掉，“从过道里就能看到厕所里。”

“大概他忘记关门了。”你说。

“他不是忘记了。他等我去厨房端杯咖啡，这样回到书房的时候，我就能看见他。是故意的。而且他，噢，声音挺大。”

“在他这个年纪，我大概一天要弄三次呢。”

“在你母亲面前？”

“在角落里，在门背后。我觉得挺隐秘的，但我敢肯定她知道。”

“在门背后，”我指出，“房门紧闭的屋子里。这很重要。”天哪，那个剃须刀今晚可能堵上了许多胡楂。“知道我能够看见……我想这让他兴奋。”

“噢，不管你想做得多么健康，在这方面谁都会有点儿怪。”

“你没有弄明白。我知道他会做。这样做我也不觉得怎么样，但是我宁愿不要把我牵扯进去。这样不正当。”这个词在眼下有些太重了吧。莫妮卡·莱温斯基的丑闻就在那个月被披露出来，而克林顿总统后来会通过宣称他们的关系不正当来掩盖细节真相。

“那你为什么不跟他说说呢？”我想，你是不愿意从中做什么调解说服的工作了。

“要是西莉亚在你面前手淫，你怎么办呢？你会直接跟她说呢，还是更愿意让我去跟她谈谈？”

“那你指望我说什么呢？”你有气无力地说。

“说他让我感到很不舒服。”

“那倒挺新鲜。”

我跳上床去，抓了一本书，却读不下去。“只是告诉他把那扇讨厌的门关上。”

我压根儿就不该费那个劲儿。是的，你说你已经按照我说的去做了。我想你大概只是把头探到门缝里，乐呵呵地说了几句彼此心知肚明的话。至于“手掌上长了毛”这个过时的说法他大概根本就没有听懂。我敢打赌，你只是轻描淡写地说了句：“记住这是私密，明白吗？”然后就道了句“晚安”。然而，即使与之相反，你和他进行了一次真诚而严肃的长谈，提醒他说他影响到了我，凯文还是会觉得全都是我的错。

于是，就在你们“谈话”之后的第二天下午，我端着咖啡杯子去书房，听见大厅那头传来哼哼唧唧的声音，我立刻反应过来是怎么回事了。我祈祷他已经得到我的口信，至少在我和儿子刚刚萌动的“性生活”之间应该有一层即使薄如蝉翼，也理应受到祝福的木头障碍物。我想，除了厕所，这幢令人讨厌的房子里还有四五扇门。我们花了那么多钱，应该让它们派上点用场才对啊。但是，我往前走了一两步，哼哼唧唧的声音没有减弱，我对行为得当最低限度的期盼成了泡影。

我把热咖啡杯放在两只眼睛之间缓解突然开始的头痛。我结婚已有十九年，知道男人是怎么回事，没有理由害怕勃起的龟头。但是，听着大厅那头传来的急切的、低低的呻吟，童年时代的回忆又出现在我脑海之中。十岁时，足不出户，总是把自己关在家里的母亲，常常打发我到城那头跑腿打杂。我不得不从公园抄近路，眼睛直直地看着前方，耳边传来比我大一点的男孩子们在灌木丛中的窃笑。他们的裤子拉链大开着。回家之后，我总觉得有人跟踪，被人追逐和取笑，不瞒你说，真是吓得屁滚尿流。

于是，我像小时候回家那样，硬着头皮不跑，生怕有人追上来。我没有踮着脚尖儿偷偷摸摸沿着大厅走过去，而是脚后跟重重地踩在地板上，发出咔嗒咔嗒的响声。我走过孩子们的卫生间，门大开着，我们的头生子在那里展现出他青春期的风采，连他后背上的一些丘疹我都看得清清楚楚。他迈开双脚，弓着后背，与马桶形成一定的角度。手里抓着的那玩意儿呈紫红色，闪着微光，起初我以为是果子冻，但是地上扔着的银色包装纸说明那是我的蓝多湖牌新鲜黄油。我第一次发现，儿子如今长出了细细的、直直的阴毛。尽管大多数男人做这件事的时候都闭着眼睛，凯文却睁着双眼，这样一来就可以更方便地扭头向母亲抛来狡猾的、目光晦涩的一瞥。我盯着他的阳具。毫无疑问，当年在公园里面对着那些小玩闹的时候，就应该这样做，而不是避而不看。因为只要你直接面对，那玩意儿也没有什么了不起。你不禁纳闷，那么个破玩意儿有什么大惊小怪的？我走进书房，使劲把门关上。

大厅里回荡着一阵干笑。我又回到厨房，咖啡全洒在我的衬衫上了。

我知道，你可能曾经纳闷。我为什么不离家出走呢？没有谁能阻止我带走西莉亚。趁着她还有一只眼睛，我们可以逃回到三角地。我可以离开你和你的儿子还有那所可怕的房子，你们可是相配得很。毕竟我有那么多钱。

不管你是否相信，我从来没有想过离家出走。也许因为在你的轨道里生活的时间太长，完全接受了你近乎残忍的信念，认为幸福的家庭不应该只是神话，或者即使是个神话，也应该努力争取美好却不可得的东西，而不是整天怨天尤人、愤世嫉俗，抱怨跟你一起生活简直是下地狱。我讨厌面对失败。假如说从怀上凯文起我就将自己置身于交叉火力之下的话，每天容忍凯文则导致了更多的挑战。我之所以如此坚韧可能还有一个比较实际的原因。他马上就十五岁了，但是从来没有提过上大学的事，从来没有提到过长大之后要做什么，从来没有对哪一行表示过哪怕一丁点儿兴趣。据我所知，他还坚持着五岁时的誓言，要靠福利生活。从理论上来讲，再有三年儿子就要从家里搬出去了。之后，就只有你、我和西莉亚在家里。我们就可以过上你说的那种幸福的家庭生活了。如今，那件事发生快三年了，而这却成了我一生中最漫长的三年。当时我哪里料想得到呢？最后还有，我爱你。我爱你，富兰克林。哪怕你认为我的这种爱多么单纯，但时至今日，我仍然爱你！

然而，我的确有陷入围城之感。女儿被弄成了半个瞎子，丈夫怀疑我是个神经病，而儿子公然用他抹了黄油的鸡巴嘲弄我！真是四面楚歌，玛丽·伍尔福德偏偏挑了这个时候第一次气呼呼地跑到我们家里来。想来，那是她第一次登门造访，不过也是最后一次，因为下一次我们是在法庭上见面的。

那时候她还苗条可人，头发乌黑至发根，所以我一直都不知道那是染过的。用了不少发卡定型。即便只是到邻居家造访，她也精心打扮得无可挑剔，穿着一身香奈儿套装，翻领处点缀着许多美丽的珠宝，显得雍容华贵。谁能想到，不到三年之后，她会在奈阿克的大联盟超市步履蹒跚，穿着一件急需熨烫的带斑纹的外衣，去弄坏另一个女人放在购物车儿童座椅上的生鸡蛋呢?

她做了个简单的自我介绍。我请她进屋，尽管天很冷，她还是拒绝了我的好意。“我的女儿劳拉是个可爱的姑娘，”她说，“做母亲的当然觉得自己的孩子好，但是我相信，显然别人也觉得她很有魅力。只有两个人例外，劳拉自己，还有你们家的小伙子。”

我想告诉这个女人，总的来说，我那阴阳怪气的儿子看不到任何人的魅力，但是我觉得我们才刚刚见面，说这些不妥当。听起来不大友好。想想看，仅仅一年多之后，我的儿子就杀死了这个女人的女儿。我第一眼就不喜欢玛丽·伍尔福德。她不停地乱动，眼睛滴溜溜乱转，似乎身体里有某种躁动不安的东西。然而，有些人纵容自己的苦恼情绪，就像别人用一罐罐的肉酱来宠坏自己的名贵小狗一样。玛丽一下子就让我觉得她属于这类人。这种人给我的第一印象是属于“找碴型”。我总觉得他们完全是在浪费精力。因为在我的经历中，大多数时候麻烦会自动找上门来。

“过去一年左右，”玛丽接着说，“劳拉误以为身体超重而折磨自己。我相信你听说过这种事儿。她经常不吃饭，把早餐埋在垃圾里，撒谎说在朋友家吃过饭了。她还滥用泻药，减肥药丸，可以说是非常恐怖。去年9月，她因为身体太虚弱，不得不住院打点滴。你要是不二十四小时盯着的话，她还会把针头拔掉。你明白我说的情况了吗？”

我喃喃地说了些表示同情的话。一般来说，听到这样的事情，我都会表示同情，尽管当时我禁不住想起自己的女儿也在医院。我依然坚信，她之所以受伤，并不是因为她对自己做了什么傻事。另外，我在格拉德斯通家委会听过许多类似卡伦·卡朋特[1]的故事，而且讲起来大伙儿常常有些夸张。厌食症似乎不仅仅是女学生孜孜以求的，就

1 卡伦·卡朋特（1950—1983）：美国著名歌星，因减肥患厌食症而死。

连妈妈也不例外。她们跟女儿比谁吃得更少。难怪那些可怜的女孩子都把自己弄得一团糟。

“我们本来已经有了一些进步，”玛丽接着说，“过去几个月里，她终于屈服了，在家里开始吃少量的饭菜，尽管是被逼着吃的。最后她体重稍微增加了一点儿——你的儿子凯文不失时机地向她指出了这一点。”

我看得出，跟我们这位来访者相比，我看上去一定是形如槁木。我大概显得一点也不吃惊，没有气喘吁吁地说：“噢，天哪！这个孩子怎么能这样做！”这似乎激怒了她。

“昨天夜里我漂亮的女儿把吃过的晚饭都吐了出来，被我逮了个正着！我不得不承认，过去一周她也都把吃下去的饭吐了出来。为什么？学校有一个男孩子不停地告诉她她很胖！还不到一百磅，她就因为自己是个‘肥猪’而备受折磨！今天，我好不容易才从她嘴里问出来男孩的名字。她一直求我今晚不要过来找你们。但是，我相信做父母的该为孩子的破坏行为承担责任。我丈夫和我竭尽所能不让劳拉伤害自己。那么也请您和您的丈夫努点力，不要让您的儿子伤害她吧！”

我不住地点头，像车窗里挂着的一只玩具狗：“怎样……做呢？”我慢吞吞地问。也许她觉得我喝醉了。

“怎样做我不在乎！”

“您希望我们跟他谈谈吗？”我尽量把嘴抿紧，不至于露出那种满腹狐疑的傻笑，那太像凯文本人了。

“我觉得应该的！”

“告诉他要对别人的情感敏感一点，记住黄金法则行吧？”我靠着门柱，目光有些敌意，而玛丽警觉地往后挪了一步。“或者也许我的丈夫可以跟他进行一次男人与男人之间的谈话，教会我们的儿子一个真正的男人不应该残忍和有攻击性，一个真正的男人应该温柔而富有同情心？”

我不得不停顿一下，以免笑出声来。我脑海里突然闪现出一幅画面，你跑进厨房对我说：“嗯，亲爱的，天大的误会！凯文说，那个可怜的瘦得皮包骨的劳拉·伍尔福德听错了他的话！他没有说她‘胖’，他说她‘靓’！而且他没有说她是个‘肥猪’——他说她讲了个笑话‘笑破肚’！”我大概有些忍俊不禁，因为玛丽的脸变成了猪肝色，她怒吼：“我无法理解，为什么你会觉得这事儿很好笑？”

“伍尔福德夫人，您有儿子吗？”

“劳拉是我们唯一的孩子。”她十分虔诚地说。

“那我建议你好好想想古老的校园歌谣是怎么说的？小男孩是用什么做的？我也很想帮你，但是实际上呢，要是富兰克林和我对凯文说点什么，你女儿在学校会吃更大的苦头。也许你教育劳拉会更好些。孩子们怎么说的？忍着点。”

后来，我会因为这一次的“现实主义”而付出代价。我当时全然没有想到，我劝她“咬咬牙挺住”的建议，会在两年之后的民事审判中成为玛丽的证词，还添油加醋变了味儿。

“是吗，那倒要感谢你啦！”

看着她哼哼唧唧走下石板路，我回想起，事实上，你、凯文的老师们和这个叫作玛丽·伍尔福德的女人都把矛头指向我，觉得作为母亲，我必须承担责任。够公平的。然而，如果我罪有应得的话，我为什么仍然会觉得这样束手无策呢？

三月初，西莉亚出院回家了。凯文没有去医院探视过她一次。出于对她的保护，我也从未撺掇他去。你倒是邀请过一次，让他一起去看看，但是考虑到他心灵的伤痛就打消了这个念头。他从来没有问过她恢复得怎么样了，你知道的。任何人都不会想到他还有个妹妹。

我只不过取得了小小的进步，让自己适应她新的样子。烧伤的疤痕覆盖了她的整个面颊，还延伸到了太阳穴，尽管开始愈合，仍然结着硬痂，我求她不要抠开，以防留下更多的疤痕。她做得很好，让我想起维奥莱塔。我已经很久没有接触到“独眼龙”的流行样式了。我希望她的眼罩是黑色的，让人想起秀兰·邓波儿唱《好船棒棒糖》[1]的样子，把她打扮成小小的金发海盗，让我得到一点点安慰。我想我更喜欢黑色的眼罩，这样我可以跑出去给她买一顶三角帽，试图把可怕的梦魇变成时尚服装秀来分散她的注意力。

相反，那些贴上去的肉色眼罩让她左半边脸显得空空荡荡。她的左半边脸肿胀，“湮没”了颊骨之类线条明晰的轮廓。似乎她的脸不再是三维的，而像一张明信片。一边是画面，另一边是一张白纸。看她右边脸的轮廓，我可爱的小宝宝没有任何改变。再看一眼左侧，她仿佛被完全抹去了。

她这种“两面人”的样子让我痛苦地感觉到，孩子们是一种容易被毁灭的“消费品”。尽管我从来都没有觉得对她偏爱理所当然，她一回到家里，我还是几乎放弃了将这种偏爱伪装起来的努力。她一直伴我左右，像是我的影子一般，而我也允许她跟着我在家里转来转去。我干什么家务活儿，她都跟着我。我相信你说得对，不能让她的功课落得太多。她越早在公共场合适应自己的残疾越好。但我还是从《飞行之翼与祈祷者》请了一段时间的假，陪她在家多待了两个星期。同时，她忘记了一些曾经掌握的技巧，比方说，系网球鞋带。现在，我不得不回过头来再给她系鞋带，从头开始教她。

她跟凯文在一起的时候，我像一只老鹰似的看着。我承认，她并不怕他。他开始像从前那样命令她做许多小事。从她足够大，能够跑来跑去拿东西的时候开始，他就把她当成一个会点小把戏的宠物。但

---

1 电影《亮眼睛》中的歌曲。

是现在，即使在回应他的一些微不足道的、不会有什么伤害的要求，比方说给他拿一块饼干，或者把电视遥控器扔给他时，我都发觉西莉亚会短暂地犹豫一下，或者稍微停顿一下，像是费劲地咽下一口唾沫。她曾经央求他，让她帮他扛箭，她觉得把箭从靶心拔出来是一种荣耀。他第一次心不在焉地答应让她重新开始干这活儿的时候，我坚决反对。我知道在这个问题上他还算认真，但是西莉亚只剩下一只眼睛，我不许她再走近射击场。我以为西莉亚会哀求我让她去做。她一向渴望证明自己对哥哥来说是有用的，也喜欢看凯文站得高高的，就像巨人海华沙[1]一样，不差毫厘地把那些箭射到靶心上。事实刚好相反，她看了我一眼，目光中充满了感激之情，她的发际线上因为有层薄薄的汗而反光。

他邀请她出去玩飞盘。我很惊讶——跟妹妹玩，这可是头一遭！简直有点让人感动。于是，我告诉她，只要戴着安全眼镜就行。我现在关心她那只好眼睛，几近歇斯底里。过了几分钟，我从窗户往外看，所谓跟妹妹玩，实际上只是在跟飞盘自己玩而已。西莉亚对事物的方向感、距离感仍然很差，她总是在飞盘到达之前就开始抓，当然会落空，飞盘不偏不倚砸在她的胸脯上。凯文觉得很好玩。

当然啦，最艰难的是对付西莉亚眼眶里的那个洞。我们不得不经常用宝宝香波和湿棉签擦洗。萨哈谦医生告诉我们，等治疗结束后，装上假眼球，分泌物就会减少。但是，从一开始，那个洞不停地分泌出黄色的液体，有时候早上我不得不用湿面巾纸敷在上面，因为眼皮会在她睡着的时候结痂。眼皮本身松弛下来，也会肿胀。被酸烧坏之后，大夫用西莉亚大腿内侧的一小块皮肤给她植皮。（显然眼帘扩大已经变成一项艺术。在日本，人们追求东方特点英国化。我觉得这是

1　长诗《海华沙之歌》中的印第安英雄。

对西方广告力量的一种可怕证明。）肿胀和轻微变紫的眼睛使她看上去像是宣传画中那些被打扁了的孩子，鼓励你把你的邻居们通报给警察。一只眼的眼皮垂着，另外一只眼睛睁着，她似乎在使劲眨眼，似乎我们之间分享着一个骇人听闻的秘密。

我对萨哈谦大夫说，我拿不准自己能否清理好那个洞。他安慰我说，慢慢就习惯了。他说得没错，但是起初用大拇指揭开眼皮的时候，我差点没吐出来。也许没有那么可怕，但是令人非常不安。谁也不在家。那情景让人想起莫迪格利阿尼[1]笔下的神秘女郎，好看的杏眼没有瞳孔，像被催眠过似的，温和、安静、忧伤，还有一点傻。那个洞边缘粉红，里面幽黑。在灯光下为她滴抗生素时，我能看见里面的塑料支架——支撑着她的眼窝不至于垮塌。我就像在看一个布娃娃的眼睛。

我知道你讨厌我讨好她，而且你因为不愿意我这样做而难受。为了补救，你对西莉亚也表现得温柔体贴。常常把她拉到怀里，给她讲故事。我呢，意识到你是特意这样做的。明白你试图当个好爸爸。但是我觉得，对于凯文来说，表象就是一切。显然，小妹妹受伤，赢得了另一份宠爱——更多的“你需要加床毯子吗，亲爱的”，更多的“再吃一块蛋糕吧”，更多的“我们干吗不让西莉亚晚点睡呢，富兰克林，有动物表演呢”。看着发生在起居室的画面——西莉亚在你的臂弯里熟睡，而凯文怒视“脱口秀”中主持人杰里・斯普林格油腔滑调地说“我奶奶怀了我男朋友的孩子”——我心里琢磨，我们那点儿小计谋难道不是事与愿违吗？

为了不惹你生气，我没有多问西莉亚那天下午厕所里发生的事情的细节。我跟她一样羞于讨论这件事情。我俩谁也不想重温那一天。然而，出于做父母的责任——我不想让她觉得那是个禁忌话题，也许

1 莫迪格利阿尼：意大利画家。

探讨一下会起到疗伤的作用呢——我的确问过她一次。我故意装作心不在焉地说：“你怎么会伤着了呢？怎么回事呀？”

“是凯文……”她用手背碰了一下眼帘，很痒，但是生怕支架挪位，她学会了总是往鼻子的方向揉，“我把什么东西弄到眼睛里了。凯文帮我洗出来。”

她只说了这些。

伊娃

*2001 年 3 月 11 日*

亲爱的富兰克林：

安迪·威廉斯事件引发了一系列的“模仿案件”。但是，把它们都称为“模仿作案”，你同意吗?

1998 年春天又发生了四起校园枪击案。我清楚地记得有关第一起案件的新闻。因为就在那一天，萨哈谦大夫为西莉亚的假眼画上图案，然后给她的眼窝做了个模型。他不辞辛劳地照西莉亚那只好眼睛的样子给假眼画虹膜的时候，她被施了催眠术。我很奇怪，为什么不用电脑扫描，而是用细细的笔和水彩颜料描绘呢？绘虹膜显然是一门了不起的艺术，因为每一只眼睛都像指纹那样独一无二，而且即使眼白的颜色也是因人而异的。纤细的红色血管群更是各有各的不同。显然，这是整个令人痛苦的过程中唯一算得上迷人的一环。

至于说做模型，我们被告知“并不疼”，尽管她可能会经历“不适”。这个术语为医疗工作者所爱，大概因为它是“并非你的痛苦”的同义词。尽管用白色灰泥填充她的眼窝毫无疑问很难受，但她只是轻轻地抽泣。她从来没有真正大哭过。西莉亚的“勇敢”尤其不成比例:她失去一只眼睛，表现得像个坚定的小锡兵[1]，而看见浴帘上的霉点却依然会被吓得大声尖叫。

助手把支架放回去，并且装上新眼罩时，我跟克里科·萨哈谦大夫闲聊，问他为什么从事这个特殊的职业。他告诉我，十二岁那年，为了从邻居的院子抄近路，他爬上带尖刺的栅栏。一不小心掉下来，箭头状的铁杆……他很仁慈，没有说完他的故事，余下的部分留给我

1　安徒生童话《坚定的锡兵》中勇敢的独腿锡兵。

去想象。他说："给我自己做假眼的过程让我如此着迷，以至于我当即决定以后就从事这个职业。"简直令人难以置信，我又看了一眼他热情洋溢的褐色眼睛，酷似奥玛·沙里夫[1]。"您很惊讶吧。"他亲切地说。"我没有注意到。"我承认。"您会发现这很普遍，"他说，"一旦装上假眼，很多人永远不会知道西莉亚只有一只眼睛。而且有很多掩饰的方法——看人的时候移动头而不是眼睛。等她准备好了，我会教她的。"我感激不尽。眼球摘除手术不再是世界末日了，这对于我来说是头一次。我甚至想，如果这种残疾既能带来某种特殊性，又能调动起勇气，也许还有助于西莉亚成长呢。

我和西莉亚从上东城回来时，你已经到家了，跟凯文一起在小书房里看尼克国际儿童频道[2]热播的《欢乐时光》。我在走廊里评论道："啊，五十年代从未成为过去。我一直等着有人给罗恩·霍华德[3]讲苏联人造卫星、麦卡锡主义和武器装备竞赛呢。"我又悲叹道，"尽管我看见你俩在结盟。"

那些日子里，我常常对美国流行语大加讽刺，似乎戴着塑料手套挨个儿挑拣。我还挤眉弄眼、不无夸张地向凯文的英语老师解释说，只从字面意义出发误用词语是我"关心的问题之一"。结果把那个女人弄得糊里糊涂。我那时常常觉得美国文化像一个吸引许多观众的体育比赛，对此我可以用我的"国际主义"，从高高在上的露天看台品头论足。但是如今，当我在美联旅行社，同事们模仿啤酒广告异口同声地说"Whass unuuup"[4]的时候，也加入他们的行列。我把 impact 只当成及物动词来使用，我省略显得谨小慎微的引号。真正的文化不

1 奥玛·沙里夫（1932—2015）：美国著名电影演员，出演过《阿拉伯的劳伦斯》等多部电影。

2 维亚康姆公司拥有的一个有线电视频道。

3 罗恩·霍华德（1954—）：美国电影导演、制片人，曾经为童星，出演过《欢乐时光》。

4 英语"怎么啦"的意思，是一种夸张的说法。

是让你观察而是具体表达的。我在这里生活，很快就发现这一点确定无疑，不存在选择退出条款。

然而，我们的儿子能够看穿我，尤其是我对“结盟”的蔑视。“有没有什么东西，或者什么人，”他盯着我的眼睛问，“不会让你产生优越感？”

“我只是在跟你开诚布公地谈论这个国家存在的问题，”我干巴巴地回答道。毫无疑问，这种开诚布公会导致悔恨，也许我是头一次暗示我们在哈德逊饭庄那次灾难性的晚餐。“但我不知道为什么给你留下我有‘自我优越感’的印象。”

“注意过没有，你谈起美国人的时候从来不用‘我们’，”他说，“总是用‘他们’。好像你在谈中国人或者别的什么人。”

“我的成年时光大部分都在国外，而且我可能……”

“是啊，是啊，是啊。”凯文不再看我，转过头去看电视，“我只想知道是什么东西让你觉得自己那么‘特别’。”

“伊娃，找把椅子坐下来开开心！”你说，“这一集讲的就是里奇事先不知情，被迫与老板的女儿约会，结果他得到了波西——”

“那就是说，你看过二十遍了。”我嗔怪道，你救了我，我十分感激，“《欢乐时光》现在是几集连播，三集还是四集？”

“这是第一集！还有五集呢！”

“富兰克林，趁我还没有忘记……萨哈谦大夫同意用玻璃做了。”西莉亚坐在我的腿上，我轻轻抚摩着她柔软的金发，不想说用玻璃做什么。那天下午早些时候，不得不由我来打碎女儿的梦想，她还期待着她的新眼睛能够看得见呢。

“伊——娃，”你大声说，不想吵架，“高分子技术更好。”

“这种德国冰晶石也不错。”

“感染少，不易碎……”

“高分子只是塑料的一个好听的名字罢了。我讨厌塑料。”我不想再争论下去，“物质就是一切。”

“看那儿，”你指给凯文看，“里奇对约会提不起精神，可是没想到她火辣得很呢。”

我不想搅和你俩的“狂欢派对”。但是我刚刚结束的任务有些严峻，我没有心情立刻参与，跟你们一起大嚼视觉的垃圾食品。“富兰克林，快七点了。我可以看看新闻吗？”

“乏——味。”你大叫道。

“最近可不乏味。”莫妮卡门事件还在慢慢发酵，“最近的新闻简直像X级片。凯文？”我出于礼貌转向我们的儿子说，“这一集结束，我们可不可以换到新闻频道？”

凯文瘫坐在安乐椅上，眼睛半睁半闭：“随便。”

你跟着电视剧里唱着“星期一，星期二，欢乐的时光……”，我跪下来从西莉亚的发际线上把灰泥抠下来。到了七点，我换台看吉姆·莱勒的节目。是头条新闻。我们的总统不得不又一次让位于来自他家乡所在州的两个不开心的小男孩，大的十三岁，小的仅十一岁。

我叹了口气，一屁股坐在皮沙发上：“怎么又是这事儿！”

阿肯色州琼斯博罗[1]西区中学外面，米切尔·约翰逊和安德鲁·戈尔登在启动了学校的火警铃声后，身穿迷彩服，埋伏在灌木丛里。师生们从教学楼撤退时，他俩用鲁格0.44口径来复枪和30.06猎枪向人群扫射，杀死了四个女生和一个老师，打伤十一名学生。大点儿的孩子自己也受伤了，真是令人失望，也很浪漫，显然他头天用电影里那种非常霸道的语气警告过一个朋友：“我得杀死几个！”而小安德鲁·戈尔登向一个密友发誓说，他计划杀死“所有那些跟我分手的女孩子”。只有一名男孩受伤，其他的十五名受害者都是女性。

“他妈的都是些白痴。”我咆哮着。

---

1 阿肯色州第五大城市，是阿肯色地区的制造业、农业、医学、教育和贸易中心。

“哦，伊娃！”你打断了我，“注意你的言辞。”

“还在那儿自艾自怜！”我说，“哦，我的女朋友不再喜欢我了，我得杀死五个人才行！”

“所有那些亚美尼亚狗屁算什么呢？”凯文问，目光无情地射向我，“噢，不，比方说，一百万年前土耳其人都是大坏蛋，而现在谁也不在乎！那不是自艾自怜，又是什么？”

“我可不会把种族灭绝和被女朋友甩了相提并论。”我回敬道。

“耶耶——耶！”凯文学我说，“天哪，打住吧。”

“……还有，想把‘所有那些跟他分手的女孩子’都杀掉是怎么回事啊？”我讥讽道。

“您可以闭嘴吗？”凯文说。

“凯文！”你批评他。

“哦，我够听话的了，她说她想看新闻。”凯文说起母亲就像我说起美国人似的。我们都喜欢用第三人称。

“可那小子只有十一岁！”我也不喜欢别人在看新闻的时候说话，但是我忍不住，“他能有几个女朋友？”

“平均数？”我们的“常驻专家”说，“大概二十个吧。”

“是吗？”我说，“那你有几个呀？”

“零！”凯文这时几乎是躺在安乐椅里，他的声音有点沙哑，很快他的声音就变成那样了，“搞完就丢。”

“哇，卡萨诺瓦式人物[1]！”你说，“在孩子七岁时就告诉他生活的真相，这就是我们的下场。”

“妈妈，什么叫搞完就丢？”

“西莉亚，亲爱的，”我对我们的六岁孩子说，她的性教育似乎还不那么迫切，“你想去游戏室玩玩吗？我们在看新闻，对你来说不

---

1 意大利浪荡公子。

好玩。”

“二十七发子弹，射中十六发，”凯文计算着，大为赞赏，“还是移动目标呢。你知道，对于小孩子来说这个比例可是不错的。”

“不，我想跟你待在一起！”西莉亚说，“你是我的好朋——朋友！”

“但是我想要张画。你一整天都没有给我画画了！”

“好——吧。”她不肯走，把裙子紧紧地攥在手里。

“那，先抱我一下再去吧。”我把她拉过来，她张开双臂搂着我。我没有想到一个六岁的孩子会抱得那么紧。她不想离开的时候，硬把她的手指从我的衣服上掰开真让人难过。等她磨磨蹭蹭地走出屋子，在拱门处停顿了一下，手指呈环状向我招手的时候，我看见你把目光转向了凯文。

与此同时，电视屏幕上，一个记者正在采访安德鲁·戈尔登的祖父。孩子们杀人的武器就是从他那里偷来的，包括三支高性能来复枪、四把手枪和一堆弹药。“这是一个可怕的悲剧，”他用颤抖的声音说，“我们完了。他们也完了。所有人的生活都被毁掉了。”

“这种话现在说有什么用呢？”我说，“我的意思是，除了把他们抓起来，永远关在监狱里，还能怎么样呢？他们想什么来着？”

“他们当时什么都没有想。”你说。

“你开玩笑吧？”凯文说，“这种事情得事先规划好。他们当然考虑了。也许这辈子从来都没有这样仔细考虑过。”从第一个案子发生起，凯文对这种事情的细节就了如指掌，只要一提起这个话题，他就显出一副专家的样子，我很生气。

“他们没有考虑下一步会怎么样，”我说，“他们可能仔细考虑了愚蠢透顶的袭击，但是五分钟之后会发生的事情全然没有考虑！五十年之后的事儿呢？更不用说了。”

“不见得吧，”凯文说，抓了一把墨西哥玉米片儿，里面加了夜里可以发光的奶酪，“你没有听刚才的报道——你总是这样，一到关键时刻耳朵里就塞了东西——因为你得跟西莉亚搂搂抱抱。他们都不到十四岁。按照阿肯色州的法律，蝙蝠侠和罗宾在十八岁之前就会重返蝙蝠侠战车[1]。”

“简直太可恶了！”

“犯罪记录也密封了。相信住在琼斯博罗的人谁都想这么干。”

“但是，你不会真的认为他们事先跑到法律图书馆去借阅过《法令全书》吧。”

“嗯，”凯文模棱两可地哼哼了一声，“谁知道呢？不管怎么说，总是考虑未来傻透了。把现在往后推足够长的时间，事情就会像从未发生过一样，懂我的意思了吗？”

“对青少年处罚轻一些不是没有道理，”你说，“那些孩子根本不知道自己在做什么。”

“当然知道。”凯文挖苦道。（如果说他因为我取笑青少年们而生气的话，你的话也许更加冒犯了我们的儿子。）

“他才十一岁，对死亡还根本没有概念，”你说，“他大概对‘人’是怎么回事儿，也没有一个完整的概念。没有想过别人会有疼痛之感，甚至没有想过别人的存在。而且他自己将来长大成人的样子对于他来说也不甚真切。于是不顾一切就容易得多。”

“也许未来对于他来说太真切了，”凯文说，“也许那就是问题所在。”

“好了，凯，”你说，“所有枪击案中的孩子都来自中产阶级家庭。没有哪一个来自某个城市的贫民窟。他们家里有车有房，父母都是白领，每年可以去巴厘岛度假什么的。”

1 美国漫画里超级英雄蝙蝠侠的战车，由于《蝙蝠侠》的历史长达数十年，蝙蝠车亦随着时代变化而改良。

“是啊，”凯文低声说，“我就是这么说的。”

“你知道什么呀？”我说，“谁在乎呢？谁在乎杀人对于他们来说是真实的还是不真实的呢？谁在乎他们与女朋友分手的痛苦呢？那些女孩子也许连乳房都还没有发育呢！谁在乎呢？问题在于枪。枪支，富兰克林。要是枪支不像扫帚一样被这些人在家里踢来踢去，这些事情都不会……”

“噢，天哪，又来了。”你说。

“你听见吉姆·莱勒说了吗，在阿肯色州未成年人拥有武器甚至不犯法。”

“他们偷来的枪支……”

“它们搁在那里让人偷啊。而且两个小男孩都有自己的来复枪。太荒谬了。没枪的话，那两个讨厌鬼只会去踢一脚猫，或者——按照你解决纠纷的办法——冲他们的前任女友脸上揍一拳。鼻子出血，然后各自回家。这些枪击案被描绘得空洞无物，我想，要是能让大家从中找出点教训的话，你会感激不尽。”

“好吧，我觉得自动武器可以限制，”你说，像是在布道，在我听来是做父母的大忌，“但是普通枪支应该留下。它们是这个国家的一个重要部分，打靶和打猎都要用，更不必说自卫……”你停了下来，因为显然我不再听了。

“答案，如果有答案的话，在于父母。”你接着说，考虑到房间大，扯开嗓门儿，好盖过电视的声音。这时电视上出现的是莫妮卡·莱温斯基害相思病的大胖脸，她再次抛了个媚眼。“你可以拿最后一美元作为赌注，这些男孩子没有可以寻求帮助的人。他们没有倾吐心声的对象，没有谁可以信赖。要是你爱自己的孩子，你就会时刻帮助他们，为他们挤出时间，带他们去旅行，比方说去看博物馆、古战场。你要对他们有信心，对他们的所思所想表示出兴趣。他们就不至于陷入这样的困境。你要是不相信，问问凯文吧。”

凯文冷嘲热讽起来：“可不是吗，爸爸！对我来说大不相同，因为我可以向你和妈妈倾诉任何事情，特别在所有这些同伴压力等乱七八糟的情况下！你总是问，我在玩什么电脑游戏，做什么家庭作业，而我有需要的时候总是可以找你帮忙！”

“对呀，嗯，要是你不能找我们帮忙，小东西，”你嘟囔着，“你会觉得太搞笑了。”

西莉亚正好溜到书房的拱门处，手上拿着一张纸。我只好打手势叫她进来。她常常看上去没有任何戒备心理，但这种畏缩不前、小蒂姆[1]式的顺从倒是前所未有。我希望只是阶段性的吧。把她眼睛上的绷带的边缘重新粘好之后，我把她抱在怀里欣赏她的画。画得让人十分失望。萨哈谦大夫的白大褂画得太大，结果头没有地方画了。西莉亚的自画像只有眼科医生的膝盖那么高。尽管她的画常常用浅色，非常灵巧而细致，但是应该是左眼的地方，她只用蜡笔乱涂了一下，没有形状，把脸颊的轮廓都涂坏了。

这时你问道：“说真的，凯……你们学校有看上去情绪不大稳定的学生吗？有没有人说过枪支，或者玩非常暴力的电脑游戏或者喜欢暴力电影的？你觉得这种事情可能发生在你们学校里吗？至少有顾问、专业人士搞心理辅导吧，要是孩子们不开心可以去找他们谈谈？”

泛泛而论，也许你真的想知道这些问题的答案，但是因为极力想要表现出做父亲的关心，就让人觉得似乎这些问题的答案并非关键。凯文掂量了一下你的问题才回答。孩子们像是一个敏感的雷达，能够探明成人到底是真正感兴趣呢，还是装得感兴趣。每次凯文幼儿园放学之后我都要问他，一天都做了些什么。甚至五岁的时候，他就能听出，其实我根本就不在乎他到底做了些什么。

---

1 英国作家狄更斯《圣诞颂歌》里的一个小男孩。

“学校所有的孩子都不稳定，爸爸，”他说，“他们玩的都是暴力游戏，看的都是暴力电影。你不想上课才去找顾问，而你对她说的都是屁话。还要问什么？”

“抱歉，富兰克林，”我一边说，一边把西莉亚放在我旁边的座位上，“我可不觉得和什么顾问、负责心理咨询的老师多谈几次话就能够阻止这种明显的时尚。如今像《天线宝宝》一样流行的不是在肚子上装个电视的橡皮娃娃，而是每个青少年都得在校园里射击。今年必备的附件有：一部《星球大战》手机和一支《狮子王》的半自动手枪。噢，还要伴随几个让人泣不成声的故事，比方说，有人欺负你了，或者被漂亮脸蛋甩了。”

“有点同情心吧，”你说，“他们都是些受到伤害的孩子。他们需要帮助。”

“他们也是跟风的孩子。你觉得他们没有听说过发生在摩西莱克市和西棕榈滩县的事情吗？还有伯特利市、珍珠城和帕杜卡市？孩子们在电视上看到了这些，听到了父母谈论这些事件。记住我的话，电视上每播放一个全副武装乱发脾气的案例，就有可能增加类似事件的发生。整个国家都迷失了方向，每个人都在模仿别人，美国人都想成名。长此以往，唯一的希望是，枪击案司空见惯，再也不称其为新闻了。在得梅因[1]某所小学，十个孩子被枪杀，这条新闻只出现在第六版。最后，任何‘时尚’都会平息下来。谢天谢地，但愿那时候，哪个十三岁的孩子都愿意在上第二节课的时候被人看见手里拿着一个马克－10型鱼雷。凯文，在那个时刻到来之前，我宁愿警惕些，看看你的同学当中有没有人开始自怨自艾，并且把自己伪装起来。”

回想起我的长篇大论，我不禁看到其中隐含的教训：要是校园枪击案不可避免地会变得司空见惯的话，野心勃勃的孩子要想上头条的

1 美国衣阿华州首府。

话，最好趁校园枪击案还时髦的时候开始行动。

仅仅一个月之后，在宾夕法尼亚州的爱丁博罗，十四岁的安德鲁·沃斯特有一天许下诺言，要让人们永远记住他八年级的毕业舞会。第二天，他做到了。晚上十点钟，在尼克餐厅的露台上，二百四十名中学生在电影《泰坦尼克号》主题歌《我心依旧》的音乐声中翩翩起舞。沃斯特用他父亲的 0.25 口径手枪对着一名四十八岁的老师头部开了致命的一枪，紧接着连开几抢，打伤了两个男同学和一个女老师。逃到屋里之后，尼克餐厅的主人手持短枪，逼迫这个四处逃窜的男孩投降。颇具讽刺意味的是，记者们看到，舞会的主题是“我度过了人生中最美好的时光”。

这些枪击案的不同之处在于可以从中吸取“各具特色、令人遗憾”的教训。沃斯特绰号“撒旦”，让人想起当年关于珍珠城卢克·伍德姆的传闻，说他曾经与一个邪教组织有关。沃斯特是一个叫作玛丽莲·曼森[1]的双性重金属歌手的粉丝。那个男歌手胡乱抹着眼线，在台上上蹿下跳。对于这个靠迎合青少年低俗品位挣钱的歌手，媒体发出声声哀叹。我自己呢，我对去年凯文学校举办八年级舞会时谨慎的安保措施大加嘲弄，现在感到十分羞愧。至于枪手的动机，听上去不可捉摸。“他恨自己的人生，”一个朋友说，“他仇恨这个世界。他恨学校。唯一让他开心的时刻是，和他喜欢的一个女孩子谈话。”——而我们不得不得出结论，这样的谈话并不经常进行。

也许校园枪击案因为频发而过时。有关 5 月中旬田纳西州费耶特维尔市十八岁的雅各布·戴维斯的事件几乎没有被人们重视。戴

1　本名布莱恩·休·华纳，美国男歌手，艺名“玛丽莲·曼森”糅合了美国女演员“玛丽莲·梦露”的名字“玛丽莲”、谋杀罗曼·波兰斯基妻子的凶手“查尔斯·曼森”的姓氏“曼森”。

维斯已经得到一个大学的奖学金，从来没有制造过什么麻烦。一个朋友后来告诉记者："他几乎不怎么说话。但是我想会杀人的就是这种人——不说话的人。"在他们就读的那所高中外面，就在两个人毕业的三天之前，戴维斯走到正跟他前女友交往的另一个毕业生面前，用 0.22 口径来复枪对着他开了三枪。与前女友的分手似乎让他受到重创。

对于害相思病的少年人的"情节剧"，我以前也许感到不耐烦，但是像戴维斯这样的枪手，我觉得他是个绅士。他在自己的汽车里留下字条，告诉父亲和他的前女友自己有多爱他们。一旦完事，他放下枪，双手捧着头，一直那样待着，等警察来。报纸上说，他"束手就擒"。这一次很反常，我备受感动。我看出戴维斯知道自己做了蠢事，而且事先他就知道这是一件蠢事。这两个事实同时真实地存在，在高墙内度过余生的岁月里，会成为让他苦不堪言的更大的难题。

同时，在俄勒冈州的斯普林菲尔德，年轻的基普兰德·金基尔吸取了雅各布·戴维斯的教训——仅仅让一个同学命归黄泉，不再能完全保证令你"流芳百世"。就在雅各布·戴维斯伤透了亲爱的父母的心的三天之后，这个瘦骨嶙峋、尖嘴猴腮的十五岁男孩增加了赌注。早上八点左右，瑟斯顿高中的同学们刚刚吃完早餐，金基尔把一把 0.22 口径短枪、一把 9 微米的格洛克手枪和一把 0.22 口径的半自动来复枪藏在军用防水短上衣里，平静地走进学校餐厅。他先用最有效的武器——来复枪对着整个餐厅扫射，击碎了窗户。学生们扑倒在地寻找掩护。餐厅里有十九个人中弹但是都幸存了下来。另有四名学生因慌乱中想逃出餐厅而受伤。一个学生被当场打死，另一个后来死在了医院里，还有一个如果不是基普兰德的半自动步枪子弹打完了，肯定也会丧命。来复枪对准一个男孩子的太阳穴，"咔，咔，咔"，卡壳了。

金基尔摸索着装子弹，十六岁的杰克·赖克——胸部中弹的校摔跤队队员——向枪手扑过来。金基尔从军用防水短上衣里抽出一把手枪。赖克把枪夺了过来，结果手上又中了一发子弹。赖克的弟弟向枪手扑过来，帮哥哥把他按倒在地上。别的学生也都纷纷扑到他身上，金基尔大叫："对我开枪吧，现在就对我开枪吧！"在那种情形之下，他们居然没有对他开枪，令我感到十分奇怪。

噢，顺便说一句：金基尔被拘留之后，建议警察搜查他家——一幢漂亮的二层小楼，坐落在一个富裕的居民区，那里有高大的枞树和怒放的杜鹃花。他们发现一对中年男女被枪杀。至少有一两天，媒体对这两个人的身份一直闪烁其辞，直到金基尔的祖母确认了尸体的身份。我很困惑，除了金基尔的父母之外，警察还能想象谁会住在金基尔家里呢？

这个故事细节丰富，教训也十分明显。小基普兰德身上"充斥着各种迹象"，只不过没有引起足够的重视。在中学里，他被评为"最可能发动第三次世界大战的人"。最近他在班上演讲时展示了如何制作炸弹。总而言之，他有暴力倾向，甚至把学校留的作业也当成宣泄这种倾向的途径。"要是作业让写你在花园里会做什么，"一个学生说，"基普兰德可能会写如何用剪草机除掉园丁们。"尽管这是一个可怕的巧合，基普兰德·金基尔的缩写也是"KK"。他让所有同学深恶痛绝，即使在学校食堂上演了这样一场悲剧之后，他们仍然拒绝给他取绰号。最能说明问题的是，就在他杀人的头一天，他因为私藏一件偷来的武器而被捕，是他父母保释才被放出来的。于是传出这样的话来：危险的学生们会自我暴露。他们能被发现，因此，他们的行为也能被制止。

凯文的学校那个学年几乎都是按照这个假设来行事的，尽管每爆发一次枪击案会让这样的偏执再次升级。格拉德斯通高中笼罩着一种高压，甚至军事化的气氛。还有那种麦卡锡主义的假定，认为敌人来自内部。提防不正常行为的清单，老师们人手一册。学校开会的时候号召学生们把哪怕最平常的具有威胁性的话报告给校方，即使“似乎”是开玩笑说的，也不要放过。他们还在作文里寻找孩子们对希特勒和纳粹主义的不健康的兴趣，结果二十世纪欧洲历史课特别难教。同样，校方对所谓邪恶格外敏感。有个毕业生名叫罗伯特·贝米拉，大家习惯叫他“魔王鲍比”。校长知道后，便要求他解释为什么会有这个绰号，还勒令他立即改掉。他们只看字面意义，叫人十分压抑。一个二年级学生打排球的时候，因为队友没有接住球而冲她大喊“我要宰了你”。她当即被带到“顾问”办公室，那一周剩下的几天还不被允许上学。连隐喻都不安全。和凯文一起上英语课的一个虔诚的浸信会教友在一首诗中写道：“我的心像一颗子弹，而上帝是我的射手。”结果老师直接去找校长，说不愿意再教这个班，除非把这个男孩子换到别的班去。连西莉亚的小学也一本正经得吓人：她一年级的一个男同学三天不被允许来上学，因为他用一只鸡腿对准老师说：“砰，砰，砰！”

全国都一样，要是你看看《纽约时报》上那些令人尴尬的小小的爆炸新闻的话，就会得出这样的结论。在宾夕法尼亚州的首府哈里斯堡，一个十四岁的小女孩被脱光了衣服搜查——脱光了搜查，富兰克林——而且被停学，因为在课堂上讨论校园枪击案的时候，她说她理解那些被取笑的孩子为什么最终会爆发。在路易斯安那州的庞沙图拉市，一个十二岁的男孩子在青少年拘留所里被关了整整两个星期。因为他在排队吃饭的时候，警告五年级的同学要是不给他留下足够的土豆的话，他要“惩罚”他们。这句话被解释为“恐怖威胁”。在一个两页长的网页上，有位印第安纳州的学生提出一个理论（其实很多高中生常常产生这样的念头），认为老师都是魔鬼崇拜者。为了这个所谓的理论，教师们觉得关他几天禁闭还不够。他们向联邦法院提起诉讼，控告这个孩子和他的母亲诽谤，加重了他们的情感压力。一个十三岁的孩子被停学两周，因为在参观阿尔伯克基[1]原子博物馆时，他大声说："他们会教我们怎样做原子弹吗？"而另外一个男孩子遭到校方的逼问，因为参观展览时，他带了化学课本。在全国范围内，孩子们都因为像基普兰德·金基尔那样穿军用防水短上衣，或者仅仅穿黑衣服而被开除。而就我个人来说，最喜欢的新闻是一个九岁的孩子在完成一个关于多元化和亚洲文化的课堂作业之后被停学，因为他写的是幸运饼干上的话："你会死得荣耀。"

尽管凯文平时对学校的事情守口如瓶，但他却不厌其烦地向我们传达这些变得越发歇斯底里的新闻。他的报告达到了预期效果：你越来越因为他而担心，而我越来越担心他。他喜欢看上去很危险的感觉，但是显然觉得学校的谨慎措施十分可笑。"他们老这么干，"有一次他说。紧接着又不无狡黠地补充一句，"结果只能教会孩子们一些点子。"

毕业标志着童年时代的结束，对于毕业生来说总有点世界末日的意味，于是，即使没有基普兰德·金基尔相助，老师们依然坐立不安。就在临近毕业的一个夜晚，凯文吃了他通常喜欢吃的晚饭后——开着冰箱大吃一通点心——舒舒服服地坐在小书房的安乐椅上，告诉我们刚刚发生的事情：全部学生一连四节课被关在教室里，与此同时，警察带着警犬挨个儿搜查学生的储物箱，并且在走廊里巡游。

"他们找什么呢，毒品？"我问。

凯文轻描淡写地说："或者诗。"

"肯定是琼斯博罗—斯普林菲尔德之类的胡说八道，"你说，"显然他们在找枪。"

"真能让人笑掉大牙，"凯文说，四仰八叉躺在椅子上，像吐烟圈儿似的吐出他想说的话，"……抱歉我用这样的词——他们事先就

1 美国新墨西哥中部大城市。

将搜查计划写成备忘录交给了老师们。那个傻瓜蛋戏剧老师帕戈斯基放在她的桌子上，被伦尼看见了。我很惊讶，她居然想不到他会读那份材料。不管怎么说，就这样传开了。整个学校都知道会有这么一天。储物箱里放了卡拉什尼科夫自动步枪的孩子有足够的时间给它重新找个地方。”

我问：“凯文，同学们难道没有一个人表示反对吗？”

“有几个女孩子表示反对了。”过了一会儿，他开心地说，“不许上厕所，知道吧。真事儿。”凯文甚至还笑得喘不上气了，“那个长着驴脸的乌兰诺夫还尿裤子了。”

“是有什么让校方特别紧张的地方吗？或者说只是，噢，星期三了，我们干吗不玩个警犬游戏呢？”

“也许有人匿名告密吧。现在有一个热线电话，可以告发你的朋友。花二十五美分，我就可以在一周中任何一天不上环境科学课。”

“是谁匿名告密的呢？”我问。

“哦——噢。要是我告诉你是谁，那就不再是匿名的了，对吧？”

“费了那么大的力气，他们找到点什么了吗？”

“他们当然找到了。”凯文慢条斯理地说，“一堆堆过期未还给图书馆的书，放了好多天、开始发臭的炸薯条，还有一首生动、邪恶的诗，让他们忙了好一阵子。结果发现是巨黑[1]乐队的歌词：‘这个乔丹，我们真想把他……’噢，还有一件事情。一个清单。”

“什么样的清单？”

“一个详细的名单。当然不是‘我最喜欢的歌曲’，而是另外一种。知道吗，标题上用挺大的字写着他们都该死。”

“我的天！”你一下子坐直了身子，“这可不是闹着玩的。”

“是呀，他们也不觉得是闹着玩的。”

---

1　二十世纪八十年代中期美国无政府主义乐队里最极端的一支。

“真希望他们能跟这个孩子好好谈谈。”你说。

“那，是谁干的呢？”我问，“他们从哪里找到的？”

“在他的储物箱里。最好笑了。绝对想不到是他。西班牙佬干的。”

“凯，”你提高了声音，“我警告过你的，不要那样说话。”

“对不起。我是说西班牙先生。我想他可能是代表拉丁裔人民满怀种族仇恨和被压抑的憎恨。”

“说下去，”我说，“他去年不是得过学习成绩一等奖吗？”

“记不太清楚了，”凯文开心地说，“但是停学三周会给他的成绩带来很大的影响。不是太可惜了吗？哎呀呀，谁能想到呢。”

“要是每个人都知道会进行这次搜查，”我说，“那这个西班牙裔男孩子为什么不事先把这份清单从他的储物箱里清理出去呢？”

“谁知道呢，”凯文说，“我想他太不专业了吧。”

我用手指在咖啡桌上敲了敲：“那些储物箱，我小时候用的是那些顶上有裂缝的。通风孔。你们有吗？”

“当然有啊，”他一边说，一边向房间走去，“这样炸薯条能放更长的时间。”

他们推迟了毕业演讲，他们弄得格瑞尔·乌兰诺夫尿了裤子。他们惩罚诗人、鲁莽的运动员、衣着古怪的人。任何有比较夸张的绰号，太有想象力，或者因社交面不够广而被贴上“放逐者”标签的孩子，通通成了嫌疑犯。我觉得那是“对怪人宣战”。

但是我觉得自己就是一个怪人。我在少女时代有非常强烈的亚美尼亚特征，所以没有人觉得我漂亮。我的名字怪怪的。我哥哥是个安静而阴沉的小人物，没能给我带个好头，给我的社会化程度加分。我母亲足不出户，从来不会开车带我们去哪里玩，也不参加学校的任何活动。她不停地找出各种各样避免参加活动的理由，这一点倒是好的。我是一个充满幻想的人，不断憧憬着逃离，不仅逃离拉辛，而且要逃离整个美国。喜欢幻想的人是不设防的。要是 1998 年，我是格拉德斯通高中的一名学生的话，我肯定会在二年级英语课上写下令人震惊的幻想，把恩德比大道 112 号那个“精美的石棺”吹到遥远的国度，让我被遗弃的家庭从痛苦中解脱；或者在“社会课”关于“多元化”的作业中叙述有关亚美尼亚种族灭绝中的细节，让老师觉得我对暴力有“不健康”的迷恋；或者，我会对手捧脑袋、坐在枪边儿的可怜的雅各布·戴维斯表示不恰当的同情；或者我会信口雌黄，谴责拉丁文考试“简直是杀人”——反正我会被随随便便地开除。

而凯文呢？凯文算不上怪人。不像你觉得的那样。他的确穿着小衣服，但是他没有穿全黑的衣服，也没有穿军用防水短上衣，“小衣服”上不了官方复印的“警惕迹象”清单。他所有科目的成绩都是 B，但是除了我之外，没有人会对他的成绩感到吃惊。我原以为，他是个聪明孩子，完全可以拿更高的分数，而你觉得他要是得 A 的话，纯粹是个意外。但是不对，凯文不考高分是故意的。我甚至觉得他故意得有些过分。也就是说，他的文章写得那么枯燥，那么没有生气，那么单调，几乎到了疯狂的程度。你觉得有人会注意到他写的那些极其乏味的句子（“保罗·里维尔[1]骑着一匹马。”他说，“英国人要来了。”他说，“英国人就要来了。英国人就要来了。”）能把老师气得发疯。但是，只有在写给黑人历史课老师的论文中，故意反复使用“snigger”“niggardly”“Nigeria”[2]这些词时，他才真的算是冒险。

在社会交往上，凯文装成刚好有足够的“朋友”，从而让自己显得不是个独来独往、叫人警惕的家伙。他们都是平庸之辈——尤其平庸——如果有像伦尼·皮尤这样彻头彻尾的白痴朋友的话。他们在教育上都追求达到最低标准就行，而且他们都不会惹出麻烦。他们在耐心顺从的伪装之下可能都过着完全隐秘的另一种生活。但是，在他上

1 保罗·里维尔：美国独立战争时期的一个英雄人物，后来成为美国英雄主义和爱国主义的象征。

2 这几个英文单词中都含有对黑人蔑视的称呼“niggar”（黑鬼）。

高中的那几年，唯一不会让人警惕的就是单调，单调得让人怀疑。多么绝妙的面具。

凯文吸毒吗？我从来都不能确定。你很痛苦，不知道该怎样提起这个话题。是要中规中矩地说最终所有毒品都肯定会让人发疯，住进贫民窟呢，还是扮演洗心革面的捣乱鬼，吹嘘自己当年把品种多到能列出个长清单的东西当成糖一样吞下去，直到你明白它们会把牙齿弄坏为止？（我们没有清理药柜，但是你我都试过各种各样的软性毒品，不仅仅是在六十年代，而是持续到了凯文出生之前的那一年。靠化学物质提高生活质量没有让我们住进贫民窟，我们连急诊都没有看过，而心理上叫人愉悦的狂欢之旅令我怀念而不是悔恨。这样的真相是不可接受的。）两条路都有陷阱。前者注定要把你说成是一个守旧者，根本不知所云；后者散发着虚伪的臭气。我记得你最后走的是中间道路，承认自己吸食过毒品。为了不前后矛盾，你还告诉他说，如果他想“试一试”也可以，但是不要让人抓住，千万不要告诉任何人自己服用过麻醉剂。而我呢，忍住什么都没有说。私下里，我相信咽下几个制幻胶囊对于那个孩子来说是最好不过的事情。

至于性，他所说的“搞完就丢”有待考证。我说过，在你我之中，我对凯文更为“了解”，那只是说，我知道他不是个很透明的孩子。我知道我不了解他。有可能他还是处男。我只对一件事情确信无疑。那就是，如果他做过，也会是那种短暂的，活塞式的，连衬衫都没有脱的。（他有可能一直在鸡奸伦尼·皮尤。这很容易想象，但是又显得很诡异。）凯文也许接受了你严厉的提醒：只要想做爱，就一定要戴安全套。即便滑腻的、被射出来的精液胀得鼓鼓的橡胶套使得他毫无意义的性行为更显肮脏。我推想，对美视而不见不一定会导致对丑视而不见。对于后者，凯文在很久以前就形成了癖好。也许粗鄙之中也有跟璀璨一样多的精微之处，被枯萎病笼罩的心灵也不会排除某种特定的精巧。

凯文九年级快结束的时候还发生了一件事，我一直没有告诉过你。但是为了“和盘托出”，我还是说说吧。

我相信你还记得6月初《飞行之翼与祈祷者》的电脑全都染上了一种计算机病毒。我们的技术人员发现病毒来自一个标题上清清楚楚写着“警告：致命新病毒在流行”的邮件。似乎没有人在乎这些垃圾邮件或者廉价的小软盘，但是因为这种病毒还传染到了我们的备份盘，后果是灾难性的。一个又一个的文件都打不开，不是说“不存在”，就是在屏幕上出现的方块、花体或者小波浪线。四个不同版本推迟了至少六个月，令几十家最忠实的书店，包括连锁店，都不得不给《旅行概览》和《孤独星球》下了大量的订单。因为《飞行之翼与祈祷者》无法采用更新过的清单来满足蓬勃的夏季市场。（我们也没交上任何朋友，那个病毒自行发送到与我们有业务往来的任何一个邮箱里。）那个季节，我们遭受了巨大的损失，从那以后，一直没有完全恢复元气。事实上，2000年我不得不以不足两年前一半的价值卖掉公司，与这次染毒有相当大的关系。对于我来说，它对1998年的“四面楚歌”起了充分的作用。

我没有告诉你病毒的来源，因为我羞愧难当。你会说，谁让你爱管闲事呢。我应该记住，每本《父母必读》上都告诫说，孩子的房间神圣不可侵犯，父母要尊重。我落得如此悲惨的下场，纯属自作自受。那是书中所说的最古老的“突变”，是全世界没有信仰者的最爱。当人们在本不应该去的地方发现了某些罪证时，人会立马将注意力对准窥探行为本身，从而远离了所发现的东西。

我不清楚我为什么要去他的房间。那天我没有去《飞行之翼与祈祷者》上班，因为要带西莉亚去看眼科大夫，检查她是否适应假眼。凯文的房间几乎没有什么东西会引起我的好奇心，尽管也许就是这种特点本身——神秘的空洞让我觉得像磁铁一般吸引人。我吱呀一声打开门，非常强烈地意识到我不该进去。凯文上学去了，你在工作，西莉亚在全神贯注地写作业，本该十分钟就可以写完的作业，她却需要两个小时。于是，几乎不可能有谁发现我在做什么。可我还是心跳加快，呼吸困难。真够傻的，我告诉自己。只有我一个人在家，即使撞上谁（这几乎不可能）我也可以说找找看有没有脏盘子。

在那个房间里，当然不可能碰到什么人。凯文的卧室一尘不染。你开玩笑说他像个“老奶奶”。他太爱整洁了，被子叠得像新兵训练营那么整齐。我们要给他买带赛车、地牢或者火龙图案的床单，但他坚持要纯米色的。墙上干干净净，没有绿洲乐队或者辣妹合唱团的海报，也没有抛媚眼的玛丽莲·曼森。书架上空空荡荡，只有几本教科书，一本《罗宾汉》。我们在圣诞节或者他生日时送给他的书不知去向。他有自己的电视和音响，但是我听过他放的唯一的“音乐”是菲利普·格拉斯[1]的 CD，按照一组数学方程式来排序的电脑合成短语。没有艺术形式，没有高潮或者低谷，近似于不看天气预报时电视发出的白噪音[2]。我们为了试图弄明白他究竟喜欢什么样的音乐而给他买的各种各样的 CD 也都无影无踪。尽管你可以弄到跳跃着的海豚或者迅速上升的宇宙飞船图案作为桌面，他的网关上却只有随意飘动的斑斑点点。

他的脑袋是否也是这样呢？或者说，他的房间也是一种屏幕保护？只要在床上挂一幅海景画，这个房间就活像优质酒店里的空房子。放眼望去，屋子里空空荡荡，床边没有相片，桌上没有纪念品。我多想能够走进一个狗窝似的房间，重金属音乐震耳欲聋，《花花公子》裸体插页堆满床头，汗臭味扑鼻而来，到处乱扔着不知道放了多久的金枪鱼三明治。那是我所懂得的“闲人免进”的青少年的巢穴。

1　菲利普·格拉斯：美国近现代音乐史中最重要的简约派作曲家之一，迄今为止，他创作了大量的歌剧、管弦乐作品、室内乐作品、声乐作品以及众多的电影音乐作品。

2　用以掩盖令人心烦的噪声的声音。

在那里我也许会发现一些尚可理解的秘密，比如说袜子里藏着用过的避孕套，或者臭烘烘的运动鞋里塞着一小袋大麻。相形之下，我找不到这个房间的秘密，就像我找不到儿子的踪迹一样。环顾四周，我很不安地想，他可以是任何一个人。

不过，没有任何东西可藏这种说法，我并不买账。于是，我的视线落在电脑架子上的一堆软盘上，我把它们翻开看了看。软盘的标题使用没有任何特征的完美的印刷体，叫人云里雾里，“诺查丹玛斯”“我爱你”“D4-X”。我从中挑出一张，把其余的按原样放好，就悄悄溜了出去。

回到书房，我把软盘插入电脑。A 驱动器中的扩展名我没有见过，但不是常见的 Word 文档，让我很失望。我希望能够找到凯文的周记或者日记。我不是急于找到他内心究竟在想什么的证据，而是更想印证，至少他是有内心世界的。我不想就此放弃，于是在资源管理器中找程序，装上其中一个文件。叫人迷惑不解的是，Microsoft Outlook Express 出现在屏幕上。恰好这时，在餐桌上写作业的西莉亚叫我帮忙。我大概离开了十五分钟。

等我回来，电脑上一片空白。自动关机了，这可是以前从来没有出现过的情况。我有些惊慌，重新启动电脑，但是上面只显示错误信息，我把软盘从驱动器取出之后还是这样。

你比我强多了。第二天我把电脑带到办公室，想让技术人员修好，结果发现整个办公室都乱了套。当然还算不上混乱，更像是酒不够喝的聚会。编辑们在彼此的工作间里闲聊。没有人工作。他们无法工作。没有哪个终端能用。后来，乔治告诉我，我那台电脑的硬盘驱动器完全坏了，得买新的。我听了之后，几乎松了一口气。如若换个新的，就没有人会想到病毒原来是由《飞行之翼与祈祷者》自己的首席执行官转发的。

凯文居然保存了这样一个毒如蛇蝎的“现代宠物”！我气急败坏，

把那个软盘作为物证扣了两三天，而没有小心翼翼地放回到他的书架上。但是一旦气消了，我不得不承认，又不是凯文用他的“宠物”抹去我电脑里的文件。这次崩溃完全是我自己的错。于是一天晚上我敲了敲他的门，得到他的批准进去后，把门关上了。他正在桌子旁边坐着。屏幕保护显示的是那些不断飘动的斑斑点点，这里一个，那里一个。

“我想问你，”我说，轻轻拍拍他的软盘，“这是什么？”

“一种病毒，”他开心地说，“你没有装上吧？”

“当然没有。”我急忙说，发现对孩子撒谎的感觉跟对父母撒谎完全一样。我的脸颊刺痛，就像十七岁时失贞之后，告诉母亲头天晚上待在一个女性朋友家里，而那个女孩子的名字她闻所未闻。母亲知道我在撒谎。凯文也不例外。“我的意思是，”我很难过地说，“只装了一次。”

“只需要一次。”

我们都知道，要是我偷偷跑到他的屋子里偷了一张软盘，结果毁掉了自己的电脑，使公司瘫痪，却气急败坏地指责他不该搞破坏，会有多么可笑。于是我们的交谈平等地进行下去。

“你为什么会有这玩意儿呢？”我问他，显得很尊重。

“我收集了一些。”

“收集这个不是挺怪的吗？”

“我不喜欢集邮。”

这时我预感到，要是你闯进来决心弄清楚“究竟为什么他桌子上有一堆电脑病毒”，他会怎么回答：“哦，我们一起看电影《沉默的羔羊》之后，我决心成为一个联邦调查局的特工！你知道他们有一支特遣部队，追查那些把可怕的电脑病毒传开的黑客。于是我开始研究。我当然看过报道，知道这对于新经济和全球化甚至我们的国防都是巨大的威胁……”现在，凯文省掉了这样一场表演。他收集电脑软件，就这样，那又怎么样呢？我觉得很怪，却又很受用。

我红着脸问：“你有多少个？”

“二十三个。”

“它们——很难弄到吗？”

他勇敢地看着我，脸上是那种固有的犹豫不决的表情，但是他一时兴起试着跟母亲说说：“很难活捉它们，”他说，“它们溜走了，它们会咬人。你得知道怎么对付它们。你知道，就像大夫——一个在实验室研究疾病的人，不想把自己弄病。”

“你的意思是，你研究病毒，但不让它们给自己的电脑染毒？”

“对呀。‘鼠标’·弗格森一直在教我怎样俘获它们。”

“既然你收集病毒。也许你能解释一下，为什么会有人制造病毒呢？我不明白。他们什么也没有得到。吸引力在哪里呢？”

“我没有听懂，”他说，“你不明白什么？”

“倘若有人侵入AT&T[1]打不要钱的电话，或者使用偷加密码的信用卡号去Gap店买东西，我还能理解。但是这种计算机犯罪——谁也没有得到好处。干吗要这样做呢？”

“这就是为什么。”

“我没有听懂。”我说。

“病毒——它们还挺高尚的，你明白吗？几乎是——纯洁的。像是——慈善事业，你知道吗？它是无私的。”

“可是这跟制造艾滋病毒没有什么两样。”

“也许有人是这么做的，”他殷勤地说，“不这么做，又会怎么样呢？你在电脑上打字，回家，打开冰箱，另一台电脑吐出你的工资。你睡觉，然后往你的电脑输入更多的胡说八道……跟死有什么区别。”

“那这样做……差不多是，怎么说呢，知道你还活着。向其他人

---

1 美国电话电报公司。

显示他们无法控制你。证明你能做点大事，哪怕因此而被捕。”

“对呀，差不多。”他很欣赏我能跟上他的思路。在他眼里，我超越了自我。

“啊，”我说，把软盘还给他，“噢，谢谢你向我解释。”

我转身要走，他说：“你的电脑中毒了，对吧？”

“没准儿有谁你不喜欢吧？”他主动说，“你有他们的邮箱吗？告诉我就成。”

我大笑：“好啊，我会的。不过，等几天吧。我不喜欢的人可以列一个长长的清单。”

“最好警告他们你有《小人为友》[1]。”他说。

哦，这就是结盟！我感叹着，关上了门。

伊娃

1 1990年美国乡村歌手加斯·布鲁克斯演唱的歌曲的名。

2001年3月16日

亲爱的富兰克林：

是的，又是一个周五晚上，我得逼着自己明天上午去查塔姆探视。卤素灯泡又开始颤抖，闪闪烁烁，就像我下定的决心。我决心要当一个好战士，为了某种不可名状的责任而度过我的余生。我在这里坐了一个多小时，想知道让我一再去探视的原因是什么，尤其是我想从你那里得到什么。毋庸讳言，我是想要你回到我身边。通了这么多封信——尽管应该说只是给你写信，不是吗？——就清楚地说明了这一点。但是，还有别的什么原因吗？我想要你原谅我吗？如果是，为什么我想取得你的谅解呢？

“星期四事件”之后余波未平。不请自来的原谅之潮，冲刷着我们家这条沉船。我对此很不自在。除了收到许诺要么把他打得脑浆迸流，要么给他怀个孩子的邮件之外，凯文还收到上百封信。写信人主动要求分担他的痛苦，为这个社会没有能够发现他精神上的压力而道歉，为他还没有体会到的懊悔而给予他一揽子道德上的特赦。他觉得很好笑，在探视室里精心挑选一些段落读给我听。

的确，原谅那些根本就不思悔改的人就像演一场滑稽戏。我也开始为自己说话。惨案自发生以来，我也收到了无数的邮件（我的邮箱和信箱未经我同意都张贴在互助网和信仰网两个网站。显然有成千上万的美国人一直在祈祷我能得到救赎），很多人祈求我越来越不相信的上帝，同时为我这个母亲的所有缺点一并开脱。我只能认为，这些好心肠的人都被我的困境所感动。而让我心烦的是，几乎所有这些信件和邮件都是陌生人寄来的，不足挂齿。而且一种自我装扮的潜流说明，夸耀仁慈已经变成开豪华车的宗教版了。而与此形成鲜明对比的是，我的哥哥贾尔斯坚决不能原谅我。因为我们任性的儿子给他自己的家庭带来了不受欢迎的关注。我珍惜这样的怨恨，即使仅仅因为它十分坦率。于是，我半心半意地在信封上都写上“退回发信人”的字样，就像对待没有下订单而寄来的袖珍刀具一样。头几个月，我悲痛欲绝，更欢迎“贱民”的坦率而不是基督教慈善机构那种亲密而叫人窒息的说教。对我表达怨恨的邮件，报复之情跃然纸上，而表达善意的邮件却是刻意加工而成的，像是用于出售的婴儿食品。读了几页“仁慈”的信件后，我觉得自己像是刚刚从一大缸捣碎了的南瓜泥中爬出。我想摇晃这些人，大声疾呼：“原谅我们！你知道他都干了些什么吗？”

但是回想起来，最让我怒不可遏的是最近流行的无言的赦免如此具有针对性。对日常生活中的弱者——顽固的人、男性至上主义者和崇拜女裤的人——不适用。“KK”这个杀人犯得到许许多多可怜他的笔友的同情。一个糊里糊涂竭力想讨好学生的戏剧课老师却永远不能重新执教。也许你能从中看到，让我更为烦恼的不是全美国，而是你的同情心难以捉摸。你煞费苦心地想理解珍珠城的卢克·伍德姆和伯特利市的小米切尔和安德鲁。那你为什么对于维基·帕戈斯基没有一点同情心呢？

1998 年，凯文高中二年级第一个学期发生的大事就是那件丑闻。谣言传播了几周，但是我们不在圈子里，所以直到校方给上帕戈斯基老师戏剧课的学生发信时我们才第一次听说。凯文居然选修了一门戏剧课，这让我十分吃惊。他那时候做事情总是避开人们的注意，免得人家仔细端详他揭开他只是一个普通孩子的伪装。而另一方面，像他的房间显示的那样，他可以是任何一个人。所以，他也可能多年来都对演戏感兴趣。

“富兰克林，你应该看看这封信，”11 月的一个夜晚，你一边看

《时报》，一边发牢骚说克林顿是个“撒谎高手”。我把信递给你。“我不知道到底是什么意思。”

你扶了扶阅读时戴的眼镜。我心里一颤，意识到如今你的头发已经从金色完全变成了灰色。“我觉得，”你斩钉截铁地说，“这位女士有点老牛吃嫩草的癖好。”

“哦，是有这个意思，”我说，“但是要是有人提出指控的话，这封信可不是为她辩护的。‘如果您的儿子或者女儿向您报告了某种不正常或者不恰当之处……请与您的孩子谈谈……’他们在发掘更多的细节呢！”

“凯，说起来有点尴尬，”你说，“你并没有做错什么事。什么错事都没有做。但是这个戏剧课老师，帕戈斯基老师，你喜欢她吗？”

凯文靠着拱门处一屁股坐下来。“还行吧，我想。她有点……”

“有点什么？”

凯文故意四处张望：“不对劲。”

“怎么个不对劲？”我问。

他细细打量他鞋带散开了的运动鞋，透过睫毛往上不经意地看了看。“她喜欢……穿很滑稽的衣服什么的。不像个老师。紧身牛仔裤，有时候她的上衣……”他扭动着，用一只脚去蹭另一只脚的脚踝，“比方说，最上面的几颗扣子，没有……还有，她在导演一场戏的时候兴奋极了，然后……有点令人尴尬。”

“她戴乳罩吗？”你直截了当地问。

凯文转过脸去，忍住不笑：“不是总穿。”

“那她穿着随便，而且有时……有些挑逗，”我说，“还有别的吗？”

“哦，也没有什么大不了的，但是她说话老是带很多脏字，知道吗？比方说，也还行，但是作为一个老师什么的，哦，像我刚刚说过的，有点不对劲。”

“什么样的脏字，像‘他妈的’？”你单刀直入，“或者更难听的？”

凯文无奈地耸耸肩：“是的，比方说——对不起，妈妈——”

“得啦，不必这样，凯文，”我不耐烦地说，他的尴尬表现得有点过头，“我是个成年人。”

“比方说，操，”他说，迎着我的目光，“比如她会说，那是极好的操 × 表演，或者她会这样教一个男生，盯着她，就像你真的想要操她，就像你想把她操得像猪一样叫唤。’”

“有点过了，伊娃。”你说，眉毛往上扬了扬。

“她长什么样子？”我问。

“她很胖，哦，”他比画着香瓜的样子，“身子很宽，”这次他再也忍不住哈哈大笑起来，“屁股特别大。老太婆一个。总的来说是那种巫婆型的。”

“她教书教得好吗？”

“不管怎么说肯定是很投入的。”

“怎么个投入法儿？”你问。

“她常常设法让我们放学后留下来跟她一起排练。大多数老师只想回家，你知道吧？帕戈斯基却不。她总嫌不够。”

“有些老师，”我急切地说，“对工作满腔热情。”

“她就是那样的，”凯文说，“真的，真的满腔热情。”

“听起来她有点波希米亚[1]味道，”你说，“或者有点傻。那也还行。但是别的事情可不行。所以我们需要知道。她有没有摸过你，挑逗性的，或者——腰部以下？弄得你感觉不舒服？”

他扭动着，动作有点夸张，而且挠着小肚子，似乎并不是真的因为痒。

---

1 这里是放荡不羁、不受世俗陈规束缚的意思。

“那得看你说的‘不舒服’是什么意思，怎么个‘不舒服’法儿。”

你一下子警觉起来：“儿子，现在只有家里人在场。但这是一件大事，明白吗？我们得知道……要是发生了什么事情的话。”

“你看，”他红着脸说，“我不是冲着你来的，妈妈，但是你不会介意吧？我宁愿单独跟爸爸谈。”

坦率地讲，我十分介意。要是想让我相信他说的话，我就想听听他是怎么说的。但是我无计可施，只能找个借口去了厨房，一个人待在那儿，烦躁不安。

十五分钟之后，你气呼呼地跑到厨房。我给你倒了杯酒，但是你坐不下来。

“告诉你吧，伊娃，这个女人过了界限。”你急切地喃喃自语，并且对我和盘托出。

“你要报告给学校吗？”

“当然要报告了。那个老师应该被开除。我的天，她应该被逮捕。他还不到法定年龄。”

“你是说……你想完全介入吗？”我本想说，你相信他的话吗？但是我懒得这样说。

我把提供证据的事情留给你做，自己主动去参加常规的家长与教师见面会，去见凯文的英语老师达纳·洛克。

下午四点钟，玛丽·伍尔福德从洛克老师的教室飞快地走出来。与我擦肩而过时，微微点了一下头。她的女儿学习不好，一向如此，她看上去挺麻木的。我进屋时，洛克老师脸上挂着“刚刚做了个深呼吸”的表情，似乎要把内心的资源调动起来。但是她很快恢复过来了，和我握手的时候我觉得很温暖。

“我一直都想和你见个面，”她说，语气坚定，不是随口说说，“你的儿子对我来说简直是个谜，我一直希望你能够帮我破译密码。”

“我也指望他的老师能把这个谜解释给我听听。”我挤出一丝微笑，在她的桌子旁边坐下，如坐针毡。

“恐怕老师给不了你多少启迪。”

“凯文交作业，不逃学。大家都知道他没有带刀具到学校里来。以前的老师想知道的似乎就是这些。”

“绝大多数老师要教差不多一百个学生……”

“对不起，我没有批评的意思。你那么多学生，能记住他的名字已经很不容易了。”

“哦，我马上就注意到了凯文……”她似乎还要说什么，但是打住了。她把一个橡皮擦放在下嘴唇上。她苗条可人，四十多岁，五官轮廓分明，嘴巴略微翘起，显得有些局促不安。然而，如果说她表现出某种克制的话，她的克制不是自然而然，而是强迫使然。那可能是经过大量试错法检验之后的结果。

当个中学教师不容易，一向如此吧。国家要求提高教学质量，家长要高分，任何对种族问题不敏感或者性方面不合时宜的言行都会被人们用放大镜来观察。常常被标准化考试要求的死记硬背和学生想要创造性表达的呼声弄得进退两难。而进退维谷之中，孩子们出现任何问题，老师便成了出气筒。可要想让他们得到救赎，还是得去找老师。这种替罪羊和救世主的双重角色是彻头彻尾的弥赛亚式的，但是以 1998 年的货币单位来算，耶稣当年给的价钱兴许更高。

“他喜欢玩什么？”洛克老师接着说，把橡皮擦扔在了桌子上。

“您再说一遍？”

“您觉得这个孩子想干什么？他总是努力掩盖自己，但是他很聪明，也挺像个辛辣的社会讽刺者。他总是写那种半开玩笑的作文，还是说这种面无表情的模仿是什么新玩意儿？”

“从他刚刚学会走路起，他就对荒诞的东西十分敏感。”

“那些由三个字母组成的单词写成的作文简直是门绝技。告诉我，有没有什么东西他不觉得可笑？”

“射击，”我痛苦地回答说，“我不明白他为什么对此乐此不疲。”

“您觉得有什么东西让他喜欢呢？”

我皱着眉头：“也许是箭——靶心——它的目的性，或者说是方向性。也许他很嫉妒。在射击训练的时候凯文显得很凶残。除此之外，他可以说显得漫无目的。”

“哈查多琳女士，我不想把您牵扯进来。但是您家里有没有发生什么我应该知道的事情呢？我希望您能够解释一下您的儿子为什么那么愤怒。”

“那就怪了。他的绝大部分老师都说凯文非常平静，甚至总是像没有睡醒的样子。”

“那只是外表。”她胸有成竹地说。

“我是觉得他有点叛逆——”

“而他是通过做他应该做的事情来反叛的，非常机灵。但是我看见他的眼睛里满是愤怒。为什么？”

“噢，自妹妹出生之后的生活他不太满意。但那是七年前的事情了，而且，在她出生之前，他也不怎么开心。”我的回答已经变得郁闷，“我们家里条件不错……你知道，我们有所大房子……”我不无尴尬地介绍说，“我们尽可能不把他惯坏，但是他要什么就有什么。凯文的父亲喜欢他，差不多是　　溺爱。他的妹妹出了个……事故。去年冬天，凯文……被牵扯进去了，但是他似乎对此并不在意。或者说，他在意的程度不够。我不知道他经历过什么心理创伤，他也没有因为什么被剥夺而备受折磨的经历。我们日子过得不错，是吧？”

“也许他之所以生气，就是因为这个。”

“为什么生活富足会让他生气呢？”

“也许他生气的就是他什么都有。你们的大房子。他的好学校。我觉得今天的孩子在某种程度上来说也挺难的。这个国家的繁荣本身成了一种负担、一条死路。什么都运转正常，对吧？至少你们是白人、中产阶级。于是对于年轻人来说，他们可能常常会觉得社会不需要他们。从某种意义上来讲，似乎没有什么更多可做的事情。”

“除了搞破坏。”

“是的。而且您也见到了，历史上有同样的周期。不仅仅孩子们如此。”

“您知道吗，我努力告诉我的孩子们，在孟加拉或者塞拉利昂这样的国家，生存有多艰难。但是那种艰苦不属于他们。我无法每天晚上真的让他们睡在让人难受的床上。于是他们只会感叹，觉得生活舒适是个奇迹啊。”

“您说您的丈夫‘喜欢’凯文。您跟他相处得怎么样呢？”

我双臂交叉：“他还是个孩子。”

她明智地转换了话题：“您的儿子远非没有希望。我最想告诉您的就是这个。他聪明极了。他有的作文——您读了他写的关于 SUV 的那一篇吗？简直比得上斯威夫特。而且我注意到，他常常问很有挑战性的问题，目的只是想要出我的洋相——在全班同学面前羞辱我。事实上，他事先就知道答案。我呢，一直配合他。我点拨他，问他有什么问题，他问 logomachy[1] 是什么意思。我很高兴地承认我不知道。就这样，他学到了一个新词。因为他不得不事先查字典看是什么意思再来提问。这是我们玩的一个游戏。他不愿意通过正常途径来学习。但是你要是通过旁门左道引导他，小伙子可来劲儿了。”

我有些嫉妒。“一般来说我叩门的时候，门都是锁上的。”[2]

“不要绝望。我猜想他跟你在一起可能跟在学校一样，拒人千里之外，并且总爱讽刺人。你说过，他还是个孩子。但是他以极快的速

1　意思是“对词义的争执；文字游戏；舌战，口角”。

2　这里是改写《圣经·马太福音》第 7 章第 7 节中的句子，“你们祈求，就给你们；寻找，就寻见；叩门，就给你们开门”。

度吸收信息，要是他下定决心不让任何人超过他的话。”

我看了看表，已经超过了预约时间。“这些高中的校园谋杀案，”我拿起包随口说道，“您不担心类似的悲剧会在这里发生吗？”

“当然有可能发生。在足够大的一群人中，无论在哪个年龄段，总会有人会出问题的。但是说老实话，倘若我把有暴力色彩的诗歌交给学校办公室，只会把学生们气疯。事实上，如果真这样做的话，他们就应该气疯。甚至应该更生气才对。所以很多孩子把所有这些审查制度、搜查他们的储物柜……”

“完全是非法的。”我说。

“完全是非法搜查。”她点点头，“他们中那么多人都像绵羊似的不做任何反抗。他们被告知这样做是为了‘保护他们自己’。他们在很大程度上只是……听从了。在他们这个年纪的时候，我们会上街静坐、手持大字报游行示威……”她又让自己停了下来，“我想，让他们用书面形式发泄不满是件好事。没有什么伤害，算是个解压阀。但是这已经成了少数派的观点。好在这些可怕的事故还比较稀少，我不会因此夜不能寐。”

“还有，嗯……”我站起身来，“关于维基·帕戈斯基的那些传言，不是空穴来风吧？”

洛克老师的眼睛罩上一层阴云：“还没有什么定论。”

“我的意思是，非正式的。可信吗？我想您了解她。”

“维基是我的朋友，所以我可能有些偏向她……”她又一次把橡皮擦放在下巴上。

“这段时间对于她来说挺难熬的。”她说。

洛克老师把我送到门口。“我希望您帮我给凯文带个口信。”她微笑着说。

“请您告诉他说我了解他。”

我曾经也常常怀着同样的信念，但是我从来没有用这样开心的口吻下此断言。

急于避开法律诉讼，奈阿克校董会在格拉德斯通高中举行了一个小规模的纪律听证会，只邀请了维基·帕戈斯基的四位学生的父母参加。为了尽量使这次会议显得轻松些，他们用一间普通教室做会场。尽管如此，这间屋子还是笼罩着严肃、凝重的气氛。另外三位母亲都刻意打扮了一番。（此刻我才意识到我对伦尼·皮尤父母的看法具有可怕的阶级偏见。我们素不相识，我原以为这对夫妇一定是那种身体超重、住在活动房子里、喜欢大声喧哗的废物。现在坐在我面前的则是一对上流社会的人物。父亲是个银行家模样的人，穿着考究。母亲则是个聪明伶俐的红头发美人，虽然不张扬，但她的衣服显然是著名设计师设计的，因为上面看不出有任何纽扣。看来我们都背着属于自己的十字架。）校董会成员和那位健壮的校长唐纳德·贝冯都坐在靠墙的一排折叠椅上，他们都板着脸，一副公事公办的样子。而我们这些家长都挤在小孩子坐的课桌前。前面老师讲桌一侧也放了四把折叠椅子，有两个我不认识的男孩子坐在那里，显得十分紧张，旁边是凯文和伦尼·皮尤。伦尼老是向凯文侧过身来，用手掩着嘴巴嘀嘀咕咕。在讲桌另一边坐着的，我想除了维基·帕戈斯基还会是谁呢？

这些处于青春期的孩子的描述能力实在不敢恭维。她哪里是个巫婆样子呢！我估计她还不到三十岁。我绝对不会拿丰乳肥臀来形容她。她看上去是那种并不刻意节食的、结实丰满的女人。说她吸引人，自然谈不上。她长着狮鼻子，满脸雀斑，显得天真烂漫而又有几分迷茫，一些男人会喜欢的。毫无疑问，她是为了这个场合特意穿上这身暗褐色套装的。她的朋友达纳·洛克肯定建议她不要穿紧身牛仔裤和低领衬衫。但是她没有处理一下她浓密而卷曲的头发，太糟糕了。满脑袋的头发仿佛向各个方向爆炸，让人觉得她疲惫不堪、没有头脑。那副眼镜也很不好看。圆圆的超大镜框凸显了她的两个眼球，给人一种吓呆了的感觉。她的双手在怀里乱动，膝盖在直筒羊毛裙下紧紧地靠在一起。让我想起那位在八年级舞会上“暂且称之为艾丽斯”的小姑娘。凯文不知道向她嘀咕了几句什么之后，她马上变成了这个样子。

校董会主席艾伦·斯特里克兰让这一小群人安静的时候，屋子已经安静得让人难受了。斯特里克兰说他们希望把对帕戈斯基老师的指控，以这样或者那样的方式弄清楚，而不必上法庭。他称校董会必须严肃对待这件事情，又讲了一堆教学相长、信任并存的问题，他还特别强调，在校董会采取何种行动之前（如果需要的话），他不希望此刻在这间屋子里谈论的事情泄露出去。速记员做记录只是学校内部的事情。与原来说的非正式聊天不同的是，他解释道，帕戈斯基老师谢绝了请她的律师到场。后来他让凯文坐在讲桌前摆放的那把椅子上，让他告诉我们十月那个下午在帕戈斯基老师的教室里发生了什么。

凯文呢，也认识到了着装的重要性，头一次穿上普通的休闲裤和正常号码、领尖订有纽扣的衬衫。听见叫他，他一副在我们家小书房拱门下拖着脚走路、目不斜视、慢慢蠕动的样子。“您是说，那次她让我放学后留下来，对吧？”

“我从来没有让他放学后留下来。”帕戈斯基脱口而出。她的声音颤抖却很有力。

“我们会给您说话的机会，帕戈斯基老师，”斯特里克兰说，“现在我们要听听凯文对事情的陈述，行吗？”他显然希望这次听证会能平静而文明地进行。我只是想，祝你好运。

“我不知道，”凯文说，赶紧低下头并且摇摇头，“只是有点亲密，是吧？我并不想说三道四的，但是后来我爸爸开始问一些问题，我呢，就告诉他了。”

“告诉他什么了？”斯特里克兰轻轻地问。

“那个……我以前也告诉过贝冯先生的。”凯文把双手放在大腿之间，看着地板。

“凯文，我明白这对于你来说很困难，但是我们需要细节。这关系到你老师的事业。”

凯文望着你：“爸爸，我非讲不可吗？”

“恐怕是的，凯。”你说。

“那好吧，帕戈斯基小姐一直对我挺好的，斯特里克兰先生。真的很好。总是问我在选剧目时是否需要帮助，或者要不要跟她对台词，好帮助我记忆……我从来没有想过我有那么好，但她说我会是个了不起的演员。她喜欢我‘有戏剧性的脸’和‘好身材’。还说有我这样的外表，可以去演电影。我搞不清楚。尽管如此，我肯定不希望给她惹麻烦。”

“那些事儿就留给我们判断吧，凯文。只告诉我们发生什么事情就行了。”

“哦，她问过我好几遍，放学后要不要留下来，这样她可以教我说台词，但是以前我总是说不行。实际上，大多数时间我是可以的。我没有什么非做不可的事情，但我还是没有留下来。我觉得怪怪的。我也不知道为什么，只是觉得有点怪异。她课后把我拉到她的桌子跟前，从我衬衫上摘掉一些我都不知道是否真的在那儿的小线头。有时候，她重新把我的皮带插回圈里。”

“凯文什么时候系过皮带？”我小声问。你让我别说话。

“但是这一次她一再坚持，似乎非留下来不可，让我觉得这是作业的一部分，或者别的什么必须完成的事情。我不想去——我说过，我不知道具体是为什么，只是不想——但是这一次似乎没有别的选择。”

这些话大多数是对着油毡说的，但是凯文会不时地向斯特里克兰瞥一眼，而斯特里克兰会点点头让他安心说下去。

“于是我等到大概四点钟，因为她说下课铃响之后她还有事，到那时周围几乎没有什么人了。我走进她的教室，我想，真有点奇怪，下第四节课之后她居然换了衣服。我是说，只是换了衬衫，是那种弹力T恤衫，领口开得很低，紧贴在身上我都能看见她的……你知道的。”

“她的什么？”

“她的……奶头，”凯文说，“于是我说：‘您想让我过一遍我的独白吗？’她起身关了门，还把门锁上。她说：‘我们不能让人打扰，对吧？’我跟她说空气流通挺好。接着我问她可以从头开始吗？她说：‘首先得纠正一下你的站姿。’她说我得学会从丹田发声。就在这里，她把手放在我的胸部，一直放在那儿。接着她说，你得真正站得笔直，她把另一只手放在我脊背下半部分用力压了压，有点像抚平的样子。我敢肯定自己站直了。我记得自己屏住了呼吸，好像是的。因为我很紧张。接着我就开始背诵《恋马狂》中我的独白——事实上，我本来想演莎士比亚的剧目，知道吧？那段生存还是毁灭。我觉得挺酷的。”

“以后有机会再谈这些，孩子。接下来发生了什么？”

“我才背了两三句，她就打断了我。她说：‘你得记住这场戏完全是关于性的。’她说，‘他弄瞎了那些马的那一出戏有色情意味。’接着她开始问我有没有近距离见过马，高头大马，不是那些阉马，而是种马，问我有没有注意过种马有多大的……对不起，您是想让我复述她的话，还是我应该……怎么说，概括一下？”

“最好用她的原话，你能记住多少就讲多少。”

“好吧，这可是您让说的。”凯文吸了一口气，“她想知道我是否见过马的阴茎。有多大。我一直觉得有点怪。好像是……手足无措。她把手放在我的……嗯，裤子拉链上。我的牛仔裤上。我觉得非常尴尬，因为她说出那样的话，结果我……有点激动了。”

“你的意思是，你勃起了？”斯特里克兰一针见血地说。

“那，我还得说下去吗？”凯文请求。

“要是可以的话，最好把事情说完。”

凯文看着天花板，两腿交叉放在一起，右脚运动鞋的鞋尖儿胡乱敲打着左脚脚尖。“于是我说：‘帕戈斯基老师，也许我们应该另找个时间来练这出戏，我得马上就走。’我不清楚是否应该说，我想停下来，我想现在就离开。那样似乎不好。而且，要知道，我喜欢她，但不是那种喜欢。她可以当我的母亲或者什么的。”

“这事儿得说清楚，”斯特里克兰说，“从法律上来讲，搞清楚这一点非常重要，因为你是未成年人。事实上你只有十五岁，这是不恰当的接近，对吗？”

“嗯，对啊。她太丑了。”

帕戈斯基抽搐了一下。是那种用一把精准的手枪对一个已经死掉的小动物连续射击时，它那种无力而短暂的痉挛。

“她停下来了是吗？”斯特里克兰问。

“没有，先生。她开始隔着牛仔裤上下摩擦，嘴里一直在说：‘天哪……’我真的抱歉斯特里克兰先生，但是……是您要我说的……她说她每次看见马的阴茎，都‘想要去吮吸’。而就在那时，我……”

“射精了。”

凯文把头垂下来看着膝盖。“对。弄得一塌糊涂了。我开溜了。逃了两次课，后来才又回到课堂上，装作什么都没有发生，因为我不想让我的平均积分点降下来。”

“怎么降呢？”我压低声音喃喃自语，“再得一个B吗？”你狠狠地瞪了我一眼。

“我知道让你把这一切说出来很不容易，我们要谢谢你，凯文。因为你都直说了。现在你可以下去了。”

“我可以跟父母坐在一起吗？”他恳求道。

“干吗不过去暂时跟别的男同学坐在一起呢？我们可能还要再问你几个问题。我相信你的父母为你感到骄傲。”

凯文站起来，回到原来的“栖息之地”，带着一丝屈辱蜷缩成一团——多么让人感动啊。教室里安静得连一根针掉下来都能听见。家长们相互对视，摇摇头。多么大胆的表演啊。我不能装作没有被打动。

我看了一眼维基·帕戈斯基。在凯文提供证词的过程中，她发出过一声努力压抑的尖叫，或者说她的嘴巴张得很大。但是等凯文说完之后，她完全没有任何表演的成分了，而她教的是表演课啊。她瘫坐在折叠椅上，像是没有骨头，我都担心她会掉下去。爆炸式的头发在空气中逐渐消散，似乎她整颗脑袋都在融解。

斯特里克兰把身体转向戏剧课老师，仍然保持着恰当的距离：“现在，帕戈斯基老师，您的意见是，这桩事情从来没有发生过，对吗？”

“是的……”她不得不清清嗓子，“没有发生过。”

“如果不是真的，您知道凯文为什么要这样讲吗？”

“不，我不知道。我不理解。凯文班上的孩子特别有天分，我想我们一直都挺开心。我给了他许多个别关注……”

“正是这种‘个别关注’让他觉得难以接受。”

“我还给了所有的学生‘个别关注’！”

“哦，帕戈斯基老师，我们希望还是别关注为好。”斯特里克兰悲哀地说。教室里为数不多的听众笑了。

“那，您说您没有邀请凯文放学后留下来？”

“没有单独叫过。我跟全班同学说过，要是他们想在放学后用我的教室排戏的话，我可以提供。”

“那就是说，你的确邀请过凯文在放学之后留下来？”帕戈斯基气急败坏地为自己辩解时，斯特里克兰打断她接着问，“您称赞过凯文的长相吗？”

“我也许说过他五官非常打眼什么的，是的。我力求给我的学生注入自信心……”

“那这句‘从丹田发声’呢？您说过这句话吗？”

“哦，说过……”

“而且您把手放在他的胸部，告诉他丹田在什么地方？”

“也许吧，但是我从来没有摸他的……”

“或者把手放在后背的下半部分，为了‘改进’他的站姿？”

“有可能。他喜欢驼背，这样会破坏他的……”

“那关于《恋马狂》的选段呢？是凯文自己选的吗？”

“我推荐的。”

“为什么不从《我们的城市》或者《尼尔·赛门》等不那么猥亵的剧目中选呢？”

“我力求找到能让学生们产生共鸣的剧目，对于他们来说，这很重要……”

“像‘性’什么的？”

“那……是的，算是其中之一吧，当然啦……”她结结巴巴地说。

“您向他描述过这出戏‘色情’的内容吗？”

“也许吧，很可能，是的！我觉得那出戏是关于青少年性行为的，那种迷茫自然会吸引……”

“帕戈斯基小姐，你对处于青春期的学生的性行为是不是很感兴趣？”

“对呀，谁不感兴趣呢？”她大声说。看来应该给这个可怜的女人一把铲子，好让她自掘坟墓。“但是《恋马狂》并不浅薄，都是象征主义的……”

“你急于解释象征主义。您跟凯文谈过马吗？”

“那当然，那出戏里……”

“您谈到过种马吗，帕戈斯基老师？”

“哦，我们的确讨论过为什么骏马会成为男子气概的象征……”

“那什么使它们充满‘男子气概’呢？”

“哦，它们强健，非常俊美而且富有力量感，毛发顺滑……”

“就像英俊少年，”斯特里克兰不无讽刺地说，“您有没有提到过马的阴茎？提到它的大小？”

“也许提到过吧。谁会注意不到呢？但是我从来没有说过……”

“有的人显然不会忽略那玩意儿。”

“您不明白！这些孩子很年轻，他们很容易觉得枯燥乏味。我不得不做点什么刺激他们！”

斯特里克兰不等她多说，“对啊，那么，”他说，“你似乎成功地达到目的了。”

帕戈斯基面色惨白，她转向我们的儿子：“我对你做什么了？”

“这正是我们想要弄清楚的，”斯特里克兰打断了她，“别急，我们还有更多的证词，您会有机会回应的。伦纳德·皮尤？”

伦尼慢吞吞地向教室中间那把椅子走去。之前，不知道他跟凯文嘀咕了几句什么。显然任何时候，这些孩子中的某一个都会因为伪善的帕戈斯基的邪恶之举而痛苦地扭动。

“伦纳德，你也在放学之后去见你的戏剧课老师了吗？”

“是啊，她似乎真的渴望见面。”伦尼说，脸上堆起叫人恶心的微笑。他的鼻头又感染了，左边的鼻孔又红又肿。他最近变了个样儿，穿了件带新纳粹主义标志的短裤，字母“Z”只出现了一半。我问他字母“Z”代表什么，他说代表 Whatever。我不得不指出，他给出的答案是以“W”而不是“Z”开头的。

“你能告诉我们事情的经过吗？”

“跟凯文说的一样。我想我们只是排练，或者瞎聊点什么。等我进屋，她那个什么……把门锁上啦！她穿着条非常短的裙子，知道吧，差不多能看见她的屁股。”伦尼做了个鬼脸。

“你们排戏了，对吗？”斯特里克兰问，尽管他根本没有必要诱导他。除此之外，描述细节正是伦尼的长项。

“我们的确排练了些什么！”伦尼说，“她说：‘我坐在桌子旁边，一直盯着坐在后排的你，有几个下午我下面都湿了，只好在课堂上自己来！'"

斯特里克兰看上去坐不住了："帕戈斯基老师做过什么你觉得不合适的事情吗？"

"哦，比方说，她喜欢坐在桌子边上？两腿分开。我走到桌子旁边，看见她没有穿内裤。就像是……打开的海狸皮，知道吧？红红的，毛茸茸的，正在，知道吧，滴滴答答淌水……"

"伦纳德，只讲事实……"斯特里克兰摩挲着前额。那位衣着考究的银行家不停地拧着领带，而红头发美人则双手捂脸。

"接着她说：'你想要吗？一看到你裤子里那玩意儿鼓起来，我这双手就没法从洞洞上拿开……'"

"注意措辞！"斯特里克兰说，拼命给速记员打手势不要记录。

"'……要是你现在不干我，我就把这个橡皮擦放到洞洞里自己干！'"

"伦纳德，够了……"

"我们班那些女孩子对这事儿都很保守，我不想放过送上门的洞洞。于是就上了她，就在桌子上，你们真该听听她求我让她吸吮……"

"伦纳德，马上回到你的座位上去。"

天哪！多么令人尴尬的场面。伦尼摇摇晃晃回到自己的座位上。斯特里克兰宣布董事会今天晚上听够了证词，他感谢在场的每一个人，并重申，在得出结论之前，不要把这件事情扩散出去。至于如何处理帕戈斯基老师、采取什么措施，他会及时通知我们。

我们三个人默不作声爬进了你那辆四驱。半晌，你才跟凯文说："瞧见了吗？你那个朋友把你弄得像在撒谎。"

"白痴，"凯文嘟囔着，"我真不该告诉他我跟帕戈斯基之间发生的事情。他什么都学我。我那阵儿只是觉得需要跟谁说说。"

“你干吗不直接找我呢？”你问。

“那太粗俗了！”他说，蜷缩在后排座上，“回想起来整件事情太丢人了。我不该告诉任何人。你不该让我这样做。”

“正相反。”你的头在靠垫上挪了挪，“凯文，要是你的某个老师行为出格，我想你让我知道。我也想让学校知道。没有什么丢人的。除了你的择友标准。伦尼是个说谎专家。可能有必要跟他保持点距离，老兄！”

“好吧，”凯文说，“像到中国那么远的距离。”

在开车回来的路上，我一句话也没说。到家之后，我让你去向罗伯特道谢，他居然能把西莉亚哄睡，这也太不容易了。平时我得什么事情都不干陪她四十五分钟她才肯入睡。我半句话都不想说，就像不愿意在一个充了气的气球上哪怕弄一个非常小的洞。

“凯，来点薄脆饼？”等罗伯特走了，你喊道，“很咸很咸的，伙计。”

“不要。我回屋去。等我有脸再次露面，大概得五十年吧。”他闷闷不乐地走了。他似乎真的很不开心，接下来几个星期都显得神情忧郁，但那都是装出来的。他似乎还在为心里那种迟迟不肯消散的不公正的感觉而难过。就像一个网球手在一场双人比赛中表现卓绝，但是他的同伴却接球失败，于是输掉了比赛一样。

你忙忙乎乎把乱扔着的脏盘子放进洗碗机里。似乎每一件银餐具都发出特别大的噪音。

“来一杯吧？”

我摇摇头。你盯着我，仔细端详。我常常在睡觉前喝一两杯，而此刻又是一个让人如此压抑的夜晚。以前有过类似的情形。我最终认为，不能这样继续下去了。也就是说，我们不能永远在两条平行线上生活，中间相差如此悬殊，最终分道扬镳。

你将我拒绝喝一杯酒解读为我在表达敌意。你无视我们固定的角色——我是家里的“酒鬼”——自己抓起一罐啤酒。

“听证会之后向那个名叫帕戈斯基的女人道歉，不是什么明智之举，”你说，恶狠狠地喝了一大口，“要是最终上法庭的话会对她的辩护有利。”

“不会走到上法庭那一步的，”我说，“我们不会提起诉讼的。”

“是吗，我也宁愿不让凯文经历那种事情。但是如果校董会让那个女人继续教课的话……”

“不会让她继续教下去的。”

连我自己都不太清楚，为什么会说这种话，尽管我对这种结果有预感。你等我解释。

“太过分了。”我说。

“什么太过分了，伊娃？你就开门见山地说吧。”

我舔了舔嘴唇：“以前几乎都只跟我们有关。我墙上的地图。后来呢，是些小事——湿疹。但是现在问题更大了——西莉亚的眼睛，一个老师的饭碗。我不能一直从另一个角度看待这个孩子。为了你也不行。”

“要是那位女士的饭碗保不住的话，只能怪她自己。”

“我觉得我们应该送他上寄宿学校。那种通过体罚教育学生的、老式的学校。我从来没有想过要说这个，但是也许军校更好。”

“哇！我们的儿子被人性虐待，而你的答案是把他发配到‘新兵训练营’里去？天哪，要是哪个爬虫敢动西莉亚一根手指头，你不但会马上跑到警察局去报案，还会马上给《纽约时报》、给十个受害者支持团体打电话，至于一个远在安纳波利斯[1]的学校，连提都不要提——你永远不会让她离开你的怀抱！”

“那是因为要是西莉亚说有人对她乱来的话，实际情况会比她说的严重得多。西莉亚更可能听任某个下流坯子对她染指多年，因为她不想给那‘好人儿’惹麻烦。”

---

1　美国马里兰州首府。

“我知道你这话深层次的意思。典型的双重标准。要是一个女孩子被人摸了一把，那简直就了不得了，非把这个‘精神病’抓起来不可。但要是一个女人在男孩子身上到处乱摸，那就变成了这小子还真幸运，头一次领略到……我敢打赌他真的很享受！我们不能因为一个男孩子有回应——纯粹是物理反应——就认为那不是下流的、侮辱人的侵害！”

“我现在事业上取得的一切，”我说，以手抚额，耐着性子，“多半是因为运气好，我从来没有觉得我有多聪明。凯文的聪明肯定是从哪里学来的。所以你至少得考虑下，这整件事情有可能就是虐待狂式的陷害。”

“仅仅因为伦尼·皮尤的表演是假的……”

“伦尼没有‘表演’，他至少还没有背会台词。他懒惰，是个叫人恶心的学表演的傻瓜。但是凯文显然教唆了其他几个男孩子。”

“教唆个蛋！”

“他没有必要说她‘丑陋’，”我想起来就打了个寒战，“那就像用刀在剜人。”

“某个花痴引诱我们的儿子，而你唯一关心的人是……”

“他犯了个错误，你没有发现吗？他说她把门锁上了。接着说，他在她得逞之后‘跑了出去’。那门根本锁不上，知道吗，从里边。我检查过。”

“很有可能她并没有真的锁上啊！他显然觉得自己中了圈套。更重要的是，凯文干吗要编这么个故事呢？”

“我不知道，”我耸耸肩说，“但是很相配。”

“跟什么很相配？”

“跟一个邪恶而危险的男孩。”

你像医生诊断病人似的看着我：“现在，我弄不明白，你是要设法伤害我，还是伤害他，或者只是某种稀里糊涂的自我折磨。”

“今天晚上的‘女巫审判’已经够折磨人的了。我们可以去掉自我折磨一说。”

“‘女巫’是虚构的，恋童癖倒是确定无疑。看一眼那个笨蛋你就知道她有问题。”

“她是那样一种人，”我说，“她想让学生们喜欢她。她讨好他们，靠犯规、靠选择有点色情的剧目以及在课堂上说脏话来达到效果。她也许喜欢他们和她眉目传情，但是没有说得那么过分。而且有点犯贱并不违法。”

“他没有像伦尼·皮尤那样，说她分开双腿，摇尾乞怜吧？没有，她有点失控，有点过分。他甚至连裤子都没脱。我都能想象出发生的一切。这一点我确信无疑。他不会编出隔着他的牛仔裤那一段。”

“多有意思，”我说，“正是那一段让我知道他在撒谎。”

“我不明白你的意思。”

“隔着他的牛仔裤。那是精心设计的谎言，根本不可信。”

“我们得把事情搞明白。你之所以不相信他的话，是因为那些话太可信了。”

“没错儿，”我平静地说，“他也许诡计多端、心怀叵测，但是正如他的英语老师所说，他非常聪明。”

“他看上去像是想做证的样子吗？”

“当然不像。他是个天才。”

然后事情就发生了。你瘫倒在我对面的椅子上，没有“完全停机”，只是因为我主意已定。你辩不过我，我也辩不过你。我相信凯文是个马基雅维利式的、不择手段的卑鄙小人，而你觉得他是一个被人误解的唱诗班的少年歌者。可更糟糕的是，你的脸突然松弛下来，就像不久之后我将在你父亲身上看到的那样——他从地下室的楼梯走上来，整个人都枯萎了。而此刻，你的面部轮廓好像都是用钉子撑起来的，刹那间垮了下去。怎么会这样呢？那一刻你和你的父亲仿佛是同龄人。

富兰克林，我此前从来没有赞扬过你付出了多大的心血来维持这样的一个假象。我们大体上是一个幸福的家庭，一些琐碎的、转瞬即逝的家庭问题只不过让生活更加丰富多彩。也许每个家庭都得有一个成员担负起伪造这种迷惑人的包装的重任。不管怎么说，你突然辞职不干了。往昔的岁月，我们以一种或者另一种形式，满怀其他夫妻每年夏天到同一个“假日之家”的习惯性的忠诚，经历了无数次这样的变化。但是在某个时刻，这位父亲一定曾经看着那些熟悉的小屋，不无懊恼地承认，明年我们得试试别的地方。

你把手指压在眼窝上：“我想我们得等到孩子们离开家了才行。”你的声音阴沉沉的，“我甚至想过，倘若需要那么久才行——也许……十年——那可是太多太多的日子。我可以忍受一年又一年，伊娃。但是受不了一天又一天。”

我从来没有这样彻底地、有意识地希望不曾生下这个儿子。就在那一瞬间，我也许甚至放弃了西莉亚。那时的我还不了解，失去她，会让我这个五十多岁的女人多么悔恨。从很小的时候起，除了离开威斯康星州的拉辛之外，只有一样我想要的东西。那就是一个爱我的、总是对我忠诚的好男人。其他任何东西都是附加的一种红利。就像“常客优惠旅程”。当初，即使没有孩子也能生活，没有你我却不能。

但是，我却不得不这样生活。我想创造一个属于自己的“另一个女人”，而来到这个世界的恰好是个小男孩。在其他家庭给丈夫戴绿帽子的事屡见不鲜时，我们家却从来没有发生过这样的事情。布莱恩和路易斯十年前就分开了（所有那些有益于健康的东西对他来说也曾经是最基本的部分。在他们结婚十五周年那天，一罐腌核桃落在地板上打碎了，而他和情人在食品室里偷欢被当场抓住）。当然啰，对布莱恩而言，离开那两个金发宝宝，比离开路易斯难受得多。既爱妻子又爱孩子不应该出什么问题，但是出于某种原因，有些男人会另有选择。就像一些共有基金经理在获取最大化投资组合收益的同时把风险最小化。他们把自己一度在妻子身上的投资拿走，全部投在孩子们身上。这是怎么回事呢？因为他们需要你，他们就显得更可靠吗？因为你永远不会成为他们的“前父”，而我就有可能会成为你的前妻吗？你从来都不太信任我，富兰克林。也许在性格形成的时期，我坐飞机的次数太多，而我并不总是买好了往返机票。

“你想做什么？”我问。我觉得头有些晕。

“要是可以的话，先让他们把这个学年读完。夏天再做安排。”

“至少监护不需要费什么脑子，对吧？”你酸溜溜地加上一句，“这不就什么都说明白了吗？”

那时候，当然啦，我们怎么能知道你也想留下西莉亚呢？

“你是说——？”我不想听起来很可怜，“你下定决心了。”

“没有什么决定不了的，伊娃，”你软绵绵地说，“已经发生了。”

要是我想象过这个场景——我没有，因为想象这些事情其实就是招它们来——我会预见自己辗转反侧，彻夜难眠，因绞尽脑汁地想到底哪儿出了问题而痛苦不堪。但是我意识到如果会发生什么的话，我们应该早点上床。对于婚姻，人们就像对待烤面包机和微型汽车一样，只会胡乱修补一下，好让它重新跑起来。其实在把整套装置扔掉之前，四处寻找看哪儿的电线断了，毫无意义。我想哭出声来，但发现眼泪早已流干。屋子里暖气太热，嘴唇干裂，鼻孔生疼。你是对的，其实一切早已发生，我可能已经为我们的婚姻哀悼十年之久了。现在我明白了，结婚多年的、老年人的配偶，一次次去养老院探视另一半之后，大概也会有这样的感觉。官能上的死亡屈从于事实上的死亡。这是从悲哀到极致的战栗，是因为觉得如释重负而随之产生的负罪感。从记事时起，我第一次觉得轻松了。我的双肩耷拉下来足有两英寸，跌坐在椅子里。我坐着。我可能从来没有那样“完全彻底”地坐过。除了坐，我什么也没做。

死一样的寂静，走廊口好像有什么东西晃了一下。我吃力地抬起一双眼睛，转过头去。凯文故意走到明亮处。一眼便可看出他一直在偷听。他看上去和以往大不相同。那几个下午，他故意敞开厕所门，干那种龌龊事儿的时候，我也是许多年来，第一次看见他赤身裸体。此刻，他还穿着听证会上穿的那套还算合身的衣服，但是没有了那种歪歪斜斜的样子。他站得笔直，嘴角充满讽刺意味的抽动不见了。他五官清秀。我想，真的“很动人”。就像他的戏剧课老师所称赞的那样。他看上去比实际年龄要大些。但是令我惊叹的不是他的年纪。通常，这个年龄的孩子身上那宛如没有洗过的苹果的色彩——一层粉粉的、淡淡的薄雾会把我拒之门外。毫无疑问，他们偶尔会搞恶作剧，就像一个冶炼炉密封的金属门，周围红色的边缘焖燃，火舌时不时从那里游离出来乱舔。但是当他走进厨房，炉门突然打开，露出块块黑玉。

“我想喝点水。”他大声说，径直走到水池边。

“凯，”你说，“你兴许听到了点什么，但是不要往心里去。要是没有上下文，很容易误解。”

“我怎么会不知道上下文呢？”他从玻璃杯里喝了一口水，“我就是上下文。”他把玻璃杯放在台子上就离开了。

我确信无疑，此时此刻，那难以下咽的一口水，为他提供了下定决心的时间。

一周之后，我们收到校董会的另外一封信。维基·帕戈斯基刚刚被指控，学校就不让她上课了。她将永远改做行政而不再直接管学生了。而除了几个男孩子那些不利于她的所谓证言之外，没有任何证据，所以她不会被解雇。站在不同的立场，我们都觉得这个决定显得怯懦。我认为，学校应该明确指出，这位老师错误的性质。她要么有罪，要么没有，不能稀里糊涂地把一个无辜的人赶出她显然热爱的职业。你则勃然大怒，因为她没有被解雇，而其他家长则没有任何人打算将她告上法庭。

凯文在家里像只无头苍蝇似的乱转，似乎在进行一项基本上是转圈的体育锻炼。他对你说，他变得沮丧。你说，你理解他为什么沮丧。他认为校董会对维基·帕戈斯基的处理不公正，只是象征性的处罚，所以觉得自己受到羞辱，当然就会沮丧。同样让你感到焦躁不安的是，凯文凭直觉，已经知道父母的离婚迫在眉睫。而我俩并不想把这件事提上日程，只想一直拖着，直到不得不做为止。

他想吃百忧解。我随机采样，就知道他的同学中有一多半人都吃这种或者那种抗抑郁剂，尽管他特意要求用百忧解。我一向对合法的滋补剂表示怀疑，而且我的确担心这种药会让人变得单调。设想一下，儿子服药后，对世界的感觉会更加迟钝，这让我犹豫不决。但是，那些日子我几乎很少离开美国，自己也渐渐适应了这种观点——在一个比世界上任何别的地方都更加富有、有更多的自由、有更大的房子、更好的工具、更好的医疗服务和更多不受限制的机会的国家里，很多人因为悲哀而精神不正常似乎是顺理成章的事情。于是我没有表示反对。我们找到的心理医生似乎很高兴给出大把大把的药来，就像牙医发放免费的棒棒糖似的。

大多数孩子都会因为父母离婚而苦恼。我不否认从走廊里偷听到的谈话让凯文慌张。然而，我感到更多的是不安。那个孩子十五年里一直都在努力地离间你我。现在，看到父母分道扬镳，他为什么没有满足之感呢？如果我真的是一个那么令人恐怖的人，他为什么不为终于甩掉可恶的母亲而高兴呢？现在回想起来，我只能假定，跟一个如此冷漠、猜疑心重、可恶、爱指责人、不会亲近人的母亲在一起生活够糟糕的。可是，另外一种情况也许更糟糕。那就是跟你在一起生活，富兰克林。不得不跟爸爸在一起生活！

不得不跟好骗的爸爸在一起生活。

伊娃

2001 年 3 月 25 日

亲爱的富兰克林：

我要向你忏悔。尽管这些天我老是指责你，可我自己也对电视产生了依赖，这真让人羞愧。事实上，我已经显出了“电视依赖症”的所有迹象。上个月有天晚上正在看《欢乐一家亲》的时候，电视机突然没了信号。我气急败坏，简直要崩溃了，不停地拍打着电视机，把插头插了又拔，拔了又插，不停地拧开关。我已经过了每天都为“星期四事件”而哭泣的阶段，但是仅仅因为没弄明白电视剧里尼尔斯听说达芙妮要嫁给唐尼的时候会作何反应就气得要命，真是令人匪夷所思。

不管怎么说，今天晚上照例吃了鸡胸脯（做得有点老）之后，我不停地换台，突然，屏幕上出现了儿子的面部特写。你可能会觉得我已经习惯在电视上看到他了，实际上我还没有。而且这也不是所有报纸上刊登的那张他上九年级时在学校拍的照片——过时的黑白照，嘴角挂着一丝刻薄的笑意，而是凯文十七岁时的照片，十七岁时的他看起来更有活力。我听出了采访者的声音。是杰克·马林的纪录片。

马林放弃了干巴巴的惊悚片的题目《课外活动》，改成了更有力的《坏孩子》。这让我想起你总爱说：“我用两个小时就能把那个坏孩子结果掉。”这是你寻找外景场地时说的“行话”。除了我们的儿子，你几乎用这个词表达任何事情。

而杰克·马林把这个词用得恰如其分。你知道吧，凯文是明星。马林应该是得到了克拉夫拉克的同意，因为除了用各种让人流泪的后续报道作为点缀之外——体育馆外面一堆堆的鲜花，追思纪念活动，以“永远不要再次发生”为主题的小镇会议——节目就是对 KK

本人的专访。我心里一慌，差点儿把电视机关掉。但是过了一两分钟，我就被屏幕上的故事牢牢地吸引住了。事实上，凯文的神态十分吸引人。起初，我几乎无法专心听他在说什么。他在自己的小宿舍里接受采访——像他的房间一样，井井有条，没有任何海报或者小玩意儿做装饰。他翘着椅子，一条胳膊搭在椅子的后背上，看上去非常惬意。如果说他和以前有什么不同的话，只是显得个子更高，更自以为是了，仿佛要从小小的运动衣里蹦出来，而我从来没见过他如此有活力，如此从容自在。他在镜头面前显得很平静，仿佛沐浴在太阳灯下。

马林没有出现在屏幕上，他提的问题显得恭而敬之，几乎算得上温柔，仿佛生怕把凯文吓跑。我打开这个频道时，马林正在很巧妙地询问凯文是否仍然坚持认为自己是为数甚少的对麻醉品非常排斥、需要服用百忧解的病人之一。

凯文从六岁开始就懂得坚持自己意见的重要性。“哦，毫无疑问，开始的时候，我觉得有点怪。”

“但是根据《英格兰医药杂志》和《柳叶刀》的报道，把百忧解和行凶杀人的精神病随便联系起来纯属臆断。你是否觉得需要更多的研究……”

“嘿，”凯文举起一只手，“我不是医生。不懂。这样辩护是我律师的主意。他在做他的本职工作。我说，我觉得有点怪，并不是要找借口。我没有责怪某个邪教组织，也不曾指责烦人的女朋友或者管我叫‘苦工’的欺负人的大个子。这个国家叫人忍受不了的事情之一就是缺乏责任感。美国人做了错事非得怪罪别人。我呢，一人做事一人当。我干的事儿不是其他人的主意，而是我一个人的主意。”

“那有关性侵犯的事情怎么说呢？会不会让你觉得很受伤？”

“显然我受到了妨碍。但是，见鬼去吧！”凯文脸上挂着淫荡的笑，补充道，“跟在这里发生的事情比起来那简直不值一提。”（他们切入了对维基·帕戈斯基的采访。她的矢口否认显得有些过头，有点急于辩护的色彩。当然啦，若是她不表现出心中的愤怒，会让人觉得她有罪，她就不可能赢。哦，她真的应该收拾一下她的头发。)

“可以稍微说说你的父母吗，凯文？”马林接着说。

他的双手枕在头后面：“想问什么就问吧。”

“你的父亲——你们相处得好吗，还是老吵架？”

“塑料先生？”凯文轻蔑地说，“要是我们能够吵架我就太幸运了。没有，全是不着边际的废话。骗人，您知道吧？都是类似‘我们去自然历史博物馆吧，凯，那里真的有很多非——常棒的石头！’的废话。他似乎迷恋于少年棒球联合会，深陷五十年代不能自拔。他会对我说：‘我爱死你啦，宝贝儿！’我就这样看着他：‘你在跟谁说话呢，伙计？’什么意思呢，你的爸爸‘爱’你，却完全搞不清楚你是怎么回事儿。那他爱的是什么呢？《快乐时光》里的某个孩子。不是我。”

“说说你的母亲好吗？”

“说她什么呢？”凯文马上反问道，尽管此前他一直和颜悦色，有问必答。

“对了，有人跟她打官司，告她没有尽到做母亲的责任……”

“完全瞎说，”凯文断然否认，“坦率地说，那是下流的机会主义。主要是为了要赔偿金。以后你还会听说，老头因为变老控告政府，孩子因为丑把妈妈告上法庭。我的观点是，活着太痛苦了，纯粹是运气不好。事实是，律师们知道老妈口袋里有点钱，而那个母牛似的伍尔福德哪能善罢甘休呢！”

就在此时，摄影师把镜头摇得倾斜了九十度，屋子里唯一的装饰被放大，看得出是贴在床头的一张照片。皱皱巴巴，可能曾经折叠得非常小，好放进口袋里或者钱包里。原来是我的照片。天哪！正是在阿姆斯特丹游艇上拍的那张正面半身照，西莉亚出生的时候就突然消失得无影无踪的照片。我当时认为他把照片撕成了碎片。

“但是，不管你母亲是否在法律意义上失职，”马林接着说，“也许她对你的关注太少……”

“噢，别再说我妈了。”他那刺耳的、充满恶意的声音让我听起来很陌生，但是在牢里可能很管用，“这里的精神病学家们整天想让我给那个女人泼脏水。要是你想听真话的话，我告诉你，我都烦死了。”

马林换了种方式问：“那你会用‘亲密’二字来形容你们的关系吗？”

“她全世界都去过，知道吗？几乎找不出哪个国家的T恤衫她没有收藏过。她自己开公司。在这里随便找家书店，你都能看见她的系列丛书。听说过吗？《飞行之翼与祈祷者之异国风情》。我以前常常在购物中心的巴诺书店里闲逛，去看她所有的书。还挺酷的。”

“那你不觉得她在某方面可能……”

“您瞧，我可能是个什么爬虫，对吧？那她就也可能是个什么爬虫，于是我们都扯平了。除此之外就是隐私，行了吧？这个国家还有没有隐私这回事啊，或者说我非得告诉你，我的内裤是什么颜色吗？下一个问题。”

“我想只剩最后一个问题了，凯文……那个大问题。你为什么要干这事儿呢？”

看得出凯文一直在为回答这个问题做准备。他颇具戏剧性地停顿了一下，然后让塑料椅子的两条前腿啪的一声落到地板上。手放在膝盖上，脸部从面对马林直接转向了摄像机。

“好吧，事情是这样的。你早上起床，看电视，接下来钻进车里，听收音机，去上你的小破班或者小破学校，但是你在六点钟的新闻里听不到这些，猜猜看，为什么呢？因为没有什么事情发生。你读报纸，或者你想知道得多一些就去看本书，其实跟看电视没有什么区别，只是更枯燥乏味些。你整晚上看电视，或者也许会出去走走，看场电影；或者你会接到一个电话，告诉你的朋友你最近在看什么。你知道吗，情况变得如此糟糕，我都开始注意电视上的人了，电视里那些人！有一半的时间他们都在看电视，或者看电影里浪漫的爱情故事。除了看电影他们还能干什么呢？所有这些人，马林，”他点点头，请采访他的人回答问题，“他们在看什么呢？”

一阵尴尬的沉默之后，马林说：“还是你来告诉我们吧，凯文。”

“看像我这种人。”他双臂交叉靠到椅背上。

马林采访了这么长时间本该感到高兴，但他并不想让访谈到此结束。

凯文看起来正在兴头上。“但是除了杀人犯，人们还看别的。”马林故意刺激他。

“狗屁，”凯文说，“他们想看发生了什么事情。而我做过研究，所谓‘发生了事情’的定义大概就是‘出了坏事’。依我看，这个世界分成两种人：看的和被看的，而现在观众越来越多，可看的却越来越少。那些真的做点儿什么的人已经成了他妈的濒临灭绝的物种。”

“正相反，凯文，”马林说，不无悲凉之感，“过去几年，太多像你那样的年轻人卷入了杀人狂欢。”

“那也是你们的运气！你们需要我们！没有我们，你们能做什么呢，拍一部关于烘干颜料的纪录片吗？那么多人能做什么呢？”他对着镜头挥了挥胳膊，“除了看我们？你不觉得要是我除了几何课得了个 A 之外，什么也没有做，他们早就换台了？一群吸血鬼！我做这些都是为了他们！”

“我问你这些问题的目的在于，”马林安慰他说，“帮我们弄明白如何才能避免科隆比纳[1]之类的事情再次发生。”

听马林提到科隆比纳，凯文脸色大变，醋意大发。“我正想接下

1　指发生在科罗拉多州科隆比纳高中的校园枪击案。

去说，那两个小不点儿不是正面人物。他们的炸弹失灵了，而他们只是简单地见人就杀。不上档次。我的那群人可是精心挑选的。那些白痴留下的录像让人难堪。他们模仿我，而他们的整个行动显然是为了要比格拉德斯通略胜一筹……”

马林费劲地小声插话说：“实际上，警察声称克莱博尔德和哈里斯至少花了一年时间筹划枪击案——”但是凯文继续说自己的：

“那个‘马戏团’哪一件事都没能按照计划进行。完全是彻头彻尾的失败。难怪那两个可怜的蠢货把自己报销了。我觉得这完全是懦夫的行为。‘一揽子计划’的精髓就是要临危不惧。最糟糕的是，他们是无可救药的小丑。我读了克莱博尔德的日记节选，尽是些可怜的哀号，让人瞧不起。知道那个笨蛋想要报复的是谁吗？那些认为自己能够预测天气的人。他们根本不知道自己写的是什么屁话。噢，还有这个……在那个大日子即将来临的时候，那两个不中用的家伙居然想劫持一架飞机撞向世贸中心。得了吧！”

“你，啊……说你的牺牲品都是‘精心挑选的’，”马林说，他大概一直在想，是什么意思呢？“为什么是那些学生呢？”

“他们都是些让我受不了的人。我的意思是，要是你计划这样一个大行动，难道不会去找女里女气的同性恋和你无法忍受的眼中钉吗？在我看来，这是承担刑事责任的报偿。你和你的摄影记者来这儿榨取我的血汗，得到可观的工资，还把功劳记在自己头上。我呢，不得不坐牢。总得从中得到点好处吧。”

“我还有一个问题，凯文，尽管恐怕你已经回答过了，”马林不无悲哀地说，“你后悔吗？知道事情的后果，倘若还能回到 1999 年 4 月 8 日，你还会再去杀掉那些人吗？”

“只有一件事我会做得与那天不同。那就是，我会在那个鲁克龙斯基呆子的两眼正中间射一箭。听说他拣了一条狗命之后，从

‘痛苦的折磨’中发了笔横财。报纸上还说，他要在米拉麦克斯[1]拍的片子里出演男一号呢！真替那些演职人员可惜。他会引用《低俗小说》中那句“让我们进入角色”，然后模仿哈维·凯特尔。我敢打赌，在好莱坞，那个狗屎很快会过时。说到这儿，我要发点牢骚，米拉麦克斯还有别的那些人应该给我付点儿费才对。他们偷走了我的故事，而那个故事我费了好大劲儿才编写出来。我觉得不费一分一毫就偷走是非法的。”

“但是根据本州的法律，罪犯渔利是违法的……”

凯文再次转过脸对准镜头：“我的故事关系到我如何得到现在的名声，所以我觉得分文不取如同被盗。一个故事远不止大多数人听到的那些事情。你们大家在那儿看电视，听我说话，因为我有你们不具备的东西。我有故事情节。是买来的，花了很大的代价。而这些故事情节正是你们这些人想要的，是你们巴结我、讨好我的原因。你们想要我的故事情节。我也知道你们有什么样的感觉。因为，嘿！我以前也有同感。电视，游戏，电影，电脑屏幕……1999年4月8日，我跳进电视变成了被看的对象。从那以后，我懂得我的生命是怎么回事。我提供了一个好故事。也许有点血淋淋的，但是承认吧，你们都喜欢它。你们全都吞咽下去了。政府应该给我开工资才对。没有我这样的人，全国人民都会从桥上跳下去，因为电视上只有《谁想当百万富翁》中的某个家庭主妇因为记住了总统家的狗叫什么名字而得到六万四千美元。”

我关上电视，再也无法忍受了。我感觉到下一个肯定是塞尔马·科比特的采访。她肯定要号召大家为“下定决心爱孩子”奖学金捐款。那是她以丹尼的名义设立的奖学金。我对其做出的捐赠已经超

1 美国电影公司。

出了我的能力范围。

显然，两年前，这个关于现代生活中被动旁观的观点在凯文的脑海里还只不过是一个闪念而已。他在克拉夫拉克有大把大把的时间，于是他用与比他年长的罪犯制作虚荣牌照差不多的方法，草草拼凑成那个花哨的动机。尽管如此，我即使不愿意，也还是不得不承认他的解释多多少少有点真实的成分。要是NBC只是没完没了地播放有关海獭交配习惯的纪录片的话，收视率肯定会下降。听着凯文这一席话，我被打动了。我自己也一样。我们的同类中有大比例的人靠为数不多的恶棍的堕落过活，不是谋生就是打发时间。不仅仅是记者的事情。智囊团为弹丸之地东帝汶的主权问题制造了堆积如山的文件。大学的“冲突研究系”就ETA恐怖分子这个研究课题颁发了无数的博士学位，而这个恐怖组织的成员人数不超过一百人。电影制片人把连环杀手“捕猎”的案子戏剧化，挣得千万美元。而且想想吧，法院、警察、国民警卫队——政府的多大一部分钱花在他们身上啊？监狱的建筑和守卫已经成为美国最大的产业之一。若是突然转向文明，会引发经济衰退。即便我自己曾经渴望翻过一页，但如果说我们需要KK，算很夸张吗？在平庸的伪装之下，杰克·马林听起来感恩戴德。他对海獭的交配习惯没有兴趣，而且他懂得感恩戴德。

除此之外，富兰克林，那次电视访谈把我搞得糊里糊涂。一种习惯性的忧虑混杂着似乎骄傲的东西在我脑海里盘旋。他伶牙俐齿、自信满满并且引人注目。我被他放在床头的那张照片感动了，而且非常惊讶，他居然没有把它毁掉（我猜我总是把事情想得最糟糕）。我从他的独白中辨认出那天我在桌子旁边大放厥词的片段，除了羞愧难当，还有几分满意。而听到他居然去过巴诺书店凝视我的成果，我如同被雷击了一般。而在他那篇题为《认识我的妈妈》的作文中，并没有流露出多少尊敬之情。

但是他对你不友善的话让我沮丧。我希望你不要太在意。你那么努力地想成为一个关心人的慈父。然而我警告过你，孩子们对装腔作势异常敏感，你的“煞费苦心”被他嘲笑也不无道理。或许你该理解，在诸多关系中，为什么只有在你与他的关系中，他把自己描绘成受害者？

我被玛丽的律师们细细拷问过，他们觉得我应该事先发现足够的蛛丝马迹，阻止灾难的发生。但是我认为大多数母亲很难察觉到那些能够触摸到的信号。联邦快递把五把链子挂锁送到我们家门口时，我的确问过他为什么要买这么多锁？因为凯文有一把自行车锁，而且那辆自行车他从来不骑。然而他的解释似乎合情合理：他在网上看到这是一笔很好的买卖，他打算把这些链子挂锁卖掉，零售一百美元一把，在学校可以赚一笔。以前，我们从来没有发现他有这种“生意头脑”，而等我们知道那些锁真正的用途之后，这次的反常之举简直如一道耀眼的闪电从我眼前划过。他是怎样把学校的信纸弄到手的我不知道，而且我也从来没有见过那些信纸。虽然在几个月的时间里，他为他的弩攒下大量的箭，但是他每次订购的数量都不超过六支。他常常订购箭，但是因为都存放在外面的小屋里，并没有引起我的注意。

十二月剩下的那些天和1999年头几个月里，我的确注意到一件事情，那就是凯文的“噢，爸爸”的口头禅现在也延伸到了“噢，老妈。我不知道你是怎样忍受的。天哪，今天晚上我们要吃那种了不起的亚美尼亚饭吗？太棒了！我当然想多学点我自己的种族遗产！学校里有很多家伙都是普通的‘老白’，只有我是一个还存在于世而且深受迫害的少数民族成员。他们超嫉妒”！他对食物根本就不感兴趣，尤其讨厌亚美尼亚烹饪，而这种不真实的恭维很伤我的感情。以前，凯文的行为跟他的卧室一样，在我面前，没有任何装饰——荒凉、没有生气，有时很生硬、很粗糙，但是（或者是我想象的）没有伪装。我更喜欢那样的。发现儿子越发疏远，着实让我吃了一惊。

我把他的变化归结为他偷听到了你我在厨房里的对话。那件事情你我都没有再提到过，甚至在私底下也没有。我们预想中的离婚像一头巨大而发臭的大象，在起居室里越来越近，偶尔吼叫或者留下大堆大堆的粪便让我们踩上去。

然而令人吃惊的是，我们的婚姻却进入了第二个蜜月期，记得吗，那个圣诞节，我们得到了前所未有的温暖。你设法给我弄到了一本有彼得·布莱肯亲笔签名的《黑狗的命运》和迈克尔·J. 阿伦的《亚拉腊山之行》，都是亚美尼亚的经典。而我送了你一本《阿利斯太尔·库克的美国》和一本罗纳德·里根的传记。假若说我们互相嘲弄的话，那也是温柔的取笑。我们给凯文买了些小得可怜的运动服，而西莉亚呢，像往常一样，迷恋于她的玻璃眼睛古董娃娃的气泡膜包装纸。我们做爱的频率比前几年都要高。很明显，是“为了从前的缘故”伪装的。

我不确定你是在考虑夏天再离婚，还是被悔恨和悲哀驱使，想充分利用不可避免的结局。不论如何，触底总是让人轻松的。要是我们就要离婚，就没有什么更糟糕的事情会发生了。

或者只是我们这样认为。

伊娃

<u>*2001 年 4 月 5 日*</u>

亲爱的富兰克林：

我知道，这件事情肯定会让你很恼火。但是我保证，要是你没有在那年的圣诞节送给他一把弩的话，他也会用大弓或者涂毒的标枪。按照《宪法第二修正案》，凯文有充分的资源可以利用。没准儿他会使用更着眼于“现代化”的“同事们”所喜欢的手枪或者猎枪等人们常用的武器。坦率地讲，传统的校园枪击案的作案工具会增大误差，而且他有可能在造成死亡的人数上略胜一筹——显然这是驱使他行动的原因之一。因为就在十二天之后，哥伦拜恩惨案“暴发户”发迹之前，他“独占鳌头”。而你肯定会说，他为这件事情深思熟虑过。他在十四岁时自己说过：“战斗的一半在于选择武器。”于是从表面上来看，他选择古老的武器很奇怪。那玩意儿碍手碍脚，至少看上去如此。

没准儿他喜欢古老的武器。也许我把自己喜欢挑战的性格传给了他。当初，正是这种冲动让我怀上了这个孩子。他的母亲喜欢把自己想得与众不同，他则喜欢用那些陈词滥调侮辱她。不管你喜欢与否，“周游世界女士”都会成为俗艳的美国流水线上“生产”出来的另一位母亲。他还知道，我会因为那辆时髦的大众“露娜”在东北部的市场占有率达到五分之一而痛心疾首。他仍然喜欢自己能鹤立鸡群。哥伦拜恩惨案发生之后，他在克拉夫拉克发牢骚说：“任何一个蠢货都会用短枪杀人”。他可能曾经意识到，“长弓小孩”的身份会让他的恶作剧在人们心目中留下不可磨灭的印象。的确，到 1999 年春天，校园枪击案屡屡发生，曾经给人们留下深刻印象的卢克·伍德姆和迈克尔·卡尼尔已经开始被人淡忘了。

而且，显然他在卖弄。也许杰夫·里夫斯会弹个破吉他，索韦托·华盛顿能身轻如燕投中罚球，而劳拉·伍尔福德扭着纤细的腰肢走过大厅的时候，能让整支橄榄球队向她递送秋波，但是凯文·哈查多琳能够在五十米开外射穿一个苹果，或者一只耳朵。

然而，我相信他首要的动机属于意识形态范畴。不是像他搪塞杰克·马林时说的“我有故事情节”。那纯粹是瞎说。相反，我觉得很像他所羡慕的电脑病毒那种“纯粹”。他希望在每一场愚蠢的“谋杀狂欢”中寻找某种显著的、教训鲜明的社会强迫心理，他也许已经煞费苦心地从自己的案件中分析出了预期的附带结果。

至少父亲时常带他去参观混乱不堪的美洲印第安人博物馆或者气氛沉闷的独立战争战场。所以非要把他说成一个自我为中心的双职工婚姻里受到冷落的牺牲品没有道理。而且事实上，虽然他有感觉，但我俩并没有离婚。因此试图以此为突破口寻找他谋杀的理由也说不通。他并非某个邪教组织的成员，与他为伍的绝大多数朋友也根本不去教堂，所以“不要信神”也不可能成为这个案子告诫人的主题。他也没有受到欺负。他有自己的朋友圈儿，虽然都是些下三滥。别的孩子都对他敬而远之。于是，大声疾呼“可怜的、受迫害的、不适应社会的人们，行动起来制止校园暴力”的人也不会有什么市场。他不像他十分轻蔑的那些心理不健全的孩子那样，在班上传恶意的字条，向密友许夸张的诺言。他没有在杀人网站上发帖子，也没有写文章说要把学校炸掉。而那些富有创造力的社会评论家则会捕风捉影，赶紧编一个关于运动器材车辆的讽刺故事，把它当成不可忽略的“警惕标志”之一。如今这些“警惕标志”搞得那些草木皆兵的家长和老师成天去打秘密热线。但是最高明的是，如果他仅凭一把弩就取得惊人的效果的话，他母亲和她所有那些多情的自由派朋友就没法在国会前游行，举着绘有他头像的海报呼吁枪支管制了。简言之，他精心选择武器的目的就在于极尽他之所能，确保“星期四事件”没有任何意义。

1999年4月8日，我照例六点半起床。那时还没有被迫把一周的那一天做上特殊的标记。我挑选了一件很少穿的上衣，对着镜子扣扣子的时候你凑过来对我说，我也许不乐意承认，但是我穿粉色衣服的确挺好看。你还在我的前额上吻了一下。那些天，你最小的善举都被放大，我呢，高兴得羞红了脸。我再次希望你改变主意不想离婚，尽管我不愿意开诚布公地问你，因为幻想被打破的风险依然存在。我煮了咖啡，然后叫醒西莉亚，帮她清理并且把假眼安上。受伤的眼睛仍然有些分泌物，把玻璃上和她的睫毛、泪腺上凝固了的一层黄色的东西擦掉要花足足十分钟的时间。人的适应性简直太强了，那只玻璃眼装进去之后我松了一口气，她水汪汪的蓝眼睛的凝视终于恢复了。

那天早上，没等叫三次，凯文就起床了。除此之外，那就是个普通的早晨。跟往常一样，我对你最近恢复的食欲感到惊叹。你也许是美国最后一个盎格鲁-撒克逊系的白人新教徒——仍然以两个鸡蛋、培根、香肠和烤面包作为早餐。除了喝杯咖啡，我什么也吃不下，但是我喜欢听煎熏肉的嗞嗞声，喜欢闻烤得焦黄的面包的香味。这种“仪式”标志着一天的开始。你准备这顿盛宴本身就可能把你的血管冲刷了一遍，让它们不会有任何不良后果。

“看看你！”凯文出现的时候我大叫。我正在仔细地给西莉亚烤法式吐司，生怕没有烤好的鸡蛋看上去像摊烂泥。“怎么啦，合身的衣服都没有洗吗？”

“有的时候你一起床，”他说，把镶着滚边的白色击剑衬衫塞到他曾经穿着去哈德逊饭庄的黑色滚边人造丝休闲裤里，“就觉得今天不同寻常。”

显然，他把那五把可利泰牌自行车锁和链子装进了书包。我猜想他大概是在学校找到了买家。

“凯文看上去真帅。”西莉亚羞答答地说。

“对啊，你哥哥那么帅，会让多少人为他心碎啊[1]！”我说。难道不是吗？

我在吐司上撒上厚厚的一层糖，在西莉亚柔软的金发旁边蹲下来轻轻地说：“别磨蹭了，你不想又迟到吧。你得吃掉它，而不是跟它交朋友。”

我把她的头发夹在耳朵后面，亲了亲她的头顶。凯文一边把另一条链子装进书包，一边匆匆看了我一眼。尽管进厨房时他带着少有的活力，此时双眼却如死灰一般。

“嘿，凯！”你大声说，“我给你看过这个相机怎么用吗？多了解点摄影术对谁都没有坏处。对于我来说，肯定是盈利的。到这边来，还有时间呢。我不知道你急什么，还有四十五分钟呢。”你把自己油腻腻的盘子推到一边，打开了脚边的相机包。

凯文不情愿地慢慢走过去。这天早上，他似乎没有心情说“噢，爸爸”之类的惊叹语。你给他讲了一遍照明设备和光圈级数之类的知识。那场面我突然觉得似曾相识。你父亲表示亲密的蹩脚方式就是给人讲某种设备如何使用。他讲得太仔细了，谁也不想听。你并不像你父亲那样相信拆解“宇宙时钟”是为了打开它的奥秘，但是你继承了他借助于机械作为情感支柱的方式。

“这让我想起，”你给他讲解时说，“我想尽快找个时间拍一卷你射击训练的照片。为你的子孙后代抓拍你坚定不移的凝视和刚劲有力的手臂，怎么样？我们可以给你做成一整套蒙太奇照片挂在大厅里：帕利塞德大街的勇敢之心！”

拍他的肩膀大概是个错误。他情不自禁往后缩了一下。在最短的一瞬间，我意识到我们对凯文到底在想些什么一无所知。因为就在那

---

1　原文为：heartbreaker，双关语，有“帅”和“叫人心碎”两种意思，故有此说。

一瞬间，他的“面具”落下来，反感和怨恨凝固在脸上。我有点害怕。让别人窥见他的真实想法，即使是短暂的一瞥，也一定是因为他当时在想别的事情。

“好吧。爸爸，”他费了很大的劲才说，“那……太好了。”

然而，在所有的早晨中，我选择这一次作为软焦点[1]凝视我们的家庭生活场景。所有的青少年都仇恨他们的父母。我想，要是你肯接受的话，这样的反感之中存在着某种无价之宝。当阳光照在西莉亚柔软的金发上时，她还在把法式吐司切成小得可笑的碎片。你还在喋喋不休地讲逆光拍摄有哪些危险。凯文不耐烦地扭动着。我为这诺曼·洛克威尔[2]式的一瞬感动，想一直待到孩子们上学的时候再出门。也许我可以捎西莉亚一段路，而不是把这个任务留给你。要是我向这种诱惑屈服了该有多好啊！但是我决定，孩子们需要按照常规办事，而且，要是我不赶在早高峰之前出门的话，在桥上付费的时候就该堵死了。

“闭嘴！”凯文突然在你身边大叫一声，“够了，闭嘴！”

我们三个人都大吃一惊，直勾勾地盯着他，不知道他为什么在没有任何征兆的情况下，突然这样无礼。

“我才不在乎你的相机怎么用，”他继续说，毫无歉意，“我不想给一大堆垃圾产品寻找拍外景的场地。我不感兴趣。我对棒球运动、建国之父或者内战的决定性战斗统统不感兴趣。我讨厌博物馆、国家历史文物和野炊。我不想在课余时间背诵《独立宣言》，或者读《托克维尔[3]传》。我受不了再看一遍电影《虎，虎，虎！》[4]，或者有关德

---

1 摄影术语，把注意力放在滚落线上，而不是固定的一点。

2 诺曼·洛克威尔（1894—1978）：美国二十世纪早期的重要画家及插画家，其大部分画作都有点过于甜美、乐观，加深了“理想美国世界”的印象。

3 托克维尔（1805—1859）：法国历史学家、社会学家。主要代表作有《论美国的民主》（第一卷）、《论美国的民主》第二卷、《旧制度与大革命》等。

4 1970 年美日合拍的描写日本突袭珍珠港的电影。

怀特·艾森豪威尔的纪录片。我不想在后院玩飞碟，或者跟一个流着鼻涕、胆小怕事的、一只眼的侏儒一起再玩一局大富豪游戏。我他妈的不在乎收集邮票或者珍贵的硬币或者把五颜六色的秋天的树叶压在百科全书里。我受够了父子交心，谈论我生活中关你屁事的方方面面。”

你看上去完全蒙了。我迎着你的目光，微微摇了摇头。对于我来说，建议你克制有些非同寻常。我母亲那一代人十分流行高压锅。亚美尼亚人大屠杀纪念日[1]那天，用扫帚扫天花板在我家已经成为神话。我年幼的时候就知道，吱吱的哨声是在放气，这时最不能做的事情就是揭开锅盖。

“好吧，”你干巴巴地说，把镜头收回放到相机包里，“这笔账先给你记下了。”

像突然爆发那样，凯文又突然垮了下来，恢复到那种准备在学校再度过枯燥无味的一天的心满意足、没有任何想象力的十年级学生的样子。我能够看出，他对你受伤的感情置之不理，我想，那是另外一件他根本不感兴趣的事情。大概有五分钟，没有谁再说一句话，然后我们渐渐重新装成这是一个普通早晨的样子，没有提到凯文的爆发，就像有礼貌的人故意装作他们没有注意到有人放了个响屁似的。臭气还在扩散，与其说是臭气，倒不如说是火药味。

这时我已经急着要离开了，尽管如此，我还是不得不向西莉亚两次告别。我弯下腰来给她梳头，从她下眼皮的睫毛上取下刚刚没有弄干净的一点硬皮，提醒她今天该带哪些课本，然后长时间地拥抱她。但是等我转身去拿自己的东西时，我注意到她还站在我刚才拥抱她的地方，看上去像是受到很大的打击，双手僵直，放在身体两侧，仿佛被干土弄脏了。我举着她的腋窝把她抱了起来，她已经快八岁了，承

1 亚美尼亚人纪念大屠杀死难者的日子，这一天要用羊肉汤等祭奠。

受她的全部重量让我的后背感觉吃力。她用双腿圈着我的腰，把头埋在我的脖子上，轻声说："我会想你的！"我回答说我也会想她的，尽管当时我根本不知道我会多么想她。

也许你被凯文突如其来的抢白弄得心力交瘁，需要一个安全的港湾。破天荒头一次，你给我的告别亲吻不是心不在焉地在我的脸颊上碰一下，而是张开嘴巴的热吻。（谢谢你，富兰克林。我无数次回忆那美好的一刻，尽管记忆的细胞已然苍白并且破损，就像一条特别喜欢的牛仔裤磨出丝丝缕缕的斜纹棉线那样。）我以前弄不清楚孩子们是否喜欢看他们的父母亲吻。现在看一眼凯文的脸就知道答案了。他们不喜欢。

"凯文，你今天要在体育馆进行独立箭术研习，对吧？"我提醒他，急于"巩固"已经恢复的常态，同时赶紧穿上春装，"别忘记带你的包。"

"你放心好啦。"

"还有，你要决定一下生日怎么过，"我说，"只剩下三天啦，十六岁是个里程碑，你不觉得吗？"

"从某种意义上来说是的，"他模棱两可地说，"注意过吗，改一个字母，里程碑就变成粉碎机了[1]？"

"那就定在星期天吧！"

"我可能脱不开身。"

他总是让人那么难对他好，我很沮丧，但是必须得走了。我最近不怎么亲吻凯文——十几岁的男孩儿不喜欢——于是我用手背轻轻地碰了一下他的前额，惊讶地发现他的额头潮湿而冰凉。"你怎么脑门儿冰凉，没有觉得不舒服吧？"

"我好着呢！"凯文说。我正要出门，他叫道，"打定主意不跟西

---

1 "里程碑"英文为 milestone，"粉碎机"英文为 millstone，故有此说。

莉亚再告一次别啦？”

“可笑。”我说完扭头就走，关上房门。我觉得他只是在奚落我。回想起来，他在给我一个非常合理的建议，我真该采纳。

我不明白，早上带着这样可怕的决心起床是什么样子的。只要想象一下，我就会看见自己在枕头上翻来覆去地念叨：“转念一想，我懒得这么做。”或者至少是：“去你的，我明天再做。”明日复明日。即使这样，我们喜欢用“不可想象”来定义的各种恐怖其实是完全可以想象的。而且无数孩子一定幻想过对十年级学生无边的苦难进行报复[1]。使我们的儿子与众不同的不是各种幻景或者未完成的计划，而是从计划到行动的惊人能力。

我绞尽脑汁才在自己的生活中找到一个类似之处，尽管这样类比十分牵强。所有那些去异国他乡的旅行，在临行前，我真的不想去做。我把一个看上去非常重要的短期旅行分割成若干小部分，借此来让自己放松。我不是鼓励自己要勇敢地去盗贼成堆的摩洛哥待上两个月，而是让自己拿起电话——那倒不太难——电话另一端会有人非常客气地为你服务。我只好说点什么，比如订张机票。心里却对航线可以变更出行日期这样“宽厚仁慈”的规定寄予希望，甚至指望此行永远不会变成现实。可是，机票寄来了，计划变成了行动。我硬着头皮去买北非的历史书，而后整理行装。那些挑战，分成若干个部分之后是可以攻克的。然后壮着胆子坐进出租车，再坐上登机的摆渡车。此时，打道回府为时已晚。大事是由许多一个接一个的小事组成的。凯文一定也是这样理解的——订购可利泰牌自行车锁、偷信纸，把那些链子一个一个地装进他的书包。完成一个个组成部分，“整体”就会

---

1　这句话改编自莎士比亚的《哈姆莱特》一剧中同名主人公最有名的“生存还是毁灭”的独白：“The thousand natural shocks that flesh is heir to.”

像魔术一样展现在面前。

就我个人而言，那个星期四——还是普通的星期四——我很忙。我们正在赶进度，准备印刷。但是有那么一会儿，我稍有闲暇，的确回想了一下凯文早上奇怪的爆发。他那一大通恶语相向的话里很明显没有出现“比方说”“我的意思是”“有那么点儿”和“我想”这类插入语。而平时他把自己打扮成一个普普通通、傻乎乎的小伙子，就因为一张嘴都是这类字眼。这天早晨，他没有耷拉着肩膀显得松松垮垮，而是站得笔直，从嘴巴的中间而不是嘴角发出声音。我当然会因为他这样伤害他父亲的感情而感到沮丧，但是这个年轻人不假思索地、赤裸裸地发表自己的宣言，似乎与我朝夕相处的那个年轻人判若两人。我暗自希望与他重逢，特别是此时此刻。这个宛如陌生人的儿子的思想状态更合我意。时至今日，我仍然保持着这样一个不可能实现的憧憬。

下午六点一刻，我的办公室外一阵骚动。同事们聚在一起偷偷合计着什么。我以为他们只是下班之前闲聊几句。我正打算在自己办公室里加夜班，罗斯犹豫不决地敲了敲门。我想她是他们选出来的代表吧。“伊娃，”她语气凝重，“你儿子是在格拉德斯通高中上学，对吧？”

消息已经登载在网上了。

尚没有详细报道，只有这样一行字：“格拉德斯通高中发生枪击案，恐有伤亡。”至于谁被击中、有多少学生受害，仍不清楚。嫌疑犯也不知道是谁。事实上，报道简短得很。“保安”在学校体育馆见到了“屠杀场面”。警察们现在正“试图靠近”。我知道我很慌张，但是当时根本没有回过神来。

我马上拨打你的手机，发现你关机。我恨恨地骂了一声。你经常干这种事情，在新泽西州寻找合适颜色的奶牛时，你坐在四驱里，珍惜不被打扰的独处时光。你不愿意接卡夫公司的代表或者你在麦迪逊大街的助手们的电话，我能够理解。但是为了我，你该开机啊。拥有这个该死的东西的目的是什么呀？我焦躁不安。给家里打电话，听到的则是电话留言。那是一个美好的春天的傍晚，毫无疑问，罗伯特带西莉亚到后院玩去了。凯文没有接电话的事实让我的胃里一阵翻腾，但是我兴奋地推想，他当然是跟伦尼·皮尤跑出去玩去了。在帕戈斯基听证会之后，他和伦尼把事情平息到了说不清道不明的程度。也许没有几个人愿意像奴才一样当他的跟班儿，一个自轻自贱的助手很容易就官复原职了。

于是，我抓起外套，决定直奔学校。我离开的时候，同事们已经对我肃然起敬。他们对和美国在线主页上的新闻哪怕只有一点儿联系的人都会这样？

我跑到车库，开上我的小“露娜”，向市中心猛冲过去，结果在西区高速公路上被堵死了。我们一起回想这些事情时，先得说清楚一件事情。我的确认为，凯文在他的小床里大喊大叫是因为他的怒不可遏，而不是他需要喂奶；我不得不相信，他嘲弄那位女服务员“脸上有臭臭”的时候，明明知道那样说会伤害她的感情；而他把我书房墙壁上的地图弄坏完全是出于恶意的算计，而不是想象力用错了地方；我仍然相信，他一步一步地引诱维奥莱塔把自己搔得鲜血淋漓，他一直要求使用尿不湿到六岁，不是因为他受到心理伤害，或者糊涂，或者发育迟缓，而是他要时时刻刻保持与母亲的对抗；我认为，他之所以弄坏我煞费苦心做的玩具和故事书，是因为对于他来说，它们不只是不足挂齿的玩物，还象征着他自己的忘恩负义；而且我敢肯定，他故意偷偷地学会计算和阅读，是为了让我觉得自己身为家长派不上任何用场；他就是破坏特伦特·科利自行车车闸的那个人，对此我确信不疑；我没有幻想过一窝结草虫会自己掉到西莉亚的书包里去，或者她会一个人爬上白橡树二十英尺高的枝杈上，结果在高高的树枝上下不来；我绝不相信把凡士林油和泰式咖喱粉糊混在一起当午餐是西莉亚的主意，也不信那是在玩“绑架”或者“威廉·退尔”[1]的游戏；我十分肯定，在八年级校园舞会上，无论凯文在那个“我们叫她艾丽斯吧”的姑娘耳边轻轻说的是什么，绝不会是夸奖她的裙子漂亮；无论凝胶强力通渠剂是怎么弄进西莉亚的左眼，我绝对相信她哥哥除了充当“崇高的拯救者”的角色之外，一定还做了与此相关的更可怕的事情；我把他在家里大开着门射精当作不道德的性虐待——对他的母亲——而不是普通的不可控制的青春期荷尔蒙的释放；尽管我也许对玛丽说过，劳拉应该忍着点，但我觉得我们的儿子说她脆弱而厌食的女儿是个肥猪是完全可信的；对于我来说，一个暗示名单出现在米格尔·斯宾诺莎的储物箱里一点也不奇怪；而且尽管我对病毒传染到自己的公司应该负全部责任，但我仍然把收集计算机病毒的爱好看作纯粹是扰乱秩序的表现；我仍然深信不疑，维基·帕戈斯基受到迫害是凯文·哈查多琳一手策划出来的；我承认，我在儿子是否应该为从过街天桥上扔砖头砸汽车负责的问题上犯了错误，但是直到十天前，我仍然把在阿姆斯特丹照的那张我最喜爱的照片不翼而飞归咎于我儿子的无与伦比的恶意；如我所说，我总是相信最糟糕的事情会发生在他的头上，而事实证明，我是对的。但是，我那有悖于常情的母性犬儒主义也是有限的。当罗斯告诉我，凯文的高中发生了恶性攻击事件，有些学生恐怕会遇难时，我只是为他的安康而担忧。我做梦也没有想到我们的儿子会是肇事者。

众所周知，证人对一个事件提供的证词五花八门，特别是在刚刚发生之后。在现场，错误信息满天飞。只有犯罪之后，秩序才被强加于混乱之上。现在，只需在网上敲击几下电脑键盘，就能看到按照时间顺序排列的有关我们的儿子那天行动的无数个版本。当我开着收音

---

1　威廉·退尔：英国历史上的英雄，善于射击。

机把车歪歪斜斜地停在学校停车场的时候，几乎听不到多少关于这个故事的细节。但是几年来苦思冥想式的回忆在我面前展开一幅令我沉溺于其中的拼图，让我从容不迫地拼接，就像凯文自己能够有几年的时光在没有多少设备的木材店里用锉刀锉、用砂纸打磨、抛光他的理由一样。

学校并不认为带有抬头的信笺是进入他们“王国”的“通行证”，所以我怀疑他们根本就不会锁起来。无论凯文是怎么弄到这些信笺，他上达纳·洛克的英语课时，一定足够认真，完全理解了“形式规定语气”的写作方法。就是说给校报写文章时，不要使用流行语，在带抬头的信笺上打字时，不要卖弄使用只有三个字母的单词的虚无主义的小把戏。于是，凯文利用奈阿克乏善可陈的邮政服务，寄给格里尔·乌兰诺夫的“官方公文”，充分表现出他对真实性的敏感。就像他在你面前扮演朗·霍华德和在阿兰·斯特里克兰面前装成害羞而狼狈的受害者一样。

亲爱的格里尔：

格拉德斯通高中的全体教师为所有的学生感到骄傲，因为他们每个人都具有自己非凡的才能。然而一些学生总是得到我们的关注，因为他们在艺术方面卓尔不群，或者在塑造具有活力的教育环境方面做出了超常的贡献。在学年之末，我们乐于嘉奖这种极为优秀的学生。

在与其他教职员工磋商之后，我整理出了一份九名模范学生的名单。他们似乎最符合我们新推出的“聪颖与亮丽之星奖”。我非常高兴地通知你入选为九名模范学生之列。入选的理由是你在政治和民权意识方面做出了突出贡献。

为了完成颁奖活动，我们请所有“聪颖与亮丽之星奖”获奖者于4月8日星期四下午三点半到体育馆集合。我们希望你们汇总一个集体节目以备在6月初颁发“聪颖与亮丽之星奖”时演出，从而展示你的特殊才能。有艺术才能者可以展示你们的才艺，在学术方面表现出色的获奖者应该发挥你们的创造性，让你们的成就起到最佳的示范作用。

虽然我们的决定完全建立在你的优异成绩之上，我们也尽量考虑到性别、种族、民族、宗教和性取向，以便让“聪颖与亮丽之星奖”能够适当反映出我们学校的多样性。

最后，我恳请各位入选该奖项的“聪颖与亮丽之星”严格保密。如果有人因吹嘘而泄密，学校将被迫重新考虑你的资格。我们真诚地希望能给每位同学颁奖，因为他/她是一个非常特殊的人。不要在获奖名单公布之前造成不必要的嫉妒，这也是非常重要的。

衷心地祝贺你。

校长

唐纳德·贝冯

同样的通知发给了其他八位同学，只是画线的部分内容不同。丹尼·科比特获得表演奖，杰夫·里夫斯因为古典吉他、劳拉·伍尔福德因为“个人修饰”、布莱恩·“鼠标”·弗格森因为电脑技术、齐格·伦道夫不仅因为芭蕾还因为“鼓励对差异的容忍”、米格尔·斯宾诺莎因为学业成绩和“词汇能力”、索韦托·华盛顿因为体育、乔舒亚·鲁克龙斯基因为“努力研究电影”“记住了昆汀·塔伦蒂诺电影里的所有台词”。应该指出，凯文这块儿留下了个漏洞，他有点忘乎所以，尽管大多数人不会对曲意逢迎起疑心。给达纳·洛克发的信有些不同，信上说她本人获得“最受喜爱的老师”奖，特此邀请她来主持星期四的会议，同样要求她对自己获奖保密，因为所有其他教师也受学生欢迎。

要是说陷阱设得不错的话，实际上并非滴水不漏。假如达纳·洛克向贝冯提起开会的事情，他会表示毫不知情。倘若那样，整件事情就会穿帮。我们真的可以说凯文幸运吗？她没有找校长。

四月七日晚上，凯文定的闹钟比平时早了半个小时。他为这天准备的衣服足够宽大以方便运动。他特意选择了那件略嫌夸张的白衬衫，袖子带滚边，像击剑服，好让他比较上相。换了我，我会整个晚上痛苦地翻来覆去。当然，换了我，从一开始就不会构思出这样恐怖的方案来。于是我只能猜想，要是凯文睡眠不足的话，原因在于兴奋过度。

第二天早上，他乘坐班车时本应受到阻拦——那些自行车锁每把重达六点二磅——但是凯文在学期初就安排了箭术自修课程，对这种并不流行的娱乐感兴趣的人太少了，不可能组成一个正式的课堂。其他学生对他带箭术设备去学校早已见怪不怪。没有人对这种傻乎乎的运动的细节有足够的了解，因而没有人对凯文带来学校的不是标准弓或者长弓，而是弩这一情况感到担忧。校方后来极力否认，说根本就不允许学生把弩带到学校。他有许多箭，不得不装在帆布行李袋里带上车。没有人对那个行李袋提出疑问。自初二结束，八年级同学和他之间的距离就有增无减。

像平常一样，他把箭术设备搁在体育馆的设备间之后，就去上了所有的课程。在英语课上，他问达纳·洛克 maleficence[1] 是什么意思，而她乐得眉开眼笑。

他的箭术自修课安排在这一天的最后一节。他对剑术的热情是毋庸置疑的。在他对着一个锯木屑做成的靶子放箭的时候，体育老师不再进行检查。于是，凯文有足够的时间清理体育馆里的设备，例如沙袋、鞍马，或者沉重的翻跟头用的垫子。露天看台恰好已经支了起来。为了确保不掉下来，他在两边金属柱子的连接处上了一把密码挂

1　英文“罪行”的意思。

锁，确保它们不会折回去。等他干完这一切，体育馆里变得空空荡荡，只有六个蓝色的垫子——那种薄的、做仰卧起坐用的垫子——放在中间，围成一圈，一看就知道是要搞庆祝活动用的。

作案地点的选择和安排，可以说无懈可击。用于体育教育的这栋楼是一座独立的建筑，离主校区至少要走上足足三分钟。到体育馆中心有五个入口，可以从男生更衣室、女生更衣室、设备间，以及大门口进出。二层有门通向一间凹室，用来放有氧运动训练机的，俯瞰着体育馆。然而，这些入口没有一个在楼的外面。体育馆特别高，整整两层楼高，而只有顶上有窗户。从地面上根本就无法看到里面的情形。那天下午没有安排任何体育活动。

三点钟放学铃响了，到三点一刻，学生们纷纷离开校园的喧嚣慢慢远去。体育馆里空空荡荡，凯文可能还在战战兢兢地做最后的准备。他蹑手蹑脚地溜进男更衣室，把套在肩膀上的第一个可利泰牌自行车锁打开。在最最平常的日子里，他都是一个做事情一板一眼的人。于是我们能够确信，他用钥匙准确无误地打开了每一个亮黄色的，还带着塑料包装的挂锁。他把锁链上的黑色尼龙保护套弄开，把圆形的钥匙在锁孔里转了几圈，然后把钥匙放进自己的口袋。我敢说他把门都检验了一次——都只能开一条缝，然后就关上了。他在女更衣室里重复了同样的动作，然后从设备间走到体育馆入口处，又从后门出去，走到举重器材室，一一“如法炮制”。

现在我才知道这种锁在自行车安全方面的艺术。挂锁虽然小，但非常坚固，上面 U 形部分只有两英寸高，盗贼无法用撬棍撬开。链子在工厂里锻造成连环状，每一个环只有半英寸大。可利泰牌链子以防高温著称，因为职业的自行车偷车贼们据说是用火把作案。公司对其技术有十足的把握，要是自行车被盗，保证赔偿买自行车的全部费用。跟许多竞争者的做法不同的是，这种担保甚至在纽约都适用。

尽管他公开宣称对你的工作不感兴趣，富兰克林，凯文正要给可利泰公司展开迄今为止最为成功的广告宣传。

到三点二十分，带着祝贺自己的开心的笑声，第一批“聪颖与亮丽之星奖”获得者进入了体育馆的大门。大门这时候还没有上锁。

“注意个人卫生，我的老娘啊！”索韦托大声喊道。

“嘿，我们聪明而阳光，”劳拉甩着柔软光滑的棕色头发说，“没有给我们准备椅子吗？”

“鼠标”去设备间想找些折叠椅，但是他回来的时候报告说，那间屋子今天已经锁上了。格里尔说：“没准儿这样显得整洁些。我们可以盘腿坐下，就像围着篝火似的。”

“行行好吧，”劳拉说，她的“装备”不足。“盘腿坐下，穿着这样的短裙？这可是‘范思哲’啊，我的老天爷。我可不想让它沾上别人做仰卧起坐时留下的臭汗。”

“哦，姑娘，”索韦托对着她修长的身材点点头，“你离做仰卧起坐出的臭汗只有这么点距离了。”

凯文在凹室里能够听见“获奖者”的声音。所谓凹室不过是二层楼上一个内置式的架子。只要他一直靠后墙站着，下面就看不见他。三辆用于锻炼的固定自行车、踏车和划船机都已经从凹室的护栏边被拉走。几百支箭已经被从帆布行李袋中拿出来，放到两个消防水桶里待命。

体育馆的“回音效果”不错，丹尼装模作样地用最大的声音朗诵了几句《别喝这水》中的台词。与此同时，习惯于穿着紧身连衣裤在校园里跳来跳去炫耀自己小腿的齐格忍不住做出凯文后来称为“女王闪亮登场的动作”，绕体育馆来了一系列的足尖舞旋转动作，以“豪华小跳”收场。但是，毫无疑问，劳拉觉得那些抛媚眼、白费力的男生不“酷”，只愿意把目光落在杰夫·里夫斯身上——尽管他话不多，而且他的真诚稍纵即逝。谁都知道有十几个女孩子为这个英俊潇洒、扎着长长的金黄色马尾辫儿的蓝眼睛男孩子所倾倒。他的一个朋友在

NBC 接受采访时说，对杰夫垂涎三尺的粉丝之一就是劳拉·伍尔福德。这就是为什么他被称为“聪明而阳光”。有此评价远非因为他对十二弦吉他有很深的造诣。

米格尔可能告诉过自己，他之所以不受欢迎，是因为太聪明，或者因为他是拉丁美洲裔，绝对不是因为有点矮胖。他立刻扑通一声坐在一个蓝色垫子上，紧锁着眉头，一本正经地陷了进去，活像一本被压扁了的阿兰·布鲁姆的《走向封闭的美国精神》。他身边是格里尔，这个男孩子犯了一个在任何地方都会被人拒绝的错误。他觉得他们会惺惺相惜，于是赶忙邀他讨论北约对科索沃的军事干涉。

达纳·洛克于三点三十五分抵达。“都过来吧！”她召集大家，“齐格，表演得不错，但是现在不是芭蕾舞训练课。我们能正式开始吗？这是个欢乐的时刻，但是对于我来说仍然是下班时间，我还想在诸位 Letterman[1] 之前回家呢！”

这时候，餐厅的工作人员来了，推着一盘用玻璃纸包着的三明治。“您觉得应该放在哪里，女士？”他问洛克，“我们接到贝冯先生的通知来送吃的。”

“唐想得真是周到！”她激动地说。

是啊。有人想得的确很周到。而我得说，三明治是温情的一笔，是校园活动中的一点点缀。但是凯文也许做得有点过了，此举最终造成了附带损害。

“老师，我现在下班了，可以投篮吗？我就在那头练习，不会给你们带来麻烦。我家附近没有篮球架子。真的非常感谢您。”

洛克应该犹豫了一下——投篮的声音会让人分散注意力——但那个餐厅工作人员是个黑人。

把篮球忘在角落里，凯文肯定很懊悔，但是到这时——三点四十

---

1 在校际或院际某项运动中赢得校名首字母标志荣誉的运动员。

分——让他最担心的可能是还有个人没有到场。他的十个“客人”中只到了九个，有一个还是不请自来。行动不能等人，会议就要开始，他可能在焦急地想对策，乔舒亚·鲁克龙斯基还没有露面，该怎么办？

“噢，那么大！”劳拉把盘子传给下一个人，“火鸡卷。完全是在浪费卡路里。”

“首先，孩子们，”洛克说，“我想祝贺被选中获得这个特殊奖项的所有同学……”

“等等！”门厅的门开了，“让我们各就各位吧！”

看到叫人气不打一处来的乔舒亚·鲁克龙斯基，凯文一定非常高兴。大家挪动着给乔舒亚腾地方的时候，凯文从凹室里溜出来，偷偷带着另外一个可利泰锁下楼了。尽管他尽量不出声，但链子还是发出咔嗒咔嗒的响声，这时，他大概十分感激餐厅工作人员在那里拍篮球。回到凹室，他把最后一个挂锁和链子落在了凹室双开门里面的门闩上。

可不是[1]，好比瓮中之鳖。

他是在重新思索，还是仅仅沉浸在快乐之中？会议已经开了五分钟了。这时，凯文蹑手蹑脚地走向围栏边，箭已上弩。尽管他从下面走到了明处，那群人因为过分专注于他们的授奖仪式而没有留意到。

“我可以发表演讲，”格里尔建议道，“比方说，关于独立检察官一职如何废除？因为我觉得肯尼斯·斯塔尔[2]是邪恶的化身！”

“讲点不那么具有分裂性的问题行吗？”洛克建议，“你并不想疏远共和党人吧……”

“打个赌怎么样？”

1 原文为法语。

2 肯尼斯·斯塔尔：曾经负责调查克林顿与莱温斯基案的独立检察官。

一声轻轻的呼啸从空中掠过，就像雷鸣和电闪之间有短暂的间隔一般，在箭“嗖嗖”地穿过劳拉·伍尔福德的范思哲牌上衣和同学们尖叫之间是短暂的安静。

“噢，天哪！”

“从哪里来的？！”

“她的血流得到处都是！”

嗖嗖！米格尔还没来得及站起来，肚子上就中了一箭。嗖嗖！杰夫正在弯腰查看劳拉·伍尔福德的伤势，两个肩胛骨之间也被射中。我只能得出这样一个结论，凯文在我们家后院待着的许多个小时里，同心圆正中心那个小小的黑色的牛眼睛，在他的心目中就是“范思哲”上的一个圈儿。于是，一箭射穿心脏，劳拉当场身亡。

“他在上面！”丹尼指过去。

“孩子们，快跑！”洛克命令大家，尽管根本没有这个必要。还没有受伤的人早就朝大门跑了过去。在那里，他们对“应急门闩”这个术语有了新的理解。他们很快就会发现，尽管凶手在楼上的凹室里，但体育馆每平方英尺都在他的“火力范围”之内。

“噢，狗屁，我应该料到！”乔舒亚往上看时尖叫一声，把“鼠标”已经试过的设备间的门弄得咔嗒作响，“是哈查多琳！”

嗖嗖！杰夫·里夫斯拍打着大门求援，在他身后箭不停地飞来。正在这时，一支箭射进了他的颈背。“鼠标”向男更衣室跑去，门只是推开了一条缝，然后又紧紧锁住。他从臀部抽出一支箭，虽然暂且还要不了命，但是当他踉踉跄跄走到女更衣室那边最后一个出口时，他肯定意识到了，这会给凯文足够的时间射出致命的一箭。

几乎同时，达纳·洛克到达了女更衣室，双手托着劳拉的尸体，被压得直不起腰来。这是一个无用而英勇的举动，在追悼会上会成为一个亮点。“鼠标”和洛克目光相遇，摇了摇头。同学们开始从一扇门向另一扇门不停地奔跑，仿佛碗里搅拌的面团。“鼠标”大声叫喊：

“门都锁了！所有的门都锁了！躲起来！”

往哪里躲呢？

那位餐厅工作人员虽然没有学生对“校园枪击的拍摄格式”反应得快，但也马上就进入了角色。他沿着墙慢慢地向前走，似乎摸索着寻找谋杀电视系列片中某个秘密通道。他向前挪动的动作很慢，尽量不让人发现。煤渣砖里找不到，他蜷缩成胎儿状，把篮球放在了弓箭手和自己脑袋之间。无疑凯文会因为在体育馆里留下障碍物而气恼，无论这障碍物是什么，有多么微不足道。而这种无效的保护只是引火烧身。嗖嗖，篮球被射穿，一支箭插在上面轻轻晃动。

“凯文！”他的英语老师叫道，用身体把“鼠标”护在离凹室最远的角落里，“请你停下来！请不要再射了！”

“罪孽。”凯文在上面呲呲地说。乔舒亚后来说，在一片喧嚣之中，他的声音很小但听得清清楚楚，真是邪乎！在整个过程中，那是凯文所说的唯一的一个词。于是，凯文定睛细看他在格拉德斯通教师中他最铁的盟友，用一支箭径直朝她的双眼之间射去。

达纳·洛克应声倒下，躲在角落里的“鼠标”暴露了。尽管他蹲在后面用她的尸体作为掩护，另一支箭还是射穿了他的肺。那是给他一个教训，让他看看把电脑病毒的秘密告诉一个仅仅是网络半吊子，更喜欢箭术的人会落个什么样的下场。

但是在乔舒亚看来，“鼠标”的想法正确。到这时为止，鲁克龙斯基把所有薄薄的、做仰卧起坐用的蓝垫子都弄到一起，想做成某种盾牌样的东西。但是效果不如电影中的好，已经有两支箭飞过来，射在离他的脑袋只有几英寸的地方。趁凯文忙不迭地向索韦托·华盛顿的胖大腿射击的当儿，乔舒亚赶紧跑到“鼠标”躲藏的那个角落，用蓝色泡沫塑料、达纳·洛克、劳拉·伍尔福德以及还没有完全失去知觉的、不停呻吟着的“鼠标”做成一道斜坡似的屏障。天气很炎热，空气中弥漫着难闻的汗臭味和另外一种更令人恶心的味道。

格里尔·乌兰诺夫放弃了安全的港湾，大步跑到凹室围栏正下方的墙边，站在离这位邪恶的“丘比特”正好二十英尺的地方。她终于看到一个比肯尼斯·斯塔尔更可恶的人。

“我恨你，你这个愚蠢的爬虫！”她尖声叫道，“我希望你下油锅！我希望他们用毒箭射遍你的全身，我要看着你死！”变化真快。仅仅一个月前，她还写了一篇热情洋溢的文章抨击死刑。

凯文靠在围栏上，举起弩，往下直射过来，射穿了格里尔的一只脚。箭穿透木地板，把她固定在她站的地方。她脸色煞白，拼命想把箭从地板上拔出来，这时凯文把她的另外一只脚也定住了。他还能寻点开心，他肯定还剩下五六十支箭。

这时，其他受伤的人都爬到远处那堵墙边，他们跌跌撞撞，像是插满针的伏都教娃娃，大部分人都蜷缩在地板上，尽量让受攻击的目标面积小一些。这时，还未受伤的齐格·伦道夫大步走到体育馆正中间，完全暴露在凯文的箭雨之下。他喘着粗气，两脚并拢，脚指抓地。他是个皮肤黝黑、五官清秀的男孩，非常英俊，喜欢指挥别人，尽管有点娘娘腔。我从来就没有弄清楚，同性恋者缺乏阳刚之气是天生的还是后天学来的。

“哈查多琳！”齐格的声音回荡在体育馆里，盖过了孩子们的抽泣声，“听我说！你不是非这样做不可的！把弓放在地板上，我们谈谈吧。这些朋友中不少人会好起来的，要是我们能马上给他们找来医生的话！”

需要补充说明的是，他的举动不禁让人想起 1997 年发生的事情，迈克尔·卡尼尔在肯塔基州的帕杜卡市向祈祷的人群开枪之后，一个虔诚的希思高中四年级学生，一个牧师的儿子——名字挺新奇的，叫本·斯特朗，因将自己的生死置之度外，向前劝说开枪者放下武器而受到全国人民的称颂。结果呢，根据人们的传说，卡尼尔放下手枪，完全崩溃了。这个故事尽人皆知，因为全国人民渴望寻找英雄，尤其在这些不可避免会叫美国人在国际上丢脸的事件中。斯特朗登上了《纽约时报》，对他的采访出现在拉里·金实况广播节目[1]中。齐格对这个故事十分熟悉。也许这正是他鼓起勇气面对袭击者的原因。而那个学期早些时候，齐格在“脱颖而出”辩论大赛中赢得的前所未有的赞美，更让他增加了对自己雄辩能力的信心。

“我知道你肯定为某件事感到不安，对吧？”齐格接着说。凯文的大部分牺牲品还没有死去，而且有人已经开始同情他了。“我敢肯定，你的内心受到了伤害！但是这样做是没有出路的……”

遗憾的是，直到2000年春天，人们才知道本·斯特朗那句坚定的、具有催眠意味的“迈克尔！放下你的枪！”在其中起了多大的作用，当时受害人的父母起诉的被告有五十多个——包括家长、教师、学校领导、其他的青少年、邻居、Doom和Quake电脑游戏制造商以及电影《边缘日记》[2]的制片人，案件在巡回法庭审判。宣誓之后，斯特朗忏悔道：先前他在校长面前对事件经过的过于煽情的讲述被媒体进一步包装之后，完全走了样。落入谎言的圈套之后，他一直生活在痛苦之中。显然，在我们的英雄走上前去的时候，迈克尔·卡尼尔已经停止射击，完全崩溃了。他的投降与任何雄辩的、临危不惧的劝说无关。“他刚刚干完，”斯特朗做证说，“而且把枪放下了。”

嗖嗖！齐格踉踉跄跄地往后退。

我希望我在叙述这个惨案的时候没有因为不动声色而显得冷酷无情。只是事情的真相比任何哪怕微小的悲伤更沉重、更大胆而且更加熠熠闪光。我只是在重述由《新闻周刊》按先后顺序串联在一起的故事。

然而，我没有通过复制这种人云亦云，并装成对凯文的心理状况

1 美国电视节目主持人的实况采访节目。

2 又名《赤子本色》，讲述了一名高中生迷茫、堕落、沉沦、觉醒的故事。本片于1995年4月21日上映。由莱昂纳多·迪卡普里奥与罗林·布兰考主演。

有任何了不起的洞察力。那是我曾经犹豫，不愿意涉足的唯一的领域。乔舒亚和索韦托对我们的儿子杀人时的表情的描述和对类似事件的报道大相径庭。比方说，哥伦拜恩枪击案的凶手都是狂躁的，眼光像玻璃一样闪烁，像疯子一样狞笑。凯文却被描述为“神情专注”“面无表情”。然而，他常常就是面带那样的表情注视着射击场。如果只是在射击场上就好了，想想看吧，他仿佛变成一支箭，并且在这样的具象化中找到了冷漠的面具中缺乏的意义。

然而，我思考过这样的事实：对于大多数人来说，在最富有想象力的堕落和其在现实生活中实施之间具有一道坚固的、不可逾越的屏障。正是这道铜墙铁壁隔在尖刀和我的手腕之间，哪怕在我最郁郁不乐的时候，也不会举起尖刀去刺那道铁壁。那么凯文怎么能举起弩，对准劳拉的胸骨，真真切切地、确定无疑地把箭射出去呢？我只能假定他发现了我从来不想发现的东西。那就是根本没有什么屏障。就像我的境外之旅，或者用自行车锁锁门、用带学校抬头的信纸写邀请信一样，把箭放出去本身可以分解为若干组成部分。拉动弓弦或者扣动扳机并不比伸手去取一杯水更加不可思议。我担心跨入“不可想象”的境地，其结果并不比跨进任何一间普通教室更具有运动员风范。而且，要是你愿意相信的话，这就是窍门，就是其中的秘密。跟往常一样，秘密就在于没有秘密。他可能想笑，但那不是他的风格。那些哥伦拜恩孩子真的咯咯笑了。一旦发现没有什么东西可以阻拦你的时候——那个屏障，虽然看起来那么不可跨越，其实都是存在于你的脑海中——肯定可以一次又一次跨过那道门槛，开一枪，再开一枪。宛如某个吓不到人的小东西在地毯上画了条你一定不能跨过去的线，而你大着胆子跨过去了，以一种可笑的舞步来来回回地跨越。

可以说，这是最让我难过的事情。我找不到任何隐喻来帮助我们。

呼救声没有得到任何回应似乎不可理解，但是体育馆是孤零零的一座楼，而在学校游荡的人后来承认确实听到了尖叫声和呼喊声。但是他们以为那里正在进行一场激动人心或者引人发怒的体育赛事。因为没有枪声，所以人们没有往这上面怀疑。而对人们缺乏警觉的解释是，这个案子虽然讲起来要花费好一会儿工夫，混战持续的时间却最多不会超过十分钟。但是，如果凯文进入了某种需要提防的心理状态的话，持续的时间绝对不止十分钟。

索韦托昏过去了，就这样留下了一条性命。乔舒亚一直没动弹，他的由血肉之躯搭建而成的堡垒因为连续不断的箭雨而摇晃着。也许其中几支箭结果了“鼠标”·弗格森的性命。补射了一阵之后，远处那堵墙边的呼救声和哭叫声渐渐消失。他不慌不忙，富兰克林，射完了两桶箭，直到倒在地上的一排伤亡者像一窝豪猪那样满身都插满了“刺”。但是，比这种不值一提的箭术练习更可怕的是终止——他的“牺牲品”们已经不能再被看作可以移动的目标。想要用一张弩杀死人难得出奇。凯文明白这一点。于是他等候着。一直到五点四十分，一个保安醉醺醺地过来锁门。看到可利泰锁，他大惊失色，然后又从门缝往里看，结果看到一片红色。凯文在等待。警察们带着那些庞大而无用的切割机抵达现场（在链子上只不过留下些凹槽而已），后来不得不找来一把金属电锯。电锯发出刺耳的尖叫声，喷吐出一堆堆的火花。这些行动都要花费时间。在此过程中，凯文把双脚放在凹室的围栏上静静地等待。真的，在他射完最后一支箭和特警队最终在六点五十五分闯入大门这一段漫长的时间里，他无事可干。倘若有一本书，他应该会十分感激。在他六岁的时候我就这样建议过他。

劳拉·伍尔福德和达纳·洛克因箭伤而亡。齐格、“鼠标”、丹尼、格里尔、杰夫、米格尔以及那个餐厅工作人员则是流血过多而死的。血一滴滴汇成了溪流。

（2001 年 4 月 6 日——续）

我从车里走出来时，停车场上已经挤满了救护车和警车，还拉起了黄色警戒线。暮色渐浓，疲惫不堪的护理人员在红蓝色鬼魅一样的灯光照射下工作。停车场里抬来一副又一副担架，似乎没有尽头，我吓坏了。然而即使在这样的混乱之中，一张熟悉的面孔比急救车闪烁的灯光更亮。我的眼睛在几秒钟之后就落在了凯文的身上。那是典型的心不在焉之后的恍然大悟。尽管我跟儿子之间有些纠葛，知道他还活着我还是松了一口气。但是我没有那么幸运，可以沉溺于健康的母性本能之中。我一眼就看出，他不是沿着体育馆那边走过来的，而是被一群警察押送着。他双手背在后面，而不是像平常目中无人漫步时那样挥动着。唯一的解释是他别无选择。

我觉得天旋地转。刹那间，停车场的灯光散成了没有意义的斑点，就像揉眼睛之后眼帘后面的图案一般。

“女士，恐怕您得离开这个区域……”说话的是那次“天桥事件”之后，出现在我们家门口的警官之一——两个警官中更胖、更愤世嫉俗的那位。他们一定碰到过太多吃惊的父母——他们亲爱的小浑蛋出生在“好人家”，因为他没有认出我。

“你不知道，”我说，加上一句“那是我儿子”，这恐怕是我最难于启齿的。

他的脸一下子沉了下来。这表情我将渐渐习惯——这样的表情，还有那种能叫人融化的“你，可怜的亲爱的人，我不知道该说什么才好”的表情，只是后者更糟。但是此刻我还不习惯。当我问他发生了什么事情的时候，从他眼中冷峻的目光可以看出，此时此刻，不管我应该为某件事情间接地负什么责任，都不是什么好事。

“我们有些伤亡，夫人，”他愿意给我解释的就是这些，“您最好到警察局来一趟。从五十九公路换三零三号，在橘山路出来。上市政厅路。假如您从来没有去过那里的话。”

“我能——和他说话吗？”

“您得去那里见警官，夫人。戴帽子的，明白吗？”他赶忙离开了。

我朝警车走去，看见一个警官把一只手放到我们儿子的头上，把他推到后座上。我不得不从头说起，带着不断增强的疲乏感，向一个又一个警官解释我是谁。我终于明白了《新约》中关于圣彼得的故事，懂得了他为什么会被弄得三次否认跟某个被一群恶语伤人的暴民陷害的社会闲杂人员有任何联系。那一刻，对于我来说，矢口否认比对圣彼得更具诱惑力。因为无论他摆什么“谱”，那个男孩子绝对不是弥赛亚。

我最后终于挣扎着到了橘镇警察局。大门口一侧挂着大幅标语“与民为友”，似乎不再把我包括在内了。我盯着后面的车窗，因为有闪烁的反光，所以看不到窗玻璃里面的情形。于是我用手遮着车窗，朝里面看。他没有哭喊，也没有垂下头。他把头转向窗玻璃，并不惧怕盯着我的眼睛。

我有心大叫一声：“你都干了些什么呀？”但是，那种陈腐的感慨，只能是自问自答的设问，只不过是对父母的藐视和否定。不管怎么说，很快我就会知道事情的原委。而且我想象得出来，跟他谈话除了荒唐可笑之外，还能怎么样呢？

于是我们默默地对视着。凯文的表情很平静。狠下决心的表情依然在他的脸上留下丝丝缕缕的印迹，但是毅然决然已经化为事成之后的自我满足。他的眼睛亮得出奇——泰然自若，几乎是平和——而且我又看出从那天早上就出现的透明度，尽管早餐似乎已经是十年前发生的事情了。这是陌生版的儿子，那个放弃了“我的意思是”和“我猜”这些粗俗不堪、支支吾吾的伪装，换上了一个承担某种使命的人那种直截了当的姿态和透明。

他对自己很满意，我看得出来，那是我唯一需要知道的东西。

然而，当我透过后窗看他那张脸的时候，我也还记得另外一件事。他在寻找什么。他在我的脸上找寻着什么。他仔细打量我的脸，苦苦地搜寻，然后在座位上往后靠了靠。无论他在找什么，他都没有找到，而这也似乎让他在某种程度上感到满意。他没有微笑。但是他也可能笑过了。

开车前往橘镇警察局的路上，我很生你的气，富兰克林。这不公平，但是你的手机还是关机，而且你知道，人们会在一些微不足道但合乎逻辑的问题上钻牛角尖，作为转移注意力的方法。然而，我不能生凯文的气，把挫败感全都撒在你身上似乎更加安全，因为你没有做错任何事情。我一边不停地按重拨键，一边在方向盘前面怒骂："你在哪儿呢？都快七点半了！快把该死的手机打开吧！老天爷，哪天晚上不行，你非要今天晚上加班？况且难道你没有听到新闻吗？"但是你在车里是不听收音机的，你宁愿听斯普林斯汀或者查理·帕克[1]的CD。"富兰克林，你这个狗娘养的！"我大声怒吼，滚烫而委屈的眼泪止不住地往下流，"你怎么能让我一个人来承担这一切呢？"

我先是路过市政厅路，因为那幢华而不实、十分俗丽的绿白相间的建筑从外观来看像是一个连锁牛排店或者会员健康中心。纪念四位因公殉职的橘镇警官的浮雕略显粗糙。大厅由白墙和没有任何特色的油毡组成，让人误以为是通往游泳池的什么临时建筑。但是接待室却显得神秘可怕，比奈阿克医院急诊室还要小，更让人有一种患了幽闭综合征的感觉。

此刻，我觉得自己也许什么都有，就是没有优先权。负责接待的人在窗口冷冷地对我说，给他登记的时候，我可以陪同我的"未成年人"。这个词听起来十分刺耳。我心里充满恐惧，问她："非得这样做

1 查理·帕克（1920—1955）：中音萨克斯演奏家，出生在美国堪萨斯州的堪萨斯市，成长于密苏里州的堪萨斯城。

不可吗？”她回答说：“随你的便。”边说，边朝那个黑色乙烯基沙发指了指，让我坐下。警官们进进出出，没人理我。我觉得自己既受到牵连，又与这场惨案毫不相干。我不想待在那儿。生怕这句话听起来不但忧伤，还有轻描淡写之嫌。我得表明态度——我第一次有了不想待在任何地方的感觉。说得更清楚一点吧，我的意思是，宁愿去死。

过了一会儿，我才发现，我坐的那张黑乙烯基沙发对面有一个小男孩。现在我知道他就是乔舒亚·鲁克龙斯基。可是当初，即使我和这个学生熟悉，在那个场合我也认不出他。他是个小个子男孩儿，全然不像十几岁的少年，倒像个跟西莉亚年纪相仿的小孩儿，更不会让人想到，他就是那个因为喜欢说大话而全校闻名的小家伙。他缩着肩膀，头发剪得乱七八糟，显得十分凌乱。双手插在兜里，手腕弯成很不自然的角度，就像患了晚期肌肉萎缩症的孩子一样。他一动不动地坐在那儿，眼睛一眨不眨。站在他身边那个穿制服的人努力激起他对玻璃柜子里装的警车模型的兴趣。那套藏品挺不错，都是金属制作的。有些挺老的“老爷车”——厢式小货车、赛马运输车、摩托车，产地为佛罗里达、费城和洛杉矶的四九型福特车。那个警官像父亲一样耐心地介绍，说其中一款车非常稀少。当年纽约的警车还是绿白相间，后来才变成蓝色。乔舒亚对他的讲解毫无反应，眼睛茫然失神地盯着前方。即使他认识我，那阵儿也没有认出我是谁，而我哪里会向他做自我介绍呢！我不明白这个孩子为什么不像其他孩子那样被送到医院里去。他的衣服浸透了鲜血，哪些血是从他身体里流出来的，你无从判断。

过了几分钟，一个肥硕的女人从接待室门口狂奔进来，突然冲向乔舒亚，一下子把他抱起来。“乔舒亚！”她大叫着。男孩儿瘫倒在她的怀里，两只患肌肉萎缩症似的手腕慢慢地搂住她的肩膀——衬衫袖子在她象牙色的雨衣上留下红色的印迹，小脸埋在了妈妈的脖子上。我的心一下子就被打动了，并且嫉妒有加。这是我所得不到的母子重逢。我多么爱你啊，知道你平安无事我松了多么大一口气啊！我呢，我们的儿子倒是平安无事，但是他可没有让我松了一口气。我从车窗看到他时，正是他的平安无事开始让我备受煎熬。

这三个人急匆匆地走进里屋。接待窗口后面那个警官无视我的存在。我无计可施，百无聊赖，只有手机担负的小小的功能让我的感激之情油然而生，我把它当成念珠一样摆弄着，不停地拨号好让我找到点可干的事情。也许只是为了有所变化，我试着拨家里的电话，但老是听到留言。我一听到装模作样的录音就挂断，痛恨留言中自己的声音。我已经通过电话留言三四次了。第一次很克制，最后啜泣起来——回到家里听到这样的留言会作何感想啊？我寻思，或许是罗伯特觉得我俩回家都晚，带西莉亚到麦当劳吃饭去了。她喜欢那里的热苹果派。可是他为什么不给我打电话呢？他有我的手机号啊！罗伯特听新闻了吗？噢，我知道，麦当劳播送的是助兴音乐，这样短的车程他没有打开收音机的必要。但是他在排队买食品的时候难道没有人提起这件事情吗？洛克兰县此刻还有人会谈论别的事情吗？

等两个警官带着我到那间四壁空空的小屋子里录口供的时候，我已经完全失去了理智，一点礼貌都没有了。我很可能听上去声音很粗。我不明白为什么他们要联系我们的家庭律师，这是凯文干的，毋庸置疑。那一刻，谁都觉得应该告诉他的母亲哪怕最简略的内幕：他究竟干了什么。一个警官就事论事地快速说出这个案子的伤亡人数。后来证明，这个数字被他夸大了，但是当时我不可能得出这样的结论：暴行的数据首次披露时一般都是夸大的。另外，生了一个谋杀了九个人的儿子与谋杀了十三个人的儿子有什么区别吗？而且我发现他们提出的问题毫无意义：凯文在学校表现怎么样？那天早上他是什么样子的？

“他和我丈夫生了点气！除此之外，没有什么特别的！我该做什么呢？儿子对父亲粗鲁，我就该叫警察吗？”

“请安静，卡多琳夫人——”

“哈查多琳！”我纠正道，“就不能请你把我的名字说对吗？”

噢，他们会的。

“哈查多琳夫人，对了吧？您的儿子是从哪里弄到那张弩的呢？”

“是圣诞礼物！噢，我跟富兰克林说过这是个错误，我跟他说过。我可以再试着跟我丈夫通电话吗？”

他们同意让我打电话，重拨无效之后，我蔫儿了：“对不起，”我小声说，“我真的对不起，对不起。我并不想对您不客气，我不在乎我的名字是否被人说错，我恨我的名字。我再也不想听别人叫我的名字了。对不起……”

“哈查多琳夫人……”一位警官小心翼翼地拍拍我的肩膀，“也许我们应该下次再来完整地录一遍口供。”

“只是，我有一个女儿，小女孩，西莉亚，还在家里，您能否……”

“我理解。现在呢，恐怕凯文要被拘留。您想跟您的儿子说话吗？”

回想起从警车后窗户看到的那种令人厌烦的、冷酷无情的表情，我不寒而栗，不由得双手掩面。“不了，求求你，不了。”我请求着，觉得自己是个糟糕的懦夫。我听上去一定像西莉亚——低声请求不要逼她去洗澡，因为浴缸那边有又黑又黏的恐惧潜伏着。“请不要让我去跟他谈。请不要。我无法面对他。”

“那也许您现在最好直接回家去吧。”

我愚蠢地盯着他。我觉得如此丢人，我真的以为他们会把我抓起来。

似乎是被我盯得发毛了，他觉得需要说点什么填补一下令人尴尬的沉默，他轻轻地加上这段话：“等我们拿到搜查证，我们还得去你家里搜查。也许会在明天，不过您不用担心。我们的警官们会尊重你们的。我们不会把你家翻得乱七八糟的。”

“您完全可以一把火烧掉房子，我根本不在乎，”我说，“我恨那所房子。我一向都恨它……”

他们两个人会意地对视着：歇斯底里。他们把我带出了门。

自由了，我简直不敢相信。在停车场，我漫无目的地走着，与我的车擦肩而过，却没有认出它来。我原来生活中的一切开始变得陌生。我呆若木鸡。他们怎么能就这样放我走了呢？我原以为他们一定会带我去登记，让我承担责任。我强忍着才没有去砸警察局的门，请求接待人员让我在牢房里过夜。我当然应该待在那儿。我确信，那天夜里能够让我安然入睡的唯有廉价的、凹凸不平的床垫，配上狱中凌乱的床单，而能够唱着让我入睡的催眠曲的，唯有皮鞋踩在水泥地上来来回回的咔嗒声和远处叮当作响的钥匙声。

然而，等我找到车，我变得出奇的平静。沉着、有条不紊，就像凯文。用钥匙启动车，打开车灯，系好安全带。隔断时间打开雨刷，因为起了一层薄雾。我脑子里一片空白。我不再自言自语。我慢慢开车回家，遇到黄灯就刹车，遇到四向停车的时候，就按照交通规则完全停下来，尽管路上没有任何别的车辆。而当我驶上我们那条漫长的车道，发现家里一盏灯都没亮时，我什么也没想。我宁愿不想。

我停下车。你的车在车库里。我行动十分迟缓。关上雨刷，然后关灯。我锁了车，把钥匙装进我的埃及包里。我停下来想了想在进屋之前需要处理的其他日常琐事。我从挡风玻璃上捡起一片叶子，从车库地板上捡起你的跳绳，把它挂在挂钩上。

打开厨房的灯后，我看到早餐时用过的油腻腻的盘子还留着没洗，这不像你平时的行事风格。给你煎香肠的长柄浅锅还立在滤油器上，但是没有看见做法式吐司的锅，而且大部分盘子和装果汁的玻璃杯都还乱扔在台子上。《纽约时报》的一些版面在桌子上摊开着，尽管你酷爱整洁，喜欢在每天早上看完报纸之后放到车库的那堆报纸里去。打开第二盏灯，我一眼看出餐厅里、起居室里或者小书房里一个人也没有。没有门的房子有这样的便利条件。但我还是在每一间屋子里走了一遍。很慢。

“富兰克林？”我叫你，“西莉亚？”我的声音显得心力交瘁，那么微弱，没有任何回应。

我沿着大厅走下去，在西莉亚的卧室前停下来，不得不强迫自己走进去。漆黑一片。她的床是空的。主卧、厕所、后面的平台上都是如此。什么都没有。一个人也没有。你们上哪里去了？是找我去了吗？我有手机啊。你知道我的号码。而且你们为什么不开车去呢？是在跟我玩游戏吗？你躲起来了，跟西莉亚一起藏在橱柜里笑。哪天跟我藏猫猫不行，非得在今天晚上？

屋子空空荡荡。我觉得迫切需要给母亲打电话。

我在屋子里走了两遍。尽管我已经检查过所有的房间。走第二遍的时候，我浑身颤抖。似乎有人在屋子里，一个陌生人，一个盗贼，仅仅是我看不见而已。他躲在我的身后，躲进橱柜，手持一把切肉刀。最后，我颤抖着回到厨房。

前任房主在屋后安装了泛光灯，为的是举行奢华的花园派对。我们不喜欢开花园派对，所以很少使用泛光灯。但是我对开关很熟悉。就在食品室左边，就在通往我们围起来的后院的滑动玻璃门旁边。这是我过去常常站着看你和凯文扔棒球的地方，那时我心中充满渴望，觉得自己被排除在外。此刻，我又有一点那样的感觉——被排除在外。似乎你在开某种非常有意义的家庭庆祝会，而在所有的人中间只有我没有得到邀请。开灯之前我把手放在开关上足有三十秒钟。假若我不得不重复那个动作的话，我宁愿再等一会儿。我宁愿为生命中没有被嵌进那个场景的每一个瞬间而花费重金。

小山坡上，射击场被照亮了。我很快就能明白凯文在午餐时给拉蒙特地球观测站打的那通电话背后的玩笑了，他显然是告诉罗伯特，放学后不要去接西莉亚，因为她“不舒服”。背对靶子的是西莉亚——立正站着，笔直笔直，充满了信任，似乎急于扮演《威廉·退尔》[1]中的角色。

当我一把推开门朝斜坡连滚带爬冲上去的时候，匆忙之间失去了理智。西莉亚会等我的。她的身体被五支箭固定在靶子上，那些箭固定了她的身体，就像用领带夹把她的一张皱皱巴巴的自画像钉在教室的公告栏上一样。我跌跌撞撞地跑过去，叫着她的名字。奇怪的是，我似乎看到她朝我使了个眼色，头还动了一下。我记得那天早上我给她安上了假眼，但当时却不见了。

有些事情我们不必主动去想就能完全知道，至少在脑袋的表层用那种发出声音的自我意识的唠叨就明白的。就是那样的。我知道我还会发现什么，根本不需要直接跟自己明说。于是，当我跌跌撞撞地爬上射击场的时候，我被灌木丛中伸出来的什么东西绊倒了。也许我感到恶心，但是一点也不意外。我马上就认出那个障碍物——我时常从香蕉共和国购买的巧克力色斯图夫牌皮鞋。

噢，亲爱的。也许我太需要给自己讲故事了，但是我觉得必须在后院的凌乱不堪和我嫁给的这个男人的优秀品质之间寻找些联系。

到孩子们离家去上学还足有二十分钟的时候，你让孩子们出去玩耍。事实上，第一次他俩一起疯一会儿你可能还挺高兴的，可以建立感情嘛。你翻着《纽约时报》，尽管星期四是家居 C 版，你并不感兴趣。于是你开始洗碗。你听到一声尖叫。毫无疑问，你马上闪电一般冲出推拉门。你从山脚下跑上去抓他。你很结实，即使已经五十多岁了，仍然能够一天跳绳四十五分钟。想制服你这样的人并不容易。而

1　德国伟大的诗人和戏剧作家席勒的最后一部重要剧作。该作品以十三世纪瑞士农民团结起来反抗奥地利暴政的故事为题材，歌颂了瑞士人民反抗异族压迫、争取民族独立的英勇斗争精神。

你也差不多到了——在箭雨中，离山顶只有几码远了。

我是这样推测的：我相信你停顿了一下。在平台上，看到女儿胸膛上插着一支箭，被钉在靶上，而我们的头生子站在小山上，用父亲送给他的圣诞礼物——弩和箭瞄准父亲。你简直无法相信自己的眼睛。我们过着衣食无忧的好生活，你努力要当一个好爸爸，把周末的时间都花在他的身上，带他去野炊，睡觉前给他讲故事，拉扯大一个体面的、意志坚定的儿子。这是美国。你做的事情都对，所以不可能发生会这种事儿。

于是，一刹那，死寂的瞬间，这种自负的信念——你想看到的——不可避免地出现了。很有可能，你的大脑试图改变这幅图像，纠正那个声音：西莉亚，漂亮的“把什么事情都往好处看”的西莉亚，“喜欢看光明一面”的西莉亚，已经习惯于她的残疾、在春风里开心地甩着美丽金发的西莉亚。她不是在尖叫，而是在大笑。她在尖声大笑。帮助凯文的“女孩星期五”[1]为什么会站在靶子跟前呢？她一定是满怀忠诚地帮哥哥捡起用过的箭！啊，富兰克林，她难道不会去捡吗？至于你的帅儿子，他已经练习了六年箭术。我们花重金请来的职业教练给过他那么多教导，他怎么能没有安全意识呢？他永远不会用装了箭的弩对准另一个人的头，至少不会对准他父亲的头。

显然，阳光造成了一些视觉上的错误。他仅仅是在向上挥手。他毕竟还是个少不更事的孩子，可能想为自己早餐时对父亲大放厥词而道歉。其实，他对佳能相机的工作原理很感兴趣，希望你能另找时间给他讲“光圈级数”是什么意思。实际上，他深深地崇拜父亲和他的职业。他怎么能进入一个如此离奇的行当呢？这份工作既有创造性，又给人足够的自由空间。对于一个少年来说，是挺尴尬的。到了这个年纪，他们总想争个高低，即使在父亲面前也想盛气凌人。现在，这

1 美国口语，意思是忠诚能干的女助手。

个孩子后悔了。他觉得自己不该那样发脾气。发火时说的都是假话。他珍惜爸爸带他去内战战场参观，因为战争是只有男人和男人在一起才能够懂得的事情，而且他从博物馆学到了很多知识。有天晚上，他在自己的房间里，拿出你俩去年在西奥多·罗斯福故居捡到的秋天的落叶，他把树叶夹在《大英百科全书》里。看到秋叶的颜色开始褪去，让他想起所有的事物都会死亡，尤其是父亲。他哭了。他哭了。你不会看到，他也永远不会告诉你。但是他并不是非得这样做。看到了吧？他在挥手呢！他在招呼你带上相机。他改变了主意，再过五分钟他就要坐上校车了，他终于想要你给他拍些照片——在大厅使用蒙太奇手法，帕利塞德大街的"勇敢之心"。

这种一厢情愿的"重构"持续的时间大概没超过一两秒钟就被破坏了，就像在热烘烘的射灯前面，凝固的画框会起泡并且变成小圆齿状。但是，持续的时间也许刚好够凯文射出第一支让人踧掉的箭，或者是那支我发现穿过你的喉头伸出颈背的箭。肯定是射穿了动脉。你的脑袋周围、泛光灯下、草地周围都是黑色的。其他三支，一支射中你肺叶边的凹陷处，从前我喜欢把头放在那儿；一支深深陷入你经常跳绳的结实的富有弹性的小腿肌肉中；还有一支从腹股沟伸出来，最近在那里我们重新找到那么多的快乐。夺命之箭宛如一顶稳稳当当的帐篷周围多余的树桩。

与此同时，我不知道你费了多大的劲才能上山！你艰难地喘息着，被自己的血一口一口地呛着。不是你不在乎她，而是也许你一眼就看出，救西莉亚为时已晚。事实上，她不再尖叫不是好兆头。至于自救，也许你根本没有这个念头。在泛光灯的照射之下，在脖子上的箭的阴影衬托之下，你脸上的表情——如此失望。

伊娃

2001年4月8日

最亲爱的富兰克林：

最近，对于我来说，政治似乎也消解成一堆堆微不足道的、个人的故事。我已经不再相信。唯有人以及会有什么事情发生在他们头上才是我关心的问题。甚至发生在佛罗里达的喧嚣也是如此。对于我来说，那只不过是关于一个从小就想当总统的人的故事。就差那么一点儿，他就能够尝到个中滋味了。是关于一个人以及他的忧伤，关于他令人痛心地被夺走位置和他极力挽回所做的努力的故事。一次又一次的计算，直到情况对他有利。

有时候，我也被自己年轻时候同样的幼稚所折服——为西班牙居然有树而感到难过；因每一处未曾探索过的土地居然也有食物和风雨而绝望。我想到一个全然不同的地方去。我轻率地想象自己对异国情调无法满足的渴望。

哦，凯文把我带到了真正的异国他乡。我对此深信不疑，因为对所谓“真正的异国他乡”的定义是：一个会让你产生回家渴望的地方，这种渴望如此深切又持久。

我有两次这样小小的、真正身处于异国他乡的经历没有告诉你。这跟我平时一贯的做法不同。你记得我曾经多么喜欢从国外旅行回来之后，给你看我带回来的那些“小古董”。那种只有真正到了一个地方才会有的、对“别的地方的人们怎样行事”的发现。就像那种怪怪的不值一提的事情——泰国人卖面包，扎起来的部位不是在硬的那头而是在另一端。

我没有告诉你第一个“小古董”，也许纯粹出于傲慢。我应该更多地把账记在你头上，因为凯文的异常行为明摆着是早有预谋的。假如有另外一次生命的话，他也许长大了会干得不错。比方说，能够筹划大型行业会议——任何广告上说的那种需要“很强的组织能力和解决问题的技巧”的事情。因此，你应该意识到，“星期四事件”在他成为法律责任人的前三天上演绝非巧合。那个星期四，尽管从事实上讲，他已经够十六岁了，但是在法律意义上他还是十五岁。这就意味着在纽约州会对他施行更为宽大的量刑标准，即使他们要严惩他，把他当作大人来审判。毫无疑问，凯文研究过这些问题。他知道，法律并不像他爸爸那样会四舍五入。

他的律师找到不少令人信服的专家做证。他们讲述了让人惊恐的医学逸事。典型例子之一是，一位闷闷不乐但是性格温和的五十多岁的人在服用百忧解。他经历了严重的人格分裂，导致偏执和痴呆，结果射杀全家之后自杀。我弄不明白，你有过把药品当作救命稻草来抓的经历吗？我们的好儿子恰好是那些幸运的、为数不多的几个对抗抑郁症药物产生不良反应的人之一。于是，服药非但没有给他减轻思想负担，反而把他带入了黑暗之中，你知道吗，我一度还真的努力让自己相信这种理论，特别是在凯文接受审判的那段时间。

律师做这样的辩护既没有让凯文完全逃脱罪行，也没有像原来设想的那样让他得以释放并且转入精神病院治疗。但对凯文的判罪仍然会因为律师提出对他的“化学稳定性”质疑而略微宽大了些。在宣判凯文七年监禁的听证会之后，我在法庭外面对他的律师约翰·戈达德表示感谢。事实上，我并没有觉得应该多么感谢他——七年从来都不显得多么短——但是我感谢约翰在接受这样一个令人厌恶的案子之后，还能尽心尽力地去工作。我搜肠刮肚地想找出点理由感谢他，最终称赞他为这个案子想出一个颇具创意的突破口。我说，我从来没有听说过百忧解会让某些病人罹患精神病，不然，我就不会让凯文服用。

“哦，不要感谢我，感谢凯文吧，”约翰脱口而出，“我也从来没有听说过百忧解会导致精神病一说。整个辩论方式都是他的主意。”

“但是……他没有办法去图书馆查资料，对吧？”

“没有，在审判前的拘押阶段不可能。”他看了我一会儿，充满了真诚的同情，“坦率地说，我几乎不费吹灰之力。所有证词他都记得。甚至那些专家证人的姓名和工作单位。你儿子真聪明，伊娃。”但是他听起来并不是那么开心。他听上去很沮丧。

而第二个“小古董”呢——关于那个十五岁的孩子会谋杀同学的遥远国度里人们的行为方式——我没有刻意向你隐瞒，但我觉得你接受不了。我不愿意自己去想或者把它强加于你，尽管直到今天下午，我还一直在担心这一幕会重演。

那大概是在“星期四事件”的三个月之后。凯文已经接受审判并且被判了刑。我也开始例行公事，每个星期六都按部就班地去查塔姆探视。我们还没有学会如何交谈，探视时间显得无比漫长。那些日子，他十分自负，觉得我的探视纯粹是强加给他的，他害怕我去，巴不得我赶快离开，而他真正的家庭是在狱中，在崇拜他的少年阿飞们当中。当我告诉他玛丽·伍尔福德要起诉我时，他不但毫无满足之感，反而十分生气，这让我非常吃惊。凯文后来提出抗议说，为什么把所有的功劳都归于我呢？于是我说，在我失去了丈夫和女儿之后，这样的问候倒不错，不是吗？被人起诉？他咕哝着说我是自怨自艾。

“你不可怜我吗？”我问，“你一点也不可怜我吗？”

他耸耸肩。“你安全逃脱，不是吗？毫发无损。”

“是吗？”我加上一句，“为什么会是这样呢？”

“进行一场表演的时候，你不会杀死观众的。”他说得十分轻松，右手上搓着一样东西。

“你的意思是说，让我活着是最好的报复。”我们已经远非在谈为什么而报复了。

此时此刻我无法继续谈论关于“星期四事件”了，于是，当我正要转而问老一套的“他们给你吃的还好吗”之类的问题时，突然，我的眼睛又被那个他从一只手掌换到另一只手掌里的物件给吸引住了。他用手指有节奏地触摸着，像是在摩挲一串念珠。说实话，我只是想转换一下话题，我才不在乎他在玩什么玩具呢！然而，要是我把他的烦躁当作他良心发现的话——毕竟他面对的是一个被他杀掉了家人的女人，我定是犯了个可怜的错误。

“那是什么？”我问，“你手上有什么东西？”

他微微地、狡黠地一笑，摊开手掌，像一个害羞而骄傲的男孩展示他赢来的玻璃球一样，展示他的护身符。我迅速起身，椅子哐当一声倒在地上。你看一个东西时，那东西也在看你，这样的时候并不常见。

“要是你再拿出来，”我声嘶力竭地说，“要是你真的这样做，我永远不会再来这里了。永远不来。你听见了吗？”

我想，他明白我会说到做到。那将是一个威力无比的护身符，阻挡来自妈咪的假惺惺的烦人的探视。后来，西莉亚的玻璃眼再也没有被拿出来过，这个事实只能说明一件事情，我猜，总的来说，他很高兴我去看他。

你也许会认为我只不过是在啰里啰唆地说更多的故事，越尖刻越好。我一定在说，我们的儿子多么骇人听闻啊，用这样可怕的纪念品来折磨他的母亲。不，这次不是。我不得不告诉你这件事情，只是为了让你更好地理解下面的事情，今天下午刚刚发生的。

你一定注意到这封信的日期了。是两周年。也意味着再过三天，凯文就年满十八岁了。可以参加选举（作为一个被判了刑的罪犯，除了两个州之外，他都被禁止参加）和服兵役了，这意味着他正式成年。但是在这个问题上，我更倾向于和司法系统站在一起。它两年前就把凯文当作成年人审判了。对于我来说，我们正式成年的日期永远是1999年4月8日。

于是我提出特别申请，今天下午去探视儿子。尽管这种请求一般都会被驳回，但我的请求获得了批准。也许让监狱看守们欣赏的正是这种多愁善感吧。

凯文被带进来时一言未发，我立刻注意到他的举止发生了变化。装模作样的傲慢烟消云散，而我最终看出，对于凯文来说，度过烦透了的、“谁他妈的会在乎”的、漫长的一天又一天真让他心力交瘁。鉴于偷盗小号衣裤成风，克拉夫拉克监狱放弃了让犯人穿自己衣服的实验。凯文穿着一套橘黄色的囚衣，头一回不仅仅是正常的尺寸，而且对他来说还太大了一点，他穿着像个小矮人。再过三天就要成年了，凯文却终于开始表现得像个小男孩——迷茫而孤寂。双眼呆滞无神，仿佛有一条隧道直通脑海。

“你看上去不大开心。”我大着胆子说。

“我什么时候开心过吗？”他显得有气无力。

我觉得很奇怪，问道：“有什么烦心的事情吗？”尽管按照我们彼此相处的规矩，这样直截了当地以母亲的姿态来询问是被禁止的。

更不同寻常的是，他居然回答了我的问题：“我差不多十八岁了，是吧？”他摸了摸自己的脸，“要从这里出去了。听说他们不会再浪费时间。”

“到一个真正的监狱去。”我说。

“我不知道。这个地方对于我来说已经够真实的了。”

“……是要搬到新新[1]，所以你有点紧张吗？”

“紧张？”他满腹狐疑地问我，“紧张！那地方……你懂什么

1　指纽约州新新监狱。

呀？”他沮丧地摇摇头。

我吃惊地看着他，他在颤抖。在过去两年的时间里，他脸上布满了打架斗殴留下的许多伤疤，鼻子也不再笔直了。这种变化并没有让他显得凶恶，而是凌乱。那些伤疤把他一度十分鲜明的亚美尼亚五官变得更加苍白无力、更加模糊不清，他仿佛一副因为画师犹豫，而用橡皮反复涂改的肖像一般。

“我还会去看你的。”我许诺道，做好了被他冷嘲热讽的准备。

“谢谢。希望你会去。”

我简直不敢相信自己的耳朵，瞪大眼睛看着他。作为试探，我提起3月的新闻：“你好像一向挺关注这些事情。我想你看了上个月发生在圣地亚哥的事情吧？你又多了两个同事。”

“你是说安迪，嗯——安迪·威廉斯？”凯文记得不甚真切，“真是个可怜虫。说真的，我替那个家伙遗憾。他上当受骗了。”

“我警告过你，这种时尚会过时的，”我说，“你注意到没有，安迪·威廉斯没有上头条？《纽约时报》上，迪克·切尼的心脏病和那场前所未有的大风暴都排在他前面了。而第二场枪击案呢，紧接着发生的——死了一个人，也是发生在圣地亚哥，对吧？几乎没有什么报道。”

“该死！那个家伙已经十八岁了。”凯文摇摇头，“我的意思是，真的。你不觉得他干这个有点太老了吗？”

“你知道吗？我在电视上看见你了。”

“哦，那个呀！”他有点尴尬地扭动了一下身体，“拍了有一段时间了，知道吧。我在那儿——瞎说。”

“对，不过我可没有多少时间听你瞎说，”我说，“但你还是……你挺能说的。表现不错。现在你只需要想一想，就可以滔滔不绝了。”

他笑了：“你的意思是，不是胡说八道。”

“你知道今天是什么日子，对吧？”我有些羞涩地提起来，“知道他们为什么让我在周一来看你吧？”

“哦，当然啦。是我的纪念日。”他终于把讽刺的目标对准了自己。

“我只是想问你……”我开始了，舔着嘴唇。你一定觉得很古怪，富兰克林，但是我从来没有问过他这个问题。不知道为什么，也许我不想被例如“为了上电视”这样的胡说八道所侮辱。

“已经两年了，”我接着说，“我想念你的父亲，凯文。我还在跟他说话。我甚至给他写信，要是你肯相信的话。我给他写了好多信。现在它们在我的书桌上堆了一大堆，因为我不知道往哪儿寄。我也想念你的妹妹……特别想。还有那么多别的家庭仍然沉浸在悲痛之中。我意识到记者、医生，也许还有其他犯人都一直在问你。但是你从来没有告诉我。所以请你看着我的眼睛。你杀了十一个人。我的丈夫、我的女儿。看着我的眼睛，告诉我为什么。”

与那天透过警车车窗扭头看我时眼睛熠熠生辉有所不同，凯文今天下午费了很大气力才迎上我的目光。他的眼睛不停地躲闪，想要突围，然后朝着粉刷得洁白的煤渣砖墙看去。最终他放弃了，朝我的脸颊处看了看。

“我以前觉得我明白，”他阴沉地说，“现在不那么确信了。”

我连想都没有想，就把手从桌子上伸过去紧紧抓住他的手。他没有缩回去。“谢谢。”我说。

我对他表示感谢是否显得怪异？实际上，我并没有预想过会得到什么样的答案，更没有兴趣得到一个这样的解释，把他做过的、说不出口的恶行还原为出自《纽约周刊》的关于“疏远”的、人为的社会学术语，或者他的法律顾问常常在克拉夫拉克兜售的类似“依恋障碍”等不值钱的心理学建构。此刻，发现他的答案和那些“术语”居然一字不差时，我惊呆了。对于凯文来说，进步在于解构。他只能通过发现自己的深不可测而开始探索自己的深度。

最终他把手抽了回去，伸进他无所不有的大口袋。“听着，”他说，“我给你做了点东西。一个……嗯……算是礼物吧。”

他掏出一个大约五英寸长的黑色矩形木头盒子。这时，我连忙道歉：“我知道你生日就要到了。我没有忘记。下次给你带礼物来。”

“不用麻烦，”他说着用一卷卫生纸擦拭上过油的木头，“在这里反正最后会弄坏的。”

他小心翼翼地把盒子推到桌子这边，两个手指一直放在盒子顶上。其实那个盒子不完全是矩形，而是棺材形状，一边有铰链，另一边有小小的黄铜钩子。他肯定是在工艺课上做的。那叫人恐怖的形状当然很典型。然而，这个姿态令我感动，而且做工相当精细。他从前送过我几个圣诞礼物，但是我知道那是你买的，而他在狱中从来没有给我送过任何礼物。

“做工很不错，”我真诚地夸奖道，“是装首饰的吗？”我伸手去取盒子，但是他马上用手指摁住。

“不要！”他尖声叫道，“我的意思是，请不要。无论如何。不要打开它。”

啊。我本能地把手缩了回来。若是早些年的那个凯文，他一定会做出同样的“礼物”，用粉色的缎子作为衬底以示嘲讽。但是他愉快地放弃了。在我充满天真的期待打开扣子的时候，压抑住令人毛骨悚然的淡淡的微笑。今天是他在提醒我——不要打开——这也许是他送给我礼物的最重要的一部分吧。

“我明白了。”我说，“我以为这是你的宝贝。你怎么会放弃呢？”我脸红了，有一点吃惊，实际上是有一点恐惧，而且我的声音像刺一样尖厉。

“哦，迟早会被哪个呆子偷走的，会被用来做一些廉价的恶作剧……你知道的。会出现在某个人的汤里。再说呢。就像她一样，老是盯着我。让我觉得毛骨悚然。”

“她是一直在看着你，凯文。你父亲也一样。每天都在看着你。”

他盯着桌子，把盒子朝我这边推得更近一些，然后把手缩了回去。“不管怎么说，我觉得你也许可以拿走，嗯，也许你可以，你知道的……”

“埋起来。”我替他说完。我觉得心情沉重。这是一个巨大的请求，跟这个油漆漆成黑色的自制棺材一起，我要埋葬很多别的东西。

我严肃地表示同意。当我和他拥抱告别时，他孩子气地紧贴着我，而他小时候，在他本应该这样做的年纪，他却从没这样抱过我。我不太确信他对着我翻起来的大衣领子咕哝的到底是什么，但是我乐于想象他是有些哽咽，在说：“对不起。”我宁愿相信自己听得真切，我自己清楚地说着：“我也对不起，凯文。我也对不起。”

我永远忘不了坐在民事审判庭，听到那个眼珠很小的法官拘谨地宣布对被告判决时的情景。我以为会感到释然。但是没有。我发现，公众替我这个母亲所做的维护对我来说没有任何意义。如果说有什么感觉的话，我只是感到非常生气。按理说，我们此时都要回家去了，我会觉得得到了救赎。相反，我知道，我会回到家里，并且像平时一样感到可怕，像平时一样感到荒凉，而且像平时一样感到肮脏。我曾期待得到净化，但是我坐在法庭上的经历却酷似坐在一间加纳的旅馆里，总是觉得浑身汗津津的，地上满是沙砾：打开淋浴，却发现主管道被关上了。这一滴带着锈的水是法律给予我的唯一的洗礼。

判决唯一给我带来小小的满足感的地方是昂贵的诉讼费，我甚至被吓呆了。尽管法官也许没有过多考虑玛丽·伍尔福德的案子，她显然从个人感情上不喜欢我，而几个关键人物（问问丹尼·科比特就知道了）显而易见的憎恶会让你付出更大的代价。在整个诉讼过程中，我一直都注意到我给人留下一个毫无同情心的印象。我克制自己永远不要哭。我讨厌利用你和西莉亚达到逃避责任的肮脏的目的，结果我的儿子不仅杀死了同学，还杀死了我的丈夫和女儿的事实在交锋中被人遗忘。尽管我知道他们不是诚心要对我的辩护进行破坏，你父母关于我去格洛斯特探访时“大放厥词”所做的证词简直是灾难性的。我们不喜欢那些“不喜欢”他们自己儿子的母亲。我自己也不太喜欢这样的母亲。

我破坏了最原始的规矩，亵渎了最神圣的亲子关系。倘若相反，倘若我在铁证如山的证据面前说凯文是无辜的话，倘若我大骂那些“折磨他的人”把他逼上这条道路的话，倘若我坚持说他服用百忧解之后“变成一个完全不同的孩子”的话——噢，我敢打赌，玛丽·伍尔福德和她通过互联网筹募到的辩护基金，会被迫全额用来替我付诉讼费的。而现在，我的行为在报纸上被一再刻画为“目中无人”。而我对自己的骨肉令人厌恶的描述没有人评论，我被晾在了一边。我们当地的《新闻杂志》甚至说，有这样一个冰冷皇后做母亲，难怪KK变成了一个坏孩子。

哈维气急败坏，马上小声说“我们应该上诉”。“交诉讼费是惩罚性的。”他说。他应该知道的，他是签账单的那个人。而我呢，我感到振奋。我想要一个惩罚性的判决。因为凯文昂贵的诉讼费，我已经花光了我们所有的流动资产，还把我们在帕利塞德大街的房子进行了二次抵押。于是我立刻明白我将不得不卖掉《飞行之翼与祈祷者》，而且我还不得不卖掉我们丑陋而空荡荡的房子。这就是净化。

但是从那以后，而且通过给你写这些信件，我回到了原地，走上了一条跟凯文十分相似的路。在气急败坏地问“星期四事件”是不是我的错方面，我不得不后退，去解构。有可能我问了个错误的问题。在任何问题上，免罪和苛责之间的拉锯战只不过是把我自己弄得筋疲力尽而已。我不知道。最后，我没了主意。而那种纯粹的、平静的无知本身变成了可笑的慰藉。真实情况是，要是我认为自己无辜的话，或者我觉得自己有罪的话，又有什么区别呢？要是我找到了正确的答案，你会回到家里来吗？

我所知道的就是这些。1983 年 4 月 11 日，一个儿子降临到我的生命中，而我没有任何感觉。又一次，事实总是比我们能够理解的程度复杂得多。婴儿在我的怀里扭动，他厌恶地缩了回去。此时，我也推开了他。他也许只有我的五分之一大小，但是，当时似乎是公平的。自那一刻起，我们用我几乎十分崇拜的、无情的凶残彼此争斗。但是通过测试对抗性到其极限来赢得热爱，通过推开的动作把人们团结起来肯定是可能的。因为在差三天的十八年之后，我终于宣告我太累了，太迷糊了，太孤单了，以至于无法继续战斗下去。然而，倘若出于绝望，甚至懒惰，我会说，我依然爱我的儿子。他还要在成人监狱里度过剩下的严酷的五年，而我无法预知他出来的时候会是个什么样子。不过同时，在我的公寓里还有一间卧室。床单是单色的，书架上有一本《罗宾汉》。床单总是干干净净的。

永远爱你的妻子<br>伊娃

凯文怎么了

[美] 莱昂内尔 · 施赖弗 著
李尧 李平 译

图书在版编目(CIP)数据

凯文怎么了 / (美) 莱昂内尔 · 施赖弗著 ; 李尧，李平译 . – 北京 : 北京联合出版公司 , 2018.11
ISBN 978-7-5596-2686-8

Ⅰ . ①凯… Ⅱ . ①莱… ②李… ③李… Ⅲ . ①长篇小说－美国－现代 Ⅳ . ① I712.45

中国版本图书馆 CIP 数据核字 (2018) 第 229418 号

WE NEED TO TALK ABOUT KEVIN

By Lionel Shriver



北京市版权局著作权合同登记号 图字:01-2018-6417 号

选题策划　联合天际
责任编辑　昝亚会　夏应鹏
特约编辑　刘　默　张　琦
封面设计　@broussaille 私制
美术编辑　小圆子

UnRead
–
文艺家

出　版　北京联合出版公司
北京市西城区德外大街 83 号楼 9 层 100088
发　行　北京联合天畅文化传播公司
印　刷　三河市冀华印务有限公司
经　销　新华书店
字　数　383 千字
开　本　880 毫米 × 1230 毫米 1/32 14.75 印张
版　次　2018 年 11 月第 1 版　2018 年 11 月第 1 次印刷
ISBN　978-7-5596-2686-8
定　价　68.00 元

关注未读好书

未读 CLUB
会员服务平台

本书若有质量问题，请与本公司图书销售中心联系调换
电话：(010) 5243 5752　(010) 6424 3832